HEYNE

Das Buch
William J. Corrigan entgeht einer lebenslangen Gefängnisstrafe nur dadurch, dass er als Justifier für die Abteilung *Research & Development* des Rüstungskonzerns *United Industries* arbeitet. Hielt er es bisher für das schlimmste aller Schicksale, den Rest seines Lebens als einziger Mensch unter Beta-Humanoiden zu verbringen, so wird er eines Besseren belehrt, als ihn eine Mission mit einer neuen Einheit zum abgelegenen Planeten Holloway II führt, um einen Forschungsbericht abzuholen. Dass der Auftrag nicht ganz so einfach wird, wie es zunächst den Anschein hat, verdanken die Justifiers einem unmenschlichen Gegner mit mysteriösem Ziel: Während Corrigan, die Fuchs-Beta Kit und die anderen auf Holloway II plötzlich um ihr Leben kämpfen müssen, droht ein Terroranschlag das *UI*-Management zu Hause ins Chaos zu stürzen ...

Die Autorin
Nicole Schuhmacher, Jahrgang 1966, ist Diplomsoziologin mit Interessenschwerpunkt Militärsoziologie und seit ihrer Kindheit angetan von fantastischer Literatur. Beim gemeinsamen Fabulieren mit Markus Heitz hat sie das Schreiben entdeckt. Sie lebt und arbeitet im Saarland.

Der Herausgeber
Markus Heitz, 1971 in Homburg geboren, ist einer der erfolgreichsten deutschen Autoren. Zahlreiche seiner Bücher wie »Die Zwerge« standen monatelang auf allen Bestsellerlisten. Mit dem Roman »Collector« hat er das Tor in das JUSTIFIERS-Universum geöffnet.

Der Umschlagillustrator
Oliver Scholl, geboren 1964 in Stuttgart, ist Production Designer in Hollywood und hat an vielen großen Science-Fiction-Filmen wie *Independence Day, Godzilla, Time Machine* und *Jumper* mitgearbeitet.

Mehr Informationen unter:
www.justifiers.de
www.justifiers-romane.de

NICOLE SCHUHMACHER

ZERO GRAVITY

Roman

Mit einer Kurzgeschichte von
Markus Heitz

WILHELM HEYNE VERLAG
MÜNCHEN

ist ein Rollenspiel-Universum
von Markus Heitz

Verlagsgruppe Random House FSC-DEU-0100
Das für dieses Buch verwendete FSC®-zertifizierte Papier
Holmen Book Cream liefert Holmen Paper, Hallstavik, Schweden.

Originalausgabe 10/2011
Redaktion: Catherine Beck
Copyright © 2011 für den vorliegenden Roman
by Markus Heitz und Nicole Schuhmacher
Copyright © 2011 dieser Ausgabe by
Wilhelm Heyne Verlag, München,
in der Verlagsgruppe Random House GmbH
Printed in Germany 2011
Umschlagillustration: Oliver Scholl
Umschlaggestaltung: Nele Schütz Design, München
Satz: Christine Roithner Verlagsservice, Breitenaich
Druck und Bindung: GGP Media GmbH, Pößneck

ISBN: 978-3-453-52804-8

www.justifiers.de
www.heyne-magische-bestseller.de

JUSTIFIERS®

MISSION REPORT
5716324-UI4093F

Sicherheitsfreigabe: streng vertraulich
(Konzernleitung *United Industries*)
Beteiligte Organisationen: *United Industries, Gauss Industries, Order of Technology*
Aufgabe: Kontaktaufnahme mit der abgeschnittenen Station *Niamh Nagy* und Extraktion wichtiger Forschungsergebnisse
System: Holloway
Planet: Holloway II
Zeit: 11/01-14/04/3042
Autorin: Nicole Schuhmacher

ZERO GRAVITY   Seite 7

Addendum 5716324-UI4093F-ADD_1
Autor: Markus Heitz

SUBOPTIMAL IV   Seite 489

Attachment 5716324-UI4093F-GLS

GLOSSAR   Seite 549

NICOLE SCHUHMACHER
ZERO GRAVITY

*Für Robert, Jugga, Floyd und Lt. Pavlov –
Ihr wisst, wer Ihr seid :-)
Dank auch an Maya für den Input!*

DRAMATIS PERSONAE

ZAMBLIAN (alle *United Industries*)
  Chief Warrant Officer William J. Corrigan – Justifier
  Floyd – Justifier (Bison-Beta-Humanoid)
  Jugga – Justifier (Nashorn-Beta-Humanoid)
  Sergeant Robert – Justifier (Falken-Beta-Humanoid)

HOLLOWAY II – *Niamh Nagy* (alle *United Industries*)
  Zina Kanevskaya – MedTech
  Theo Schaefer – Gardeur
  Hildred van Zavern – Forschungsassistentin

UTINI STATION (alle *United Industries*)
  Amanita – *United Industries Security* (Tiger-Beta-Humanoide)
  Wilfred Achmed Azer – Leiter Forschung & Entwicklung
  Schwester Marianne Chou – MedTech
  Lieutenant Julius Florescu – *United Industries Security*
  Gabby – Ayline Gantts persönliche Assistentin
  Ayline Gantt – Projektleiterin Forschung & Entwicklung
  Lance Corporal Tran Thi Hien – *United Industries Security*
  Kazuya – Ayline Gantts Haushaltsbot
  Kjell – Archivar
  Mike – MedTech
  Barthelmus Morosow – VCT Controller
  Neophytos Nomura – Archivleiter
  Padmini – Archivarin

Yordanka Pernishka – Utini Space Station Radio
Corporal Rafael »Chick« Red Crow – Gardeur
Ciara Stellhorn – IT
Dr. August Struk – Subprojektleiter Forschung & Entwicklung
Sergeant Wilkie – *United Industries Security*
Sergeant Isabella Ekaterina »Poison« Yardley – Gardeur
Zavier – Ayline Gantts Nachbar
Officer Zeno – *United Industries Security* (Wolf-Beta-Humanoid)

YAMANTAKA (alle *United Industries*)
Kristina »Kit« Lacroze – Justifier (Fuchs-Beta-Humanoide)
Maya – Justifier (Katzen-Beta-Humanoide)
Shiloh – Justifier (Orang-Utan-Beta-Humanoid)
Lieutenant Katya Spinova – Justifier

UISS MARQUESA (alle *United Industries*)
Gash – Justifier (Gila-Echsen-Beta-Humanoid)
Haariq – Justifier
Malee – Justifier

OS HESIONE (alle Order of Technology)
Archimedon Beta 7/1001 – Kapitän der *Hesione*
Bia Alpha 348/35 – Anführerin der Kampftruppen der *Hesione*

1

11. Januar 3042 a. D. (Erdzeit)
System: Zamblian
Planet: Zamblian VI (STPD Engeneering)
Ruinen von Tailhe, Tailhe County, Westquadrant

»Du riechst.«

»Ich?«

»Und wie.« Chief Warrant Officer William J. Corrigan rümpfte die Nase. Die heiße, trockene Luft von Tailhe roch scharf, aber nicht unangenehm ... ganz im Gegensatz zu dem durchschwitzten und blutbesudelten Overall von Floyd, der sich mit ihm unter der Veranda eines zur Hälfte geschmolzenen Wohnhauses am Rande der Wüste drängte und ihn nun verblüfft anglotzte. Die aufdringliche Mischung aus Blut, Büffelschweiß und Blütenduft-Waschmittel trieb Corrigan Tränen in das organische Auge, aber die Frage, womit er all dies eigentlich verdient hatte, brauchte er sich nicht zu stellen – das wusste er nur zu gut.

Als sein Arbeitgeber ihn nach Untersuchungshaft und Urteil vor die Wahl gestellt hatte, den Rest seines Lebens weiterhin im *United-Industries*-Gefängnis auf Lacrete oder aber als Mitglied einer Justifiers-Einheit zu verbringen, war ihm die Entscheidung nicht schwergefallen. Wie so viele seiner Schicksalsgenossen war er mit einer ferngezündeten Bombe ausgestattet worden, damit der Konzern sicher sein konnte, dass er seine lebenslange Strafe auch tatsächlich für *UI* abarbeitete, aber als Techniker und Spezialist durfte Corrigan sowohl eine Einheit im Feld führen als auch eine Waffe tragen – ein Privileg, das nicht jedem Sträfling zuteilwurde. Natürlich hatte er damals noch nicht ahnen können, dass zum Justifier-Dasein auch das Kuscheln mit stinkenden Rindviechern gehören würde.

Eine schnelle Bewegung in der Mittagsglut außerhalb der Veranda zog Corrigans Aufmerksamkeit auf sich. Er kniff das linke Auge zusammen, um besser sehen zu können, was dort draußen so hektisch durch den heißen Sand kroch, aber es war bloß einer der vielbeinigen Wüstenläufer, die immer wieder in der Nähe der Häuserruine auftauchten und die beiden Justifiers zu observieren schienen.

Floyd gab ein langgezogenes »Hmmmmmmm« von sich und rieb nachdenklich Blutspritzer vom Gehäuse der *Helluvex*-Kettensäge, die auf seinen Knien lag. Dazu benutzte er eines der übrig gebliebenen Anti-Kon-Flugblätter, die Corrigan an seine Leute ausgeteilt hatte; Anti-Kon war eine äußerst brutale terroristische Organisation, die immer wieder durch Angriffe auf Konzern-Führungspersönlichkeiten und -Einrichtungen von sich reden machte – eine perfekte Tarnung für Missionen ohne Comeback. Corrigan wagte nicht einmal zu vermuten, wie viele angebliche Anti-Kon-Attentate tatsächlich auf das Konto anderer Kons gingen ...

Zum Glück bewegte sich die eingeborene Kreatur, die einem übergroßen Tausendfüßler ähnelte, von ihrem Unterschlupf weg; zwar hätte sie in einem offenen Kampf gegen die Justifiers von *United Industries* keine reelle Chance gehabt, aber Auseinandersetzungen mit der lokalen Fauna waren nicht Teil von Corrigans Missionsbeschreibung.

»Hmmmmmmmmmmm«, brummte Floyd noch einmal. Die Schwingungen brachten seine *Helluvex* – natürlich eine Marke von *UI*, was sonst – zum Schaukeln. Bei der Kettensäge handelte es sich um eine von zwei Spezialanfertigungen, die für den ungeschlachten Büffelmann Arbeitsgerät, Nahkampfwaffe und Glücksbringer zugleich war. Es gab keinen Einsatz, zu dem er sie nicht mitgeschleppt hatte. Der praktische Nutzen des nachträglich angebrachten Laserpointers war Corrigan bisher verborgen geblieben, aber solange er dem Beta mehr Freude im Kampf bescherte – warum nicht? Es hieß ja, Betas seien mental wie emotional zurückgeblieben ...

Apropos zurückgeblieben: Corrigan berührte den in sein linkes Handgelenk implantierten Touchscreen.

»Grün Leader, hier ist Gelb Leader. Bitte melden. Over.«

Immer noch nichts. Nur statisches Rauschen drang aus dem JUST genannten Gerät, das bei Justifier-Einheiten oft den Kommunikator und diverse andere unterhaltungselektronische Funktionen ersetzte. Entweder war es am anderen Ende so laut, dass Falken-Beta Robert, der das grüne Team anführte, das Signal nicht wahrnahm, oder er hatte das JUST abgeschaltet. Es gab natürlich auch noch die Möglichkeit, dass der Funk gestört wurde, aber das wollte er gar nicht erst in Betracht ziehen. Von allen möglichen Alternativen gefiel ihm diese am allerwenigsten.

Er schnitt eine leidende Grimasse und blickte dann seitlich unter der Veranda hervor. Als die Sonnenstrahlen auf die ungeschützte Haut trafen, schien sich glühendes Metall über sein Gesicht zu ergießen, und mit einem leisen Surren verengte sich die Blende des kybernetischen Auges. Augenblicklich schnitt ein langes, scharfes Messer in seinen Kopf.

Scharf sog Corrigan die heiße Luft ein.

Die Kernkompetenzen der Forschungs- und Entwicklungsabteilung von *United Industries* lagen nun einmal bei Waffen und nicht bei Kybernetika – *UI* war nicht der Order of Technology, kurz 2OT genannt. Vermutlich würde sein Arbeitgeber noch sehr lange forschen müssen, um menschliche Ersatzteile herzustellen, die ihren Träger nicht um den Verstand brachten ...

Der scharfe Schmerz in Corrigans Kopf ließ nach. Wolken waren nirgends zu sehen, und es sah nicht aus, als würden die Temperaturen bald erträglicher werden.

Er hatte eine der Häuserruinen der verlassenen Kon-Stadt am Rande der Wüste als Treffpunkt ausgewählt, weil sie ziemlich genau in der Mitte zwischen dem Frachthafen von Zamblian und den beiden Einsatzorten seiner kleinen Truppe lag. Zudem hatte sich in diesem Teil der Ruinenstadt in all der Zeit, in der sie sie aus dem Orbit beobachtet hatten, niemals jemand blicken lassen.

Inzwischen wusste er auch, wieso: Kühlenden Wind gab es hier draußen nicht. Es wurde höchste Zeit, dass Team

Grün eintraf, bevor Mensch und Beta unter der Veranda den Hitzetod starben.

Corrigan seufzte leise und blickte auf die Zeitanzeige seines JUST.

»Wo, bei allen Göttern, bleibt Team Grün? Was treiben die bloß so lange?«

»Vielleich sin se tot.«

»Garantiert nicht. Der Vogelmann und die Waschbärin sind zu feige, um zu sterben, und das Nashorn ist zu dumm dazu.«

»Das is aber nich nett von dir, Chef«, murrte Floyd, aber Corrigan hatte keine Lust, mit dem Büffel-Beta über die Qualitäten der übrigen Mitglieder seiner Einheit zu diskutieren, denn er kannte sich selbst zu gut. An irgendeinem Punkt der fruchtlosen Debatte würde er ausrasten, und dann ...

... dann gnade ihm Gott. Oder ein anderes der transzendenten Wesen, an die Leute glaubten, um einen Schuldigen für Katastrophen benennen zu können.

Wieder berührte er den Touchscreen.

»Grün Leader, melde dich. Over.«

Nichts.

Er probierte einen anderen Kanal aus, aber auch von Becky kam keine Reaktion. Erst als er Jugga anfunkte, geschah etwas: Das Display flackerte im Takt dröhnender Geräuschfetzen. Frustriert klatschte Corrigan auf den kleinen Monitor, Flackern und Geräusche erstarben.

Team Gelbs Auftrag war gewesen, in einem der über ganz New Tailhe verstreuten *STPD*-Stützpunkte heimlich bestimmte Forschungsdaten herunterzuladen. Unterdessen hatten Robert, Becky und Jugga durch einen öffentlichkeitswirksamen Überfall auf die Wachstation des Stadtviertels, das auch den zamblianischen Regierungssitz beherbergte, die Sicherheitskräfte binden sollen.

Der Ingenieur war weitaus schneller fündig geworden als erwartet. Zwar waren zwei Mitglieder der Stationsbelegschaft auf ihn und Floyd aufmerksam geworden, so dass er das *G-Wort* hatte sagen müssen – und wie immer, wenn er das *G-Wort* sagte, war sehr, sehr viel Blut geflossen –, aber das hatte nichts daran geändert, dass sie nur einen Bruchteil der eingeplanten Zeit für den Datenraub benötigt hatten.

Corrigan klopfte auf seine Gürteltasche, in der die Schachtel mit den Speichermedien sicher verstaut war. Ob die geraubten Forschungsdaten das vergossene Blut wert waren, war ihm gleich, und es ging ihn auch nichts an. Aber die Zeit, die Team Gelb gespart hatte, brachte niemandem einen Vorteil, wenn Team Grün andernorts herumtrödelte.

Nur wegen dieser dämlichen Halbtiere musste William J. Corrigan jetzt unter einer Kunststoffveranda zwischen den Ruinen von Tailhe in der Mittagshitze schwitzen und versuchen, möglichst durch den Mund zu atmen ...

Auch Floyd atmete.

Der Büffel-Beta schob seine breite, schwarze Nase so tief in seine Achselhöhle, wie es der Overall zuließ. Dann inhalierte er tief und stieß Corrigan dabei einen Ellbogen in die gepanzerte Seite.

»'tschuldigung«, brummte er, als er den angewiderten Gesichtsausdruck seines Vorgesetzten bemerkte. Er zuckte mit den breiten Schultern, und wieder drang eine Welle von Blüten-, Blut- und Büffelaroma in die Nase des Mannes. »Hier is halt nich so viel Platz.«

Zur Demonstration trat Floyd gegen den Elektroroller, den sie mit in ihr Versteck gezwängt hatten; natürlich handelte es sich nicht um das sündhafte teure Original von *Hirosami*, sondern um eine billige *KA*-Kopie. Die Aggression des Beta gegen ein harmloses Stück Technik tat Corrigan dennoch weh.

»Für den Platzmangel kannst du nichts, du Hornochse. Für den Stallgeruch schon! Du hättest gefälligst duschen sollen«, sagte der Mensch daher ärgerlicher als eigentlich beabsichtigt, woraufhin Floyd die großen Augen aufriss.

»Chefchen, ich hatt' aber doch keine Zeit für so was. Wir sin doch nur gerannt und gefahrn un so.«

»Floyd, ich spreche nicht von der Zeit zwischen Systemeintritt und Landung, sondern von der Woche davor. Und von der Woche *davor*. Und der davor!«

»Och«, schnaubte Floyd empört. Die eigentümliche Duftkomposition vermengte sich mit starkem Mundgeruch.

»Floyd – ich nehme alles zurück. Du riechst nicht bloß, du *stinkst!* Und bevor dir deine Kuhaugen aus dem Kopf fallen: Übersetzt heißt das ›Wasch dich öfter‹. Ach, was rede ich da: Wasch dich überhaupt einmal!«

»Chefchen, war das jetz'n Befehl?«

Einzig das Schieflegen des gewaltigen Büffelkopfs genügte, um Gestank aufzuwirbeln; Corrigan wünschte sich einen luftdicht abgeschlossenen Helm zu seiner *UI*-Plastikrüstung.

»Floyd ...«

Ein Sandhügel nahe der Ruine verwandelte sich blitzschnell in einen der tausendfüßlerähnlichen Wüstenläufer, der in einer Staubwolke das Weite suchte. Mit ihm floh eine Handvoll Drachenbären; die Schwingen der kugelrunden Pelztierchen bewegten sich so schnell, dass nur Corrigans künstliches Auge sie überhaupt wahrnahm. Floyd schoss hoch, die Enden seiner Hörner bohrten sich in den alten Kunststoff der Veranda, seine Schulter stieß gegen Corrigans Kopf. Sofort bahnte sich rasender Schmerz einen Weg durch dessen Schädel.

»Verfickt nochmal«, entfuhr es Corrigan. »Was ist denn nur ...«

Die Erde erzitterte.

Als leichte Stöße den Boden erschütterten, formten sich zarte Wellen im Sand, dann drang entfernter Donner an seine Ohren. Der Sandboden bebte, im Inneren der Kunststoffruine stürzten Gegenstände übereinander, und Floyd muhte erschrocken.

Innerhalb von Sekundenbruchteilen hatte Corrigan seinen Schutz verlassen. Adrenalin schoss durch seinen Körper, aber er bekämpfte den Fluchtreflex und sah sich stattdessen um.

In seinem Magen bildete sich ein eisiger Klumpen.

Hinter den Bergen – jawohl, genau dort, wo sich das Regierungsviertel von New Tailhe befand – stieg eine gigantische, bleichgraue Staubwolke auf. Zahllose Arme schlängelten sich wie bei einem Feuerwerk in die Luft und stürzten im Zeitlupentempo in Richtung Boden zurück, während aus ihrer Mitte ein riesiger Staubpilz in den grellen Himmel vordrang.

Corrigans Fachgebiet mochte ja Gebäudetechnik sein, aber zur Finanzierung seines Ingenieursstudiums hatte er bei einem Abrisskommando im *UI*-Großanlagenbau gearbeitet.

Er wusste ziemlich genau, was er da vor sich sah.

Eine Untergrundexplosion. Massiver Fallout. Das muss einen riesigen Krater gegeben haben.

Fassungslos beobachtete Corrigan die Staubwolke, die den Himmel zu verfinstern begann, er schlug die Hände vors Gesicht.

Herrgott, lass das nicht Team Gelb gewesen sein ...

Floyd, der mit offenem Maul, aufgerissenen Augen und gezückter Kettensäge neben ihm stand, war offenbar der gleiche Gedanke durch den enormen Schädel gezuckt.

»Has du Jugga das *G-Wort* gesacht, Chefchen?«

»Nein, habe ich nicht! – Team Grün, nun kommt schon, ihr Idioten! Was habt ihr jetzt schon wieder angestellt?«

Nichts. Corrigan hatte auch nicht damit gerechnet, dass ihm jemand antwortete.

Er sah auf die Geiger-Anzeige des JUST, aber die schlug nicht aus – wenigstens etwas.

Dann knackte der Kommunikator, den er an seinem Gürtel trug.

»Taxi an Justifiers«, quäkte eine Stimme, die er als die des Piloten identifizierte, der mitsamt des als Tramp-Schiff getarnten Kon-Transporters am Frachthafen jenseits der westlichen Hügelkette auf sie wartete. »Was ist los bei euch? Over!«

»Hier ist Gelb Leader. Es gab eine Explosion in New

Tailhe. Wir hatten nichts damit zu tun«, gab Corrigan seiner Hoffnung Ausdruck. »Könnt ihr uns abholen? Over!«

»Nein. Hier ist die Hölle los, Gardeure überall! Wenn ich jetzt starte – *ach du grüner Exo!* Seht ihr den Feuerba...«

Erneut erscholl Explosionsdonner, diesmal sehr viel lauter als zuvor. Der Kommunikator verstummte.

»Was solln wa jetz tun?«, heulte Floyd, als eine weitere Explosion den Boden erschütterte. Oder vielmehr eine Serie von Explosionen – nicht weit von ihnen, zwischen ein paar der kleineren Häuserruinen, riss der Sandboden auf. Mit metallischem Kreischen stürzte ein Dach ein, und über den Hügeln erschien eine grelle Isothermalsphäre. Automatisch musste Corrigan an den Wahlspruch von *United Industries* denken: »Unsere Produkte schlagen ein.«

Er rannte los. Das gleichmäßige Stampfen hinter ihm verriet ihm, dass der Büffelmann ihm folgte. Dass er damit den Treffpunkt aufgab, war ihm gleichgültig: Jetzt ging es nur noch darum, die eigene Haut zu retten, bevor die eine oder andere Ruine über ihnen zusammenbrach ... oder sie gegrillt wurden. Und die Hitzeeinwirkung der Sonne ließ dank des dichten Staubschleiers bereits nach.

»Taxi, bitte kommen«, japste er in den Kommunikator, ahnte aber schon, dass es zwecklos war. Zumindest das Funknetz des Flughafens war zusammengebrochen.

Floyd schloss zu ihm auf; grunzend und keuchend hielten die beiden Justifiers auf die ausgedehnte Hügelkette zu, hinter der der Frachthafen lag. Eine andere Möglichkeit, Zamblian eventuell doch noch lebend zu verlassen, fiel Corrigan ums Verrecken nicht ein.

Irgendwo in New Tailhe rumpelte es schon wieder, dann noch einmal, aber keiner von ihnen blickte zurück.

Gerade als sie an den letzten Häusern der Ruinenstadt vorbeikamen und Corrigan einem Schwarm aufgescheuchter Drachenbären ausweichen musste, bellte Floyd heiser auf.

»Was?«, keuchte Corrigan, der so viel Sport nicht gewohnt war. »Was ist?«

»Der Roller«, jammerte der Bisonmann. »Wir ham ihn vergessen!«

»Kacke am Stock – scheiß auf den Roller! Mit – mit dem wären – wären wir in den Hügeln – auch nicht schneller. Die Straße ist gleich zu Ende, und im Sand – im Sand taugt das Ding nicht viel!«

»Aber Chefchen ...«

Das ohrenbetäubende *Fwapp fwapp fwapp* eines Helikopters unterbrach die Diskussion. Automatisch hechtete Corrigan zur Seite und rollte durch die offene Tür eines perfekt erhaltenen Kunststoffverschlags, der an die letzte Ruine auf ihrer Seite des sandigen Wegs angebaut war.

»Verflucht«, stieß er zwischen den Zähnen hervor und sah sich um. In diesem Schuppen war wohl Holz gelagert worden, bevor die Bewohner Tailhe aufgegeben hatten. Ein Fenster gab es nicht, und er wagte es nicht, den Kopf zur Tür hinauszustrecken: Dem Lärm nach befand sich der Helikopter direkt über ihnen.

Floyd, der ihm ohne zu zögern und ohne eine seiner Waffen zu verlieren gefolgt war, wackelte mit den Ohren.

»Wir hams echt vermasselt, oder?«

»Befindet sich denn ein Helikopter unter unserer Ausrüstung, o Sohn eines Büffels? Natürlich haben wir es vermasselt! Oder besser gesagt, Team Grün hat es vermasselt.« Corrigan hustete und schnitt eine wütende Grimasse. Ärgerlich klopfte er sich Sägespäne von der Panzerung. »Jeder Auftrag, den man diesen Vollidioten gibt, geht in die Hose. Wirklich *jeder!* Und jetzt ist die beschissene Kon-Armee von Zamblian hinter uns her!«

»Un jetz?«

»Jetzt können wir uns glücklich schätzen, wenn die Leute von *STPD* diesen Schuppen nicht einfach in die Luft jagen. Bete, dass sie Gefangene machen wollen, Floyd, dann haben wir vielleicht noch eine Chance!«

Floyd nickte, legte die Kettensäge sorgfältig auf den Kunststoffboden und angelte nach dem mattgrauen *UI S-Star*-Granatwerfer auf seinem Rücken. Auch der menschliche Justifier langte nach seiner Waffe, einer fünfzehnschüssigen Vollautomatik der Marke *Signum VZ2*, ebenfalls von *United Industries*. Der Kon sorgte gut für seine Mitarbeiter. Zumindest materiell.

Fwapp fwapp fwapp.

Corrigan wog die Waffe in seiner staubigen linken Hand. Die *Signum* hatte gerade die richtigen Ausmaße für einen Justifier wie Corrigan ... einen Mann, der zwar keine Kampfmaschine war, sich aber im Einsatz auch ohne die Muskelgebirge »seiner« Betas sicher fühlen wollte. Die Vollmantelgeschosse im Magazin würden eine Plexischeibe ebenso durchlöchern wie ein organisches Wesen, und das genügte ihm. Seine *Signum* war ihm jedenfalls lieber als Waffen wie die *Pacifier*, die – so munkelte man – dem Schützen bei unsachgemäßer Behandlung das Handgelenk brach. Oder die, die manche weibliche UI-Führungskräfte in den Innentaschen ihrer Kon-Kostümchen trugen, bloß um sie dann im Notfall nicht rechtzeitig herausfummeln zu können.

Er unterdrückte ein böses Grinsen, um den ohnehin schon verwirrten Floyd nicht noch zusätzlich zu belasten, aber er hätte sich keine Sorgen machen müssen. Die Augen des Gehörnten glänzten, die Ohren zuckten schwach; offenbar freute er sich auf die Konfrontation mit den Gardeuren von *STPD*. Mit einer für einen Büffelhybriden ungewöhnlichen Eleganz schob Floyd eine Granate in den Lauf der *S-Star*.

Fwapp fwapp fwapp fwapp.

Soweit Corrigan von seiner Position neben der Tür aus sehen konnte, wirbelte rings um ihre Deckung scharf riechender Staub in die Höhe.

»Wollen die auf uns landen?«, fragte er halblaut und schob die lautlose Frage hinterher, wieso er den Helikopter nicht schon im Anflug gehört hatte. Vorsichtig schlug er mit der freien Hand gegen sein rechtes – kybernetisches – Ohr, aber der Klang war normal. Kein elektromagnetischer Impuls war dafür verantwortlich, dass er die Verfolger nicht bemerkt hatte, bis es fast zu spät gewesen war. Zudem hätten Floyds riesige Lauscher etwas empfangen müssen.

Der übelriechende, fleckige Overall spannte sich bedenklich über der beeindruckenden Beinmuskulatur des Beta-Humanoiden.

»Ich hol ihn runter«, grunzte Floyd, aber bevor er sich

aus dem Verschlag herauskatapultieren und dem Helikopter eine Granate in die Rotorblätter jagen konnte, legte Corrigan eine Hand auf seinen Waffenarm.

»Willst du, dass das Ding auf uns stürzt?«

»Aber Chefchen ...«

»Mit Metallsplittern, brennendem Treibstoff und allem, was so dazugehört?«

»Aber ...«

»Floyd.« Corrigan seufzte leise und stieß die Kunststoffdecke über ihnen mit einem staubigen Zeigefinger an. »Ich werde jetzt einen Blick auf unseren Gegner werfen. Und erst, wenn ich das *G-Wort* sage, wirst du da hinausspringen und feuern! Verstanden?«

Der Büffel-Beta nickte; seinem reduzierten Gesichtsausdruck nach hätte er gern in die Hände geklatscht, hätte er die nicht dazu gebraucht, den Granatwerfer zu umklammern.

»Gut.« Mit der Rechten zog Corrigan sein *UniEx 3* aus der Tasche, ein handliches Multitool, das genau für solche Fälle erfunden und hergestellt worden war ... keine Mission ohne *UniEx*.

Er wählte ein zangenähnliches Instrument aus und drückte die abgewinkelten Schneiden prüfend gegen den Kunststoff über seinem Kopf. Dann bewegte er es so lange schnell hin und her, bis das verblasste Material des niedrigen Dachs ein kleines Loch aufwies. Während der Schrägvornschneider nach einem Fingerdruck wieder im Gehäuse des *UniEx* verschwand, presste Corrigan das rechte Auge gegen das Loch.

Die wirbelnden Staubkörnchen hätten ein organisches

Auge zumindest zu Tränen gerührt; die gläserne Linse in Corrigans Schädel kratzte der künstliche Sandsturm jedoch nicht. Der Justifier starrte nach oben, gegen die Unterseite des großen, seltsam geformten Helikopters, der über der Häuserruine schwebte. Sand und Sonne hatten das dunkelrot-ockerfarbene Farbschema des Fluggeräts zwar verblassen lassen, aber die stilisierte Rakete zwischen den breiten Kufen war das Symbol von *STDP Engeneering* – denen schließlich der ganze unwirtliche und unappetitlich heiße Planet gehörte.

Er zoomte die Unterseite des Helis näher heran.

2fache Vergrößerung.

Wieder schoss ein scharfer Schmerz durch seinen von Hitze, Ärger und Dauerlauf sowieso schon gepeinigten Schädel.

Die Kästen an der Seite, zwischen den Tragflächen, an denen die Raketen befestigt waren ... wozu dienten die?

Sind das etwa ...

Ja, es waren eindeutig Antigrav-Pulsatoren. Deswegen hatte Team Gelb den Helikopter nicht kommen gehört – er war in aller Stille knapp über dem Boden herangeschwebt, bevor die Rotoren eingeschaltet wurden.

Die Staubfontänen wurden höher, je weiter der Helikopter nach unten sank. Dann ragte aus dem linken Seitenfenster des Vehikels plötzlich ein muskulöser grauer Arm hervor; eine große Faust umklammerte den Griff einer enormen Kettensäge, die mit einem zottigen ... Dingsbums dekoriert war, das im Sog der Rotoren flatterte.

Geräuschvoll stieß Corrigan die angehaltene Luft zwischen den Zähnen hervor, als Anspannung und Schmerz gleichzeitig nachließen. Er musste die Kettensäge nicht heranzoomen, um zu wissen, dass es sich um eine modifizierte *Helluvex* handelte.

»Alles in Ordnung, Floyd. Das ist Team Grün.« Er steckte die Waffe zurück ins Holster und schlüpfte unter der Veranda hervor. »Jugga, wir sind hier!«

»Chef«, schrie der grauhäutige Nashorn-Beta mit der Kettensäge gegen den Rotorenwind an. »Wir haben Becky verloren!«

2

System: Zamblian
Planet: Zamblian VI (STPD Engeneering)
Über New Tailhe

»Idioten«, schnappte Corrigan zornig, als der erbeutete Helikopter dem Frachthafen entgegenflog. Auch wenn er die vorlaute Waschbären-Beta Becky nicht sonderlich gemocht hatte, machte ihn der Verlust eines Teammitglieds doch wütend, und dass sich der bereits schlafende Floyd auf einer der hinteren Bänke an ihn kuschelte, half seiner Laune nicht wirklich. Aufgebracht, traurig und fassungslos zugleich blickte er aus dem Seitenfenster auf New Tailhe zurück – oder vielmehr auf das, was von der 50 000 Seelen starken Hauptstadt des dünn besiedelten *STPD*-Planeten übrig geblieben war. Von hier oben aus war wegen der Staubwolken und des Qualms nur ein Teil der Stadt zu sehen: Brennende Gebäuderuinen umringten gigantische, kreisrunde Krater ... und das war vermutlich noch lange nicht das ganze Ausmaß der Katastrophe.

Floyd grunzte im Schlaf, und seine mächtigen Hufe

zuckten, als wiederhole er die Flucht durch die Ruinen im Traum, dabei bohrte sich eines seiner Hörner in die Panzerung über Corrigans Hüfte. Der menschliche Justifier schubste Floyds Kopf zur Seite, wischte sich das tränende Auge und holte tief Luft.

»Ich will sofort wissen, was passiert ist! Robert, Bericht.«

»Jawohl, Sir!« Die durchdringende Stimme des Falken-Betas auf dem Pilotensitz übertönte das lästige Rotorengeräusch mühelos. Mit einer knappen Kopfbewegung deutete er auf seinen Copiloten Jugga. »Unser Superhirn hat es mit der ›Ablenkung‹ in New Tailhe etwas übertrieben.«

»Wieso? Ich hab' doch nur die Wachstation zerlegt«, schmollte Jugga und rieb an dem Horn, das seine spitze Schnauze zierte. »Das war ein Spaß! Du hättest die Typen mal laufen sehen sollen, Chefchen!«

»Das war ein *Spaß?*«

Corrigan traute seinen Ohren nicht. »Siehst du das da unten? *Siehst du das?* Was zum Teufel hast du GETAN, Jugga?«

»Also wirklich, ich habe gar nichts getan«, wehrte sich der Nashornmann. »Ich habe nur die Bude mit den Gardeuren zerlegt. Mit der *Helluvex* und dem Granatwerfer.«

»Aber vorher haben du und Becky den Kühlturm dieser Versorgungsanlage auseinandergenommen«, zischte Robert.

»Ja, weil *du* gesagt hast, wir sollten den Strom unterbrechen, damit diese dämlichen Überwachungskameras uns nicht ständig filmen! Wäre es nach mir gegangen, hätte ich die Dinger einfach runtergeschossen, aber nein, der Herr weiß ja immer alles besser!«

»Ich habe nicht gesagt, dass ihr alles in die Luft sprengen solltet«, verteidigte sich der Raubvogel-Beta.

Als Antwort tippte Jugga auf die farbenprächtige Tätowierung, die seinen dicken grauen Oberarm zierte: ›Keine halben Sachen‹ stand da in metallisch glänzenden Lettern, umrankt von tiefroten Rosen.

»Ihr habt also einen Kühlturm auseinandergenommen«, wiederholte Corrigan mit mühsam kontrollierter Stimme. »Und weiter?«

»Dann haben wir die Wachstation ausgeputzt, und dann sind plötzlich alle Kanaldeckel nach oben geflogen.« Der Nashorn-Beta riss beide Arme in die Höhe. »Und da schlugen Flammen heraus. Robert hat den Befehl zum Rückzug gegeben, und dann begann um uns herum alles in die Luft zu fliegen: So! Und so! Und so!«

»Ihr seid solche Idioten.« Corrigan wünschte sich weit, weit weg. Vielleicht sogar ins Gefängnis nach Lacrete zurück. »Schwachköpfe!«

»Das gilt hoffentlich nicht für mich, Sir«, zischte Robert beleidigt.

Sein Vorgesetzter stützte den Kopf in die Hand.

»Warte eine Sekunde. Warte ... wer war es nochmal, den ich nicht erreichen konnte, weil sein JUST ausgeschaltet war?«

Robert blinzelte einmal und sah schnell auf den in sein linkes Handgelenk eingelassenen Minicomputer. Ein merkwürdiges und irgendwie erbärmliches Geräusch drang aus seinen Nasenlöchern; es klang, als nieste ein Ameisenbär in eine Mülltonne.

»Entschuldigung, Sir. Ich – ich weiß zwar nicht, wie das passiert ist, aber der Touchscreen ist – weg.«

»Herzlichen Glückwunsch«, würgte Corrigan hervor. »Dann hoffen wir mal, dass er in diesem Inferno da unten verglüht ist, du Vollidiot, denn kein *Anti-Konner* trägt ein verficktes JUST! Und wenn du mich noch ein einziges Mal ›Sir‹ nennst, werde ich Jugga deinen Bürzel rupfen lassen, ist das klar? Wir sind hier nicht im *Boot Camp!*« Wütend starrte er aus dem Seitenfenster auf die Rauchschwaden. Seine Finger zuckten; nur zu gern hätte er sie um den dünnen Hals des Raubvogel-Betas gelegt, um ihn so lange zu würgen, bis kein Luftmolekül und kein Leben mehr in dem Tiermenschen verblieben war ... auch wenn das den sicheren Tod der gesamten Einheit bedeutet hätte. Aber der Mission zuliebe hielt er sich zurück und ballte die Hände lediglich zu Fäusten. »Wie ist Rebekka ums Leben gekommen?«

»Mit Becky, also ... das war so – was *steht* hier eigentlich?« Juggas Kopf mit dem spitzen Horn schob sich nach vorn, kurzsichtige Äuglein blinzelten das Armaturenbrett an. »Hier steht STPD PS-TK2-11. Was heißt das?«

»Das heißt, dass wir uns einen Helikopter der *Dipstick*-Serie ausgeliehen haben.« Robert kluckste ärgerlich, während er die Dipstick um ein paar scharfkantige Felsen herum in die Deckung einer ausgedehnten Hügelformation steuerte. »Becky wurde von einem herabfallenden Gebäudeteil erschlagen, Si... ich meine *Chef*. Wir konnten nicht einmal die Leiche bergen, Chef, weil eine komplette Wand auf ihr lag!«

»Na ja, nicht ganz«, zuckte der Nashorn-Hybrid mit den Schultern, was das zottige Anhängsel seiner Kettensäge in Schwingungen versetzte. Es handelte sich um ein nasses, staubverklebtes, haariges und geringeltes Gebilde, das Ähnlichkeit mit einer dieser Jagdtrophäen aufwies, die man ab und zu als Dekoration der Spaßfahrzeuge junger, modebewusster Spritzer beobachten konnte, die sich zu viele ›Nachts in At Lantis‹-Videos reingezogen hatten.

Corrigans graues Auge weitete sich. Fassungslos starrte er abwechselnd Jugga und dann wieder die Kettensäge an.

»Jugga, was *ist* das?«

»Oh, das?« Der grauhäutige Beta blinzelte verblüfft, als er bemerkte, worauf der Blick seines Vorgesetzten gerichtet war. »Das, also das ... ist ... mein neuer *Coolness Enhancer*. Ja, das ist es. Wie in den Filmen. Macht mich cooler und bringt mir Glück.«

Corrigan rieb sich die schmerzende Stirn.

»Sag, dass es ein *Fuchs*schwanz ist!«

Robert warf seinem Nebenmann einen eisigen Blick aus durchscheinend gelben Augen zu, unterdessen bewegten sich Juggas Lippen lautlos.

»Das ist ein Fuchsschwanz, Chefchen«, sagte er schließlich achselzuckend. Wieder bewegte sich das unappetitliche Teil.

Corrigan schüttelte den hochroten Kopf und ließ sich auf die harte Rücksitzbank zurücksinken. »Sheitah, Elma'ar und jetzt Becky. Weißt du, was es bedeutet, drei Kameraden in drei Missionen zu verlieren? Weißt du, was es bedeutet, eine komplette Stadt dem Erdboden gleichgemacht zu haben? Hast du auch nur die geringste Vorstellung von dem, was uns jetzt erwartet?«

»Formulare, Chef«, meinte Robert trocken. »Viele, viele Formulare.«

Nur Corrigans Selbsterhaltungstrieb kämpfte jetzt noch gegen die Wut an, die kochend heiß in ihm aufstieg, die seine Kehle zuschnürte, die seine Gedanken unter einem roten Schleier versinken ließ und ihm zuflüsterte, die Mündung der *Signum* auf dem gefiederten Hinterkopf des Falken-Betas aufzusetzen und den Finger zu krümmen. Wenn er den sarkastischen Piloten erschoss, würden sie unweigerlich abstürzen ... aber wenn er an die ganzen Berichte dachte, die er schreiben musste, wurde ihm schlecht. Von den Debriefings, dem Gebrüll und Nomuras krebsrotem Gesicht ganz zu schweigen. Und sein *Buyback* – ja, das große Glück war ihm zuteilgeworden – würde sich wahrscheinlich verdoppeln. Nicht, dass er bei der augenblicklichen Höhe der Summe jemals die Chance bekommen würde, sich von *UI* und seiner Strafe freizukaufen.

Er blies die Backen auf und spulte in Gedanken sein Beruhigungsmantra ab, um nicht doch noch den Rest an *Contenance* zu verlieren und seine ›Männer‹ alle umzubringen ... jeden einzelnen. Den Vogel, das Nashorn und den Büffel. Schnell oder langsam, schmerzlos oder grausam, aber auf jeden Fall endgültig.

Satellitencafé. Sa-tel-li-ten-ca-fé.

Er atmete tief durch und zwang die blubbernde Wut zum Rückzug; die Anstrengung färbte seine Knöchel weiß.

»Genauso ist es, Leute. Das war Kacke am Stock. Aber

wenigstens hat Team Gelb bei seinem Teil der Mission nicht gepatzt.« Er klopfte auf die Gürteltasche, die das Ziel der Mission enthielt, den Speicherchip mit den von *STPD Engeneering* geborgten Daten. »Hoffentlich sind diese Informationen all das wert gewesen ...«

»*Bei Hermes!*«

Robert riss das Steuer zur Seite. Der *Dipstick*-Helikopter machte einen heftigen Schlenker, so dass Corrigan beinahe von der Bank gefallen wäre. Hart prallte Floyds dicker Schädel gegen ihn. Dann schoss eine schlanke, weiße Rakete am Hubschrauber der *UI*-Justifiers vorbei und sprengte ein Loch in einen der umgebenden Hügel. Floyd grunzte verwundert, als Corrigan seinen gehörnten Kopf unsanft zur Seite schob und sich wieder aufrichtete.

»Alle festhalten«, schnarrte Robert. »Vielleicht kann ich unseren Verfolger abschütteln!«

Corrigan drehte sich um und sah nun auch den rotockergelben Hubschrauber, der hinter ihnen zwischen den kargen Hügeln aufgetaucht war; es schien sich um ein kleineres Modell ohne zusätzliche Antigrav-Pulsatoren zu handeln, das dafür aber mit doppelt so vielen Raketenlafetten ausgestattet war.

Nun ja – einem Hubschrauber konnten sie entkommen. Gegen einen *Angry Devil*, den beliebten kleinen *STPD*-Düsenjet, hätten sie nicht die geringste Chance gehabt.

Wieder löste sich eine Rakete aus ihrer Halterung und taumelte auf einem weißen Strahl auf den Helikopter der Justifiers zu. Im gleichen Augenblick schrillte die Stimme des sonst so coolen Piloten entsetzt auf. Corrigan sah gerade noch rechtzeitig nach vorn, um die Kufen eines weiteren *STPD*-Jagdhubschraubers mit einem Knall durch die große Frontscheibe bersten und den Arm des Vogelmanns knapp unterhalb des Ellbogens abtrennen zu sehen. Blut klatschte gegen das Armaturenbrett und die Überreste der Plexischeibe, dann traf die Verfolgerrakete das Heck des *Dipstick*, das kreischend auseinanderbrach. Die hinteren Bänke wurden aus der Verankerung gerissen; gleichzeitig ertönte das Geräusch einer startenden *Helluvex*-Kettensäge.

Corrigan, der sich instinktiv in das Webbing neben der seitlichen Einstiegsluke krallte, sah aus dem erweiterten Winkel seines künstlichen Auges, wie der brüllende Floyd – ohne *Helluvex* – durch eine der neuen Öffnungen im Rumpf des gestohlenen Helikopters verschwand. Dann krachte ein schwerer und scharfkantiger Gegenstand gegen Corrigans Kopf, und es wurde schlagartig dunkel.

23. März 3042 a. D. (Erdzeit)
System: Holloway
Planet: Holloway II *(United Industries)*
Forschungsstation RD 730 441 H2 *(Niamh Nagy)*,
 Modul 5

Hildred van Zavern rannte den schmalen Gang entlang, der Modul 5 mit Modul 6 und der Ausgrabungsstelle III verband. Ihr langes, hellblondes Haar flatterte, als sie rannte, ihr Atem ging stoßweise, aber sie ahnte – nein, sie wusste, dass Geschwindigkeit allein nicht ausreichen würde, um ihren Verfolgern zu entkommen … grausigen Parodien menschlicher Lebewesen, die über Eigenschaften verfügten, die sie keinem anderen Menschen wünschte.

Die Forschungsassistentin schluckte hart und versuchte, noch schneller zu laufen, aber sie war am Ende ihrer Möglichkeiten angelangt. Die Anstrengung ließ ihre schlanken Beine zittern. Es war nur eine Frage von Minuten, bis ihre unmenschlichen Jäger sie eingeholt haben würden.

Erstaunt spürte sie, wie Tränen ihre grünlichen Augen füllten; der lange Gang, in dessen Mitte eine Serie von Schleusen eingebettet war, die nach draußen zur Ausgrabungsstelle führten, verschwamm.

»Nur nicht ablenken lassen, Hildred«, keuchte sie und drängte die Tränen zurück. Sie würde jeglichen Funken Kraft und ihre ganze Cleverness benötigen, um heil aus einer Situation herauszukommen, von der sie nicht wusste, wie sie hineingeraten war ... was geschehen war ...

Und schon konnte Hildred die schweren Schritte ihrer Verfolger in der Entfernung hören. Zwar hatten sie den Verbindungsgang noch nicht erreicht, aber die mit verzerrten Stimmen gebrüllten Befehle aus den Mündern von ... von *Männern*, mit denen sie zu Schichtbeginn noch gelacht und gescherzt hatte, drangen deutlich an ihre Ohren. Und die Befehle bedeuteten nichts anderes als ihren Tod.

»*VERSIEGELT DEN ZUGANG ZU MODUL 6!*«

Hildred stoppte so schnell, dass ihr die glatten Haare ins Gesicht schlugen. Zwar würde sie die elektronischen Schlösser der Schleusen mit ihrer AR&D-Kennung öffnen können, aber sich mit mehreren Türen in Folge zu beschäftigen kostete Zeit, die ihr nun nicht mehr zur Verfügung stand. Ihre Verfolger würden sie stellen und erschießen, zerreißen, zerquetschen ... was auch immer ...

Hildred kontrollierte ihre Atmung, um die aufsteigende Panik zu bekämpfen.

»Beruhige dich«, flüsterte sie tonlos.

Es musste ihr doch möglich sein, auch in einer so bedrohlichen Situation klare Gedanken zu fassen ...

... und da war plötzlich ein Gedanke, erschreckend in seiner Klarheit, so rein, dass er schmerzte.

Ohne zu zögern, drehte sie sich um und eilte zurück in die Richtung, aus der sie gekommen war. Ihr Ziel waren nun nicht mehr der Hangar in Modul 6, in dem sich das Shuttle der *Niamh-Nagy*-Station befand.

Vor einer der dicht über dem Boden befindlichen Metallklappen beugte sie sich nach unten. Die knapp 35 Zentimeter hohen Wartungsbots des Moduls 5 verfügten der Einfachheit halber über die gleiche Zutrittsberechtigung wie die bei Stelle III arbeitenden Forscher und Forscherinnen: Logischer Umkehrschluss war, dass sich auch Hildreds Ausweiskarte dazu nutzen ließ, die Klappen zu öffnen.

Mit einem leisen Zischen glitt die Abdeckung in die Wand.

Blitzschnell zwängte Hildred den blonden Kopf und die schmalen Schultern durch die Öffnung, gerade breit genug, um sie durchzulassen. Aber die Forscherin war nicht nur athletisch gebaut, sie war auch biegsam genug, um vollständig in den Wartungsgang hineinzuschlüpfen; ihre Jäger hingegen ...

Zischend schloss sich die Klappe wieder. Hildred presste sich an die kalte Rückwand, die an die Außenhaut des Verbindungsgangs grenzte, und richtete sich dann so weit auf, wie es ihr in der beengten Umgebung möglich war.

Die Wartungsbots fanden sich ohne Licht in ihren Gängen und Schächten zurecht; die im Dunkeln schwach schimmernden Kontrollleuchten genügten auch Hildred, um sich zu orientieren. Sie sah sich kurz um. Zwar hatte sie kaum Platz, um sich zu bewegen, aber zumindest würde ihr dieses Manöver Zeit verschaffen, und die benötigte sie dringend, wenn sie ... wenn sie *überleben* wollte.

Zu ihrer Rechten stieg der Wartungsgang sanft an, um sich dann plötzlich in einen steilen Schacht zu verwandeln. Gerade als sie in die andere Richtung blickte, hörte sie, wie sich die Tür zwischen Modul 5 und dem Verbindungsgang öffnete.

»WIR WAREN ZU LANGSAM«, hallte eine verzerrte Stimme durch den Gang, die sie als die von Griffon identifizierte ... Griffon, mit dem sie vor wenigen Stunden noch in der Cafeteria gefrühstückt hatte. In ihrem Inneren schien sich etwas zusammenzukrampfen. »SIE IST NICHT MEHR HIER!«

Keine Panik.

»VIELLEICHT IST SIE RAUSGEGANGEN«, brüllte eine andere Stimme.

»OHNE DRUCKANZUG?«

»NA LOS, ÖFFNET DEN ZUGANG ZU MODUL 6«, bellte ein drittes ... *Wesen*, dann entfernten sich die Schritte schnell.

Hildred blieb dennoch vorsichtig. Mit angehaltenem Atem kletterte sie so geräuschlos wie möglich hinter der Wand weiter, bis sie ihr neues Ziel erreicht hatte: eine Aufladestation für Wartungsbots.

Wachsam ließ sie sich neben einem der mit zahlreichen Messinstrumenten und kleinformatigen Werkzeugen ausgestatteten Roboter nieder, der sich hier eingestöpselt hatte und nun zufrieden vor sich hin summte. Mit einer fahrigen Bewegung strich Hildred über den Rücken des dummen kleinen Bots, dann wischte sie sich ein paar widerspenstige blonde Strähnen aus dem Gesicht und schloss die Augen ...

... und sah augenblicklich Shumaels kühles Gesicht vor sich.

Sie seufzte leise. Wie lange war es eigentlich her, dass sie sich von ihm und seinem Glauben, seiner Organisation abgewandt hatte?

Es kam ihr wie eine Unendlichkeit vor.

Vor dieser Unendlichkeit, da hatte auch sie sich mit seinen Zielen identifiziert, aber mit der Zeit war Hildred reifer geworden. Das Wort ›vernünftiger‹ wollte ihr in diesem Zusammenhang nicht in den Sinn kommen, aber ihr war klargeworden, dass nicht all das, was Shumael und die anderen postulierten, auch der – oder besser gesagt ihrer – Wahrheit entsprach.

Shumael hatte sie gehen lassen, ganz ohne Bitterkeit, denn Bitterkeit war eines der ›niederen‹ Gefühle, die er und die anderen abgelehnt hatten.

Von da an hatte sich Hildred ihren eigenen Interessen gewidmet. Diese beinhalteten das Lösen der Rätsel ahumaner Artefakte, auch wenn sie sich am allerliebsten mit der medizinisch-kybernetischen Forschung beschäftigte, die Shumael als ›grausame Perversion‹ bezeichnet hatte.

Dass sie in ihrer verzwickten Lage nun ausgerechnet *sein* strenges Gesicht vor sich sah – war es ein Hinweis darauf, dass er nach all den Jahren doch Recht behalten sollte?

Vielleicht war es das.

Aber für Reue war es nun zu spät.

Ihre Jäger würden bald wissen, dass sie nicht bis zur Ausgrabungsstelle vorgedrungen war, insofern musste sie schnell handeln.

Hildred van Zavern blieb nur eine einzige Möglichkeit, sich zu retten – für die sie ein großes Opfer bringen musste.

Wie befürchtet öffnete sich in diesem Augenblick die äußere Schleusentür wieder; allen Beruhigungsappellen zum Trotz quollen plötzlich Tränen aus den Augen der Forschungsassistentin und rannen an ihren geröteten Wangen herab.

»*DAS MISTSTÜCK DARF AUF KEINEN FALL ENTKOM-MEN*«, bellte die verzerrte Stimme, die dritte, die nicht zu Griffon gehörte. »*SIE MUSS HIER IRGENDWO SEIN, ALSO REISST GEFÄLLIGST DIE VERDAMMTEN WÄNDE AUF!*«

Hastig wischte Hildred die Tränen weg und wandte sich dem glatten, schwarzen Paneel zu, das in die Wand neben der Aufladestation eingelassen war. Nicht weit von der Stelle entfernt, an der sie sich befand, kreischte Metall auf Metall.

Es würde keine zwei Minuten dauern, bis ihre Verfolger durchbrachen ...

Sie hob die schwarze Plastscheibe ab und begann dann schnell, aber hochkonzentriert an ihrer Befreiung zu arbeiten.

4

Datum: unbekannt
System: unbekannt, Planet: unbekannt

Es war dunkel und leer.

Kein Gefühl, kein Gedanke, kein Bewusstsein trübten das absolute Dunkel, in dem er schwebte. Hier gab es weder Kälte noch Wärme, weder Schmerz noch Angst, weder Wut noch Freude ... und keine Schwerkraft.

Aber es gab eine Stimme. Eine helle, klare, weibliche Stimme, die sich aus weiter Entfernung einen Weg in die umgebende Finsternis bahnte.

Und der Bewohner der Dunkelheit lauschte den durch die Finsternis treibenden Silben, die sich allmählich zu Worten formten.

»Das ist er? Sind Sie ganz sicher?«

»Ja, Ma'am«, drängte sich eine zweite Stimme in das Dunkel, auch sie weiblich, aber tiefer und weicher.

»Nun, ich kann nicht behaupten, dass ich sonderlich beeindruckt wäre. Kann er mich hören?«

»Das sollte er gleich können. Die Werte besagen, dass er

im Aufwachen begriffen ist, auch wenn ich noch immer nicht verstehe, wieso wir ihn zu diesem Zeitpunkt aus dem Koma holen mussten, Ma'am. Es ist noch viel zu früh dazu.«

»Niemand verlangt von Ihnen, dass Sie es verstehen, aber mein Terminkalender lässt keinen anderen Zeitpunkt zu. – Ist er jetzt endlich so weit?«

Die klare Stimme trieb näher heran.

»3009-02-11-GSII-HTX 120AR4A-UI, CWO2, hören Sie mich?«

Und Bewusstsein, Gedanken und Schwerkraft kehrten schlagartig zurück.

Ist das mein Name?

»Ist das mein Name?«, krächzte eine dritte, weit entfernte Stimme, die das Dunkel zum Vibrieren brachte.

»Das sind Ihre Identifikationsnummer und Ihr Rang«, befand die erste Stimme kühl. »Also hört er mich tatsächlich. Erinnern Sie sich nicht an Ihren Namen?«

Mein Name ist ...

Ein Erinnerungsfetzen trieb vorbei, streifte das betäubte Bewusstsein im Dunkel. Ein Helikopter. Ein Name ...

»Floyd«, krächzte die Stimme, die zu ihm gehören musste, woraufhin die klare Stimme belustigt auflachte.

»Nein, Ihr Name ist nicht Floyd, auch wenn Floyd genau wie Sie Eigentum von *United Industries* ist.«

»Es wird noch eine Weile dauern, bis er sich wieder erinnern kann – falls überhaupt«, meinte die zweite Frauenstimme besorgt.

»Höre ich da etwa Mitleid heraus? Was ist mit Ihnen los, Chu – sind Sie einem der üblichen Syndrome zum Opfer gefallen? Ausgerechnet Ihr Mitgefühl hat er beim besten Willen nicht verdient.«

»Er ist mein Patient!«

»Was in Anbetracht Ihrer Vorgeschichte eine bedauerliche Fehlentscheidung der Dienstleitung ist. – Sie da. Sind Sie noch wach?«

Das Eigentum von *United Industries*, das nicht Floyd war, räusperte sich und meinte, die Vibration seiner Stimme in seinem Kopf zu verspüren.

»Ich höre Sie klar und deutlich, aber ich kann Sie nicht sehen, weil es hier so beschissen dunkel ist. Können Sie bitte das Licht einschalten?«

»Sie«, sagte die erste Stimme, ohne auf seine Bitte einzugehen, »Sie sind Chief Warrant Officer William Jeronimas Corrigan. Sie führen eine Justifiers-Einheit für die R&D-Abteilung von *United Industries* – also für Forschung und Entwicklung – und haben Ihre letzte Mission buchstäblich in den Sand gesetzt.« Ein trockenes Auflachen. »Sie haben selbst dafür gesorgt, dass die Forschungsergebnisse, die Sie uns mitgebracht haben, keinen einzigen C mehr wert sind. Ich wollte bloß, dass Sie wissen, dass uns Ihr Versagen bei dieser Mission sehr viel Geld gekostet hat.«

Corrigan.

Ja, der Name sagte ihm etwas. *United Industries* und R&D auch. Und nun stellte sich tatsächlich ein Gefühl ein, ein Gefühl von ...

... Unbehagen.

»Wer sind Sie?«

»Mein Name ist Ayline Gantt. Sobald Ihre Arbeitskraft wiederhergestellt ist, werden wir uns unter vier Augen über Ihre katastrophale Leistung unterhalten können. Bis dahin, Mr. Corrigan.«

Er hörte schnelle, sich entfernende Schritte, dann spürte er, wie sich jemand näherte. Und etwas ... eine Hand ... berührte ... seine Schulter?

Die schützende dunkle Hülle wurde durchlässig; Corrigan wurde warm.

»Ms. Gantt ist sehr direkt. Machen Sie sich bitte nichts draus, Mr. Corrigan.« Der Druck der warmen Hand auf seiner Schulter verstärkte sich. »Und sie hat Recht, Sie werden schon bald wieder sehen können. Das verspreche ich Ihnen. Falls Sie eine Lieblings-Augenfarbe haben – *nein, Mr. Corrigan, Sie können Ihren Arm nicht heben!*«

Er spürte, wie Chu eines seiner Körperteile – den Arm? – wieder nach unten presste. Etwas klickte.

»Wir mussten Sie immobilisieren, damit Sie sich nicht versehentlich verletzen. Ihr Körper reagiert noch etwas – nennen wir es mal ›willkürlich‹ auf die Signale aus Ihrem Kopf.«

Ich bin blind und gefesselt? Ach so.

Seltsamerweise machte es ihm – Corrigan – nicht einmal etwas aus, was er vermutlich einem Drogencocktail der Krankenstation zu verdanken hatte.

Er hörte, wie die Frau tief durchatmete.

»Sie werden bald wieder einschlafen, Mr. Corrigan. Es tut mir wirklich leid, dass Ms. Gantt sie nur aufwecken ließ, um Ihnen zu sagen, dass Sie vermutlich nicht Mitarbeiter des Jahres werden. Ich war dagegen, aber versuchen Sie einmal, einen Manager umzustimmen, der sich etwas in den Kopf gesetzt hat.«

Ist das Humor? Vermutlich. Sie versucht, mich zu beruhigen, dabei rege ich mich überhaupt nicht auf.

Corrigan überlegte kurz.

»Sie ... sie heißen Chu?«

Erstaunlicherweise dauerte es ein Weilchen, bis die Frau antwortete.

»Beinahe. Chou. *Charlie Hotel Oscar Uniform.*«

»Schade. Dann sind Sie nicht zufällig verwandt mit Chu Jiang, der Musikerin?«

»Von der Dame habe ich noch nie gehört«, gestand Chou bedauernd, aber in Corrigans Vorstellung hatte sie sich soeben als sehr attraktive schwarzhaarige chinesische Elfe manifestiert.

Er lächelte.

Zumindest nahm er an, dass sein Körper das Signal halbwegs korrekt umgesetzt hatte, denn als sie weitersprach, klang die Stimme der Frau, als lächelte sie ebenfalls.

»Ich habe mich eben unterbrochen, als ich Ihnen die Frage nach Ihrer Lieblings-Augenfarbe stellen wollte, Mr. Corrigan. Welche ist es nun?«

»Grau, Doktor Chou.«

»*Schwester* Chou«, korrigierte sie sanft. »Und nur Psioniker haben graue Augen.«

»Ich bin kein Psioniker, Schwester, und habe trotzdem graue Augen. Nicht durch und durch grau, aber dennoch grau.« Als Chou schwieg, verbesserte er sich: »Ich meine, ich *hatte* graue Augen. Glaube ich zumindest. Aber wenn Sie Grau nicht mögen, dann nehme ich eben Weiß: So weiß wie die Unschuld und so weiß wie das Gegenteil dessen, was ich jetzt gerade sehe. So weiß wie Ihr Kittel.«

Sie lachte leise auf.

»Davon abgesehen, dass mein Kittel nicht weiß ist, haben Sie aber schon verstanden, dass sich meine Frage auf Ihre zukünftige Augenfarbe bezogen hat, Mr. Corrigan?«

»Was stimmt denn nicht mit Weiß?«, wunderte sich der Justifier, Chou lachte freundlich.

»Nur Zombies haben weiße Regenbogenhäute. Aber obwohl in Ihrem Fall einiges für ›Zombie‹ spricht, schwöre ich Ihnen, dass wir auch das wieder hinbekommen werden.«

»Da bin ich aber beruhigt«, entgegnete Corrigan automatisch, ohne zu wissen, worauf genau sich ihre Aussage bezog. Es fiel ihm schwer, überhaupt einen Gedanken zu fassen, denn die Dunkelheit schien mit einem Mal um ihn herum zu verschwimmen. »Welche ... welche Farbe hat denn nun Ihr Kittel, Schwester Chou?«

»Ein sehr helles Veilchenblau, Mr. Corrigan. Es ist beinahe schon grau, aber ganz bestimmt nicht weiß.« Die Stimme der Schwester wurde leiser und klang auch ein wenig bekümmert. »Sie waren schon so oft hier. Erinnern Sie sich denn gar nicht mehr an unsere Krankenstation?«

Er erinnerte sich tatsächlich weder an die Krankenstation noch an Schwester Chou, und was er sich unter einem Veilchen vorzustellen hatte, wollte ihm auch nicht einfallen. Im Grunde hatte er nicht die geringste Ahnung, wo er sich überhaupt befand, während er durch die zähe, finstere Masse trieb, die ihn nach und nach einschloss. Aber weil die Schwester mit einem Mal so betrübt klang, hatte er das Gefühl, sie aufheitern zu müssen.

»Heute gerade nicht, Schwester, aber es ... es fällt mir

bestimmt ... bald wieder ein. Glauben Sie denn, das ... das Blau Ihres Kittels wäre eine ... gute Wahl für ... für meine *Regenbogenhäute?*«

Er sah bildlich vor sich, wie die bildschöne chinesische Elfe die sorgfältig getrimmten Augenbrauen hochzog, bevor sie »Unbedingt« entgegnete. Dann schwappte die finstere Masse über ihm zusammen und spülte ihn weit, weit weg.

5

25. März 3042 a. D. (Erdzeit)
System: DEF-563-UI
Planet: DEF IV *(United Industries)*
Utini Raumstation, Krankenquartiere

Corrigan warf noch einen letzten Blick in den Spiegel über dem Waschbecken. Irgendetwas stimmte mit dem Kragen seines grauen Overalls nicht, also korrigierte er den Sitz mit Daumen und Zeigefinger der rechten Hand. Dann brachte er seine Rangabzeichen in Position und fuhr schließlich über die mikrokurzen Borsten auf seinem Kopf. Die Frisur war zwar nicht sonderlich elegant, aber zweckmäßig – und stand ihm immer noch besser als die spiegelnde, von zahlreichen Narben überzogene Glatze, mit der er nach der letzten einer Reihe von Operationen aufgewacht war. Einige der roten Linien waren auch durch die nachwachsenden Stoppeln gut zu sehen; sollte Corrigan jemals den Wunsch verspüren, das Haar akkurat zu scheiteln, würde das eine größere Herausforderung darstellen.

Beinahe wehmütig blickte er zu dem Bett zurück, in dem er einen Großteil seiner Rekonvaleszenz zugebracht hatte. An dem metallenen Monster mit den tausend blinkenden Anzeigen selbst war nichts Besonderes gewesen, aber das medizinische Personal hatte sich als erstaunlich freundlich erwiesen. So viel Zuwendung hatte er nicht erfahren, seit er zurückdenken konnte, und das machte den Abschied umso schwerer.

Zu allem Überfluss ging gerade Schwester Chou mit einem Servierwagen an der geöffneten Tür des Krankenzimmers vorbei. Die mandeläugige Elfe aus seiner Vorstellung hatte sich als stahlharte, aber elegante Dame entpuppt, die ihr frühzeitig ergrautes Haar mit Stolz trug. Zwar hätte er sie durchaus als hübsch bezeichnet, aber die Pin-up-Qualitäten der jungen Star-Violonistin Chu Jiang, deren Tracks zurzeit überall gespielt wurden, besaß Schwester Chou beim besten Willen nicht.

Corrigan sah kurz auf den Wecker, der im Rand des mächtigen Betts eingelassen war. Die darauf angegebene Uhrzeit stimmte exakt mit der überein, die er gerade geschätzt hatte. In wenigen Minuten hatte er ein Stelldichein in Nomuras Büro, aber viel lieber wäre er der Schwester hinterhergeeilt, um sich bei ihr zu bedanken.

Will ich mich zur Begrüßung von meinem lieben alten Freund Nomura zusammenbrüllen lassen?

Corrigan hasste den roten Kopf, den der Manager immer dann bekam, wenn etwas schiefgegangen oder – Gott bewahre! – jemand nicht seiner Meinung war. Vermutlich würde der Kopf des Mannes einfach explodieren, wenn Corrigan zu spät zum Debriefing kam. Das wäre vielleicht sogar die beste Lösung für das komplette Team, Nomura eingeschlossen.

Aus Gewohnheit blickte Corrigan auf sein Handgelenk, aber wo sich vor dem Hubschrauber-Crash das Display des JUST befunden hatte, war jetzt bloß noch eine raupenähnliche Narbe zu sehen.

Natürlich. Sie haben meine Uhr entfernt. Das muss er als Grund für meine Verspätung akzeptieren.

Schnell verließ Corrigan den Raum, um Schwester Chou zu verfolgen, die sich glücklicherweise noch im Hauptgang befand. Sie unterhielt sich gerade mit einem anderen Medizintechniker, der an seiner distelfarbenen Laborkombination zupfte und dann wild gestikulierte, woraufhin beide in Gelächter ausbrachen. Er war laut wie ein Esel, ihr Lachen hingegen klang sehr kultiviert.

Lächelnd wartete Corrigan, bis beide wieder ihrer Wege gingen; er grüßte den Mann, der sein Nicken im Vorbeihasten erwiderte, dann hatte er die Krankenschwester erreicht, die ihm den Rücken zuwandte. Sie summte leise vor sich hin, während sie mit professionellem Geschick die kleinen Injektoren und Becher sortierte, die auf dem Servierwagen aufgereiht waren.

Mit einem artigen »Guten Morgen, Schwester Chou« legte er eine Hand auf ihre Schulter – und löste eine Kettenreaktion aus. Chou schrie auf, schlug Corrigans Hand zur Seite und sprang aus dem Stand in die Höhe, so dass ihr silberner Zopf hüpfte, gleichzeitig rollte der Servierwagen davon und prallte mit einem Krach gegen den Türrahmen eines der Stationszimmer. Im Herumwirbeln griff die Schwester unter ihren Kittel, zog einen unhandlichen Gegenstand heraus und richtete ihn mit beiden Händen auf Corrigan. Nackte Angst verzerrte ihr sonst so freundliches Gesicht zu einer Grimasse.

»Vhoa!« Corrigan war nicht minder erschrocken, aber sein Blutdruck sank schon wieder auf Normalmaß, während er vorsichtig einen Schritt zurück machte. »Hey, hey, ganz ruhig, Schwester«, sagte er; dennoch zeigte das Geschäftsende des Elektrostunners unverändert auf seine Brust.

Die Hände der Frau zitterten. Sie umschlossen den Griff der Betäubungswaffe so fest, dass die Knöchel in gelblichem Weiß erstrahlten. Das Schlimmste an ihrem Anblick war jedoch die Furcht in den dunklen Augen.

»Hände nach oben, oder du machst die Bekanntschaft von 8 Millionen Volt«, knurrte da jemand hinter Corrigan, und im nächsten Moment presste jemand einen weiteren Stunner in seine Nierengegend. Er musste zu dem Pfleger gehören, den er eben passiert hatte, denn die Stimme des Mannes passte perfekt zu der albernen Eselslache.

Ganz, ganz vorsichtig hob Corrigan die Hände über den Kopf. Der Pfleger stand viel zu dicht hinter ihm, weil er offenbar Angst hatte, er könnte sein Ziel verfehlen, und das wiederum bedeutete, dass sich der Kopf des Mannes in Corrigans Reichweite befand. Eine einzige schnelle Bewegung hätte genügt, um den anderen an den Ohren zu packen und ihm das Genick zu brechen.

»Schon besser«, grollte der Medtech, der offenbar ganz heiß darauf war, Star seines eigenen Action-Vids zu werden. »Rühr dich bloß nicht, bevor ich es dir sage, sonst wirst du gegrillt!« Das hektische Klicken hinter Corrigans Rücken bedeutete, dass der Esel an seinem Stunner herumfummelte. »Und jetzt geh vorsichtig weg von ihm, Marianne. Ich hab' alles im Griff!«

Der Blick der Krankenschwester irrte für einen Moment lang zwischen den beiden Männern hin und her, dann löste sich ihre Anspannung. Die Furcht wich aus ihrem Blick, sie holte tief Luft und ließ ihren Elektrostunner sinken.

»Es gibt keinen Grund zur Panik.« Das galt offensichtlich nicht nur dem Esel, sondern auch ihr selbst. »Er wird mir nichts tun, Mike. Nicht wahr, Mr. Corrigan?«

»Natürlich werde ich ihr nichts tun«, bekräftigte der Justifier, um dem nervösen Pfleger in seinem Rücken zu signalisieren, dass er keine bösen Absichten hegte.

Chous Stunner wanderte zurück unter ihren Kittel, und schon stahl sich das freundliche Lächeln, das ihr Markenzeichen war, wieder auf ihre Lippen.

»Nimm das Ding weg, Mike. Es ist alles in Ordnung.«

»Bist du dir sicher?«, fragte der Mann hinter Corrigan irritiert, aber die eben noch so entsetzte Frau hatte sich bereits in die stählerne Schwester Chou zurückverwandelt.

»Ja, ich bin sicher. Geh schon, Mike.« Sie wedelte mit der Hand, bis sich der Pfleger langsam und vorsichtig zurückzog, dann wandte sie sich dem Justifier zu, der die Hände sinken ließ.

»Es tut mir so leid, Mr. Corrigan. So hätte ich nicht reagieren dürfen.«

Corrigan stutzte.

»Ihnen tut es leid? Asche auf mein Haupt – mir tut leid, dass ich Sie erschreckt habe, Schwester! Sie können sich wirklich glücklich schätzen, einen solch edlen Ritter wie Mike zum Kollegen zu haben.«

»Ja, ich ... ich weiß.« Sie nickte und lächelte. »Was kann ich denn für Sie tun?«

»Die Frage ist, was ich für Sie tun kann. Ich fürchte, ich habe ziemliches Chaos angerichtet.«

Schuldbewusst deutete er auf den Servierwagen und die kleinen Becher, die nun darauf herumrollten. Auch auf dem Boden des Korridors lagen weiße und farbige Tabletten.

Chou warf einen Blick auf das Durcheinander und zuckte die Achseln.

»Das ist ein Fall für die Reinigungsbots.«

»Ich hätte Ihnen wirklich gern beim Aufsammeln geholfen.«

»Ich weiß.« Sie bedachte ihn mit einem langen Blick, in dem sich Bedacht und Mitgefühl mischten, dann wandte sie die Augen abrupt ab, um auf den Servierwagen zu starren.

»Nun«, unterbrach Corrigan nach ein paar Augenblicken die ungemütliche Stille. »Ich darf die Station heute verlassen und wollte mich vorher noch bei Ihnen bedanken, Schwester Chou.«

»Wofür?«

»Ohne Sie und Ihre Engelsgeduld hätte ich all das«, mit einer Kopfbewegung deutete er in Richtung des Zimmers, das er vor wenigen Minuten erst verlassen hatte, »nicht so gut überstanden. Zumindest glaube ich fest daran.«

»Danke, Mr. Corrigan. Das ist nett von Ihnen.« Wieder warf sie ihm diesen seltsamen Blick zu, dann kehrte das freundliche Lächeln zurück. »Ich wünsche Ihnen viel Glück da draußen ... und wenn Sie möchten, können Sie mich ja über Ihre Fortschritte auf dem Laufenden halten. Aber jetzt muss ich wirklich ...«

»Ich muss auch wirklich«, ersparte Corrigan ihr einen weiteren peinlichen Moment. »Denn wenn ich nicht bald in der Verwaltung auftauche, werden sie mit Sicherheit *UI-Sec* schicken, um nach mir zu suchen.«

6

System: Opsis Major
Planet: Yamantaka *(Gauss Industries)*
Territorium von Roos

Kristina »Kit« Lacroze drückte den Hebel des modifizierten *Hermes* nach vorn, und das mit schillernden Sternen beklebte Hovercraft machte einen Satz. Die Beschleunigung des Gefährts war unglaublich; sie drückte die beiden Frauen tief in die Sitze und ließ die verletzte Maya gequält aufschreien.

»Tut mir leid«, rief Kit, eine Fuchs-Beta, über den brüllenden Wind hinweg, der ihr langes rotes Haar durch die Luft peitschte. »Die haben sogar am Antrieb herumgebastelt!«

»Umso besser«, stöhnte die schwarzfellige Katzen-Beta. Aus dem Augenwinkel sah Kit, dass Maya schlaff in den Sicherheitsgurten des zweiten Sitzes hing; Blut quoll über die klauenbewehrte Hand, die sie auf den Bauch presste. »Je schneller wir am Treffpunkt sind, umso besser. Ich weiß nicht, wie lange der Painkillerpatch noch vorhält.«

»Das schaffen wir!«

Kit rümpfte die kurze Schnauze und schob den Hebel weiter vor, während sie das pfeilschnelle Hovercraft mit der anderen Hand um eine Gruppe verdorrt aussehender Bäume lenkte. Der *Hermes* mochte zwar von *KA* sein, die sich nicht gerade einen Namen für Qualitätswaren gemacht hatten; Kit musste jedoch gestehen, dass sich das aufgemotzte Modell, das sie aus der Tiefgarage des *Gauss*-Forschungsstützpunkts ausgeliehen hatte, fantastisch lenken ließ. Auch die weißen Samtpolster wären nicht schlecht gewesen, hätte Mayas Blut sie nicht längst ruiniert.

Der Weg führte nun durch eine ganze Allee der tot aussehenden Bäume, was ihre rasende Fahrt noch schneller aussehen ließ, als sie ohnehin schon war.

»Musste es unbedingt ein Cabriolet sein?«, jammerte die Katzen-Beta und sank tiefer in ihren Sitz, um dem Wind zu entgehen, der durch die Allee kanalisiert wurde und mit fast doppelter Kraft auf sie einpeitschte.

»Hätte ich noch Zeit mit dem Aufbrechen von Türen verschwenden sollen? Sei froh, dass wir überhaupt so weit gekommen sind!« Kits große, goldgesprenkelte Augen waren fest auf den Weg gerichtet. »Wegen deiner Dummheit muss ich mir jetzt nicht nur deine Eingeweide ansehen, ich muss auch versuchen, schneller zu sein als die Hoschis, und im Gegensatz zu mir kennen die Hoschis den Weg!«

»Nenn' es wenigstens ›Neugier‹«, ächzte Maya und drehte den Kopf nach hinten, um einen Blick auf die ›Hoschis‹ zu werfen; ihre Schnurrhaare zitterten im Wind. Die beiden grau lackierten Geländefahrzeuge der *Gauss*-

Industries-Gardeure, die die Justifiers verfolgten, schienen immer mehr an Fahrt zu verlieren, was daran lag, dass der gepimpte *Hermes* wesentlich schneller und auch dankbarer über das steinige Territorium zu lenken war.

»Fahr schneller!«

»Dann gib du Spinova Bescheid, dass wir etwas schneller reinkommen als geplant!« Kit schob den Hebel ihres Flitzers um einen weiteren Zahn nach vorn. »Ich hoffe bloß, dass wir den Hopper nicht einsetzen müssen – bei unserem Tempo würden wir glatt in die Stratosphäre eintreten!«

»Oh, bitte nicht. Bitte bitte nicht.« Maya zog den linken Ärmel ihres Tarnhemds hoch, aktivierte die Kommlinkfunktion ihres JUST und hinterließ einen blutigen Fingerabdruck auf dem Display des implantierten Touchscreens. »Lieutenant, bitte kommen. Wir haben ein Problem. Maya over.«

»Probleme haben wir alle«, brüllte Lieutenant Spinova; die ohnehin schon unangenehme Stimme der Frau, die den *UI*-Justifiers-Trupp anführte, klang über Funk so grässlich, dass Kit instinktiv ihren buschigen Schwanz einzog. »Was ist bei euch los? Over!«

»Wir haben das Paket, bringen aber Besuch mit. Gebt uns zwei Minuten. Over.«

»Verstanden. Erwarten euch. Spinova *over and out!*«

Der schwarze Arm mit dem eingebetteten JUST rutschte schlaff zwischen die Polster.

»Sie wird mir den Kopf abreißen«, klagte die Katzen-Beta.

»Na und? Du hast es verdient! Du hättest die mistige Tür

nicht öffnen müssen, nur weil ›Zutritt verboten‹ draufstand!« Kit rümpfte die Nase. »Wir hatten schon alles, was wir brauchten, und könnten jetzt gemütlich auf dem Rückweg sein, wenn – *Mist*, wo kommt der denn her?«

Als das gestohlene Hovercraft eine Haarnadelkurve beschrieb, weil Kit das Steuer herumriss, schrie Maya schrill auf. Kits Reaktionen waren gut genug, um einen Zusammenstoß mit dem riesigen Ackerschlepper zu vermeiden, der mit seiner sperrigen Ladung quer über den Weg tuckerte, aber das plötzliche Manöver ließ das Gebläse des *Hermes* aufbrüllen. Fauchend schleuderte das Hovercraft über den Boden und blies eine bitter schmeckende Staubwolke in die Luft. Um zu verhindern, dass das schillernde Heck des Gefährts gegen einen der Stämme krachte, nahm Kit den Schub vollends weg. Der Ruck katapultierte sie und Maya nach vorn in die Gurte, und ein Wust roter Haare behinderte ihre Sicht.

»Wow«, rief sie, von der eigenen Leistung beeindruckt, während sie die Haare zurückwarf. »Das nenne ich präzise.«

Die Katzen-Beta schien ihre Einschätzung allerdings nicht zu teilen; vorwurfsvoll starrte sie ihre Kameradin an.

»Spinnst du? Du hättest springen sollen! Die kommen genau auf uns zu!«

Beim Gehörnten ... da hat sie Recht.

Vermutlich wäre es das Beste gewesen, mit Hilfe der *Hermes*-eigenen Sprungmechanik über den gigantischen Schlepper hinwegzusetzen, aber Kit hatte überhaupt nicht daran gedacht, den Hopper zu aktivieren.

Was jetzt?

Zwischen den Bäumen konnte das Hovercraft unmöglich durch, dazu standen die skelettartigen Gewächse zu dicht gedrängt am Rande der Straße – und die *Gauss*-Hoschis in ihren Geländewagen hatten inzwischen ordentlich aufgeholt. Seite an Seite holperten sie den Weg entlang auf das Gefährt der Justifiers zu. Nur zu gut konnte sich Kit die schadenfrohen Mienen ihrer Verfolger vorstellen ...

Ob Maya vor Angst oder vor Schmerzen keuchte, konnte sie nicht sagen.

»Kristina, verdammt – tu etwas! *Irgend*etwas!«

Und Kit tat etwas, indem sie den Schubregler mit einem Ruck ganz nach vorn drückte. Der Kickstart ließ das Gebläse aufheulen, dann schob der Andruck die Frauen nach hinten in die Polster. Diesmal sagte Maya nichts; sie starrte nur mit schreckgeweiteten Augen und gefletschten Reißzähnen auf die schnell näher kommenden »Hoschis«.

Kit steuerte den *Hermes* genau auf der Mitte des Wegs auf die sich schnell nähernden Geländewagen zu, und tatsächlich geschah, was sie gehofft hatte: Der Fahrer des von ihr aus gesehen linken Fahrzeugs zog aus Furcht vor einem Zusammenprall mit dem Hovercraft das Lenkrad heftig nach links. Dabei streifte er einen der knochigen Bäume, geriet ins Schleudern, schoss quer über den Weg und prallte frontal gegen einen Baum auf der anderen Seite. Klirrend und splitternd verformte sich die Karosserie, und Kit stieß einen lauten Jubelschrei aus. Zwar hatte der schleudernde Geländewagen den zweiten verfehlt, dessen Fahrer rechtzeitig in die Eisen gestiegen war, aber ein gegnerisches Fahrzeug war immer noch besser als zwei. Und diesem einen Fahrzeug, dessen Beifahrer nun hektisch die Seitentür öffnete, würde sie es auch noch zeigen – und zwar genau *jetzt*.

Mit der kleinen Faust hieb Kit Lacroze auf den Kontrollknopf des Hoppers. Augenblicklich beförderte die Sprungvorrichtung das Hovercraft mitsamt seiner beiden Insassinnen auf eine steile Flugbahn, die sie weit über den Geländewagen hinausführte.

»Whiiiiiiiiiiiiii«, schrie die Fuchs-Beta begeistert; Mayas Gemaunze klang weniger glücklich – und dann ertönte ein *Ratatat*, gefolgt von explosiv klingenden Einschlägen und hässlichem Splittern.

Mist! Die beschießen uns mit automatischen Waffen!

Ein schneller Blick auf die Kontrollen des Hovercraft überzeugte Kit davon, dass sie richtig vermutet hatte. Das Abbild eines Gebläses erlosch, während die Flugbahn des *Hermes* unaufhaltsam in Richtung Boden führte. Ein zweites färbte sich tiefrot, flackerte auf und erlosch ebenfalls.

Ohne die Lifter würde der Aufprall verheerend ausfallen ...

... und Kits Reflexe verselbständigten sich. Ein Klick, ein Ruck, und sie hatte die Gurte geöffnet und abgestreift. Ein Hopser beförderte sie auf die Sitzpolster, dann drückte sie sich ab und sprang – keinen Augenblick zu früh.

Während die Schnauze des Hovercraft mit einem fürchterlichen Krach auf dem Weg aufschlug, krümmte sich Kit im Sprung zusammen und riss die Arme nach vorn, um den unabwendbaren Aufprall auf dem steinigen Weg abzufangen. Das gelang ihr sogar besser, als sie geglaubt hatte. Zwar spürte sie, wie scharfkantige Steine ihre

Handflächen aufrissen, aber ihre Geschmeidigkeit verhinderte Knochenbrüche oder Verstauchungen. Kit rollte ab, kam auf die Füße, sprang zur Seite und duckte sich hinter einen knorrigen Baumstamm.

Keuchend zog sie ihre schallgedämpfte *ExCess* und linste um den Stamm herum. Wieder schlug ihr der Wind rote Haare ins Gesicht, und sie schwor, sie nach dieser Mission endgültig abschneiden zu lassen, egal, wie sehr die Kerle auf ihre Mähne standen.

Es war gut, dass Kit ausgestiegen war.

Der *Hermes* war bloß noch ein qualmendes Wrack, aus dem diverse Flüssigkeiten rannen und in den Rissen des Wegs versickerten. Maya war von Kits Position aus nicht zu sehen, aber sie hätte schwören können, dass sie die Katzen-Beta selbst über den heulenden Wind jammern hörte. Einer der drei *Gauss*-Gardeure, die dem in einiger Entfernung stehenden Geländewagen entstiegen waren, zielte noch immer mit einer unhandlichen Maschinenkanone auf das zerstörte Hovercraft, und die beiden anderen trabten in Richtung von Kits Baum. Der hintere Mann hielt eine Maschinenpistole im Anschlag, der vordere eine *Prawda*, das *Sternenreich*-Gegenstück zur fast baugleichen schweren *ExCess*-Pistole von *United Industries*. Unwillkürlich fragte sich Kit, ob *Gauss* denn kein vergleichbares Modell in ihrem Portfolio hatte.

Keiner der grau uniformierten Hoschis trug Panzerung, keiner war ein Beta.

Kanonenfutter.

»Irgendwo hier ist das Biest verschwunden«, rief der vorderste Gardeur seinen Kameraden zu und fuchtelte mit der schönen *Prawda* herum. Er war nur noch knapp zwei Meter von Kit entfernt, hatte sie aber noch immer nicht entdeckt.

Dir gebe ich Biest!

Sie fletschte die scharfen Zähne in einem wilden Grinsen, legte sorgfältig an und feuerte.

Tjup. Tjup.

Die *Excess* spuckte heiße Hülsen aus. Einer der schallgedämpften Schüsse traf den Mann in die Stirn, der zweite in den Hals. Blut sprühte, als der Gardeur einen Satz nach hinten machte, stolperte und fiel.

Kit hatte so fest damit gerechnet, dass auch der zweite Hoschi ein leichtes Ziel bieten würde, dass ihr Mund aufklappte, als er eben nicht wie fest zementiert stehen blieb. Im Gegenteil, der Gardeur mit der Maschinenpistole duckte sich bereits ab, bevor sein Kamerad vollständig am Boden angekommen war, und verschwand ebenfalls zwischen den Bäumen.

Nicht mit mir, Arsch!

Kit knurrte, hechtete zur Seite, federte neben ›ihrem‹ Baum wieder hoch und schoss dem Maschinenpistolen-Hoschi in die Weichteile. Mit einem erstickten Schrei krümmte sich der Gardeur zusammen. Die nächste Kugel traf ihn in den Schädel, und der Schrei brach ab. Der Gardeur, der ihr Hovercraft abgeschossen hatte, bemerkte jetzt auch, dass etwas nicht stimmte. Enthusiastisch schwang er den Lauf der gyro-stabilisierten Kanone hin und her.

Nur weil du eine große Wumme hast, bist du noch lange nicht unverwundbar. Idiot.

Über den Lauf der *ExCess* visierte Kit den Kopf des Idioten an, als das winzige Holo-Display ihres JUST aufblinkte. Mit einem lautlosen Fluch führte sie das Handgelenk an ihre Lippen.

»Was?«, fauchte sie leise, aber zu ihrer Überraschung war es nicht Lieutenant Spinova, die antwortete, sondern der Pilot ihres Shuttles.

»Shiloh hier. Was treibst du da, Herzchen? Die zwei Minuten sind um. Wo bleibt ihr? Over!«

»Shiloh, sei mir nicht böse, aber es passt jetzt gerade nicht!«

Noch während Kit die letzten Worte ins JUST schrie, wirbelte sie herum und zog den Abzug ihrer *ExCess* durch. *Klick.*

Es war ein denkbar ungünstiger Zeitpunkt für eine Ladehemmung. Kit hatte keine Ahnung, woher der vierte Gardeur gekommen war, der gerade versucht hatte, sich an sie heranzuschleichen – vielleicht aus dem gecrashten Fahrzeug –, aber sie wollte sich auf gar keinen Fall von ihm töten lassen, nur weil Shiloh Sehnsucht nach ihr verspürte.

Also ließ sie sich fallen.

Mit einem *Braaaattt* jagte eine Salve aus der MPi des vierten *Gauss*-Hoschi durch die Luft an der Stelle, an der sie sich eben noch befunden hatte. Kit rollte rückwärts, ergriff die *Prawda*, die auf dem steinigen Weg lag, machte eine blitzschnelle Kehrtwende und feuerte. Die schwere Waffe war so laut, dass Kit zusammenfuhr, aber dafür funktionierte sie wenigstens. Das Geschoss durchschlug Waffenhand und Brust des Uniformierten und ließ ihn fluchend zur Seite taumeln. Als Zugabe schoss ihm die Justifierin, die diesmal auf den Knall vorbereitet war, in den Kopf; der Mann fiel um wie ein Sack Zement.

Trotz des heulenden Winds hörte Kit, wie der Motor der Automatikkanone anlief. Natürlich hatte inzwischen auch der Idiot des Kanonenfutter-Quartetts mitbekommen, wo sich »das Biest« aufhielt, also wirbelte sie erneut herum und schoss ihm ins Gesicht, bevor er die Bäume auf ihrer Seite der Allee in Holz-Schrapnell verwandeln konnte. Der Kopf des Gardeurs wippte nach hinten und versprühte Schmodder. Dass der Motor der Kanone auslief, bedeutete wohl, dass auch diese »Gefahr« ausgeschaltet war, aber aus irgendeinem Grund blieb der Mann aufrecht stehen – vermutlich benutzte er einen Gyroaufsatz für wirklich schweres Gerät, der mit einem schwachen Antigrav-Pulsator ausgestattet war. Das gefiel Kit überhaupt nicht, also nahm sie Anlauf und rammte ihm ihre Schulter in den Bauch. Seine Knie gaben nach, und langsam, ganz langsam rutschte der Gardeur aus den Tragegurten.

Kit verfolgte seinen Fall mit gespitzten Ohren und gezückter *Prawda*, bis der ruinierte Kopf auf den Steinen aufschlug, dann wartete sie einen Augenblick.

Mayas Gejammer hatte inzwischen aufgehört.

Erst als alles ruhig blieb und abzusehen war, dass kein weiterer Hoschi zwischen den Bäumen hervorspringen würde, lief sie zum Wrack des Hovercrafts.

Die Schnauze des *Hermes* schien sich vollständig um die Katzen-Beta herum zusammengefaltet zu haben. Das bisschen, was vom Körper der Justifierin noch zu sehen war,

war blutüberströmt, die Tarnbekleidung zerrissen, und vermutlich hatte der Aufprall sämtliche Knochen in ihrem schwarz bepelzten Leib zertrümmert.

Kit rümpfte die Schnauze, dann legte sie eine klauenbewehrte Hand auf den blutbesudelten Hals ihrer Kameradin.

Maya bewegte sich nicht, als Kit sie berührte; sie hatte zwar einen Puls, aber der war schwach und unregelmäßig.

»Puh«, stöhnte Kit.

Die andere aus dem Fahrzeugwrack herauszubekommen, würde ohne geeignete Hilfsmittel so gut wie unmöglich sein, also hielt sie die *Prawda* an Mayas Genick und erschoss sie.

Leider konnte Kit ihre Kleidung nicht auf Ausweise oder andere Dinge durchsuchen. Da sie Maya gut genug gekannt hatte, wollte sie nicht von der Annahme ausgehen, sie hätte sich ebenso wie sie an die Anweisungen von Lieutenant Spinova gehalten und alles, was ihre Herkunft verraten konnte, an Bord der Raumstation gelassen. Also griff sie zu ihrem Multitool, hielt das Feuerzeug an die Treibstoffspur, die über den Weg rann, und setzte sie in Brand. Innerhalb weniger Augenblicke stand das Fahrzeug in Flammen, was dem No-Comeback-Auftrag eigentlich genügen sollte.

Dann schnürte Kit zu dem anderen Wrack, dem zerquetschten Geländewagen der *Gauss*-Gardeure, und starrte durch die zertrümmerten Scheiben. Was von Fahrer und Beifahrer sichtbar war, regte sich nicht, aber zur Sicherheit jagte Kristina »Kit« Lacroze jedem der beiden eine Kugel durch den Kopf, bevor sie sich umdrehte und zu dem unbeschädigten Fahrzeug trabte, dessen Türen offen standen. Mit einem Blick ins Innere vergewisserte sie sich, dass der Schlüssel noch steckte, dann kletterte sie auf den Fahrersitz, schloss die Türen und aktivierte die Komm-Funktion ihres JUST.

»Shiloh, bitte kommen.«

»Herzchen, bist du das?«, kam augenblicklich die Reaktion des Piloten. »Ich dachte schon, dir wäre etwas passiert. War ja ziemlich laut bei euch.«

Kit startete den Motor des Fahrzeugs und legte den Gang ein.

»Mir geht es gut, aber Maya ist tot.«

»Ich konnte sie nie besonders gut leiden«, versetzte Shiloh. Im Hintergrund der Übertragung ertönten Geräusche, die darauf schließen ließen, dass das Shuttle-Geschütz feuerte. Offenbar war auch am Sammelpunkt der Justifiers am anderen Ende der Leitung ordentlich etwas los. »Kommst du jetzt endlich rein? Wir könnten dich hier wirklich gut gebrauchen!«

Kit sah nach vorn; der Ackerschlepper hatte den Weg inzwischen freigegeben und war nicht mehr zu sehen. Vermutlich wechselte der Fahrer in irgendeinem Gebüsch gerade seine verschissenen Unterhosen.

Sie grinste schwach und legte den Vorwärtsgang des Geländewagens ein.

»*Roger*, Herzchen. Bin schon unterwegs.«

7

System: DEF-563-UI
Planet: DEF IV *(United Industries)*
Utini Raumstation, R&D-Verwaltung

Wie sich herausstellte, war Corrigan trotz seiner Trödelei viel zu früh dran. Entweder das, oder Nomura war mit dem Zuspätkommen an der Reihe – jedenfalls war die mit Edelstahl beschlagene Tür zu seinem Büro verschlossen, und so ließ er sich in einen der eleganten, aber schmalen schwarzen Sessel fallen, die im Gang vor dem Büro standen.

Sie mussten neu sein, zumindest konnte er sich nicht an die Sessel erinnern, und was sich Nomura bei ihrer Anschaffung gedacht haben musste, konnte sich Corrigan kaum vorstellen, denn selbst er mit seinen Durchschnittsmaßen fühlte sich durch die eng zusammenstehenden Armlehnen beengt. Ob die Sessel den Herrschaftsanspruch des *Homo Sapiens Sapiens* demonstrieren sollten? Größere Betas konnten hier jedenfalls nur im Stehen warten ...

Er zog das aus billigstem Kunststoff bestehende Speichermedienabspielgerät – im *UI*-Jargon kurz SMAG genannt – zu sich heran, das an dem niedrigen Tisch festgekettet war, und lächelte schwach.

Der Kon vertraut nicht einmal dem eigenen Personal. Typisch UI.

Schon nach kurzer Zeit warf er das SMAG wieder auf den Tisch zurück, steckte aber wenigstens den Datenträger mit dem Image-Film in die Brusttasche seines Overalls. Schließlich wollte er die Erwartungen seines Arbeitgebers nicht enttäuschen ... wer mindestens fünfzig Prozent seiner Belegschaft aus pelzigen Rechtlosen und dem straffällig gewordenen Abschaum der Menschheit rekrutierte, schrie geradezu danach, beklaut zu werden.

Nomura war immer noch nicht da, und langsam machte sich Corrigan deswegen Sorgen. Auch gefiel ihm nicht, dass sich keines der anderen Mitglieder seiner Einheit blicken ließ. Der Helikopterabsturz, an den er sich nicht erinnern konnte, sollte zwar übel gewesen sein, aber bisher hatte niemand behauptet, all seine Betas seien tot.

Automatisch blickte er auf das JUST-lose Handgelenk.

Ich brauche dringend eine Multibox. Dann hätte ich wenigstens einen Anhaltspunkt dafür, ob die Uhrzeit, die mir im Kopf herumschwirrt, einigermaßen zu der tatsächlichen Stationszeit passt.

Unruhig rutschte er auf der unbequem engen schwarzen Sitzfläche herum. Vermutlich sollten die Sessel ganz allgemein eine demütigende Wirkung auf Wartende haben.

Nomura musste sich um bestimmt schon zwanzig Minuten verspätet haben ...

Corrigan stand wieder auf, denn sein Hinterteil begann zu schmerzen. Auch die Bilder, die an der kriegsschiffgrauen Wand gegenüber aufgehängt waren, waren neu. Er war sich ziemlich sicher, dass in den mattsilberfarbenen Rahmen einmal Kopien der Werke klassischer Maler zur Schau gestellt worden waren: van Gogh, Brom, Tedeschino, Frankenwetter. Nun brachten die fröhlich-bunten, unbeholfenen und durchweg asymmetrischen Darstellungen stolzer Raumschiffe, stolzer Forscher und stolzer Komm-Satelliten ein wenig Farbe in den tristen Gang. Besonders das mit ungelenker Hand auf einen der ›Forscher‹ gemalte Wappen von *United Industries* hatte es Corrigan angetan: Die drei Blitzstrahlen zerliefen auf dem grell orangefarbenen Overall wie Speiseeis.

»Nomura muss Großvater geworden sein«, lächelte er. »Oder ...«

»Da Sie mit sich selbst reden, kann es um Ihren Zustand noch nicht allzu gut bestellt sein«, schnappte eine klare, helle Stimme neben Corrigan.

Gantt!

Überrascht fuhr er herum. Dass sich die Tür geöffnet hatte, hatte Corrigan nicht registriert.

Da war es wieder, das Unwohlsein.

Die Frau, die mit verschränkten Armen im Türrahmen von Nomuras Büro stand, war entweder sehr jung oder aber sie wusste genau, welche kosmetischen Mittel und Ärzte gerade angesagt waren. Ihr eleganter Hosenanzug war ebenso schwarz wie ihre Haut und ihre eisigen Augen, das modisch plasmablau gefärbte Haar war zu einem strammen Knoten gewunden, der perfekt zu ihren fest aufeinandergepressten, plasmablauen Lippen passte. Offenbar hatte Gantt das Handbuch für das mittlere Management von *United Industries* genauestens studiert, denn sie sah aus und wirkte wie jede andere Kon-Zicke auch: ein normiertes, leidlich attraktives Äußeres kombiniert mit einer borstigen Abwehrhaltung, die von der unterschwelligen Angst geprägt war, ein aufstiegswilliger Kollege könnte ihr einen Dolch in den Rücken rammen. Nur die Tatsache, dass die Frau den Kopf weit in den Nacken legen musste, um zu dem eher durchschnittlich großen Chief Warrant Officer aufzusehen, unterschied sie vom Großteil ihrer Kolleginnen. Sie reichte ihm nicht einmal bis zur Brust.

»Hören Sie auf, mich anzustarren, Mr. Corrigan«, befahl sie kühl. »Ja, es gibt Methoden, das Größenwachstum zu beeinflussen. Und nein, ich bin nicht eitel genug, um so viele C für eine rein kosmetische Veränderung auszugeben. Kommen Sie rein.«

Lautlos glitt die Tür hinter ihnen zu.

Zu seiner Verblüffung steuerte sie auf den mit Sicherheit bequemen Sessel hinter dem großen, aufgeräumten Schreibtisch zu und ließ sich mit einstudierter Lässigkeit hineinfallen. Ihre Beine berührten den Boden nicht.

»Nomura ist nicht da?«, fragte Corrigan.

»Für Sie immer noch Mr. Nomura. Und nein, er ist nicht da. – Setzen Sie sich.«

Gantts plasmablauer Fingernagel deutete auf einen der beiden Stühle gegenüber ihrem Schreibtisch.

»Nein danke, Ma'am. Mein Hintern schmerzt noch von den Besucherse...«

»*Das war keine Bitte, also setzen Sie sich gefälligst hin!* Schon besser. Und ›Ma'am‹ will ich aus Ihrem Mund nicht mehr hören – wenn Sie das sagen, klingt es wie ein Vorwurf.« Gantt deutete auf den in der Tischplatte eingelassenen Touchscreen; dessen matte Oberfläche war so geneigt, dass Corrigan von seinem Platz aus nicht sehen konnte, was er anzeigte. »In Ihrer Akte steht nichts davon, dass Sie schwer von Begriff sind, also gehe ich davon aus, dass es sich bei Ihrer ... Renitenz um eine temporäre Folge der chirurgischen Eingriffe handelt. Vielleicht sollte ich Ihnen im Voraus die Spielregeln unseres Gesprächs erklären: Sie tun, was ich Ihnen sage, und unterbrechen mich nicht, während ich rede, und Sie können den Rest Ihrer Zeit auf Utini in Freiheit verbringen. Sie unterbrechen mich, benehmen sich unangemessen, beantworten meine Fragen nicht wahrheitsgemäß oder befolgen meine Anweisungen nicht, und Sie verbringen die Zeit bis zum Start Ihrer nächsten Mission in der Brigg. Haben Sie das verstanden?«

Corrigan nickte knapp. Bei der Brigg handelte es sich nicht etwa um ein Segelschiff, sondern um die Verwahrungszellen der Raumstation.

»Gut. Haben Sie Fragen, bevor ich hiermit«, Gantt zeigte auf den verdeckten Monitor, »beginne?«

Er nickte wieder.

Ihr blauer Mund verzog sich zu einem selbstgefälligen kleinen Lächeln.

»Sie dürfen sprechen, Corrigan.«

»Wo ist Nomura?«

»*Mr.* Nomura.« Ihre schmalen Augenbrauen zuckten

hoch; offensichtlich war das nicht die Frage, mit der sie zu Beginn gerechnet hatte. »Vermutlich in seiner neuen Abteilung. Vielleicht auch in der Kantine. Brauchen Sie Details, oder genügt es Ihnen zu wissen, dass die Ergebnisse seiner Gruppe nicht den Erwartungen entsprachen? Sein letzter Job endete immerhin mit der beiläufigen Vernichtung einer unglaublichen Innovation – von der Stadt wollen wir gar nicht erst reden.«

Brennende Ruinen, die rauchende Krater umgaben.

Corrigan biss sich auf die Unterlippe.

»Das tut mir leid, Ms. Gantt. Es war nicht so geplant.«

»Das will ich hoffen.« Gantts schmale Brauen zuckten. »*STPD Engeneering* hatte einen neuen und einzigartigen Treibstoff entdeckt, der die produzierende Industrie möglicherweise revolutioniert hätte – wir hätten Xerosin und den ganzen herkömmlichen Müll vergessen können. Die Details, die Sie uns geliefert haben, sind faszinierend, aber leider nichts mehr wert, da die einzigen bekannten flüssigen Vorkommen dieses Treibstoffs, der offenbar nicht synthetisiert werden kann, auf Zamblian lagen. Betonung auf LAGEN. Ihre Chimären haben sich große Mühe gegeben, das gesamte Vorkommen in die Luft zu jagen.«

›Keine halben Sachen‹, schoss Corrigan durch den Kopf.

»Dass niemand mit dem Finger auf *United Industries* gezeigt hat, hat Mr. Nomura allerdings auch Ihnen und Ihren Chimären zu verdanken, Corrigan. Ich nehme an, dass die Anti-Kon Tarnung Ihre Idee war?«

Corrigan nickte, und Gantt lächelte süffisant.

»Dann haben Sie ihn sowohl beruflich ruiniert als auch

seinen Hintern gerettet. Anstatt nach Lacrete wurde Mr. Nomura lediglich in eines der Hauptarchive geschickt. Hoffen wir für *United Industries*, dass meinem werten Vorgänger das Stöbern in alten Datenträgern mehr liegt als das Beschaffen aktueller Informationen. Weitere Fragen?«

Corrigan hoffte, dass Gantt ihm die milde Betroffenheit nicht ansah, weswegen er dienstbeflissen nickte.

»Ja, weitere Fragen. Seit wann sind die MedTechs bewaffnet?«

»Seit sich einige Pfleger nach der Geiselnahme im letzten Jahr geweigert hatten, ihren Dienst zu versehen, wissen Sie nicht mehr?« Diesmal lächelte sie. »Noch eine Frage? Das ist die letzte Chance.«

»Ja, eine hätte ich noch«, sagte Corrigan, der sich nicht daran erinnern konnte, von einer Geiselnahme auf der Station gehört zu haben. Vermutlich hatte sich das abgespielt, als er im Einsatz gewesen war. »War es ... war es Ihre Idee, einen der stationseigenen Kindergärten zu sponsern, Ms. Gantt?«

Nun hatte er seine Vorgesetzte offensichtlich verloren. Verständnislos legte sie den Kopf schief.

»Gegenfrage: Halluzinieren Sie? Wieso sollten wir Geld in Kindergärten stecken, wenn alle anderen da draußen eine Art Krieg gegen die Collies führen und wir jeden C aus dem Marketingbudget in der Rüstungsforschung einsetzen können, Mr. Corrigan?«

»Die Fingerfarben-Bilder«, erläuterte er und wies mit dem Daumen über die Schulter. »Draußen im Gang. Ich konnte mir beim besten Willen nicht vorstellen, dass es Nomuras Idee war, sie aufzuhängen.«

Gantts Kiefer öffneten sich und schnappten gleich darauf mit einem hörbaren ›Klick‹ zusammen. Wären Blicke Waffen, wäre Corrigan in diesem Augenblick von einer Nukleargranate getroffen worden und auf Nomuras ehemaligem Besucherstuhl verglüht.

»Diese Bilder«, würgte Gantt hervor, als sie die Sprache wiedergefunden hatte, »sind Ergebnisse eines der letzten Management-Seminare.« Wütend tippte sie auf den zweigeteilten Touchscreen, offenbar, um sich zu beruhigen. Schließlich atmete sie tief durch, sah wieder auf und musterte den Mann im Overall mit kritischem Blick.

»Schluss mit den Fragen, Mr. Corrigan. Kommen wir zu Ihnen. Wie fühlen Sie sich? Haben Sie Schmerzen?«

»Gut. Nein.«

Der Telegrammstil schien ihr nun auch wieder nicht recht zu sein. Ihre Brauen zogen sich drohend zusammen.

»Sie fühlen sich also körperlich und geistig fit?«

»Soweit es mir möglich ist, das zu beurteilen, Ms. Gantt.«

»Sie haben keine Schmerzen?«

»Nie gehabt, Ms. Gantt. Zumindest nicht, seit ich auf der Station aufgewacht bin. Muss guter Stoff sein, den ich mir da verpassen darf.«

Er langte in eine der Brusttaschen und zog einen Miniatur-Injektor heraus. Es handelte sich um eines der verletzungsfreien Geräte, deren Nutzer herb enttäuscht wurde, wenn er einen Piekser erwartete.

»Mhm.« Sie sah auf den Monitor; aus den Atomgranaten ihres Blicks waren inzwischen schon wieder vergleichsweise harmlose Dolche geworden. »Ihre physikalischen

Tests waren alle in Ordnung ... und Sie haben sicher keine Schmerzen in Augen, Ohren, Genick oder Schädel?«

»Nein, Ms. Gantt. Manchmal wird mir übel, aber das ist auch schon alles.«

»Übel, aha. – Öffnen Sie Ihre Augen.« Sie beugte sich vornüber und starrte Corrigan ins Gesicht, feine Linien erschienen auf ihrer Stirn. »Die sind lavendelfarben.«

»Distel. Farbton #D8BFD8«, korrigierte er.

Die Runzeln auf Gantts Stirn vertieften sich.

»Das ist doch nicht etwa die Textilfarbe unserer chirurgischen Abteilung?«

»Volltreffer. Gefällt Ihnen ›Distel‹ etwa nicht?«

»Es passt nicht zu einem erwachsenen Mann.«

»Hätte ich mich für die Farbe Ihrer Unterwäsche entschieden, würde ich Ihnen zustimmen«, konnte sich Corrigan als Kommentar nicht verkneifen. »Rosa mit weißen Punkten ist tatsächlich sehr mädchenhaft.«

Gantts Lippen wurden schmal.

»Noch ein Verstoß gegen die Spielregeln, und Sie finden sich im Zellenblock wieder«, knurrte sie, während sie die beiden obersten Knöpfe ihrer Bluse schloss. »Jetzt sehen Sie auf das Regal. Auf dem oberen Brett liegt ein geschliffener Glasstein. Zoomen Sie ihn heran. Zuerst zweifach.«

Das funkelnde Objekt wurde stufenlos größer, bis es die doppelten Ausmaße angenommen hatte.

»Check.«

»Vierfach.«

»Check.«

»Achtfach. Lesen Sie die Gravur im unteren Drittel.«

»Ayline Gantt, zehn einundvierzig, Teilnahme am Seminar Wan ...«

»Das genügt. Schmerzen?«

»Nein, Ms. Gantt.« Corrigan rollte mit den brandneuen distelfarbenen Augen. »Wieso wollen Sie unbedingt, dass mir etwas wehtut?«

Sie schnaubte verächtlich. »So gern ich Ihnen persönlich vierundzwanzig Stunden am Tag in die Weichteile treten würde, *Mr.* Corrigan – als Mitglied des Managements der Forschungs- und Entwicklungsabteilung von *UI* will ich ganz bestimmt nicht, dass Ihnen etwas wehtut. Ihr Gedächtnis, Justifier. Wie steht es damit? Probleme?«

»Wenn Sie damit meinen, dass meine Erinnerungen äußerst ... selektiv sind, dann habe ich Probleme, ja. Zu Beginn wusste ich nicht einmal, wo ich bin ...«

»Das ist nicht Kansas«, sagte Gantt belustigt, woraufhin der Justifier den Kopf fragend schieflegte.

»Ich bin nicht aus Kansas. Oder ist diese Erinnerung falsch?«

»Ein Filmzitat. Vergessen Sie's.« Gantt seufzte. »Beschreiben Sie ›selektiv‹ näher.«

»Nun ja, ich weiß inzwischen wieder, wer ich bin, was ich hier tue und wieso ich es tue, und tagtäglich tauchen neue alte Ereignisse aus der Versenkung auf, Ms. Gantt.« Corrigan legte einen Finger an seine Schläfe. »Aber ich habe dennoch das Gefühl, dass irgendetwas ... völlig fehlt. *Selektiv* fehlt. Absichtlich. Verstehen Sie, was ich meine?«

»Ich will ein Beispiel hören, Justifier.«

»Na schön. Nehmen wir die Krankenstation.« Corrigans Hand beschrieb einen weitläufigen Halbkreis. »Daran, dass ich nach der einen oder anderen Mission dort gelandet bin, erinnere ich mich inzwischen wieder. Das gilt auch für die meisten der MedTechs – mit Ausnahme von Schwester Chou. Ich weiß, dass sie schon seit dem Bau der Station hier arbeitet, aber für mich existiert sie erst, seit ich nach dem Crash hier aufgewacht bin ... und das finde ich seltsam. Da ich die nette Lady großartig finde, bin ich der Meinung, ich sollte mich an sie erinnern können, aber vor dem Absturz taucht sie nicht auf. Nirgends. Und obwohl sich Schwester Chou große Mühe gibt, es sich nicht anmerken zu lassen, verhält sie sich merkwürdig.«

»Merkwürdig?«

Er zuckte angespannt mit den Schultern, als ihn ein leichtes Gefühl von Übelkeit überkam.

»Merkwürdig eben. So als gefiele ihr nicht, dass ich mich nicht an sie erinnere. Habe ich sie vielleicht mal flachgelegt? Da die Situation ein wenig merkwürdig ist, wollte ich sie lieber nicht danach fragen, aber vielleicht steht dazu ja etwas in meiner Akte.«

»In Ihrer Akte steht gleich, dass Sie nicht dazu imstande sind, Ihre Ausdrucksweise an Ihre Umgebung anzupassen«, entgegnete Gantt kühl, für einen Moment blitzte in ihren Augen so etwas wie Abscheu auf. »Beschreiben Sie jetzt den Verlauf Ihrer letzten Mission in drei Sätzen. Aus Ihrer Sicht natürlich. Und achten Sie auf Ihre Worte.«

»Meine Einheit sollte Forschungsdaten von *STPD Engeneering* auf Zamblian besorgen. Es kam zum Kampf gegen einheimische Sicherheitskräfte. Die Besatzung des Raumschiffs, das uns nach Zamblian gebracht hatte, soll uns gerettet haben.«

»Die Mission davor?«

»Wir waren in einem Kriegsgebiet auf Perose und ...« Nun war es an Corrigan, die Stirn zu runzeln. »Anstelle von Mr. Nomura bekamen wir unsere Anweisungen von Lieutenant Pavlov. Die Jungs und ich haben Mitarbeiter eines wichtigen Forschungsprojekts aus einem heftig umkämpften Areal herausgeholt. Eine Häuserwand ... sie brach hinter mir zusammen, als ich gerade etwas zu ... Trinken entdeckt hatte ...«

Je mehr er darüber nachdachte, desto mehr beschlich ihn der Verdacht, dass auf Perose noch etwas anderes geschehen war; aber was es auch gewesen war – es wollte ihm nicht einfallen. War er auch hier auf etwas gestoßen, das völlig fehlte?

Ihm wurde sehr flau im Magen, Ayline Gantt lächelte kühl.

»Wenn Sie an die Perose-Mission denken, Justifier – was war für Sie persönlich das Wichtigste?«

»Rotwein. Viel Rotwein. Ein Morgenmantel und eine Zigarre.« Leicht beunruhigt kratzte sich Corrigan am Hinterkopf, aber auch das Gefühl der Stoppeln unter seiner Hand wollte die Erinnerung an ... etwas ... nicht zurückbringen. Wie schon bei ein paar anderen Erinnerungen, die sich seinen Versuchen, sie zutage zu befördern, immer und immer wieder widersetzt hatten, hatte er auch jetzt das merkwürdige Gefühl, dass *es* irgendwo am Grunde seines Schädels lauerte und ihn auslachte.

»Sehr gut, Justifier. Wie alt sind Sie? Woher stammen Sie?«, prasselten schon die nächsten beiden Fragen auf ihn ein.

»33. Global City Houston, Erde.«
»Ihr Beruf? Ihr Spezialgebiet?«
»Maschinenbauingenieur. Gebäudetechnik. Ich habe aber auch als Abrissarbeiter am Großbau gearbeitet – gute Jobs sind selten. Sogar bei *United Industries*.« Er lachte ein wenig unsicher auf, aber Gantt ging nicht auf seine Spitze gegen *UI* ein.
»Ihr Lieblingsfach in der Schule?«
»Mathematik.«
»Ihr Spitzname als Kind?«
»Corrigan.«
»Ihr BuyBack?«
»24.650.000 C. – Ungefähr«, fügte Corrigan hinzu, als Gantts Brauen nach oben zuckten. »Nicht, dass es darauf ankäme. Gespart habe ich in den letzten paar Jahren rund viertausend C.«

»Aktuell beträgt Ihre BuyBack-Summe 37.784.322 C«, sagte sie zufrieden und lehnte sich zurück. Ihre schwarzen Augen, kalt und gefährlich wie Glatteis, bohrten sich in seine.

»Letzte Frage. Wegen welches oder welcher Verbrechen wurden Sie verurteilt?«

Die Frage war legitim. Gantt war schließlich seine Vorgesetzte, außerdem hatte sie seine Akte studiert und würde somit sowieso mehr über William J. Corrigan wissen als William J. Corrigan selbst – aber dennoch wich ihm augenblicklich alle Farbe aus dem Gesicht.

Nicht etwa, weil er sich seines Verbrechens so sehr schämte, sondern ...

... sondern ...

Ihm wurde schwindelig, sehr schwindelig, und er spürte, wie der Inhalt seines Magens langsam, aber stetig nach oben stieg.

»Was ist, Mr. Corrigan? Wollen oder können Sie mir keine Antwort auf diese Frage geben?«

Gantts Lächeln wurde breiter, je länger er sie verblüfft anstarrte. Schließlich teilte der plasmablaue Strich ihr junges, schwarzes Gesicht bis fast zu den Ohren.

»Ist Ihr Sprachzentrum ausgefallen, Chief? *Öffnen Sie den Mund!*«

Und Corrigan öffnete den Mund; das halb verdaute Krankenhausfrühstück schoss in einem harten Strahl über die Schreibtischplatte und ergoss sich in Ayline Gantts eleganten Schoß.

System: DEF-563-UI
Planet: DEF IV *(United Industries)*
Utini Raumstation, Laboratorien

»Das genügt«, teilte Gantt den Medizintechnikern mit. Keiner von beiden war Mike, aber Corrigan war nicht entgangen, dass auch diese Männer mit Elektrostunnern ausgestattet waren. Der MedTech, der sich um Corrigan gekümmert hatte, wischte die behandschuhten Hände an seinem distelblauen Kittel ab und schlug seinem Kollegen auf die Schulter. Der wiederum hörte auf, sich mit dem Fleck auf Gantts Anzug zu beschäftigen, und erhob sich.

»Ich glaube nicht, dass wir Ihre Hilfe jetzt noch benötigen«, fauchte sie, um ihren Worten Nachdruck zu verleihen. »Raus hier!«

»Ayline, Sie sind hier in *meinem* Behandlungszimmer«, versetzte der dritte Mann unglücklich, ein backpflaumengesichtiger Mediziner mit buschigem, haselnussbraunem Haar, dessen Namensschild ihn als ›Dr. Struk‹ auswies.

Gantt starrte ihn böse an und wischte dann selbst noch einmal über die Flecken auf ihrer Kleidung. »Und wer, glauben Sie, finanziert Ihre ganzen Projekte? Also lassen Sie Ihre Befindlichkeiten in Ihrem Quartier, August, halten Sie den Mund, solange ich Sie nicht zum Reden auffordere, und konzentrieren Sie sich auf das Wesentliche.« Sie wandte sich zu Corrigan um, dessen grünliches Gesicht einen interessanten Kontrast zu dem distelfarben bezogenen Behandlungstisch bildete, auf dem er saß.

»Haben Sie sich jetzt endgültig ausgekotzt? Ja?«

Der Justifier nickte benommen. Eine solch heftige Reaktion seines Magens hatte es bislang bloß bei interstellaren Sprüngen gegeben ... und damals, als er mit mindestens 3 Promille im Blut im Morgenmantel durch das Trans-Matt-Tor von Perose gewankt war.

Gantt bleckte ihr ultra-weißes Gebiss; an einem der kleinen Eckzähne klebte plasmablauer Lippenstift.

»Dann sind wir jetzt so weit. Erzählen Sie ihm, was wir für ihn getan haben, August.«

Der unglückliche Doktor, dessen Blick eben noch auf Gantts ruiniertem Anzug geruht hatte, schrak zusammen.

»Oh. Natürlich, Ayline. Also, Mr. Corrigan, nach Ihrem Unfall mussten wir einen Komplettaustausch Ihrer Kybernetika vornehmen, da Auge und Ohr durch die Einwirkung von mechanischer Gewalt auf Ihren Schädel irreparabel beschädigt waren. Sie hatten großes Glück, dass der Sprengsatz nicht auch noch explodiert ist.«

»Hrmph«, brummte Gantt, die die Ansicht des Mediziners nicht hundertprozentig zu teilen schien.

»Allerdings hat der letzte Einbau, das IM36-Auge, das Sie auf Mr. Nomuras Geheiß getestet haben, nie wirklich gut funktioniert, nicht wahr? Die Benutzung hatte körperliche Beschwerden zur Folge.«

So konnte man die fiesen Nadel- und Messerstiche natürlich auch nennen, die jedes Zoomen, jede Linsenbewegung, manchmal sogar jedes Öffnen des künstlichen Auges verursacht hatte. Corrigan grunzte bejahend.

»Das lag nicht zuletzt daran, dass Ihre Seh- und Hörzentren unterschiedliche Signale empfangen haben, je eins aus dem organischen und eines aus dem prothetischen Sinnesorgan. Nun, erstens haben wir aus Ihrem Test gelernt, und zweitens hatten wir jetzt ausreichend Gelegenheit, für Abhilfe zu sorgen. Also haben wir Sie ausgeräumt und Material einer unserer neuesten Serien eingebaut ...«

»Ist mir gar nicht aufgefallen«, lächelte Corrigan schwach, was ihm einen bösen Blick seiner Vorgesetzten einbrachte.

Sie hob zwei Finger. Eine weitere ›Verfehlung‹ durfte er sich nicht erlauben, wenn er nicht in der Brigg landen wollte.

»Ja, äh ...«, fuhr Dr. Struk verunsichert fort. »Da Sie nun Ms. Gantts Abteilung angehören, sind Sie in der glücklichen Situation, mit den neuesten optimierten Sensorik-, Motorik- und Heuristikhilfen ausgestattet zu sein, die *United Industries* jemals hergestellt hat. Das ist ein Privileg, wissen Sie?«

Nun war es an Corrigan, ein wenig verunsichert auszusehen. Gantts Blick suchend hob er den Finger, sie nickte.

»Ich habe zwei Fragen, Dr. Struk. Erstens: Die Teile haben tatsächlich wir hergestellt und nicht der 2OT? Zweitens: Was zum – was ist eine Heuristikhilfe?«

»Natürlich haben wir die Prothesen hergestellt, und das auf Grundlage unserer eigenen Forschung«, näselte Struk, beleidigt ob der Unterstellung, *UI*-Produkte könnten billige Kopien von Implantaten des kybernetischen Ordens sein, dessen Mitglieder danach strebten, den fleischlichen Körper hinter sich zu lassen. »Diese Prototypen sind das Ergebnis eines langen Entwicklungsprozesses, *Mr.* Corrigan, und sie haben viele Vorteile: Zunächst einmal sehen sie recht natürlich aus.«

Er deutete auf Corrigans Augen, beugte sich vor und lächelte auf eine Art, die er wohl für aufmunternd hielt. »Zumindest würden sie für einen ungeübten Beobachter natürlich aussehen, wenn Sie sich nicht ausgerechnet für diese etwas sonderbare Augenfarbe entschieden hätten, Mr. Corrigan.«

»Ich habe lediglich dem Urteil einer Frau blindlings vertraut, die Grau nicht mochte«, lächelte Corrigan zurück, »muss zur Verteidigung der Dame aber sagen, dass ich diese Farbe hier sehr mag. Hätte ich meinem ersten Reflex nachgegeben, sähe ich jetzt aus wie eine gekochte Forelle.«

»So, wie Sie jetzt aussehen, wird Sie jeder Zöllner in dieser Galaxis um eine Urinprobe bitten. Es gibt ein Aufputschmittel für Kampfhunde, das bei Dauergebrauch eine ähnliche Färbung der Iris verursachen kann. – Nun, wir sollten uns jetzt aber nicht um den Bart des Terroristen streiten, Mr. Corrigan, vor allem nicht, da sich die Farbe der IM42-Iris mit einer kleinen Injektion problemlos ändern lässt, sollte es erforderlich sein. Der zweite Vorteil Ihrer neuen Hardware ist, dass sie vom Gewicht her kaum ins Gewicht fällt.« Die eigene poetische Meisterleistung schien Struk zu amüsieren, jedenfalls kräuselten sich die Winkel seines breiten Munds. »Unsere *[Hydra]* ist um ein Vielfaches leistungsstärker als die Vorgängermodelle und verträgt sich wesentlich besser mit Ihrer Physis, was Sie sicher schon bemerkt haben werden: keine Kopfschmerzen, keine Verzögerungseffekte, nichts. Und ein JUST brauchen Sie auch nicht mehr – all das können Sie jetzt mithilfe von *[Hydra]* erledigen.« Er tippte sich an die Schläfe. »Die Bedienung der STH1-Spezialmenüs erfolgt per *Mindtouch*-Display – sicher sehen Sie das grüne Dreieck in der oberen rechten Ecke?«

»Ja, ich sehe es.« Corrigan legte den Kopf schief. Sein flauer Magen hatte sich inzwischen wieder so weit beruhigt, dass er es wagte, sich gerade hinzusetzen. »Hat das Wunderzeug – ich meine *[Hydra]* – auch Nachteile?«

»Die sind unbedeutend«, wiegelte der Doktor ab, aber darauf ließ sich der Justifier nicht ein.

»Als professionelles Versuchskaninchen möchte ich alles über meine neuen Prothesen wissen.«

»Na schön. Sie sind zwar leicht und auch recht flexibel, die Steuereinheiten benötigen aber sehr viel mehr Platz als die der alten, überwiegend mechanischen Modelle. Falls sich Ihr Kopf also besonders leichtfüßig fühlt«, wieder das merkwürdig breitlippige Lächeln, »kommt es daher, dass sich weit weniger organisches Material in Ihrem Schädel befindet als zuvor. Das ist nicht wirklich schlimm, wissen Sie, denn ein Großteil davon war stark beschädigt, und ein Mensch braucht tatsächlich nur einen kleinen Teil seines Gehirns, um lebensfähig zu sein ...«

Irritiert blickte der Wissenschaftler zu Ayline Gantt, die ein bellendes Geräusch von sich gegeben hatte; es mochte ein Lachen gewesen sein.

Struk schüttelte leicht den Kopf, rieb den langen Nasenrücken mit dünnen Fingern, sah zu Gantt hin und wandte sich dann wieder Corrigan zu.

»Ach, Mr. Corrigan, machen wir es kurz. In Ihrem Schädel befindet sich neben den prothetischen Sinnesorganen jetzt auch ein sehr, sehr, *sehr* leistungsfähiger kleiner Computer mit einer Rechenkraft, die nicht nur ausreicht, um verlorene Bewegungs-, Sinnes- und Denkfunktionen zu ersetzen oder Ihre Entscheidungen zu beschleunigen. Externe Datenspeicher müssen Sie nun nicht mehr mit sich führen, Mr. Corrigan. Sie könnten sogar Spiele da oben installieren, wenn Sie wollten ...«

»*Dürften*«, korrigierte Gantt trocken.

»... wenn Sie dürften. Nun, jedenfalls glaube ich, dass Sie Ihren Spaß damit haben werden.«

»Das sollten Sie auch nutzen, denn es gibt gewisse Arten von Spaß, die Sie garantiert nie wieder haben werden«, meldete sich Gantt böse grinsend wieder zu Wort. Sie ließ sich auf einen der Stühle sinken, die an der Wand nahe des Behandlungstischs aufgereiht standen, bevor sie fortfuhr: »Da wir sowieso gerade Platz in Ihrem Schädel benötigten, habe ich August angewiesen, *einige* Charakterzüge operativ zu entfernen, die für Ihre Minderleistung mitverantwortlich waren. Zum Beispiel die explosive ... inter... August?«

Hilfesuchend blickte die kleine Frau den Arzt an, der fein lächelte.

»Intermittierende explosive Störung?«

»Die meinte ich«, bestätigte Gantt. »Die, alles, was damit zusammenhing, und noch viel mehr.«

»Sehen Sie uns nicht so an, Mr. Corrigan – es hat nichts mit dem fernzündbaren Sprengsatz zu tun«, ergänzte Struk. Corrigan, der nicht wusste, wovon die beiden sprachen, nickte langsam.

»Natürlich ist die Kunst der stereotaktischen Persönlichkeitsbereinigung trotz ihrer tausendjährigen Tradition noch lange nicht ausgereift und schon gar nicht überall als wirksam anerkannt – außer vielleicht bei der Church of Stars.« Gantt keckerte abfällig. »Selbst die Langzeitauswirkungen sind umstritten und werden kontrovers diskutiert ... habe ich mir sagen lassen, nicht wahr, August? Aber das werden wir jetzt ja hoffentlich alles an Ihnen beobachten können. Falls Sie also außergewöhnliche Wahrnehmungen haben, grüne Laborratten mit weißen Streifen sehen oder Ihnen irgendetwas an sich selbst merkwürdig vorkommt, halten Sie es bitte fest und teilen Sie es mir oder Dr. Struk im nächsten Debriefing mit.«

»Wir sollten die Informationen auslesen«, berichtigte der Mediziner vorsichtig. »Sicher ist sicher.«

»Sie sind der Spezialist.« Die winzige Managerin lehnte sich zurück und legte die Fingerspitzen gegeneinander, der Stuhl schaukelte sanft.

Mit milder Verwunderung sah Corrigan von Gantts hübschem Gesicht zu dem weniger hübschen des Arztes.

Sollte ich jetzt wütend sein?

Vermutlich hätte ihn jede dieser Informationen tief betroffen machen müssen ... aber die negativen Gefühle hielten sich in Grenzen. Zumindest verspürte er in diesem Augenblick weder Zorn noch Angst.

»August meint, auch die dazugehörigen Erinnerungen entfernt zu haben, die sich negativ auf Ihre Leistung ausgewirkt haben. So wie es scheint, ist ihm das gelungen. Sie wissen tatsächlich nicht mehr, weswegen Sie verurteilt wurden, nicht wahr?«

Corrigan spürte, wie sich sein Magen umdrehte, aber es gab nichts, was er noch ausspucken konnte.

Struk wedelte hektisch mit einer dünnen Hand.

»Versuchen Sie zunächst einmal nicht, nach Erinnerungen zu graben, Mr. Corrigan. Was wichtig ist, wird früher oder später wieder zum Vorschein kommen. Also: Sobald Ihr Magen mit Ihnen spricht – Rückzug! Ich versichere Ihnen, dass sich das bald bessern wird. Ich habe mein Bestes gegeben, um Ihnen den ... Übergang so angenehm wie möglich zu machen«, beeilte er sich zu sagen.

»Auch wenn Sie das eigentlich nicht verdient hätten«, fügte Gantt nachdrücklich hinzu und sprang vom Stuhl; das gelang ihr beinahe, ohne dabei lächerlich zu wirken.

»Fertig? Keine weiteren Fragen? Gut. Ich werde Sie rufen lassen, wenn ich Sie brauche, Mr. Corrigan. Vergessen Sie nicht, uns Zustandsberichte zu liefern, denn vom Erfolg von *[Hydra]* hängt auch ab, ob wir einen Fuß in die Tür des Kybernetika-Handels bekommen werden, und ... und vielleicht ist es uns ja tatsächlich gelungen, Sie doch noch zu einem ganz nützlichen Mitglied des Konzerns zu machen.«

Mit diesen Worten ließ sie die beiden Männer in Dr. Struks Behandlungszimmer zurück.

»Puh«, stieß Struk die Luft aus, kaum dass sich die Tür hinter der Frau geschlossen hatte. »Ich mag Ms. Gantt ja, aber manchmal kann sie sehr anstrengend sein.« Sein Gesicht entknitterte sich, und überhaupt wirkte er weit weniger gequält als noch wenige Augenblicke zuvor. »Nun noch einmal zu Ihnen, Mr. Corrigan. Ihre Medikamente. Es ist wichtig, dass Sie sie täglich einnehmen, denn sie erleichtern das Zusammenspiel zwischen Ihren organischen und Ihren prothetischen Komponenten, indem sie die – wie soll ich sagen – die synaptische Durchlässigkeit erhöhen. Die Befehle fließen schneller, die Reaktionen sind besser. Sie verstehen?«

»Ist diese Durchlässigkeit einseitig?«

»Wie?«

Struk blinzelte, und Corrigan zuckte mit den Schultern.

»Ich möchte wissen, ob nur ich – mein *organisches* Ich – schneller auf meine Prothesen zugreifen kann, oder ...«

»Oder ob Ihre künstlichen Komponenten Zugriff auf *Sie* haben?« Die dunklen Augenbrauen des Doktors hüpften. »*Mr.* Corrigan, natürlich müssen beide Seiten der Barriere durchlässig sein, damit das Zusammenspiel funktioniert, aber vor Übergriffen Ihrer Prothesen auf Ihren Körper müssen Sie sich nun wirklich nicht fürchten! Seit dem Chaos, das *Hikma* damals angerichtet hat, ist es sogar untersagt, Komponenten mit künstlicher Intelligenz auszustatten, die diejenige eines Wachhunds übersteigt. Das müssten auch Sie wissen.«

Der Wissenschaftler bezog sich auf das brutale Attentat auf Hephaistos, für das rebellierende Androiden der *Hikma Corporation* verantwortlich gewesen waren.

Corrigan nickte.

»Das weiß ich. Und es ist schön zu wissen, dass sich zumindest *United Industries* an die Gesetze hält.«

Struk spreizte die dünnen Finger.

»Mr. Corrigan, ich versichere Ihnen, dass die von mir entwickelten Prothesen und *[Hydra]* weder einen Verstand, einen eigenen Willen noch ein Bewusstsein haben. Da oben drin«, er berührte Corrigans Stirn, »sind Sie ganz allein.«

Nachdenklich rieb sich Corrigan den Nacken.

»Der Sprengsatz ...«

»Für den war leider kein Platz mehr.«

Der Kopf des Ingenieurs zuckte hoch.

»Weiß das auch Ms. Gantt?«

»Sogar Ms. Gantt fände es schade, durch einen nervösen Zeigefinger oder fehlerhafte Funkverbindungen den Prototypen eines ihrer Prestige-Projekte zu verlieren.« Struk zwinkerte ihm zu. »Und wenn Sie nun noch ein paar Minuten für mich übrig haben, Mr. Corrigan, werde ich Ihre neue Hardware einrichten und Sie in ihren Gebrauch einweisen. Die Sensorik-Bibliotheken sind ebenso schnell eingerichtet wie Wissensdatenbanken, und danach könnte ich Ihnen zum Beispiel zeigen, wie Sie mit *[Hydra]* Daten laden, sichten und verwalten können ... und zwar am Beispiel ...« Die Spinnenfinger wühlten in den Taschen seines Kittels, bis sie einen kleinen Datenträger packten und hervorzogen. »... am Beispiel von Schach oder *Yatris*. – Welches Spiel mögen Sie lieber? Sie haben doch Lust auf eine kleine Partie?«

1. April 3042 a. D. (Erdzeit)
System: Valetudo (SIM)
Planet: Perennia (SIM)
Grüner Dschungel

Was zum Gehörnten ...?

Kit Lacroze duckte sich hastig zwischen zwei der mit saftigen Moosen bewachsenen *Garcenia*-Stämme und fluchte leise vor sich hin. Der höhlenartige Durchgang auf der anderen Seite der Lichtung war eigentlich nicht von großer strategischer Bedeutung, insofern hatte sie mit einer höchstens leicht gepanzerten Wache gerechnet. Nun stampfte jedoch ein Ungeheuer in schwerer Kampfpanzerung mit abgezirkelten Schritten hin und her; an seinem Helm befestigte Scheinwerfer schnitten mattweiße Kegel aus dem feuchten Halbdunkel des Dschungels.

In der beeindruckenden Rüstung steckte eindeutig ein Menschenaffen-Beta, ein Orang-Utan, dessen lange Arme bis an die Knie reichten.

Kits Fuchsschnauze kräuselte sich ärgerlich, die Barthaare berührten ihren Helm.

Mist. Was soll das? Das ist nicht gut!

Das grelle Rot der schweren Rüstung stach in dem von Grüntönen dominierten perennischen Dschungel hervor wie arterielles Blut. Ihr Gegner konnte es kaum darauf angelegt haben, seine Anwesenheit geheim zu halten. Dafür sprach auch seine Waffe: Er war mit einer tragbaren Maschinenkanone vom *Patriot*-Typ ausgestattet, einer Waffe, die vordergründig darauf ausgerichtet war, unter Erzeugung größtmöglichen Lärms den größtmöglichen Umgebungsschaden anzurichten. Nicht gerade die ideale Bewaffnung für ein Black-Ops-Team.

Kits Zähne knirschten leise, als sie ihre Kiefer aufeinanderpresste. Wie gern hätte sie ihn mit einem einzigen Schuss aus ihrer schallgedämpften *Prawda* niedergestreckt, mitten ins Visier, aber der Fall der tonnenschweren Rüstung hätte genau die Aufmerksamkeit erregt, die sie vermeiden wollte, um ihr eigentliches Ziel nicht aufzuscheuchen.

Na schön, mein Freund. Ich will den Durchgang passieren, den du bewachst. Wenn deine Anwesenheit hier eine Herausforderung für mich darstellen soll, hast du schon verloren.

Die Farbtöne ihrer leichten Kampfpanzerung verschmolzen perfekt mit den Farben des perennischen Dschungels: hellgrün, dunkelgrün, schwarzgrün, giftgrün, blassgrün, braungrün. Sogar das kurze, graurote Fell ihres Gesichts hatte sie in Dschungelfarben abgetarnt – schließlich wusste man nie, wann man gezwungen sein würde, den Helm zu öffnen. Nur gegen das schwache Glitzern ihrer bernsteinfarbenen Augen konnte sie nichts tun, aber das war im Augenblick unter dem matten Visier verborgen.

Die Helmscheinwerfer bedeuteten hoffentlich, dass der rot Gepanzerte nicht mit Thermalsicht ausgerüstet war, denn das hätte die Mission um ein paar weitere Grade erschwert. Jedes Gimmick, das ihrem Gegner Vorteile in der Wahrnehmung bescherte, käme in dieser Situation alles andere als gelegen.

In diesem Augenblick heulte im Dschungel hinter Kit Lacroze ein Tier; ihre Ohren zuckten hoch.

Der kehligen Stimme nach handelte es sich nicht um eine der gefürchteten *Tricornices*. Das war zwar beruhigend, denn das Gift dieser gefiederten Jägerinnen galt als so heimtückisch, dass ihre Einfuhr in den meisten Systemen streng verboten war. Dafür änderte jedoch der langarmige Gegner seine Richtung und stampfte auf die Füchsin zu.

Kit duckte sich tiefer zwischen die *Garceniae*, darauf achtend, dass das Licht der Scheinwerferkegel sie nicht streifte. Ein beiläufiger Beobachter hätte sie nie für etwas anderes gehalten als für ein Teil der einheimischen Vegetation; allerdings waren Orangs ziemlich clever ...

Außer diesem. Er drehte wieder ab.

Glück gehabt.

Vorsichtig begann Kit durch die dichte Vegetation am Rande der Lichtung zu kriechen. Die Fülle an Grüntönen, leisen Geräuschen und sanften Bewegungen, die den perennischen Dschungel ausmachten, würden sie vor neugierigen Augen verbergen, solange sie sich so leise wie möglich bewegte.

Und genau in diesem Moment bemerkte sie, dass sie auf ihrer Seite der Lichtung nicht allein war. Nur ein aufrecht gehendes und mindestens menschengroßes Wesen konnte das zarte Knistern zu ihrer Rechten verursacht haben, und solche waren zumindest in diesem Teil von Perennia nicht heimisch.

Ihre Barthaare sträubten sich.

Sie war nach dem Orang hier angekommen, so viel war klar, aber wer trieb sich noch da draußen herum? Schlich ihr Ziel etwa hinter ihr her ...?

Nein, ausgeschlossen. Niemand schleicht sich an Kit Lacroze heran. Ihr anderen seid alle bloß Beute.

Sie huschte weiter, wobei sie versuchte, gleichzeitig auf ungewöhnliche Geräusche in ihrer Umgebung und auf den Gepanzerten auf der Lichtung zu achten. Der Orang-Utan mit der sechsläufigen Kanone hatte seine Schritte verlangsamt, der behelmte Kopf wandte sich hin und her. Im Schein seiner Strahler tanzten flirrende kleine Insekten ...

... und schon war Kit seitlich an ihm vorbei. Sie machte sich noch kleiner, als sie ohnehin war, und tauchte in den dunklen Durchgang ein.

Vorsichtig. Ganz vorsichtig.

Auf dem steinernen Untergrund des Tunnels würden Schritte wesentlich weiter zu hören sein als auf dem weichen Urwaldboden.

Sie hielt die Luft an und drückte sich an der feuchten Tunnelwand entlang in Richtung Ausgang – und dann war sie hindurch.

So viel dazu. Grinsend ballte Kit die krallenbewehrte Faust und stürzte sich schnell, aber leise und mit gespitzten Ohren in die Vegetation jenseits des Durchgangs. Irgendwo hier, irgendwo in diesem Teil des Dschungels musste ihr eigentliches Ziel liegen. Laut Briefing sollte es sich in einem kleinen Vorposten befinden, der für den TransMatt-Kon *TTMS* nur von geringem bis mittelmäßigem Interesse war. Auch für Kit wäre der Vorposten nur mäßig attraktiv gewesen, hielte sich dort nicht gerade ein *TTMS*-Wissenschaftler auf, dessen Dienste Kits Auftraggeber sehr gern für sich in Anspruch nehmen wollten. Insofern musste sie noch vorsichtiger sein als sonst – nicht, dass sie versehentlich ihr Ziel beseitigte, das lebend und im Vollbesitz seiner mentalen Kräfte benötigt wurde.

Kit lächelte, eine Ausdrucksmöglichkeit, die sie ihrem menschlichen Genspender zu verdanken hatte. »Elternteil« wäre wohl eine zu emotionale Bezeichnung gewesen – mit ihrer Abstammung verband die für verdeckte Operationen ausgebildete Beta-Humanoide keine Gefühle.

Dann vernahm sie wieder das leise, absolut nicht perennisch klingende Rascheln, und ihr Lächeln verblasste.

Mist. Wer auch immer da draußen ist ... er ist mir gefolgt.

Kit blieb stehen und lauschte in den grünen Wirrwarr hinein. In ihrer Vorstellung manifestierte »er« – wer auch immer er sein mochte – sich als Inbegriff des lautlosen Killers, als verstohlenes Individuum mit exzellenten Nahkampf-Fertigkeiten und einer offensichtlichen Begabung für Dschungeleinsätze. Nicht so ein Hoschi wie das Kanonenfutter von Yamataka, sondern ein Spezialist ...

... genau wie sie selbst.

Ich muss ihn erwischen, bevor ich mein Paket abhole, sonst wird er mir auf dem Rückweg auflauern.

Genauso hätte sie schließlich auch gehandelt ...

»VTC an Kittie – feindlicher Eintritt bei F/12«, brüllte eine Stimme direkt in ihr Ohr.

Kit sprang erschrocken auf, klemmte sich den Schwanz in der Panzerung ihres rechten Oberschenkels ein und stieß mit dem Helm gegen einen Ast, der sich prompt in Bewegung setzte. Hunderte kleiner Samenkapseln regneten auf sie herab, und jede traf ihre Panzerung mit einem leisen ›Klick‹.

Wütend schlug sie gegen den Teil ihres Helms, in dem sich der Kopfhörer befand, weil sie nicht daran gedacht hatte, die Lautstärke herunterzuregeln. Erst dann wurde ihr bewusst, was der Mann am anderen Ende des Kommunikators gesagt hatte.

»Ein feindlicher Eintritt? Bart, dieses Gebiet hätte mit Ausnahme des Ziels und Shiloh frei sein sollen, und jetzt tummelt sich hier die Hälfte der Bevölkerung der ganzen verdammten Galaxis!«

»Die *ganze* Bevölkerung der ganzen verdammten Galaxis«, korrigierte der VTC fröhlich. »Also, worauf wartest du, Schwester? Mach hin! VTC aus.«

Was zum ...

Die Geräusche der zu Boden fallenden Kapseln, von tropfendem Wasser und summenden Insekten verblassten, als plötzliche Schritte ganz in der Nähe einen Adrenalinstoß auslösten, der durch Kits Körper raste. Augenblicklich war sie wieder Jägerin statt Gejagter.

Zwei Gegner in diesem Gebiet? Möglicherweise bin ich in großen, großen Schwierigkeiten.

Die Schritte gehörten zu dem neuen Gegner, mit dem sie nicht gerechnet hatte ... der zweiten unbekannten

Größe, die soeben den Sektor betreten hatte. Da war sich Kit ziemlich sicher, obwohl sie niemanden sehen konnte, denn wer auch immer sie durch Dschungel und Tunnel verfolgt hatte, hatte sich leiser und geschmeidiger bewegt.

Da sah sie den Vorposten, eine kleine, modulare und vermutlich in aller Eile errichtete Behausung, die zwischen großblättrigen Büschen hervorragte. Nur wenige Meter trennten sie von der breiten Eingangstür, die mit einem elektronischen Zahlenschloss gesichert war.

Krack!

Ganz in der Nähe brach ein Zweig.

Kit schnitt unter der Farbschicht eine Grimasse, langte nach ihrem Kampfmesser ...

... und schoss hoch, wobei sie den Ellbogen so fest nach hinten und oben rammte, wie es ihr nur möglich war. Sie traf etwas Hartes, hörte den dumpfen Schlag, ein Gurgeln, dann stürzte ihr Möchtegern-Angreifer auf den Waldboden. Ein Schwarm farbiger Vögel stob aus einem der Gebüsche auf; das Knattern ihrer Schwingen übertönte das Rauschen des Bluts in Kits Ohren.

Die Füchsin wirbelte herum, ihr Herz donnerte gegen ihre Rippen. Die Spitze ihres Kampfmessers war auf den Angreifer am Boden gerichtet, aber für ihn – oder besser gesagt *sie*, eine kleine, kräftige Gestalt in leichter Panzerung – war der Kampf vorüber. Der Kunststoff der Halsberge war zerschmettert, ihr Kehlkopf eingedrückt.

Kit grinste.

Glück gehabt.

So laut die andere auch gewesen war, sie sah durchtrai-

niert aus und hätte beim reinen Kräftevergleich wahrscheinlich den Fußboden mit der Fuchs-Beta aufgewischt.
Wer sie wohl sein ...

... ein Ruck, ein grausamer Schmerz, ein schnell nachlassendes Prickeln entlang ihres Rückgrats – dann gaben Kits Beine nach, und sie stürzte nach vorn, genau auf ihr am Boden ausgestrecktes Opfer.
Mist.
Noch ein Ruck, und die Schwerkraft endete. Mit rasender Geschwindigkeit rauschte Kit Lacroze in die Höhe, den triumphierenden Jäger und ihren eigenen nutzlosen Körper hinter sich lassend. In größer werdenden Spiralen stieg sie höher und höher, schwerelos, bis sich der Dschungel unter ihr im Nichts auflöste.

10

System: DEF-563-UI
Planet: DEF IV *(United Industries)*
Utini Raumstation, Archiv III/2
Zur gleichen Zeit

Zwar befanden sich die meisten Ergebnisse aus Forschung, Entwicklung und Planetenerkundung, die sich die für einen Großkonzern noch recht junge *United Industries* im Laufe der Jahre erarbeitet hatte, auf der Konzern-Hauptwelt Rogue, aber dennoch existierten zusätzliche Hauptarchive an anderen Orten. Daten verbrauchten im Regelfall nicht viel Platz, ließen sich einfach sichern und schnell übertragen, so dass es möglich war, äußerst wichtige Datenbestände auch an nicht ganz so wichtigen Orten aufzubewahren. Auch die Utini-Station beherbergte ein Hauptarchiv, in dem sensible Daten gespeichert waren.

Als Koordinatorin von »Erkundungsteams« und Leiterin mehrerer Forschungsprojekte gehörte Ayline Gantt einem anderen Verwaltungszweig an und sollte somit nicht wissen, welcher Natur die in Archiv III/2 aufbewahrten Daten waren ... aber natürlich hatte sie ein hervorragendes

Netzwerk auf der Station aufgebaut, das ihr Zugang zu allen möglichen Informationen verschaffte. In geringerem Maße galt das sogar für den Konzern, und darauf war sie stolz: Es würde ihr den schnellen Aufstieg innerhalb der Ränge von *UI* erleichtern.

Die Zeit, die die in kürzester Zeit kometenhaft aufgestiegene Gantt über ihre eigentliche Arbeit hinaus noch übrig hatte, investierte sie außer in die liebevolle Dekoration ihrer Wohnung in ihr Netzwerk – und vor allem ins Sammeln von Informationen über Kolleginnen und Kollegen: Wer hatte bei den Oberen einen Stein im Brett, wer kannte einen Sveep persönlich, wer musste kämpfen, um auf seinem Posten zu überleben?

Ayline Gantt war berufliche Anerkennung sehr wichtig ... weitaus wichtiger als das, was sie verdiente oder die Annehmlichkeiten, die sich daraus ergaben. Natürlich hatte sie sehr bald herausgefunden, dass Leistung in einem großen Konzern wie *United Industries* nur dann anerkannt wurde, wenn im Telefonbuch hinter dem eigenen Namen mindestens »Mittleres Management« stand. Das stand auch hinter dem Namen von Neophytos Nomura, der zu den unglückseligen Gestrauchelten gehörte, die um ihr berufliches Überleben kämpfen mussten.

Nomura schien mit der Koordination fünf kleiner R&D-Justifier-Teams leicht überfordert zu sein. Seine Teams wurden überwiegend für verdeckte Rettungsmissionen und die brutalere Variante von Industriespionage eingesetzt; eigentlich war vor allem letzterer »Forschungszweig« dafür bekannt, schnell große finanzielle Erfolge zu generieren, aber an Nomuras Händen klebte Scheiße.

Seit Ayline Gantt ihn kannte, folgte ein Misserfolg dem anderen. Seine Teams verloren Material, Personal und ließen Missionen scheitern, doch trotz allem war Nomura nicht bereit gewesen, sie neu zu mischen: »Es sind eingespielte Mannschaften«, pflegte er zu sagen, wenn er darauf angesprochen wurde. »Sie auseinanderzureißen, würde nichts besser machen. Ich brauche einfach mehr und besseres Material. Stockt mein Budget auf.«

Gantt schüttelte leicht den Kopf.

Aus reiner Bequemlichkeit an liebgewonnenen Gewohnheiten festzuhalten, brachte den Konzern nicht weiter. So hatte sie noch am selben Tag, an dem Nomura mit der Vernichtung von New Tailhe den bisherigen Höhepunkt seiner Unfähigkeit demonstriert hatte, mit einem perfekt ausgearbeiteten Konzept die Nähe von Nomuras Vorgesetztem Azer gesucht – und gewonnen.

Gantts Konzept analysierte die Ursachen von Nomuras Versagen und bot Rezepte für Erfolge, die mit anderen Teamkombinationen zu erreichen gewesen wären.

Azer war überzeugt.

Zusätzlich zu ihren eigenen Forschungsprojekten und Nomuras Teams hatte Gantt ihren Eintrag im Telefonbuch bekommen; Nomura wiederum bekam einen Posten, der seinen Fähigkeiten, seiner Risikoscheu und dem zum Aussitzen geschaffenen Hinterteil eher angemessen war: Verwalter des Archivs III/2, in dem unter anderem die Verbrauchsdaten der Heizungssysteme aller von *UI* gemieteten Geschäftsgebäude, alte Personalakten und Teilbilanzen abgelegt wurden.

An jenem Tag hatte Ayline Gantt ihre Assistentin Gabby

ausgesandt, eine billige Flasche Schaumwein zu besorgen, und sie ganz allein getrunken.

Sie lächelte knapp, als sie daran dachte.

Und nun ... nun wollte sich Gantt ein wenig mit Nomura unterhalten und erfühlen, inwieweit er sich noch für ihre Zwecke einspannen ließ. Schließlich hatte sie ja nichts gegen den Mann persönlich.

Gantt sah nach oben. Dass sie sich auf die Zehenspitzen stellen musste, um das dunkle Sensorfeld neben der Stahltür zu erreichen, war ärgerlich, aber Gantt war es gewohnt, dass ihre Körpergröße sie vor Herausforderungen stellte. Das war eine der Ursachen dafür, dass sie niemals aufgab.

Lächelnd zog sie ihre Swipecard aus einer Tasche des teuren schwarzen Anzugs und hielt sie vor das Sensorfeld.

Sie wartete.

Nichts geschah. Kein Licht blinkte auf, kein Summen ertönte, und die schmucklose Stahltür, die ihr den Zutritt zum Archiv verwehrte, blieb an Ort und Stelle.

Stirnrunzelnd begutachtete sie den Sensor und wiederholte die Bewegung, aber wieder erfolgte keine Reaktion. Vielleicht musste sie stattdessen die Handfläche gegen das schwarze Kunststofffeld pressen?

Die kleine Hand mit den blauen Fingernägeln legte sich auf das plane Feld.

Nichts.

Gantt verzog das Gesicht. In diesem Teil der Station war die Hardware älter und schäbiger als in den Bereichen, die auch zum Repräsentieren genutzt wurden.

Sie spreizte die Finger.

Nichts geschah.

»Was soll der Scheiß?«

Nach kurzem Überlegen drückte Ayline Gantt den Knopf, der sich neben dem Handsensor befand. Augenblicklich flackerte die schwarze Fläche auf, auf die sie eben noch die Hand gelegt hatte. Ein pixeliges Frauengesicht glotzte sie an, Gantts Fingerabdrücke zauberten Flecke auf seine Haut.

»Ja?«, fragte das pixelige Frauengesicht misstrauisch. »Ist da jemand?«

»Hier«, schnappte Gantt. »Hier unten. Hat die Archivtür etwa keine Sensorfelder?«

Die Frau schien sich der Kamera zu nähern; je näher sie dem Objektiv kam, desto größer und vorquellender wirkten ihre Augen.

Die Glotzaugen blinzelten.

»Sind Sie gekommen, um das zu fragen, Miss ...«

»Gantt. Nein. Ich bin gekommen, um Mr. Nomura zu treffen.«

»Haben Sie einen Termin vereinbart, Miss Gantt?«

»Einen Termin?« Gantt musste sich beinahe auf die Zunge beißen, um nicht laut aufzulachen. »Ich muss keine Termine mit einem *Archivleiter* vereinbaren.«

»Bringen Sie Akten?«

»Sehe ich aus wie eine Bürobotin?«

»Arbeiten Sie für IA?«, fragte die Frau unbeirrt weiter.

»Nein«, wehrte Gantt ab, die *Internal Audit* – die Innenrevision – genauso sehr hasste wie alle anderen ihrer KollegInnen auch. *IA* hielt Menschen vom Arbeiten ab und stellte Fragen, deren Antworten niemanden interessierten außer *IA* selbst. Die Abkürzung klang nicht umsonst wie das Geräusch, das ein erregter Esel machte.

»Ganz bestimmt nicht.«

»Gehören Sie zum Board?«

»Nein ...«

»Dann brauchen Sie einen Termin.«

Mit einem Knistern erlosch das bewegte Monitorbild; nur noch die eigenen Fingerabdrücke starrten Ayline Gantt von der schwarzen Fläche entgegen.

»So nicht, Freunde.« Verärgert drückte sie den Knopf, wieder flackerte das Bild der mopsähnlichen Frau auf.

»Möchten Sie einen Termin vereinbaren?«

»Zum letzten Mal, jetzt ...«

»Ach, lass sie ruhig rein, Padmini«, sagte eine ruhige Stimme abseits der Kamera, die Gantt als die Nomuras erkannte. »Sonst bekommt sie da draußen noch einen Tobsuchtsanfall und muss von *UI-Sec* abgeholt werden.«

»Einen Moment«, sagte Padmini konzentriert und kam noch näher an die Kamera heran, um Gantt einen hervorragenden Einblick in ihre pixeligen Nasenlöcher zu gewähren.

Quietschend glitt die Stahltür auf.

Ayline Gantt wartete nicht erst, bis sie vollständig geöffnet war, sondern quetschte sich wütend durch die sich erweiternde Lücke in den Archiv-Vorraum. Die Deckenlampen waren nicht an, aber das bläuliche Licht zahlreicher Monitore genügte, um den großen Raum zu erhellen. Hinter einem Pult direkt gegenüber der Eingangstür saß Padmini, die in der Realität weder pixelig wirkte noch Glotzaugen hatte. Sie war eine gänzlich unauffällige junge Frau mit kurz gewelltem, mausbraunem Haar und misstrauischem Blick. Ein weiterer, leerer Schreibtisch befand sich zu Gantts Linken, dazwischen führten mehrere Türen aus dem Raum hinaus.

Auf der anderen Seite lehnte der ehemalige Justifiers-Koordinator Nomura gegen einen Türrahmen und sah ihr neugierig entgegen. Er war nicht mehr jung, gab sich aber Mühe, jugendlich zu wirken. Sein sorgsam gescheiteltes Haar war sehr dunkel, wenn auch nicht so schwarz wie der gepflegte Vollbart, den er trug, um darunter unwillkommene Anzeichen des nahenden Alters zu verbergen. Die lässigen Hosen, die er heute anhatte, waren aus einem edel wirkenden grauen, mit Metallfäden durchwebten Material, und der mit Sicherheit teuren Pullover, der um den Bauch herum etwas auftrug, bestand aus echter Tierwolle.

Obwohl Nomura nicht sehr groß war, war er natürlich größer als Gantt.

Die blickte irritiert auf seine Bekleidung.

»Geht es dir ... gut, Neo? Was *trägst* du da?«

»Wir *Archivare* bekommen so selten wichtigen Besuch, dass es unerheblich ist, was wir tragen. Es reicht vollkommen aus, einen Not-Anzug hier im Schrank zu haben, nicht wahr, Padmini? Ja, hier sind wir *frei*.« Er lachte theatralisch, um seine blendend weißen Zähne in Szene zu setzen. »Tritt doch ein, Line.«

Gantt war bisher nicht bewusst gewesen, dass man Kunststofftüren zuknallen konnte, aber Nomura war dazu imstande. Krachend fiel die Tür zu seinem Büro ins Schloss, und eine Welle von holzig-erdigem Herrenduft wehte ihr ins Gesicht.

›Census:Voyage‹ von Les Maitres. Du hast einen exklusiven Geschmack, Neo, nur wirst du ihn dir bei deinem Archivarengehalt leider nicht mehr lange leisten können.

Eine kriegsschiffgraue, mit Monitoren, Tastaturen und Ablagekörben übersäte Winkelkombination füllte den größten Teil des Raums, davor stand ein Trio schäbiger brauner Drehstühle. Nomura nahm auf einem der Stühle Platz, und Gantt nahm amüsiert zur Kenntnis, dass er üblicherweise mit dem Gesicht zur Wand arbeitete – genauer gesagt zu einem gigantischen Kunstdruck hin, auf dem finstere, an einen Berghang gedrängte Häuser auf den Betrachter herabzustürzen schienen.

Sie zog eine schmale Braue hoch. »Setz dich, Line. – Ja, es gibt nur diese Art von Stühlen. Wir Administrativen müssen eben mit den Mitteln auskommen, die ihr Operativen uns übrig lasst.«

»Woran du selbst nicht ganz unschuldig bist, Neo«, befand Gantt kühl und blieb stehen, weil sie Nomuras neuen Wirkungsplatz so besser überblicken konnte. »Wären nicht so viele deiner Projekte und Missionen gescheitert, wäre bestimmt noch ein ordentlicher Chefsessel im Budget gewesen. Vielleicht nicht gerade aus *Grousiten*-Leder, aber wenigstens ohne Löcher in der Rückenlehne.«

»Was willst du?«, fragte Nomura scharf, jeglicher Anschein von Freundlichkeit war verschwunden. »Bist du gekommen, um dich über mich lustig zu machen? Willst du dich an meinem erbärmlichen Umfeld ergötzen?«

»Ich wollte dir einen Vorschlag machen.« Ihr Blick fiel auf einen der Monitore, auf dem außer SVR-Verbindungsdaten eine nicht fertiggestellte Textnachricht zu sehen war, adressiert an Veronica Crompton. »Ich benötige Informationen aus einer Personalakte ...«

»Stell einen Antrag bei HR.« Nomuras Gesicht rötete sich leicht. Mit mehr Druck als nötig betätigte er den Schalter des Monitors, der erlosch. »Schriftlich und mit Begründung.«

»Es handelt sich um eine *alte* Personalakte. Kein Chip, keine Tab Sheets, kein Elektrosynth-Zeugs ... ich rede tatsächlich von einem Ordner mit Papier«, lächelte Ayline Gantt entschuldigend. »Meines Wissens wurden sie alle archiviert, und du sitzt direkt an der Quelle.«

In Nomuras ältlichem Gesicht arbeitete es; vermutlich stand er kurz davor, die Sicherheit zu rufen, also stellte sie ihr Lächeln auf ›gewinnend‹ um.

»Neo, ich will dir nichts Böses – ganz im Gegenteil. Du befindest dich in einer Position, in der du über Dinge verfügst, die ich benötige, und mein Budget ist noch lange nicht ausgeschöpft. Ich schlage dir einen Handel vor: Du besorgst mir, was ich brauche, und ich lasse dir dafür eine angemessene Ausstattung besorgen: neue Stühle, Teppiche, doppelt so viel Zeit am stationseigenen *Stellar Voice Radio,* ein Original dieses Bilds, falls es überhaupt ein Original gibt ... eben alles, was ein Archivleiter so benötigt.«

Er runzelte die Stirn.

»Von welcher Akte sprechen wir?«

»Wilfred Achmed Azer.«

»Azer«, wiederholte Nomura gedehnt. »*Azer?*«

Dass Neophytos Nomura seit seiner unfreiwilligen Versetzung nicht mehr gut auf seinen ehemaligen Vorgesetzten zu sprechen war, war klar; dennoch hätte Gantt nicht damit gerechnet, dass er sein Interesse daran, Azer den ›Verrat‹ zu vergelten, so unverhohlen zeigen würde.

»Azer.« Sie zuckte mit den Achseln. »Bist du dabei?«

Nomura sah sie misstrauisch an und deutete mit dem Kopf in Richtung des Kunstdrucks. »Du hast keinen blassen Schimmer, was ein echter Miller wert ist, oder?«

»Garantiert nicht mehr als das, was mir derzeit zur Verfügung steht, Neo.« Sie aktivierte ihre Multibox – die gängige Kombination aus Kommunikator, Uhr und verschiedenen anderen Unterhaltungselektronika – und richtete sie auf das Bild. »Gabby? Finden Sie heraus, wo man das Original dazu herbekommt.«

»Tja.« Nachdenklich rieb sich Nomura das sonnenbankbraune Gesicht; er wartete, bis Gantt die Verbindung zu ihrer Assistentin unterbrochen hatte, bevor er ihr eines seiner berüchtigten gekünstelten Lächeln schenkte.

»Dann wünsche ich dir viel Glück mit dem Bild, Line. Wenn du noch zwei Secbots, eine Flasche *Eau d'Honneur No. 1* und eine Kiste *Seelust Rubicon* von '37 drauflegst, bekommst du gleich morgen, was du brauchst.«

»Deal.« Ein zufriedenes Lächeln stahl sich auf Gantts Züge. »Und Neo ...«

»Ja?«

»Vielleicht solltest du deine *privaten* Mails nicht von deinem Arbeitsplatz aus versenden. Das könnte dir eines Tages das Genick brechen.«

Das Gesicht des Mannes wurde schlagartig dunkelrot, aber Gantt ersparte ihm die Peinlichkeit einer Rechtfertigung, indem sie die Tür öffnete und wieder in den Vorraum trat.

»Bis morgen«, sagte sie fröhlich und nickte der misstrauischen Padmini zu, die ihr die Stahltür per Knopfdruck öffnete.

Heute war ein guter Tag.

Natürlich glaubte Ayline Gantt keine Sekunde lang daran, dass die begonnene Dankesmail an Veronica Crompton, die sie auf Nomuras Bildschirm gesehen hatte, privater Natur im Sinne von ›romantisch‹ war. Crompton, das wusste die immer gut informierte Gantt, betreute für den Konkurrenten *Gauss Industries* Forschungsprojekte, so wie Gantt es für *United Industries* tat. Was Nomura mit *GI* zu schaffen hatte, war ihr im Augenblick völlig egal, aber ihr war wichtig, dass der Mann glaubte, dass sie ihn sehr, sehr aufmerksam beobachtete und über alles, was er tat, im Bilde war.

Nicht, dass er plante, noch zusätzliches Kapital aus ihrer Frage nach Azers Akte zu schlagen, indem er ihrem Vorgesetzten davon berichtete. Gantt glaubte zwar nicht, dass der Mann so viel Rückgrat zeigen würde, weil er dadurch die versprochenen Luxusgüter aufs Spiel setzte, aber ...

... sicher war sicher.

Nein, sie betrachtete Azers Akte als Testballon; platzte er jetzt, war nichts verloren: Stand Aussage gegen Aussage, würde Gantt punkten können. Das konnte sie immer, und es galt insbesondere, wenn es gegen statuskranke Windbeutel wie Nomura ging. Platzte der Ballon nicht, nun, dann hatte sie mit Nomura eine weitere Ressource in der Hinterhand.

Ayline Gantt hielt nichts davon, Dinge wegzuwerfen, die man noch gebrauchen konnte.

11

System: DEF-563-UI
Planet: DEF IV *(United Industries)*
Utini Raumstation, VCT-Center
11:37 Uhr (Bordzeit)

Ein Surren.

Grelles Licht stach tief in ihren Schädel, die Schwerkraft zog sie in die Tiefe und trieb ihren Mageninhalt in die Höhe. Das brennende Jucken entlang ihres Rückgrats verursachte ihr Gänsehaut, ihr Fell sträubte sich, und der Geschmack in ihrem Mund war ... einfach nur widerlich.

»Mist«, knurrte Kit, schluckte Gallenflüssigkeit, öffnete das Helmvisier und kniff ihre Augen zusammen, um sich an das Licht in den weiß gefliesten Räumlichkeiten des *VirtuaCamp* zu gewöhnen. In die meisten der gepolsterten Gestelle, die den Raum füllten, waren mit Elektroden bepflasterte Körper eingespannt. Die blauen Kunststoffhelme mit den abgedunkelten Visieren ließen sie wie die Androiden aus einem der Filme wirken, die sich Kit zusammen mit Maya während der Reise zu einer der letzten Missionen angesehen hatte ... »Rebellenmond« hatte er geheißen und war die C nicht wert gewesen, die sie für den Chip ausgegeben hatten.

Kit klappte das Visier wieder herunter.

»Wieso gibt es hier eigentlich keinen Dimmer, Bart?«

»*UI* ist zu arm für solche Spielereien«, ertönte die amüsierte Stimme des für sie zuständigen Virtuellen Training-Controllers über Kits Kopfhörer.

Obwohl Kit ihn noch nie zu Gesicht bekommen hatte, wusste sie, dass an Bart selbst leider nichts virtuell war. Der Controller behauptete, auf Putin als reinrassiger Mensch geboren worden zu sein, wofür auch sein Akzent sprach, aber die Füchsin wettete, dass er entweder ein *Chemical* war oder ein Beta, dessen tierische Gene von einer Krätzmilbe stammten.

Eigentlich liebte sie es zu flirten, und sie mochte Männer jeder Sorte – ganz egal, ob Dachs- oder Tiger-Beta, Mensch oder Exo. Ihr Teampartner Shiloh nannte ihren Zustand ständiger Bereitschaft »Dauerranz« und zog Kit damit auf, dass die bei Frettchen meistens tödlich endete. Nun war die Fuchs-Beta kein Frettchen, aber ...

... aber Bart nervte.

Er sah es nicht nur als seine Aufgabe an, auf die Messwerte seiner »Kundin« zu achten und ihr die passenden Trainingsszenarien zur Verfügung zu stellen – er stellte ihr oft persönliche und meist lästige Fragen. Sie fand es mittlerweile schon ein bisschen seltsam, dass jedes Mal, wenn sie trainierte, ausgerechnet Bart Dienst und gerade keinen anderen Kunden hatte. Vermutlich gehörte er zu der Sorte Fetischisten, die auf Bildgeschichten mit anthropomorphen Tieren standen und sich einen von der Palme wedelten, während sie unter der Bettdecke heimlich ihre Furry-Comics lasen.

»Was ist jetzt, Schwester? Gibst du das Rack endlich frei?«

»Halt bloß die Klappe, Barthelmus Morosow.«

»Hey, ich muss schließlich einen Belegungsplan einhalten! Was machst du eigentlich heute Abend, Schwester? Im El Zotz ist Lavalampen-Nacht. Hast du nicht Lust, deinen Luxuskörper in hübschere Klamotten zu hüllen und mich zu begleiten?«

Ohne ihn jemals gesehen zu haben, wusste Kit, dass die aufdringliche Krätzmilbe die letzte Kreatur auf Utini war, mit der sie ausgehen wollte.

»Ich hasse Lavalampen.«

Sie unterstrich ihre Aussage mit einem gespielten Würgen, was den russischen Controller seufzen ließ.

»Dann ist dir nicht zu helfen, Schwester. – Jetzt klink dich lieber aus, bevor ich dich dazu verpflichten muss, den Helm zu reinigen.« Bart lachte. »Du weißt ja: Wer kotzt, putzt.«

»Heilige Scheiße«, krächzte eine andere, heisere Stimme, die aber nicht auf elektronischem Wege in Kits Innenohr rauschte.

Sie zog den Helm ab.

Dominierender Geruch im Trainingsraum war Schweiß, gefolgt von Urin. Kit rümpfte die empfindliche Nase.

Im Rack rechts von ihr war eine muskulöse menschliche Frau angeschnallt, die Kit vor der Perennia-Simulation noch nie auf der Station gesehen hatte. Sie trug einen braunen Underall, der so eng an ihrem bulligen Körper anlag, als wären die zwischen Haut und Stoff verbliebenen Luftmoleküle mit dem Vakuumsauger entfernt worden: Die Druckanzüge, die die Konzerngardeure unter ihren Kampfpanzerungen trugen, ließen keinerlei Spielraum für irgendwelche Fantasien. Ächzend nahm die Gardeurin den Helm ab; das blassblonde Haar darunter war zu einem strammen Pferdeschwanz zusammengebunden, der Kit schon beim Hinschauen Schmerzen verursachte. Mitfühlend verzog sie die Lefzen und fuhr mit einer Hand durch ihr eigenes rotes Kopfhaar, das sie seit Yamantaka genicklang trug.

»Wie bei allen Göttern mache ich, dass das aufhört?«, fragte die Blonde rau.

»Die Übelkeit oder die Ameisen?«

Kit löste sich mit geübten Handgriffen aus ihrem *VirtuaCamp*-Rack und hängte den Helm in die dafür vorgesehene Halterung, wo er augenblicklich desinfiziert wurde.

»Die Ameisen«, gab die Blonde missmutig zurück und rieb sich die blasse Kehle, bevor auch sie mit dem Abschnallen begann. »Das Jucken und Beißen ist ... *brutal*.« Vielleicht war die Heiserkeit bloß auf die Anstrengung zurückzuführen, aber Kit fand, dass sie perfekt zu dem herben Gesicht passte.

»Es gibt nur einen einzigen Weg, die Ameisen zu vermeiden«, schmunzelte sie. »Du darfst dich nicht umbringen lassen.«

Gekränkt starrte die Gardeurin sie an; ihre Augen waren klein und von einem so hellen Grau, dass die Iris beinahe im umgebenden Weiß aufging.

»Das war auch nicht meine Absicht, aber leider habe ich

im ganz großen Stil gepatzt. – Du bist doch nicht sauer, dass ich mich in dein Training eingeklinkt habe ...« Die hellen Augen verengten sich, als sie auf den Schriftzug auf Kits Trainingsjacke starrte. »... Lacroze?«

»Kit«, korrigierte Kit.

»Kit. Also, ich halte ja nicht viel von virtuellem Kampftraining, aber Major Sibanyoni hat darauf bestanden. Er meinte, ich könnte eine Menge von dir lernen.« Ihr war deutlich anzusehen, dass ihr die Niederlage missfiel. »Ich fürchte, er hatte Recht.«

Sie sprang auf den gefliesten Boden und langte nach dem Handtuch, das sie neben ihrem Trainingsgestell abgelegt hatte. »Wie du mir den Ellbogen in den Hals gerammt hast – das musst du mir bei Gelegenheit einmal zeigen.«

Kit versuchte, sich ihre Verblüffung nicht anmerken zu lassen. Dass ausgerechnet der als gnaden- und humorlos bekannte Anführer der Stationsgardeure ihr Loblied singen sollte, überraschte sie – sie war schließlich nicht nur Beta-Humanoide, sondern auch Justifier, und Sibanyoni hatte grundsätzlich etwas gegen die auf Utini stationierten Justifiers-Teams. Seiner Meinung nach bestanden sie nur aus »dreckigem Pack«.

»Na ja«, sagte sie also, um die Situation ein wenig zu entspannen. »Der Alte übertreibt. Falls das dein erstes *VC*-Training war, hast du dich gar nicht schlecht geschlagen, äh ...«

»Sergeant Isabella Ekaterina Yardley, 11B2O00, 31. Luftlandebataillon, gestern transferiert von der *Quetzalcoatl*.« Die Gardeurin reckte das quadratische Kinn. »Nenn mich Poison, wenn du willst – das ist mein taktischer Name.«

»Aha«, meinte Kit gedehnt, die taktische Namen für eine Erfindung der Unterhaltungsindustrie gehalten hatte. »Na denn, willkommen auf der schönsten Raumstation der Galaxis, Poison.«

»Ich hoffe, ich bin auch willkommen – obwohl ich besser war als ihr beide zusammen«, sagte eine heitere Stimme irgendwo hinter ihnen.

Beide Frauen drehten sich gleichzeitig nach dem Besitzer der Stimme um, der aus einem der angrenzenden Räume hereinlugte; wie Poison trug auch er Gardeur-Unterwäsche, wie Poison war er muskulös, aber im Gegensatz zu der Blonden war er alles andere als blass, trug ein schickes Bärtchen und überragte sie um gut eineinhalb Köpfe. Grinsend langte der Gardeur nach einem Zipfel des feuchten Handtuchs, das über seiner Schulter hing, wischte Schweißperlen aus dem schwarzen Haarstreifen auf seinem Kopf und zwinkerte Kit zu. Er hatte dunkle, leicht schräg geschnittene und sehr nette Augen.

Kit grinste zurück.

»Dann hast du mir das Messer ins Genick gestoßen? Nicht übel für einen Gardeur, Herr ...«

»Chick.«

»Ist das eher Chick wie ›Mädel‹ oder Chick wie ›Hühnchen‹?«

»Chick wie *Corporal* Red Crow«, schnappte Poison in barschem Ton, der *Corporal* Red Crow eine dunkle Braue heben ließ und Kit erst recht zum Grinsen brachte.

»Oh, Entschuldigung.« Die Beta-Humanoide hob scheinheilig die Achseln, ihr Schwanz zuckte hin und her. »Ich wollte Ihnen nicht zu nahetreten, Corporal.«

»Chick.« Er streckte eine Hand aus, die sie ergriff und kräftig schüttelte; obwohl Kits Hand viel kleiner war als die des Mannes, war ihr Händedruck nicht minder fest. »Eine Plüschi mit so schönen goldenen Augen kann mir überhaupt nicht zu nahetreten.«

Nun war es an Kit, die Brauen zu heben. Als Kreatur auf Bestellung hatte sie sich schon allerhand mehr oder weniger schmeichelhafte Bezeichnungen anhören müssen, aber »Plüschi« war neu. Und als sie sah, wie Poison missbilligend die blassen Kiefer aufeinanderpresste, da wusste sie, dass die Gardeurin niemals ihre beste Freundin werden würde.

Was Chick anging ...

Kits Augenaufschlag war perfekt einstudiert und tausendfach erprobt; wenn die Fächer ihrer Wimpern langsam und bedächtig die goldgesprenkelten Augen enthüllten, wirkte das fast immer.

Zumindest auf Wesen, die Betas nicht von vornherein ablehnten.

»Ich bin Kit. Kristina Lacroze: Beta-Humanoide, Justifier in Spinovas Team, derzeit ohne aktive Mission. Um trotzdem fit zu bleiben, trainiere ich hier mit meinem Partner.«

»Partner? Hoffentlich nichts Ernstes?«

»Nicht doch. Wenn Shiloh überhaupt etwas sagt, dann reißt er Witze.« Kit zeigte ihre Fänge in einem albernen Grinsen und deutete auf ein Rack, in dem ein kräftiger Beta-Humanoid eingespannt war: ein Affenmann mit schütterem, rotbraunem Haar, der sich an den Knien kratzen konnte, ohne sich bücken zu müssen.

»Er ist übrigens immer noch in der Simulation.«

»Das ist der Typ von der Lichtung!«

»Genau der. Shiloh ist eigentlich Pilot.«

»Ach so?« Chick wischte sich wieder Schweiß vom Gesicht. »Wenn seine Flugkünste so gut sind wie seine Augen, dann wundert mich, dass ihr noch am Leben seid. Seiner Leistung im VC nach hätte es ein Pappaufsteller auch getan. Kein Wunder, dass die meisten Schiffe Autopiloten haben.«

»Ich hätte ja nicht gedacht, dass ich den Burschen jemals verteidigen müsste, aber ... unterschätze ihn nicht«, lächelte die Füchsin. »Shiloh ist ein fantastischer Pilot, und hätte er nur einmal den Abzug der *Patriot* betätigt, dann wäre dein virtuelles Ich jetzt über die ganze Simulation von Perennia verteilt, und dein körperliches Ich hätte den *VC*-Helm geputzt. Ich gebe allerdings zu, dass du da drin«, mit der kurzen Schnauze deutete sie auf die *VC*-Racks, »wirklich gut warst.«

»Du bestätigst Offensichtliches.«

»Natürlich nicht so gut wie ich«, fuhr Kit fort. »Wärt ihr nicht zu zweit gewesen, wäre ganz gewiss nicht ich abgestochen worden, Chick. Du hattest großes Glück, dass dein Sergeant durch den Wald gewalzt ist wie eine dieser Monster-Bohrraupen von *B'Hazard Mining* ...«

»Hey«, schnappte Poison und stemmte die muskulösen Arme in die Seiten.

»... denn sonst hätte ich mich nicht so einfach ablenken lassen. Ich hatte dich schon bemerkt, bevor ich Shiloh umging. Also ... du hattest großes Glück.«

Die Lachfältchen um Chicks Augen vertieften sich.

»Mit Glück hatte das wenig zu tun, Plüschi. Das war

Können. Ich war dir schon eine gute Viertelstunde auf den Fersen, bevor du zur Lichtung kamst, und dein Freund ... er hat in die Baumkronen gestarrt. Hat vermutlich nach Bananen gesucht. Wäre ich nackt über die Lichtung getanzt, hätte er mich genauso wenig bemerkt.«

»Wärst du nackt über die Lichtung getanzt, hätte ich dir so fest in deinen Arsch getreten, dass du nie wieder hättest sitzen können«, schnarrte Poison giftig. »Jetzt komm schon! Wir müssen uns verflucht nochmal umziehen, schließlich haben wir noch ein weiteres Date.«

Kits große Ohren richteten sich neugierig nach vorn.

»Hoffentlich nichts Ernstes ...?«

Chick zuckte mit den breiten Schultern.

»Bloß ein neuer Vorgesetzter. Also nicht halb so ernst wie dieses Date hier, Kit Lacroze.«

»Hörst du schlecht?«, blaffte Poison, die jetzt nur noch genervt wirkte, und stieß den Corporal unsanft zur Seite. »Hör auf, das Standardprogramm abzuspulen, und komm mit! Kommst du zu spät zum Rendezvous, kannst du gleich ohne Umweg in die Brigg einziehen, Corporal.«

»Schon gut, Sarge.«

»Jetzt dusch dich gefälligst! Und zwar kalt. Du hast es nötig.«

»Schon gut, Sarge«, wiederholte der Gardeur gutmütig, zwinkerte Kit noch einmal zu und trottete dann hinter seiner Vorgesetzten her. Kurz bevor er die Tür erreichte, drehte er sich noch einmal zu der Füchsin um.

»Wie gelingt es dir bloß, nicht zu schwitzen? Du wirkst so frisch wie der junge Morgen.« Der Gardeur deutete auf seinen eigenen, klatschnassen Underall.

»Gute Gene«, zuckte Kit mit den Achseln.

»Praktisch. Und was machst du später? So ab Einundzwanzighundert?«

Sie lächelte. »Mal schauen. In der El Zotz Rogue Bar gibt es Lavalampen zum halben Preis.«

»Unfair«, tönte Barts beleidigte Stimme über den Lautsprecher, aber niemand ging darauf ein.

Sergeant Isabella Ekaterina »Poison« Yardley fluchte militärisch, knurrte »Beeilung!« und gab dem Corporal einen kräftigen Schubs, der ihn zur Tür hinausbeförderte.

Kit sah den beiden mit hochgezogenen Brauen nach, dann ließ sie sich rücklings gegen ihr Rack sinken und verschränkte die Arme.

»Neues Spiel, neues Glück«, lachte sie leise, wobei sie jedes Wort betonte. »Rrrrrr.«

»Ich glaube, auch du hast eine kalte Dusche nötig, Herzchen. Die Dauerranz bekommt dir nicht. Kann ich dir vielleicht irgendwie ... helfen?«

Verblüfft wandte sie sich zu dem Rack ihres Partners um, der sie vergnügt mit tiefliegenden braunen Äuglein ansah. Auf seiner Stirn war noch ein Abdruck des Helms zu sehen, den er jetzt in langen, behaarten Fingern hielt, das spärliche rötliche Haupthaar war platt an den Kopf gedrückt.

Sie rümpfte die Schnauze.

»Du hast bloß so getan, als seiest du noch in der Simulation?«

»Ich wollte nicht stören«, gluckste Shiloh und befreite auch den Rest seines Körpers von den Abnehmern, die ihn in die virtuelle Dschungelwelt gebracht hatten. »Man erlebt schließlich nicht alle Tage, dass eine zerrupfte, übelriechende Chimäre wie du ...«

»Blöder Affe«, knurrte Kit.

»... von einem echten, nicht kriminellen, nicht chemisch verseuchten Menschen angebaggert wird.«

»Was ist mit Bart?«

»Ich dachte, der zählt nicht?«

»Stimmt.« Kit verschränkte die Finger und streckte sich, bis das Knacken ihrer Gelenke zu hören war. »Also, was hältst du von meinem neuen Opfer?«

Shiloh zuckte mit den Achseln.

»Gardeure. Die sind alle so.«

»Wenn die alle so sind, hätte ich vielleicht dort anheuern sollen ...«

»Die suchen Soldaten, Kristina – keine Bettvorleger.« Der Orang-Utan-Beta zeigte zwei Reihen großer, gelblicher Zähne. »Herzchen, ich weiß ja, wie gern du Fuchs im Hühnerstall spielst und hilflose, hormongesteuerte männliche Kreaturen angräbst, und du weißt natürlich, dass ich andere Leute nur ungern ihrer Illusionen beraube – aber in diesem Fall bist *du* das Opfer.«

12

Am späten Abend
System: DEF-563-UI
Planet: DEF IV *(United Industries)*
Utini Raumstation, El Zotz Rogue Bar

Eine Rogue Bar befand sich auf so gut wie jeder Raumstation von *United Industries*, um der Besatzung das Gefühl zu vermitteln, nicht völlig abseits jeglicher menschlicher Zivilisation zu leben. Wie andere Bars der Kette war auch El Zotz in einheitlichem Rogue-Dekor gehalten, damit sich neue Crewmitglieder schnell zu Hause fühlten: beleuchtete transparente Tresen, mitternachtsblaue, mit Lichtpunkten übersäte Wände, ein dreidimensional auf die Tanzfläche projizierter Spiralnebel, die Monitore, auf denen man das aktuelle *Starlook*-Programm verfolgen konnte. Sogar die schlechte Luft war allen Rogue Bars gemein. Einzig die namensgebende Fledermaus, die von Gläsern und der Bekleidung der Angestellten grinste, unterschied El Zotz von anderen Etablissements der Kette.

Kit, die den Trainingsanzug gegen ein leuchtend grünes Kleid mit holografisch schillernden Glasperlenborten eingetauscht hatte, wartete jetzt schon seit über einer halben

Stunde vergeblich am Tresen. Corporal Chick war nicht aufgetaucht.

Sie zupfte an der glitzernden Kunstblüte, die ihre Haare aus dem Gesicht hielt, und winkte der Barfrau.

»Noch eine, okay?"

»Lavalampe? Das macht einen halben C."

Die müde wirkende Frau mit den kurzen grauen Haaren reichte Kit ein neues Glas, während diese ihre Chips zählte und schließlich einen davon über den Tresen schob.

Kit roch an ihrem Drink und lächelte schwach; auch beim zweiten Glas war sein Duft genau so verführerisch wie der süßlich-frische Geschmack.

Sie liebte Süßes.

Dass sie nicht allein hier saß und trank, obwohl der Gardeur sie versetzt hatte, bewertete sie ebenfalls als positiv. Vielleicht wäre es angemessen gewesen, sich im eigenen Quartier zu verbarrikadieren und sich zu ärgern ... aber alle Konjunktive der Galaxis konnten nicht verhindern, dass sie sich vorgenommen hatte, sich zu amüsieren.

Die Person auf dem Barhocker nebenan schnaufte schwer.

»Alles in Ordnung?«

»Immer«, knurrte Poison Yardley, die konzentriert auf die roten und gelben Schlieren ihres eigenen Getränks starrte.

»Dann ist ja alles gut.« Kit tauchte die Zunge in ihr Glas. *Köstlich.* »Ich verstehe jetzt, weswegen diese Lavalampen so beliebt sind. Vor allem beim Wirt. Es ist schwierig, viele Getränke zu verkaufen, wenn einen schon gleich das erste

Glas aus den Stiefeln haut, und die hier ...« Wieder nippte sie an ihrem Getränk. »Machen Lust auf mehr.«

»Du hast Spaß«, stellte die Soldatin fest, ohne von ihrem Glas aufzusehen. In ihrer Stimme lag ein Hauch Säure. »Schön für dich.«

»Ich finde es hier tatsächlich schön, Poison. Aber vielleicht fange ich eines Tages ja auch an, mich so zu fühlen wie du."

»Dich so zu fühlen wie ich?« Poisons blonder Kopf schnellte hoch, dass der Pferdeschwanz wippte. Ihre bleichen Augen verengten sich. »Wie meinst du das?«

Kit zuckte die Achseln.

»Hätte ich das nicht schon so oft mitgemacht, wäre ich vermutlich auch angepisst, dass Sibanyoni mich aus meiner Einheit herausgerissen und in ein Justifiers-Team gestopft hätte. Ich habe gelernt, mich mit häufigen Teamwechseln zu arrangieren, aber du bist Gardeur und vermutlich sehr stolz auf deine Einheit. Ich weiß es zwar nicht, weil ich es nie am eigenen Leib erfahren habe, aber ich glaube, ich würde die Traditionen, die Uniformen und vielleicht sogar die Leute auch vermissen. Aber hey ...«

Gönnerhaft klopfte Kit der blonden Soldatin auf die Schulter. »... die Versetzung ist schließlich nur temporär, Sergeant. Also trink einfach und versuch, den Abend zu genießen.«

Der Alarm in Poisons Augen verschwand so schnell, wie er gekommen war, um durch finstere Lethargie ersetzt zu werden – die Begleiterscheinung eines milden Rauschzustands.

»Schon dabei«, sagte sie mürrisch und nahm einen tiefen Schluck von der Lavalampe. »Justifiers! Pah. Wir sind Gardeure. Gar-deu-re.« Sie tippte im Takt der Silben auf den Bauch der Fledermaus, die ihr Glas zierte. »Das ist so peinlich. *So* peinlich. Ich meine, ihr seid – ihr seid ...«

»Sprich's nur aus.« Kit war es gewohnt, dass sich Kollegen bei ihr ausheulten.

»Ihr seid Chimären.«

»Was? Tatsächlich?«

»Verarsch mich nicht, Lacroze. Ich bin schlecht drauf, und wenn ich schlecht drauf bin, hasse ich Chims. Und Justifiers. Ich hasse halblegale Missionen. Ich hasse diese Station. Ich hasse den alten Sack, ich meine den Major. Und ich hasse diesen Typen, der glaubt, mir jetzt Befehle erteilen zu können. Der ist nicht mal Gardeur. Der hat bestimmt nicht einmal eine *Grundausbildung!*«

»Ich fand ihn ganz nett«, grinste Kit, die den neuen Teamchef vor rund zwei Stunden kennengelernt hatte. »Langweilig, aber nett. Und diese *Augen* ...«

Chief Warrant Officer Corrigan schien ein ziemlich ruhiger und ausgeglichener Mensch zu sein ... ein erfrischender Kontrast zu Lieutenant Spinova, seiner furiosen Vorgängerin. Die blauhaarige Mini-Tussi, die die R&D-Justifiers jetzt an Nomuras Stelle befehligte, hatte fast alle Teams auseinandergenommen und Spinova zu einem gänzlich anderen Haufen rotiert; sie nannte es »strategische Notwendigkeit« – Kit nannte es »kleinliche Rache am Vorgänger«. Aber da die Beta-Füchsin weder etwas dagegen unternehmen konnte noch es überhaupt wollte, hatte sie beschlossen, sich nicht über die Willkür des *UI*-Managements zu ärgern.

»Und ein Verbrecher ist er auch! Das ist so peinlich.« Das Licht am Tresen wechselte und verwandelte Poisons grimmiges Gesicht in ein aus violetten und stahlblauen Flächen bestehendes Kunstwerk.

Kit bleckte die Fänge.

»Du wirst darüber hinwegkommen. Vielleicht wird Sibanyoni den Eintrag später aus deiner Akte löschen lassen, dann wird niemals jemand erfahren, dass du dich mit einer Justifiers-Einheit abgeben musstest. Okay?«

Poison leerte ihre Lavalampe in einem Zug, dann starrte sie die Beta einen Augenblick lang schweigend an, bevor sie sagte: »Hör bloß auf. Ich will nicht, dass du mich aufzuheitern versuchst. Lass mich mein Gift verspritzen – ich brauch das.«

»Ich brauch das aber nicht. – Hey.« Kit bestellte noch zwei Lavalampen bei der Grauhaarigen.

»Nun hab dich nicht so. Das hier ist noch gar nichts«, grollte Poison und nahm eines der beiden Gläser in Empfang, die die Barfrau ihr reichte. Sie starrte auf die funkelnde Tanzfläche, auf der sich schattenhafte Gestalten zu den Klängen von Ancient Tunes drehten. Kit identifizierte das Stück, das gerade lief, als *Cosmic Whispers*.

»Du hättest mich mal in der Nacht erleben sollen, in der Griff mich rausgeschmissen hat.«

»Griff?«, fragte Kit. »Ist das eine Firma? – Oh, sieh mal da.« Erfreut stellte sie ihr Glas ab, rückte die Kunstblüte zurecht und richtete sich auf dem Barhocker auf. In ihren Eingeweiden begann es zu kribbeln. »Wir kriegen Gesellschaft.«

»Nein, keine Gesellschaft«, entgegnete »Chick« Red

Crow, der sich durch die Tanzenden geschoben hatte und nun am Tresen auftauchte. Wie Poison trug er die kleine Ausgehuniform der Gardeure, die zwar auch braun, im Gegensatz zu der Körpersocke aber recht weit geschnitten war. »Das hier ist so etwas wie ein Wachwechsel.« Er deutete mit einem Daumen über seine Schulter in Richtung Eingangstür, in deren Nähe eine Handvoll uniformierter Soldaten warteten. »Cleaver will mit dir reden. Ich hoffe, du bist noch nicht zu besoffen, Sarge ...«

»Cleaver«, wiederholte die Blonde und sah mit leerem Gesichtsausdruck zur Tür. »Seit wann schickt er Laufburschen? Kann er nicht herkommen und selbst mit mir reden?«

»Er wollte dir vor unserer Extratour noch ein paar Weisheiten mit auf den Weg geben – nur für deine entzückenden Ohren bestimmt. Jetzt geh endlich, Sarge, ich werde deinen Platz warmhalten.«

Die hellen Augen der Gardeurin blinzelten, als müsste sie sich daran erinnern, wo sie sich gerade befand; dann sprang sie auf, alle Lethargie war verschwunden.

»Ich erwarte professionelles Verhalten, Corporal«, schnappte sie und reichte Chick das dreiviertelvolle Glas. »Und das meine ich ernst.« Damit nickte sie Kit und der Barfrau zu und ging – ganz ohne zu schlingern – zu den Gardeuren, die am Ausgang auf sie warteten.

Chick setzte sich auf den leeren Hocker, strich über seinen Flattop, schnüffelte am Drink und stürzte ihn in einem Zug hinunter.

»Noch einen, bitte«, bestellte er eine weitere Lavalampe bei der Frau hinterm Tresen. »Magst du deinen Job?«

»Meistens schon«, lächelte die müde Barfrau. Erst füllte sie das schlanke Glas mit der aufgedruckten Fledermaus mit hellem, transparentem Gelb, dann goss sie eine zähe, rote Masse hinein, die sich innerhalb weniger Augenblicke zu den charakteristischen Schlieren und Kugeln formte. »Hier, bitte.«

»Wer ist Cleaver?«

»Unser Chief Tech. Äh, Vorgesetzter, sozusagen. Zumindest bis morgen früh.«

»Aha.« Die Justifierin beobachtete, wie Poison mit einem der Uniformierten sprach. »Professionelles Verhalten, und sie meint es ernst? Was erwartet sie – dass du eine Kneipenschlägerei beginnst?«

»Nicht ganz. Sie glaubt, ich will dich abschleppen.«

Das Kribbeln verstärkte sich. Kit klapperte mit den Lidern, um die langen Wimpern bestmöglich zur Geltung zu bringen.

»Und? Hat sie Recht?«

»Nein.«

»*Nein?*« Die Schnauze der Fuchs-Beta kräuselte sich; bei diesem Spielchen konnte sie locker mithalten. »Ich dachte, ich hätte dein Abschleppseil heute früh sogar durch den Underall gesehen?«

»Na schön. Ertappt. Aber da wusste ich noch nicht, dass wir zum selben Team gehören würden.« Chick nahm einen Schluck aus seinem Glas, dann wackelte er theatralisch mit dem Zeigefinger. »Zumindest bei uns Gardeuren ist so etwas innerhalb einer Kommandokette verboten, denn es gibt nur Ärger von der Sorte, die Soldaten überhaupt nicht gebrauchen können.«

»Kommandokette, ja? Manche Justifiers-Einheiten sind eher Debattierclubs, da ist von ›Kette‹ nichts zu spüren. Sag doch gleich, dass du dich nicht traust, weil du befürchtest, Poison könnte dir das Leben schwermachen.«

»Poison macht mir keine Angst, Kit. Mit ihr werde ich fertig.« Chicks Finger malte ein Muster auf dem beschlagenen Glas. »Aber ich will's mir nicht mit Cleaver verderben, schließlich werde ich ihn auch nach diesem Gastspiel noch ertragen müssen.«

Die Art, wie er es sagte, klang nun allerdings überhaupt nicht mehr nach Spiel.

»Das ist dein Ernst, ja? Mist«, brummte Kit beleidigt. »Wusste ich doch, dass ›Chick‹ von ›Chicken‹ kommt. Feiges Hühnchen.«

Chick lächelte schwach. Wieder fuhr er mit einer Hand über den borstigen Haarstreifen auf seinem Kopf.

»Natürlich passiert das mit dem Fraternisieren trotzdem immer wieder; diese Bestimmung wird ungefähr so sehr geachtet und kontrolliert wie das Gesetz gegen das Tragen kurzer Hosen zwischen Mitternacht und 4 Uhr früh, das noch irgendwo in der Verfassung von Arabian's Pride vor sich hinfault und um das sich keiner schert. Mein Sergeant hatte mal etwas mit einem Gardeur aus unserer Einheit. War zwar ein anderer Zug, insofern – wenn wir es genau betrachten – jenseits der Kommandokette, aber ...«

Kits Skalp wanderte nach hinten. »Du sprichst von *Poison?*«

»O ja. Sie wäre beinahe Amok gelaufen, als sie ihren Typen mit – mit einem älteren Familienmitglied erwischt hat. Sie hat sie alle beide so verprügelt, dass sie wochenlang nicht mehr sitzen konnten.«

»Sie hat die Hand gegen ihre Mutter erhoben?« Verwundert riss Kit die Augen auf; im Hintergrund lief nun eine Rap-Oper, die gerade unheimlich in sein musste, denn sie war mindestens dreimal täglich im Web zu hören. »Ich dachte, *Geborene* täten so etwas nicht?«

»Wer spricht denn von ihrer Mutter? Griff hatte etwas mit ihrem großen Bruder, der im Übrigen auch bei *United* ist. Die Bordpolizei hat alle drei mitgenommen, und sie haben ein paar herrliche Tage im Kerker der Flugnüsse verbracht. Ich will mir gar nicht vorstellen, was passiert wäre, wenn sie das mit Griff während eines Einsatzes rausgefunden hätte und nicht, als das Schiff im Trockendock lag.« Er lachte leise. »Seitdem ist unser Sarge kuriert. Und sie wird extrem misstrauisch, wenn sie ihre Leute auch nur miteinander scherzen sieht. Nach unserer Schäkerei heute früh muss es für sie die Hölle sein, mit einer so reizenden Fuchsdame wie dir in der gleichen Einheit dienen zu müssen.«

»O je«, sagte Kit gedehnt. »Das sind ja beste Voraussetzungen für einen erfolgreichen Einsatz.«

»Nicht doch«, wehrte Chick ab. »Poison kann sich sehr professionell verhalten.«

»So professionell wie du?«

»Viel professioneller, Kit. Viel professioneller. Du wirst schon sehen.«

Und genau in diesem Augenblick senkte Sergeant »Poison« Yardley den blonden Kopf und rammte ihn wie ein Stier in den Bauch des Uniformierten, mit dem sie gerade noch gesprochen hatte. Der Mann klappte zusammen und sackte gegen den Türrahmen des El Zotz. Einer der anderen Gardeure versuchte eine Waffe zu zücken, aber Poison stieß ihm ihren Ellbogen rücklings gegen die Brust und trat ihm dann mit aller Kraft gegen das Schienbein. Noch bevor sich die schwere Pistole auch nur einen Millimeter aus dem Holster herausbewegt hatte, krümmte sich auch dieser Soldat am Boden.

»Hey, das hat sie sich von mir abgeschaut«, rief Kit, aber niemand hörte ihr zu. Die Barfrau war unter dem jetzt rot leuchtenden Tresen in Deckung gegangen, die ersten Leute schrien, und Chick bahnte sich wenig rücksichtsvoll einen Weg durch die zu den Rap-Klängen herumhoppelnden Tänzer, die noch nichts von der Schlägerei mitbekommen hatten.

»Hast du sie noch alle?«, rief sie dem Corporal hinterher, aber der hatte sein Ziel schon erreicht. Im Laufen riss er einen der beiden Gardeure zur Seite, die die wütende Poison niederzuringen versuchten, und stieß ihn mit dem Gesicht so heftig gegen die sternenübersäte Wand, dass das Fledermausschild am Eingang wackelte. »Dreckiges Pack«, brüllte der fünfte und letzte Gardeur und stürzte sich mit geballten Fäusten auf Chick.

»Mist«, stöhnte Kit und knallte ihr Glas auf den Tresen, so dass die bunte Flüssigkeit überschwappte. »Dann verhalte ich mich eben auch professionell.«

Geschmeidig sprang sie vom Barhocker und tauchte zwischen zwei mit Tranquilizern zugedröhnten Zebra-Betas hindurch, die wie hypnotisiert durch den Spiralnebel nach oben starrten. Auf dem Monitor in der Ecke referierte eine blonde Frau mit Schlauchbootlippen gerade über die sogenannten »Samariter« oder Collectors, die wohl wieder eine Welt unter ihre Obhut gebracht hatten. Dann war Kit auch schon mitten im Getümmel.

Sie stieg über den im Türrahmen Zusammengesackten hinweg und griff nach dem Kragen einer der Gardeure, die Poison gerade auf den Boden drückten. Mit einem Ruck zerrte sie die dunkelhaarige Frau hoch. Diese japste erschrocken und schlug wild um sich, wobei ihr Einheitsring am Saum von Kits grünem Kleid hängen blieb. Mit einem »Ratsch« zerriss die Hologrammborte; Glasperlchen lösten sich vom Stoff und fielen zu Boden.

»Arsch«, fauchte Kit wütend und trat der Soldatin ins Kreuz. Diese stolperte, fiel über Poison und deren zweiten Besetzer und schlug der Länge nach hin. Dann bekam Kit ihrerseits einen Schlag in den Rücken, der sie durch die Tür in den Gang hinausstolpern ließ – sie fing sich, wirbelte herum, schlug mit gespreizten Krallen zu und traf den ihr entgegenstürzenden Chick im Gesicht. Sein Kopf schlug gegen den Türrahmen, und der blutüberströmte Gardeur, der ihn weggestoßen hatte, lachte auf und stürzte sich auf die Beta-Füchsin.

Kit wich erfolgreich zur Seite aus – und landete genau in den Armen eines gepanzerten Sicherheitsmannes.

Sie konnte gerade noch »Mist« sagen, bevor ein Schlagstock ihren Hinterkopf traf und die Kneipenschlägerei für sie beendete.

13

2. April 3042 a. D. (Erdzeit)
System: DEF-563-UI
Planet: DEF IV *(United Industries)*
Utini Raumstation, Archiv III/2

Padmini hatte Gantt zuerst nicht einlassen wollen, aber das lag bloß daran, dass die Managerin hinter den beiden bewaffneten Secbots, die sie um gut einen Meter überragten, nicht zu sehen gewesen war. Nun glotzten das unscheinbare Mädchen und ihr blonder Kollege irritiert auf die braun lackierten Giganten vom Typ *Kerberos*, die sich rechts und links der Eingangstür positioniert hatten.

Die Secbots glotzten mit je drei dunklen Linsenaugen zurück; ihre Waffenarme waren leicht angewinkelt, so dass die Mündungen der *Repeater*-Sturmgewehre auf die Füße der Archivare zeigten.

»Haben Sie etwa Angst? Das müssen Sie nicht«, lächelte Gantt ein wenig spöttisch. »Diese beiden Blechbüchsen sind ganz brav, solange man ihnen keine anderslautenden Befehle gibt. Sollten Sie da drüben jedoch auf die Idee kommen, mit dem Laserpointer in Ihrer Hand auf ihre

Optiken zu zielen, wären Sie in wenigen Augenblicken nur noch ein Schmierfleck am Boden.«

Der blonde Archivar erbleichte und steckte den Pointer schnell in die Brusttasche seines Hemds, woraufhin sich Nomura räusperte.

»*Ich* habe die Bots angefordert, Kjell. Sie gehören jetzt zum Archiv und werden es vor möglichen Übergriffen schützen. Die Terroristen von Anti-Kon befinden sich wieder in einer Aktivitätsphase.«

Der Ärger über Gantts Auftritt war ihm anzusehen, aber seine Stimme klang sachlich kühl.

»Solange ich den Bots nichts befehle, werden sie nichts tun.«

Zur Demonstration schritt er zur Tür und strich über das sanft geschwungene Chassis des rechten *Kerberos*, das aus Ultrastahl und Kunststoff bestand. Klickend rotierte die Optiklafette des Bots. Es sah beinahe so aus, als verdrehe er die Augen, weil er sich für die Zärtlichkeit vor seinem Kollegen schämte, aber natürlich wusste Gantt, dass dem nicht so war: Mit Ausnahme von elektrischen Impulsen, von Nullen und Einsen spielte sich in dem abgerundeten Schädel der Maschine nichts ab.

Sie lächelte.

Als sie ihren Blick von den Secbots abwandte, bemerkte sie, dass Nomura sie auffordernd anstarrte.

»Komm mit.«

Ohne abzuwarten, ob die Frau ihm folgte, ging Nomura in sein Büro; Gantt schloss die Tür hinter sich. Das Erste, was ihr auffiel, war, dass der Monitor diesmal ausgeschaltet war. Ihre Mundwinkel zuckten amüsiert.

»Das Versorgungsschiff liefert deine neue Einrichtung in der nächsten Woche, Neo, denn leider war nichts Adäquates auf Lager. Die übrigen Sachen werden möglicherweise etwas länger dauern. Hallo übrigens.« Sie streckte die schwarze Hand mit den blau lackierten Fingernägeln aus, aber ihr Vorgänger verschränkte die Arme, anstatt sie zu ergreifen.

»Mich kotzt an, wie du dich aufführst, Line. Ich will nicht, dass du meine Mitarbeiter einschüchterst. Keiner von ihnen arbeitet um meinetwillen hier, also lass sie in Ruhe! Und lass die gönnerhafte Art – bei dir wirkt sie bloß lächerlich.«

Ihr Lächeln erstarb.

»Wo ist die Akte?«

»Im Archiv. Die Kopie«, er hielt einen kleinen Datenträger in die Höhe, »ist hier.«

»Dann gib mir den Chip. Ich habe meinen Teil des Deals eingehalten.«

»Den *einfachen* Teil.«

»Ich sagte schon, der Rest kommt mit dem Versorgungsschiff, und das Bild ... nun ja, du hast wirklich einen exklusiven Geschmack, Neo, aber Gabby hat es aufgespürt. Deal ist Deal, und ich werde mich natürlich auch an den Rest der Abmachung halten.« Sie drehte die Handfläche nach oben. »Kann ich ihn jetzt haben?«

»Du solltest dich mit dem Lesen beeilen – in ziemlich genau drei Stunden wird nur noch ein billig produzierter Webfilm auf dem Chip sein.«

»Hoffentlich nichts Anstößiges«, spöttelte Gantt, aber Nomura ging nicht darauf ein. Wortlos legte er den Chip in ihre Hand.

»Danke schön.«

»Was willst du mit Azers Akte?«

»Ich möchte meinen neuen Vorgesetzten besser kennenlernen, Neo: seine Vorlieben, Abneigungen, berufliche Stationen und so weiter. Schließlich werden wir jetzt oft miteinander zu tun haben, und du weißt ja – niemand kennt eine Person so gut wie der Konzern, für den er arbeitet.«

Wieder lächelnd steckte sie das kondensierte Wissen über Wilfred Achmed Azer in die Tasche ihres himmelgrauen Anzugs.

»Noch einmal danke. Ich freue mich schon auf den ... *Film.*«

14

System: DEF-563-UI
Planet: DEF IV *(United Industries)*
Utini Raumstation, an einem unbekannten Ort

Hatte sie nicht gerade ein Stöhnen gehört?

Kit schreckte hoch, wobei sie gegen etwas stieß, das sich neben ihr am Boden zusammengerollt hatte. Es war Poison.

»Noch nicht, Papa«, knurrte die Gardeurin. »Ich bin so müde.«

»Ich bin nicht dein Papa«, knurrte Kit zurück und betastete vorsichtig ihren Hinterkopf. Es fiel ihr schwer, den Blick zu fokussieren, und die schmerzende Beule fühlte sich an, als sei sie so groß wie eine Synthkartoffel. »Wo sind wir?«

»Hm?«

Nun setzte sich auch Poison auf, deren Pferdeschwanz sich aufgelöst hatte; glattes, blassblondes Haar fiel über das herbe Gesicht nach vorn.

»Wo wir sind? In der Brigg natürlich. Wo sollten wir sonst sein?«

»Keine Ahnung. Ich war noch nie hier.« Kit sah sich vorsichtig um ... sehr vorsichtig, um ihren malträtierten Schädel nicht zu provozieren. Sie konnte den Abdruck der Kunstblume auf ihrer pelzigen Stirn fühlen, vermutlich hatte sie die letzten paar Stunden regungslos darauf gelegen. Sollten die *UI*-Sicherheitsleute nicht eigentlich mit Elektrostunnern ausgerüstet sein?

Der Raum, der vielleicht zwei mal drei Meter maß, war mit dunkelgrauem Recycling-Kunststoff ausgekleidet; die niedrige Pritsche war mit einer dünnen, blauen und offensichtlich jungfräulichen Decke bezogen, und eine gedimmte Leuchtstoffröhre verbreitete einen Hauch gespenstisch kalten Lichts.

»Schön ist es hier ja nicht gerade.« Sie kratzte sich vorsichtig an der Schnauze. »Und jetzt?«

»Jetzt warten wir, bis uns jemand hier herausholt. Oh, mein Rücken.«

»Oh, mein Kopf.« Vorsichtig bettete Kit Lacroze ihren empfindlichen Schädel auf die blaue Decke und brachte die eben noch glatte Oberfläche in Unordnung. »Wie lange, glaubst du, dauert das? Du scheinst da mehr Erfahrung zu haben.«

»Kann ich hellsehen?«

»Kannst du?«

»Sehe ich aus wie ein Psioniker? Nein! Also frag nicht so blöd. Frag dich lieber, was sie mit uns anstellen werden.« Poison griff mit beiden Händen in ihre Haare und warf sie nach hinten; eines ihrer Augen war zugeschwollen, und unter ihrer Nase klebte getrocknetes Blut, das im Licht der Leuchtstoffröhre schwarz aussah. Sie stöhnte. »Nie wieder Lavalampen. *Nie* wieder.«

Kit schnitt eine Grimasse und sah zur massiven Tür hin. Sie hatte nicht einmal eine Klappe zum Durchgucken, also musste es irgendwo im Raum eine Kamera geben. Suchend blickte sie zur Decke hoch und fand die winzige Linse sofort. Sie winkte, und ein Stich durchzuckte ihren Schädel.

»Autsch! – Weswegen haben wir uns eigentlich geprügelt?«

»Cleaver hat mich ›Justifier-Schlampe‹ genannt«, grollte Poison. »Das konnte ich nicht auf mir sitzen lassen. Weswegen *du* dich geprügelt hast, weiß ich allerdings nicht.«

»Ich wollte dir helfen.«

»Du mir?« Argwöhnisch verengte sich Poisons geöffnetes Auge. »Weswegen?«

»Weil wir jetzt im selben Team sind, okay? Ich habe schon mit vielen Typen zusammenarbeiten müssen, die ich nicht mochte, aber Team ist nun einmal Team. – Ich habe sogar mein Kleid geopfert. Hier.« Missmutig hob Kit den zerrissenen Saum an, und mit leisem Klicken rieselten Perlchen auf den Kunststoffboden. »Dieses Kleid hat den Bonus für zwei Missionen verschlungen, verstehst du? Es war mein einziges ...«

Kit schrak zusammen, als sich die Zellentür mit einem Fauchen öffnete. Sofort begann ihr Schädel zu pochen. Vor dem hellen Rechteck der Öffnung zeichnete sich eine uniformierte, durchtrainierte und wolfsköpfige Silhouette ab.

»Raus mit euch«, knurrte der gut gebaute *UI-Sec*-Beta und unterstrich seine Worte, indem er seinen Schlagstock rotieren ließ. Am Gürtel trug er tatsächlich einen Elektrostunner, der sich aufgrund der kompakten Form aber nicht so medienwirksam schwingen ließ. »Wird's bald?«

Kit ließ sich das nicht zweimal sagen; die Blessuren vergessend, sprang sie auf und stürzte nach vorn, um sich möglichst dicht an dem Wolf vorbeizudrängen und mit den Wimpern zu klimpern. Prüfend sog er die Luft durch die Nase ein und grinste; Kit erwiderte das Grinsen, aber es verschwand sofort, als Poison ihr eine Faust grob in die Nieren stieß.

»Verflucht, Chim, lass dir eine Spritze dagegen geben«, zischte sie Kit böse ins Ohr. »Das ist ja widerlich!«

Dann waren sie auch schon draußen im Zellengang.

»Na los«, bellte der immer noch grinsende Wolf und wies mit dem Stock zu einer Treppe, die nach oben führte. »Geht das auch ein bisschen schneller?«

Im Laufschritt erreichten sie den Vorraum zur Zellenflucht, in dem geschäftiges Treiben herrschte. Ein betrunkener Werftarbeiter übergab sich in einen Abfallkorb, bevor die beiden ihn mehr schleppenden als abführenden Bulldoggen-Betas es verhindern konnten, eine ältere Frau redete lautstark auf einen geduldig lauschenden Security-Sergeanten ein, dessen linkes Auge mit einem bunten Pflaster zugeklebt war, und eine Gruppe Gardeure in zerknitterten Uniformen bewegte sich auf den Ausgang der Brigg zu.

»Das sind die Wichser von gestern!«, rief die einzige Frau unter ihnen und zeigte Kit den Stinkefinger, bevor sie durch die Polyglastür nach draußen verschwand.

»Arsch«, knurrte Kit, die der Gardeurin den Kleidermord niemals verzeihen würde.

»Maul halten«, grollte ihr Wolfs-Beta und schubste sie sanft in Richtung des Tresens, vor dem »Chick« Red Crow auf sie wartete.

»Guten Morgen, die Damen«, grinste der Gardeur. Die mit einer orangefarbenen Flüssigkeit desinfizierten Risse in seinem Gesicht sahen aus, als müssten sie höllisch brennen. Automatisch verbarg Kit die krallenbewehrten Hände hinter dem Rücken. »Habt ihr gut geschlafen?«

»Klappe«, befahl Poison. »Gehen wir.«

»Einen Augenblick. Ohne ihn werden wir hier nicht rauskommen.« Chick deutete mit dem Daumen über seine Schulter auf den Mann im grauen Overall, der am Tresen Eingaben in einen Touchscreen machte, während er sich gleichzeitig mit dem Gepanzerten dahinter unterhielt. Das Tattoo, das das Genick des Mannes zierte, war nicht das geflügelte Justifier-»J«, das auch Kit an der wenig behaarten Innenseite ihres rechten Oberarms trug, sondern ein von einem Blitz gespaltener Wappenschild, auf dem die Buchstaben ›MCHI‹ zu lesen waren. Der Mann war Corrigan, seines Zeichens Chief Warrant Officer und ihr neuer Teamleiter.

Kit schätzte, dass die paar Kilo zu viel, die der Chief mit sich herumschleppte, bei regelmäßiger sportlicher Betätigung schnell verschwunden sein würden. Er trug sein Haar so kurz geschoren, dass ihr eine nähere Bestimmung der Farbe unmöglich war, und bis auf eine Reihe von Narben – alten und neuen – an Stirn, Schläfen und dem rechten Jochbein war an seinem Gesicht nichts bemerkenswert. Außer vielleicht der eigenartigen blasslila Farbe seiner Augen: Die hätte besser zu einem unschuldig-süßen Mangamädchen gepasst als zu einem Justifier-*Noncom*, der im Ruf stand, bisher nur Rabauken befehligt zu haben.

Er sieht freundlich aus. Und er scheint wirklich nett zu sein – Spinova hätte uns schon längst in der Luft zerrissen, wenn sie uns aus dem Bordgefängnis hätte holen müssen.

Und ganz offensichtlich könnte Corrigan tippen, ohne hinzuschauen. Kit, die sehr gern las, brachte zwar auch mal die eine oder andere Zeile zu Elektrosync-Papier, aber Blindschreiben gehörte nicht zu ihren Spezialitäten.

Hastig strich sie mit der Hand über das vom Liegen auf dem Zellenboden zerwühlte Haupthaar, rückte die zerknautschte Glitzerblume zurecht und setzte ihr bestes Lächeln auf. Ihre Lider senkten sich halb.

»Vielen Dank fürs Rausholen, Sir. Wie geht es Ihnen heute Morgen?«

Chief Corrigan drehte den Kopf und starrte sie mit seinen irritierend lila Augen an, dann verzog sich sein Mund zu einem unerwartet reizenden »Mami, ich habe etwas angestellt!«-Lächeln. Kit konnte sich das »*Kawaii*« gerade noch so verkneifen.

»Sir«, schnappte auch Poison und legte die Hände an die Hosennähte.

Corrigan blickte von einer Frau zur anderen.

»Ich habe eurem Kameraden schon erklärt, dass ihr nicht strammstehen müsst. Ich stehe nicht auf Dekor. ›Du‹ und ›Chief‹ sind als Anreden völlig ausreichend – so habe ich es auch in allen anderen Einheiten gehalten, in denen ich war. Nur eines verbitte ich mir: Nennt mich um Himmels willen nicht ›*Chef*‹. Dieses Privileg gebührt ausschließlich den Burschen meines letzten Trupps, und das auch nur, weil sie völlig verblödet waren.« Seine Mundwinkel kräuselten sich etwas stärker. »Natürlich müsst ihr euch damit abfinden, dass ich euch ebenfalls duze. Wenn ich *formell* werde, solltet ihr euch auf Prügel einstellen. So weit alles klar?«

Kit nickte eifrig, aber Poison wurde noch blasser, als sie ohnehin schon war; eine weiße Linie säumte ihren Unterkiefer, als sie die Zähne in unterdrücktem Groll aufeinanderpresste.

Corrigan stieß geräuschvoll die Luft aus.

»Ihr seht grauenvoll aus, Leute. Lasst uns frühstücken.«

15

System: DEF-563-UI
Planet: DEF IV *(United Industries)*
Utini Raumstation, Canopus Joe's Diner

Zwischen den Horden ausgehungerter Schichtwechsler in Canopus Joe's Diner fielen die Justifiers nicht weiter auf; auf dem Weg dorthin hatte Corrigan noch Shiloh angerufen, und nun drängten sie sich zu fünft um einen blitzblauen Fenstertisch und knabberten schweigend an Krapfen und Dörrobst.

»Noch Kaffee?«, fragte ein junger Servicemitarbeiter im Vorbeihasten.

Corrigan schüttelte den Kopf.

»Danke, wir sind versorgt. Und ihr entschuldigt mich kurz.« Damit erhob er sich und verschwand im hinteren Teil des Diners, in dem sich die Waschräume befanden.

Ein maushaariges Mädchen und ihr blonder Freund, die am Nebentisch saßen, sahen Corrigan hinterher, dann steckten sie die Köpfe über ihren Kaffeebechern zusammen und tuschelten.

Gelangweilt wandte Kit den Kopf und schaute aus dem

Panoramafenster, das die Front des Diners bildete. Angestellte aus allen auf Utini ansässigen Geschäftsbereichen gingen gesittet vorbei, zwischendrin waren immer wieder gepanzerte *UI-Sec*-Leute (oder Flugnüsse, wie Chick die Bordsicherheit zu nennen pflegte) zu sehen. Nach den letzten Attentaten von Anti-Kon vor wenigen Wochen war die Sicherheitsstufe erhöht worden. Nun war nach Kits Ansicht die Utini-Station nicht unbedingt ein klassisches Ziel für einen Terroranschlag: Dazu war sie kaum wichtig genug. Aber das hatten *STPD* mit Sicherheit auch von diesem Wüstenkaff geglaubt, das in die Luft geflogen war.

»Dieser Typ hat sie nicht alle.«

»Bitte?«

»Dieser Typ.« Poison, die Kit gegenüber am Fenster saß, machte eine knappe Kopfbewegung in Richtung Toiletten. »Und weißt du auch, warum?«

»Weil er kein Dekor mag und uns nicht zusammengefaltet hat?«, mutmaßte Kit, ohne den Kopf zu drehen.

Chick zuckte mit den Achseln und versenkte eine Aromatablette in seinem Kaffeebecher.

»Vielleicht kommt das ja noch, Sarge. Das mit dem Zusammenfalten.«

»Daran glaube ich nicht, Chick.« Die Blonde reichte ihm ein Rührstäbchen. »Und weißt du auch, warum nicht?«

»Du wirst uns sicher gleich erleuchten, Sarge.«

»Weil er ein Schmieraffe ist.«

»Hey«, brummte Shiloh mit milder Empörung, aber Poison ließ sich dadurch nicht beirren.

»Ein Schraubendreher, nichts weiter. Und weil er weiß, dass wir nicht freiwillig hier sind, und weil er eine Scheiß-

Angst davor hat, wir könnten ihn gleich bei unserer ersten gemeinsamen Mission *fraggen,* wenn er uns zusammenscheißt. Also versucht er, sich mit Kaffeeteilchen einzuschleimen.«

Chick lachte gut gelaunt. »Aber Sarge, *Noncoms* werden schon aus Prinzip nicht weggebombt.«

»Wenn sie Angsthasen sind wie dieser Typ da, dann schon.«

Jetzt wandte Kit den Blick vom Fenster ab.

»Da liegst du falsch, Poison. Von uns allen fürchtet sich *dieser Typ*«, auch sie deutete jetzt in Richtung Toiletten, »am allerwenigsten.«

Poisons Kopf fuhr herum.

»Das sagst du bloß, weil du auf ihn stehst, Chim-Flittchen!«

»Mein Herzchen steht auf jeden, der über mindestens ein Y-Chromosom verfügt«, belehrte Shiloh die Blonde.

»Was Vögel und Echsen ausschließt.«

»Halt's Maul, Halbaffe!«

»Hör zu, Poison. Ich sage das, weil ich Furcht *riechen* kann.« Nun klang Kits sonst so sanfte Stimme eindringlich und böse; demonstrativ schnüffelte sie in die Luft und hielt gleichzeitig mit einer Hand den Mund des Orang-Betas zu, der etwas hatte sagen wollen. »Und weißt du was? Wenn es nach dem Geruch geht, schaut *dein* Kackstift am weitesten heraus ... hey!«

Kit war sehr wendig, und daher gelang es ihr, auszuweichen, bevor Poison ihren Becher mit lauwarmem Kaffee über ihren Kopf gießen konnte. Die braune, nach Vanille riechende Flüssigkeit klatschte auf den Tisch, bespritzte

Kits zerrissenes Kleid und rann zwischen Shilohs Beinen auf den gefliesten Boden.

Die Fuchs-Beta warf sich nach vorn, griff in Poisons Haare und drückte den Kopf der Frau mitten in die Kaffeelache auf dem Tisch. Poison schlug nach Kits Hand; der Aromata-Spender kippte um, Papierhüllen sogen sich mit brauner Flüssigkeit voll und verwandelten die verbrauchte Raumluft von Canopus Joe's Diner innerhalb weniger Augenblicke in ein sauerstoffarmes Duft-Potpourri. Dann krallten sich lange, behaarte Finger in Kits Ohren und zogen sie nach hinten.

»Lass mich los, du Affe«, schnaubte sie, während Chick gegenüber die Arme seiner Kameradin umklammerte, die mit hochrotem Kopf Unflätigkeiten spuckte. Der blonde Mann und die maushaarige Frau nebenan drehten sich zu ihnen um.

»Das reicht«, rief Corrigan scharf.

Kit, die nicht bemerkt hatte, dass der Chief zurückgekehrt war und nun mit verschränkten Armen vor dem Tisch stand, fuhr herum. Sie schrie auf, als sich Shilohs Finger dabei tief in ihre empfindlichen Ohren krallten.

»Chief«, bellte Chick und sprang auf. Auch Poison hörte auf zu kämpfen, Kaffee tropfte von ihrem verbeulten Gesicht auf die fleckige, zerknitterte Uniform.

»Sind wir hier im Kindergarten?« Corrigans lila Augen blitzten. »Kann ich nicht einmal für zwei Minuten aufs Klo gehen, ohne dass ihr euch benehmt wie offene Hosen?« Je lauter seine erzürnte Stimme wurde, desto stiller wurde es an den anderen Tischen. »Nach den Gesprächen gestern wiegte ich mich noch im Glauben, meine neuen Justifiers seien Profis, und dann prügelt sich diejenige, die sich rühmt, um so vieles edler zu sein als die anderen«, die Manga-Augen richteten sich auf Poison, »innerhalb von zwölf Stunden in zwei verschiedenen Restaurationsbetrieben! Hausverbot in allen Bars auf dieser Station – ist es das, was du willst, Sarge?«

»Chief«, entgegnete die Angesprochene heiser, »es ...«

»Schnauze, Poison! Ich will nichts hören. Du wischst jetzt diese Sauerei hier auf.«

Die Maushaarige und ihr Freund wechselten einen langen Blick, bevor sie ihre Augen wieder auf das Schauspiel am Nebentisch fixierten.

Kit fragte sich, woher Corrigan den Putzlappen hatte, den er mit Schwung auf den Tisch zwischen die Justifiers warf. Wortlos nahm Poison den schäbigen Stoffstreifen auf und presste ihn in die braune Pfütze auf der Tischplatte.

»Auch unter dem Tisch!«

Nun hatten sich auch die Dockarbeiter am anderen Nebentisch zu ihnen umgedreht. Zwei der jungen Frauen in den weißen Blusen, die den nächstgelegenen Tisch am Mittelgang besetzten, kicherten.

»Zusammen brachten es die Justifiers meines letzten Teams auf einen Intelligenzquotienten knapp unterhalb der Raumtemperatur. In Celsius«, referierte Corrigan unbeeindruckt in einer Lautstärke, die ausreichte, um das ganze Diner zu informieren. »Bisher hielt ich diese Bestien für das Übelste, was einem Verurteilten wie mir zustoßen konnte ... übler als eine Bombe im Kopf. Diese Jungs waren wie Kacke am Stock. Aber ganz augenscheinlich gibt es Schlimmeres als Kacke am Stock, und das ist Kacke am Stock *mit Reis!*«

»Chief.« Poison hielt den triefenden Lappen tapfer in die Höhe. »Der ist voll, Chief.«

»Und der Tisch ist immer noch fleckig! Lappen wegwerfen und weiterputzen. Dort hinten steht der Müllschlucker.«

»Aber womit ...«

»... sollst du weiterputzen, Sarge? Mit deiner Uniformjacke, die wirst du als Justifier nämlich nicht mehr brauchen! Verstanden? Und wenn es dann immer noch nicht sauber ist, benutzt du deine Hosen. – Was gibt's denn da zu glotzen? Ihr anderen verzieht euch jetzt in die Schießhalle – und damit meine ich nicht das *VirtuaCamp!* Den Schlägereien nach leidet ihr ja offensichtlich an *reellem* Betätigungsmangel. Na los. Auf!«

Corrigan wartete, bis alle außer Poison an ihm vorbei in Richtung Ausgang gezogen waren. Aber Kits Gehör war gut, und so bekam sie mit, wie er sich vorbeugte und die Gardeurin leise fragte: »Fühlen Sie sich jetzt genügend zusammengefaltet, um in diesem Team unter einem Schmieraffen arbeiten zu können, Sergeant Yardley?«

Obwohl Poisons Antwort im elektronischen Piepen der Registrierkasse unterging, musste Kit lächeln.

16

4. April 3042 a. D. (Erdzeit)
System: DEF-563-UI
Planet: DEF IV *(United Industries)*
Utini Raumstation, Besprechungsraum 7 Pitlochry

»Mal sehen: Eins, zwei, drei, vier ... schön. Jetzt fehlt nur noch Ms. Gantt, dann sind wir vollständig.«

William J. Corrigan ließ den Blick über die einheitlich in taubengraue Overalls gekleideten Justifiers schweifen, die sich in dem wenig anheimelnden Besprechungsraum 7 versammelt hatten. Gewaschen, gekämmt und gebügelt hatten sie sich wie die Orgelpfeifen vor dem bewegten Bild einer Lachsleiter aufgereiht: Ganz links stand mit Corporal Rafael »Chick« Red Crow der Größte der Truppe, danach folgten Orang-Utan-Mann Shiloh, die Fuchs-Beta Kit Lacroze, deren buschiger Schwanz ständig zuckte, und Sergeant Isabella »Poison« Yardley.

Das Ergebnis von zwei Tagen gemeinsamen Trainings war, dass sich Corrigan ein gutes Bild von jedem seiner neuen »Schützlinge« hatte machen können, und das ganz ohne dass sie einander Bälle zugeworfen und dabei ihre Hobbys aufgezählt hatten. Corrigan hatte schon befürchtet, dass Ayline Gantt auch ihre eigenen Vorstellungen davon hatte, was gutes Training ausmachte, aber zum Glück hatte sie sich an keinem der beiden Tage blicken lassen.

Die Männer bereiteten ihm kein Kopfzerbrechen. Der Corporal mochte ab und an die Klappe aufreißen, aber er befolgte Befehle, ohne zu zögern, während Shiloh ruhig, überlegt und aufmerksam agierte – in Corrigans Augen ein Traum von einem Beta-Humanoiden. Auf jeden Fall für jemanden, der den Ganzkörpereinsatz der drei *Stooges* Jugga, Floyd und Robert gewohnt war.

Die Frauen hingegen ...

Alle beide zeichneten sich durch einen Aggressionsüberschuss aus, der ihm Bauchschmerzen bereitete. Die nervöse Kit fing zwar selten Streit an, ließ sich aber gern provozieren, und Sergeant Poison, die zu den genetisch gedopten *Suprasoldiers* zählte, ließ kaum eine Gelegenheit aus, sich zu raufen oder zu zanken – auch wenn sich ihr Verhalten ihm gegenüber seit der Kaffeeschlacht in Canopus Joe's Diner erheblich gewandelt hatte. Die öffentliche, wenn auch vergleichsweise harmlose Demütigung schien die zähe kleine Frau davon überzeugt zu haben, dass William J. Corrigan letzten Endes doch *badass* genug war, um sie herumkommandieren zu dürfen.

Dafür, dass er nicht erst die *Signum* ziehen und in die Decke des Diners oder gar ihren Fuß hatte feuern müssen, dankte er dem Herrn: Wenn schon die an sich harmlosen MedTechs auf eine Begrüßung mit dem Ziehen von Betäubungswaffen reagierten, hätten ihn die allgegenwärtigen Jungs von *UI-Sec* vermutlich auf der Stelle erschossen.

Nun standen alle vier da, als könnten sie kein Wässerchen trüben. Die immer noch mit blauen Flecken übersäten Gesichter seines Teams waren regungslos, die Haltung der Justifiers beinahe einwandfrei.

Corrigan erlaubte sich ein kleines Lächeln; da hörte er, wie die Tür des Besprechungsraums aufglitt und sich die schnellen Schritte von zwei Personen näherten.

»Achtung!«

»Setzen Sie sich, es könnte länger dauern«, schnappte die helle Stimme von Ayline Gantt hinter Corrigan, dann war sie auch schon an ihm vorbei und ließ sich in einen der bequemen Stühle fallen. Als Antwort auf die fragenden Blicke der Justifiers nickte Corrigan knapp; sie stürzten los, die unnatürliche Ordnung dahin, und innerhalb von Sekunden hatte jede und jeder einen Sitzplatz gefunden.

Bei der Person, die Gantt begleitete, handelte es sich um eine ältere Frau im hellen Coordinate, die eine Mappe mit mehreren Datenträgern trug. Ihr sorgfältig aufgetragenes Make-up vermochte die tiefen Linien in ihrem Gesicht bloß abzumildern, verbergen konnte es sie nicht. Anstatt sich auch zu setzen, blieb die Frau hinter Gantts Stuhl stehen.

»Justifiers, Sie haben einen Einsatz«, begann Gantt, als das Rücken der Stühle verklungen war. Ihr Gesicht war noch schwärzer als sonst, ihre Lippen ungeschminkt, die Stimme scharf.

Corrigan zog die Brauen hoch, denn so gereizt hatte er die Frau bisher noch nicht erlebt – selbst als er sie vollgekotzt hatte, hatte sie gefasster gewirkt.

»Gabby, die Karte.« Die ältere Frau reichte Gantt einen Chip, den sie in einer Öffnung im Tisch versenkte. Sie machte eine schnelle Handbewegung, und mitten auf dem Besprechungstisch erschien ein Knäuel von Planeten, die eine blasse Sonne umschwirrten. »Dies ist das System Holloway. Auf dem zweiten Planeten ...«, eine kleine, staubgraue Kugel wurde größer, bis sie die Mitte des Besprechungstischs einnahm und die Justifiers Erhebungen und Senken erkennen konnten, »... wird eine Installation betrieben. Die korrekte Bezeichnung ist RD 730 441 H2, genannt wird sie *Niamh Nagy*.«

»Darf ich?« Ohne eine Bestätigung abzuwarten, ›berührte‹ Shiloh die graue Kugel und drehte sie, bis ein ausgedehnter dunkler Fleck zwischen Daumen und dem langen Zeigefinger lag. Der Fleck wuchs zu einem segmentierten Gebäudekomplex, von dessen sieben Blöcken einige durch Röhren verbunden waren; Gebiete aus freiem, aber umzäuntem Gelände lockerten die wuchtige Konstruktion auf. »Ist das der Vorposten, Ma'am?«

»Nun, Vorposten ist vielleicht nicht die beste Bezeichnung dafür, aber – ja. Das ist *Niamh Nagy*. In der Installation arbeiten derzeit 121 Personen an verschiedenen wichtigen Projekten. Auch finden Ausgrabungen statt: hier, hier, hier und hier.« In schneller Reihenfolge deutete sie auf die umzäunten grauen Flecken, und selbst durch den grauen Planeten hindurch erkannte Corrigan, dass sich ihre Gesichtsfarbe wieder normalisierte. »Alles in allem ist *Niamh Nagy* eine sehr wichtige Installation, die dementsprechend über einen eigenen SVR-fähigen Kommunikationssatelliten verfügt. Dieser befindet sich auf einer geostationären Umlaufbahn über der Installation. – Ja, Mr. Corrigan?«

»Gehört die Installation zu *United Industries?*«

Corrigans Frage schien die Managerin zu überraschen, sie blinzelte verdutzt.

»Was lässt Sie glauben, sie könne nicht zu *United Industries* gehören?«

»Ms. Gantt, die Identifikationsnummer der Station entspricht nicht dem üblichen *UI*-Schema, auf dem Kartenmaterial befindet sich kein Logo, Sie haben mir reguläre Kampftruppen zugeteilt.« Er nickte knapp in Richtung der beiden Gardeure. »Sie haben sich nicht zum Inhalt der Projekte geäußert, und Sie haben bislang nicht *erwähnt*, dass es sich um eine unserer Installationen handelt.«

»Und daraus haben Sie geschlossen, dass Sie mithilfe von heimlich aufgenommenem Kartenmaterial auf die feindliche Übernahme der Installation eines Konkurrenten vorbereitet werden sollten?« Sie lachte auf, schrill und humorlos. »Nun, *Niamh Nagy* stammt tatsächlich aus einer feindlichen Übernahme; genauer gesagt handelte es sich um eine Ausgrabungsstätte von *STPD Engeneering*, die wir übernommen und unter der gleichen Bezeichnung weitergeführt haben – und aus dieser Zeit stammt auch die Karte. Natürlich hätte *STPD* die Installation gern zurück, immerhin gibt es dort hochinteressante Funde von *Ancient*-Technologie, aber sie verfügen derzeit *leider* nicht über die Mittel, sich offen mit einem größeren Konzern anzulegen, noch dazu, da der ihnen die Waffen liefert, die sie benötigen, um sich gegen die Collies zu verteidigen. Insofern, Chief Warrant Officer: Nicht schlecht für einen ersten Versuch, aber vielleicht sollten Sie noch ein wenig mehr mit *Professor Clayton* und weniger mit *Yatris* üben.« Gantt tippte sich an die Schläfe, während sie Corrigan mit einem eisigen Blick fixierte.

»Die Gardeure habe ich Ihnen zuteilen lassen, weil ich die Zusammensetzung Ihres alten Teams ebenso wenig für sinnvoll hielt wie den Umgangston, der dort gepflegt wurde. Ein Mehr an Disziplin kann der Effizienz dieser Truppe nicht schaden. Ich könnte Ihnen zudem ganz genau sagen, mit welchen Projekten man sich über die Ausgrabung mutmaßlicher Sprungantriebe hinaus derzeit auf *Niamh Nagy* befasst, da es sich ausnahmslos um meine eigenen Projekte handelt, aber sie sind auch innerhalb unserer Abteilung R&D streng geheim.« Sie warf Gabby einen bedeutsamen Blick zu. »Und ich halte es im Augenblick nicht für notwendig, Sie in diese *Geheimnisse* einzuweihen.«

Ein Mehr an Disziplin?

Corrigan presste die Kiefer fest aufeinander, damit es nicht aussah, als wollte er grinsen. Offenbar hatte Gantt in den letzten Tagen Wichtigeres zu tun gehabt, als den lokalen Klatsch zu verfolgen, und offenbar hatte Major Sibanyoni es nicht für nötig gehalten, seine besten Soldaten abzustellen, um eine Tussi aus der Verwaltung glücklich zu machen.

»Sollte sich herausstellen, dass zusätzliche Informationen zur Erfüllung Ihres Auftrags notwendig werden, werde ich Ihnen diese zur Verfügung stellen. Kommen wir nun zu Ihrer Mission.« Gantt richtete sich in ihrem Stuhl auf und deutete auf die graue Kugel. »Die *United Industries* Installation RD 730 441 H2 hat die vereinbarten Zwischenstände zu den drei Projekten und Ausgrabungen nicht rechtzeitig zum ersten April abgeliefert. *Niamh Nagy* ist über *SVR* derzeit nicht erreichbar – ich benötige die Ergebnisse aber spätestens zum 15. Mai. Ich habe zwar eine Mail und eine mündliche Botschaft über Relais abgesetzt, aber wenn ich jetzt auf eine Antwort warte, die eventuell nicht kommt, verschwende ich noch mehr Zeit, als ohnehin schon verstrichen ist. Sie werden also nach Holloway II springen, den Installationsleiter aufsuchen und ihn dazu bewegen, Ihnen die Ergebnisse in versiegelten Umschlägen in die Hand zu drücken. Weigert er sich oder ist irgendetwas ... *Ernsteres* ... vorgefallen, nehmen Sie den Forschungskern mit Gewalt an sich und bringen ihn mit. Detaillierte Instruktionen lasse ich direkt zum Schiff bringen – für heute war sowieso ein Sprung angesetzt, der das Spinova-Team mitsamt eines zerlegten TransMatt-Bogens zu einer vielversprechenden neuen Welt bringen wird. Die *Marquesa* verlässt Utini heute um 15:30 Uhr Stationszeit.«

Kits Augen wurden groß, ihr Schwanz zuckte wild, ihr Maul öffnete sich, aber Corrigan schüttelte leicht den Kopf. Er berührte seine Lippen mit dem Zeigefinger und stellte die Frage dann selbst.

»Haben wir Sie richtig verstanden, Ms. Gantt – wir haben eine Dreiviertelstunde, um unsere Ausrüstung zu packen und an Bord der *Marquesa* zu gehen?«

Gantts Lippen wurden zu einem schmalen schwarzen Strich.

»Ist das ein Problem? Ich dachte, Justifier-Einheiten seien allzeit bereit?«

»Kein Problem, Ms. Gantt. Bekommen wir ein Shuttle?«

»Einen *Explorer*? Sie werden nicht auf einen Camping-Ausflug gehen, Mr. Corrigan! Im Gegensatz zu Spinova und ihren Leuten benötigen Sie weder Fahrzeuge noch Wohncontainer oder Vorräte für 90 Tage – Ihr Ziel ist schließlich schon besiedelt. Zudem hat die *Marquesa* nur Platz für ein Shuttle, und das braucht das Spinova-Team dringender als Sie. Zwei Schiffe gleichzeitig loszuschicken, kann ich mir nicht leisten, klar?«

Corrigan nickte knapp.

»Klar, Ms. Gantt.«

»Was Sie brauchen werden, ist eine Möglichkeit, wieder in den Orbit um Holloway II zu gelangen; insofern sollte die kleine *Robin* genügen, die gerade an das Schiff gekoppelt wird.«

Corrigan sah, wie Chick die zerkratzten Backen aufblies, offenbar in Erinnerung an einen anderen Trip mit einem Gleiter vom Typ *Robin*.

»Das wär's von meiner Seite aus. Noch irgendwelche Fragen?«

»Ms. Gantt, worum genau soll ich den Installationsleiter bitten? Wird er wissen, was ich von ihm will, wenn ich nach versiegelten Umschlägen frage?«

»War das ein Versuch, mir Informationen aus der Nase zu ziehen, Mr. Corrigan? Fragen Sie ihn nach den von mir geforderten Berichten. Mehr müssen Sie nicht wissen.« Mit einer Handbewegung ließ die Managerin die Forschungsinstallation mitsamt dem grauen Planeten vom Besprechungstisch verschwinden, dann sah sie fragend in die Runde. Ihre schwarzen Augen verengten sich, als sie die Justifiers nacheinander kalt musterte.

»Lacroze?«

»Das bin ich, Ma'am!« Aufgeregt sprang Kit in die Höhe.

Erst spitzte Ayline Gantt nachdenklich die Lippen, dann jedoch nickte sie.

»Du kommst mit mir. Die anderen haben jetzt noch genau vierzig Minuten, um einzuchecken.«

17

System: DEF-563-UI
Planet: DEF IV *(United Industries)*
Utini Raumstation, Verwaltung

»Setz dich. Es macht mich nervös, wenn du herumhoppelst.« Kit ließ sich schnell in einen der Gästestühle plumpsen, und die kleine Managerin lächelte schräg ... offenbar, weil ihr die Nervosität der Fuchs-Beta nicht verborgen blieb. »Lieutenant Spinova hat in höchsten Tönen von dir geschwärmt. Es hat sie hart getroffen, dass sie ihren Lieblings-Chim abgeben musste.«

»Wirklich?«, murmelte Kit, weil ihr nichts Besseres einfiel und weil Ms. Gantt sie mit ihren eisigen schwarzen Augen in Erwartung einer Antwort unverblümt anstarrte.

»Wirklich. Spinova hält große Stücke auf dich. Ihr zufolge bist du aufmerksam, zäh, nicht einzuschüchtern, treffsicher, zuverlässig, begabt und tödlich. Das musst du nicht kommentieren, Lacroze; es steht sogar so in deiner Akte. Niemand aus deinem neuen Team kann eine auch nur annähernd so gute Beurteilung aufweisen, nicht einmal die Gardeure.«

Kit kommentierte es nicht, obwohl sie das Lob der grässlichen Frau, deren Beschimpfungen und Knüffe sie jahrelang hatte erdulden müssen, mindestens ebenso überraschte wie das des Gardeur-Majors vor nicht allzu langer Zeit. Hatte jemand Glückspillen ins Trinkwasser oder Kreide in den Kantinenfraß gemischt?

»Und genau deswegen, Lacroze, habe ich dich für einen ganz speziellen Job ausgewählt. Wenn du deine Sache gut machst, ist dir ein Sonderbonus sicher.«

Die kleine Frau nannte eine Summe, bei der es Kit schlagartig warm ums Herz wurde. Ihre Ohren richteten sich nach vorn, die großen goldenen Augen weiteten sich, und ihr Schwanz begann wie von selbst, sich freudig hin und her zu bewegen.

Das gibt's doch nicht!

Eine Zahlung in dieser Höhe hatte Kit noch nie für eine erfolgreich abgeschlossene Mission bekommen. Das bedeutete jede Menge neuer Kleider ... oder einen weiteren Schritt auf dem teuren Weg zur Freiheit ...

Da Gantt nicht weitersprach, entblößte Kit ihr Gebiss in einem charmanten Grinsen.

»Ma'am, welchen Ihrer Kollegen soll ich für diese Summe aus der Welt schaffen?«, fragte sie scherzhaft.

Gantts Lächeln erstarb schlagartig, ganz so, als hätte Kits Frage eine mehr als bloß unangenehme Erinnerung zutage befördert. Ihre Lippen wurden zu einem schmalen Strich.

»Mit meinen Kollegen komme ich noch immer sehr gut allein zurecht, Lacroze!«

»Verzeihung«, hauchte die Beta-Füchsin schuldbewusst,

aber Gantt wischte ihre Entschuldigung mit einer knappen Geste weg, um die Finger dann so zusammenzulegen, dass die Nägel das blaue Dach einer dunklen Pyramide bildeten.

»Vergiss es. Auch dein schräger Sinn für Humor ist in deiner Akte festgehalten. Hör jetzt gut zu ...«

Und mit einem kalten Lächeln ließ Gantt den Tiger aus dem Sack.

»Es geht um Chief Warrant Officer Corrigan. Ich will, dass du auf ihn aufpasst.«

Kits Brauen wölbten sich. Sie hatte damit gerechnet, dass Gantt sie zum Beispiel mit Mord, Einbruch oder anderen bösen Dingen abseits des üblichen Tagesgeschäfts beauftragen würde, aber nicht mit einem Babysitter-Job.

»Ich? Nicht dass Sie denken, ich wäre undankbar, Ma'am, oder dass ich den Bonus nicht wollte, aber ... aber sollten Sie sich da nicht vielleicht eher an Sergeant Yardley wenden? Erstens gehört sie zu den, äh, *richtigen* Kampftruppen und hat vermutlich mehr Erfahrung als Bodyguard, und zweitens wäre es der korrekte Dienstweg ...«

»Hier geht es um Vertrauen, Lacroze – nicht um Boni, Truppengattungen oder Dienstwege«, entgegnete Gantt oberlehrerhaft. »Und dieses Vertrauen habe ich nach den Gesprächen mit euren Vorgesetzten nur zu dir. Darf ich jetzt mit meinen Ausführungen fortfahren? Danke.« Die schwarzen Augen der Managerin funkelten gefährlich. »Also: Du sollst Corrigan nicht aus den Augen lassen. Achte auf alles, was er tut und sagt. Bleib an ihm dran, was auch sein mag.«

Das wird ja immer absonderlicher.

»An ihm dran bleiben schön und gut, Ma'am, aber ... aber er wird doch sicher mal aufs Herrenklo gehen ...«

»Ganz so wörtlich meinte ich das nicht.«

Die Frau lehnte sich in ihrem Schreibtischstuhl nach vorn und bedachte Kit mit einem Blick, den man anderenorts sicher als »verschwörerisch« bezeichnet hätte. Bei der Managerin wirkte er jedoch nur unehrlich und aufgesetzt – am liebsten wäre Kit zurückgezuckt, aber sie konnte die instinktive Reaktion zum Glück verhindern.

»Ich fasse die Situation in wenigen Worten zusammen, damit auch du sie verstehst, Lacroze. Corrigan mag ein Händchen für geistig minderbemittelte Chimären und Zerstörungsorgien von epischen Ausmaßen haben, aber das ist nicht der Grund dafür, dass R&D diesen Schwerverbrecher aus dem Gefängnis geholt hat. Sein eigentlicher Wert für uns besteht darin, dass er sich dazu bereiterklärt hat, einige unserer Forschungsprototypen im Feld zu erproben. Derzeit testet er Hardware, die von außergewöhnlich hohem Wert für uns sein könnte.«

»Er ist ein *Schwerverbrecher*?«

Bisher hatte Kit angenommen, dass der Chief wegen etwas völlig Unspektakulärem ins Gefängnis gewandert war – Versicherungsbetrug hätte prima zu ihm gepasst. Um zu überspielen, dass ihr anfänglicher Enthusiasmus inzwischen doch stark gedämpft war, bewegte sie ihren Schwanz bewusst artig hin und her.

»Ich weiß, dass er auf Lacrete eingesessen hat, Ma'am, aber in meinem alten Team waren schon einige schwere Jungs, und ... die waren ... anders.«

»Lass dich nicht von Äußerlichkeiten täuschen, Lacroze.

Bis vor wenigen Monaten war dieser Mann ein unberechenbares Monster ... ein Gewalttäter mit äußerst eingeschränkter Impulskontrolle, den mein geschätzter Vorgänger Mr. Nomura nur deswegen in reinen Chim-Einheiten eingesetzt hat, weil man ihn nicht mit Menschen allein lassen konnte. Im Gegensatz zu Mr. Nomura wäre ich allerdings nicht so weitherzig gewesen. Spätestens nach der Geiselnahme hier auf der Raumstation hätte ich Corrigan entsorgt. Zumindest hätte ich den kleinen Eingriff«, Ayline Gantt tippte sich an die Schläfe und lächelte kühl, »früher durchführen lassen, denn es sieht fast so aus, als wären diese Dinge jetzt unterbunden.«

Geiselnahme? Eingriff?

Kit sah ihre Chefin mit großen Augen an, sagte aber nichts. Es gab Dinge, die man lieber nicht hinterfragte, wollte man nicht selbst in den Fokus chefischer Aufmerksamkeit geraten ... und es gab Dinge, von denen man am besten überhaupt nicht erfuhr, um das Betriebsklima nicht zu gefährden.

»Üblicherweise wird unseren Kriminellen – vor allem den rabiaten – ein Sprengsatz in den Schädel implantiert, der sie davon abhalten soll, zu fliehen oder sonstiges unerwünschtes Verhalten an den Tag zu legen«, fuhr die kleine Managerin fort. »Solch einen Sprengsatz gibt es in Corrigans Fall nicht mehr, und deswegen wirst *du* sein Sprengsatz sein, Lacroze. Du wirst dafür sorgen, dass er von allen Missionen wieder zurückkehrt; dafür erhältst du deinen Sonderbonus pro Mission. Und sollte dein Teamleiter versuchen, sich mit meiner Hardware davonzumachen, wirst *du* ihn daran hindern.«

»Daran hindern, Ma'am? Heißt das, ich darf Gewalt anwenden?«

Kit musste ziemlich enthusiastisch dreingeblickt haben, denn Gantt zog die Brauen fast bis zum Ansatz ihres plasmablauen Haars hoch. »Wenn es tatsächlich sein muss, töte ihn. Nur schieß ihn nicht in den Kopf, denn der enthält Hardware für mehrere Millionen C, daher brauchen wir ihn unversehrt wieder. Natürlich solltest du alle Alternativen sorgfältig erwogen haben, bevor du zu einem solch endgültigen Mittel greifst, denn schließlich würdest du dich um eine zusätzliche Einnahmequelle bringen.« Gantt zuckte mit den Achseln. »Kommst du ohne die prototypische Hardware von einer Mission zurück, wird sich dein BuyBack um ihren ideellen Wert erhöhen, und ich muss dir vermutlich nicht sagen, dass sich das Jahresgehalt eines *Veeps* dagegen wie ein Almosen ausnimmt. Hast du das verstanden?«

Kit schluckte. Ein Versagen bedeutete für sie also ein faktisches »lebenslänglich« – für *United Industries* ins Feld geschickt zu werden, bis der Krückstock brach; das dämpfte das Glück über den ihr gerade noch in Aussicht gestellten Missionsbonus dann doch noch ein wenig mehr.

»Ja, Ma'am«, hauchte sie schließlich und klimperte mit den Wimpern. »Das habe ich verstanden. Habe ich denn eine Wahl?«

Gantts Mundwinkel kräuselten sich amüsiert.

»Sind wir denn in der Politik? Natürlich nicht. Dass ich absolute Diskretion erwarte, ist selbstverständlich. Und nun ...« Die Managerin blickte auf das Display in ihrem Schreibtisch. »... solltest du dich beeilen, sonst verpasst du deinen Flug.«

18

System: Holloway
Planet: Holloway II *(United Industries)*
Forschungsstation RD 730 441 H2 *(Niamh Nagy)*,
 Modul 3

Mit zitternder Hand setzte Zina Kanevskaya die Spitze des Lippenstifts auf der kalten glatten Wand auf und malte einen unregelmäßigen Strich neben die anderen sechs. Obwohl der Stift eine tiefrote Farbe hatte, wirkte er im bläulichen Notlicht der Kühlkammer schwarz.

Sie drückte auf die glitzernde Erhebung, die die Stifthülse zierte. Geräuschlos glitt die Mine in den goldfarbenen Behälter zurück.

»Sieben. Es sind sieben«, flüsterte Zina, als könnte sie noch immer nicht fassen, dass sie schon sieben Nächte in eisiger Kälte zwischen Blutkonserven, Knochenprothesen aus Ultrastahl, Nebennierenrindenhormonen und Schränken voller Chemikalien zugebracht hatte. Sieben Nächte ... und sie wusste noch immer nicht, was geschehen war.

Es war lediglich eine Routineoperation gewesen, die Dr. Wilczek an einem der neuen Freiwilligen durchgeführt hatte – die achte an diesem Tag, und eigentlich hätte dabei nichts schiefgehen dürfen. Die sieben vorherigen Subjekte lagen inzwischen in einem seligen, drogeninduzierten Heilschlaf in ihren Stasiskammern, in denen sie vermittels Datenupload auf die nächsten Eingriffe vorbereitet wurden, und die Handgriffe waren immer recht ähnlich: hier ein paar Panzerplatten, da neue Optiken, dort ein Vokalisator. Wilczek hatte noch gescherzt, dass er die Eingriffe inzwischen auch mit verbundenen Augen durchführen könnte, als es eine Komplikation gegeben hatte. Für den Gardeur, der sich dem Eingriff unterzogen hatte, war es zwar nicht lebensbedrohlich, aber das Upload-Kabel musste entfernt werden, da es ganz danach aussah, als sei es defekt – es ließ nicht alle Datenströme durch. Also hatte der Doktor den Eingriff abbrechen müssen. Zina hatte er zur Kühlkammer geschickt, um einen neuen Anschluss besorgen und – wenn sie schon einmal da war – gleich noch Blutplasma für die nächste OP zu organisieren.

Und dann war der Strom ausgefallen.

Zwar hatte das Programm, das die Notversorgung der Kammer regelte, schon gleich darauf bläuliches Licht aufflackern lassen, aber leider hatte es auch die Schleuse automatisch geschlossen, um zu verhindern, dass empfindliche Vorräte durch den Luftaustausch verdarben. Eine manuelle Öffnung von innen war zwar möglich, aber um den Schalter zu aktivieren, bedurfte es der regulären Stromzufuhr. Und diese hatte sich seitdem nicht wieder eingeschaltet.

Zuerst hatte sich Zina nicht weiter gesorgt, da Dr. Wilczek ja wusste, wohin sie gegangen war. Als die blaue

Notbeleuchtung aber auch nach über zwei Stunden noch aktiv war und es nicht so aussah, als wollte sich die Schleuse jemals wieder öffnen, hatte sie Angst bekommen.

Hilfe rufen konnte sie nicht: Ohne Grund verirrte sich kaum jemand außerhalb der regulären Rüstzeiten in die Gegend von Modul 3, in der sich die Kühlkammern befanden, da konnte sie noch so heftig an die Stahlwände klopfen. Auch ihre Multibox war nutzlos, denn seit dem Tag, an dem die »Buddler« – wie die Mediziner die andere Hälfte der auf *Niamh Nagy* stationierten R&D-Leute nannten – eines der vier Ancient-Artefakte teilweise aus dem umgebenden Felsenbett befreit hatten, waren auf den Funkfrequenzen nur noch kryptische Datenpakete hin- und hergereist.

Was genau zum Zusammenbruch des hollowayschen Funknetzes geführt hatte, war noch nicht bekannt; zwar hatte ein Teil der Buddler mit Hochdruck an der Lösung des Problems gearbeitet, aber bis dahin hatte Prashant Russell, der Installationsleiter, die Order erlassen, die fest verdrahteten Kommunikationsgeräte zu benutzen, über die die Station verfügte. Dass der Funkausfall die Abgabe seines Forschungsberichts verzögern könnte, hatte ihn nicht einmal ansatzweise beschäftigt. Typisch Prashant ...

Nun, in der Kühlkammer gab es kein stationäres Kommgerät. Und als Stunde um Stunde und schließlich auch die abendliche Rüstzeit verstrichen war, ohne dass jemand nach Zina gesehen hatte, war ihr aufgegangen, dass sich vermutlich nicht nur sie allein in großen, großen Schwierigkeiten befand.

Wenn auch Wilczek sie nicht vermisst hätte – was bei seiner manchmal doch sehr zerstreuten Art zumindest möglich gewesen wäre –, so hätte sich wenigstens ihr Mann um sie gesorgt ... selbst nach dem fürchterlichen Streit, den sie in der Nacht zuvor gehabt hatten. Aber Prashant war nicht aufgetaucht, um sie aus ihrer Misere zu befreien – nicht an diesem Tag, nicht in der Nacht und nicht am nächsten Morgen.

Die Ursache dafür konnte kaum der dumme Streit gewesen sein.

Zina zog die verschnupfte Nase hoch und rieb sich die noch müden Augen.

Sieben Nächte ...

Nur der Tatsache, dass auch Decken, abgepackte Nahrungsmittel und destilliertes Wasser zu den medizinischen Vorräten zählten, hatte die medizinische Forschungsassistentin ihr Überleben zu verdanken. Der einzige Vorteil der Kälte war, dass Zina den Geruch ihrer Exkremente, die in einer Kunststoffwanne am andern Ende des Raums schwammen, nicht in vollem Umfang ertragen musste; vielleicht hatte sie sich aber auch nur an den Gestank gewöhnt.

Seufzend zog sie eine weitere der Notfalldecken um die Schultern. Inzwischen war sie nicht mehr sicher, ob sie überhaupt überleben wollte. Wenn bis jetzt niemand gekommen war, würde auch niemand mehr kommen. Ihre Vorräte würden zwar noch für mehrere Wochen ausreichen, aber im Endeffekt würde sie verdursten ... oder ersticken, wenn auch das Notstromaggregat den Betrieb einstellte und sie von der Sauerstoffversorgung abschnitt, bevor das nächste Versorgungsschiff eintraf.

Ob Prashant tot ist?

Ob alle außer mir tot sind?
Wahrscheinlich.

Und wie an jedem Tag, den sie in ihrem kalten Gefängnis verbracht hatte, wanderten ihre Gedanken zur letzten Nacht zurück, die sie außerhalb der Kühlkammer verbracht hatte.

Sie schloss die Augen.

»Hör auf damit«, hatte sie ihrem Mann brüsk befohlen, als der es gewagt hatte, einen Arm zärtlich um sie zu legen und mit der freien Hand ihre kurzen, dunklen Haare zu zerwuscheln. Zina hatte genau gewusst, was er wollte, und genauso hatte er gewusst, dass sie es ihm auch in dieser Nacht nicht geben würde.

Mit einer Grimasse hatte er seinen Arm wieder zurückgezogen und geseufzt.

»Schneewittchen, bitte! Wer weiß, was geschehen wird, wenn die Buddler das Artefakt von Stelle III ausgraben. Denk an das Artefakt von Stelle IV und das Funknetz. Vielleicht wird der neue Gegenstand einen Blitz in den Orbit schicken und den Komm-Satelliten auf die Station stürzen lassen, und wir werden alle sterben!« Er blinzelte sie konspirativ an. »Das könnte unsere letzte ...«

»... gemeinsame Nacht in diesem Leben sein, ich weiß.« Mürrisch war Zina von ihm weggerutscht. »Immer wieder die gleichen blöden Sprüche. Glaubst du denn, ich finde sie noch witzig?« Sie hatte das helle Gesicht verzogen, das ihr den verhassten Spitznamen eingebracht hatte. »Und wenn du mich noch einmal Schneewittchen nennst, schläfst du endgültig im Büro.«

»Zina.« Wieder hatte Prashant geseufzt und sie mit diesen traurigen Augen angeblickt, von denen sie ablesen konnte, was er dachte: dass Dr. M. Prashant Russell als Installationsleiter zwar die komplette Besatzung herumkommandieren konnte, es ihm aber nicht gelingen wollte, die eigene Frau zu überreden, mit ihm zu schlafen. »Zina, ich bitte dich. Ich verspreche dir auch ...«

»Ich will nicht, dass du mir etwas versprichst! Ich will bloß, dass du mich nicht anfasst!«

»Zina, wie lange ist es jetzt her, dass diese ... Geschichte passiert ist? Fünf Monate? Verdammt, du solltest einen Therapeuten aufsuchen«, hatte er geschnauzt, sichtlich am Ende seiner Geduld. Und spätestens da war auch sie am Ende ihrer Geduld angelangt.

»Du kannst diese ›Geschichte‹ ruhig beim Namen nennen, Prashant – es war eine verdammte *Vergewaltigung*, und ich hatte großes Glück, dass ich überhaupt noch am Leben bin! Um ein Haar hätte dieser Scheißkerl mich umgebracht!« Wütend hatte sie ihren Mann mit giftig grünen Augen angefunkelt. »Außerdem *war* ich bei einem Therapeuten, dem du verdammt nochmal zu verdanken hast, dass ich *dich* gerade eben nicht umgebracht habe! Ist dir das klar?«

Da Prashant sie bloß verletzt angestarrt hatte, hatte sie hinzugefügt: »Du wirst mich erst dann anfassen, wenn ich dir sage, dass du es darfst. Hast du das verstanden?«

Ob er es verstanden hatte, sollte sie nie erfahren. Ihr Mann war wortlos aufgestanden und hatte ihre Wohnung verlassen, und das war das letzte Mal gewesen, dass sie ihn gesehen hatte.

Zina Kanevskayas Augen füllten sich mit Tränen.

Sie war sich sicher, dass Prashant nicht mehr lebte, und dazu hatte es vermutlich nicht einmal eines abstürzenden Kommunikationssatelliten bedurft. Und wenn sich die verdammte Schleuse nicht doch noch öffnete, würde sie ihrem Mann bald folgen.

Sie atmete tief ein und schüttelte den Kopf, um die quälenden Gedanken zu vertreiben; die eisige Luft brannte in ihren Lungen und erinnerte sie schmerzhaft an ihre unfreundliche Umgebung, in der sie entweder wahnsinnig werden oder sterben würde, lange bevor das vierteljährliche Versorgungsschiff ankam.

»Sieben verdammte Nächte!«

Und genau in diesem Moment kam ihr ein Gedanke, wie sie ihren unfreiwilligen Aufenthalt in der Kühlkammer doch noch ein wenig ... *verschönern* konnte.

Dass ich nicht früher darauf gekommen bin.

Sie erhob sich, so schnell es ihren steifen, kalten Muskeln möglich war, und eilte hinüber zu einem der Schränke, in denen die Chemikalien und verderbliche Medikamente gelagert waren. Suchend glitt ihr Blick über die Reihen. Sie hatte nicht etwa vor, Sprengstoff zu basteln: Dazu reichten ihre Kenntnisse in Chemie leider nicht aus. Vermutlich hätte sich Zina eher selbst in die Luft gejagt, als dass sie die Schleuse dazu gebracht hätte, sich zu öffnen ... aber jetzt wusste sie wenigstens, wie es ihr möglich wäre, Sauerstoff zu sparen und gleichzeitig den schrecklichen neuen Tag in der Kälte abzukürzen.

Entschlossen griff sie nach einem Injektor mit *Nitrazit*, einem Hypnotikum aus der Gruppe der Benzodiazepine, der bei ihren Freiwilligen immer gut angekommen war. Zina Kanevskaya zögerte nur kurz, bevor sie ihn auf ihrem schmalen Handrücken aufsetzte. Noch bevor er die kalte Haut überhaupt berührte, entspannten sich ihre Gesichtszüge ... zum ersten Mal in sieben langen, kalten und fürchterlich einsamen Tagen.

19

System: DEF-563-UI
Planet: DEF IV *(United Industries)*
UISS Marquesa, Deck B-1, Aufenthaltsraum
 der Justifiers

Kit war froh, dass sie nun ihre Ruhe hatte. Sie hasste Hektik beinahe mehr als Langeweile, und Hektik hatte es in den letzten Minuten vor dem Abflug der *Marquesa* mehr als genug gegeben.

Und damit meinte sie nicht das ... das *ominöse* Gespräch unter vier Augen, das ihre Chefin mit ihr geführt hatte. Kaum war Kit Ayline Gantts blauen Klauen entkommen, hatte sie in aller Eile die von Corrigan vorgegebene Ausrüstung zusammengerafft und sich dann daran erinnern müssen, in wessen Kabine sie welchen ihrer persönlichen Gegenstände zurückgelassen hatte. Zum Glück hatte sie in der kurzen Zeit zumindest die Sachen wiederbekommen, die sie benötigte, um einen Langstreckensprung geistig gesund zu überleben. Nachdem sie zwischen Tür und Angel Abschied von ihrem letzten Opfer Zeno, dem wolfsköpfigen *UI-Sec*-Mann, genommen hatte und völlig abgehetzt an Dock 2 angekommen war, hatte die Beta-

Humanoide weder Lust noch Gelegenheit gehabt, das LSP-Raumschiff zu bewundern, das sie auf Holloway aussetzen würde. Rennend und mit Raumsäcken voller Ausrüstung bepackt war ihr die *Marquesa* zwar ungeheuer groß vorgekommen, aber gut die Hälfte davon bestand aus den Langstrecken-Sprungantrieben ... Überbleibseln irgendeiner untergegangenen Exo-Kultur.

Scheiß auf die Details. Und scheiß auf Ms. Gantt. Es ist nur ein ganz gewöhnlicher Job.

Oder so.

Kit schlug die Beine übereinander und kuschelte sich in die für Justifiers-Verhältnisse luxuriösen Polster der Sitzbank, die einen Teil der Inneneinrichtung des Aufenthaltsraums ausmachte. Dann starrte sie wieder auf den Bildschirm ihres SMAG-Lesegeräts, da sie den winzigen Touchscreen des JUST hasste – zumindest, wenn es um elektronische Bücher ging.

Kit las für ihr Leben gern.

Sie hatte sich sehr auf die Fortsetzung des romantischen Schauerromans gefreut, den sie auf dem Rückflug von ihrer letzten Mission gelesen hatte, aber ... aber sie konnte sich einfach nicht auf die Wörter konzentrieren.

Das war nicht die Schuld der anderen Justifiers, die sich lärmend um den Kaffeeautomaten drängten, dessen Bedienfeld eben mit lautem Klirren im Inneren der Maschine verschwunden war. Normalerweise vermochte Kit beim Warten auf den Sprung ebenso konzentriert zu lesen wie in einer überfüllten Cafeteria. Es lag auch nicht an Lieutenant Spinova, dass ihr das Lesen heute kein Vergnügen bereiten wollte. Zwar schrie die kompakte, kahlgeschorene Russin wütend auf einen gigantischen Nashorn-Beta ein, der für das Malheur mit dem Kaffeeautomaten verantwortlich war; das Keifen und die filmreifen Drohungen hatte Kit in den Jahren ihres gemeinsamen Schaffens allerdings zu tolerieren gelernt.

Nein, Kit war nicht sonderlich glücklich über das, was sie vorhin erfahren hatte, und die Gedanken daran vermiesten ihr die Laune. Wo auch immer sich der Chief gerade herumtrieb – er war jedenfalls nicht hier bei den anderen, und so erschrak Kit bei jeder Lautsprecherdurchsage aufs Neue. Sie wurde die zwanghafte Vorstellung nicht los, der ... *Mann* könnte die Brücke der *Marquesa* entern und den Navigator mit vorgehaltener Waffe dazu zwingen, Kurs auf die Erde zu nehmen.

Oder so ähnlich.

»Achtung, hier Brücke«, dröhnte es in diesem Augenblick aus dem Lautsprecher neben der Tür, und natürlich zuckte Kit wieder zusammen. »In fünfzehn Minuten werden wir ins Interim eintreten; nehmen Sie eine sichere Position ein und schnallen Sie sich an. Das gilt auch für die Justifiers. Brücke aus.«

Das entlockte Kit dann doch ein Grinsen.

»Der scheint uns zu kennen«, murmelte sie in den Raum hinein, während sie hinter sich griff und nach den Gurten tastete. Tatsächlich ließen die meisten der Justifiers vom Kaffeeautomaten ab und suchten nach einem Platz, der sie den Eintritt ins Interim – den Raum zwischen den Räumen – sicher überstehen ließ. Nur Malee, eine dünne Menschin mit rattigem Haar, stocherte weiterhin mit einem zusammengerollten Tabsheet nach einem der Druckkontakte auf der im Gehäuse verborgenen Kaffeeautomatenplatine, in der Hoffnung, doch noch zu ihrem Latte Macchiato zu kommen.

Shiloh war der Erste, der sich mit schwingenden Armen neben Kit in die Polster warf; die Bank gegenüber füllte sich nacheinander mit Lieutenant Spinova, dem Rhino-Beta, einem schuppigen Hybriden namens Gash und einem schlaksigen Kerl, der Haariq hieß und seinen ganzen Sold offenbar in Cyber-Tattoos investiert hatte.

Erneut versuchte Kit sich auf ihren Roman zu konzentrieren, und erneut wollte es ihr nicht gelingen.

Wo treibt sich dieser Mistkerl bloß herum?

»Mist.« Mit einem Seufzer ließ sie das SMAG in ihren Schoß fallen.

»Was ist, Herzchen, hast du das Lesen verlernt?«, spöttelte Shiloh. »Gib mal her.« Mit übertriebener Anstrengung blinzelte er das kleine Display an. »Wow. *Die Gräfin in Grün*. Du liest ja Mädchenkram!«

»Ich bin ja auch ein Mädchen«, entgegnete Kit gereizt und fletschte die Zähne. »Und wenn du nicht aufhörst, dieses Mädchen zu nerven, Herzchen, dann wird es seine Fuchshaken in deine Eier schlagen!«

»Wenigstens habe ich Eier«, befand der Orang-Utan-Beta würdevoll.

Kit zog die Lefzen hoch.

»Na und? Beim Schwanzvergleich ziehst du eindeutig den Kürzeren.«

Abgehackte Keuchlaute drangen aus der schuppigen Kehle des Echsenmannes, und Haariq klopfte sich vergnügt auf die Schenkel. »Das will ich sehen«, rief er, während das Löwen-Cyberoo auf seiner Stirn langsam das Maul aufriss. »Na los, King Kong: Hosen runter! Zieh blank!«

»Mein Samenspender war ein Orang-Utan. King Kong war ein Gorilla«, korrigierte Shiloh den menschlichen Justifier herablassend.

»Ruhe«, schnauzte Lieutenant Spinova. »Dem Nächsten, der Unsinn redet, zieh' ich höchstpersönlich eine rein! Und schnallt euch gefälligst an.«

In diesem Augenblick öffnete sich die Tür zum Hauptgang mit einem leisen Zischen und ließ Corrigan und Poison ein. Die blonde Gardeurin steuerte automatisch auf die Sitzreihe gegenüber zu und setzte sich mit verschränkten Armen neben Spinova, die sie irritiert ansah. Auch Kit war milde irritiert, da Poisons Augen mit schwarzer Wimperntusche betont waren und sie niemals geglaubt hätte, dass die Soldatin überhaupt wusste, was das Wort »schminken« bedeutete.

Der Chief nickte kurz in den Raum und ließ sich dann auf dem verbliebenen Sitzplatz neben der Beta-Füchsin nieder, die augenblicklich zur Seite rückte. Während der Rhino gegenüber den Kopf schief legte und fragend mit den tiefliegenden Äuglein blinzelte, war Kit darüber erleichtert, dass die Schiffsentführung, die sie sich vorgestellt hatte, diesmal an ihr vorübergegangen war.

»Alles in Ordnung, Kit, oder bist du schon wieder am Zanken?«, fragte Corrigan.

»Chief?«

Die Pupillen des Mannes schrumpften auf Nadelspitzengröße zusammen, als sich sein Blick auf ihre Augen konzentrierte; sofort meldete sich Kits schlechtes Gewissen und zwang sie zu blinzeln.

»Zumindest dein Puls lässt darauf schließen, Kit. Vielleicht solltest du lernen, dich zu entspannen, bevor du noch einen Schlaganfall erleidest.«

»Sie zankt sich niemals«, verteidigte Shiloh schmunzelnd und nicht ganz wahrheitsgemäß die Ehre seiner Kameradin, deren Entgegnung ein Stoß mit dem spitzen Ellbogen war. »Sie ist nur deswegen so aufgeregt, weil sich Corporal Chick von einem *weiblichen* Besatzungsmitglied durch die *Marquesa* führen lässt. Eifersucht, Chief. Eifersucht ... dabei liegt das Gute so nahe.«

Seine Augenbrauen zuckten mehrmals hintereinander hoch, und Kit verzog die Schnauze in einem gespielten Grinsen. Ein ganz kleines bisschen war sie tatsächlich neidisch auf das blonde Blödchen, um das Chick herumscharwenzelt war, seit sie die *Marquesa* betreten hatten, und diese Erkenntnis färbte die Innenseiten ihrer Ohren rosig.

Na großartig, Kristina. Da gibt dir ein Typ einmal einen Korb, und schon drehst du durch, dachte sie. *Du solltest wirklich lernen, dich zu entspannen.*

»Ach so.« Corrigan lächelte milde. Poison hingegen wurde kreidebleich und starrte Kit mit blassen Augen an, die von haarigen, schwarzen Insektenbeinen umkränzt waren. Mit Make-up sah Poison irgendwie aus wie ein Clown ...

... wie ein *böser* Clown.

Kit starrte mit goldenen Augen zurück, als der Lautsprecher wieder zum Leben erwachte.

»Achtung, hier Brücke. LSP in einer Minute.«

»Betrug«, grollte Haariq auf der anderen Seite und zog

eine Plastiktüte aus einer der Taschen seines Utility-Gürtels. »Die fünfzehn Minuten sind garantiert noch nicht um.«

Raschelnd taten Kit und die anderen es ihm gleich; nur die rattige Malee beschäftigte sich noch immer fluchend mit dem Kaffeeautomaten, der ihren C gefressen hatte, ohne eine Gegenleistung zu erbringen.

»LSP in drei – zwo – eins ...«

Das »Zero« dehnte sich in Kits Ohren aus; zeitgleich mit einem leichten Ziehen im Hinterkopf wechselte die Modulation und zog den O-Laut in schwingende Tiefen, die ihre Knochen vibrieren ließen und in ihren Zähnen schmerzten. Ein Whiteout überlagerte den Raum mit den sich krümmenden Gestalten der Justifiers, dann explodierte ein Feuerball in Kits Genick. Flüssiges Feuer rann an ihrer Wirbelsäule hinab, Feuerbahnen fraßen sich in ihren Kopf und ließen den Schmerz in ihren Zähnen verblassen. Sie glaubte, sich schreien zu hören, aber es konnte natürlich auch jemand anderes gewesen sein ...

Der brennende Schmerz fraß sich rasend schnell durch ihre Nervenbahnen; schwarze Sterne flirrten vor einem grauen Hintergrund, drehten sich und tanzten, barsten vor und in ihrem Schädel. Das Grau sog sie ein, presste ihren Magen zusammen, drückte aus ihr heraus, was möglich war ...

... und spuckte sie im Aufenthaltsraum der Justifiers wieder aus.

Shiloh würgte und zappelte neben ihr; das Interim schien ihn immer später loszulassen als Kit.

»Aaaaah«, stöhnte sie, während sie mit zitternden Fingern die Plastiktüte zuknotete.

Kit hasste den Geschmack von Erbrochenem und nahm sich vor, schnellstmöglich die Zähne zu putzen; gegen das, was man bei Sprüngen ins und aus dem Interim durchmachen musste, nahm sich der »Tod« im *VirtuaCamp* wie ein Kindergeburtstag aus.

Auch die Justifiers auf der Gegenseite hatten ihre Tüten getroffen: alles Übungssache für Leute, die schon etliche Langstreckensprünge hinter sich gebracht hatten. Nur Malee hatte sich ins Innere des Kaffeeautomaten übergeben; fluchend rieb sich die dünne Justifierin den Kopf. Spinova war schon dabei, eine Eintragung in ihrem Kontrollbuch vorzunehmen: Wer über die Anzahl seiner Sprünge nicht Buch führte, gefährdete grob fahrlässig die eigene Gesundheit.

»Achtung. Hier Brücke«, plärrte eine angestrengte Stimme aus dem Lautsprecher. »Die Sicherheitsgurte können wieder gelöst werden. Unfälle und atypische Sprungverläufe müssen auf der Sanitätsstation gemeldet werden. Brücke aus.«

»Halleluja«, murmelte Corrigan. »Ich sollte mich vor Struk in den Staub werfen und seine Füße küssen.«

Kit rieb ihr Genick, das immer noch kribbelte; zum Glück hatte der Aufenthaltsraum keine Synthetikglasfenster, denn sie wusste nicht, ob ihr ohnehin schon gereizter Magen den Anblick des zähen Schleims ertragen hätte, der sich im Interim um ein Raumschiff legte.

»Wer ist Struk, und was ist an seinen Füßen so großartig?«

»Anfang des Jahres gab es einen Helikopter-Crash. Struk ist der Arzt, der mich danach wieder zusammengeflickt hat. Ich sollte ihm wenigstens für den angenehmsten Langstreckensprung meines Lebens dankbar sein.«

Kits Blick richtete sich auf die Narben in Corrigans Gesicht, während dieser die unbenutzte Kotztüte wieder in die Gürteltasche zurückstopfte. Wie hypnotisiert starrte sie die roten und weißen Linien an, die das rechte Auge des Chiefs umgaben. Sie hatte Corrigan so nett gefunden, und nun das ...

In seinem Schädel kann doch nicht nur Plastik sein. Damit hätte er zwar immer noch mehr im Kopf als die meisten anderen Kerle, aber ...

Die trockene Luft der *Marquesa* ließ sie blinzeln.

Lieber Gehörnter, lass die Alte gelogen haben. Ich hasse Bots, und ich hasse Botfressen, dachte sie, dann aber bleckte sie die kleinen weißen Zähne in einem freundlichen Grinsen, um die schwarzen Gewitterwolken aus ihren Gedanken zu vertreiben.

»Und seitdem bist du beschwerdefrei? Mann, was immer der Arzt mit dir angestellt hat – das will ich auch! Wo steht der nächste Helikopter, Chief?«

Auf eine Entgegnung wartete Kit jedoch vergebens, denn genau in diesem Augenblick wurde sie von einem Nashorn angefallen. Kit quiekte und wich zur Seite aus, soweit die Gurte es erlaubten, bevor der Rhino-Beta mit ihr kollidieren konnte, aber er stürzte sich bloß auf den Mann neben ihr und umschlang ihn grob mit dicken grauen Armen.

»Chef! *Chefchen!* Ich wusste es! Du bist es *wirklich!* Ich habe gedacht – ich dachte – was ist mit deinen Augen passiert?«

»Komm auf der Stelle wieder her«, schrie Spinova, was den Rhinomann nicht im Mindesten beeindruckte. Er fuhr damit fort, Corrigan zusammenzupressen.

»Chefchen, du musst mir helfen! Ich habe solche Probleme wegen, du weißt schon, Zamblian. Die vielen Toten und so! *Starlook* sagte etwas von mehr als 30 000 Leuten! *30 000!* Ich kann nicht mehr einschlafen!«

»Jugga ...«, keuchte Corrigan, der vergeblich versuchte, sich aus der eisernen Umklammerung zu befreien.

»Jugga!«, brüllte auch Lieutenant Spinova, die nun aufsprang und zu ihrem Justifier stürzte, um an seinem kräftigen Arm zu zerren, und da beschloss Kit, dass es auch für sie höchste Zeit war einzugreifen, bevor der Rhinomann *ideelle Werte* vernichtete.

»Lass ihn schon los, du fetter Esel«, rief sie und wollte aufspringen, aber da sie noch angegurtet war, fiel sie einfach zurück in die Kissen. Fluchend tastete sie nach den Schnallen, um sich zu befreien.

»Die Kerben«, grunzte der grauhäutige Beta. »Chef, wohin soll ich denn mehr als 30 000 Kerben machen? Die passen nicht auf meine *Helluvex!* Ich hab's schon ausprobiert! Der Lieutenant will nicht ...«

»Lass – los – Jugga. Du – du – brichst mir die Rippen!«

»'tschuldigung, Chefchen!« Jugga grunzte und ließ Corrigan vorsichtig los, gerade als sich Kit befreit hatte und sich vor dem Riesen aufbaute, die Arme in die Seiten gestemmt.

»Sag mal, hast du sie noch alle?«, schnaubte sie, während Lieutenant Spinova noch immer an Jugga zerrte. Der bewegte sich keinen Millimeter.

»Zurück auf deinen verdammten Platz, Junge! Du hast erst dann aufzustehen, wenn ich es dir sage, verstanden?«

»Mann«, brummte Jugga enttäuscht, aber Spinova kannte keine Gnade. Sie boxte ihn ins breite Kreuz. »Auf deinen Platz! Sofort!«

»Scheiße, Jugga. Du hast mir wehgetan.« Der graue Riese mochte die beiden Frauen ignorieren, aber unter Corrigans strafendem Blick schien er zusammenzuschrumpfen; seine tiefliegenden Augen blinzelten traurig.

»Tut ... tut mir leid, Chefchen.«

»Der Transit dauert eine ganze Woche, Jugga. Wir werden noch genügend Gelegenheit haben, uns über deine *Kerben* zu unterhalten«, versetzte Corrigan beschwichtigend und rieb die schmerzenden Arme; Spinova boxte den Nashornmann noch einmal, und diesmal reagierte er auf sie. Mit gesenktem Kopf trottete er zu seinem Platz zurück und ließ sich krachend auf die Sitzbank fallen.

Seine Vorgesetzte sah ihm kopfschüttelnd hinterher und wandte sich dann an Corrigan.

»Wir müssen uns unterhalten, Chief. Sie haben doch genügend Erfahrung mit diesem Volltrottel sammeln können. Wie haben Sie ihn dazu gebracht, Befehle zu befolgen?«

Auf Corrigans narbiger Stirn erschienen Querfalten.

»Sir, durch Ihren Tonfall sollte deutlich werden, dass es sich um einen Befehl handelt und nicht etwa um einen Vorschlag.«

Spinova legte einen schwieligen Zeigefinger unter ihr

rechtes Auge und zog das Lid ein wenig nach unten. »Verarschen kann ich mich selbst, Chief. Ich mache niemals Vorschläge.«

»Da hat sie Recht«, murmelte Kit.

Spinova verzog das Gesicht und kratzte sich am kahlen Kopf.

»Ich würde ihn ja liebend gern gegen Kittie hier zurücktauschen.«

Kit bewegte lautlos die Lefzen.

»Aber Gantt lässt nicht mit sich reden. Der Bursche wäre sogar zu dämlich, sich die Schnürsenkel zu binden, wenn seine Stiefel welche hätten. Also: Wie haben Sie das hingekriegt? Hat es etwas mit dem *G-Wort* zu tun, von dem Jugga immer faselt?«

Der Chief Warrant Officer schüttelte den Kopf.

»Nicht vor den anderen, Sir. Wir sprechen uns später, in Ordnung?«

»In Ordnung.«

Spinova schnitt eine Grimasse, die wohl Nachdenklichkeit verdeutlichen sollte, dann schnipste sie mit den Fingern.

»Ach ja, ehe ich's vergesse: Das da ist wirklich ein Scheiß-Tattoo, Chief. Das wollte ich Ihnen schon die ganze Zeit sagen. Sie sollten es überstechen lassen.«

Mit der flachen Hand schlug Spinova auf den vom Blitz geteilten Schild, der Corrigans Nacken zierte.

»Ist MCHI Ihre Blutgruppe oder Ihr genetischer Code?«

»MCHI ist der Wahlspruch des *UI*-Gefängnisses auf Lacrete. ›Mors certa hora incerta‹.«

»*Todsicher geht die Uhr falsch*«, grinste Spinova. »Ziemlich prollig. Aber zu einem Knastbruder passt es natürlich perfekt.«

Corrigan grinste zurück.

»Es hätte viel schlimmer kommen können, Sir. Das Motto der größten *Gauss-Industries*-Besserungsanstalt soll der Spruch mit dem Koitus und den traurigen Tieren sein ...«

»... eingraviert in eine Waschmaschine«, spann Spinova den Faden heiter weiter. »Schon klar. Die würde wenigstens zu Ihrer schmutzigen Fantasie passen, Chief. Bis später.«

Als Spinova rau auflachte und abzog, stieß Kit erleichtert die Luft aus.

Corrigan wandte ihr den Kopf zu.

»Du willst nicht zu deiner alten Truppe zurück?«

»Wie kommst du darauf, Chief?«, fragte sie milde erstaunt. Natürlich wollte sie ihre neue Einheit auf gar keinen Fall verlassen – schließlich war ihr nicht daran gelegen, dass jemand anders den Auftrag bekam. *Ihren* Sonderauftrag und *ihren* astronomischen Sonderbonus ... und auf Spinova hatte sie sowieso noch nie Lust gehabt.

Aber womit hatte sie sich verraten?

»Du hast eben ›Niemals‹ gesagt.«

»Habe ich nicht!«

»Doch, hast du, Kit.« Corrigan tippte an sein Ohr. »Ich höre mindestens genauso gut wie du, junge Frau, also schwindle mich nicht an. Aber wenn du dich schon jetzt nicht mehr an das erinnern kannst, was du eben gesagt hast, sollte ich mich vielleicht doch auf die Überlegungen des Lieutenants einlassen und dich wieder gegen Jugga eintauschen.«

»Was? Niemals«, fauchte Kit aufgebracht.

Als Corrigan bloß grinste, warf sie sich beleidigt in den Sitz, kuschelte sich in die Polster und zückte ihr SMAG.

Schließlich hatte sie ein Rendezvous mit der *Gräfin in Grün.*

20

11. April 3042 a. D. (Erdzeit)
System: DEF-563-UI
Planet: DEF IV *(United Industries)*
Utini Raumstation, Verwaltungs-Wohntrakte

Heute war Ayline Gantt in ihrer Wohnung geblieben, statt sich an ihrem Schreibtisch über die Dummheit und/oder Renitenz ihrer Mitarbeiter zu ärgern. Die Freiheit, sich in ihren eigenen, schwarz gestrichenen vier Wänden zu entspannen, hatte sie sich nach dem Stress der vergangenen Tage verdient, und Azer würde gewiss nicht nach ihr fragen. Ihr Vorgesetzter ließ sich so gut wie nie in den Laboratorien und Büros blicken, und in den ganzen Monaten ihrer Zusammenarbeit hatte er sie nur zweimal in die höhere Sphäre einbestellt, in der er schwebte. Heute früh wollte sie ein bisschen lesen, abends dann ins Cormack essen gehen; zwar konnte sie sich die Speisen im besten Restaurant der Station selbst leisten, aber Peter würde bezahlen.

Das war ein gutes Zeichen – ein Zeichen dafür, dass Peter Engelhardt vorhatte, ihr noch ein wenig näherzukommen. Ihre Recherchen hatten zwar mit 80%iger Sicherheit ergeben, dass er lediglich einen Fuß in die Tür von R&D bekommen wollte und nicht wirklich an Ayline Gantt persönlich interessiert war, aber das fand sie nicht an sich verwerflich. Es konnte ihr kaum schaden, ihrerseits einen Kontakt in den gehobenen Rängen von T&T – der Verkehrs- und Transport-Abteilung – zu haben. Schließlich wusste man nie, wann es galt, Gegenstände ohne viel Aufhebens zu transportieren ... wie zum Beispiel die meisten der Dekorationsartikel, die ihre Wohnung zierten. Oder das Miller-Bild, das sie Nomura noch immer schuldig war.

Der Tag würde nett werden, dessen war sie sich sicher.

Gantt drehte sich noch einmal wohlig in ihrem Bett um, dabei glitt die seidenglatte schwarze Decke zur Seite und enthüllte ihren winzigen, im Studio geformten Körper, der zwischen all den dunklen Stoffen mehr zu ahnen als zu sehen war.

»Heute ist ein schöner Tag«, sagte sie, um sich Mut zu machen und klatschte dreimal in schneller Folge in die Hände. »Kazuya!«

Nichts geschah. Stirnrunzelnd setzte sie sich auf.

»Kaz?«

»Verzeihung, Ayline. Ich war im Arbeitszimmer.«

Leise glitt Kazuya zur Schlafzimmertür herein, und automatisch griff die Frau nach ihrer Decke, um sie über ihren Brüsten zusammenzuziehen. Obwohl sich Kazuya schon seit gut einer Woche in ihrem Besitz befand, erfolgte die Schutzreaktion noch immer instinktiv.

Auf den ersten Blick wirkte er wie ein Bodybuilder, der modisch gewagt einen langen, dunkelroten Rock zum blanken Oberkörper kombinierte, aber bereits ein zweiter Blick zerstörte die Illusion: Gesichtszüge und Körperbau des »Mannes« waren cartoonhaft übertrieben, die Arme waren an mehr Stellen gegliedert, als es bei einem Menschen der Fall gewesen wäre, die mattgraue Kunststoffhaut reflektierte fast kein Licht, die gläsernen Augen glühten rot ... und vor allem besaß Gantts neuer Haushaltsbot keine Beine. Auch wenn sie sich manchmal fragte, was mit dem eigentlichen Unterleib des Bots geschehen war, war sie mit den vom eleganten Rock bedeckten Antigrav-Pulsatoren doch sehr zufrieden.

Eigentlich hatte sie die übel zugerichtete Modifikation eines antiken androiden Strippers auf einer Tauschbörse im StellarWeb als Raumschmuck erstanden. Ihrer mit seltenen Einzelstücken möblierten und in dunklen Farben gehaltenen Wohnung galt Ayline Gantts private Leidenschaft, in die sie viel Geld und einen Großteil der wenigen Freizeit investierte, die ihr blieb. Hätte sie jemals einen ihrer Vorgesetzten in ihr dunkles Refugium eingeladen, wäre ihre Personalakte mit Sicherheit um die Randnotiz »Vorsicht – evtl. psychiatrischer Check-up notwendig?« reicher gewesen. Aber dazu würde es nicht kommen, denn Ayline Gantt vermengte niemals ihr Privatleben mit dem Beruf ... es sei denn, es nützte ihrer Karriere.

Sie lächelte Kazuya an.

Der ersteigerte Schrott-Bot war tatsächlich vollständig funktionsfähig gewesen, also hatte sie wenigstens sein Äußeres im Rahmen der legalen Möglichkeiten restaurieren lassen. Die Geräuschdämpfung der Antigrav-Pulsatoren hatte zwar eine Unmenge C verschlungen, aber es war eine Investition, die sie nicht bedauerte. Quietschende, stampfende und anderweitig laute Maschinen konnte die Managerin nicht ausstehen, denn ihre Geräusche erinnerten sie immer wieder aufs Neue daran, dass die Menschheit noch Äonen von der Entwicklung perfekter Technik entfernt war.

»Was wünschen Sie, das ich für Sie tue, Ayline?«, fragte der Bot, während er sich aufreizend langsam schwarze Kunststoffhaare aus dem synthetischen Gesicht strich; seinen Namen hatte sie ausgewählt, weil das restaurierte Chassis mit all seinen »Narben« sie an einen der Videospielhelden ihrer Kindheit erinnerte. Die dauerhaft hochgezogenen Brauen über den glühenden Augen verliehen der Maschine einen Anschein bösartiger Intelligenz, die sie selbstverständlich nicht besaß.

Gantt überlegte kurz.

Ihre Multibox lag ebenso weit von ihrem Bett entfernt wie ihr Note-Pad. Inzwischen hatte sie aufgegeben, bei jedem »Bing« auf den Monitor zu starren, in der Hoffnung, Gabby berichtete, dass Russells fehlende Berichte von *Niamh Nagy* eingetroffen seien. Wenn beim Sprung der UISS *Marquesa* alles glattgegangen war, würden Corrigans Justifiers Holloway II heute schon erreicht haben.

»Bring mir einen Kaffee, Kazuya. Einen Kaffee, das Note-Pad und den Stapel Papiere, der auf dem Schreibtisch im Arbeitszimmer liegt.«

»Das tue ich gern für Sie, Ayline.« Ehrerbietig senkte ihr Haushaltsbot den Kopf und zog sich aus dem Schlafzimmer zurück, um schon wenige Augenblicke später wieder mit einem Tablett zu erscheinen. Auf der spiegelnden Oberfläche befanden sich außer einer Tasse Kaffee Gantts Notepad und die sorgfältig an den Rändern des Tabletts ausgerichtete Papierkopie von Azers Akte. Da die Frau keine Zeit gehabt hatte, sich die Daten innerhalb der vorgegebenen drei Stunden anzusehen, hatte sie sie eben ausgedruckt.

»Stell das Tablett auf dem Nachttisch ab.«

»Wie Sie wünschen, Ayline. Gefällt Ihnen, wie ich den Kaffee zubereitet habe?«

Verwundert sah Gantt in die schwarze Tasse und blickte in die Spiegelung ihres Gesichts. Der Kaffee sah aus und roch wie immer.

»Äh ... ja, Kazuya.«

»Würde es Ihnen gefallen, wenn ich noch etwas für Sie täte, Ayline?«

»Im Augenblick nicht, Kaz. Geh.«

Mit einer schnellen Handbewegung bedeutete sie dem Bot, sie allein zu lassen, aber Kazuya verharrte unbeirrt neben dem Bett und fixierte sie mit boshaft glühenden Kohleaugen.

Gantt runzelte die Stirn.

»Was ist? Wieso gehst du nicht?«

»Ich kann nicht gehen, Ayline, denn ich verfüge nicht über Beine. Würde es Ihnen denn gefallen, wenn ich ginge?«

»Ooooh.« Müde vergrub Gantt das Gesicht in den Händen. Vielleicht war es doch keine so gute Idee gewesen, ausgerechnet einen Strip-Bot zu ersteigern; zumindest würde sie irgendwann etwas wegen seiner Programmierung unternehmen müssen. »Hast du noch nie etwas von ›Transferdenken‹ gehört?«

»Würde es Ihnen denn etwas bedeuten, wenn ich davon gehört hätte, Ayline?«

Ich hätte ihn »Eliza« nennen sollen. Nach dem antiken Chat-Bot.

Seufzend griff sie nach ihrem Note-Pad und warf einen Blick darauf; natürlich keine Nachricht von Gabby, Russell und *Niamh Nagy*. Die Mail von Peter Engelhardt beantwortete sie mit einem knappen »Ich freue mich. Bis später.«

»Kazuya, ich möchte, dass du den Raum verlässt, mein Frühstück zubereitest und erst wiederkommst, wenn ich dich rufe.«

»Wenn es Sie glücklich macht, tue ich das natürlich gern, Ayline.«

Gantts Haushaltsbot drehte um und schwebte hinaus. Erst als sich die Tür vollständig hinter ihm geschlossen hatte, griff sie kopfschüttelnd nach Wilfred Achmed Azers Akte.

Jetzt war endlich Zeit für ihr privates Lesevergnügen.

Der hohlwangige, hakennasige junge Mann, der ihr gleich vom ersten Blatt der Personalakte entgegenstarrte, hatte nur bedingt Ähnlichkeit mit ihrem Vorgesetzten; im Lauf der Jahre hatte Azer zwar Haare verloren, aber sowohl an Gewicht als auch an Selbstvertrauen zugelegt.

Gantt lächelte schwach. Azers Werdegang konnte sie sich schon jetzt in groben Zügen vorstellen, ohne eine einzige Zeile daraus gelesen zu haben: ein verwöhnter Junge aus guten Verhältnissen, weder dumm noch brillant, hübsch noch hässlich, besonders talentiert noch sonst irgendwie von der Natur verwöhnt, der aber immer alles bekommen hatte, was er wollte ...

Sie sollte keine drei Seiten weit kommen. Gerade als sie die Hälfte von Azers Lebenslauf hinter sich gebracht hatte, spielte ihre Multibox den Klassiker, mit dem sie dienstliche Anrufe kennzeichnete.

Gabby.

Gantt streckte sich zum Nachttisch, bevor sie sich daran erinnerte, dass sich das Kommgerät auf dem lackschwarzen Sideboard und nicht auf dem Tablett befand. Einen Augenblick verschwendete sie mit der Überlegung, Kazuya zu rufen, erhob sich dann aber mit einem Stöhnen, raffte die Decke um sich und stapfte zu den Klängen von Julius Fučíks *Einzug der Gladiatoren* über den dicken, schwarzen Teppich. Schon bevor sie das Gerät erreichte, erkannte sie die Nummer auf dem Display.

Es war nicht Gabby – es war August Struk.

So viel zu ihrem freien Tag.

»Verdammt.« Gantts Daumen betätigte die grüne Taste. »Ja?«

»Ayline? Ich bin es, August Struk. Wo sind Sie denn?«

»Nicht im Büro, August.« Sie runzelte die Stirn, denn aus der Stimme des Mediziners glaubte sie unterdrückte Nervosität herauszuhören. »Was ist so wichtig, dass Sie mich zu Hause anrufen? Eigentlich hatte ich nicht vor, heute zu arbeiten.«

»Ayline, waren Sie heute schon in unserer *[TalosII]*-Datenbank und haben an einem File gearbeitet?«

»Nein.«

»Dann haben wir ein Problem. Jemand hat – ähm – ich glaube ... wo habe ich denn ...« Struks Stimme verblasste, als er etwas zu suchen schien.

»Kommen Sie zur Sache, August. Was ist los?«

»Ähm ... ich, äh, komme gleich zu Ihnen.«

»Das werden Sie schön bleiben lassen«, fauchte sie, ihre Wangen färbten sich noch dunkler, als sie schon waren. Allein der Gedanke, einer ihrer Mitarbeiter oder Kollegen könnte sie an ihrem Zufluchtsort stören, ließ ihren Blutdruck steigen. »Wir treffen uns in meinem Büro.«

»Nein, nein«, keuchte Struk. »Nicht dort. Ich ... ich brauche ein Frühstück. Wie wäre es mit einem Schnellrestaurant?«

»Canopus Joe's«, bestimmte Ayline knapp. »In rund vierzig Minuten.«

»*Was?* Geht das nicht früher? Ich bin, äh, hungrig!«

»*Dann essen Sie etwas!* Ich werde ganz gewiss nicht ungewaschen und nackt dort aufkreuzen, August, denn ich möchte noch länger für *United Industries* arbeiten. Bis gleich.«

Verärgert unterbrach Ayline Gantt die Verbindung.

Verflucht. Dabei hat dieser Tag so gut angefangen!

Irgendetwas musste mit *[TalosII]* vorgefallen sein, denn offenbar konnte oder wollte sich Struk am Kommunikator nicht detailliert zu dem äußern, was ihm auf der Seele brannte. Sie hatte also keine Wahl, als sich tatsächlich mit dem Mann zu treffen.

Wütend walzte sie ins Badezimmer, hinter dessen Tür ihr Haushaltsbot in Wartestellung schwebte.

»Kaz, such meine Kleider zusammen und leg sie auf

mein Bett!«, befahl sie. »Ich brauche den silbergrauen Anzug und die blaue Bluse.«

»Das tue ich gern für Sie, Ayline.«

Sie wartete, bis Kazuya verschwunden war, dann ließ sie die Satindecke fallen und schmetterte die Tür der Duschkabine hinter sich zu.

»Wasser. 28 Grad Celsius. Blaues Licht.«

Sie hoffte, dass die angenehm temperierten Tropfen, die ihr augenblicklich auf Kopf und Schultern prasselten, sie schnell beruhigen würden. Ayline Gantt war sich sicher, dass sie heute einen klaren Kopf brauchen würde, und das hatte nichts mit Azers Akte zu tun.

21

System: Holloway
Gleiter *Robin* im Anflug auf Holloway II

»Kannst du sie schon sehen?«

Das war ungefähr das fünfundzwanzigste Mal, dass die Beta-Humanoide die Frage nach vorn zum winzigen Cockpit des Gleiters rief, aber es war das erste Mal, dass Shiloh – der noch immer unter den Nachwirkungen des Exit-Sprungs litt – eine mehr als einsilbige Antwort gab.

»Die Installation? Nein. Aber ich sehe einen Kommunikationssatelliten, wie ihn so manche Hauptwelt nicht hat, und unsere wackere *Robin* hält ihn auf diese Distanz für völlig intakt.«

»Mist«, grollte Kit und schlug auf die graue Plastikpanzerung, die ihren Oberschenkel umgab. »Wann sind wir endlich unten?«

»Geduld, junger Padawan«, schmunzelte Shiloh, woraufhin Chick leise durch das geöffnete Helmvisier fluchte.

Der Gardeur, der sich auf der anderen Seite in seine Gurte krallte, war erstaunlich blass – fast so blass wie

Poison, die jedoch die Augen geschlossen hatte und entspannt zu schlafen schien. Das war an sich schon ein Kunststück: Die harten, schmalen Sitzgelegenheiten des winzigen Gleiters mochten der Anatomie von Laufstegmodels angepasst sein, aber vier Justifiers in mittelschwerer Ganzkörperrüstung mit Sauerstoffflaschen boten sie nur mit Mühe und Not Platz. Plastik scheuerte an Plastik; es blieb kaum genug Raum, den Kopf zu drehen, geschweige denn, die Beine auszustrecken.

Vor Corrigans Augen zogen mit rasender Geschwindigkeit farbige Körper vorbei, die die beiden Gardeure auf der anderen Seite des schmalen Raums teilweise überlagerten. Gerade dirigierte er ein auf der Seite liegendes L-förmiges Gebilde zu Boden, wo es knapp neben dem anvisierten Ziel aufschlug und mit diesem zusammen einen Hohlraum bildete. »Verfickt nochmal!«

Schon landete ein Pfahl darauf, gefolgt von einem dicken Klotz. Die Struktur, deren statische Eigenschaften im wahren Leben mit Sicherheit zu einem katastrophalen Einsturz geführt hätte, näherte sich gefährlich der niedrigen Decke – und einen Lidschlag später war alles vorbei.

Mit einem tiefen Seufzer entlud der Justifier das *Yatris*-Spiel aus seinem Speicher, die halbtransparenten Formen verschwanden ebenso wie der Zähler.

Er wandte den Kopf.

»Alles im Griff, Shiloh?«

»Selbstverständlich, Chief.« Der Beta, der als Einziger einen halbwegs angenehmen Sitzplatz hatte, bediente trotz seiner Kopf- und Magenschmerzen gelassen die Kontrollen des Gleiters. Souverän glitten die langen, gepanzerten Finger des Orangs über das Bedienfeld der *Robin*, die auf das Synthetikglas projizierten Vektoren veränderten sich. »Zuerst dachte ich, der Anflug mit diesem Hüpfer könne beim Eintritt in die Thermosphäre ziemlich spannend werden, aber dann habe ich mir die Werte noch einmal angesehen. Wenn die Anzeigen funktionieren, ist die Schwerkraft von Holloway II nicht sonderlich ausgeprägt. Sie reicht kaum aus, um das bisschen Atmosphäre zu halten.« Der Affenmann drehte den Kopf und fixierte Corrigans Gesicht mit ruhigen braunen Augen. »Ich als Pilot habe genügend Erfahrung in *Zero Gravity* sammeln können, und bei den Gardeuren gehört ein *0G*-Kurs zur Grundausbildung. Kit wird allerdings Probleme bekommen ... erstens hat sie sich immer um das formelle Training gedrückt, zweitens ist sie wirklich zappelig.«

»Solange du uns sicher runterbringst, besteht kein Grund zur Sorge, Shiloh. Hast du schon einmal versucht, etwas in einem Niedrigschwerkraftfeld auszubuddeln?« Corrigan lächelte schwach. Vor seinen Augen projizierte *[Hydra]* eine halbtransparente Zusammenfassung der Informationen, die Gantt auf die *Marquesa* hatte liefern lassen; die Zeile, die er gesucht hatte, ploppte nach vorn. »*Niamh Nagy* ist vollumfänglich mit Grav-Modulen ausgestattet – wir werden also zumindest im Umfeld der Installation künstliche Schwerkraft und eine verträgliche Atmosphäre vorfinden.«

»Alles klar, Chief.«

Corrigan wandte sich wieder zu den anderen um.

»Alle mal herhören. Für die, die es noch nicht mitbekommen haben: Wir nähern uns dem Planeten. Ich hoffe, ihr wisst noch, was zu tun ist?«

Das mehrstimmige Gemurmel, das schlagartig einsetzte, ließ ihn die Brauen hochziehen.

»Schnauze! Nicht alle gleichzeitig!« Corrigan war durchaus dazu imstande, die Stimmen und Inhalte korrekt zuzuordnen, aber wünschte sich Ms. Gantt nicht mehr *Disziplin?*

Er verkniff sich ein Grinsen. »Sarge ... erklär du es ihnen nochmal.«

»Jawoll, Chief.« Mit einem Ruck setzte sich Poison auf, die hellen Augen sehr wach. »Nachdem wir die *Robin* in der Nähe von Modul 1 runtergebracht haben – dort ist der Landeplatz für das Versorgungsshuttle –, werden wir so tun, als seien wir und unsere Ausrüstung gefährlich ...«

Gelächter brandete auf; sogar Shiloh ließ es sich nicht nehmen, lauthals mitzulachen.

»... als seien wir und unsere Ausrüstung gefährlich. Das gilt sogar für dich und dein MedPack, Lacroze.«

Die Fuchs-Beta, die von Poison zum Mitschleppen der medizinischen Ausrüstung verdonnert worden war, streckte der Sergeantin hinter vorgehaltener Hand die Zunge heraus.

»Dann werden wir uns vor Dr. M. Prashant Russell aufbauen, während der Chief die überfälligen Berichte einfordert. Rückt der Mann die Berichte nicht freiwillig raus, werden wir die Informationen aus ihm herausprügeln. Ist auch das nicht möglich, greifen wir uns den Forschungskern. Für die Schwachköpfe unter euch: Das ist ein Computer! Sobald wir Bericht oder Forschungskern haben, nisten wir uns so lange in der Installation ein, bis unser Schiff zurückkommt. – Korrekt wiedergegeben, Chief?«

»Korrekt, Sarge.«

»Du hast vergessen zu erwähnen, dass wir den Gardeuren dort unten den Sprit wegsaufen und die Mädchen ausspannen werden«, ergänzte Chick mit einem gequälten Grinsen.

Poison verdrehte die Augen, während sich Corrigan dem Piloten zuwandte.

»Wann treten wir in die Thermosphäre ein, Shiloh?«

Der Orang-Utan-Beta deutete auf eines der dreidimensionalen Displays, über das eine Serie gelber Symbole ratterte.

Der Chief nickte.

»Perfekt. Bis dahin checkt jeder von euch noch einmal seine Ausrüstung. Vergewissert euch, dass die Waffen geladen und eure Sauerstoffvorräte aufgefüllt sind. Kontrolliert eure Rüstungen auf Lecks, die Schläuche auf Elastizität, und seht zu, dass die Panzerkekse in Reih und Glied in euren Brotboxen liegen. Das volle Programm.«

»Typisch *Noncom*«, zischte der krank-blasse Chick der natürlich blassen Poison ins Ohr.

»Aber Chief«, wagte Kit zu protestieren. »Wieso das denn? Wir haben doch ...«

»Weil das Gelingen einer Mission von deiner Sorgfalt abhängt, Kit. Ein Justifier muss auf seine Ausrüstung vertrauen können. Ist der Inhalt deines MedPacks vollständig?«

»Aber Chief!« Pikiert verzog Kit Lacroze die kurze Schnauze. Die Reizbarkeit, die sie die ganze Woche an

Bord der *Marquesa* über ausgezeichnet hatte, hatte sich verstärkt, je näher sie dem Holloway-System gekommen waren; Corrigan konnte sie schon beinahe körperlich spüren. »Wir mussten unsere Sachen nach dem Einchecken auf der *Marquesa* kontrollieren, wir mussten sie vor dem Umsteigen in die *Robin* von unseren Nachbarn kontrollieren lassen – und jetzt sollen wir schon wieder damit anfangen? Wer soll den ganzen Kram denn bitteschön in der Zwischenzeit geklaut oder verschlampt haben?« Ihre Augen funkelten verärgert, und das nicht nur, weil sie sich auf einen gemütlichen Trip nach unten gefreut hatte. »Glaubst du wirklich, unsere Chancen, das Abholen eines Briefumschlags zu überleben, sind größer, wenn unsere Panzerkekse in Reih und Glied in ihrer Box liegen?«

»Mission ist Mission, Kit.«

»Wir holen einen *Briefumschlag* ab, Chief!«

»Na schön.« Mit der gepanzerten Linken schlug Corrigan gegen Kits Helm, dass es schepperte; sie fuhr erschrocken zusammen. »Wenn Ihnen Sachargumente schon nichts geben, Lacroze, verstehen Sie vielleicht wenigstens das: Sie werden Ihre Ausrüstung checken, weil ich es so will! Ist das klar? – Und jetzt beeilt euch. Der oder die Letzte«, er sandte ein vieldeutiges Lächeln in die Runde, »schrubbt den Interims-Schleim vom Gleiter. Und das in einem Niedrig-G-Bereich.«

System: DEF-563-UI
Planet: DEF IV *(United Industries)*
Utini Raumstation, Canopus Joe's Diner

Wo zum Teufel bleibt dieser Idiot Struk?
Ungeduldig tappte Ayline Gantt mit dem sehr blauen Nagel ihres Zeigefingers auf den nicht minder blauen Tisch. Außer Renitenz, Inkompetenz und überholter Technologie gab es noch eine andere Sache, die sie hasste wie die Pest: das Warten.

Via Note-Pad rief sie die letzten *Starlook*-Nachrichten ab, aber mit Ausnahme der Börsennachrichten schaffte es keiner der Artikel, sie für mehr als ein paar Augenblicke zu interessieren. Als sie die Kurve von *United Industries* fand, die derzeit steil nach oben ging, zuckten ihre Brauen hoch.

Diese Collies sind gut fürs Geschäft.
Vielleicht sollten die *UI*-Execs tatsächlich ein Abkommen mit den mysteriösen Ahumanen schließen; seit die Collectors begonnen hatten, ihr Motto »Schützenswerte, bedrohte Rasse Mensch« in die Galaxis hinauszubrüllen,

verkauften sich die Produkte des freien Rüstungskonzerns noch besser als sonst.

Eine Nachricht von Peter poppte auf das kleine Display. »ich vermisse dich xxx pete« stand da. Sie lächelte schief. *Gib dir keine Mühe, Schwachkopf. Ich habe dich bereits durchschaut.*

»Noch einen Kaffee, Ma'am?«

»Ja.« Gantt sah auf und reichte dem jungen Service-Mädchen ihre Swipecard; es piepste, als das Lesegerät der Bedienung die Kreditwürdigkeit von Gantts R&D-Kostenstelle überprüfte.

»Danke, Ma'am«, hauchte die Kleine, stellte ihr einen dampfenden Becher auf den Tisch und huschte weiter.

Gantt steckte ihre Karte ein und nippte an dem heißen Getränk.

Canopus Joe's, das sie bisher nur vom täglichen Vorbeilaufen gekannt hatte, war proppenvoll. Die lärmende, bunt gemischte und vermutlich recht einfach gestrickte Kundschaft war einer der Gründe dafür gewesen, dass sie den Laden noch nie zuvor betreten hatte; die Qualität des Kaffees war der Grund dafür, dass es bei diesem einen Besuch bleiben würde.

Gerade als sie die Aktien von *Aries One* checken wollte, die sich als Hersteller von Körperpanzerungen derzeit an einem ähnlich guten Trend erfreuen dürften wie *United Industries*, erregte eine Bewegung vor der Panoramascheibe des Schnellrestaurants ihre Aufmerksamkeit. Gantt wandte den Kopf. Zu ihrem Leidwesen handelte es sich jedoch nicht um August Struk, der sie entdeckt hatte: Es war bloß ein braun gepanzerter Sicherheitsmann, der auf dem Bürgersteig direkt neben ihr versuchte, einen Kaugummi von seiner Stiefelsohle zu kratzen. Nur die Glasscheibe trennte Gantts Stirn von dem runden, vor Anstrengung verzerrten Gesicht des *UI-Sec*-Mannes.

Instinktiv wich sie zurück.

Oberhalb des *United-Industries*-Wappens, das die linke Seite seiner Brustpanzerung schmückte, stand *Lt. Julius F.* Der Rest war nicht zu lesen, da der mit einem reflektierenden Streifen verzierte weiße Helm, den er unter den freien Arm geklemmt hatte, ihr die Sicht versperrte. Dennoch weiteten sich Gantts Augen.

Julius F wie Fučik? Das gibt's doch nicht!

Automatisch spulte ihr Gehirn Zirkusmusik ab, dazu passend blieben Teile des rosa Kaugummis an dem braunen Panzerhandschuh des Sicherheitsoffiziers kleben. Die Fäden, die er zog, maßen mindestens vierzig Zentimeter, und wenn er weiterhin auf einem Bein hopste, würde er entweder den Helm oder das Gleichgewicht verlieren ...

... und da erst registrierte sie, dass der ständig lauter werdende Marsch gar nicht in ihrem Kopf spielte, sondern in der Tasche ihres grauen Jacketts.

Hastig riss Gantt die Multibox heraus und berührte die Empfangstaste; um ein Haar hätte sie dabei Kaffeebecher und Note-Pad vom Tisch gefegt. Julius Fučiks ›Gladiatoren‹ verstummten.

»August? Wo zum Teufel sind Sie?«

»Der, der, der Lift hat wegen Überfüllung festgesteckt«, japste Struk am anderen Ende der Leitung. »Das übliche Problem um diese Zeit – und Sie wissen ja, wie das, äh, mit dem Empfang im Lift ist. Ich, äh, ich wollte nur sagen, dass es etwas später wird und dass ich, äh, gleich bei Ihnen bin.«

»Beeilen Sie sich«, schnarrte Gantt, die keine Ahnung hatte, wie es sich mit dem Empfang im Lift verhielt und die es auch nicht interessierte. Verärgert legte sie auf, ließ das Gerät aber vorsichtshalber offen neben dem Note-Pad auf dem Tisch liegen.

Ein dumpfes ›Boing‹ an der Scheibe besagte, dass Lt. Julius F noch immer mit dem Kaugummi zugange war; erst touchierte sein dunkelblonder Igelschnitt das Fenster, dann seine große, gepanzerte Hand. Zurück blieben klebrige rosa Fetzen.

Angewidert verzog Gantt den Mund und zeigte dem Mann einen Vogel. Dass die Gardeure von *United Industries* von Dünnbrettbohrern angeführt wurden, war ihr spätestens an dem Tag bewusst geworden, als sie Major Sibanyoni kennengelernt hatte. Dass die Offizierslaufbahn auch Clowns offenstand, wusste sie allerdings erst seit ungefähr drei Minuten.

In diesem Moment bimmelte die Glocke am vorderen Eingang des Diners und gab ihr einen Grund, die Augen von der Zirkusnummer vor dem Fenster abzuwenden. Leider war es auch jetzt nicht August Struk, der Canopus Joe's betrat, sondern ein turtelndes Pärchen, das ihr vage bekannt vorkam. Die unscheinbare Frau und ihr etwas auffälligerer blonder Begleiter nahmen gleich am ersten Tisch neben der Tür Platz und begannen aufgeregt miteinander zu tuscheln, noch bevor ihre Hinterteile die Sitzflächen der Stühle berührten.

Gantt runzelte die Stirn.

Sieh an. Nomuras schützenswerte, bedrohte Super-Mitarbeiter Padmini und Kjell.

Im Archiv schien es ja nicht viel zu tun zu geben, wenn sie es sich erlauben konnten, während der Arbeitszeit bei Canopus Joe's aufzukreuzen ...

»Ayline«, keuchte Struk und warf sich erschöpft auf den Stuhl gegenüber Gantt.

Sie fuhr hoch, schnitt dann eine Grimasse und starrte ihn mit eisigen Augen böse an. Es sollte ihre Erleichterung über das Auftauchen des Wissenschaftlers verbergen.

»Was ist los, August?«

Struk sagte »Den Göttern sei Dank«, warf einen irritierten Blick aus dem Fenster und erstarrte mitten in der Bewegung.

»Worauf warten Sie, August? Auf Perry das Murmeltier?«

»Schnabeltier«, korrigierte der Kybernetiker, ein Fan der präkolonialen Unterhaltungsproduktion, auf die sich Gantts Anspielung bezog. Sein Blick flackerte unruhig. »Ich hatte schon befürchtet, Sie wären wieder gegangen.«

»Was ist verdammt nochmal los, dass Sie mich an meinem freien Tag aus dem Bett werfen?«

Struk vergrub das Gesicht in seinen langen Spinnenfingern.

»*[TalosII]* und *[Hydra]*.« Seine Stimme klang dumpf. »Ich glaube, jemand hat in unserer Projektdatenbank herumgeschnüffelt.«

Schlagartig wurde Gantt kalt.

[TalosII] war eines ihrer beiden Prestigeprojekte, die

dem Konzern bei Erfolg neue Geschäftsfelder erschließen konnten. Bei *[Sub-Talos]* *[Hydra]* handelte es sich zwar nur um ein Abfallprodukt, mit dem sich Dr. Struk mehr aus Langeweile denn aus Notwendigkeit beschäftigt hatte, aber die Resultate, die dieser Justifier Corrigan mit sich herumtrug, konnten sich sehen lassen. Von allen Personen, die sich in irgendeiner Form mit *[TalosII]* und *[Hydra]* befassten, hatten nur Gantt und Struk Zugriff auf die dazugehörige Datenbank; nicht einmal Struks rechte Hand Castro, der immerhin von Anbeginn an bei den Projekten dabei gewesen war, besaß die entsprechende Erlaubnis.

»Glauben oder wissen Sie es?«, herrschte sie den Mann an, der zusammenfuhr.

»Ich bin kein Datenbankspezialist, Ayline ...«

»Aber wir bezahlen welche!«

»Die nur dann Zugriff auf *[TalosII]* bekommen, wenn wir das genehmigen! Kurz, ich habe noch keine Anfrage an unsere Spezialisten gestellt, da ich mich zuerst mit Ihnen abstimmen wollte. – Ayline, ich ...« Unglücklich blinzelte er ins Licht der kleinen Lampe, die über dem blauen Tisch baumelte. »... ich ... ähm ... wollte nicht am Kommunikator darüber reden, weil es ja ...«

Klirrend stürzte das riesige Panoramafenster nach innen. Ayline Gantt schrie auf, als sie mitsamt ihres Stuhls von etwas Schwerem, Hartem umgerissen wurde und in einem glitzernden Schauer aus billigem Glas auf den Boden des Diners krachte. Sie blieb auf dem Rücken liegen. Scharfer Schmerz schoss durch ihre rechte Schulter, mit der sie auf den Polyplast-Kacheln aufgeschlagen war; der Arm wurde auf der Stelle gefühllos. Leute riefen durcheinander, ein Teil des Gewichts, das eben noch auf ihren Beinen gelegen hatte, verflüchtigte sich, und jemand brüllte »Runter, alle runter« ...

Booooooom.

Der Boden des Diners bebte, ihre Zähne schlugen heftig aufeinander, und schlagartig erloschen alle Geräusche. Verwirrt wollte sich Gantt aufsetzen, aber eine schwere, gepanzerte Hand, die nach synthetischen Früchten roch, presste sich auf ihr Gesicht und drückte ihren Kopf fest gegen den Boden. Sie schrie und krallte sich mit der unverletzten Hand in den klebrigen Panzerhandschuh, aber sie hatte keine Chance, ihn von ihrem Gesicht wegzuschieben, da der Mann, der dazugehörte und mit seiner Kraft dagegenhielt, mitsamt seiner Rüstung mindestens das Dreifache ihres Körpergewichts auf die Waage brachte. Durch seine Finger hindurch sah sie eine armlange, gezackte Glasscherbe an einer Wand zerschellen; dann warf er sich auf sie, und sie sah überhaupt nichts mehr.

An den Vibrationen des Bodens spürte Ayline Gantt, dass rings um sie Dinge auf dem Boden aufschlugen, und da erst wurde ihr klar, dass der *Sec*-Mann nicht vorhatte, sie zu ersticken, sondern sie mit seiner Rüstung vor den Trümmern abzuschirmen versuchte. Eine nachgiebige, aber schwere Masse schleuderte seitlich in Gantt und ihren Beschützer hinein; sie schrie auf, als sich der Druck auf ihren Körper verstärkte. Dann kamen die Geräusche wieder: Wie aus weiter Entfernung hörte sie heisere Rufe, die immer näher und näher kamen, leises Wimmern, das zu einem schrillen Schrei anwuchs ...

... und erstarb.

Nach einem Augenblick völliger Stille, der ihr vorkam wie eine Ewigkeit, wälzte sich der *UI-Sec*-Mann mit einem Ruck von ihr herunter und richtete sich auf. Auf gepanzerten Fersen blieb er zwischen funkelnden Glasscherben hocken.

Auch Ayline Gantt setzte sich auf. Rasende Schmerzen wüteten in ihrer Schulter, und ihr tauber Arm begann zu kribbeln, aber davon abgesehen war sie unverletzt geblieben ...

Und dann fiel ihr Blick auf das Schlachtfeld, das eben noch Canopus Joe's Diner gewesen war.

Die gesamte Fensterfront war verschwunden; zwischen umgestürzten Tischen und Stühlen, zerbrochenen Tellern und verschütteten Getränken, heruntergerissenen Lampen, Trümmern von Schränken und der langen Theke lagen verstümmelte Werftarbeiter und Administrative am Boden. Blutige Fetzen und abgerissene Körperteile waren überall; es roch nach Blut, Urin, nach Kaffee und ...

... nach Tod.

Ein Note-Pad, das nicht ihres war, brummte einmal auf, dann verstummte es. Es lag zwischen den abgetrennten Beinen des Service-Mädchens in einer riesigen Blutlache. Der Schuh daneben gehörte allerdings nicht dazu.

Er gehörte August Struk.

Nein ...

Gantts Unterlippe begann zu zittern. Eisige Krallen schlugen sich in ihren Magen.

Nicht August!

Panisch blickte sie sich um; sie entdeckte Struk sofort. Er lag nicht weit von dem toten Mädchen entfernt zwischen zwei verbogenen Stühlen an der Wand; der schlaksige Körper war grotesk verdreht. Ohne auf die Schmerzen in ihrer Schulter zu achten, kroch sie auf Händen und Knien zu ihm, aber schon bevor sie ihn erreichte, wusste sie, dass er tot war. Wo die Vorderseite seines Kopfs gewesen war, befand sich jetzt ein ... ein Loch.

Sein Gesicht war einfach weg.

Gantt wandte den Kopf ab, um die alptraumhafte Masse aus Blut, Hirn, Knochensplittern und Zähnen nicht ansehen zu müssen. Gurgelnd stieg eine bittere Flüssigkeit in ihrer Kehle auf, etwas brennend Heißes kroch hinter ihren Augen nach oben, dann vergrub sie ihr Gesicht in ihren Händen und begann hemmungslos zu schluchzen.

»Ma'am?«, durchbrach eine Stimme die unheimliche Stille. Der Atem des Sicherheitsmanns ging stoßweise. »Geht – geht es – Ihnen – gut?«

»*Nein, nein, August*«, schrie sie; sie zitterte so heftig, dass ihre Zähne unkontrolliert aufeinanderschlugen.

»Sind – Sie – verletzt? Geht es Ihnen – gut?«

Diesmal drehte sie sich zu dem *UI-Sec*-Mann um, dessen Augen nur noch aus Pupillen zu bestehen schienen. Angesichts des höllischen Schauplatzes und der Tatsache, dass Blut aus einem breiten Schnitt oberhalb seines eigenen Ohrs bis in die Panzerung rann, fand Gantt seine Frage absurd.

Mit dem Handrücken rieb sie sich die Augen, aber die Tränen wollten einfach nicht aufhören zu fließen.

»Meimein Kokollege ist tttot, und meimeine Schschulter tttut wwweh. Dadadavon abgesehen gggeht es mmmir gggut.«

»Dann – dann warten Sie hier.« Keuchend kam der Mann auf die Füße, langte nach seiner Dienstwaffe, einer überschweren *UI-Hole*-Pistole, und wankte zur zerbrochenen Panoramascheibe. Gaffer sahen ihm dabei zu, wie er den Helm aufhob, der draußen auf dem Pflaster lag. Die Rückseite seiner Panzerung, auf der in riesigen, reflektierenden Buchstaben FLORESCU stand, war an mehreren Stellen eingedellt.

Verdammt, verdammt, verdammt!

Mit der unverletzten Linken wischte sich Gantt über das nasse Gesicht; als sie die Finger zurückzog, klebten Kaugummireste daran.

Das war genug.

»Verdammt!«, brüllte Ayline Gantt mit sich überschlagender Stimme, während immer und immer mehr Tränen über ihre dunklen Wangen strömten. Wütend verpasste sie einem umgestürzten Tisch einen Fausthieb, sehr darauf bedacht, keinem der Toten und Verletzten ins Gesicht zu sehen.

»Nein! Er ist tot! Verdammt! *Verdammt!*«

»Alle außer uns sind tot, Ma'am.« Die Scherben und Splitter am Boden klirrten, als sich der *UI-Sec*-Mann dicht neben ihr auf die Knie fallen ließ, den Helm unter dem Arm. Die Atmung mochte er jetzt unter Kontrolle haben, aber seine Stimme bebte. »Ich habe Verstärkung gerufen. Sie ... sie werden gleich eintreffen.«

»Woher wissen Sie ...«

»Dass alle tot sind? Nanochips. Ich – ich sollte Ihnen das überhaupt nicht sagen, aber die erhalten Sie mit der jährlichen Vorsorgeimpfung.« Er hielt ihr den Helm so hin, dass sie das Display auf der Innenseite sehen konnte. Darauf waren die Grundrisse des Raums projiziert, in dem sie sich befanden. Am Rande eines Meers tiefblauer Markierungen nahe der Fensterfront leuchteten zwei muntere grüne Pünktchen.

»*UI-Sec* hat *mir* einen Nanochip implantiert?«

Auf dem runden, blutverschmierten Gesicht des Lieutenants manifestierte sich ein tapferes Lächeln, das ihm sichtlich Mühe bereitete. »Das ist kein Grund zur Beunruhigung, Ma'am. Jedes lebende Wesen auf dieser Station hat einen. Nur auf diese Weise können wir unsere Arbeit so gut machen, wie Sie sich das wünschen.«

Gantt versuchte noch einmal vergeblich, den Tränenfluss zu stoppen; in der Ferne ertönten die Sirenen von Secbots.

»Ich soll *nicht beunruhigt* sein? Sie haben keine Ahnung! August Struk, er – verdammt, wir haben uns extra hier getroffen, um – um ...« Schluchzend ballte sie die noch funktionierende Faust und reckte sie dem Gepanzerten entgegen. »Mein Projekt kann ich mir in die Haare schmieren! Woher soll ich ...«

»Ma'am, ich weiß, all das hier ist sehr schrecklich, aber Sie *müssen* sich beruhigen«, sagte Florescu mit professionellem Ernst und legte eine gepanzerte Pranke auf ihre Schulter. Zitternd stieß Gantt die Hand beiseite und sprang auf.

»Bleiben Sie mir bloß mit Ihrem verdammten Kaugummi vom Leib! Das war ein Mordanschlag, verdammt! Die hatten es auf uns abgesehen!«

»Natürlich war es ein Anschlag, Ma'am.« Ein gepanzerter Zeigefinger deutete auf die Rückwand des Diners, deren Kunststoffputz auf einer nahezu kreisrunden Fläche komplett abgesplittert war.

Mit verheulten Augen blinzelte Gantt die Wand an.

In der Mitte der Fläche prangten krude, rote Schriftzeichen, die Gantt als »Anti-Kon« entzifferte.

Ein erstickter Laut drang aus ihrer Kehle, dann sackte sie zusammen. Der Sicherheitsmann konnte sie gerade noch auffangen, bevor sie mit dem Gesicht voran in einer blutigen Pfütze landete.

23

System: Holloway
Planet: Holloway II
Im Landeanflug

»Entspannt euch, Leute. Die Turbulenzen sind vorbei.« Shiloh drehte sich kurz im Pilotensessel um, um nach seinen Passagieren zu sehen, die während der letzten Minuten so unnatürlich still gewesen waren.

»Sicher?«, fragte Chick mit fest zusammengekniffen Augen. Sein Gesicht war zu einer Grimasse verzerrt, aber wenigstens saß er noch wie die anderen auch auf der ungemütlichen Bank. »Kann ich die Augen jetzt öffnen?«

»Ganz sicher, Chick. Wir waren jetzt die meisten Stunden oben, und mehr Widerstand wird es nicht geben, denn dieser Staubball hat nicht mehr Atmosphäre zu bieten.« Shiloh fletschte die großen Zähne in einem glücklichen Grinsen. »Auf den letzten paar Kilometern unserer Traumreise wirst du dich fühlen wie eine flauschige kleine Feder.«

»Ich weiß nicht, ob ich das will«, stöhnte der Gardeur.

»Nun, du kannst nichts dagegen tun, insofern wäre es

besser, du wolltest es auch«, grinste Kit und beugte sich langsam vor, um mit der gepanzerten Hand auf das Knie des Mannes zu klopfen. Dann hob sie den Daumen, um dem Orang-Utan-Beta im Cockpit zu signalisieren, dass sie völlig entspannt war.

Corrigan neben ihr richtete sich im Sitzen auf.

»Gut gemacht, Shiloh«, lobte er den Piloten. »Und damit die Landung so sanft wird wie der Anflug, drehst du dich jetzt besser wieder zu deinen Kontrollen um.«

Shiloh verdrehte die Augen, kam der Aufforderung seines Vorgesetzten aber nach.

Chick keuchte.

»Wenn du uns lebend runterbringst, Affenmann, dann bekommst du eine Banane aus meinem privaten Vorrat. Versprochen!«

»Lenk ihn nicht ab, Chick«, grinste Kit, die sich insgeheim über die Flugangst des Gardeurs amüsierte. Sie beugte sich noch weiter vor, bis der Rand ihres Helms den von Chick berührte.

»Na«, fragte sie leise. »Wo ist denn nun der große böse Gardeur geblieben?«

»Sei versichert, Plüschi, er ist noch da. Soll ich ihn dir zeigen, sobald ich wieder mit beiden Beinen auf festem Boden stehe?«

»Ohhhh, ja«, schnurrte Kit und zwinkerte Chick zu. Dann krachte es dumpf, als Poison ihr ans Scheinbein trat.

»Halt's Maul, Kit. Konzentriere dich lieber schon mal auf den Schleim da draußen – du warst schließlich als Letzte mit deinem Check fertig.«

»Ohh«, stöhnte die Füchsin beleidigt und wandte den

Kopf. Ein Blick nach vorn enthüllte, dass Shiloh den Gleiter eine weite Schleife ziehen ließ; offenbar befanden sie sich bereits im Landeanflug. Die Ausgleichsbewegungen der *Robin* spürte sie kaum, aber natürlich entging ihr nicht, dass Chick angespannt die Lippen bewegte.

Ob er zu seinen Göttern betet? Hätte nicht gedacht, dass Gardeure religiös sind.

Sie schüttelte leicht den Kopf, schloss ihr Visier und lehnte sich zur Seite, bis ihr Helm den von Corrigan berührte. Mit einer geübten Zungenbewegung aktivierte sie die Kommunikation.

»Chief, haben Sie mal 'ne Minute für mich?«

»Natürlich.« Auch Corrigans Visier schloss sich, dann leuchtete ein blaues Signal auf dem Display in Kits Helm auf, als er sie auf einen privaten Kanal schaltete. »Was ist denn?«

»Chick hat Flugangst.«

»Das ist nicht zu übersehen. Und?«

»Ist er schon mal abgestürzt?«

»Wieso fragst du ihn nicht selbst?«

»Ach Mensch.« Kit seufzte. »Weil Poison mir den Kopf abreißen wird, wenn ich jetzt nochmal mit ihm rede. Gefressen hat sie mich ja schon.«

Corrigan lachte leise.

»Ihr Weiber seid furchtbar, wisst ihr das? Lass den armen Kerl einfach in Ruhe, und der Sarge wird damit aufhören, sich diese schwarzen Fusseln an die Augen zu kleben.«

»Ich wollte keinen Rat ins Herzensangelegenheiten, Chief«, fauchte Kit ärgerlich. »Ich wollte bloß wissen, wieso sich der arme Kerl, ich meine natürlich *Corporal* Red Crow, so anstellt.«

»Ich wusste nicht, dass diese Angelegenheit mit Herzen zu tun hat«, grinste Corrigan hinter dem transparenten Visier. »Alles, was ich sehe, sind zwei wild gewordene Hyänen, die sich um einen Kadaver balgen. Nun, falls der Corporal jemals mit einem Fluggerät abgestürzt ist, steht nichts darüber in seiner Akte. Ist das wichtig?«

»Natürlich ist das wichtig, Chief! Am Ende wird er uns mit seiner Hosenscheißerei noch alle umbringen!«

Corrigans lila Augen wurden schmal.

»Nett von dir, dass du dich um die Sicherheit der Einheit sorgst, Kit, aber ich vertraue Chick genauso sehr wie dir. Er muss am Boden funktionieren, nicht in der Atmosphäre.«

»*Vertrauen« war das falsche Wort, Chief.*

»Ja – nein. Ich meine ...« Kit sah zur Seite, um zu verbergen, dass Corrigan bemerkte, wie sie unter ihrem Fell errötete. »Na schön, du hast Recht. Vermutlich ist es unwichtig, dass der Kerl hier herumzetert, solange er nicht ins Cockpit springt und an allen Hebeln reißt. Aber trotzdem verstehe ich ihn nicht.«

»Verstehst du denn alle anderen hier, dich selbst eingeschlossen?«

»Nicht immer«, gestand Kit und seufzte. »Aber trotzdem. Wenn *du* zum Beispiel unter Flugangst littest, könnte ich das nachvollziehen.«

»Kit, könnte ich mich an meinen Crash erinnern, würde ich mich jetzt vielleicht auch schlotternd in die Sicherungsgurte krallen. Aber ich erinnere mich nicht, und dafür sollte ich vermutlich dankbar sein.«

»Dem Arzt, der dich zusammengeflickt hat?«

»Nein, dem Justifier, dessen Kettensäge mir durch den Kopf gegangen ist, bevor der Helikopter am Boden zerschellte.«

»Autsch.« Kit rümpfte die Nase. Automatisch musste sie an den grobmotorischen Nashornmann denken, der die komplette Woche auf der *Marquesa* über von fast nichts anderem als seiner Kettensäge mit Waschbärenschwanz-Trophäe gesprochen hatte – *Helluvex* hier, *Coolness Enhancer* dort. Vermutlich schlief er nicht ein, solange das Ding nicht unter seinem Kopfkissen lag.

»Das kann ja nur Jugga gewesen sein, oder?« Sie hielt einen gepanzerten Zeigefinger hoch. »Erstens hat er zu dir gehört, und zweitens«, nun folgte der Mittelfinger, »hat er 'ne Kettensäge.«

Nun musste der Chief wieder grinsen.

»Jugga war nicht der Einzige aus meiner alten Truppe, der am liebsten mit der Kettensäge in den Nahkampf gegangen ist. Das war ein echt übler Haufen. – Augenblick mal.« Er schaltet auf Lautsprecher. »*Shiloh, gib der Station durch, dass wir im Landeanflug sind ... nicht dass sie uns noch runterschießen.*«

Chick stöhnte auf.

»Chief, *Niamh Nagy* ist nicht bewaffnet«, meinte der Orang-Utan-Mann schmunzelnd.

»*Die Station selbst nicht, aber das große Shuttle im offenen Hangar von Modul 6. Ein einziger Treffer mit seiner* Mjölnir *würde genügen, um uns als Bröckchen aus dem Himmel regnen zu lassen.*«

»Du hast die Waffe erkannt, Chief? Gratulation – ich

habe nicht mal das Shuttle gesehen.« Shiloh schnitt eine Grimasse, die wohl ausdrücken sollte, dass er beeindruckt war, dann murmelte er irgendwelche Dinge in seinen Helm. Das Einzige, was Kit von ihrem Platz aus verstand, war die Kennung ihres Gleiters.

Sie beugte sich noch weiter nach vorn, um an Shiloh vorbei durch die Frontscheibe der *Robin* zu spähen, erkannte allerdings bloß eine graue, bröselig aussehende Masse, die von scharfkantigen Felsbrocken durchsetzt war. Sie mussten bereits über die Station hinweggeflogen sein.

Shiloh ließ die *Robin* noch eine weitere langgezogene Schleife fliegen.

»Das ist merkwürdig, Chief«, sagte er plötzlich zu Corrigan.

»Sie antworten nicht?«

»Das können sie vermutlich auch nicht. Ich habe mein Sprüchlein aufgesagt, aber es sieht ganz so aus, als käme es gar nicht erst unten an. Der Funk wird ... keine Ahnung. Zerhackt und umgelenkt? Was auch immer ... schau dir das bitte mal an.«

Corrigans Gurtzeug dehnte sich, als er sich nach vorn in die Pilotenkanzel beugte und Kit die Sicht versperrte.

»Das ist ja'n Ding.« Mit schief gelegtem Kopf schien Corrigan die Displays zu betrachten. *»Dann wundert mich auch nicht, dass sie keinen Bericht senden konnten.«*

»Es könnte sein, dass wir blind landen müssen, sobald wir NOE gehen, Chief.«

»Ohjeohjeohjeohje«, keuchte Chick.

»Das werden wir nicht riskieren.« Corrigan schüttelte

knapp den Kopf. »*Texte die da unten zu, Shiloh, und schau, wo das Störgebiet endet. Dort werden wir landen, möglichst nahe bei der Installation, und auf einem möglichst planen Stück Boden dazu.*«

»Mist. Das fängt ja gut an«, knurrte Kit und erschrak, als sich Corrigan abrupt zu ihr umdrehte. Sie hatte schon nicht mehr daran gedacht, dass der Kommunikationskanal zwischen ihnen noch offen war.

»Tja ... es kommt immer irgendwie alles anders, als es in der Missionsbeschreibung steht«, meinte er lächelnd. Die anderen Lichtlein erloschen, als er den Rest des Trupps aus ihrem Gespräch ausklinkte. »Apropos Missionsbeschreibung: Wer von euch ist es? Du?«

»Wer von uns ist was?«

»Mein Anstandswauwau. Mein *Aufpasser*. Das ist dein Job, richtig?«

Kit wurde schlagartig brandrot. Dass sich ihr feines Fell nicht auch noch sträubte, war alles.

»Oh«, sagte sie. »Na ja, das ist nicht ganz so, wie – ach, scheiß drauf.« Sie seufzte. »Woher weißt du es, Chief?«

»Hätte Gantt dich nicht noch extra zur Seite genommen, hätten es mir deine Augen gesagt. Ich kenne doch *United Industries*, ich erkenne Workoholics wie dich, und ich sehe dir an der Nasenspitze an, dass du nicht sonderlich zufrieden mit dem Arrangement bist. Außerdem benehmen sich die anderen drei nach wie vor wie spielende Hündchen, aber seit wir unterwegs sind, siehst du mich anders an. Damit meine ich nicht *angenehm* anders. Und deinen Blutdruck hast du auch nicht unter Kontrolle. Sind das genug Gründe?«

»Niemand hat seinen Blutdruck unter Kontrolle«, knurrte Kit, verärgert darüber, dass sie sich verraten hatte.

»Täusch dich da mal nicht. Na schön. Dann habe ich mit meiner Vermutung richtiggelegen. Jetzt sieh mich nicht so entsetzt an, Kit, ich will bloß wissen, woran ich bin. Denn wenn du meine Gouvernante bist, dann habe ich einen besonderen Job für dich.«

Das darf ja wohl nicht wahr sein ...

»Dass wir keine Verbindung nach unten bekommen, macht mir Sorgen. Vielleicht wird das, was den Funk stört, auch meine Funktionen beeinträchtigen.« Er klopfte gegen seinen Helm. »Ich nehme mal an, dass du dafür Sorge tragen wirst, dass meine Hardware wieder zurück zur Utini-Station kommt, aber es wäre mir lieber, du würdest mich an einem Stück zurückbringen – ich stehe auf ganzheitliche Methoden. Sollte ich da unten also Aussetzer haben, schneide mir bitte nicht gleich den Kopf ab, ja?«

»Ja«, entgegnete Kit schwach. »Okay.«

»Und sollte ich über einen längeren Zeitraum hinweg überhaupt nicht mehr auf äußere Reize reagieren, dann tu mir bitte einen Gefallen«, sagte der Chief.

Und dann erklärte er Kit, was er im Notfall von ihr erwartete.

Ihre goldgefleckten Augen wurden immer größer, je mehr er ins unappetitliche Detail ging. Erst als der Mann seine Anweisung beendet hatte, wagte sie es, noch einmal Luft zu holen.

»Und du bist sicher, dass ich das kann, Chief?«, fragte sie unglücklich, woraufhin er leise lachte.

»Kit Lacroze, du schummelst dich durch Sicherheitssysteme und erschießt Kameraden, ohne mit der Wimper zu zucken – da sollten dir zwei kleine Handgriffe keine Schwierigkeiten bereiten.«

»Danke, dass du mich an die blöde Geschichte auf Yamantaka erinnerst«, knurrte sie, aber tatsächlich fühlte sie sich geschmeichelt, und das war vermutlich auch seine Absicht gewesen.

»Hier. Nimm das an dich.« Er grub in einer der Gürteltaschen, zog einen kleinen Gegenstand heraus und legte ihn in Kits gepanzerte Handfläche. »Ich halte es für besser, dass jeder von uns beiden so etwas dabeihat.«

Kit führt die Hand mit dem kleinen Datenträger dicht vor ihr Visier und zog die Brauen hoch.

»Einen *United-Industries*-Image-Film?«

»Nicht doch. Ich hielt es für Energievergeudung, den Aufkleber herunterzukratzen. Du weißt, was darauf ist, und du weißt, was du damit tun solltest. Okay? Hast du das verstanden?«

»Okay, Chief. Verstanden.« Seufzend steckte Kit den Chip ein, und wieder lachte Corrigan.

»Reg dich ab, Kit. Das Leben steckt nun einmal voller Überraschungen. Du zum Beispiel kommst dort unten jetzt doch noch zu deinem 0G-Training, an dem du dich immer erfolgreich vorbeigemogelt hast.«

»Aber Chief, 0G-TRaining ist ... ich dachte eben ...«

Sie ließ den pelzigen Kopf hängen. »Ich dachte, in *Zero Gravity* kämpfen zu müssen, bedeutete automatisch, dass schon im Vorfeld vieles schiefgelaufen ist. Piraten, angeschlagene Schiffe und so weiter ... und so weit wollte ich es nie kommen lassen.«

»Da hat die Foxy Lady eben nicht weit genug gedacht«, grinste Corrigan. »Wenig Schwerkraft gibt es nicht nur auf eroberten Schiffen, sondern auch auf dem einen oder anderen Planetoiden. Und jetzt: Kopf hoch. Denk immer dran – wenn du dir den Arsch für deine Firma aufreißt, stehen die Chancen gut, dass sie dir als Belohnung lediglich ein zusätzliches Loch reißen. Das ist der Lauf der Dinge. Also trage dein Kreuz wie ein echter Fuchs.« Das Grinsen verblasste zu einem schwachen Lächeln. »Wollen wir mal hoffen, dass dir die aufgereihten Panzerkekse dabei helfen.«

24

System: DEF-563-UI
Planet: DEF IV *(United Industries)*
Utini Raumstation, Krankenstation

Eigentlich wollte Ayline Gantt nach Hause gehen, nachdem die Krankenstation sie nach vielen, vielen Stunden absolut unsinniger und vermutlich auch teurer Untersuchungen und Check-ups entlassen hatte. Die Angst, die Wut, die Anstrengung und der Schmerz in ihrer ausgekugelten Schulter hatten sie schwitzen lassen wie ein Schwein, ihr grauer Anzug war voller hässlicher brauner Flecken und stank, in ihren plasmablauen Haaren klebte rosa Kaugummi, den vermutlich nur eine Haarschneidemaschine entfernen konnte. Nichts hätte sie lieber getan, als heiß zu duschen, ihre Kleidung in den Müllschlucker zu werfen, sich sinnlos zu betrinken und danach in ihrem Bett zu vergraben. Aber das Personal der Krankenstation war mit der Situation sichtlich überfordert, und so wartete sie bereits seit über einer Stunde auf die Rückgabe ihrer Identitätskarte.

Erschöpft und unruhig zugleich saß Ayline Gantt auf

der unbequemen Bank in der Lobby der Notaufnahme und ließ die Beine baumeln.

Noch vor einer guten Stunde war hier die Hölle los gewesen: MedTechs, Ärzte, *UI-Sec* und viele mehr waren herumgeschwirrt, während Leichen und Leichenteile nach und nach hereingekarrt worden waren. Daraus schloss sie, dass zumindest die Tatortsicherung abgeschlossen war. Jetzt war die Lobby bis auf den Mann am Empfang, eine schlafende ältere Frau und Ayline Gantt selbst leer.

Sie stützte ihren Kopf, der ihr unendlich schwer vorkam, in ihre kleinen, schwarzen Hände; ihr Arm kribbelte noch ein wenig, aber ihre Finger waren wieder voll einsatzfähig. Gegen die Schmerzen halfen Medikamente, was auch gut war, aber das starke Beruhigungsmittel, das eine robuste Schwester ihr hatte verpassen wollen, hatte Gantt gereizt abgelehnt.

Sie brauchte jetzt zwingend einen klaren Kopf.

Nur schien das so nicht zu funktionieren.

Die Erinnerungen an den Anschlag schwirrten und brausten in ihrem Schädel herum wie aufgescheuchte Bienenvölker; immer wieder drangen Stachel der Erinnerung schmerzhaft in ihr Bewusstsein. Es gelang ihr nicht einmal, auf der Bank einzunicken, obwohl sie sich so müde und zerschlagen fühlte wie noch nie – die schrecklichen Bilder von Canopus Joe's Diner tauchten unweigerlich auf, sobald sie die Augen schloss. Gantt sah das verwüstete Schnellrestaurant vor sich, die Blutlachen und die verstümmelten Körper ... und sie musste zwanghaft an August Struk denken.

Von allen Menschen auf Utini war ihre Assistentin Gabby diejenige, mit der sie die meiste Zeit verbrachte; Gantt konnte den Inhalt von Gabbys Kleiderschrank auswendig aufsagen, aber ihre Beziehung – wenn man das so nennen konnte – beschränkte sich exklusiv auf »holen Sie«, »machen Sie« und »notieren Sie«. Mit Struk hingegen hatte sie bis in die tiefe Stationsnacht über *[Talos]* diskutiert, über Konzepte, Auswirkungen, den Markt, Design und Budgets, sogar über Politik, und das nicht selten mit harschen Worten, die Gabby zu der Annahme veranlassten, sie hätten sich gestritten. Natürlich, der Kybernetiker hatte so manche nützliche Eigenschaft vermissen lassen – zum Beispiel ein Gefühl dafür, wann ein bestimmtes Thema nicht weiter verfolgt werden sollte –, aber im Großen und Ganzen hatte Ayline Gantt August Struk im Griff gehabt. Sie wusste über seine Leibspeisen Bescheid, über die Cartoons, die er geliebt hatte, über die Musik, die er hörte, und über die schwierige Beziehung zu seiner erwachsenen Tochter.

Ayline Gantts brennende Augen wurden feucht.

August Struk war der einzige Mensch auf Utini gewesen, den sie abseits seiner Personalakte wirklich gekannt hatte. Er würde ihr fehlen. Und fehlen würde ihr natürlich auch der kreative Kopf hinter Projekt *[Talos]*.

Mit einem schmutzigen Ärmel wischte sie sich die Augen, dann vergrub sie ihr Gesicht in den Händen. Seufzend sank sie tiefer in die distelfarbenen Polster der Sitzbank.

Schon allein dafür, dass Gantt die Feldberichte ihrer drei wichtigsten Projekte nicht zum vereinbarten Zeitpunkt hatte präsentieren können, hätte ihr anspruchsvoller Boss Azer ihr am liebsten den Hintern aufgerissen. Dass sie jetzt auch noch den Wissenschaftler verloren hatte, der hinter zweien dieser Projekte gestanden hatte, konnte ihrer Karriere in Rekordzeit den Todesstoß versetzen. Struks Assistent Castro war natürlich begabt; den Neurologen, der von irgendeiner obskuren Welt der FEC stammte, zeichnete ein tiefes Verständnis für technische Möglichkeiten aus, aber ihm fehlte das gewisse Gespür, das man brauchte, um einträgliche Projekte von den lediglich unterhaltsamen zu unterscheiden, sowie der Ehrgeiz, seine Visionen auch gegen Widerstände zu verteidigen. Noch ein paar Jahre mit Struk, und Castro hätte eine sehr wertvolle Ressource werden können.

So war er einfach nur ein weiterer überdurchschnittlich talentierter, aber antriebsschwacher Lohnsklave in ihrem ohnehin schon schwach besetzten Mitarbeiterstab.

»Ich *brauche* einen klaren Kopf«, flüsterte sie durch ihre Finger hindurch. »Verdammt.«

»Hallo«, säuselte in diesem Moment eine weibliche Stimme. Gantt ließ die Hände sinken und sah hoch. Zuerst dachte sie, die alte Dame sei erwacht, aber die schlief nach wie vor zusammengesunken auf der Bank neben dem Wasserspender.

Vor Gantt hatte sich eine stark geschminkte, dunkelhaarige Frau aufgebaut, die ein auffälliges grünes Coordinate mit modisch transparenten Einsätzen an Rock und Ärmeln trug; grüne Schuhe mit Turmabsätzen deformierten ihre Füße, ihre Lippen leuchteten rot im fahlen Krankenhauslicht, und in der manikürten Hand hielt sie ein Note-

Pad, auf dessen Hülle die Buchstaben *USSR* in hellem Neongrün erstrahlten.

»Hallo«, krächzte Gantt automatisch und räusperte sich; ihre Stimmbänder waren ausgetrocknet, aber bisher hatte sie nicht genügend Energie aufbringen können, um sich am Wasserspender zu bedienen.

Die blutroten Lippen verzogen sich zu einem sehr breiten und sehr aufgesetzten Lächeln.

»Hast du einen Augenblick Zeit für mich? Ich bin Yordanka Pernishka vom *Utini Space Station Radio* – der Flurfunk, sozusagen.« Sie kicherte albern und setzte sich neben Gantt auf die Bank. »Vielleicht hast du schon von mir gehört: Ich moderiere die Frühstückssendung.«

Pernishkas Dreistigkeit verschlug Gantt die Sprache. Sie hasste es, von Wildfremden geduzt zu werden.

»Bist du ganz allein hier?«, fuhr Pernishka fort, grinsend wie ein Honigkuchenpferd. »Hast du mitbekommen, was hier los war? Es heißt, die Toten aus Canopus Joe's Diner sollen hierhertransportiert worden sein. Ich war leider noch auf Sendung, als all das«, ihre Hände simulierten eine Explosion, »passiert ist. Erzähl doch mal, Kleine, hast du gesehen, wie sie die Leichen hier vorbeigetragen haben?« Die Frau sah an Gantts fleckigem Anzug herab. »So wie du aussiehst, warst du vielleicht sogar selbst in *Joe's Diner* dabei! Na los, erzähl schon, Schatz, war das unheimlich? Hattest du Angst? Fandest du das aufregend? Die Utini Space Station interessiert sich für deine Story.«

Sie hält mich für ein Kind!

»Na, was ist los, Kleine? Traust du dich nicht, mit mir zu sprechen? Ich bin ganz harmlos, wirklich.« Wieder kicherte Yordanka Pernishka, und die kleinwüchsige Managerin spürte, wie ihr das Blut in den Kopf stieg. »Du könntest mir zum Beispiel verraten, was ...«

»Halten Sie den Mund, Pernishka«, fuhr Ayline Gantt die Radiomoderatorin an. Ihre glatteisschwarzen Augen funkelten böse. »Sie sprechen mit einer leitenden Angestellten von *United Industries* – und jetzt verschwinden Sie, bevor Ihre Frühstückssendung abgesetzt wird!«

Pernishkas Kopf wurde so rot, dass sich der grelle Lippenstift nicht mehr von seiner Umgebung unterschied, aber sie blieb neben Gantt sitzen, eisern entschlossen, sich nicht einschüchtern zu lassen. Mit dem Daumen tippte sie auf ihr Note-Pad. »Nun gut – wenn Sie das wollen, Miss, entschuldige ich mich in aller Form für die vertrauliche Anrede, aber ich will diese Story! Können Sie mir einfach etwas über den Anschlag auf Canopus Joe's ...«

»Nein, kann ich nicht!«, schnaubte Gantt; im gleichen Moment griff eine gepanzerte Hand nach dem Kleincomputer und zog ihn aus der Hand der verblüfften Journalistin.

»Keine Aufnahmen, Ma'am. Das Gerät ist sichergestellt.«

»*Was?*«

Gantt und Pernishka waren zu sehr damit beschäftigt gewesen, einander wütend anzustarren, um die drei *UI-Sec*-Leute kommen zu sehen, die sich nun vor der Bank postierten. Es handelte sich um zwei Menschen und eine nachtschwarze, wolfsköpfige Chimäre. Der Chim knurrte leise, als der größere der beiden Menschen ihm das Note-Pad reichte.

»Das Gerät ist sichergestellt, Ma'am«, wiederholte Lieutenant Florescu geduldig, aber bestimmt. »Keine Aufnahmen. Und falls Sie nicht verletzt oder krank sind, sollten Sie die Krankenstation jetzt verlassen.«

»Aber das ...« Verblüfft starrte Pernishka die Sicherheitsleute an. »Das ist *Freiheitsberaubung!*«

»Nein, Ma'am, es ist bloß eine Beschlagnahmung. Freiheitsberaubung wäre es, wenn ich Sie grundlos festnehmen lassen würde.« Nichts außer der blutverkrusteten Naht an Florescus Kopf erinnerte Gantt noch an den clownesken Auftritt oder den verstörten Zeugen des terroristischen Anschlags von heute früh. Der Mann wirkte jetzt wie ein ganz gewöhnlicher Ordnungshüter: unverwüstlich und wasserdicht. »Verlassen Sie die Krankenstation jedoch nicht auf der Stelle, Ma'am, habe ich einen Grund, Sie festnehmen zu lassen. Ein weiterer Grund wäre Belästigung.«

»*Hat* die Lady Sie belästigt, Ma'am?«, fragte das dritte Mitglied des Sicherheitstrupps suggestiv und beugte sich zu Gantt vor. Die Frau trug eine *Mower*-Maschinenpistole und hatte als Einzige der drei ihren Helm auf dem Kopf, das verspiegelte Kunststoffvisier stand aber offen. Ihre Augen waren so schmal, dass sie beinahe zwischen den scharfen Gipfeln von Brauen und Jochbein verschwanden.

Das ›Ja‹ lag Gantt auf der Zunge, aber nach dem, was sie an diesem Tag schon mitgemacht hatte, war es vielleicht klüger, sich nicht noch mehr Feinde zu schaffen.

Sie seufzte.

»Nein, Officer, hat sie nicht. Trotzdem hätte ich gern meine Ruhe!«

Die Radiomoderatorin erhob sich; die Erleichterung darüber, einer Verhaftung entgangen zu sein, war ihr deutlich anzusehen, aber dennoch startete sie einen Versuch, ihr Eigentum zurückzubekommen. Fordernd streckte sie Florescu die Hand entgegen.

»Mein Note-Pad?«

»Das können Sie übermorgen in der Sicherheitsstation abholen, Ma'am.«

»*Übermorgen?* Aber ich brauche ...«

»Wenn Sie nicht sofort verschwinden, Pernishka, lasse ich Sie in die Bergwerke von Pherostine verschiffen«, fauchte Gantt sauer. »Raus hier, aber sofort!«

»Sie haben 'ne coole Art, Ma'am«, grinste der Wolfs-Beta anerkennend, als die Dame im grünen Kleid umdrehte und hastig auf ihren Turmabsätzen davonstöckelte. »Hut ab.«

Seine Kollegin grinste nun ebenfalls; das helle Licht der Lobby sorgte für Schatten auf ihrem Gesicht. »Na ja, die Lady läuft ja auch nicht mit einer Jacke herum, auf der ihr Name in flammenden Lettern geschrieben steht.« Sie tippte auf die eigene gepanzerte Brust, auf der die Silben *Lce. Cpl. Tran Thi Hien* wie Frachtwaggons aufgereiht waren. »Da muss sie sich natürlich keine Sorgen wegen einer Dienstaufsichtsbeschwerde machen.«

»Halten Sie die Backen zusammen, Lance, und besorgen Sie uns etwas zu essen. Die Lady sieht hungrig aus. Wir treffen uns bei *UI-Sec*. Zeno, hol ihre IC-Karte.«

»Geht klar, Sir.« Die Sicherheitsfrau salutierte lässig und eilte davon, während der Chim – eine Fahne billigen Eau de Colognes hinterlassend – zum Empfang trabte. Gantt sah beiden hinterher, dann wandte sie sich dem Lieutenant zu. Ihre Augen brannten noch immer, eine steile Falte teilte ihre schwarze Stirn.

»Sie erwarten, dass ich Sie zur Sicherheitsstation begleite?«

»Nein, Ma'am. *Wir* werden *Sie* begleiten.«

»Aber ich will nach Hause gehen!«

»Später, Ma'am.« Florescu bedachte Ayline Gantt mit einem nachdenklichen Blick aus ernsten braunen Augen. »Wir werden Ihnen ein paar Fragen stellen müssen. Sie sind die einzige Überlebende des Anti-Kon Anschlags.«

»Und was ist mit Ihnen?«, fauchte Gantt.

Als Florescu mit den Achseln zuckte, quietschte die Vollrüstung. »Ich habe meinen Bericht schon abgegeben, Ma'am.«

»Steht darin auch, dass Anti-Kon nicht das Mindeste mit diesem Blutbad zu tun hatte?«

»Das glauben Sie? – Danke, Zeno.« Er nickte dem duftenden Chim zu, der ihm schwanzwedelnd die *Identity Card* reichte. »Ich schlage vor, wir unterhalten uns auf der Station weiter über dieses Thema. Kommen Sie.«

»Halt«, befahl Gantt, bevor sich der Lieutenant in Bewegung setzen konnte. »Was ist mit meiner IC?«

»Die behalte ich vorerst, Ma'am. Nicht dass Sie es sich doch noch anders überlegen.«

System: Holloway
Planet: Holloway II
In der Umgebung der Installation *Niamh Nagy*

Die niedrige Schwerkraft von Holloway II hatte dafür gesorgt, dass die Landung auf einem nicht befestigten Stück des Untergrunds in der Nähe von Modul 4 so unspektakulär wie nur irgend möglich verlaufen war. Nun gut, »Nähe« war Definitionssache, aber immerhin war die Installation, die *Niamh Nagy* genannt wurde, von hier aus zu sehen: flach, farblos und scharfkantig erstreckte sie sich über ein riesiges Areal einheimischen Bodens und fügte sich somit hervorragend in die triste, dunkelgraue Umgebung ein. Dass die Strenge der klotzigen Module und Gangsysteme nicht von hellen Pünktchen beleuchteter Fenster aufgelockert wurde, lag vermutlich daran, dass sich Fenster auf Holloway II nicht lohnten. Schließlich gab es hier draußen nichts Interessantes zu sehen.

Mit einem tiefen Seufzer wandte sich Kit Lacroze wieder ihrer abscheulichen Arbeit zu und pickte mit der Zange einen fetten schwarzen Klumpen aus der Verkleidung eines der Reaktorausstöße. Dass sie hier nur einen Bruchteil ihres Körpergewichts wog, machte ihre Aufgabe nicht schöner – im Gegenteil. War sie nicht vorsichtig genug und ihr Zug zu stark, konnte es sein, dass der angesengte Schleim gegen ihren Helm segelte und dort einen schmierigen schwarzen Fleck hinterließ; dachte sie nicht daran, sich mit der freien Hand gut abzusichern, würde der Schwung sie in hohem Bogen ein ordentliches Stück von der *Robin* wegbefördern.

Zum Glück waren Stürze auf Holloway II nicht allzu leicht zu bewerkstelligen, das war angesichts der scharfkantigen Felsformationen einer der wenigen Vorteile ihrer Umgebung.

Seufzend setzte Kit den versengten Klumpen frei, der sich glibbernd auf einer regulären ballistischen Bahn in die graue Weite davonmachte, und hielt dann Ausschau nach dem nächsten. Auch an der äußeren Verkleidung des anderen Exhaustrohres klebten dicke Fäden einer dunklen Masse. Vorsichtig rutschte Kit über die Oberfläche des Gleiters.

Sie hasste die Tatsache, dass die *Robin* an der äußeren Hülle der UISS *Marquesa* befestigt gewesen war, denn nur deswegen hatte der ekelhafte Interimsschleim sie rundum bedecken können. Das ätzende Zeug würde die *Robin* zwar nicht innerhalb kürzester Zeit auflösen, zudem war einiges davon beim Eintritt in die schwächliche Atmosphäre von der Hülle gebrannt worden, aber es würde mindestens zwei Wochen dauern, bis die *Marquesa* zurückkehrte, um die Justifiers wieder einzusammeln. Und Chief Corrigan wollte nun einmal nicht riskieren, dass der winzige Orbitalgleiter durch Schleimbiss beschädigt wurde; eine einzige poröse Treibstoffleitung konnte ausreichen, um die *Robin* und all ihre Insassen auf dem Weg zurück ins All in einen Feuerball zu verwandeln.

Apropos Insassen ... wo ist dieser Kerl jetzt gerade? Nicht dass er mir hier weglaufen könnte, aber ...

Kits Kopf ruckte hoch. Das war ein grober Schnitzer. Durch die plötzliche Bewegung verlor sie den Halt und hob ab; nur dank ihrer guten Reaktionen konnte sie sich gerade noch so an einer der Ablativkacheln festhalten, die den gekrümmten Rücken der *Robin* bedeckten, um sie vor der Eintrittshitze zu schützen, aber dabei verlor sie die Zange.

»Verdammter Mist!«

In hohem Bogen segelte das Werkzeug davon und außer Reichweite – und in einer Staubwolke segelte eine gepanzerte Figur hinterher. Kit schlang die Beine um ein vorstehendes Teil des Gleiters, um sich zu stabilisieren, konnte aber nicht umhin, dem Verfolger ihrer Zange hinterherzustarren. Es musste Chick sein, denn der Gardeur war der Einzige ihrer Truppe, der ein *Repeater*-Gewehr mit *T-Star*-Unterlauf-Granatwerfer mit sich führte. Träge bewegte sich die Waffe in ihren Gurten, als Chick die Zange aus der extrem dünnen Luft schnappte, sich dabei drehte und dann mit beiden Füßen elegant auf dem grauen Untergrund aufsetzte. Wieder stieg eine matte Wolke auf.

»Pass besser auf dein Werkzeug auf«, rief der Gardeur und hopste mit kontrollierten Sätzen zu Kit zurück, um sich neben ihr auf dem Rücken des Gleiters niederzulassen.

Grinsend wedelte er mit der Zange vor ihrem Helm herum. Von der Nervosität, die er an Bord gezeigt hatte, war nun nichts mehr zu spüren, und Kit ahnte, dass der Chief mit seiner Aussage Recht gehabt hatte. Es war wichtig, dass Chick auf dem Boden funktionierte, denn auf *diesem* Boden funktionierte Kit nur ganz bedingt. »Danke«, keuchte sie. »Kann ich sie jetzt haben? Ich möchte endlich fertig werden mit diesem Mist, denn ich will hier weg. Ich muss aufs Klo!«

»Lass doch einfach laufen.«

»Das will ich aber nicht!«

»Dann ist dir nicht zu helfen.« Geschickt zog Chick mit der Zange die Glibberfäden vom Exhaustrohr, dann bewegte er sich weiter vorwärts, um noch mehr Interimsschleim von der Hülle des Gleiters zu picken.

Kit stutzte. »Hey, das ist mein Job!«

»Ich dachte, du wolltest endlich fertig werden? Bei deiner Geschwindigkeit kommt die *Marquesa* zurück, bevor der Gleiter sauber ist.« Er kratzte versengten Schleim aus einem kleineren Ansaugstutzen, glitt vom Rücken der *Robin* und tauchte unter ihr ab, um dort weiterzuwerkeln.

»Tja«, meinte Kit gedehnt, »dann vielen Dank auch.« Vorsichtig ließ sie die Ablativkacheln los und rutschte zu Boden, um sich dann halb torkelnd, halb schwimmend zu den anderen drei Justifiers vorzuarbeiten, die in rund zwanzig Metern Entfernung standen und in Richtung der Installation blickten.

»Schon fertig?«, begrüßte Corrigan Kit, die vorsichtig den Kopf schüttelte.

»Den gröbsten Dreck habe ich beseitigt, Chick ist jetzt beim *Feintuning*.«

Obwohl Poison stumm blieb, sah Kit deutlich, wie die Lippen der Frau das Wort »Idiot« formten. Dann klickte es in Kits Helm, als sich die andere auf den gemeinsamen Kanal aufschaltete. Sie deutete auf eine der an ihrem Webbing festgemachten Waffen, die durch einen biegsamen Schlauch mit einer mächtigen Batterie verbunden war.

»Um noch einmal auf unser Thema zurückzukommen, Chief: Wir sollten mindestens diese eine *Starbeam* mitnehmen. Die wäre in dieser Umgebung wenigstens angemessen. Kein Rückstoß.«

»Vom physikalischen Standpunkt aus ...«

»... stimmt das, Klugscheißer. Also halt's Maul, denn dich hat keiner gefragt!«

»Ich wollte dir bloß Recht geben, Sarge«, schnüffelte Shiloh gekränkt.

»Nehmt mit, was ihr für notwendig haltet. Denkt aber daran, dass ein Lasergewehr völlig ausreichen kann, um ein Panzerfahrzeug zu durchlöchern. Wenn die Billigbauweise von Zamblian symptomatisch für *STPD Engeneering* ist, könnte man ein Loch durch die Wand dieser Module *pissen*.« Corrigan deutete auf die Forschungsanlage. »Ich glaube nicht, dass das verwendete Material auch nur annähernd mit dem eines Kampfpanzers mithalten kann, und ich will nicht, dass einer von euch die Luft aus der Installation lässt, nur weil er aus Versehen an den Abzug kommt oder danebenschießt.«

Poison schnitt eine Grimasse.

»Chief, Chick und ich sind *Gardeure*. Ich weiß ja nicht, wie das bei euch anderen ist, aber von uns beiden hat keiner sein Handwerk auf der Sturmtruppen-Akademie gelernt.«

Kit hätte zu gern angemerkt, dass der Einzige, der auf dem Schießstand kein Ziel verfehlt hatte, der Chief gewesen war, aber sie wollte Poison jetzt lieber nicht provozieren; ein Tritt von ihr hätte ausgereicht, um die Fuchs-Beta durch die dünne Atmosphäre in schwindelerregende Höhen zu befördern.

»Chief, für den Fall, dass einer danebenschießt, gibt es Vakuum-Patches«, startete Shiloh einen zweiten Versuch, sich in die Diskussion einzuklinken.

»Selbst Vakuum-Patches kosten Geld, Shiloh, und sollte sich durch einen solchen Zwischenfall mein BuyBack erhöhen, würde ich euch glatt eine Rechnung über die zusätzliche Summe ausstellen. – Ach. Schön, dass sich auch der Corporal endlich zu uns gesellt.«

Corrigan winkte Chick herbei, der gerade unter der *Robin* hervorkroch.

»Was macht unser Schleim?«

»Unser Schleim ist besiegt, und ich bin marschbereit, Chief.«

»Gut. Was ist mit euch? Sarge? Kit? Shiloh?«

»Marschbereit, Chief«, schnarrte Poison und legte jeweils eine Hand auf die Energiequelle des Lasergewehrs und ihre *Mower*-Maschinenpistole.

Die beiden Betas nickten. Kits Messer, das an der grauen Panzerung ihres linken Oberschenkels festgeschnallt war, hatte sie ebenso auf seine Funktionsfähigkeit überprüft wie das Medpack und ihre beiden schweren Pistolen; bei denen handelte es sich um die erbeutete *Prawda* und die alte *ExCess*. Auch Shiloh führte noch immer seine *ExCess* mit, eine Waffe, die in Spinovas Einheit zur Standardausrüstung gehört hatte.

»Der Gleiter ist gesichert, Chief«, grinste der Orang-Beta. »Den klaut so schnell keiner.«

»Dann Abmarsch. Haltet Sichtkontakt und seid vorsichtig. Schließlich wissen wir nicht genau, wann unser Funknetz ausfallen wird. Vermutlich wird auch die Komm-Funktion eurer JUSTs ausfallen.« Er nickte Kit und Shiloh zu. »Also verlasst euch nicht darauf. Wir brauchen jeden Mann und jeden Beta, um diese Forschungsergebnisse zurückzubringen. Geht zumindest so lange kontrolliert vor, bis wir die Installation erreicht haben, denn ich will nicht, dass einer wegfliegt – ob Mann, Beta oder Briefumschlag ist mir egal.« Er pausierte für einen Moment, um dann beinahe belustigt fortzufahren: »Ach ja, und falls ich gleich vornüberkippe: Bringt den Job ohne mich zu Ende. Allerdings wäre ich euch dankbar, wenn ihr mich dann wenigstens zum Gleiter zurückschaffen könntet.« Die lila Augen suchten Kits Blick, und sie nickte knapp. Dann setzte sich Corrigan in Richtung der Forschungsstation in Bewegung, die übrigen Justifiers folgten ihm in einer matten Staubwolke.

Hoffentlich kippt er nicht um. Darauf habe ich wirklich keinen Bock. Nein nein, bloß das nicht.

Kit seufzte.

Nein, auf noch mehr Unwägbarkeiten hatte sie überhaupt keine Lust.

Während sie hinter Shiloh und dem Sarge über die krümelige Oberfläche von Holloway II taumelte, beneidete sie die sich schnell entfernenden Kameraden um ihre Trittsicherheit unter den ungünstigen atmosphärischen Bedingungen. Der Chief hopste ungelenk, aber zielgerichtet vor ihnen her, und Shiloh war natürlich durch seine langen Arme begünstigt; gemessen an der Grazie, mit der sich die stämmige kleine Poison in der niedrigen Schwerkraft bewegte, wirkten die beiden Jungs jedoch wie blutige Anfänger.

Und ich wie ein Baby, das gerade Laufen lernt.

In diesem Augenblick klickte ihr Komm.

»Soll ich dich am Händchen hal... bis wir drüben angekommen sind? Dann wären ... schneller«, rief Chick und katapultierte sich in einem flachen Bogen an ihre Seite. Dass der Empfang selbst auf diese Distanz schlechter wurde, konnte nur bedeuten, dass die Justifiers in die ›Glocke‹ über der Installation eindrangen. »Ich kann dich natürlich auch schieben, wenn ... das lieber ....«

Anstatt ihre Antwort abzuwarten, ergriff der Gardeur Kits Arm und verpasste ihr einen sanften Schubs, der sie tatsächlich in die gewünschte Richtung treiben ließ.

»Hey!«

»Gern geschehen.« Chick gluckste heiter und schubste sie erneut. »Sag mal ... Chief eben tatsächlich ... die zamblianische Billigbauweise ... gelästert?«

»Wieso nicht? Er ist schließlich Bauingenieur oder so ähnlich.«

»... Betonung lag auf ›zamblianisch‹ ...« Ein weiterer Schubs. »Wer bitte schön ... Zamblian, bevor ... in den

Schlagzeilen aufge...? Glaubst du, *unser* Cor... könnte etwas ... Massenvernich... zu tun gehabt ...?«

»Nein, Chick, das glaube ich nicht. Ich *weiß* es.« Kit musste sich zusammenreißen, um nicht den Kopf zu schütteln und von ihrer ›Flugbahn‹ abzuweichen, die sie wieder näher an die anderen Justifiers brachte. »Seit sich das Nashorn mit der Kettensäge in allen farbigen Details darüber ausgelassen hat, gehört die jüngere Geschichte von Zamblian zur Allgemeinbildung. Das gilt natürlich nicht für Gardeure, die die Zeit auf dem LSP-Schiff zum Fremdflirten genutzt haben.«

»Ups, ertappt«, grinste Chick. »... habe zwar nur – flirten verstanden, es war aber – nicht der Rede wert. Das Mäd... war eine zieml... Niete im ...«

»Das will ich überhaupt nicht hören«, grollte Kit, die schon zu oft unter bescheidenen Kommunikationsverhältnissen operiert hatte, als dass das Geknister und Gekrache sie irritiert hätte. Sie gab sich große Mühe, mit beiden Füßen auf dem Boden zu landen. Es funktionierte mehr schlecht als recht.

»Dann hör ... nicht hin.« Der Gardeur schob sie noch einmal an, und diesmal gelang es ihr, auch noch die restliche Strecke bis zu Shiloh zu überbrücken. »Heh.« Chicks Stimme klang beeindruckt, als er fortfuhr. »Das ... ich dem Chief nicht ...traut.«

»Inzwischen trau ich ihm alles zu«, murmelte Kit düster.

Chick stieß sie leicht an und deutete auf Corrigan, der die Hand zur Faust geballt hatte und sie mehrmals von unten nach oben bewegte; es war das taktische Zeichen für »Beeilung« und für Chick Grund genug, Kit weiter nach vorn zu schieben.

Die Installation kam immer näher. Man konnte die große Eingangsschleuse von Modul 4 bereits deutlich sehen und sogar die Aufschriften auf einigen der kleinen Vorratscontainer erkennen, die in der Nähe des Eingangs im Freien lagerten. Kits Beobachtung war kein Trugschluss gewesen: Kein einziges Fenster durchbrach die Außenwände des Gebäudeblocks.

Sie stolperte vorwärts, um den Anschluss an den Rest der Einheit nicht noch einmal zu verpassen; im Kontrast dazu blieb Corrigan stehen und ließ einen Zeigefinger in der Luft kreisen, was »sammeln« bedeutete.

Sieht nicht so aus, als hätte er Schwierigkeiten. Dem Gehörnten sei Dank.

Poison und Shiloh pressten ihre Helme gegen den des Chiefs; wie sie da so vornübergebeugt standen, sahen sie aus wie ein Footballteam, das die Spielstrategie festlegte. Dann waren auch Chick und die Fuchs-Beta heran. Als Kits Helm gegen den von Corrigan stieß, machte es »Klonk«.

»So«, sagte der Chief.

Das Material der *UI*-Panzerungen übertrug Schall gut genug, um alle an der kurzfristig angesetzten Lagebesprechung teilhaben zu lassen.

»Zwei Dinge. Erstens: Unsere mysteriöse Funkglocke stört nur Übertragungen über den Äther. Das sollte euch beruhigen. Zweitens: Seht ihr das Pad an der Schleuse? Das sollte euch beunruhigen.«

Kits Pupillen verengten sich; neben der Schleusentür

befand sich das übliche Bedienfeld, mit dessen Hilfe man Zutritt erlangen konnte.

»Kein Licht?«

»Richtig, kein Licht. Kein Kontrolllämpchen, kein Umgebungslicht, nichts von dem üblichen Firlefanz. Wenn man sich die Standards hier so anschaut, könnte man das fehlende Licht ja noch als ›spartanisch‹ akzeptieren, aber das Pad hat keinerlei Energiesignatur. Das gilt in eingeschränktem Maße für das gesamte Modul 4, soweit ich das erfassen kann. Nach unserem Lageplan soll es sich dabei um die zentrale Hauptversorgungsstation von *Niamh Nagy* handeln.«

»Das heißt, es müsste geradezu strahlen?«, wollte Poison wissen.

»Das heißt, es müsste mehr als genügend Abstrahlung geben, vor allem, da es sich wirklich um verfickt schlecht isoliertes Baumaterial handelt. Gegen den Scheiß nimmt sich Synthgips wie Diamondcore aus. Aber entweder hat *STPD* auf Holloway II trotz Sparzwang das Geheimnis der Signaturendämpfung gelöst, irgendwer schiebt mir falsche Bilder unter oder die Energieversorgung der Station läuft auf Sparflamme.« Die lila Augen hinter der Plexischeibe nahmen jeden Justifier einzeln in den Fokus, bevor Corrigan weitersprach. »Dass das nicht normal ist, muss ich euch nicht sagen. Also haltet die Augen verdammt nochmal offen und bleibt zusammen. – Weiter.«

Mit minimaler Unterstützung von Chick gelangte schließlich auch Kit zur Schleuse, auf der in großen weißen Buchstaben »RD 730 441 H2 Modul 4« zu lesen war. Corrigan und der Sarge steckten schon wieder die Köpfe zusammen. Shiloh winkte der Fuchs-Beta zu, und so beugte auch sie sich vornüber. Mit einem erneuten »Klonk« traten sie und der Gardeur der »Helm-Runde« bei.

»Fällt dir etwas auf, Kristina?«, fragte der Orang-Utan-Beta.

»Sag schon. Ich habe keine Lust zum Rätselraten.«

»Keine künstliche Schwerkraft. Der Chief sagt aber, dass wir uns schon längst im Bereich der Pulsatoren bewegen.«

Bitte nicht. Kit verdrehte die goldenen Augen. *Nicht auch noch das.*

»Der Chief sagt auch, dass wir uns entweder durch eine Wand durcharbeiten müssen oder zusehen sollten, dass wir die Schleusenverriegelung öffnen«, sagte der Chief und sandte Kit einen merkwürdigen Blick durch das Visier. »Und da die Swipecard mit der generellen Zutrittsberechtigung, die wir von Ms. Gantt bekommen haben, ohne Energie nichts wert ist, ich eine Dekompression des gesamten Moduls vermeiden möchte und außerdem keine Lust habe, hier alles allein zu machen, bist du jetzt an der Reihe, Kit.«

»Puh.« Sie rümpfte die kurze Schnauze, während sie das Pad mit professionellem Interesse betrachtete. »Unter normalen Umständen wäre es kein Problem, die Tür aufzubekommen, aber wir haben keinen Strom.«

»Die Schleuse nicht. Wir schon.« Corrigan wies auf das Energiepack an Poisons Gürtel.

»Was?« Selbst durch die Scheibe sah Kit, wie die blasse Poison noch blasser wurde. »Nicht meine *Starbeam!*«

»Möchten Sie, dass Kit die Tür stattdessen an den Energiekreislauf Ihrer Panzerung anhängt, *Sergeant* Yardley?«

Poison schnitt eine Grimasse, reichte Kit aber den enormen Batterieclip, der auf Holloway II zum Glück nicht viel wog.

Während Kit die Verbindungskabel abzog und dann mit ihrem Multitool ungelenk an der Abdeckung des Pads zu arbeiten begann, bedeutete Corrigan den anderen Justifiers, zurückzuweichen und in Richtung der Schleusentür zu sichern.

Kit konzentrierte sich auf das Gewirr aus Drähten und Chips, das hinter der Abdeckplatte lag. Es handelte sich um ein herkömmliches Standardteil, dessen optionalen Sicherheitsaspekten man wohl aufgrund der Tatsache, dass Holloway II am Arsch des Universums lag und es außer Staub (und Artefakten) nichts zu holen gab, nicht allzu viel Bedeutung beigemessen hatte.

Überbrückungsschutz? Fehlanzeige. Anschluss an das Sicherheitssystem? Fehlanzeige. Nicht einmal die interne Kamera war angeschlossen ... umso leichteres Spiel hatte Kit.

Auch wenn es merkwürdig war, die vertrauten Handgriffe in Zeitlupe durchzuführen, so war der Einbruch doch reine Routine. Siegesgewiss grinsend richtete Kit den Blick auf die Schleuse, als sie die Energiequelle anhängte und einen der winzigen Druckschalter betätigte.

Natürlich öffnete sich die dicke Schotttür, der metallene Raum dahinter war finster und leer.

Corrigan bedeutete den Justifiers, die Schleuse zu betreten, dann zeigte er auf Kit und die toten inneren Bedienelemente. Sie nickte zum Zeichen, dass sie verstanden hatte.

Die Tür zu schließen, war eine Sache von Sekunden, aber natürlich – natürlich! – geschah nichts weiter, da wohl auch die übrigen Funktionen der Schleuse außer Betrieb waren.

Während Poison und Chick *Mower* und *Repeater* auf die zweite Tür richteten, beugte sich Corrigan, der Kits kritischen Blick bemerkt hatte, zu ihr vor.

»Mach einfach nur die Tür auf. Um den Rest kümmern wir uns später. Die Atmosphäre von Holloway II ist nur sehr schwach, aber nicht giftig; wir verdammen also niemanden zum Tode, wenn wir die Schleusenluft in die Installation lassen.«

Also machte Kit einfach nur die Tür auf.

Sie hatte mit einem Zischen gerechnet, mit einem Anzeichen dafür, dass Stationsluft in die Schleuse strömte, aber nichts geschah. Das konnte nur bedeuten, dass zumindest dieser Teil von Modul 4 keine Stationsluft enthielt ...

Auch der Raum hinter der Schleuse war dunkel – sogar zu dunkel für Kit und ihre Fuchsgene, die es ihr ermöglichten, bei Restlicht noch gut zu sehen. Sie schaltete den Helmscheinwerfer ein; beinahe gleichzeitig flackerten auch die Scheinwerfer von Shiloh und den Gardeuren auf und warfen helle Spots auf Teile der fast schwarzen Kammer.

Poisons »Verflucht!« war auch ohne Funk zu hören. Sie riss die *Mower* hoch, ihr Licht wanderte an einem mächtigen Kontrollpult in der Nähe der Schleuse vorbei. Davor lag eine Gestalt in einem hellblauen Kittel auf dem

Rücken, die Arme ausgebreitet, die Beine ragten an der Rückseite des Pults nach oben. Im kalten Licht des Scheinwerfers sah das Gesicht des Mannes merkwürdig aus.

Der Kegel wanderte weiter. Nicht weit von der ersten Figur entfernt lag eine zweite, eine Frau, deren helles Haar wie ein Heiligenschein um ihren Kopf ausgebreitet war. Ihre Augen waren geschlossen, der Mund geöffnet, und wäre nicht dort, wo sich ihre Halsgrube befinden musste, ein Brandfleck auf ihrem Overall gewesen, hätte man annehmen können, sie schliefe.

Chicks Lichtkegel zuckte wild, als er mit dem Sturmgewehr auf das deutete, was sich hinter dem Pult befand oder genauer gesagt, halb darüber lag. Dem metallischen Glanz nach hätte Kit das Gebilde im ersten Moment für einen *Secbot* gehalten, aber der struppige Haarschopf auf dem Bedienfeld, der definitiv dazugehörte, war der eines Menschen.

Ein Wachmann in schwerer Rüstung.

Corrigan bewegte sich vergleichsweise schnell, aber unelegant zum Pult, während Lichtspots auf seiner Panzerung tanzten; Kit fühlte sich an die Lightshow des El Zotz erinnert. Zuerst dachte sie, der Chief wolle sich den Wachmann genauer ansehen, aber er schob ihn lediglich beiseite, um die Kontrollen darunter zu begutachten. Der Körper glitt zur Seite und rutschte dann in Zeitlupe nach hinten weg, um auf halbem Weg anzuhalten. Irgendetwas schien ihm am Pult festzuhalten.

Corrigan zuckte mit den Achseln und warf noch einen letzten Blick auf das Kontrollboard, bevor er wieder zu den anderen zurückkehrte.

Shilohs Helm machte *Klonk*, als er gegen den von Kit knallte.

»Was ist denn hier passiert?«

»Woher soll ich das wissen, Herzchen? Vielleicht war es ein *Raid* der Konkurrenz.«

»Welcher Konkurrenz?« Shilohs Augenbrauen zuckten. »Wer würde sich bitte schön mit *United* anlegen? Doch wohl kaum jemand, der unsere Waffen benötigt, was zurzeit ja fast alle großen Kons einschließt. Außerdem – wenn es tatsächlich ein *Raid* war, wo sind dann die *Raider*?«

»Wer sagt, dass sie nicht schon längst wieder weg sind?«

»Oder noch da«, warf Chick ein und zielte zum Zeichen seiner unverminderten Aufmerksamkeit mit dem *Repeater*-Gewehr auf die Tür, die aus dem Raum hinausführte.

Klonk.

Das war Chief Corrigan.

»Kit, nimm das auf.«

»Was?«

»Du sollst aufzeichnen, was wir hier tun! Für den Missionsbericht!«

Kit zog die Brauen hoch. Unter Spinova hatte es keine Video-Debriefings gegeben.

»Äh ... ich, Chief?«, fragte sie daher gedehnt und sah an ihrer Vollrüstung herab. Vor dieser Mission hatte sie – wenn überhaupt – nur Panzerung getragen, die in die Kategorie »leicht« fiel. »Hat das Ding denn ein Aufnahmegerät?«

Corrigan stöhnte; obwohl sich ihr Scheinwerfer auf dem Visier so spiegelte, dass sie das Gesicht des Mannes nicht sehen konnte, konnte sie sich lebhaft vorstellen, wie er mit den Augen rollte.

»Dann mach ich es eben selbst.« Jetzt erwachte auch Corrigans Helmscheinwerfer zu kaltweißem Leben und zwang Kit zu blinzeln. »Zuerst müssen wir die Energie- und Sauerstoffversorgung wiederherstellen.«

»Aber Chief, sollten wir nicht zuerst kontrollieren, ob noch jemand von denen«, Shilohs Helm machte eine langsame Bewegung zur Seite, »am Leben ist?«

»Das sind sie nicht.«

Shilohs großer Mund klappte auf und schnappte gleich darauf wieder zu. Unwillkürlich musste Kit lächeln; sie sah an der Körperhaltung des Orang-Utan-Hybriden, dass er zu gern gefragt hätte, woher der Chief das wissen wollte. Offenbar entschied er sich dagegen.

»Dann sollten wir untersuchen, woran sie gestorben sind. Das könnte uns helfen herauszufinden, was hier geschehen ist.«

»Nur ist das nicht unsere Aufgabe, Shiloh.« Mit der gepanzerten Faust klopfte Corrigan dreimal auf den Helm des Piloten. »Zuerst brauchen wir Strom und Sauerstoff. Das erspart uns erstens das Dosentelefon, und zweitens reichen unsere Luftvorräte nicht für zwei Wochen. Dann kümmern wir uns um unsere Mission. Und danach ...« Er lächelte schief. »... kannst du immer noch eine Autopsie durchführen.«

26

12. April 3042 a. D. (Erdzeit)
System: DEF-563-UI
Planet: DEF IV *(United Industries)*
Utini Raumstation, *United Industries Security*

Ayline Gantt unterdrückte ein Gähnen und streckte sich so lange, bis ihr der verletzte Arm durch ein unangenehmes Ziehen suggerierte, damit aufzuhören. Also setzte sie sich auf der mit billigen weißen Kunststoffpolstern bezogenen Liege auf und streifte die Decke ab.

Blinzelnd blickte sie in das flackernde Licht der Leuchtstoffröhre an der Decke. Sie wusste nicht, wie lange sie im Ruheraum hinter Florescus Büro geschlafen hatte, aber ihre Augen fühlten sich noch immer an, als habe jemand mit dem Salzstreuer daran für das Frühstücksei geübt – sie hatte sich direkt nach ihrer Ankunft auf der Sicherheitsstation hingelegt und in den Schlaf geweint.

Gantt atmete tief ein und schwang die Beine, um ihren Kreislauf in Gang zu bringen, dann hopste sie auf den Boden. Der automatische Griff nach dem Note-Pad ging ins Leere. Natürlich hatte sie es ebenso wie ihre Multibox in Canopus Joe's Diner verloren; es gab schon einen

Grund dafür, dass die meisten Leute zumindest ihre Box am Handgelenk trugen. Vermutlich befanden sich ihre Arbeitsmittel mit all den anderen Fundstücken in Sicherheitsverwahrung.

»Verdammt.«

Im Ruheraum gab es weder ein Waschbecken noch einen Spiegel, also schob sie ihre verklebten Haare notdürftig hinter die Ohren und öffnete dann die Tür zum Büro, in dem sich Florescu, Tran und der Chim verbarrikadiert hatten.

Sie seufzte.

So hatte sich Ayline Gantt das Hauptquartier von *UI-Sec* auf Utini ganz gewiss nicht vorgestellt: nicht so beengt, nicht so laut und vor allem nicht so schäbig. Als sie damals ihren Antrittsbesuch bei Major Sibanyoni und den Stationsgardeuren gemacht hatte, war sie durch helle Korridore geführt worden und hatte sich klinisch reine Vier-Mann-Stockbetten, moderne *VirtuaCamps* und teuer produzierte Imagefilme ansehen müssen, bis der ältliche Major sie höchstpersönlich willkommen geheißen hatte, um ihr zu erklären, weswegen die Garde einen so riesigen Anteil des Konzernbudgets verschlang.

Von diesem Budget schien für den Sicherheitsdienst der Utini-Station nicht viel übrig geblieben sein. Der Vorraum mit der langen Theke mochte ja noch den gängigen Sicherheitsstandards genügen, aber gegen Major Sibanyonis großes, nüchternes, sehr aufgeräumtes Büro nahm sich Florescus Raum wie ein Mauseloch aus. Außer den drei noch immer gepanzerten Sicherheitsleuten waren auf engstem Raum zwei Schreibtische, sechs Stühle, ein

Schrank, gefühlte 50 Ablagekörbchen und eine mumifizierte Pflanze untergebracht; das letzte noch verbliebene Fleckchen Boden füllte ein mit Drähten, Kabeln und Kontrollleuchten vollgestopfter, mannshoher Kasten mit gläserner Tür, dessen Sinn sich Gantt bisher noch nicht erschlossen hatte. Der kleinere Kasten, der obenauf stand, spuckte gerade fauchend einzelne Blätter Papier in den Raum, die der gepanzerte Chim sorgfältig auflas.

Die Worte ›drahtlos‹ und ›papierlos‹ sind bei UI-Sec wohl unbekannt.

»Bei Sibanyoni in Segment I sieht es wenigstens ordentlich aus«, befand Gantt kopfschüttelnd, um überhaupt etwas zu sagen. »Daran sollten Sie sich ein Beispiel nehmen – das hier ist ja furchtbar!«

»Guten Morgen, Ma'am«, grinste Tran, die sich zwei der Stühle zu einer unbequemen Notliege zusammengeschoben hatte. Ihr Helm lag darunter, ein langer schwarzer Zopf baumelte auf ihrem gepanzerten Rücken. »Ich gebe Ihnen Recht, aber ein Innenausstatter kostet Geld, und an *UI-Sec* fließen die C-Ströme leider immer irgendwie vorbei.«

»Sind denn Gardeure nicht einfach Gardeure? Gehören Sie und die Kampftruppen nicht irgendwie zusammen?«

»Das ist so ähnlich wie in der Schule, Ma'am. Auch hier gibt's die Beliebten und die Unbeliebten. Die Beliebten werden Ballkönigin, gewinnen Kon-Kriege und bekommen am Ende den heißen Sportler. Die Unbeliebten tragen weiße Helme.«

»Backen zu, Lance! Kommen Sie einfach rein, Ma'am«, ermunterte Lieutenant Florescu die Managerin und sah von seinem Schreibtisch auf; der Abglanz eines würfelförmigen Displays färbte sein rundes Gesicht hellblau. »Nehmen Sie sich den anderen Schreibtischstuhl. Sergeant Claymore wird schon nichts dagegen haben.«

»Ich heiße *Gantt*«, sagte sie verstimmt. »Ist Sergeant Claymore im Einsatz?«

»Krank, Ms. Gantt.« Tran schlug sich zweimal mit der flachen Hand auf den Bauch. »Er liegt mit der Scheißerei im Bett.«

»Oh«, sagte Gantt, nahm sich einen der Gästestühle, klopfte die Sitzfläche sorgfältig ab und schubste ihn zu Florescus Schreibtisch hinüber. Der Lieutenant schob seine Panzerhandschuhe, einen Stapel bekritzelter Ausdrucke und ein paar Holo-Rahmen mit Familienbildern zur Seite, um Platz für sie zu schaffen.

»Ihre?«, fragte Ayline Gantt der Höflichkeit halber. Lächelnd folgte Florescu ihrem Blick, der auf den dreidimensionalen Aufnahmen zweier Kinder ruhte.

»Wieso? Haben Sie etwas Gegenteiliges gehört?«

Tran lachte leise; bevor die Managerin in Versuchung geriet, auf die rhetorische Frage zu antworten, reichte ihr der Lieutenant ein verschlossenes Plastikschälchen.

»Ich hoffe, Sie mögen chinesisch, Ms. Gantt. Warm ist es nicht mehr, aber wir wollten Sie nicht wecken.«

Durch den transparenten Deckel, auf dem ein Einwegbesteck klebte, waren verdächtig gleichförmige weiße Körnchen und eine amorphe braune Masse zu sehen. Gantt zog die schmalen Brauen hoch, bisher hatte sie angenommen, Sicherheitsleute ernährten sich exklusiv von Kaffee und Lochkrapfen.

»Was denn, keine Donuts?«

Einen Augenblick lang blickte der Mann regungslos in ihr hübsches, schwarzes Gesicht, dann ergriff er das Plastikschälchen und warf es dem Chim-Wolf zu, der es geschickt aus der Luft fing. »Für dich, Zeno! – Lance, Ms. Gantt möchte lieber Donuts. Besorgen Sie ihr eine Auswahl.«

»Aber *Canopus Joe's* hat geschlossen!«

Florescu rollte mit den braunen Augen, stach mit einem Zeigefinger in Richtung Wand und formte mit den Lippen lautlos, aber überdeutlich das Wort ›Asservatenkammer‹. Die Sicherheitsfrau schnitt eine Grimasse.

»Wieso immer ich?«, protestierte sie.

»Weil Sie die Beste sind, Lance.«

»Hätten Sie gesagt: ›Weil Sie der Arsch vom Dienst sind, Lance, und in der Nahrungsmittelkette ganz unten stehen‹, hätte ich Ihnen sogar geglaubt.«

»Bloß nicht die Nerven verlieren, Lance. Sie schaffen das schon.«

Mit gespieltem Widerwillen griff Lance Corporal Tran nach ihrem Helm und verließ den Raum. Der Wolfs-Chim ließ sich unterdessen in den anderen Schreibtischsessel fallen, riss das Schälchen auf und begann hastig, Reis und Fleischbrocken in sein scharf bezahntes Maul zu stopfen.

Fassungslos sah Ayline Gantt ihm dabei zu, wie er verschlang, was ihr Frühstück, Mittag- und Abendessen gewesen wäre. Ihr leerer Magen knurrte so laut, dass sich Florescu dazu angehalten fühlte, ihr einen grellrosa Würfel vor die Nase zu halten, dem künstliches Himbeeraroma entströmte.

»Möchten Sie einen Kaugummi, um die Wartezeit zu überbrücken?«, fragte er besorgt.

Gantts schwarze Stirn bewölkte sich.

»Ich fasse es nicht! Sie sind gestern in Ihren eigenen Kaugummi getreten?«

»Das bin ich, und er hat Ihnen vermutlich das Leben gerettet. Womit wir beim Anlass Ihres Besuchs wären.«

Er schob den Kaugummi in den eigenen Mund und berührte den Displaywürfel, der brummend zum Leben erwachte; inmitten des mattblauen Glanzes drehte sich nun ein Wappen mit drei Blitzen, die am selben Fleck einschlugen. Als Florescu den rechten Blitz mit der Fingerspitze berührte, erschien ein rotes Symbol.

»Ich muss Sie darauf hinweisen, dass unser Gespräch aufgezeichnet wird, Ms. Gantt. Ich muss Sie auch darauf hinweisen, dass es nichts gibt, was Sie dagegen tun können.«

»Ich könnte aufstehen und gehen«, schnappte Gantt.

»Das könnten Sie. Aber wie weit würden Sie kommen? Nach dem Terroranschlag sind alle Einheiten in Bereitschaft.« Er klopfte auf seine verbeulte Rüstung. »Alle Aufzüge und Segmentgrenzen werden kontrolliert, und ich befinde mich immer noch im Besitz Ihrer IC. Also, Ms. Gantt ... erzählen Sie mir, was geschehen ist. Ihre und meine persönlichen Daten sind bereits bestätigt.«

Sie zog die Nase hoch, dachte an August Struks Panik und atmete tief durch. Was zum Teufel konnte, sollte, *durfte* sie *UI-Sec* erzählen?

Florescu deutete ihren Gesichtsausdruck richtig. Er lehnte sich ein wenig zu ihr vor und blickte sie auf eine

Art an, die sie seit dem Auszug aus ihrem Elternhaus nicht mehr erlebt hatte.

›Mir kannst du alles anvertrauen, Kind, was immer du auch angestellt haben magst‹.

»Keine falsche Scheu, Ms. Gantt. Wenn Sie etwas zu wissen glauben, sagen Sie es mir. Über hundert Menschen sind dort gestorben. Ich höre mir gern die wildesten Theorien an, wenn es uns dabei hilft, die Monster aus dem Verkehr zu ziehen, die das getan haben. Es könnte jederzeit wieder passieren, solange sie frei auf dieser Raumstation herumlaufen.«

Gut, ich habe verstanden.

Der Wolfs-Chim am anderen Schreibtisch knurrte. Ein unwiderstehlicher Hauch von Synth-Ente drang in Ganttts Nase; ihr leidender Magen zog sich so fest zusammen, dass er schmerzte.

Sie verzog das Gesicht.

»Sie wissen, dass ich für R&D arbeite; August Struk ist – er *war* mein Forschungsleiter ... mein wichtigster Mitarbeiter. Gestern früh rief er mich zu Hause an, weil er befürchtete, jemand habe sich an den Daten eines unserer – unserer bedeutendsten Projekte zu schaffen gemacht. Er war sehr aufgeregt und wollte nur persönlich mit mir darüber sprechen ... vermutlich befürchtete er, belauscht zu werden. Wir trafen uns daher in Canopus Joe's Diner. Mehr konnte er mir nicht sagen.« Sie zuckte mit den Achseln. »Der Laden ist ... nun ja ... explodiert, kaum dass sich Dr. Struk gesetzt hatte. – Es war doch eine Explosion, Lieutenant?«

»Es war eine Explosion, Ms. Gantt.« Florescu nickte

langsam. »Gestern sagten Sie: ›Die hatten es auf uns abgesehen‹. Wer ist ›uns‹?«

»Mein Mitarbeiter Dr. Struk und ich.«

»Und ›die‹?«

Deprimiert schüttelte Ayline Gantt den klebrigen Kopf. »Ich weiß es nicht.«

»Anti-Kon?«

»Vielleicht. Ich ... ich weiß nicht. Ja, vermutlich waren sie es.«

»Gestern sagte Sie etwas anderes.«

Frustriert schüttelte Gantt den Kopf; dabei entkam eine Strähne verklebten blauen Haars der Falle hinter ihrem Ohr.

»Ich weiß nicht, ich ... ich kann nicht klar denken.«

»Möchten Sie eine Hallo-Wach-Pille?«

»Ich möchte etwas zu essen, Lieutenant. Ich habe schrecklichen Hunger.«

Wie auf ein Stichwort hin öffnete sich die Tür; Lance Corporal Tran warf Zeno eine Plastiktüte zu, rief: »Ich gehe mal eine rauchen«, und schmetterte die Tür wieder zu.

Zeno reichte Gantt die Tüte, die sie hastig und mit zitternden Fingern aufriss. Gierig fiel sie über einen mit einer dunklen Schicht überzogenen Donut her und schloss die Augen.

Erst als die Tüte leer war, sah sie wieder auf.

»War lecker, was?«, fragte der Wolfs-Chim.

Gantt schluckte den letzten Bissen, nickte und wandte sich an den Lieutenant.

»Muss die Chimäre unbedingt dabei sein?«

»Zeno?« Verwundert wandte Florescu den Kopf. »Nein, muss er nicht. Würdest du ...«

»Kein Problem. Alles cool, Miss.« Das, was sich auf dem haarigen Gesicht des Chims abspielte, wäre bei einem Menschen vermutlich als joviales Lächeln durchgegangen; er schnappte sich den Kunststoffabfall und verschwand. Erleichtert ließ sich Gantt in die Polster des Besucherstuhls zurücksinken.

»Danke, Lieutenant. Auf so engem Raum mit einer dieser ... dieser *Kreaturen* fühle mich einfach nicht wohl, okay?«

»Okay«, sagte Florescu ungerührt. »Zurück zum Thema. Sie glauben also, der Anschlag habe sich nicht gegen Canopus Joe's oder *United Industries* allgemein gerichtet, sondern galt Ihnen und Ihrem Kollegen persönlich?«

Sie nickte, woraufhin er irgendetwas mit dem kubischen Display anstellte. Das Wappen von *United Industries* wurde durch einen dreidimensionalen Blick auf die Front von Canopus Joe's Diner ersetzt; im Zeitraffer zitterten humanoide Schatten durch den Cube, vorbei an der noch intakten Panoramascheibe.

»Das sind die Aufnahmen der Überwachungskamera gegenüber, Ms. Gantt. Der Film aus dem Innenraum hat leider nichts ergeben, da die Kamera fix auf die Kassenzone gerichtet war. Eigentlich dürfte ich Ihnen diese Aufnahmen überhaupt nicht zeigen, aber ich tue es trotzdem. Ich bin mir ziemlich sicher, dass Captain Garcia«, hier lächelte er den roten Punkt an, der immer noch in einem Winkel des Würfels schwebte, »Verständnis dafür hat.«

Die zitternden Figuren wurden langsamer, nahmen erst

die Konturen, dann die Gestalt ganz gewöhnlicher Personen an. Mit leicht erhöhter, aber nicht mehr rasender Geschwindigkeit lief die Aufnahme weiter.

»Bis hierhin ist nichts Aufregendes geschehen, Ms. Gantt. Jetzt kommen Sie.«

Tripple ich immer so?

Gantt verzog das Gesicht, als ihre winzige, dreidimensionale Entsprechung im Würfel auftauchte; trotzdem verfolgte sie ihren gestrigen Weg in das Lokal aufmerksam. Lieutenant Florescu tauchte auf, um mit seinem Kaugummi zu kämpfen, dann kamen die Archivare.

Gute Güte, jetzt schlenkere ich mit den Beinen wie ein Schulkind. Das sieht ja furchtbar aus!

»Langsamer«, befahl Ayline Gantt dem Lieutenant. Die Aufnahme der Überwachungskamera lief in regulärer Geschwindigkeit weiter. »Da ist August Struk.« In ihrem Bauch begann es unangenehm zu kribbeln, nervös biss sie sich auf die Unterlippe, als sich Struk setzte.

»Jetzt passen Sie gut auf, Ms. Gantt. Sehen Sie: Das muss von der Empore auf der gegenüberliegenden Straßenseite gekommen sein. Leider ist diese nicht überwacht.«

Florescus Finger verfolgte etwas, eine schnelle Bewegung am oberen Bildrand, dann stoppte er den Film. Unter seiner Fingerspitze schwebte ein schlankes, nebelfarbiges, raketenförmiges Geschoss. Ein dreidimensionales Standbild nach dem anderen zuckte jetzt im Würfel auf; knapp oberhalb des Film-Florescu durchbrach die Rakete das Panoramafenster, das augenblicklich an Spannung verlor und Bild für Bild mitsamt dem gepanzerten Sicherheitsmann als Scherbenregen in den Diner stürzte. Im

Fallen riss Florescu Gantt und ihren Stuhl zu Boden, rappelte sich wieder hoch und warf sich auf die Frau, als die Rakete die gegenüberliegende Wand traf.

»Gute Güte«, keuchte Gantt. »Kommen Sie mir bloß nie wieder so nahe!«

»Keine Sorge«. Florescu lächelte schwach, während er weiterklickte. »Ich bin verheiratet. – Es geht weiter. Hier.«

Inmitten einer Splitterwolke erschien der ›Anti-Kon‹-Schriftzug an der Wand, dann ging eine Welle durch den Raum, zerriss die umliegenden Möbel und verwandelte sie in scharfkantige Geschosse, die auf brutalste Weise töteten und verstümmelten. Menschen und Chimären wurden zerfetzt, erschlagen, an Wände geschleudert, zerschmettert. Ein Stahlrohr, ein abgerissener Arm und verschiedene andere, bei der Bildgröße nicht zu identifizierende Teile prallten von Florescus gepanzertem Rücken ab; ein Notepad traf ihn am Kopf, den er mit dem freien Arm zu schützen suchte. Von Gantt war nichts zu sehen, sie blieb vollständig unter dem Lieutenant verschwunden.

Sie kniff die Augen zusammen, um nicht noch mehr Leute in allen blutigen Einzelheiten sterben zu sehen.

»Sie müssen schon hinschauen, Ms. Gantt«, tadelte er sie. »Haben Sie auf Ihren Doktor geachtet?«

»Muss das wirklich sein?«, fragte Gantt unglücklich.

»Sehen Sie hin, Ms. Gantt.« Der Film sprang zu der Szene zurück, in der die Scheibe zerbrach. »Achten Sie auf Ihren Kollegen. Hier kommen die Glasscherben. Er reißt die Arme hoch – und *jetzt*.«

Ayline Gantt keuchte. Erst verschwand Struks Gesicht,

dann der ganze Mann, als er seitlich vom Stuhl gerissen wurde. Die zerstörerische Welle hatte sich zu diesem Zeitpunkt noch nicht bis zur Fensterfront ausgebreitet.

»Sie brauchen sich das nicht noch einmal anzusehen, Ms. Gantt, aber wir haben uns die ganze Nacht mit dem Auswerten der Aufnahmen um die Ohren gehauen. In allen Auflösungen und Detailstufen.« Geistesabwesend betastete Florescu die Naht an seinem Schädel. »Ihr Kollege ist erschossen worden. Von einem Scharfschützen, der das Chaos nutzte, das er durch die Rakete verursacht hatte. Hätten Sie gestern nicht so vehement darauf bestanden, dass Anti-Kon nichts damit zu tun hatte, wäre es vielleicht niemandem von uns aufgefallen.« Er tippte auf August Struks leeren Stuhl.

Gantt schluckte. Das Kribbeln hatte sich inzwischen bis in ihre Kehle ausgebreitet.

»Anti-Kon kann es also tatsächlich nicht gewesen sein«, entschied sie schließlich.

Der Sicherheitsmann schaltete den Überwachungsfilm ab und lehnte sich so bequem zurück, wie es ihm in der mittelschweren Rüstung möglich war.

»Wieso nicht?«

»Anti-Kon setzt auf medienwirksame Attentate, Lieutenant. Diese Verrückten halten Konzerne für moralisch verderbt und versuchen, den Menschen den Glauben an die Wirtschaft zu nehmen. Was bitte schön brächte es den Terroristen, ein noch im Geheimhaltungsstadium befindliches Projekt ohne weitreichende ... nun ja ... moralische Auswirkungen zu sabotieren? Das, was Dr. Struk«, sie zog die Nase hoch, »und ich geplant hatten, würde in dieser frühen Phase von *United Industries* eher totgeschwiegen, als dass man uns bei *Starlook* als Opfer präsentierte. Und das hieße ja: keine Aufmerksamkeit für die verrückten Anti-Konner.«

»Es ist also wahrscheinlicher, dass unsere ›Terroristen‹ zur Konkurrenz gehören?«

»Ich schätze schon«, antwortete Gantt gedehnt. Unweigerlich musste sie an Corrigan denken, den Justifier mit der *[Hydra]* im Kopf, der auf Zamblian als *Anti-Kon* aufgetreten war, um die Gardeure von *STPD* in die Irre zu führen.

Lieutenant Julius Florescu betrachtete nachdenklich den Cube, in dem nun wieder das Wappen von *United Industries* rotierte.

»Ms. Gantt«, sagte er schließlich und griff nach den Panzerhandschuhen auf dem Schreibtisch. »Sehen wir uns doch einmal an Ihrem Arbeitsplatz um.«

System: Holloway
Planet: Holloway II
Forschungsinstallation *Niamh Nagy*, Modul 4

»O ja. Das ist viel besser.«

Mit geöffnetem Visier wischte sich Chick Schweiß von der Stirn, und Kit musste dem Gardeur Recht geben. Es war sehr angenehm, Sauerstoff zu atmen, der nicht aus einer Büchse kam, und das Gefühl, wieder volle Kontrolle über ihren Körper zu haben, war beglückend.

Die Haupt-Energieversorgung der Station hatte Corrigan nicht zum Laufen bekommen, obwohl seiner Aussage nach Gebäudetechnik seine Spezialität war. Egal, was der Chief versucht hatte: Die zentrale Versorgungseinheit hatte sich mit Hilfe von Poisons Laser-Batterie zwar starten lassen, hatte den Start aber schon nach wenigen Augenblicken wieder abgebrochen – und das bei jedem der fünf Versuche.

Kit war ein wenig beunruhigt gewesen, als Corrigan plötzlich in der Bewegung erstarrt war, um regungslos auf die Kontrollfelder zu glotzen. Aber gerade als sie ihre Befürchtung verbalisieren wollte, der »Fluch der Funkglocke« habe ihn erwischt, hatte er aufgesehen. Nach einem nachdenklichen Blick auf den Wachmann, dessen Kopf noch immer am Pult festhing, hatte er die Batterie abgenabelt und sich einem anderen, kleineren Kontrollterminal zugewandt, und wenige Minuten später waren Luft, Wärme und Schwerkraft zumindest in diesen Teil der Forschungsstation zurückgekehrt.

Ob andere Module an der gleichen Notversorgung hingen, hatte der Chief auf die Schnelle nicht herausgefunden, aber auf dem kleineren Terminal konnte man auch eine Karte der Station einsehen, aktueller als diejenige, die sie mit sich führten und auf die Innenseite ihres Visiers projizieren konnten, und die er jetzt leise mit Poison diskutierte. Die Sergeantin nickte immer wieder knapp, während er auf verschiedene Punkte des dreidimensionalen Abbilds der Station zeigte.

Shiloh kniete am Boden neben der männlichen Leiche, deren Beine nach Rückkehr des künstlichen Erdschwerkraft-G nicht mehr in die Luft ragten. Das bläuliche Licht der Notbeleuchtung ließ seine Haare schwarz aussehen und verlieh ihm ein kränkliches Aussehen.

»Kit, Herzchen«, rief er plötzlich. »Kannst du als Medic dir den hier mal anschauen?«

Kit blies die pelzigen Backen auf. Nur weil sie das Medpack dabeihatte, war sie noch lange kein Sanitäter.

»Wieso denn? Der ist tot.«

»Eben drum.« Shilohs hohe Stirn schlug Falten. »Was meinst du, ist er erschlagen worden?«

»Hm.« Kit ging neben dem Orang-Utan-Beta in die Hocke und sah auf das merkwürdige Gesicht des Mannes im blauen Kittel. »Ich denke schon. Kein Blut zu sehen, aber sein Gesichtsschädel ist zertrümmert. Sieht aus, als sei jede Knochennaht gegen die andere verschoben.«

»Braucht ihr Tupfer oder Skalpell?« Nun gesellte sich auch Chick zu den beiden Beta-Humanoiden. »Um die Sache abzukürzen: Bei der Blonden war's ein Lasergewehr.«

»Großartig«, war alles, was Kit dazu einfiel. »Dann war es also ein *Raid*? Wieso stehst du dann hier bei uns, anstatt die Tür zu sichern?«

»Ich vermag bei euch zu stehen *und* die Tür zu sichern, Plüschi. Gardeure können so etwas.«

Seufzend erhob sich Shiloh, um zum großen Kontrollpult hinüberzutrotten; seine Hände schlenkerten auf Höhe der Knie. Kit folgte ihm achselzuckend – und fuhr zusammen, als der Orang-Beta mit einem erschrockenen Ausruf stehen blieb. Automatisch zuckte ihre Hand zu der *Prawda* an ihrer Seite.

»Das ist doch ...«, schnaufte Shiloh und ging neben dem hinter dem Pult zusammengesunkenen Wachmann in die Hocke, der noch immer von etwas davon abgehalten wurde, ganz zu Boden zu sacken. Ganz, ganz vorsichtig griffen seine langen, gepanzerten Finger nach den Haaren des Mannes und zogen seinen Kopf über die Bedienfläche des Kontrollpults hinaus in die Höhe – und Kit hielt den Atem an.

Was sie für einen Mann gehalten hatte, der schwere Panzerung trug, war ... nun, es war ein Mann, der zum Teil aus schwerer Panzerung *bestand* – zumindest nahm Kit an, dass es sich ursprünglich um einen Mann gehandelt hatte.

Beide Beine und der linke Arm waren eindeutig robotisch: wuchtig, metallisch, mit an- und eingebauten Waffen und Gelenken, die zum Teil an völlig falschen Stellen saßen. Die künstlichen Gliedmaßen waren ebenso glänzend braun lackiert wie die Panzerplatten, die Teile seines Körpers und die rechte Hälfte seines Schädels bedeckten. Beide Augen waren verspiegelte, runde Objektive, um die herum verkrustetes schwarzes Blut klebte, und schwarze Bröckchen umrahmten auch das Loch in seinem Hinterkopf, das inmitten einer rasierten Fläche prangte und einen intimen Einblick in den Schädel des Mannes bot. Hätte es nicht eine so überaus exakte rechteckige Form gehabt, hätte Kit es für eine Exit-Wunde gehalten.

Natürlich hatte sie im Laufe ihres bisherigen Lebens schon kybernetische Organismen gesehen – die Freaks des Order of Technology waren ja mindestens einmal pro Woche in den *Starlook*-News vertreten. Bei den Kollegen von *United Industries* oder doch zumindest auf der Utini-Station hatte sich die Prothetisierung jedoch auf Ersatzteile beschränkt, auf Gliedmaßen oder Sinnesorgane, die verlorene Funktionen ersetzen sollten, ohne das Gegenüber durch eine aufdringliche Optik einzuschüchtern. Der Mann hinter dem Pult wirkte auch tot noch einschüchternd. Am bizarrsten fand die Justifierin jedoch das schwarze Kabel, das aus dem geöffneten Mund baumelte und ihn mit dem Kontrollpult verband.

Ich hasse, hasse, hasse Blechärsche!

»Beim Gehörnten.« Sie rümpfte die Nase. »Das ist ja eklig! Hat dieser ... dieses ... hat der Blech-Hoschi die anderen getötet?«

»Ich schätze schon. Jedenfalls ist das hier eine Laserwaffe.« Shiloh deutete auf eine der am künstlichen Arm angebrachten Waffen, auf dem Arm war das Wappen von *United Industries* aufgebracht. »Wer auch immer der Blechmann war, er hat jedenfalls genau wie diese beiden anderen auch zu uns gehört. Aus irgendeinem Grund, den ich nicht kenne, haben sie sich gegenseitig umgebracht. Vielleicht war es wegen der ... Artefakte.«

Kit runzelte die Stirn.

»Spricht da das Affenorakel, oder was? Was auch immer – der Hoschi sieht nicht sonderlich ›umgebracht‹ aus, bloß ... unfertig.«

»Unser gepanzerter Freund wurde nicht umgebracht«, warf Corrigan ein. »Er ist erstickt.«

»Oh«. Shiloh ließ den Kopf des ›gepanzerten Freunds‹ los und kratzte sich am eigenen Schädel, dann beugte er sich vor und zog das dünne, aber zähe Kabel aus seinem Anschluss im Kontrollpult. Der Maschinenmann rutschte mit einem metallischen Krach vollends zu Boden. »Was machen wir jetzt, Chief?«

»Wir machen das, weswegen wir hergekommen sind, Shiloh.«

»Aber genau darauf bezog sich meine Frage, Chief. Was ist in Anbetracht dessen«, die langen Finger deuteten auf die Leichen, »unser aktuelles MacGuffin? Falls es die Forschungsergebnisse wären, Chief, könnten wir sie einfach von hier aus vom Forschungskern herunterladen und gehen.«

»Unser *MacGuffin*«, Corrigan lächelte schwach, »ist nach wie vor Dr. Russell. Solange wir nicht mit Sicherheit wissen, dass er tot ist, ist er derjenige, den wir suchen. Und was das Herunterladen angeht: Das hier ist eine R&D-Installation, Leute. Bei Forschung und Entwicklung, ganz gleich ob bei *UI* oder *STPD* oder *GI*, ist jeder des anderen Teufel. Das heißt, dass so gut wie kein Computer mit dem anderen vernetzt ist – zumindest keiner, der wichtige Informationen enthalten könnte, die ein anderes Team benutzen könnte, um das eigene Projekt auf Kosten des anderen voranzubringen. Und ist euch vielleicht schon aufgefallen, dass die Notenergieversorgung alles versorgt außer den Türen?«

»Allerdings«, brummte Kit.

»Das bedeutet, dass sich die Türen schließen, sobald der Strom ausfällt, und sich nicht wieder öffnen ... damit keiner auf die Idee kommt, einen Stromausfall zu provozieren, um dann mit irgendwelchen geheimen Dingen zu verschwinden. – Wenn wir an den Inhalt des Forschungskerns wollen, müssen wir ihn schon finden. Verstanden?«

»Es wäre ja auch zu schön gewesen«, seufzte Shiloh.

»Außerdem würde ich mich lieber nicht in einen Rechner einhacken wollen«, fuhr Corrigan mit einem seltsamen Blick auf den toten Maschinenmann fort, »in den schon jemand anderes ein Körperteil eingeführt hatte. Zumindest nicht ohne Kondom.«

Poison zog die blonden Brauen hoch, sagte aber nichts; der Orang-Mann schnitt eine unzufriedene Grimasse.

»Du weißt nicht zufällig, wo sich der Forschungskern befindet?«

»Laut Ms. Gantt in Modul 1, in dem auch der Rest der Verwaltung untergebracht ist, einschließlich des Stationsleiters. Unser Weg ist also in beiden Fällen der gleiche.« Corrigan tippte nacheinander auf zwei der auf der dreidimensionalen Karte dargestellten Gebäudeblöcke. »Hier sind wir – also Modul 4 –, und hier ist Modul 1.«

»Viel weiter weg geht ja kaum«, murrte Kit. »Zwischen uns und unserem Ziel liegen MedTech und die Wohneinheiten!«

»Das stimmt, aber ändern können wir das nicht«, schmunzelte Chick. »Und besser, als mit unseren schwindenden Sauerstoffvorräten draußen durch den Staub zu hopsen, ist der Weg durch die Installation allemal. Oder bist du anderer Meinung, Kit?«

»Selbst wenn sie anderer Meinung wäre, würde es ihr nichts nützen«, grollte Poison. »Das hier ist eine mili... eine *para*militärische Einheit und keine Demokratie!«

»Gut erkannt, Sarge, und deswegen werdet ihr jetzt einfach *alle* die Schnauze halten und tun, was ich euch sage. Du bist *Point*, Poison, Chick ist hinten. Da lang.« Der Chief deutete auf die Tür, die aus dem Eingangsraum in die Installation hineinführte, und ohne ein weiteres Wort zu verlieren, fielen die übrigen Justifiers in die Marschformation ein.

System: DEF-563-UI
Planet: DEF IV *(United Industries)*
Utini Raumstation, Verwaltung

»Fassen Sie das nicht an!«

»Schon gut!« So vorsichtig, als halte sie ein rohes Ei in den gepanzerten Fingern, stellte Lance Corporal Tran den geschliffenen Kristall wieder in das Regal hinter Ayline Gantts Schreibtisch, aber die kleine Managerin starrte die größere Frau dennoch bitterböse an. Irgendwie passte ihr noch immer nicht, dass sie sich dazu hatte überreden lassen, sich von gleich drei ›Flugnüssen‹ in voller Montur in die ›heiligen Hallen‹ von Forschung & Entwicklung auf Utini begleiten zu lassen. Das Gesicht des Rezeptionisten George entgleisen zu sehen, war zwar Gold wert gewesen, aber ...

Es war schon schlimm genug, ungewaschen und in Lumpen gehüllt an ihrem Arbeitsplatz aufzutauchen, aber ein Besuch von gepanzerten Ordnungshütern würde mit Sicherheit Auswirkungen auf die Arbeitsabläufe in den Büros haben. Nicht nur dass tuschelnde Sachbearbeiterinnen hinter halb geschlossenen Türen darauf hofften, dass irgendein unbeliebter Manager abgeführt würde oder andere aufregende Dinge passierten: Gantt konnte sich auch lebhaft vorstellen, wie der ein oder andere Projektleiter mit hochrotem Kopf noch schnell Unterlagen durch den Diamantshredder jagte.

»Tut mir leid, Ms. Gantt«. Florescu klappte das verspiegelte Visier hoch und vollführte eine beruhigende Geste mit der Hand. »Wir werden nichts anfassen, das Sie nicht freigegeben haben. – Hast du gehört, Zeno?«

Der Wolfsköpfige, der am Empfang bei George wartete, gab über Helmfunk zu verstehen, dass er den Lieutenant laut und klar verstanden hatte. Die geknurrte Bestätigung drang deutlich aus dem Kopfhörer in Florescus Helm.

Gantt seufzte.

»Lieutenant, ich habe diese Trophäe für hervorragende Leistungen während einer Serie von Fortbildungen erhalten. Das Material ist Feuerkristall von AB Pictoris und nicht nur selten, sondern auch besonders schwierig zu bearbeiten. Wenn Ihre Dingsbumsda, Lance, sie zertrümmert, machen *Sie* dem Fortbildungsleiter persönlich klar, dass er für mich einen neuen Kristall anfertigen lässt.«

»Das bekomme ich hin.« Schwach lächelnd klopfte der *UI-Sec*-Mann auf das Holster mit der schweren Pistole. »Aber so weit sollte es nicht kommen. Wir werden nichts kaputt machen. Versprochen.«

In diesem Moment glitt die Ultrastahltür zu Gantts Büro auf, und eine ältere Frau in einem sehr eleganten dunkelblauen Kostüm betrat den Raum. Sie stutzte, als sie die Sicherheitsleute sah, holte tief Luft und blieb dann einfach im Türrahmen stehen.

»Guten Tag, Ma'am«, grüßte Florescu mit erprobtem Ernst.

Gantt seufzte.

»Kommen Sie rein, Gabby. Was gibt es?«

Gabby war Profi; die Frau hatte sich gleich wieder im Griff.

»Guten Tag, Ms. Gantt. Ich wollte Sie nur darauf hinweisen, dass Mr. Azer Sie sprechen möchte. Soll ich ihm sagen, dass Sie kommen werden, sobald Ihr ... Ihr Besuch gegangen ist?«

Ayline Gantt wurde kalt.

»Gabby, mein Besuch wird länger bleiben. Es handelt sich leider um eine Angelegenheit, die sich nicht aufschieben lässt.« Mit einem schwarzen Handrücken fuhr sie sich über die feuchte Stirn. »Sagen Sie Mr. Azer, dass es noch ein Weilchen dauern könnte.«

Gabbys kritischer Blick streifte die Handschellen, die von den Mehrzweckgürteln der braunen Kampfpanzerungen baumelten, dann richteten sich ihre blauen Augen auf den ehemals silbergrauen Anzug ihrer Chefin.

»Ich werde sehen, ob sich der Termin verschieben lässt«, sagte sie knapp, ihr Gesichtsausdruck machte jedoch deutlich, dass sie sich fragte, ob ihre Vorgesetzte Hilfe benötigte. »Neuer Stil, Ms. Gantt?«

»Das ist nichts Besonderes mehr, Gabby. In At Lantis ist der Hype um den Vertriebenen-Chic schon wieder am Abflauen«, schwindelte Gantt. Mit einer fahrigen Handbewegung strich sie sich eine fettige blau-rosa Haarsträhne hinters Ohr.

»Apart«, log Gabby ebenso ungerührt und bestätigte mit einem Kopfnicken, dass sie verstanden hatte, dass die Situation kein Eingreifen ihrerseits erforderte. »Ich brauche noch ein paar Unterschriften von Ihnen. Ich werde die Mappen in meinem Büro deponieren.« Sie drehte sich um, um zu gehen, als ihr noch etwas einfiel. »Ms. Gantt, Dr. Castro ist auf der Suche nach Dr. Struk. Er ist heute noch nicht hier gewesen.« Ein Stich durchzuckte Ayline Gantt; Florescu machte den Mund auf, um etwas zu sagen, aber sie bedeutete dem Sicherheitsmann, sie reden zu lassen.

»Er wird heute nicht kommen, Gabby. Sagen Sie das Castro. Wenn er sein Problem nicht allein lösen kann, soll er mich anrufen.«

»Natürlich, Ms. Gantt.«

»Und bringen Sie uns Wasser und Kaffee.«

»Natürlich, Ms. Gantt.«

Damit verschwand Gabby, die Tür glitt hinter ihr zu.

»Vertriebenen-Chic finde ich gut. Lustige Nummer«, freute sich Tran, ihre gepanzerten Finger schwebten über einem ausgefallenen Zeitmesser.

»Die Tante kann sich doch bestimmt denken, dass Sie in Canopus Joe's waren. Wir haben zwar alle Berichte zurückgehalten, aber der Flurfunk ist für gewöhnlich schnell und zuverlässig.«

»Ich wollte nicht, dass sie mir Fragen stellt«, stöhnte Gantt. »Ich muss mich konzentrieren. Und nehmen Sie Ihre Finger von meiner Uhr!«

»Lance«, ermahnte Florescu Tran, die schnell die Hand

zurückzog; dann wandte er sich an die Managerin. »Gehen Sie zu Ihrem Chef, Ms. Gantt.«

»Aber ...«

»Machen Sie sich wegen uns keine Umstände. Wir kommen schon zurecht. Na los, gehen Sie zu Mr. Azer.«

Sie zog die Brauen hoch.

»In diesem Aufzug? Was, wenn er – wenn er Fragen stellt?«

»Dann beantworten Sie sie.«

»Aber ...«

»Ms. Gantt, glauben Sie denn, er hätte etwas mit dem Anschlag zu tun?«

»Nein, Lieutenant.« Betrübt schüttelte Ayline Gantt den Kopf. »Er ist auf meine Projekte angewiesen. Sie bringen – sie bringen ihm Prestige. Und Geld. Aber er wird mir den Hintern aufreißen, wenn ich ihm sage, was geschehen ist.«

Florescu legte den Kopf schief. »Wenn Sie um Ihr Leben fürchten, Ms. Gantt, werde ich Sie natürlich begleiten, aber ...«

»Nein, das – das Donnerwetter kann ich schon allein durchstehen.« Jetzt musste Gantt doch ein wenig lächeln. »Wenn Sie etwas brauchen, rufen Sie einfach Gabby.«

»Wir brauchen das Kennwort von Dr. Struk«, warf Tran ein.

»Was?« Sofort schnappte Gantt wieder ein. »Lieutenant, ich kann *UI-Sec* unmöglich Zugang zu den Rechnern von R&D geben!«

»Es ist notwendig, Ms. Gantt.« Florescu deutete auf den im Schreibtisch eingelassenen Monitor. »Vielleicht wurde

Ihr Mitarbeiter ja bedroht. Wir wollen doch einen Terroristen schnappen, oder etwa nicht?«

»Na schön.« Sie seufzte. »Sie haben immerhin versprochen, nichts kaputt zu machen. Das Kennwort finden Sie in der oberen rechten Schublade.«

Noch einmal versuchte sie vergeblich, ihr strapaziertes Haar zu glätten, dann holte sie tief Luft, reckte das Kinn und verließ das Büro, um sich direkt in die Höhle des Löwen zu begeben.

System: Holloway
Planet: Holloway II
Forschungsinstallation *Niamh Nagy*, Modul 4

»Das riecht scheußlich«, beklagte sich Shiloh.

Kit zog die Brauen hoch.

»Wieso beschwerst du dich, Herzchen? Deine Nase ist nicht halb so sensibel wie meine!«

»Das mag ja sein, Kristina, aber im Gegensatz zu dir stehe ich nicht auf den Geruch von fauligem Fleisch.«

»Dann schließ dein Visier«, murrte Kit.

Der Verwesungsgeruch zerrte inzwischen auch an ihren Nerven. Er manifestierte sich umso stärker, je länger die Heizung der Installation wieder lief. Auf dem blau erleuchteten Weg durch Modul 4, der sie hoffentlich bald zum nächsten Gebäudeteil – Modul 3 oder Medtechnik – führen würde, hatten sie einige Leichen entdeckt: alles Techniker oder Kittelträger, die meisten von ihnen erstickt. Einer von ihnen hatte einen mit grauem Staub bedeckten Druckanzug getragen, aber die Scheibe seines Helms war zersplittert gewesen.

Dr. M. Prashant Russell hatte sich bisher nicht unter den Toten befunden, aber Kit glaubte inzwischen nicht mehr daran, ihn – oder sonst jemanden – noch lebend anzutreffen. Sie hatte einfach kein gutes Gefühl bei der Sache.

Auch Shiloh, der neben Kit hertrottete, war ungewohnt nervös; der Blick der kleinen Augen irrte unruhig hin und her, als erwartete er, jeden Augenblick etwas Ungeheuerliches durch eine der schlecht isolierten Innenwände des Moduls brechen zu sehen.

Das lag wohl daran, dass er sich als Pilot unter Spinova nicht in die Niederungen des Lebens und Sterbens von ›Erdferkeln‹ hatte begeben müssen. So viele Leichen wie an diesem Tag hatte der Orang-Utan-Beta vermutlich noch niemals gesehen, aber hier auf Holloway gab es für Shiloh nun einmal keine Alternative zum Begleiten der Bodentruppen – außer vielleicht, allein in der *Robin* zu bleiben. Da Corrigan aber gleich nach der Landung die Direktive ausgegeben hatte, dass sich sein Trupp nicht aufteilen würde (er hatte keine Lust auf ein ›10 kleine Negerlein‹-Spiel, wie er es nannte), war diese Möglichkeit weggefallen.

»Na, Plüschi? Du bist mit einem Mal so still«, sagte Chick Red Crow, der nicht weit hinter der Fuchs-Beta das Ende der Minikolonne sicherte. »Geht's dir nicht gut?«

»Es geht mir bestens. Ich passe bloß auf.« Zur Demonstration hob Kit die erbeutete *Prawda* in die Höhe. »Nicht, dass sich ein Blech-Hoschi an uns anschleicht.«

»Ich glaube nicht, dass der Bursche von vorhin eine Chance dazu gehabt hätte. Hast du dir seinen Unterbau angesehen? Großartig.« Kit musste sich nicht umsehen, um zu wissen, dass Chick grinste. »Allein die Bein-Servos dieses Dings müssen Lärm für fünf Mann produziert haben.«

»Das klingt nach Bewunderung«, stellte Kit fest.

Chick lachte leise auf.

»Bewunderung? Nicht doch. Seit ich *ihn* gesehen habe, weiß ich, dass ich das Kleingedruckte durchlesen sollte, bevor ich meinen Vertrag verlängere. Nicht dass ich irgendetwas unterzeichne, was *United Industries* dazu ermächtigt, mir die Eier abzuschneiden und durch Ultrastahlplatten zu ersetzen, wenn ihnen gerade danach ist. Aber trotzdem hätte ich den Kerl gern mal in Aktion gesehen.«

Kits Fuchsschnauze kräuselte sich.

»Ich hoffe nicht, dass sich dein Wunsch erfüllt, Chick, solange ich mich auf dem gleichen Planeten befinde wie du. Lass alle Insassen dieser Station tot sein und gut. Das würde unseren Job unter den gegebenen Umständen erheblich erleichtern.«

»Es war ja nicht wirklich ein Wunsch«, rechtfertigte sich Chick halb scherzhaft.

»Trotzdem. Mit solchen Äußerungen sollte man vorsichtig sein. Schließlich weiß man nie, was – sag mal, wieso hattest du beim Landeanflug eigentlich solchen Schiss?«

»Das ist jetzt aber ein abrupter Themenwechsel.« Chicks Haaransatz wanderte nach hinten. »Wieso fragst du?«

»Weil es mich interessiert, und weil Poison«, Kits Schnauze wies in Richtung der Sergeantin, die mit festem Schritt, entschlossenem Blick und entsicherter *Mower* einem dicken Schott zustrebte, »gerade nicht zuhört.«

»So ist das also.« Die Brauen des Gardeurs blieben oben, als verwundere ihn das plötzliche Interesse der Füchsin. »Nun ja, ich misstraue grundsätzlich jedem Fortbewegungsmittel, das ich nicht selbst kontrollieren kann.«

»An Bord der *Marquesa* war davon aber nichts zu merken, Chick.«

»An Bord der *Marquesa* war auch nicht zu merken, dass man sich fortbewegt, Plüschi.«

»Hmm.« Ihre Schnauze kräuselte sich. »Bist du mal mit einem Gleiter abgestürzt?«

»Zum Glück nicht, aber ich habe einen HAHO-Sprung mit defektem Schirm und defektem Navigationssystem absolviert – das hat vollkommen ausgereicht, um mir den Glauben an die Technik zu nehmen.« Nach einem Blick auf ihre ausdruckslose Miene fügte er hinzu: »Es war bei einer Luftlandeoperation auf – ist ja auch egal. Jedenfalls wurde meine Einheit im Gegensatz zu den anderen, die Material zu transportieren hatten, in etwas mehr als acht Kilometern Höhe abgesetzt. Dass man sich da auf seine Instrumente verlassen können muss, leuchtet dir ein, oder?« Der Gardeur blies die Backen auf. »Leider war die Serie, aus der unser Material stammte, fehlerhaft. Hätte nicht irgendein Schwachkopf beschlossen, dass eine Einheit unbedingt hinter den feindlichen Linien abgesetzt werden musste, wäre der Kram recycelt worden, aber so dachte ein anderer Schwachkopf, man könnte den Müll noch gebrauchen. Es war ja nur für dieses eine Mal.« Er schüttelte leicht den Kopf. »Wenn du damit rechnest, gemütlich zu Boden zu gleiten, und dann beinahe acht Kilometer tief durch einen stinkenden, schwefelgelben Himmel fällst, ohne deinen Fall entscheidend kontrollieren zu können, fängst du an zu glauben, was die Damen und Herren der *Church of Stars* so von sich geben. Hölle und Fegefeuer werden zu etwas, das du dir mit einem Mal vorstellen kannst.« Der Lauf des *Repeater* beschrieb eine liegende Acht, als er mit dem Gewehr in der Hand gestikulierte. »Da wird jede Schrecksekunde zur Ewigkeit, Kit. Ganz ehrlich, der Schirm hat sich zwar doch noch geöffnet, aber erleben möchte ich so etwas nicht noch einmal.«

»Hey«, grinste Kit aufmunternd, »immerhin hast du den Schreck überlebt.«

»Wenigstens etwas.« Chick grinste etwas gequält zurück. »Rafael Red Crow ist stundenlang mit gebrochenem Knöchel durch eine schwefelgelbe Landschaft gerobbt, die mit kochenden, gelben Seen gepflastert war, und er hatte keinerlei Anhaltspunkte dafür, in welche Richtung er eigentlich musste. Das war ein mega-beschissenes Gefühl, sage ich dir. – Jedenfalls fühle ich mich seit dem Tag nicht wirklich wohl, wenn's auf dem Weg nach unten zu wackeln beginnt.«

»Ich nehme an, das war dein letzter Sprung?«

»Jawoll. Und das als Sprungmeister. Sie haben mich einkassiert, degradiert, in eine andere Einheit abgeschoben, und seitdem muss ich auch noch den Sarge ertragen.«

»Hey.« Shiloh, der Corrigan nachdenklich gefolgt war, ließ sich ein wenig zurückfallen. »Wieso ist der Mann mit dem Granatwerfer eigentlich hinten? Ist das nicht gefährlich?«

»Nur Idioten gehen mit einem Granatwerfer in den Nahkampf!« Da waren Chicks Lachfältchen wieder; offenbar war der Gardeur dankbar für den neuerlichen Themenwechsel. »Hätte ich einen Eisenarsch wie der Typ vorhin: von mir aus. Aber den habe ich nun einmal nicht, und es wäre mir recht, wenn's auch dabei bliebe.«

»Achtung«, schnarrte Poison in diesem Augenblick. Sofort starrten alle nach vorn.

»Lacroze, hierher zu mir!«

Kit spurtete zu der Sergeantin, die an dem schweren Schott angekommen war und nun daran herumtastete.

»Die Türkontrollen sind tot. Offenbar reicht die Notversorgung nicht für alles aus. – Los, öffnen.«

Wortlos reichte Corrigan Kit die Laser-Batterie, und zum dritten Mal an diesem Tag begann sie damit, ein defektes elektronisches Schloss zu überlisten. Sie klappte ihr Visier herunter, um Verletzungen durch eventuellen Funkenflug zu vermeiden.

Wenigstens stimmten diesmal die Umgebungsbedingungen. Bei Erdschwerkraft war es für die rothaarige Füchsin eine Sache weniger Momente, die Energieversorgung der Türverriegelung zu überbrücken.

Als ein leises Zischen die Öffnung des Schotts ankündigte, das in den schmalen Verbindungsgang zu Modul 3 führte, trat Kit beiseite. Poison hingegen sicherte sofort in den langen, schmalen Korridor hinein, den das schwache, bläuliche Licht der Deckenbeleuchtung trotz der inzwischen normalen Temperaturen kalt wirken ließ.

»Leer«, sagte die Sergeantin heiser und betrat den Gang. »Also weiter.«

Kit wartete, bis Chief Corrigan Poison in den Korridor gefolgt war, dann setzte auch sie sich in Bewegung.

Sie rief sich den dreidimensionalen Lageplan ins Gedächtnis, den Corrigan ihnen vorhin gezeigt hatte; der Gang, der zu Modul 3 mit der großen medizintechnischen Station führte, in der Forschung betrieben wurde, führte nicht durch eine Ausgrabungsstelle und verfügte dementsprechend auch nicht über eine Schleuse nach draußen. Wenn sie sich die unregelmäßigen Kunststoffplatten der Wandverkleidung und die blau glimmenden Lämpchen anschaute, die aussahen, als habe sie der Erbauer der Installation in der Ramschkiste eines 1-C-*Hyperstores* entdeckt, dann war sie froh, dass es sich bei Holloway II nicht um einen Hochschwerkraft-Planeten handelte. Die Korridorwände wirkten so billig und wenig stabil, dass sie Corrigans Einschätzung von vorhin nachvollziehen konnte. Es würde tatsächlich genügen, gegen die Wand zu pissen, um sie zu durchlöchern. Ganz besonders, wenn man unter solch unglaublichem Druck stand wie Kit.

Sie verzog das Gesicht. Noch hatte sie keine Gelegenheit gefunden, sich zu erleichtern, und sie wusste nicht, wie lange sie ihr Bedürfnis noch anhalten konnte. Hoffentlich hatte Chick Recht, und es gab tatsächlich Schlimmeres als eine verpinkelte Körpersocke.

»Lacroze«, ertönte da Poisons heiserer Ruf. Die Sergeantin, die das andere Ende des Gangs erreicht hatte, deutete mit einem gepanzerten Finger auf die Verriegelung. Froh über die Ablenkung machte sich Kit daran, auch dieses Schloss zu überbrücken. Die Batterie, das Multitool, ein Handgriff, ein Klick, ein Zischen ...

... und ein erstickter Laut des Entsetzens, als Poison einen mächtigen Satz nach hinten machte. Während die

Sergeantin im Rückwärtslaufen die *Mower* hochriss, erklang bereits das charakteristische Geräusch einer andrehenden Gatlingwaffe, gefolgt von einer Garbe schwerer Munition; entsetzt registrierte Kit, dass Massivgeschosse an ihr vorbeibrausten. Die schwere Batterie krachte zu Boden.

Dass nicht alle Justifiers im blauen Gang auf der Stelle in blutige Fetzen zerrissen wurden, sprach entweder für deren Professionalität oder für das Unvermögen der metallverkleideten Monstrosität jenseits der Tür, mit der Unterstützungswaffe umzugehen.

Kit warf sich rücklings zu Boden, Batterie und Werkzeug vergessen, und riss gleichzeitig ihre *Prawda* aus dem Holster, um im Fallen auf die braun lackierte, blechverkleidete Fratze des Hoschis zu schießen. Sie wartete nicht erst ab, um zu sehen, ob sie getroffen hatte; sofort nach dem kontrollierten Aufprall auf dem mit nachgiebigem Kunststoff gefliesten Boden schob sie sich schnell weiter nach hinten, um sich so weit wie möglich von der bizarren Kreatur zu entfernen, die den Durchgang nach Modul 3 blockierte.

Währenddessen ertönten hinter ihr, vor ihr, überall Schreie und Schüsse. Bis auf Chicks »Weglaufen!« und das Stakkato des Sturmgewehrs konnte sie nichts davon zuordnen.

Fump.

Auch dieses Geräusch kannte Kit. Automatisch rollte sie zur Seite und schmiegte sich so eng an die Wand des schmalen Korridors, dass die Plastikkacheln, die das Schott flankierten, sie hoffentlich vor den Splittern von Chicks Granate schützen würden …

... aber offensichtlich hatte sie den Gardeur falsch eingeschätzt.

Der Knall der Schockgranate ließ Kits Trommelfelle flattern, und das gleißende Licht stach so schmerzhaft in ihre Augen, dass sie erschrocken aufschrie. Sie blinzelte, sah aber nur blendendes Weiß, durch das rote Blitze zuckten; blind tastete sie nach dem Visier ihres Helms, aber es war noch dort, wo es hingehörte.

Mist! Er hat »Wegschauen« gerufen, nicht »weglaufen«!

Sie schrie erneut auf, als jemand – Poison? Corrigan? Shiloh? – gegen ihren gepanzerten Oberschenkel trat, stolperte und klappernd zu Boden ging. Fluchend presste sich die Fuchs-Beta noch enger an die Korridorwand; durch das weiße Flackern hindurch konnte sie ihre Umgebung mehr erahnen als sehen, und das schrille Fiepen in ihren Ohren verursachte ihr Übelkeit. Hätte sie ungeschützt in den Blitz gesehen, wäre sie wohl noch ein Weilchen blind und damit auch hilflos gewesen; dank des Helms, dessen Visier sich automatisch abgedunkelt hatte, war der Effekt jedoch schon am Abklingen.

Keuchend stemmte sie sich an der Korridorwand hoch und feuerte noch einmal auf den Blechmann, dessen Konturen sich allmählich wieder manifestierten; mit zu Schlitzen verengten Augen blinzelte sie, um die brennenden Lichtpunkte zu vertreiben.

Einschläge von Geschossen verschiedener Kaliber übersäten die Frontpanzerung ihres Gegners; die verspiegelten Optiken, die in das dunkle Metallgesicht eingebettet waren, blitzten. Dummerweise streifte die Kugel aus Kits *Prawda* lediglich die Stelle, an der das linke Ohr des Mannes gewesen wäre, und hinterließ einen hellen Streifen auf dem dunklen Lack. Dann schob sich ein Pistolenlauf an ihrem Ohr vorbei, er gehörte zu Corrigans *Signum* – einer mittelschweren Waffe, die gegen einen so massiven Widersacher möglicherweise nicht einmal etwas ausrichten konnte. Das hielt den Chief nicht davon ab, seelenruhig zwei Treffer im Masseschwerpunkt des Blechmanns und einen weiteren dort zu platzieren, wo bei einem menschlichen Wesen die Nase gewesen wäre.

Mozambique Drill, stellte Kit erstaunt fest, die das taktische Handbuch der Gardeure zu Beginn ihrer Ausbildung zwar durchgeblättert, die darin beschriebenen Situationen und Übungen aber gleich als realitätsfremd verworfen hatte. Corrigan dachte offenbar anders darüber.

Natürlich durchschlugen die Geschosse der *Signum* wie vermutet nicht die Körperpanzerung des Gegners, aber wenigstens saß der dritte Schuss. Schwarze Flüssigkeit drang aus der neuen Öffnung im Gesicht der Kreatur, begleitet von einem elektronischen Kreischen, das einer Rückkopplung ähnelte. Zum Glück für Kits ohnehin schon gereizte Hörnerven erstarb das grausige Geräusch gleich darauf mit einem Knistern. Der künstliche Arm, unter dem das schwere Maschinengewehr montiert war, ruckte nach oben und sandte einen Strom heißer Geschosse in die Korridordecke. Die Außenhülle brach, während zerstörte Plastikkacheln auf die Justifiers niederregneten; pfeifend entwich Luft aus dem Korridor, und ein Lämpchen, das der Vernichtung zumindest teilweise entgangen war, warf flackernde Schatten auf das bizarre Gesicht des Gegners.

Kits Selbsterhaltungstrieb schrie sie an, durch den blauen Gang zurück in die Sicherheit von Modul 4 zu fliehen, aber der Chief brüllte »Vorwärts, vorwärts!« und stieß ihr eine Hand zwischen die Schulterblätter. Dann stürmte er geduckt, aber auf direktem Weg an ihr vorbei auf den desorientierten Blechmann zu.

Nein, nein, nein, beim Gehörnten! Was tut er da?

Es fühlte sich beinahe so an, als hätten sich die Köpfe ihrer Oberschenkelknochen mit einem Mal um 180° in den Gelenkpfannen gedreht. Der erste Schritt führte Kit automatisch nach hinten; dann wurde sie von der hinkenden Poison beiseitegeschoben, die einen kurzen, kontrollierten Feuerstoß aus ihrer schweren Maschinenpistole auf den Blechmann abgab. Die Geschosse durchschlugen seine Brustpanzerung und veranlassten ihn dazu, den Oberkörper ruckartig in Richtung der Sergeantin zu drehen.

Poisons im Vorübereilen geknurrtes »Feigling« hatte wohl der Fuchs-Beta gegolten; im Normalfall hätte eine bloße Beleidigung Kit niemals dazu veranlasst, der Frau zu folgen, denn all ihre Instinkte sträubten sich dagegen, sich der metallbeschlagenen, bestimmt nach faulem Fleisch und heißem Kunststoff stinkenden Monstrosität im Durchgang zu nähern – aber da vorn nutzte gerade ihre Garantie für ein sorgenfreies Leben die Ablenkung, die Poison bot, um unter dem anderen Arm der schwerfälligen Kreatur hindurch in das Gebäudemodul 3 zu tauchen und so aus ihrem Gesichtsfeld zu verschwinden.

Wieder schwang der pockennarbige Oberkörper des Blechmanns ungelenk herum; der Arm ohne Maschinengewehr, der in einer erstaunlich filigranen, wenn auch kolossalen fünffingrigen Hand endete, schlug nach der Gardeurin, als sei sie eine übergroße Schmeißfliege.

Die seltsam unnatürliche Serie abgehackter Bewegungen erinnerte Kit an einen steinalten Film, den sie sich einmal zusammen mit Maya angesehen hatte. Sie hatten so sehr über die ruckelnde Animation der einäugigen Bestie gelacht, dass die schwarzfellige Katzen-Beta vom Sofa gekippt war und sich den Ellbogen verletzt hatte.

Leider war Kit Lacroze beim Anblick des ruckelnden Blechmanns überhaupt nicht zum Lachen zumute, und sie wünschte sich ehrlich, über den Mut des antiken Filmhelden zu verfügen, als sie mit einem schicksalsergebenen Knurren nach vorn hechtete.

Als Kits gepanzerte Hände den Boden berührten, hatte sie die *Prawda* noch immer fest im Griff, und dort blieb sie auch, als Kit zwischen den gespreizten Beinen des gepanzerten Monstrums hindurchrollte. Dem Reflex, nach oben zu feuern, gab sie nicht nach – schließlich wusste sie nicht einmal, ob ihr Gegner ein Bot oder eine Kreatur war ... ob er überhaupt über ein Gemächt verfügte, und einen eventuellen Abpraller wollte sie auf diese Distanz nicht riskieren. Das hätte gerade noch gefehlt, dass sie sich beim Versuch, einem Blechmann in die Eier zu schießen, selbst den Schädel wegblies ...

Noch im Rollen sah sie, dass der Chief und Poison ihr Feuer auf die Rückseite des Gepanzerten konzentrierten; Poison musste einen Satz zur Seite machen, damit die Fuchs-Beta nicht mit ihr kollidierte, dann war auch Kit in Modul 3 und im Rücken des Gegners angekommen. Der kleine Raum war nicht gerade verschwenderisch ausgestattet, aber einige größere im Raum verteilte Kisten boten zumindest teilweise Deckung.

Das *Wiiiiiiiiiiiiiiih* des anlaufenden Gatlinggewehrs jagte einen Schuss Adrenalin durch ihren Körper, das nachfolgende *Fump* ließ sie aufspringen und hinter eine der Kisten hechten.

Ein Gasdrucklader ist das MG schon mal nicht. Die Anlaufzeit ist zu lang.

Kit schloss gerade rechtzeitig die Augen, um zu vermeiden, dass der grelle Blitz der zweiten *Flashbang*-Granate sie blendete; hinter den geschlossenen Lidern wurde es kurz hell, dann kehrte das Halbdunkel zurück. Sie nahm wahr, dass Chick etwas brüllte, auch wenn sie es über dem Motorenlärm des Maschinengewehrs nicht hören konnte.

Überhaupt war der Lärm, den der Blechmann verursachte, beträchtlich: Wie der Gardeur prophezeit hatte, hatte niemand es für nötig erachtet, die Servomotoren, die die massiven Beine unterstützten, mit einer Schalldämpfung zu versehen. Das vielstimmige Surren auf mehr oder weniger unangenehmen Frequenzen hätte Kit mit Sicherheit in den Wahnsinn getrieben, gäbe es im Augenblick nicht Wichtigeres.

Poison hechtete in Deckung, um das Magazin ihrer *Mower* zu wechseln, und Kit hörte die Einschläge von Chicks *Repeater*.

Irgendwann muss der Kerl doch auseinanderfallen! Und wenn es bloß das ganze Blei ist, das ihn zu Boden zieht ...

Als hätte der Blechmann ihre Gedanken gehört,

schwankte er, dann machte er einen schweren, aber unsicheren Ausfallschritt zurück, der ihn fast mit Corrigan zusammenprallen ließ. Der zielte ungerührt mit der beinahe nutzlosen *Signum* auf den Hinterkopf des Gegners; zwar war der nicht nackt oder für Einblicke geöffnet wie derjenige des ›Wachmanns‹ am Eingang zu Modul 4, aber als der Blechmann den Kopf kurz über die Schulter nach hinten wandte, sah auch Kit, dass für einen kleinen Moment zwischen Halspanzerung und Kopfansatz eine schmale Lücke klaffte.

Offenbar wartete der Chief auf eine Gelegenheit, dass sich die mögliche Schwachstelle einen Tick weiter öffnete ... und das brachte Kit auf eine Idee.

Sie mochte sich nicht mit Blech-Hoschis auskennen, aber sie wusste, wie eine Gatlingwaffe funktionierte.

Behände bewegte sie sich von Kiste zu Kiste zur rechten Seite des Monsters, dorthin, wo das Maschinengewehr angebracht war. Sie hörte Poison fluchen, die ohrenscheinlich Schwierigkeiten mit ihrer Waffe hatte, und dann war sie auch schon bei ihrem Ziel angekommen. Die *Prawda* wanderte zurück ins Holster, dafür zog sie ihr *Diamond Knife* – und sprang.

Der Blechmann konnte sie eigentlich nicht kommen gesehen haben, zumindest glaubte Kit nicht, dass die verspiegelten Objektive ihm ein derart großes Sichtfeld bescherten – insofern überraschte sie, dass sich sein Oberkörper trotzdem ruckartig in ihre Richtung wandte. Dadurch zeigte der Lauf der Unterstützungswaffe gegen die Korridorwand, was für sich gesehen schon mal nicht schlecht war – der Korridor war sowieso schon undicht –, und dann hing Kit an dem Waffenarm. Mit beiden Füßen umklammerte sie das ratternde Laufbündel des Maschinengewehrs, wobei sie ein Stoßgebet an den Gehörnten sandte, in dem sie darum bat, die Gelenke der Gardeur-Panzerung mögen das aushalten; das dazugehörige Handbuch hatte sie sich niemals auch nur angeschaut. Mit der freien Hand ergriff sie eines der dicken Kabel, die die unter dem eigentlichen Arm montierte Waffe mit dem Oberarm des gepanzerten Gegners verbanden und von dem sie vermutete, dass es die Verbindung zur elektronischen Laufsteuerung war. Dann schnitt sie mit der Klinge ihres Kampfmessers in die Isolierung. Als das Messer tief in den flexiblen Kunststoff eindrang, manifestierte sich ein breites Grinsen auf Kits Fuchsgesicht.

Der Blechmann reagierte, indem er den Arm mitsamt der Beta gegen die Korridorwand schmetterte. Die Panzerung hielt der plötzlichen Belastung stand, aber als scharfer Schmerz ihre Schulter durchzuckte, schrie Kit auf, und dann wurde ihr merkwürdig warm um die Oberschenkel, weil sie die Kontrolle über ihre Blase verlor. Beinahe hätte sie auch das Messer verloren, aber stattdessen zwang sie sich dazu, es noch fester zu packen und anzuziehen. Tatsächlich spürte sie, wie die scharfe und stabile Klinge etwas Hartes durchtrennte. Es war nicht mehr als ein winziges blaues Fünkchen, das aus dem zerschnittenen Kabel schlug, aber das Fünkchen bedeutete Hoffnung, also durchtrennte sie auch das andere Kabel. Sogleich erlosch die Kontrollleuchte, die den Munitionsstand der Maschinenwaffe anzeigte; mit einem Heulen liefen die Läufe aus. Bevor der Blechklotz den Arm noch einmal gegen die

Wand schmettern konnte, ließ Kit sich fallen. Sie rollte nach hinten weg, um aus der Reichweite der mächtigen Beine herauszukommen, sprang auf und zog sich keuchend hinter Poisons Kiste zurück.

Ein grimmiger Blick aus hellen Augen traf sie durch das Visier, aber die Sergeantin sagte nichts. Kit zuckte die Achseln, was einen unangenehmen Stich in ihrer rechten Schulter erzeugte, und sah über den Kistenrand. Sie hätte schwören können, dass sich der Chief keinen Millimeter bewegt hatte, seit sie zwischen den Beinen des Blechmanns durchgerutscht war. Wie festgefroren stand Corrigan im Rücken des sich nun Ruck für Ruck nach rechts drehenden Gepanzerten, und eine eisige Hand griff nach Kits Herzen.

Er wird doch nicht ...

Die *Signum* war nicht einmal sehr laut, schon gar nicht bei all dem Krach, den der Blechmann produzierte, aber alle drei Schüsse, die der Chief in schneller Reihenfolge abfeuerte, trafen ihr bescheiden bemessenes Ziel – die schmale Spalte zwischen Hals und Hinterkopf, die sich bei der Drehung des Gegners wieder geöffnet hatte.

Der Blechmann erbebte, dann verstummte der Lärm der Servomotoren. Beide Arme sanken nach unten.

In diesem Moment signalisierte ein *Ratschklick*, dass es Poison endlich gelungen war, das Magazin in ihre *Mower* einzusetzen. Wie ein Kastenteufel schoss die Gardeurin hinter ihrer Deckung hervor und setzte eine Salve in Richtung Blechmann ab; Kit zählte vier Einschläge in der Rückenpanzerung. Der Blechmann schwankte leicht, aber weder Kopf noch Oberkörper bewegten sich in die Richtung, aus der der Angriff gekommen war. Einen Augenblick lang verharrte der Gepanzerte in seiner Position mitten im Durchgang, dann glitt der mit Einschüssen übersäte Oberkörper zur Seite weg und traf den Rahmen des Schotts. Als auch die Hüfte einknickte, kippte die ganze massive Gestalt knirschend und quietschend nach vorn und landete mit einem ordentlichen Krach im Korridor.

Corrigan ließ seine Waffe sinken; mit dem freien Arm bedeutete er den anderen, zu ihm zu kommen.

Es dauerte nur Sekundenbruchteile, bis Chick, seine Rüstung schwarz gefleckt, über den liegenden Koloss in den Raum sprang und dann mit der Faust auf das Pad neben der Tür schlug. Mit einem Zischen schloss sich das Schott und trennte den leckgeschlagenen Korridor von Modul 3.

»Hey.« Kit öffnete ihr Visier, erhob sich und kam hinter der Kiste hervor; Poison tat es ihr gleich, sicherte mit ihrer *Mower* aber in Richtung der Türen, die aus dem Raum mit den Kisten hinausführten. »Was sollte das? Die Batterie, mein Multitool und Shiloh sind noch draußen!«

Chick schüttelte knapp den Kopf. »Shiloh ist tot.«

»*Was?*«

»Gleich die allererste Salve hat ihn erwischt. Was denkst du, von wem all das Blut ist?«

»Verflucht«, krächzte Poison.

Der Gardeur deutete auf seine Rüstung, und erst jetzt wurde Kit klar, wobei es sich bei den glänzenden, dunklen Flecken eigentlich handelte.

Ihr Blut schien zu gefrieren; die feinen, grau-roten Haare an Genick und Unterarmen stellten sich auf.

»Mach sofort die Tür auf, Chick!«

»Den Teufel werde ich tun.«

»Ihr seid doch Gardeure, verdammt! Gilt für euch denn nicht, dass niemand zurückgelassen wird?«

Nun mischte sich auch Poison ein. »In welchem Jahrtausend lebst du, Lacroze?«, fragte sie rau. »Diese Direktive hat mehr Leute umgebracht, als dass sie jemandem genutzt hätte! Und wenn Chick sagt, dass der Affe tot ist, dann ist es so!«

»Verdammter Mist nochmal, ich bin der verdammte Medic hier, also liegt es an mir, das festzustellen, klar?«

»Da gibt es nichts mehr festzustellen, Kit«, grollte Chick, der nun zum ersten Mal wirklich wütend zu werden schien. »Sein Hirn ist überall in diesem Korridor verteilt! Und selbst wenn er nicht tot wäre, was wolltest du tun? Ihm einen Fangschuss verpassen? Das ist bei euch Justifiers ja wohl so üblich!«

Die Antwort der Füchsin war ein Griff zur *Prawda*.

»Lass mich durch, oder ich verpasse dir einen Fangschuss!«

»Öffne die Tür«, befahl der Chief dem Gardeur; die verblüffte Kit erwartete, dass Chick Corrigan zumindest erstaunt anblicken würde, bevor er der Order nachkam, aber der Gardeur schlug ohne zu zögern auf das Pad – wenn auch vielleicht einen Tick härter, als es notwendig gewesen wäre.

Kit schloss ihren Helm und schoss an ihm vorbei in den Korridor, hüpfte über den gestürzten Blechmann ... und dann sah sie Shiloh oder vielmehr seine zusammengesunkene graue, langarmige, an zahlreichen Stellen durchlöcherte Rüstung, die in merkwürdiger Pose an der dunkel gesprenkelten Korridorwand lehnte. Ein Blick durch das zerstörte Visier genügte ihr, um Chicks Aussage zu bestätigen.

Kit fletschte ihr Gebiss – teils vor Wut auf den Blechmann, teils vor Wut auf Chick, und zum Teil, um die Tränen zurückzubeißen, die ihr in die Augen stiegen. Eigentlich hatte sie immer gedacht, nichts könnte sie erschüttern, aber der stinkende Blecharsch von Gegner hatte ihr Nervenkostüm schwer strapaziert.

Und im Gegensatz zu Maya hatte sie Shiloh wirklich gemocht.

30

System: DEF-563-UI
Planet: DEF IV *(United Industries)*
Utini Raumstation, Verwaltung, Büro von
  Wilfred Achmed Azer

»Bei Isis und Osiris, Ayline!«

Das hakennasige Gesicht von Wilfred Achmed Azer entspannte sich langsam, und es wurde auch Zeit; Ayline Gantt hätte den Strom erregter Flüche und Beschimpfungen, der aus seinem schmallippigen Mund gedrungen war, vermutlich nicht sehr viel länger ausgehalten. Immerhin konnte sie sich glücklich schätzen, dass ihr Vorgesetzter über die schlechten Neuigkeiten die Angelegenheit mit *Niamh Nagy* vergessen hatte – zumindest hatte sich keiner seiner Flüche auf die verspäteten Berichte bezogen.

Seine Finger entkrampften sich und legten sich plan auf die Platte des eleganten Schreibtischs.

»Wieso sind Sie nicht gleich zu mir gekommen?«

»Weil ich die letzten 24 Stunden auf der Krankenstation und bei *UI-Sec* verbracht habe.« Sie stützte ihren Kopf in eine noch immer zitternde Hand. »Und bevor Sie mich fragen, wieso ich die *Security* auch noch mit hierhergeschleppt habe, Wilfred: Sie werden mir so lange am Rockzipfel hängen, bis der Täter geschnappt ist. Ich bin die ... die einzige Zeugin.«

»Himmel, Ayline. Das ist ja furchtbar.« Azer riss die Augen auf.

»Es wird noch furchtbarer, Wilfred. Sie wühlen sich gerade durch Augusts Mails.«

Nun zog der Mann die dichten Brauen hoch.

»Sie haben ihnen ...«

»... Zugriff gegeben.«

»Ayline!«

»Was ist schon dabei? Diese Leute versuchen, uns zu helfen.« Sie hob den Kopf; ihre Augen brannten. »Es ist *unsere* Security. Die von *United Industries*. Oder glauben Sie ernsthaft, bei dem Attentat habe es sich um eine *UI*-interne Angelegenheit gehandelt? Glauben Sie, ein anderer Projektleiter hätte August Struk und einhundert Unbeteiligte in Tausende von Stückchen zerrissen, nur um ... nur um die Priorität seines eigenen Projekts zu erhöhen? Wenn Sie das wirklich glauben, Wilfred, dann sind Sie *krank*.«

Der R&D-Projektleiter schnappte nach Luft, aber Ayline Gantt ließ ihn nicht zu Wort kommen.

»Selbst wenn diese ... wenn sich *UI-Sec* tatsächlich für das interessierten, was wir hier tun ... glauben Sie denn, diese Leute würden auch nur einen einzigen Datenbankeintrag verstehen? Haben Sie sie gesehen, Wilfred? Ein nach Cologne stinkender Köter, eine großmäulige Bürobotin und der Zwilling des Expresslifts in Segment V: zwei

Schichten Diamondcore, dazwischen ein Vakuum.« Gantt rollte mit den Augen. »Es sind *Sicherheitsleute*, keine Industriespione.«

»Ayline.« Azer faltete die großen Hände. »Dafür, dass Sie erst gestern um Haaresbreite mit dem Leben davongekommen sind, sind Sie heute noch ganz schön ... lebendig. Oder sollte ich aufgewühlt sagen?« Die Spitze seiner Hakennase wanderte bedrohlich in Richtung der schmalen Lippen; es sah beinahe aus, als wollte er nachdenklich daran knabbern. »Natürlich liegt auch mir daran, herauszufinden, wer meine Projekte zu sabotieren versucht. So etwas kann sich nicht nur auf den Aktienkurs auswirken, sondern auch auf Ihren und meinen Jahresbonus! Wenn es also etwas gibt, das Ihnen und *UI-Sec* weiterhelfen würde und das zu besorgen in meiner Macht steht, zögern Sie nicht ...«

»Es gibt etwas«, unterbrach ihn Ayline Gantt bestimmt.

»Bitte?«

»Es gibt etwas, das Sie mir besorgen können, Wilfred. Und wenn möglich, hätte ich es gern *gleich*.«

31

System: Holloway
Planet: Holloway II
Forschungsinstallation *Niamh Nagy*, Modul 3

Wütend nabelte Kit Lacroze die Laser-Batterie ab, um sie an ihrem Harness festzumachen. »Fertig. Du hast dir den Namen »Chick« redlich verdient. Feigling.«

Chick, der neben dem Schott seinen *Repeater* lose im Anschlag hielt, rollte mit den Augen.

»Oh, jetzt werden wir aber ungerecht. Wieso bist du sauer auf mich? Ich habe deinen Freund nicht erschossen. Das war der große Kerl da draußen.«

Er deutete mit dem Daumen über die Schulter.

»Du hast ihn als Schutzschild missbraucht, und du hast seine *ExCess* genommen«, knurrte Kit, während sie die Abdeckung wieder an das Pad anschraubte. Chick sah auf die Pistole, die nun an seinem Harness festgemacht war.

»Hallo? Hätte ich seine Ausrüstung liegen lassen sollen? Außerdem stand der Klugscheißer direkt vor mir. Der Gang war nicht allzu breit, weißt du?«

»Du hast ihn als Schutzschild missbraucht«, wiederholte Kit wütend.

»Na schön. Du bist sauer, gut. In unserer Situation ist es besser, sauer zu sein, als sich der Hoffnungslosigkeit hinzugeben – klingt gut, oder?«

Da war es wieder, das Chick-Grinsen. Kit beantwortete es mit einem bösen Blick, und der Gardeur zuckte die Achseln.

»Dann sei eben sauer, von mir aus auch auf mich, aber versuche wenigstens, deinen Ärger an den Gegnern auszulassen, wenn du die Chance dazu bekommst.«

»Yaddayaddayadda«, äffte sie ihn nach. »Wieso bist du eigentlich nicht Sorgenkolumnist bei *Starlook* geworden? ›Fragt Onkel Chick. Der lässt auch in der verkacktesten Situation immer noch einen weisen Spruch für euch fliegen.‹«

Der große Gardeur seufzte tief.

»Okay. Jetzt hör mir mal zu. Willst du wissen, woher der Name »Chick« kommt? Nicht einmal Poison weiß das, aber dir würde ich es verraten, vorausgesetzt, du benimmst dich dann nicht mehr wie ein Kleinkind.«

Kit steckte ihr Multitool ein und verschränkte die Arme, so gut es ihr in der Rüstung eben möglich war, dann seufzte auch sie und sah nach oben.

»Lass hören.«

»Den Namen habe ich mir eingehandelt, als ich elf Jahre alt war und ein Huhn in einen Gottesdienst geschmuggelt hatte. Das blöde Huhn hat einen Schreck bekommen, ist geflohen und über die Tastatur der tollen rosa Plastikorgel gelaufen. Die Musik war nicht schlecht, aber die

Preacheress war trotzdem nicht sehr begeistert – so viel zu meinem Huhn. Na ja, von da an war ich für meine Freunde nur noch ›Chicken MacPhibes‹ – Frieden?«

Kit überlegte einen Moment, bevor sie die gepanzerte Hand ergriff, die der Gardeur ihr darbot.

»Frieden. Auch wenn ich jetzt nie wieder ein Huhn sehen werde, ohne an eine rosa Plastikorgel denken zu müssen.«

»Seid ihr fertig? Alle Streitigkeiten beigelegt? Sehr schön, dann hört mir ja vielleicht auch wieder jemand zu.«

Das war Corrigan, der nun auch – mit Poison im Schlepptau – zum Schott kam. Wortlos reichte Chick ihm Shilohs schwere Pistole, und wortlos befestigte Corrigan sie an seinem Gürtel. Dann baute er sich vor Kit auf.

»Zunächst einmal zu *Ihnen*, Lacroze.«

Er schlug so schnell zu, dass Kit den Panzerhandschuh kaum kommen sah; dafür krachte es umso lauter, als er die Seite ihres Helms traf. Sofort begann ihr linkes Ohr zu pfeifen.

»Als ich vorhin ›Vorwärts‹ sagte, meinte ich das auch so. Ich meinte nicht etwa ›Rückwärts‹, ›Seitwärts‹ oder ›warte noch eine Minute, dann folge mir‹. ›Vorwärts‹ war ein Befehl, keine Anregung und kein Vorschlag zur Güte. Verstanden?«

Kit riss sich vom Anblick der bösen lila Augen los und nickte schwach.

»Schön. Ich weiß, dass du als *Commando* gewohnt bist, selbständig zu entscheiden, und solange du allein unterwegs bist, ist das ja auch völlig in Ordnung – aber wenn ich etwas sage, dann gilt das! Von mir aus können sich meine Justifiers so seltsam benehmen, wie sie wollen, solange sie meine Befehle ohne zu zögern befolgen. Ist dir das klar, Lacroze? Hast du das verstanden?«

»Sir, jawohl, Sir«, hauchte Kit. Wofür sie die zweite Kopfnuss kassierte, war ihr nicht so ganz klar, aber Corrigan wandte sich schon von ihr ab und den Gardeuren zu.

»Wir wissen zwar nicht, mit wie vielen Gegnern wir es noch zu tun bekommen werden, aber eines ist klar: Unsere Ausrüstung ist inadäquat. Wir brauchen zumindest panzerbrechende Munition. Also müssen wir sie wechseln.«

»Heißt das, wie gehen zurück zur *Robin*, Chief?«

»Genau das heißt es, Sarge.«

»Was?« Kit stemmte verblüfft die Arme in die Hüften. »Verdammter Mist, wieso hast du mich dann das Schott von dieser Seite aus schließen lassen?«

»Handarbeit beruhigt die Nerven, Kit.« Corrigan lächelte schwach. »Jedenfalls deine.«

»Das ist nicht *fair*! Jetzt kann ich alles nochmal von vorn ...«

»Ganz ruhig. Wäre dir lieber, wir statteten uns in Modul 2 aus? Das ist die Wohneinheit, in der sich auch die Waffenkammer der Gardeure befindet.«

Kit legte den Kopf schief.

»Wäre das nicht naheliegend?«

»Es wäre eine Möglichkeit, aber weißt du, wie viele dieser ... *Dinger* uns dort erwarten? Nein? Siehst du, ich auch nicht.«

Poison nickte zustimmend.

»Wir haben schon einen Mann verloren, Lacroze, und ein weiteres Zusammentreffen mit einem Gegner wie diesem würde unsere Munitionsvorräte vermutlich komplett aufbrauchen.«
»Aber ...«
»Außerdem wissen wir nicht, was sie hier gelagert haben. Was an Bord der *Robin* ist, das wissen wir ganz genau. Also kehren wir um, munitionieren auf und nehmen dann den direkten Weg zu Modul 1 über die Oberfläche von Holloway II.«
»Du hast den Chief gehört, Lacroze. Also mach dich an die Arbeit.«
Poison konnte es sich nicht verkneifen, Kit einen Knuff zu verpassen. Die Füchsin knurrte leise, begann aber sogleich, sich wieder an dem Schott zu schaffen zu machen.
Wenige Augenblicke später waren sie auf dem Rückzug durch den zerschossenen Korridor, der nun gänzlich frei von künstlicher Atmosphäre war. Schweigend passierten sie die Leichen von Blechmann und Shiloh, und schweigend nahm Kit die Laser-Batterie vom Gürtel, um an dem Paneel der Schotttür zu arbeiten.
In dem Moment, in dem Kits Multitool die Plastikabdeckung berührte, leuchtete sie unter ihren gepanzerten Händen grün auf. Verblüfft nahm sie den kleinen Schraubendreher weg und sah zur Batterie, die aber nach wie vor an ihrer Hüfte baumelte.
Sie wandte den Kopf; Corrigan, der über ihre Schulter blickte, sandte ihr einen fragenden Blick. Dann öffnete sich das dicke Schott völlig ohne ihr Zutun.
Vor ihren aufgerissenen Augen stand eine Gestalt, die

dem Blechmann an Größe mindestens gleichkam, nur war die Metallverkleidung in strahlendem Orange lackiert.

Einen Sekundenbruchteil lang starrten sie einander an; der lächerlich kleine, orangene Kopf mit den verspiegelten, kreisrunden Optiken beschrieb eine Kurve, als er die Justifiers zu taxieren schien, dann krachten zwei mächtige, in Leuchtfarben lackierte – Schaufeln? Gabeln? Arme? nieder.

Vor Schreck quietschend warf sich Kit zur Seite, die künstlichen Gliedmaßen verfehlten sie. Dass auch Poison ausweichen konnte, die auf der anderen Seite sicherte, bemerkte Kit nur am Rande; der Chief jedoch bekam die volle Wucht des Doppelschlags ab und brach lautlos zusammen.

Dann stieg der orangene Blechmann über Corrigan hinweg und hieb ein zweites Mal nach Poison, die mit wutverzerrtem Gesicht das komplette Magazin der *Mower* in den kleinen Schädel ihres Gegners entlud. Der Effekt war zu vernachlässigen; lediglich Dellen erschienen auf der eben noch glatten Metalloberfläche, aber es genügte, um die Aufmerksamkeit des Orangenen ganz auf die Gardeurin zu konzentrieren. Kit nutzte die Gelegenheit, um an dem Monster vorbeizuschlüpfen ...

... und erstarrte.

»Nein«, keuchte sie, als sie den zweiten orangefarbenen Blechhoschi sah, der langsam, aber bestimmt auf sie zustakste. *Mist! Wo kommen die jetzt auf einmal her?*

Schnell wirbelte sie herum; zwar präsentierte ihr der erste Orangene – wie erhofft – die Rückseite, aber er war schon mit großen Schritten weit in den Gang vorgedrungen und drängte die beiden Gardeure zurück gegen das Schott. Poison lief rückwärts, während sie Magazine wechselte, und Chick konnte sie von ihrem Standpunkt aus nicht sehen. Nur die kurzen, kontrollierten Feuerstöße seines Sturmgewehrs waren zu hören, die den Blechhoschi aber kaum zu beeindrucken schienen. Unbeirrt stampfte er mit schnappenden Sackgreifern durch den blauen Korridor, durch den die Luft aus Modul 4 langsam, aber stetig in die Atmosphäre von Holloway II entwich.

Als der zweite Blechmann, der sich ihr beharrlich näherte, seine Schweißzange aktivierte, brummte es. Kits Blick zuckte nervös hin und her.

Wenn sie überleben wollte, durfte sie nicht riskieren, zwischen die beiden orangefarbenen Kolosse zu geraten, und Corrigan ...

... unmöglich. Ich kann ihn nicht schleppen und *den Blechmännern entkommen.*

Ein eisiger Klumpen bildete sich in ihrem Magen. Wollte sie es riskieren, für ihren Bonus zu sterben? Sie musste sich schnell entscheiden, sonst taten es die Hoschis für sie ...

Mist, verdammter! Mein BuyBack!

Und Kit Lacroze drehte um und rannte um ihr Leben, wobei sie sich bemühte, möglichst nicht in Chicks Schussbahn zu geraten. Sie sprang über Shilohs Beine, zwängte sich an dem Monster mit den Greifern vorbei, dessen Torso sich nicht schnell genug drehte, um ihr gefährlich zu werden, stieg über den toten Blechmann hinweg und hechtete schließlich zwischen Poison und Chick hindurch auf das Paneel zu, das das Schott kontrollierte.

»Es sind zwei!«, brüllte sie und schlug Poison auf die

gepanzerte Schulter, während sie die Batterie zur Hand nahm. »Wir müssen hier durch und das verdammte Schott verbarrikadieren!«

Trotz des geschlossenen Helms hatte die Sergeantin sie wohl verstanden; sie starrte Kit einen Augenblick lang grimmig und mit gerunzelter Stirn an, dann nickte sie und feuerte eine Salve aus dem neuen Magazin auf den Blechmann ab.

Das Multitool entglitt Kits Hand; fluchend bückte sie sich danach und hob es auf.

Jetzt bloß nicht nervös werden ...

Sie hätte sich nicht sorgen brauchen. Zischend öffnete sich die Tür, und die Justifiers drängten in den Raum mit den Kisten. Kit hörte, wie der orange Blechmann einen Zahn zulegte; fast glaubte sie, das Trampeln seiner riesigen ›Füße‹ ließe den Boden erzittern, aber dadurch ließ sie sich nicht beirren. Sie schlug auf das Paneel und zog das Kabel ab, und die schwere Tür schloss sich.

Poison öffnete das Visier. Auf ihrer bleichen Stirn glitzerten Schweißperlen.

»Verflucht!« Sie richtete ihre Maschinenpistole auf das Bedienfeld des Schotts; verblüfft griff Kit nach dem Handgelenk der Blonden und bog ihren Arm zur Seite.

»Was tust du da, Sarge? Wir müssen die Tür blockieren, nicht das Schloss zerstören!«

Poison befreite ihren Arm mit einem Fluch. Ihre Augen traten beinahe aus ihrem Schädel, als sie Kit wild anstarrte.

»Sollen wir Kisten davor aufstapeln, Lacroze? Das ist eine Schiebetür!«

»Aber der Chief ist noch da draußen!«, schrie Kit mit sich überschlagender Stimme. »Wenn du die Steuerung zerstörst, komme ich niemals an ihn ran, verstehst du denn nicht? Ich brauche ihn, verdammter Mist!«

»Jetzt reiß dich zusammen und halt die Schnauze«, schrie Poison zurück. »Für Kunststückchen ist es jetzt zu spät!«

Und das stimmte tatsächlich: Das Bedienfeld leuchtete auf, und mit Waffen im Anschlag wichen die Frauen gerade noch rechtzeitig hinter ein paar Kisten zurück. Die Schotttür öffnete sich mit einem Fauchen, als Luft aus Modul 3 entwich; fast gleichzeitig trat Chicks *Repeater* in Aktion, dann schlug ein großer Greifer donnernd in ihre Deckung. Der Metallbehälter deformierte sich, als sei er aus Plastkarton, und Kit hörte, dass Chick etwas brüllte – leider verstand sie nicht, was, da Poison just in diesem Moment ihre *Mower* direkt neben Kits Helm abfeuerte. Irgendjemand schrie, während Geschosse auf die verbeulte Front des orangefarbenen Blechmanns einhämmerten; ein Servo surrte überlaut. Dann krachte es, etwas Hartes traf Kits Visier, und dann …

System: DEF-563-UI
Planet: DEF IV *(United Industries)*
Utini Raumstation, Verwaltung

»Gabby, gut, dass ich Sie sehe«, rief Gantt, schon bevor sie auf Armeslänge an ihre Assistentin herankam, die vor den bunten Bildern im Gang auf sie wartete. »Nehmen Sie meine Anrufe entgegen, solange mein Besuch noch hier ist.«

Gabby schien überhaupt nichts mehr zu wundern. Ungerührt sah sie ihrer Chefin und der Frau entgegen, die Ayline Gantt im Schlepptau hatte. Die dralle Ultrablonde mit dem raspelkurzen Haar, grellen Make-up und künstlich zerfetzten Shirt, durch das man mehr als nur ihre Tätowierungen erahnen konnte, hielt ihre *UI*-Swipecard in die Höhe und marschierte mit einem fröhlichen »Hallo« an Gabby vorbei. Die nickte stumm.

Gantt schob die Ultrablonde in ihr Büro und schloss die Tür hinter sich.

Lance Corporal Tran saß in ihrem Sessel und starrte düster auf den versenkten Monitor, der ihr knochiges Gesicht mit kühlem Licht übergoss und ihre Gesichtszüge noch schärfer zeichnete, als sie es bei regulärer Beleuchtung schon waren. Florescu beugte sich über Trans Schulter, die Arme auf der Rückenlehne des Schreibtischstuhls. Auch er wirkte nicht sehr glücklich, als er zu Gantt und ihrer Begleiterin blickte.

»Guten Tag, Ms ...?«

»Stellhorn, IT«, sagte Gantt, und »Ciara«, die Blonde.

»Guten Tag, Ms. Stellhorn. Mein Name ist Florescu, das ist Lance Corporal Tran, *UI-Sec.*«

Die bemalten Brauen der Blonden wölbten sich spöttisch.

»Nee, ehrlich?«

»Ms. Stellhorn wird herausfinden, was es mit der Spionage-Vermutung von Dr. Struk auf sich hat«, erläuterte die Managerin die Anwesenheit der anderen.

Tran schnappte ihre Panzerhandschuhe, stand auf und machte für Ciara Stellhorn Platz.

»Zum Glück. Haben Sie eine Ahnung, mit wie vielen Leuten von der Station Ihr Doktor bekannt war? Wenn man nach den privaten E-Mails geht, kannte er so ziemlich alle. Na ja, bedroht wurde er jedenfalls nicht.« Sie ließ sich in einen der Besucherstühle fallen und griff nach einem Kaffeebecher, während Stellhorn ihren Platz am Schreibtisch einnahm. »Zumindest nicht per E-Mail oder *SVR.*«

»Bedroht?«, fragte Stellhorn und hob verwundert die überschminkten Augenbrauen; Gantt schnitt eine Grimasse.

»Er wurde umgebracht. Mit dem Rest der Gäste von *Canopus Joe's.* Jetzt haben Sie eine ungefähre Vorstellung davon, wie ernst die Lage ist, Ms. Stellhorn. Also finden Sie heraus, ob tatsächlich jemand in unserer *[TalosII]*-Datenbank herumgeschnüffelt hat, und wenn ja, wer es war. Und das schnell.«

»Scheiße, ja.« Verblüfft sah Stellhorn in die Runde, dann ließ sie ihre Knöchel knacken. Ihre glasgrünen Fingernägel reflektierten das Licht der Deckenlampe. »Talos, sagten Sie? Ist das nicht der Typ mit den Synthgips-Füßen? – Okay. Wonach suchen wir genau?«

»Ich nehme an, nach kürzlich erfolgten Datei-Änderungen ... am besten beginnen Sie in der vorletzten Nacht.«

»Okay.« Die IT-Frau nickte knapp, warf sich in Positur und widmete sich dem in den Tisch eingelassenen Terminal. »Ich seh' mich mal um.«

Florescu richtete sich auf, um sich zu strecken, dann setzte er sich neben Tran, die ihm die Hand mit der Fläche nach oben entgegenstreckte.

»Was?«

»HWP.«

»Natürlich, Lance. Hier.« Er zog ein Döschen aus dem Utility-Gürtel und reichte es Tran. Die Frau entnahm dem Behälter eine grüne Tablette, bevor sie ihn wieder zurückgab; dann warf sie die Tablette in ihren Kaffee und rührte um.

Gantt rückte sich den letzten verbliebenen Stuhl zurecht und setzte sich ebenfalls.

»Aromatablette?«, fragte sie; Tran schüttelte den Kopf.

»Hallo-Wach-Pille. Immerhin sind wir seit ... uh ...«

»... mindestens 36 Stunden auf den Beinen«, ergänzte der Lieutenant und rieb sich die Augen. »Kein Grund, die Nerven zu verlieren, aber unangenehm genug.«

»Alles an mir klebt«, seufzte Tran. »Können Sie sich vorstellen, wie das ist, so lange in einer schlecht klimatisierten Kunststoffbüchse eingesperrt zu sein?«

»Hm«, meinte Gantt unschlüssig, die sich auch am liebsten die durchschwitzten, übel riechenden Kleider vom Leib gerissen hätte. Nach einem Blick auf die konzentriert arbeitende Stellhorn zuckte sie dann die Achseln.

»Wissen Sie was, Lance Corporal, Ms. Stellhorn scheint im Augenblick auch ohne uns zurechtzukommen. Ich für meinen Teil werde jetzt einen kleinen Abstecher in die Laboratorien machen – dort gibt es nämlich eine Dusche, Seife, Ultraschall und eine Trockenkabine. Kommen Sie mit?«

33

System: Holloway
Planet: Holloway II
Forschungsinstallation *Niamh Nagy*, Modul 4

Das Licht war schwach und bläulich, aber es schmerzte trotzdem in den Augen, also beschloss Kit Lacroze, sie geschlossen zu halten. Dann erinnerte sie sich daran, wo sie sich befinden sollte, und schoss mit einem Ruck hoch.

Ihre linke Schädelhälfte schmerzte höllisch; als sie die Hand zum Kopf führte, stellte sie fest, dass sie ihren Helm nicht mehr trug. Wenigstens schien sie nicht zu bluten, denn als sie ihre Pfote zurückzog, war die trocken.

Mit zusammengekniffenen Augen sah sie an sich herab; eine zähe dunkle Flüssigkeit hatte sich über die Panzerung ihres Arms ergossen und blubberte nun am Boden. Der Geruch war nicht allzu übel, wenn man ihn mit dem eines herkömmlichen Abwasserkanals verglich.

Das schwache, bläuliche Licht kam aus einer vergitterten Lampe, die in die Wand gegenüber eingelassen war, und Kit ging auf, dass sie sich nicht mehr in dem Raum befand, in dem sie zuletzt gewesen war.

Das eigentlich Erstaunliche war jedoch die Gestalt, die vor der vergitterten Lampe stand, einen Arm lässig in die Hüfte gestemmt.

Ihr Mund wurde schlagartig trocken.

Auf den ersten Blick hätte es sich um einen etwas übergroßen Gardeur handeln können, wäre da nicht die Vielzahl von Kabeln und Schläuchen gewesen, die aus seinem Hinterkopf entsprangen und an anderer Stelle wieder in nacktes Fleisch stachen. Auf dem teilrasierten Schädel und um die eingesunkenen Augen herum waren mit dickem Stift Schnittmuster aufgezeichnet worden; Beine, Unterleib und die waffenstarrenden Arme schienen vollständig aus Metall zu bestehen, Torso und Hals waren nur teilweise mit braunen Panzerplatten verkleidet, unter dem rechten Arm hing eine dreiläufige Maschinenkanone und an einer unbedeckten Stelle am Oberbauch schimmerte ein Metallkolben durch die offenbar erst kürzlich genähte Haut. Das Monster verströmte einen fiesen Geruch nach Tod und Kabelbrand, der ihr die Galle nach oben trieb.

»*SIE IST WACH*«, donnerte es mit metallisch hallender Stimme, deren Lautstärke sie zusammenzucken ließ. Dann machte der halbfertige Blechmann mit surrenden Servos einen Schritt in ihre Richtung.

Ein Blitz schoss durch Kits Leib; automatisch sprang sie auf, um aus seiner Reichweite zu gelangen, drehte sich um ...

... und kollidierte mit einer anderen gepanzerten Gestalt, die aus dem Halbdunkel trat.

Kits Augen weiteten sich. Hätte sich ihre Blase nicht

schon beim Kampf gegen den ersten Blechmann entleert, hätte sie in diesem Augenblick ganz bestimmt in die Hose gemacht. Sie schrie laut auf und schlug automatisch zu; ihre Faust krachte gegen den gepanzerten Kopf des zweiten Gegners, der zur Seite taumelte. Erst als er beide Arme hob und signalisierte, dass seine Absicht eine friedliche gewesen war, erkannte sie, dass es Chick war, den sie geschlagen hatte – jetzt schon zum zweiten Mal. Das konnte zur Gewohnheit werden ...

»Hey«, rief Chick und öffnete sein Visier. »Geht's wieder?«

»*Chicken* MacPhibes«, stöhnte sie und schielte auf den unfertigen Blechmann. »Beim Gehörnten! Was ist denn passiert? Und wieso laufen wir nicht weg?«

»Weil wir nicht weglaufen müssen, Kit. Du wurdest unter einem Stapel Kisten begraben, als der Blechmann dagegengerumpelt ist. – Hey, wir dachten wirklich, du wärst tot.«

»Hast du – hast du das Monster fertiggemacht?«, fragte sie. Sie fühlte sich ein wenig schwach ... aber wirklich nur ein wenig.

Chick schüttelte den Kopf. »Ich? Leider nein. Fast hätte mich dieser Blechkamerad erschlagen. Munition war alle, und ich konnte in dem kleinen Raum ja schlecht eine Granate abfeuern. Du und der Sarge wart bereits am Boden. Hätte Schäfer nicht eingegriffen, wären wir alle tot.«

Kit runzelte die pelzige Stirn, wobei sie darauf achtete, die unglaubliche Gestalt des massiven Kyborgs immer im Auge zu behalten.

»Ist ... *das* da ... Schäfer?«

»*THEO SCHÄFER*«, donnerte eine metallische Stimme. »*31B1OTS-UI, PRIVATE FIRST CLASS.*«

Jetzt erst sah sie Poison, die aus seinem Schatten trat. Im direkten Vergleich wirkte die Gardeurin nicht nur winzig, sondern auch sehr, sehr zierlich.

»Das ... das kann nicht wahr sein!«

»Aber das ist es.« Poisons raue Stimme klang gestresster als sonst, als sie fortfuhr. »Schäfer hier hat das Monster zerlegt, bevor es dich und mich und Chick töten konnte. – Ich denke, deinem Kopf geht es jetzt wieder gut genug? – Licht.«

Die Blonde schnipste mit den Fingern, und gleich erhöhte sich die Leuchtkraft der blauen Lampen. Nun drehte sich auch der Rest von Kit in die Richtung der anderen; ein wenig zögernd erhob sich die Fuchs-Beta und strich sich verunsichert über das kurze rote Haar.

»Aber das Ding – ich meine, er ist ... Sie sind ...«

Hilflos spreizte sie die Finger. »Na ja, wieso haben Sie uns gegen das ... den ... den Typen in Orange geholfen?«

Die tiefliegenden blauen Augen des bizarren Gegenübers blinzelten sie verdutzt an. So weit sie das anhand der übrig gebliebenen Büschel auf seinem Schädel sehen konnte, hatten seine Haare die Farbe nassen Sands.

»*HÄTTE ICH MIT ANSEHEN SOLLEN, WIE ER EUCH UMBRINGT? VIELLEICHT NOCH EIN FLÄSCHCHEN BIER DAZU TRINKEN SOLLEN?*«

»Aber ...«

»Kit«, sagte Chick mit sanfter Stimme. »Genau wie wir auch ist Schäfer ein ganz gewöhnlicher Gardeur, und auch er hat keine Ahnung, was hier vor sich geht.«

34

System: DEF-563-UI
Planet: DEF IV *(United Industries)*
Utini Raumstation, Laboratorien

Auf dem Weg durch die Laboratorien hatten Gantt und Tran vielleicht zehn Worte miteinander gewechselt, aber das Interesse der *UI-Sec*-Frau für ihre Umgebung war offensichtlich; die schmalen Augen hatten ihr Umfeld förmlich eingesogen. Kein Mitarbeiter, kein Türschild, keine Giftküche und kein Behandlungsraum waren ihrer Aufmerksamkeit entgangen.

Gantt hatte die andere zuerst duschen lassen und sich währenddessen ihre eigene Laborausstattung besorgt, die sie gegen die übel riechende Bekleidung austauschen wollte. Insofern war sie besser dran als Tran, der nichts übrigblieb, als nach der Dusche wieder in ihre verschwitzte Körpersocke zu steigen.

Nun endlich stand Ayline Gantt selbst unter dem warmen Wasserstrahl und hoffte, dass die Laborseife den widerlichen Kaugummiresten gewachsen war, die noch immer ihre Haare verklebten. Sie seufzte.

Die Dusche war angenehm, und zum ersten Mal seit vielen, vielen Stunden kehrte ein Gefühl wie ... Wohlbefinden zurück.

Und dann war das Vergnügen auch schon vorbei, denn vor der Kabine quäkte plötzlich eine Stimme aus dem Helm der Sicherheitsfrau. Gantt hörte, dass Tran etwas sagte, aber über dem Rauschen des Wassers verstand sie die Worte nicht.

»Verdammt.«

Hastig stellte Gantt das Wasser ab und langte nach dem bereitgelegten Handtuch, um sich notdürftig damit abzutrocknen. Sie steckte den Kopf aus der Kabine.

»Was ist los?«

»Wir sollten in Ihr Büro zurückkehren, Ms. Gantt. Ihre Ms. Stellhorn scheint ziemlich aufgeregt zu sein.«

So schnell war Gantt in ihrem ganzen Leben noch nicht angezogen gewesen; der Kittel, den sie über die helle Laborkombination geworfen hatte, war zu groß und schleifte über den Boden, aber das sollte im Augenblick ihre geringste Sorge sein.

Im Eiltempo verließen die beiden Frauen die R&D-Laboratorien durch die Sicherheitsschleuse; nur wenige Minuten später stürmte Gantt durch die Ultrastahltür in ihr Büro, dicht gefolgt von Tran.

Lieutenant Florescu, der wieder seinen Stammplatz hinter dem Schreibtischstuhl eingenommen hatte, deutete gerade mit einem Finger über die Schulter von Ms. Stellhorn und sah nun auf.

»Was ist los?«, rief Ayline Gantt; Tropfen rannen aus den nassen blauen Haaren in den Kragen ihres Kittels und unter die Kombi, von wo aus sie an ihrem Rücken hinabglitten. »Stellhorn?«

»Jemand macht sich gerade an Ihrer Forschungs-Datenbank zu schaffen, Ms. Gantt, und ich meine nicht mich. Sehen Sie?«

Mit wenigen Schritten war Gantt um den Schreibtisch herumgeeilt und starrte nun ebenfalls auf das Display. Obskure Zeichenketten rollten über den Bildschirm, ab und zu blitzten in der Tiefe der Darstellung rote Symbole auf.

»Aha«, sagte sie gedehnt. »Klären Sie mich auf. Was bedeutet das?«

»Da macht gerade jemand einen Datenabzug«, meinte Tran, die nun ebenfalls gebannt auf den Bildschirm sah.

»Ganz falsch, Süße.« Stellhorn grinste breit und tippte mit einem grün lackierten Nagel auf das Display, dann rückte sie ihre geschickt verpackte Oberweite so zurecht, dass Florescu hinter ihr einen hervorragenden Einblick haben musste. »Kein Datenabzug, kein Löschen ... ganz im Gegenteil. Jemand schmuggelt einen Code hinein.«

»Was? Aber – was soll das?« Gantts schwarzes Gesicht nahm schlagartig einen gräulichen Farbton an. »Was tut er da? Schleust er ein Virus ein?«

»Er ändert die Daten.«

Eine bedrohliche Furche bildete sich auf Gantts Stirn.

Er ändert die Daten? Aber wenn es sich um Sabotage handelt und nicht um Spionage ... ich muss nachdenken, verdammt ... denk nach, Ayline Gantt!

»Wir dürfen nicht zulassen, dass er unsere Forschungsdaten ruiniert! Nicht auszudenken, was geschehen könnte ...« Die alptraumartige Vorstellung millionenfach reklamierter defekter Prothesen kreuzte ihre Gedanken.

Ihr schauderte.

»Das ist ein Fall für die Netzwerksicherheit«, befand Tran düster.

Stellhorn zuckte die Achseln, während ihr kritischer Blick auf das Display fixiert war. »Ich bin die Netzwerksicherheit, Süße. Und da die R&D-Kerne mit kaum etwas vernetzt sind, dürfte es kein großes Problem darstellen, diesen Kerl rauszuwerfen.«

Der Lieutenant riss seinen Blick von Stellhorns beeindruckendem Ausschnitt los. »Gibt es eine Datensicherung?«

»Keine Ahnung ... dafür ist jedes Projekt selbst verantwortlich.« Stellhorns Finger glitten geschickt über die Tastatur. »Die wollen nicht, dass wir in ihren wertvollen Daten herumschnüffeln, nicht wahr, Ms. Gantt?«

»August Struk und ich haben täglich den kompletten Datenbestand von *[Talos]* und den anderen weggesichert. Jeder für sich, jeder auf einen externen Datenträger.«

»Also sollte es zwei aktuelle Kopien Ihres *[Talos]* geben.« Vorsichtig berührte Florescu die Naht an seinem Schädel. »Wo befinden die sich, Ms. Gantt?«

»In meiner Wohnung und vermutlich bei August zu Hause. – Gute Güte, meine Projekte!« Sie griff sich panisch an den Kopf. »Wenn er von den Sicherungsdateien weiß, wird er auch diese sabotieren! Wir müssen sie verdammt nochmal in Sicherheit bringen, Lieutenant!«

»Gut. Dann machen wir das.« Florescu griff nach seinem Helm mit dem reflektierenden Streifen. »Sollten sie noch intakt sein, gibt es keinen Grund, unseren Saboteur aus seinem Sandkasten zu vertreiben. Solange er sich hiermit die Zeit vertreibt, hängt er irgendwo fest. Das wiederum sollte es uns einfacher machen, ihn zu schnappen. – Können Sie in der Zwischenzeit herausfinden, wer auf die Daten zugreift, Ms. Stellhorn?«

Ciara Stellhorn bedachte den Sicherheitsoffizier mit einem Blick, der wohl Zweifel an seinem Geisteszustand zum Ausdruck bringen sollte. Ihre übermalten Augenbrauen wölbten sich so stark, dass sie beinahe den ultrablonden Haaransatz berührten.

»Kannst du gleichzeitig gehen und Kaugummi kauen, Schnucki? Ich muss es nicht herausfinden. Ich weiß es.« Sie grinste Ayline Gantt an. »Es ist Ms. Gantt.«

»Was? WAS?« Das zweite »Was« schrie Gantt so laut heraus, dass sich Stellhorn automatisch an die Ohren langte.

»Jemand benutzt Ihren Account, um an Ihren Daten herumzuspielen«, sagte die IT-Frau langsam, um sicherzugehen, dass Gantt es auch verstanden hatte. »Es ist nie gut, zu offen zu seinen Freunden zu sein, wenn Sie verstehen, was ich meine.«

Die Managerin keuchte, ihre Gedanken rasten.

Wer zum Teufel hätte an mein Kennwort gelangen können? Peter? Unmöglich. Da war sie sich ziemlich sicher. Sie hatte ihn weder in ihrem Büro noch zu Hause getroffen. Dr. Castro hätte vielleicht Gelegenheit gehabt, aber er wäre mit Sicherheit einfacher an Struks Daten gekommen …

»Neophytos Nomura«, zischte sie. Der Archivleiter hatte noch eine ganze Weile die Zutrittsberechtigung zu ihrem Büro besessen, bis es jemandem in der IT aufgefallen war.

Und er war wütend auf Ayline Gantt.

»Ein Kollege«, erläuterte sie, als Florescu fragend den Kopf schief legte.

»Wir werden Ihrem Kollegen nachher ein paar Fragen stellen, Ms. Gantt. Jetzt lassen Sie uns gehen – je eher wir Ihre Daten sicherstellen, desto besser für Ihre Nerven.«

35

System: Holloway
Planet: Holloway II
Forschungsinstallation *Niamh Nagy*, Modul 3

Seit das Anspringen der Energieversorgung Schäfer in seiner Stasiskammer aufgeweckt hatte, hatte er Schmerzen gehabt, und übel war ihm auch. Zuerst hatte er darauf gewartet, zur nächsten Operation abgeholt zu werden, aber niemand war gekommen, um ihn abzuholen. Als er schließlich Gewehrfeuer gehört hatte, nicht allzu weit entfernt, hatte sich der Gardeur trotz seines weniger als optimalen Befindens dazu berufen gefühlt, die Kammer von innen zu öffnen – und war über die zerquetschte Leiche eines Kybernetikers gestolpert. Dann hatte er eine weitere Leiche entdeckt und noch eine. Und dann die bedrängten Justifiers, die er zunächst für *Raider* gehalten hatte, bis er ihre *UI*-Markierungen entdeckt hatte ...

»Dem hast du's ganz schön gegeben«, grinste Poison und deutete über die Schulter auf die Tür, die aus dem geräumigen Labor in den Raum mit den Kisten führte. Schäfer zuckte mit den mächtigen Schultern.

»*ER WAR BLOSS EIN BUDDLER. ICH BIN SOLDAT.*«
»Ein Buddler?«
»*EINER VON DEN JUNGS, DIE DEN FORSCHERN AN DEN AUSGRABUNGSSTELLEN ASSISTIEREN.*«
»Oh.« Die Sergeantin zog die Brauen hoch.

Chick, der ihren Gesichtsausdruck richtig interpretierte, grinste jetzt ebenfalls.

»Bauarbeiter galten schon immer als zäh«, sagte er und fuhr damit fort, sein Sturmgewehr zu sichern – entsichern. Sichern – entsichern. Das immer wiederkehrende Klickklick begann Kit gehörig auf die Nerven zu gehen.

»*DAS KANNST DU LAUT SAGEN. ICH HATTE GLÜCK, DASS DIE P3 SCHON ANGESCHLOSSEN UND DAS MUNITIONSDEPOT GEFÜLLT WAR.- ICH SOLLTE NACHFÜLLEN.*«

Der unfertige Garde-Kyborg klopfte sich auf ein Panzerungsteil der rechten Torsoseite, das aufklappte und eine Öffnung freigab, aus der wiederum ein Behälter mit Granaten in seine Metallhand floppte. Als er Kits entsetzten Blick sah, verzog er das bemalte Gesicht.

»*DANN SCHAU HALT WEG, BETA.*«

»Kit«, korrigierte sie ihn knurrend und wandte sich ab.

Sie hörte etwas quietschen und klappern, was ein wenig nach Miniatur-Bowlingbahn klang. Es fiel ihr schwer, den Anblick und Geruch des halb robotischen Gardeurs überhaupt zu ertragen; in sein Innerstes wollte sie nicht auch noch blicken müssen – es verursachte ihr Schmerzen.

Sie war noch immer wütend darüber, dass die Justifiers nicht selbst mit dem ›Buddler‹ fertiggeworden waren, aber noch viel wütender war sie darüber, dass sie Corrigan zurückgelassen hatten. Tatsächlich hatte Poison, kaum, dass sie zu sich gekommen war, das Bedienfeld des Schotts mit einer gut platzierten Salve aus ihrer Maschinenpistole zerstört, damit der zweite Buddler nicht auch noch bis zu ihnen vordringen konnte. Solange Kit die Ersatzteile dafür nicht aus einem anderen Schott ausbauen konnte, führte der schnellste Weg zu Corrigan und den wertvollen Prototypen nun über die im Rechteck angeordneten Module 5, 6 und 7 zurück nach Modul 4, und falls es dort Gegner gab, würde dieser Weg ein verdammt weiter sein. Jedenfalls lag er nicht einmal annähernd in der Nähe ihres Ziels, und ob Kit auf dem Rückweg nach dem Chief suchen konnte, war noch nicht abzusehen.

Kit hätte heulen können.

Sie hatte versagt.

Wenn sie nicht einmal seinen mistigen Schädel zurückbringen konnte, bedeutete ihr Versagen ewige Sklaverei ...

»*FERTIG*«, schnarrte Schäfer.

Sie sah hoch. Mit einer künstlichen Hand rieb er über seine müden, rotgeränderten organischen Augen, und Kit bemerkte voller Abscheu, wie sich metallene Sehnen unter der nicht verkleideten, von Blutergüssen bedeckten Haut seines Halses bewegten.

»Unglaublich. All das ist schwer zu glauben.« Poison schüttelte langsam den Kopf, dann traf ihr Blick den des kybernetischen Gardeurs. »Tut das weh?«

Er runzelte die Stirn, und die Blonde lächelte angestrengt.

»Die Umwandlung. Das Ble- das Metall. Diese Schläuche, die in deine Haut führen. Weißt du, du blutest dort, wo sie ... egal. Das *muss* doch wehtun.«

Die machen mich fertig!

Kit zuckte zusammen, aber Schäfer rümpfte nur die Nase.

»DIE SCHMERZREZEPTOREN SIND NOCH NICHT BEHANDELT WORDEN. DAS HEISST ›JA‹ – ES TUT SÄUISCH WEH.«

Poison drehte sich zu Kit um und streckte die Hand aus. »Patch«, grollte sie.

Kit fletschte die weißen Zähne, zog ein Painkillerpatch aus ihren medizinischen Vorräten und hielt es Poison hin. Die schnappte das Pflaster und reichte es Schäfer, der es zwar an sich nahm, aber bedauernd den Kopf schüttelte.

»DANKE, ABER DAS WIRD KAUM AUSREICHEN. ICH BRAUCHE ETWAS STÄRKERES.«

Poison schnitt ein Gesicht. »Wie kannst du *so* leben?«

Als er den Patch an einer freien Stelle seines Halses anbrachte und mit den Schultern zuckte, surrten Servos.

»ICH HOFFE JA, DASS DIE EINGRIFFE EINES TAGES ABGESCHLOSSEN SEIN WERDEN, DANN SOLLTE ES HALB SO SCHLIMM SEIN. AUSSERDEM MACHT DIE EXTRABEZAHLUNG VIELES WETT.«

»Extrabezahlung also. Wie viel hast du dafür bekommen, dich auseinanderschneiden zu lassen?«

»TRAG DICH SELBST FÜR DAS [TALOS2]-PROGRAMM EIN, SARGE, DANN WIRST DU ES JA SEHEN.«

Klick-klick.

Nun begann auch Poison mit dem Sichern-Entsichern-

Spielchen. Kit glaubte, gleich durchdrehen zu müssen; ärgerlich knirschte sie mit den Zähnen.

»Okay«, raspelte die Gardeurin, an Schäfer gewandt. Klick-klick. »Du weißt also auch nicht, was hier vorgefallen ist.«

»*KEINE AHNUNG. DA WAREN TOTE, UND EIN BUDDLER HAT DURCHGEDREHT.*« Das bemalte Gesicht verzog sich zu einer Grimasse des Schmerzes. »*MANN! WANN HÖRT DAS AUF? – ICH HABE IHN AUFGEFORDERT, SICH ZU ERGEBEN, ABER ER GING AUF MICH LOS. DAS WAR'S. WENN IHR SAGT, DASS IHR AUCH VON GARDEUREN ANGEGRIFFEN WORDEN SEID, WILL ICH'S MAL GLAUBEN, ABER DAS HEISST NICHT, DASS ICH'S AUCH VERSTEHE.*«

»Ist der Installationsleiter noch am Leben?«

»*KEINE AHNUNG.*«

»Dann kürzen wir die Angelegenheit ab. Wir munitionieren auf, nehmen den Forschungskern mit und fliegen nach Hause.«

Schäfer nickte langsam, um den schmerzenden Hals nicht zu sehr zu strapazieren. »*DANN MÜSSEN WIR DIE STRECKE ÜBER DIE MODULE 2 UND 1 NEHMEN UND ÜBER DIE OBERFLÄCHE ZU EUREM SHUTTLE ZURÜCKKEHREN. ABER VORHER WERDEN WIR NOCH EINEN ABSTECHER IN DIESER GEBÄUDEEINHEIT MACHEN.*«

Poison blinzelte verblüfft.

»Moment mal, Freundchen. Das ist *meine* Party, und noch bestimme ich, wo's langgeht!« Sie deutete auf das auf der Stirnpartie ihres Helmes aufgemalte Rangabzeichen.

»*DANN BIST DU AUCH DIEJENIGE, DIE SICH HIER GUT*

AUSKENNT, WAS?« Schäfer lachte; es war ein hohles, blechernes Geräusch, das in einem elektronischen Seufzer endete und Kit einen Schauer über den Rücken jagte. *»ICH BRAUCHE MEDIKAMENTE, WAS DAGEGEN?«*

»Poison, Chick«, krächzte Kit und sprang auf. Ihren Schwanz zuckte, aber die Panzerung schränkte ihre Bewegungsfreiheit um etliche Grade ein. »Wir müssen reden. Kommt mal mit.«

Ohne auf eine Antwort zu warten, winkte sie dem Mann zu, während sie die Blonde am gepanzerten Handgelenk packte und sie in den Nebenraum zog, ein weiß gekacheltes Büro, aus dem kein weiterer Weg hinausführte. Falls sich die anderen fragten, was Kit vorhatte, ließen sie es sich jedenfalls nicht anmerken.

Vor einem blütenweißen Aktenschrank hielt Kit an, drehte sich um und verschränkte die Arme, während sie die Gardeure finster betrachtete.

»Leute«, begann sie leise. »Ich finde, wir sollten etwas wegen des ... Blechmanns da drin unternehmen. Ich traue ihm nicht. Wirklich nicht.«

Chicks Zunge berührte seine Schneidezähne, während Poisons Haaransatz nach hinten wanderte.

»Kit, Schäfer ist einer von uns ...«

»Sagt *er*. Vielleicht will er uns nur in Sicherheit wiegen. Vielleicht ist es das, was er will – uns in eine Falle locken.«

»Schwachsinn, Lacroze«, schnaubte Poison. »Er hat uns das Leben gerettet. Wieso sollte er uns in eine ausgeklügelte Falle locken wollen, wenn die Buddler uns ganz einfach hätten töten können? Hä?«

»Da hat sie Recht«, warf nun auch Chick ein. »Was hätten sie davon, einen von ihnen mit uns zu schicken?«

»Wer bitte schön sind ›sie‹«?, fauchte Kit wütend. »Solange wir das nicht wissen – solange wir nicht wissen, was hier passiert ist und wer uns hier weswegen an die Eier gehen will, solange wir uns hier lediglich in Spekulationen ergehen, solange müssen wir verdammt vorsichtig sein! Und das schließt Vorsicht *ihm* gegenüber mit ein. Schließlich ist er ein – ein *Monster!*«

»Sagt die Chimäre aus dem Natus-Tank«, spöttelte Poison.

»Ja, sagt die Chimäre aus dem Natus-Tank! Ich habe verdammt nochmal *Angst* vor diesem stinkenden Haufen aus Blech, Zahnrädern, Kabeln und vergammelndem Fleisch. Mir wird schlecht, wenn ich ihn ansehen muss. Ich kann nichts dafür – ich ertrage das Ding einfach nicht! Warum können wir es nicht einfach totschießen?«

Chick zuckte mit den Achseln.

»Plüschi, die Wahrheit ist, dass ich mich einfach sicherer fühle, solange Schäfer bei uns ist, und ich wette, dem Sarge geht es nicht anders. Okay?«

Im ersten Moment verstand Kit nicht, was es war, das plötzlich an ihrer Rüstung schabte oder weswegen sich Poison mit einem Mal wortlos umdrehte und den Raum verließ – dann ging ihr auf, dass Chick gerade einen gepanzerten Arm um ihre Taille gelegt hatte.

Verblüfft starrte sie den Gardeur an.

»Was soll das denn jetzt? Hattest du vor ein paar Tagen nicht noch gute Gründe gegen das Fraternisieren?«

»Na ja, ich dachte mir gerade, dass wir vermutlich alle

sterben werden, wenn du etwas gegen Schäfer unternimmst – und bevor ich sterbe, wollte ich noch schnell das tun, was ich schon im El Zotz hätte tun sollen, wenn ich nicht so in Sorge um meinen guten Ruf gewesen wäre.«
Chick grinste breit, und Kits Augen wurden immer größer. Da war es wieder, das Kribbeln in ihren Eingeweiden.

Sollte das die Gelegenheit sein, auf die sie ganze zehn Tage lang gewartet hatte?

Mitten im Einsatz?

»Und ich hätte sicherlich noch viel mehr getan, wenn der Sarge sich nicht so sehr darum bemüht hätte, uns den Abend zu versauen«, fuhr er fort. »Wenn du noch magst, holen wir das nach.«

Kits Schnauze entknitterte sich, als sie die Augen bewusst dramatisch niederschlug und den Gardeur verstohlen durch den Vorhang ihrer Wimpern betrachtete.

Er ist ja schon ziemlich süß. Zugegeben, die Frisur ist Mist, aber der Rest ...

»Jetzt?«

»Wieso nicht jetzt?«

Verdammter Mist, Kit, das passt jetzt überhaupt nicht! Lass dich nicht einwickeln, rief ihr die andere, vernünftigere Kit zu, die die Stimme ihres ehemaligen Ausbilders hatte und an manchen Tagen aus ihrem Versteck unter dem Hypothalamus hervorkam, um ihr Ratschläge zu geben. *Konzentriere dich auf die Gefahr, auf den Blechmann, auf deinen Verdacht und auf eine Methode, um an Corrigans verdammte Prototypen zu kommen ...!*

Und diese Ratschläge ignorierte Kit grundsätzlich, wenn ihr etwas Aufregenderes in die Quere kam.

So wie jetzt.

»Okay«, meinte sie also leichthin, klinkte den linken Panzer- und Druckhandschuh aus und blickte auf die Zeitanzeige ihres JUST.

»Was meinst du, reichen zwei Minuten aus, oder bestehst du auf dem vollen Programm?«

36

System: DEF-563-UI
Planet: DEF IV *(United Industries)*
Utini Raumstation, Verwaltungs-Wohntrakte

Den langen Weg zu Gantts Wohnung hätte das *UI-Sec*-Trio sicherlich im Laufschritt zurückgelegt, wenn Ayline Gantt und ihre kurzen Beine nicht gewesen wären, aber keiner der Sicherheitsleute hatte sich darüber beschwert, dass sie sich ihrem Tempo anpassen mussten. Still schritten sie nebeneinander her, drei bewaffnete und gepanzerte Figuren mit verspiegelten Visieren und eine kleine Frau in einem viel zu langen Kittel, der ihr wie eine Schleppe folgte.

Ob die anderen einander anschwiegen, weil sie erschöpft waren, wusste Gantt nicht – vielleicht kommunizierten sie ja auch über Helmfunk miteinander –, aber sie genoss die relative Stille und nutzte sie zum Nachdenken. Als sie an dem immer noch durch Secbots abgeriegelten Canopus Joe's Diner vorbeikamen, musste sie automatisch wieder an Struk denken.

Und an Neo.

Sie schüttelte leicht den Kopf, während sie an einem der braun lackierten *Kerberosse* vorbeitrottete.

Den sich über Statussymbole definierenden Neu-Archivar der Datenmanipulation zu verdächtigen, war idiotisch von ihr gewesen. Natürlich wollte Ayline Gantt nicht abstreiten, dass Nomura dazu imstande war, ungeliebten Kollegen in die Suppe zu spucken: Wer es aus eigener Kraft bis ins mittlere Management geschafft hatte, musste über angespitzte Ellbogen und einen Tresor verfügen, in dem man sein Gewissen sicher wegschließen konnte.

Ihr nachdenklicher Blick streifte ›ihren‹ Sicherheitstrupp. Sie gingen davon aus, dass die Sabotage der *[Talos]*-Daten auf das Konto der gleichen Person oder Organisation ging wie der Anschlag auf *Canopus Joe's*. Und den hätte sie Nomura niemals zugetraut. Eine so blutige, unzivilisierte Aktion passte einfach nicht zu einem Mann, der in ständiger Angst davor lebte, ein Tropfen seines Edelweins könne den kostbaren Stoff seines Maßanzugs ruinieren.

»Wir sind da, Ms. Gantt.«

Die durch den Lautsprecher des Helms reichlich blechern klingende Stimme gehörte zu Florescu. Er deutete auf eine Plexi-Tür, die in einen der Apartmentblocks führte.

»Das ist doch Ihre Adresse?«

Verwundert sah sie sich um; die Managerin hatte nicht registriert, dass sie bereits so weit gelaufen waren.

»Ja«, sagte sie also, »dort oben ist meine Wohnung. Im dritten Stock.«

»Nehmen wir den Aufzug?«, blaffte Zeno. *»Ich kann es gar nicht erwarten zu sehen, wie eine Lady von R&D wohnt.«*

Gantt zog beide Brauen hoch; ihr Gesichtsausdruck schien keinen Zweifel an dem zu lassen, was sich hinter ihrer Stirn abspielte, denn Florescu schüttelte bloß leicht den Kopf.

»*Du bleibst hier, Zeno. Ich denke nicht, dass Ms. Gantt es schätzt, wenn ein Beta-Wolf auf ihrem Sofa Haare verliert.*« Trans Helm wackelte; vermutlich lachte sie leise vor sich hin.

Der Chim knurrte, aber es klang nicht, als sei er wirklich beleidigt, als er sagte: »*Mir wird schon nicht langweilig werden – im Web übertragen sie gerade das Abstiegsmatch der Canopus Coons gegen die Sirius Apes, und ich hab' ne Freundin in der Nähe.*«

Florescus Reaktion erfolgte über Helmfunk, so dass Gantt nicht hören konnte, was der Lieutenant sagte, aber Zeno antwortete über Lautsprecher.

»*Na schön. Irgendeiner muss ja schließlich darauf aufpassen, dass kein großer böser Terrorist vorbeikommt und sich die Datensicherung greift, bevor Sie es tun, Sir.*«

Tran warf dem Chim ein Päckchen zu, von dem Gantt annahm, dass es Glimmstängel enthielt, und schlug ihm auf die Schulter. Dann winkte sie Gantt, ihr zu folgen.

Als sie wenige Augenblicke später vor der Wohnungstür angekommen waren und die Lampe darüber den Gang in warmes Licht tauchte, wurde Gantt plötzlich ein wenig mulmig zumute. Ihre angespannten Finger trommelten auf dem in die Wand neben der Tür eingelassenen Feuerlöscher.

»Hören Sie, Lieutenant ... bevor wir da hineingehen ... meine Einrichtung ist zum Teil ... etwas ... extravagant.«

»Danke für die Warnung«, lachte Florescu. *»Unvorbereitet hätte ich beim Anblick eines pinkfarbenen Nierentischs vermutlich die Nerven verloren.«*

Als sei dies ein Stichwort gewesen, öffnete sich die einzige andere Tür in dem langen Gang mit einem leisen Zischen und enthüllte einen dicklichen Mann mit sorgfältig ondulierter Lockenfrisur. Er trug einen Standard-Kon-Anzug in Dunkelbraun und hielt ein Notepad in der Hand, in das er gerade eine Eingabe hatte machen wollen. Seine Finger verharrten jedoch über dem Display, als er die beiden Gepanzerten sah, die Gantt flankierten. Seine grauen Augen weiteten sich.

»Keine Sorge, Zavier. Noch bin ich auf freiem Fuß«, sagte Gantt und schoss dem Anzugträger einen vieldeutigen Blick zu. »Und sobald die Officers weg sind, mach ich Sie fertig!«

Die Tür glitt sofort wieder zu.

»Freunde oder Feinde?«, lachte Tran.

»Weder noch – wir Film-Freaks liefern uns bloß einen kleinen Wettstreit um die beste Video- und Soundanlage. Mein Nachbar denkt, er hätte mit seinem neuen 4DCube und den *Romanow*-Speakern eine realistische Chance, gegen meine aktuelle *Hirosami*-Sonderedition zu gewinnen.« Gantt holte tief Luft. »Ich weiß, das ist albern, aber ... es entspannt. – Treten Sie ein. Den Gang entlang ins Wohnzimmer. Die *[TalosII]*-Sicherungsdateien befinden sich dort in einem Tresor.«

Die Sicherheitsleute folgten ihrer Aufforderung, indem sie sich gleichzeitig durch den Türrahmen zwängten.

»Nichts für ungut, Ms. Gantt.« Trans Kopf beschrieb ei-

nen Halbkreis, als sie sich in dem mit schwarzem Kunststoff tapezierten Gang umsah; die rötlichen Deckenleuchten, in deren glitzerndem Behang sich das Licht brach, spiegelten sich auf ihrem Visier. Einziges Einrichtungsstück war ein Garderobenständer aus glänzendem, schwarzem Material. *»Würde ich hier wohnen, litte ich spätestens nach drei Tagen an Depressionen.«*

»Dann sind wir ja quitt, Officer«, gab Gantt gekränkt zurück. »Müsste ich in Ihrer Abstellkammer arbeiten, hätte ich mich schon längst in einen Liftschacht gestürzt!«

»Sagen Sie das dem Lieutenant«, lachte Tran, während sie ins Wohnzimmer vorging; mit dem Daumen zeigte sie über die Schulter nach hinten. *»Ich hätte mir gewiss nicht den Serverraum als Büro ausgesucht.«*

»Aber Sie sind doch eine Frau, also sollten Sie zumindest einen gewissen Sinn für Ordnung besitzen! Sie könnten wenigstens die tote Pflanze entsorgen!«

»Damit mir Claymore den Kopf abreißt? – Oh. Oha.« Tran blieb ruckartig stehen. *»Vergessen Sie Nierentische, Sir. Das müssen Sie sich ansehen.«*

Der riesige Raum, den man wohl als Gantts Wohnzimmer bezeichnen konnte, hätte einer fünfköpfigen Familie ausreichend Platz zum Leben geboten. Dennoch wirkte er überladen. Die topmoderne und auffällig verchromte Medienanlage hätte das eine oder andere Apartment dominiert; in der düsteren Höhle, die den Mittelpunkt von Ayline Gantts Zuflucht bildete, ging sie lediglich unter.

»Ms. Gantt«, tönte es merkwürdig steif aus Florescus Helm. *»Was hat das zu bedeuten?«*

Vorsichtig berührte der Sicherheitsmann den pergamenthäutigen Arm der reglosen Gestalt, die in einem rostigen, mit Dornen bewehrten Käfig kauerte. Insgesamt waren es sieben Käfige, die von der hohen Decke baumelten, und alle waren gefüllt.

Tran pfiff durch die Zähne. »*Da nimmt jemand seinen Frust von der Arbeit aber mit nach Hause, was?*«

»Es sind bloß Androiden«, rechtfertigte sich Gantt, deren Gesicht vor Scham brannte. »Defekte Androiden. Sehen Sie? Keiner ist funktionsfähig. Keine Steuereinheiten – dieser hier hat nicht einmal mehr ein Skelett.« Sie deutete auf eine schlaffe Figur, die zur Hälfte durch die Gitterstäbe ihres Käfigs gesunken war.

Florescus gepanzerte Hand fuhr hoch und berührte die Rückseite seines Helms, vermutlich eine Übersprungshandlung, die ratloses Kopfkratzen symbolisieren sollte.

»*Ms. Gantt, es ist verboten, Androiden herzustellen, in Umlauf zu bringen oder zu besitzen.*«

»Das weiß ich genauso gut wie Sie, Lieutenant! Vielleicht habe ich mich falsch ausgedrückt: Es sind alte, unbrauchbare Schrottgeräte, die ich als Dekoration gekauft habe. Nicht mehr und nicht weniger.«

»Peter Engelhardt hat angerufen. Wollen Sie ihn zurückrufen, oder soll ich ihm eine Nachricht übermitteln, Ayline?«

Trans Hand zuckte automatisch zu der Maschinenpistole an ihrer Seite, als Kazuya, der Haushaltsbot, mit majestätischer Ruhe durch eine der ins Wohnzimmer führenden Türen hereinschwebte. Es war mit Sicherheit nicht gerade der beste Zeitpunkt für seinen Auftritt.

»Gute Güte, bloß nicht schießen!«, rief die kleine Managerin und hob erschrocken die Hände. »Haben Sie eine Vorstellung davon, was eine Reparatur kosten würde?«

»*Das ist ein Androide, Ms. Gantt*«, schnarrte der Lieutenant vorwurfsvoll. »*Und er scheint funktionsfähig zu sein.*«

»Androide? Lieutenant, Kazuya ist mein Servierbot, und nichts, aber auch wirklich gar nichts an ihm ist illegal! Ich habe mich bestens abgesichert, als ich ihn restaurieren ließ.« Sie nickte Kazuya zu. »Lass uns allein, Kaz. Begib dich zurück ins Arbeitszimmer.«

»Wenn es Sie glücklich macht, Ayline«, säuselte der Haushaltsbot und funkelte erst Gantt, dann die beiden *UI-Sec*-Leute mit glühenden Augen an, bevor er sich auf seiner ›Pulsatorenwolke‹ umdrehte.

»*Er hat gute Umgangsformen, ist aber ganz schön hässlich, Ms. Gantt.*«

Ayline Gantt stemmte die Arme in die Seiten und sah zu Florescu auf.

»Lieutenant, sind wir hierhergekommen, um über meinen Geschmack zu streiten, oder um die verdammte [TalosII]-Datensicherung zu holen?«

Was auch immer der Lieutenant darauf hatte antworten wollen, er sollte nicht dazu kommen, denn Kazuya rotierte um 90 Grad, klappte die linke Hand nach unten und schoss ihm in die Brust. Das Geschoss durchschlug Panzerung, Mann und den bizarren Androiden-Leichnam im Käfig dahinter, bevor es in der schwarzen Wand verschwand. Während Florescu scheppernd zu Boden ging, schwenkte Kazuyas Waffenarm zu Tran herüber, der es beinahe gelang, sich zu ducken und gleichzeitig die *Mower* hochzureißen, bevor das zweite Geschoss ihr verspiegeltes Visier zertrümmerte. Trans Kopf schnappte zurück, und ein rosaroter Strahl schoss aus der neuen Öffnung auf der Rückseite des Helms. Die Frau fiel wie ein Klotz.

Gantt öffnete den Mund, um zu schreien, aber ihre Stimmbänder versagten den Dienst.

Kein Ton kam aus ihrer Kehle.

Fassungslos starrte sie zu Kazuya hoch, dessen feuriger Blick zwischen den ausgeschalteten Sicherheitsleuten hin und her flackerte, bevor sich die Glasaugen schließlich auf die Managerin richteten. Die Mündung des Waffenarms richtete sich auf Ayline Gantts graues Gesicht.

»Diese Datensicherung, die Sie erwähnten, Ayline. Wo ist sie?«

Hätte er sie gefragt, ob sie ihren Kaffee schwarz oder mit Tablette trinken wollte, wäre die Modulation der lasziven Stimme die gleiche gewesen.

Gute Güte. Er hat August und all die anderen umgebracht, und ich habe ihn bereitwillig in meine Wohnung gelassen!

Als ihr bewusst wurde, wie verletzlich sie sich durch ihr ungewöhnliches Hobby gemacht hatte, blinzelte sie.

Der gebrauchte Android ... die Anzeige im Web war ein Köder! Die wussten genau, wie ich funktioniere ... und ich habe nicht nur Köder und Haken geschluckt, sondern auch noch die Hälfte der Angel. Und jetzt werde ich an ihr ersticken.

»Gute Güte«, keuchte sie. »Was hast du – was haben Sie vor? Sie werden mich töten, nicht wahr?«

Nicht, dass sie die Antwort auf ihre Frage nicht gewusst hätte; das mörderische ... Ding, das sie ›Kazuya‹ getauft hatte, würde seinem besessenen Namensvetter mit Sicherheit alle Ehre machen. Es würde die *[Talos]*-Dateien an sich nehmen und dann ...

»Ich weiß noch nicht genau, Ayline.« Ein bösartiges Lächeln verzerrte das Cartoon-Gesicht ihres Gegenübers. »Ohne die *[Talos]*-Daten, ohne Struk und ohne Castro werden Sie einfach nur hilflos anstelle von gefährlich sein. Ohne Ihre Ressourcen wird es Ihnen in den nächsten einhundert Jahren nicht gelingen, Produkte zu entwickeln, die an unsere herankommen.«

Der 2OT. *Der* Order of Technology.

Sein glühender Blick traf auf ihren eisig schwarzen.

»Dem Orden wäre es natürlich am liebsten, ich verspritzte Ihr Gehirn an der Wand, aber ich habe Sie und Ihre verzweifelten Bemühungen, Ihr Äußeres durch große Taten vergessen zu machen, als recht kurzweilig empfunden. Sie haben mehr verdient als *das* da.« Abfällig deutete er auf ihren Körper. »Vielleicht sollten Sie für uns tätig sein, Ayline. Sie sind einzigartig. Vielleicht haben Sie die Chance verdient, sich phasenweise von dem ungeliebten organischen Anhängsel zu befreien – und damit meine ich nicht etwa durch den Tod. Ich könnte Sie nach Hephaistos mitnehmen.«

Die große Hand klappte tatsächlich wieder nach oben und verschloss die Mündung der integrierten Waffe. Magnetsäume suchten einander; geschmeidig verschmolzen die Ränder der grauen Haut, und der Arm des ›Haushaltsbots‹ senkte sich.

»Arbeiten für den Order of Technology. Ist das ein faires Angebot, Ayline?«

Ihre Gedanken überschlugen sich.

Hatte sie den Saboteur richtig verstanden? Stellte er sie etwa vor die Wahl, zu sterben oder sich ihm anzuschließen, um ein 2OT-Kyborg zu werden?

Entsetzt dachte Ayline Gantt an August Struks *[TalosII]*-Subjekte. Zwar hatte er zumindest in einem Fall aus einem Ungeheuer einen Menschen gemacht, aber wollte sie solch tiefgreifende Veränderungen, deren Ausgang ungewiss war? Wollte sie Ayline Gantt bleiben oder jemand anders werden, verstümmelt, entmenscht und seelenlos?

Wäre sie vor zwei Tagen nach ihrer Meinung gefragt worden, wäre sie vielleicht anders ausgefallen. So aber gab es nur eine Antwort.

Sie holte tief Luft.

»Nein. Ich will ganz gewiss nicht so eine – eine Monstrosität werden wie Sie.«

Auf Kazuyas grauer Stirn erschienen unnatürlich wirkende Runzeln.

»Ayline, Ihre bedauernswert primitiven Denkprozesse beleidigen mich. Ich ziehe mein Angebot zurück.«

»Wenn Sie mich töten, werden Sie die Datensicherung niemals bekommen. *UI-Sec* wird sie«, sie deutete mit dem Kinn auf die beiden Sicherheitsleute am Boden, »wahrscheinlich schon jetzt vermissen. Wetten, dass bereits Verstärkung anrückt?«

Der 2OT-Saboteur lachte amüsiert auf.

»Ihr Sicherheitsdienst macht mir gewiss keine Angst, Ayline. Und ich muss Sie nicht töten. Ich kann Sie so beschädigen, dass Sie noch sehr lange an den Nachwirkungen leiden werden. Ist es das, was Sie wollen?« Aus der Rückseite seines anderen Handgelenks glitt eine fast unterarmlange, matte Klinge. »Die Augen aus Ihrer IM-Serie sollen üble Nebenwirkungen haben. Möchten Sie aus erster Hand erfahren, ob die Berichte übertrieben sind?«

Die Spitze der Klinge näherte sich Gantts linkem Auge.

»Die Sicherungsdateien, bitte.«

Und Ayline Gantt gab auf.

»Im Tresor.«

Die Klinge verschwand in Kazuyas Handgelenk.

»Öffnen Sie ihn, Ayline.«

Sie nahm den direkten Weg. Mit zitternden Beinen stieg sie über einen von Florescus Armen und kniete sich vor dem Medienregal auf den dichten schwarzen Florteppich, bemüht, die grellen Blutspritzer zu ignorieren. Weil auch ihre Finger so stark zitterten, brauchte sie drei Anläufe, um die Tür des Tresors zu öffnen, der sich hinter einer bunten Schachtel mit Filmchips befand.

»Nehmen Sie alles heraus, Ayline, und geben Sie es mir.«

Gantt gehorchte. Bebend legte sie die kleinen Datenträger in die große graue Hand des 2OT-Assassinen.

»Ich sagte: Alles.«

Verwundert sah sie sich um; hatte sie etwa einen Chip auf dem Boden des kleinen Tresors verg...

Sie schrie auf, als Kazuya ihre Haare packte und ihren Kopf nach vorn stieß.

Es krachte.

Dann war da nur noch Dunkelheit.

System: Holloway
Planet: Holloway II
In einem abgedunkelten Raum

Als Corrigan zu sich kam, war er dank *[Hydra]* nicht im Mindesten desorientiert. Das war immer so: in einer Sekunde im Tiefschlaf, und in der nächsten – *schnapp* – hellwach.

Schmerzen spürte er auch jetzt nicht, und das war ein weiterer Grund, Dr. Struks Füße zu küssen. Nach dem Schlag mit dem Greifer, der ihn an Schädel und Schulter erwischt und zumindest ausgereicht hatte, um ihn auf der Stelle auszuschalten, hätte er eigentlich damit gerechnet, aber da war nichts zu spüren – keine Prellung, kein Bruch, nicht einmal das typische Ziehen eines Hämatoms.

Und ganz offenbar trug er nur noch Teile seiner Rüstung.

Er öffnete die Augen, die nur einen Sekundenbruchteil dazu brauchten, ihre Sehleistung an das bläuliche Halbdunkel anzupassen. Dieses hätte kaum ausgereicht, um einen ›normalen‹ Menschen erkennen zu lassen, wo er sich aufhielt, aber Corrigan genügte das Restlicht, um festzustellen, dass er sich in einem enormen Operationssaal befand. Und genauso schnell stellte er fest, dass er bewegungsunfähig war – mehrere Ferroplastgurte fesselten ihn so eng an den fleckigen OP-Tisch, dass er weder den Kopf drehen noch seine Gliedmaßen in irgendeiner Form benutzen konnte. Ohne das erweiterte Sichtfeld, das ihm die neuen Augen bescherten, hätte er niemals gewusst, dass der riesige Raum durch mobile Trennwände abgeteilt war, dass der Tisch, auf dem er in ›seinem‹ Abteil lag, der dritte in einer Reihe von acht war, dass sich am Kopfende eine riesenhafte chirurgische Maschine befand oder dass auf einem kleinen Rolltisch direkt neben ihm außer einer Batterie verschieden großer Glasfläschchen auch eine benutzt aussehende Säge in einer kleinen Blutlache lag.

Das alles kommt mir so bekannt vor. Und es gefällt mir überhaupt nicht.

Irgendwo im Hintergrund begann ein elektronisches Gerät zu piepsen, das Geräusch begleitet von gelbem Blinken. Vermutlich war es bloß die Anzeige dafür, dass sich die Energieversorgung eines der chirurgischen Instrumente dem Ende zuneigte, aber wider besseres Wissen hoffte Corrigan, dass es sich um irgendwelche abweichenden Vitalanzeigen handelte, die gleich eine Schwester oder einen Pfleger herbeirufen würden ... vorzugsweise Schwester Chou.

Automatisch begann *[Hydra] Moonstorm* abzuspielen, ein Stück von Chu Jiang, das Corrigan auf der Reise durch das Interim bis zum Erbrechen gehört hatte, und beinahe hätte er gegrinst.

Aber die eiserne Schwester Chou befand sich leider auf Utini, und Corrigan auf Holloway II ...

Whiiiiiiii.

Die engen Gurte verhinderten, dass Corrigan zusammenfuhr; nichtsdestotrotz erschrak er, als sich die ›chirurgische Maschine‹ plötzlich vornüberbeugte. Servos heulten, kleine Kontrolllämpchen begannen zu blinken, und die mit einer Schweißzange und einem Greifer ausgerüsteten orange lackierten Arme schoben sich nach vorn.

»Verfickt nochmal, was soll das? Mach mich los!«, befahl Corrigan, aber der Kopf des Konstruktions-Kyborgs, der zwischen den massiven metallenen Schultern lächerlich klein wirkte, neigte sich bloß ein wenig zur Seite.

Die gläsernen Linsen fixierten Corrigans Gesicht; eine der beiden leuchtete auf, um eine rote Linie auf seine vernarbte Stirn zu projizieren. Das Glühen wanderte von oben nach unten über sein Gesicht und den Druckanzug, bis es an den gepanzerten Stiefelspitzen angekommen war, bevor es erlosch.

Ich weiß zwar nicht, was er vorhat, aber es kann nichts Gutes sein ...

Corrigan streckte seine Finger aus; wenigstens die ließen sich bewegen, aber auch wenn er sie so fest gegeneinanderpresste, dass sie weiß wurden, ermöglichte ihm das noch lange nicht, die Hand aus der Ferroplastschlinge zu ziehen, die sein Handgelenk an den OP-Tisch fesselte. Auch in die andere Richtung bewegte sich sein Arm keinen Millimeter.

Ich muss an die Säge kommen!

In diesem Moment schob sich der Blechmann weiter nach vorn; dabei stieß er gegen den Rolltisch, der sich ein wenig auf Corrigans Finger zubewegte. Der hatte jedoch keinen Grund, sich darüber zu freuen, denn im gleichen Augenblick klappte der Unterkiefer des Blechmanns nach unten. Ein schwarzes Kabel schoss aus seinem Mund und wurde immer länger, bis der Anschluss dicht über Corrigans Lippen suchend hin und her zuckte.

Ja, sehr schön. Komm noch ein bisschen näher, und ich beiß es dir ab.

Und dann landete der Greifer krachend auf dem OP-Tisch, dicht neben Corrigans Kopf. Eine Auxiliar-Hand, seitlich vom Greifer am Unterarm angebracht, entfaltete sich und legte sich auf Corrigans Stirn, um seinen Kopf noch fester gegen den Tisch zu pressen. Der Blechmann hob den anderen Arm, und mit einem lauten Brummen öffnete sich die Schweißzange, pendelte einen Augenblick lang über Corrigans Gesicht und senkte sich dann ab.

Satellitencafé. Sa-tel-li-ten-ca-fé ...

Er spürte das Magnetfeld der Schweißzange umso stärker, je näher sie seinem Gesicht kam, aber die befürchteten Störungen blieben aus: Entweder war die Signatur der Zange besser gedämpft, als er vermutet hatte, oder aber er selbst ...

... und dann krachte sie gegen seinen Mund. Er spürte, wie die Innenseite seiner Oberlippe aufplatzte, spürte, wie die Zange zwischen seine Zähne drängte, spürte, wie sie sich mit einem Ruck öffnete, spürte, wie ein Mundwinkel riss ... und dann schlängelte sich das schwarze Kabel durch die neu entstandene Öffnung in seine Mundhöhle.

Passenderweise wechselte *[Hydra]* zu einem Stück namens *Impact.*

System: Holloway
Planet: Holloway II
Forschungsinstallation *Niamh Nagy*, Modul 3

»Wie schaffst du das bloß?« Der ehrfürchtige Blick aus Chicks Augen hätte Kit um ein Haar zum Lachen gebracht; mit einem Minimum an Beherrschung gelang es ihr jedoch, nur geheimnisvoll zu lächeln, während sie das letzte noch fehlende Teil ihrer Panzerung mit einer geschmeidigen Serie aus Bewegungen wieder dort anbrachte, wo es hingehörte. »Gehört das Schnell-Anziehen zur Ausbildung von Betas?«

»Reine Übungssache, Chicken MacPhibes.« Sie zuckte mit den Achseln und grinste, während sie dem Gardeur amüsiert bei seinem Versuch zusah, es ihr gleichzutun. »Eines Tages – wenn du noch ein bisschen mehr geübt hast – kommst vielleicht auch du genauso schnell hinein, wie du draußen warst.«

»Oh, vielen Dank für den weisen Ratschlag, Meisterin des Kamasutra, aber ich wollte nur mal anmerken, dass die Idee mit den zwei Minuten nicht von mir stammte.

Außerdem bezweifle ich stark, dass es nur zwei Minuten waren.«

»Ich meine doch nur, dass du dann vielleicht so schnell in deine Plastikbüchse hineinkommst, wie du draußen warst«, lächelte Kit.

»Das habe ich verstanden.« Chicks Stimme wurde leiser, während er in einen Teil seiner Panzerung schlüpfte und angestrengt an einem der Verschlüsse herumzupfte. »Würdest du mir vielleicht mal helfen, oder wäre das zu viel verlangt?«

»Es wäre zu viel verlangt. Habe ich nicht gerade ›üben‹ gesagt?«

Damit drehte Kit um und eilte in Richtung des großen Labors zurück. Als sie die Tür erreichte, konnte sie Poison sehen, die neben einem der Tische stand und mit einem Klemmbrett spielte. Gerade wollte sie sich einen hübsch schnippischen Satz für die Sergeantin zurechtlegen, als eine bizarre Menschmaschine in ihrem Blickfeld auftauchte.

Ein heißer Blitz fuhr durch Kits Eingeweide, und ihr Atem stockte. Erst als sie schlagartig abgestoppt hatte, erkannte sie Schäfer und stöhnte leise.

Beim Gehörnten ... daran musst du dich wohl gewöhnen, Kristina.

Poison schlug das Klemmbrett so fest auf den Tisch, dass es knallte.

»Jetzt mach mal halblang, Schäfer«, sagte sie scharf. »Hier kochen überhaupt keine Emotionen hoch oder sonst irgendwo hin.«

»ICH HABE ZWEI AUGEN IM KOPF, SARGE. IHR SEID

EINE GANZ SCHÖN EXPLOSIVE TRUPPE.« Er verzog das bemalte Gesicht. *»DU ZUM BEISPIEL HASST DIE BETA.«*

Darauf bedacht, möglichst keine Geräusche zu machen, schmiegte sich Kit gegen den Türrahmen und spitzte die Ohren.

Poison gluckste leise.

»Vielleicht solltest du deine Augen justieren lassen. Das Fuchsmädchen geht mir auf die Nerven, ja, wie alle Einzelkämpfer, weil sie sich einfach nicht anpassen kann. Außerdem finde ich es voll beschissen von ihr, dass sie sich an meinen Kumpel ranschmeißt, obwohl es ihr nur um das da geht«, sie vollführte eine obszöne Geste, »und er etwas Besseres verdient hätte. Aber ich hasse sie nicht.« Die Blonde schüttelte langsam den Kopf. »Wenn ich jemanden hasse, und ich meine *wirklich* hasse, dann sieht das anders aus. Versuch also nicht, mich an diesen Punkt zu bekommen, denn egal, wie viele Lagen Blech deinen Arsch schützen – du würdest es bereuen. Verlass dich drauf. Du könntest schon mal mit der Vorsorge anfangen, indem du einfach nicht so übertreibst.«

»SO IST DAS ALSO ... ICH ÜBERTREIBE.« Nun lachte Schäfer, laut und blechern, brach aber mit einem Schmerzenslaut ab. Kit rümpfte die Schnauze, denn das Geräusch war unangenehm. *»OH, MANN ... ICH GEH KAPUTT.«* Eine Metallhand berührte die blau unterlaufene Kehle. *»STIMMST DU MIR WENIGSTENS ZU, WENN ICH SAGE, DASS DIE BETA MICH HASST?«*

»Lass deine Augen doppelt justieren. Die Kleine hat bloß Angst vor dir.«

»Und ob«, flüsterte Chick und stützte beide Hände auf Kits Schultern. Da sie ihn herankommen gehört hatte, zuckte sie nicht zusammen, aber sie fragte sich, ob er Poisons Bemerkung mitbekommen hatte ... und ob ihr das unangenehm sein sollte oder nicht.

Als sich der Blechmann bewegte, quietschte es.

»BOCKMIST! ANGST VOR MIR? ICH BIN EIN GANZ NETTER.«

»Nun ja, ein paar Typen, die genauso nett aussehen wie du, haben zwei unserer Kameraden auf dem Gewissen. Da solltest du schon ein wenig Verständnis für die Zurückhaltung der Beta aufbringen.« Poison strich sich eine blonde Strähne aus dem blassen Gesicht. »Wo wir gerade beim Thema ›Kameraden‹ sind: Stehst du eigentlich mit deinen Kameraden über Funk in Verbindung?«

»NICHT, SEIT DIE ÜBERTRAGUNG GESTÖRT WIRD.«

»Ah ja. Und seit wann ist das so?«

»SEIT DIE BUDDLER VOR EIN PAAR WOCHEN IRGENDETWAS HOCHWISSENSCHAFTLICHES AUSGEBUDDELT HABEN. WIESO FRAGST DU NICHT GLEICH, OB ICH MIT DEN GANZEN IRREN HIER IN KONTAKT STEHE?«

»Stehst du?«

»NEIN, ICH STEH NICHT. ICH SCHREIBE IHNEN AUCH KEINE MAILS ODER TRAGE MICH IN IHR GÄSTEBUCH EIN, WEIL MIR IM MOMENT DIE AUSSTATTUNG DAZU FEHLT.« Schäfer öffnete den Mund, um mit einem breiten Blechfinger hineinzudeuten.

»Und ihr zwei solltet nicht so dämlich in der Gegend herumstehen«, knurrte Poison in Richtung Tür.

Kit legte die Ohren an.

»Was habt ihr überhaupt so lange dort hinten getrieben? Jetzt kommt schon rein. Er beißt nicht.«

»Da haben wir ja nochmal Glück gehabt«, knurrte Kit so leise, dass nur Chick sie hören konnte. Poison schoss ihr trotzdem einen giftigen Blick zu, dann nahm sie ihre *Starbeam* in die Hand und strich zärtlich über ihren Lauf. Nun, da sie Schäfer dabeihatten, der laut eigener Aussage Türen öffnen konnte, war die Batterie der Laserwaffe wieder ihrer ursprünglichen Bestimmung zugeführt worden.

»Los jetzt. Nehmt eure Sachen. Wir wollen schließlich nicht ewig auf Holloway II bleiben.«

System: DEF-563-UI
Planet: DEF IV *(United Industries)*
Utini Raumstation, Verwaltungs-Wohntrakte

Als Ayline Gantt wieder zu sich kam, wusste sie im ersten Moment nicht, wo sie sich befand. Der merkwürdige Geruch, der an ihre Nase drang, erinnerte sie an schmorenden Kunststoff, dann spürte sie den weichen Flor unter ihrem Gesicht und wusste, dass sie noch immer in ihrer Wohnung war ... und schlagartig fiel ihr ein, was sich dort abgespielt hatte.

Ich lebe noch!

Gantts Kopf zuckte hoch; mit einem schwachen Aufschrei fasste sie sich an die schmerzende Stirn. Als sie ihre Finger wegzog, waren sie feucht.

»O nein. Verdammt!«

Sie keuchte. Der Kunststoffgestank wurde stärker. Suchend blickte sie umher, aber das Deckenlicht war ausgeschaltet. Das Einzige, was sie in der Dunkelheit erkannte, waren kleine, glitzernde Punkte ganz in ihrer Nähe ...

Sie zuckte zurück, als ihr bewusst wurde, dass sie in das

Visier des *UI-Sec*-Lieutenants starrte, der keine Armlänge von ihr entfernt am Boden lag; die flirrenden, gold-weißen Pünktchen, die sich darin spiegelten, waren Funken, die aus dem schmorenden Kadaver ihrer Medienanlage stoben. Dichter, beißender Qualm begann den Raum zu füllen.

»Verdammt!«

Sie versuchte, auf die Beine zu kommen, aber es wollte ihr in dem finsteren, verqualmten Raum nicht so recht gelingen, also kroch sie in Richtung Lichtschalter. Der Plastikgestank wurde stärker, je näher sie der Tür zum Gang kam.

Gantt richtete sich auf und betätigte den Lichtschalter.

Nichts passierte.

Panisch drückte sie auf den Schalter, der die Tür zum Gang öffnen sollte, aber auch der versagte den Dienst. Das brausende Geräusch, das zusätzlich zum Qualm zu hören war, ließ darauf schließen, dass der Gang lichterloh in Flammen stand. Wenn weder Licht noch Türen funktionierten, hatte Kazuya vermutlich auch dafür gesorgt, dass der Rauchmelder nicht anschlagen konnte ...

Mit einem erstickten Aufschrei taumelte Gantt zur Tür des Arbeitszimmers, aus dem Kazuya gekommen war. Die Tür stand immer noch offen ... aber schon aus der Entfernung sah sie, dass ihr Computerterminal ebenso vor sich hinschmorte wie das, was von dem stationären Kommgerät übrig geblieben war.

»Nein! Verdammt!«

Panisch drehte sie um, stolperte zurück ins Wohnzimmer, fiel über Florescu und schlug der Länge nach hin.

Stinkende Brandgase füllten ihre Lungen, als sie nach Luft schnappte, und ihre Hand berührte den Holster mit der schweren Pistole.

Automatisch zuckte sie zurück.

Davon abgesehen, dass sie nicht die geringste Ahnung davon hatte, wie man eine Waffe entsicherte, hätte es ihr wohl kaum etwas gebracht, durch die Tür zu schießen ... außer dass der Qualm ins Wohnzimmer gedrungen und die giftigen Dämpfe ihre Arbeit noch schneller getan hätten.

Sie kämpfte den Impuls nieder, in Tränen auszubrechen. Ob es etwas brachte, wenn sie um Hilfe rief? Natürlich würde Zavier auf der anderen Seite der Etage sie nicht hören, aber ...

... aber dann hörte *sie* es.

Ganz leise.

Es war eine Stimme, und die kam aus dem Helm des Lieutenants neben ihr.

»Verdammt«, stieß sie hustend hervor und richtete sich auf den Knien auf. Mit beiden Händen tastete sie an dem Helm der Vollrüstung herum, bis sie den Druckschalter gefunden hatte, mit dem er sich von der Halsberge trennen ließ. So hastig es ging, zerrte sie ihn von Florescus Kopf und sah hinein, erstaunt, viele kleine Anzeigen leuchten zu sehen.

»*Hallo?*«, schnarrte eine blechern klingende weibliche Stimme. »*Jemand da?*«

Aufs Geratewohl drückte Gantt auf einen der Minischalter, die im Notfall mit der Zunge betätigt werden konnten. Kurz blitzte ein graues Rechteck auf, vor dem ein grünes, ein tiefblaues und ein dunkelrotes Pünktchen leuchteten, aber sonst geschah nichts. Dann ertönte wieder das dünne, blecherne Stimmchen.

»*Hallo?*«

Gleichzeitig flammte eine Anzeige auf, neben der sich mindestens fünf verschiedene Tippschalter befanden.

»Gelb ...«

»Was?« Erschrocken fuhr Gantt herum und starrte den Lieutenant am Boden an; sein Gesicht war ihr zugewandt, die Augen glitzerten im Fast-Dunkel des Wohnzimmers.

»Gute Güte, Sie leben ja noch!«

»Gelb«, wiederholte er und gab dann ein leises, gurgelndes Bellen von sich. Fassungslos schüttelte die Managerin den schmerzenden Kopf.

»Hören Sie auf, in Rätseln zu sprechen, Lieutenant, und wenn Sie schon dabei sind, dann hören Sie verdammt noch mal auch damit auf, meinen Teppich vollzubluten! Was soll das heißen, ›Gelb‹?«

»Der ... gelbe ... Schalter.«

»*Hallooooooo?*«

Gantt presste ihren kleinen Zeigefinger auf den gelben Schalter neben der Anzeige. Etwas Flüssiges klebte daran.

»Hallo? Hören Sie mich?«

»*Sind Sie das, Ms. Gantt? Ist das nicht Schnuckis Komm-Nummer?*«, tönte Stellhorns Stimme dünn und blechern aus dem Kopfhörer. »*Na, ist ja egal, Sie wollte ich sowieso sprechen ...*«

»Stellhorn, schicken Sie Hilfe!«

»*... aber Sie sind nicht an Ihre Multibox gegangen. Das, was ich Ihnen jetzt sagen werde, wird Ihnen nicht gefallen,*

Ms. Gantt: Der Bursche hat sich große Mühe gegeben, seine Spuren zu verwischen, aber ich konnte ihn lokalisieren. Er ist direkt aus Ihrer Wohnung ins Netz gegangen!«

»Das weiß ich inzwischen auch«, schrie Gantt. »Schicken Sie die Sicherheit zu meiner Wohnung!«

Eine verblüffte und ziemlich lange Pause.

»Ist die nicht bei Ihnen?«

»Und schicken Sie eine Ambulanz und die Feuerwehr und Sibanyoni und die ganze verdammte Konzern-Armee!«

In diesem Moment krachte es draußen im Gang mehrmals. Gantt erschrak so sehr, dass sie Florescus Helm fallen ließ; dann donnerte es auch schon an der Tür zum Wohnzimmer. Als die Tür brachial zur Seite geschoben wurde, schrie sie auf. Ein wild herumzuckender Lichtkegel durchschnitt die Qualmwolke, dann stürzte ein *UI-Sec*-Mann herein. Der Helm mit dem verlängerten Visier gehörte zu Zeno, dem Wolfs-Chim.

»Hier, hier bin ich«, schrie Gantt und sprang auf.

Dann wurde sie auch schon hochgehoben, und Zeno stürmte mit ihr im Arm zurück in den Flur. Schreiend klammerte sie sich an den Sicherheits-Chim, als Flammen über ihr zusammenschlugen. Ein fauchender, nach Plastik stinkender Feuerstoß fegte über sie hinweg ...

... und dann waren sie draußen im Korridor, von dem aus Türen in die Wohn-Apartments führten. Zeno lief bis zur Treppe, stellte sie vorsichtig ab, drehte um und rannte zurück in die Flammen.

Keuchend ließ sich Gantt an der kühlen Wand hinab auf den Boden gleiten. Sie blinzelte; die Tränen, die sie bis jetzt hatte zurückhalten können, begannen zu fließen. Sie fühlte, wie ihr schwindelig wurde, und sie spürte auch, wie Blut aus der Platzwunde auf ihrer Stirn über ihr Gesicht rann ...

Sie konnte nicht lange dagesessen und geschluchzt haben, als Zeno auch schon wieder zurückkam; er schaffte Florescu bis zur Wand, an der auch Gantt saß, und setzte ihn neben ihr ab.

»*Schön cool bleiben. Bin – bin gleich wieder da*«, schnaufte der Chim, riss den Feuerlöscher aus der Verankerung neben Gantts Tür und drehte zum zweiten Mal um, um in ihrer Wohnung zu verschwinden.

»Guter Junge«, keuchte Florescu. Er sah furchtbar aus, das Gesicht verrußt und blutverschmiert, und als er Gantts verstörten Blick bemerkte, schüttelte er bloß schwach den Kopf.

»Alles – huh – in Ordnung.«

»Sieht aber nicht so aus.«

Er hustete in seinen Panzerhandschuh, schnitt eine Grimasse und wischte ihn an der Wand ab; zurück blieb ein blutiger Streifen.

»Halb – halb so wild. Wenn wir – wenn wir das hier – überleben, Ms. Gantt, gebe ich Ihnen einen aus.«

»Wollen Sie uns beide umbringen, Lieutenant? So etwas sollten Sie *niemals* sagen!«

»... was?«

»Sie sind kein Medien-Freak, oder?« Ayline Gantt schüttelte schwach den Kopf; August Struk hätte ihre Anspielung auf ein gängiges Filmklischee verstanden, aber er war schon tot. »Ach, vergessen Sie's. Geben Sie Ihrem Chim einen aus. Er hat uns da rausgeholt.«

»Nur, weil – weil Sie den – gelben Komm-Kanal geöffnet haben.«

In diesem Moment öffnete sich die Tür zu Zaviers Wohnung. Laute, rockige Klänge waren zu hören, als Ayline Gantts Nachbar irritiert zur offenen Wohnungstür gegenüber sah, aus der dichter, weißer Qualm und lautes Zischen drangen. Er wandte den gelockten Kopf suchend hin und her – und erstarrte zur Salzsäule. Fassungslos glotzte er Gantt und Florescu an; sie schnitt eine Grimasse, reckte den Arm und zeigte ihm den ausgestreckten Mittelfinger. Mit einem erstickten Entsetzenslaut verschwand Zavier zum zweiten Mal für heute in seiner Wohnung. Gantt meinte zu hören, wie die Tür mehrfach verriegelt wurde; in diesem Augenblick kehrte Zeno wieder zurück.

Der Chim kam ohne Feuerlöscher, aber dafür mit der schlaffen Gestalt von Lance Corporal Tran, die er sich über die Schulter geworfen hatte. Er schleppte sie bis zum Treppenaufgang, wo er sie mit einem Krach fallen ließ.

»*Entschuldigung, Sir*«, erklärte er achselzuckend, als er den bestürzten Blick seines Lieutenants sah. »*Aber das tut ihr nicht mehr weh. Sie ist tot.*«

»Scheiße ...« Florescu wollte dem Fluch noch etwas hinzufügen, aber was es auch gewesen war, ging in rasselndem Husten unter.

Unterdessen nahm Zeno den langen, schmalen, mit Finnen versehenen Gegenstand, der unter einem seiner gepanzerten Arme klemmte, und legte ihn neben Trans Leiche auf den Boden.

Es war eine nebelfarbene Rakete.

Gantts Augen wurden groß; sofort sandte die Platzwunde auf ihrer Stirn Schmerzsignale durch ihren Körper.

Der Chim klopfte auf seinen Utility-Gürtel.

»Wollen Sie auch einen Painkillerpatch, Miss? Einen hätte ich noch übrig.«

»Nein.«

»Sie sind – ganz schön tapfer«, versetzte Florescu und bleckte die Zähne; sie waren rosarot.

»Kein bisschen.« Gantt wischte sich die Augen mit den Rückseiten ihrer kleinen Hände, dann starrte sie die Rakete an. »Woher hast du die, Zeno?«

»Aus Ihrer Wohnung. Wer auch immer das war, wollte Ihnen nicht nur diesen Mord«, er wies auf Tran, *»anhängen, sondern auch den Anschlag auf Canopus Joe's. Immerhin haben Sie dort als Einzige überlebt, und das noch unverletzt. Macht Sie verdächtig, was? Vielleicht wollte er mit dem Ding aber auch einfach nur Ihren Wohnblock wegblasen.«*

»In dem Fall hätte er mich erschießen können, statt meinen Kopf gegen die offene Tresortür zu schlagen.« Sie stöhnte. »Zeno, er hat meine Datenbanksicherung!«

»Kein Problem, Lady. Wenn Sie mir sagen, wen wir suchen müssen, find' ich ihn auch.« Ein leises Grollen drang aus dem Helmlautsprecher der Wolfs-Chimäre.

Florescus Augenlider flatterten.

»Es ist ein – ein schwebender Android. Graue – graue Haut ...«

»Sparen Sie sich die Luft«, schnauzte Gantt den Lieutenant an. »Wir suchen einen Kyborg-Saboteur des *Orders of Technology*, der sich als Bot tarnt.«

Ayline beschrieb Kazuya, so detailliert es ging, und Zeno lauschte, während seine Rute hin und her zuckte.

»Der wär' mir sicher aufgefallen. An mir ist er jedenfalls nicht vorbeigekommen.«

»Es gibt mehrere Zugänge zu diesem Block. – Er ist sehr gefährlich, Zeno«, sagte sie. »Du musst ihn finden!«

»Cool bleiben, Ms. Gantt. Ich hab' die Beschreibung schon durchgegeben.« Aufgeregt wedelte der Chim mit dem Schwanz. *»Wär' natürlich schön, wenn wir wenigstens einen Anhaltspunkt hätten, wo er sein könnte ... er wird wohl kaum einen Nanochip haben, und Utini ist 'ne mächtig große Raumstation. Haben Sie eine Ahnung, wie lange wir brauchen werden, um jeden Korridor und jeden Raum zu überprüfen? Hey, hören Sie das? Die Ambulanz ist da.«*

Gedanken stürzten kreuz und quer durch Ayline Gantts dumpf schmerzenden Schädel. Beinahe hätte sie den Chim angewiesen, zu August Struks Wohnung zu eilen und dort auf »Kazuya« zu warten ... aber so, wie der Saboteur reagiert hatte, hatte er zum ersten Mal von der Datensicherung gehört, als Gantt sie im Beisein der *UI-Sec*-Leute in ihrer Wohnung erwähnt hatte. Über August Struks Kopie hatte während dieser Zeit niemand ein Wort verloren ...

Und es traf sie wie ein Blitz.

»Ohne die [Talos]-Daten, ohne Struk und ohne Castro werden Sie einfach nur hilflos anstelle von gefährlich sein.«

»Gute Güte. Er wird versuchen, Dr. Castro umzubringen! Castro, das ist ...«

»... Struks Assistent, ich weiß. Ich schicke jemanden zu seiner Wohnung. – Hey! Schnell! Wir sind hier oben!«

Auf der Treppe waren hastige Schritte mehrerer Personen zu hören. Zeno sah zur Treppe, grollte tief und bedrohlich und streckte dann eine Pranke nach Gantt aus. Für einen Moment schwebte die gepanzerte Hand über dem Kopf der Managerin, dann überlegte er es sich anders und tätschelte stattdessen die rußige Schulterplatte seines Vorgesetzten.

»Bis später, Sir. – Ms. Gantt.«

Damit drehte er um, drängte sich durch die herbeieilenden MedTechs und verschwand.

40

System: Holloway
Planet: Holloway II
Forschungsinstallation *Niamh Nagy*, Modul 3

»Wie schätzt du die Lage ein? Werden wir es lebend von diesem Staubball herunterschaffen?«

»*KANN EINER VON EUCH EINEN GLEITER FLIEGEN?*«, lautete Schäfers gebrüllte Gegenfrage. »*ICH KANN ES JEDENFALLS NICHT.*«

Poison schnitt eine Grimasse. »In meinem MOSC steht auch nichts davon. Chick?«

»Ich könnte aus einem Gleiter *springen*, aber das würde nicht ausreichen, um ihn zu steuern.«

»Was ist mit dir, Lacroze?«

Kit hielt so plötzlich an, dass Chick auf sie auflief.

»Moment mal. Soll das heißen, wir haben niemanden dabei, der Pilotenfertigkeiten besitzt?«

»So sieht's aus, Lacroze. Und dieses hochwissenschaftlich ausgegrabene Dingsbums wird uns daran hindern, mit der *Marquesa* Kontakt aufzunehmen, richtig, Schäfer?«

»*RICHTIG. – KÖNNEN WIR JETZT VIELLEICHT ...*«

»Jetzt macht euch mal nicht ins Hemd. Die Umstände sind zwar alles andere als günstig, aber die meisten modernen Gleiter haben so etwas wie einen Autopiloten. Wir kommen also schon irgendwie nach Hause, auch wenn es für Schäfer in der *Robin* ein wenig unbequem werden könnte«, fuhr Poison kühl fort. »Aber zuallererst brauchen wir unseren Forschungskern, dann schauen wir weiter.«

»Na ja«, meinte Kit langsam, die noch niemals einen Autopiloten gefüttert hatte. »Vielleicht ist ein Gleiter ja nicht schwieriger zu bedienen als ein Hovercraft ...«

»Wenn du das ausprobieren willst, Plüschi, warte bitte, bis ich auf einem anderen Planeten bin«, grinste Chick und gab ihr einen Schubs, damit sie weiterlief. »Und Sarge ... war unser allererstes Ziel nicht, Schäfers Medikamente zu besorgen?«

»*DANKE*«, ertönte prompt die elektronisch verstärkte Stimme des anderen Gardeurs. »*DU BIST EIN ECHTER KAMERAD.*«

»Was glaubst du, wohin wir gerade unterwegs sind?«, fauchte Poison und fügte augenrollend ein tonloses ›Männer‹ hinzu. »Klappe jetzt. Ich sprach von *übergeordneten* Zielen. Schäfer, Vorsicht! Nicht auch noch da hineintreten.«

Servos surrten, als der Blechmann sein Tempo drosselte und mit einem großen – vorsichtigen – Schritt über einen Leichnam im blauen Kittel hinwegstieg, der aussah, als sei er – oder sie? – unter einen Frachtwaggon geraten oder wahlweise unter einen gigantischen Schuh. Kit rümpfte die Schnauze, teils vor Abscheu, teils vor Mitgefühl.

»Ob das der Installationsleiter war?«

»*DAS GLAUBE ICH KAUM. DAS DA*«, ein mächtiger metallischer Finger zeigte quietschend auf den Teil des Leichnams, der den Kopf darstellen mochte, »*IST EIN BRILLENGESTELL. UND DR. RUSSELL TRÄGT KEINE BRILLE.*«

»Weiter«, drängte Poison und stieß dem *UI*-Kyborg den schlanken Lauf der *Starbeam* ins teilplattierte Kreuz.

Schweigend zogen sie durch bläulich beleuchtete Korridore, bis Schäfer schließlich an einer massiven geschlossenen Tür anhielt.

»*HIER MÜSSEN WIR DURCH, SARGE*«, brüllte er und streckte den Arm mit der Hand aus, die er flach gegen das dunkle Bedienfeld der Tür presste. Etwas machte ›klack‹, und das Feld leuchtete unter den groben Fingern grün auf. Während die Tür zischend in die Wand zurückglitt, löste sich Schäfers Hand vom Paneel, und Kit sah, wie eine Art metallischer Dorn in seiner Handfläche verschwand. Dann schob er den Arm mit der Maschinenkanone durch die Türöffnung und schwenkte ihn einmal hin und her.

»*GESICHERT.*«

»Gut«, brummte Poison. »Weiter.«

Als er den angeekelt-faszinierten Blick der Beta bemerkte, legte sich die Haut um die rot umrandeten Augen des Gardeurs in amüsierte Fältchen.

»*DIE SECURITY HAT AUF ALLE NOTVERRIEGELTEN TÜREN GENERALZUGRIFF, DIE BUDDLER NUR AUF DIE TÜREN IN IHREM ABSCHNITT.*«

»Weiter, Großer! Du stehst im Weg!« Unsanft drängte sich die Sergeantin an dem Installationsgardeur vorbei durch den Türrahmen; Kit wartete lieber, bis sich Schäfer wieder in Bewegung gesetzt hatte, um ihm nicht allzu nahe kommen zu müssen, und legte eine Hand auf den Griff der *Prawda*. Dicht gefolgt von Chick trat auch sie in den Vorratsraum ...

... und staunte.

Es war der bisher größte Raum, den sie in der Installation gesehen hatte. Dennoch bot er ihnen nicht allzu viel Auslauf, denn drei riesige, rechteckige Container benötigten den meisten Platz. Jeder der Container war mit einer dicken Tür verschlossen, und jede der Türen wurde durch ein außergewöhnlich großes Paneel mit mehreren Ziffernblöcken gesichert.

»Bitte.« Poison trat zur Seite und vollführte eine einladende Geste mit der Waffe. »Nach dir, Schäfer. Bedien dich. Lacroze, du gehst mit ihm und siehst, ob es da drin etwas gibt, das wir gebrauchen können.«

Die schweren Schritte des Blechmanns ließen die Plastfliesen des Bodens erzittern. Quietschend baute er sich vor dem vordersten Container auf, streckte den Arm nach vorn und führte seinen ›Schlüssel‹ in die kleine Öffnung an der rechten Seite des Bedienfelds. Wieder machte es ›klack‹, er spreizte die metallenen Finger, und mit einem schlürfenden Geräusch öffnete sich die Tür des Containers, die in eine Schleuse führte. Sogleich bildeten sich frostige Nebelschwaden, als die eisige Luft aus dem Innern des Containers auf die angenehm temperierte des Raums traf.

Kit wollte Schäfer den Vortritt lassen, in der Hoffnung, dass sein breiter Körper den kalten Nebel aufwärmte, bevor er ihr ins Gesicht schlagen würde, aber er winkte sie in die Schleuse durch, um die Tür hinter ihr schließen zu können. Dann öffnete er Schleusentür Nummer zwei, blieb einen Augenblick stehen, um sich das Innere des Containers einzuprägen, und steuerte zielstrebig auf einen transparenten Schrank zu, der Fläschchen und Röhrchen enthielt.

Trotz des Frosts, der ihren Atem gefrieren ließ, stach der penetrante Geruch von Ammoniak in Kits Nase; ob Schäfer ihn nicht wahrnahm, weil er mit der Inspektion der Medikamente beschäftigt oder weil der Geruch für seine menschliche Nase einfach zu schwach war, konnte sie nicht sagen.

Irritiert blickte sie sich um. Da waren Reihen um Reihen von Schränken und Regalen, aber eine Quelle, von der der stechende Geruch ausging, war auf Anhieb nicht auszumachen. Vielleicht war einer der Kühlschränke defekt, oder ein Mittel war ausgelaufen ...

... und dann hörte Kit das Geräusch.

Es war ein schwacher Ton, der von irgendwo zu ihrer Rechten kam und wie Sirup in die fast schon mystische Stille der Kühlkammer sickerte. Qualitativ unterschied er sich vom tieffrequenten Brummen der Kühlschränke und dem gelegentlichen Surren von Schäfers Servomotoren. Nein, es handelte sich um ein unregelmäßiges, hohes, organisches Geräusch, fast wie das Miauen eines kleinen Tiers.

Kits Ohren richteten sich auf.

»Hast du das gehört?«

»*WAS?*« Schäfers Oberkörper rotierte in die Richtung

der Beta, die gereizten Augen verengten sich. »*ICH HÖRE NICHTS.*«

»Schhhhh. Leise.« Vorsichtig legte Kit einen gepanzerten Finger an ihre Lippen. »Hörst du es noch immer nicht?«

Da war es wieder, ein schwaches Maunzen ganz in der Nähe, aber Schäfer sah sie so skeptisch an, dass sie fast schon mutmaßte, das Geräusch sei bloß eine Täuschung ihres überanstrengten Gehirns – dann aber nickte er.

»*Iiiii ...*«

Und da war das Geräusch wieder, diesmal lauter, heiserer und sehr, sehr nahe.

Vielleicht ist es eine Falle, schoss ihr durch den Kopf, aber den Gedanken verwarf sie gleich wieder. Ihre freie Hand schloss sich fest um den Griff ihres *Diamond Knife,* und so vorsichtig es ihr in der Panzerung möglich war, schlich sie zwischen die Regale. Auch Schäfer machte nun einige halbwegs leise Schritte auf sie zu, um dann mit angewinkeltem Waffenarm stehen zu bleiben und in den beengten Raum zu sichern.

»*Iiiii!*«

Näher ... näher ...

Das Wimmern drang hinter einem Raumteiler irgendwo am Ende der Regalreihe hervor.

Näher ...

Vorsichtig kroch Kit näher an die Trennwand heran; der Ammoniakgeruch wurde immer stärker, und hinter dem Raumteiler war eindeutig Bewegung. Stoff schleifte über den glatten Boden.

Mit angehaltenem Atem und gezücktem Messer steckte

Kit ihren Kopf durch den schmalen Spalt, der zwischen Regal und Raumteiler blieb ...

... und ein markerschütternd schriller Schrei ließ die feinen Härchen in ihren Ohren erzittern. Es war ein grelles, flackerndes Kreischen, dessen Frequenz sich steigerte, während es andauerte – und es dauerte an, bis Kit nach vorn sprang und die Hand mit dem Messer fest auf den Mund der sehr blassen und sehr schmalen Frau presste, die versucht hatte, sich vom Boden zu erheben. Schreckgeweitete, leuchtend grüne Augen starrten Kit an.

»Hör damit auf«, bellte sie. »Ich will dir nichts tun!«

Aber das Gekreische ging weiter, wenn auch durch Kits Handschuh gedämpft. Dünne, blasse Hände krallten sich in die Panzerung von Kits Unterarm, als sich die in schmutzige Wolldecken gehüllte Frau verzweifelt gegen ihren Griff wehrte.

»Willst du denn, dass die Monster wiederkommen und uns alle töten? Hör doch auf«, flehte Kit und verstärkte den Druck auf die Kiefer der anderen. »Ich bin hier, um dir zu helfen!«

Ob das stimmte oder nicht, sei einmal dahingestellt, aber es funktionierte. Das, oder die enorme Silhouette von Schäfer, der sich gerade hinter Kit aufbaute; jedenfalls verstummte die Frau, und sie hörte auch auf zu kämpfen. Ihr angsterfüllter Blick zuckte unruhig zwischen der Justifierin und dem Gardeur hin und her, um schließlich an den Zeichnungen auf seinem Gesicht hängen zu bleiben.

Vorsichtig zog Kit ihre Hand zurück. Der Panzerhandschuh hatte rote Spuren auf dem bläulich wirkenden Gesicht der Frau hinterlassen, Blut quoll um das Piercing in ihrer Unterlippe hervor, aber sie blieb still. Ihr Atem, der stoßweise ging, erstarrte an der kalten Luft zu winzigen Eiskristallen.

»Also nochmal«, sagte Kit eindringlich. »Wir tun dir nichts. Klar?«

Aber die Frau starrte nur auf Schäfer.

»Sie sind noch nicht fertig«, krächzte sie mit brüchiger Stimme, die darauf schließen ließ, dass sie lange nicht gesprochen und vermutlich auch nichts getrunken hatte. Dann rollten ihre Augen nach hinten, und bevor Kit ihre Waffen wegstecken und sie auffangen konnte, brach sie zusammen.

41

System: DEF-563-UI
Planet: DEF IV *(United Industries)*
Utini Raumstation, Verwaltung

Mit einem leisen »Klick« öffnete sich das Visier des weißen Helms; im Laufen schob Zeno es hoch.

Ahhh, schon besser.

Die milde Furcht fiel von ihm ab; sie überkam den Wolfs-Beta jedes Mal, sobald die Vollrüstung luftdicht abgeschlossen war. Begierig sog er die Millionen Gerüche der Utini-Station ein; sie wirkten beruhigend auf ihn.

Zenos Atmung verlangsamte sich, und sogar seine Knie hörten auf zu zittern. Natürlich rührte seine Aufregung nicht nur vom Eingeschlossensein her; sie beruhte überwiegend auf der Tatsache, dass er sich auf der Spur eines im wahrsten Sinne des Wortes brandgefährlichen Massenmörders befand, der gerade erst einen Officer – seine Kollegin – getötet hatte und kaum davor zurückschrecken würde, seinen Weg mit noch mehr Leichen zu pflastern.

Würde er?

Zeno war kein Robo-Mann, kein Killer des Order of

Technology, insofern war er sich nicht einmal sicher, ob sich seine Art zu denken auf den Gejagten übertragen ließe. Vielleicht wollte der Kyborg jetzt unauffällig bleiben, um seine Chance zu vergrößern, von der Station zu entkommen – nun, zumindest so unauffällig, wie es einer schwebenden Witzfigur eben möglich war.

Eine ehrliche Chance, unbemerkt zu den Docks zu gelangen, hatte der Bursche kaum. Absperrungen waren bereits seit dem Anschlag auf Canopus Joe's an allen kritischen Punkten eingerichtet, und nach Zenos Durchsage an die Zentrale mussten seine *UI-Sec*-Kollegen so wütend sein wie aufgescheuchte Hornissen. Das sprach nicht gerade für die Chancen des Killers. Es sprach allerdings dafür, dass dieser Tag noch sehr viel blutiger werden könnte, als es bisher der Fall war.

Zeno knurrte wütend.

Er hatte zwar einen Trupp zu Castros Wohnung schicken lassen, aber nicht zu den Labors, wo Castro während der Arbeitszeit vermutlich eher zu finden war. Zeno musste den Saboteur unbedingt als Erster finden, denn er hatte sich an seinem Trupp vergriffen ... seinem *Rudel*. Daher würde er erst dann einen Ruf nach Verstärkung senden, wenn er die Labors erreichte. Und wenn er den Saboteur gefunden hatte, würde er ihn töten.

Das war sein gutes Recht.

Die Hand des Beta legte sich auf den Griff seiner *Mower*.

Ich werd' ihn erschießen, dachte er. *Ich werd' ihn erschießen und ihm dann den Kopf abreißen oder umgekehrt. Ich werd' diesem Monster den Arsch so aufreißen, dass es nie wieder ... schweben kann.*

Abermals ließ er ein böses Grollen hören, als er die Luft prüfend durch die Nase einsog. Auf der Straße vor dem Apartment-Gebäude, in dem die winzige Ms. Gantt zumindest noch bis vorhin gewohnt hatte, versammelten sich immer mehr Zuschauer und warteten voll ängstlicher Spannung auf das, was die MedTechs zur Ambulanz zurückbringen würden. Er konnte sie riechen, ihre Anspannung, ihre Furcht und auch ihre Lust am Entsetzlichen ...

Das Grollen wurde tiefer, bedrohlicher. Immer wenn Zeno Gaffer sah, fragte er sich, woher ihre Sensationsgier rührte ...

... und dann drang eine gänzliche neue Duftmischung in seine Nase.

Sie hatte nichts mit den warmen Körpergerüchen oder den künstlichen Duftstoffen zu tun, die die Leute verströmten, die Menschen und Beta-Humanoiden, die sich jetzt auf der Straße zwischen den Fahrzeugen drängten und die Hoffnung hegten, an dem die Straße absperrenden Secbot und seinen lebendigen Kollegen vorbeisehen zu können, sobald etwas Denkwürdiges geschah.

Der Beta nickte den *Security*-Leuten zu, während er sich zwischen ihnen hindurch von dem Menschenknäuel wegbewegte, der interessanten neuen Spur hinterher.

»*Halt*«, drang in diesem Moment eine scharfe Stimme aus seinen Kopfhörern.

Zeno drehte sich um und sah, dass ihm eine *UI-Sec*-Sergeantin zuwinkte, die er vom Sehen kannte. Offenbar hatte sie hier am Einsatzort den Befehl, also setzte er sich widerstrebend in ihre Richtung in Bewegung.

»Was gibt's, Sergeant Wilkie?«

»*Wohin willst du, Zeno?*«, schnappte sie via Kopfhörer.

»Nach Hause, Sarge. Es war eine verdammt lange 24-Stunden-Schicht.« Grollend beugte er sich vor, um der Dame hinter dem Plexi-Visier einen Blick auf sein beeindruckendes Gebiss zu gewähren. »Kann ich jetzt geh'n, Sarge? Der Lieutenant hat gesagt, ich darf.«

Die Frau warf einen Blick auf seinen nervös zuckenden Schweif, verschränkte die Arme und betrachtete ihn schweigend. Zenos Augen spiegelten sich in ihrem Visier; fast befürchtete er, Sergeant Wilkie sei im Stehen eingeschlafen, aber dann zuckte sie mit den Achseln.

»*Geh und tu, was du tun musst, aber ... geh nicht allein.*«

Wilkie gestikulierte in Richtung ihres Trupps; offenbar sprach sie auf deren Kanal, jedenfalls löste sich eine der braun gepanzerten Figuren aus dem Knäuel und trabte geschmeidig zu Wilkie herüber. Der lange, nicht gepanzerte Schwanz der großen Beta-Humanoiden war schwarz und gelblich getigert, und auf ihrer Brust stand ›Amanita‹.

»*Wir können hier nicht weg, aber Amanita darf ebenfalls nach Hause gehen. Sie wird dich begleiten.*« Die bedeutungsschwangere Pause sagte ihm, dass die Frau genau wusste, dass er nicht vorgehabt hatte, sich in seinem Bett zu verkriechen. »*Gute Jagd, Zeno.*«

»Gute Jagd, Sergeant«, entgegnete er perplex.

Mit so viel Verständnis für das, was er vorhatte, hatte Zeno nicht gerechnet – schon gar nicht von einem Menschen. Aber die *United Industries Security* auf Utini Station war – zumindest im Vergleich zu anderen Abteilungen – schon immer eine eingeschworene Gemeinschaft gewesen; der ständige Kampf gegen Personal- und Ausrüstungsschwund, gegen Budgetkürzungen und die Häme der Kampftruppen hatte die ›Flugnüsse‹ zusammengeschweißt.

Auch sie waren so etwas wie ein Rudel.

»*Hey, warte auf mich*«, schnurrte die Tigerin über den Helmlautsprecher, als er davonzog. »*Du hast Sergeant Wilkie gehört!*«

Zeno, der den Gestank von Raubkatzen hasste, verzog das Gesicht. Wieso konnte man die verfluchten Schwänze nicht mit in die Panzerung packen? Bei Raumanzügen funktionierte es schließlich auch ...

»Ich hör' nur auf meinen Lieutenant«, grollte er. »Du wirst dich schön aus meinen Angelegenheiten heraushalten, klar?«

»*Schon klar. Das ist nicht meine Show, aber ich möchte trotzdem keine Sekunde davon verpassen. Ich werde an deinem Hintern kleben wie Epoxydharz.*«

»Weil Sergeant Wilkie das sagt?«

»*Weil ich das will. Ich bin kein ... Hund, wenn du verstehst, was ich meine.*«

»Halt die Schnauze«, knurrte Zeno wütend. »Und bleib hinter mir. Du verdirbst mir die Witterung.«

»*Ich muss hinter dir bleiben, ob ich will oder nicht, weil du so schnell rennst! Was bist du, ein beschissener Sportler?*«

»Hardballer«, knurrte Zeno. Er reckte die Nase in die Luft, um die feine Duftspur wieder aufzunehmen, und tatsächlich fand er sie sogleich wieder.

Wie ein dünner, aber stabiler Faden lag sie über der Mixtur aus Ozon, Mineralölen, Metall und Kunststoff, die auf Utini allgegenwärtig war und die das typische Stationsfeeling heraufbeschwor. Kalt, süßlich und Übelkeit erregend dominierte die Spur die Stationsluft ... so zart, dass ein Mensch sie vermutlich nicht gewittert hätte, aber für die empfindliche Nase des Wolf-Betas war sie eine Offenbarung.

Erneut prüfte er die Luft.

Versengter Kunststoff. Brennendes Plastik. Ms. Gantts geschmolzene Tapete ...

»Ja. Ja, hier ist er entlanggekommen«, brummte er. »Na los! Folge mir!«

»Das tue ich ja, und ich versuche auch, nicht in deine Riechweite zu geraten. Verrätst du mir, wohin wir gehen?«

»Nein.«

»Dann lass uns wenigstens über einen gemeinsamen Kanal kommunizieren. Ich schalte dich auf Pink.«

Gleichzeitig mit dem Knistern in seinen Kopfhörern flackerten zwei grüne Punkte auf der Innenseite seines Visiers auf, das wie ein Sonnenschutz über seinem Gesicht schwebte. Zeno beschloss, es trotzdem geöffnet zu lassen, da er sonst die Spur des Saboteurs nicht länger hätte verfolgen können. Zudem vertraute er seinen Augen mehr als den projizierten Informationen auf der Innenseite des Visiers.

Mit geblähten Nüstern verfolgte er die schwache Duftspur, die sich von der ihn selbst umgebenden Wolke aus Plastikqualm, Löschschaum und Eau de Cologne unterschied.

Der Saboteur hatte das Gebäude tatsächlich durch einen der anderen Ausgänge verlassen, denn in der Nähe der zweiten Plexitür des Wohnblocks verstärkte sich der schwache Brandhauch. Eifrig wandte Zeno den Kopf hin und her, dann verfiel er in einen erst langsamen, dann schnelleren und immer schnelleren Trott.

Amanita folgte ihm mühelos. Sie war garantiert noch keine zwei Tage hintereinander auf den Beinen gewesen.

Zeno knurrte leise.

Er würde der Spur des Killers folgen, bis er mit der Nase an seinem Plastikhintern klebte; die Duftspur führte beinahe exakt den Weg zurück, den sie zuvor gekommen waren.

Er ist tatsächlich zu den Laboratorien unterwegs – oder er ist bereits dort.

»Na schön«, schnurrte Amanita. »*Unser Ziel sind also die Laboratorien von R&D?*«

»Sein Ziel ist ein Wissenschaftler von R&D. Da ist es nur natürlich, dass er ihn in den Labors sucht«, schnappte Zeno.

»*Ja. Der Gedanke hat etwas für sich. Auch wenn ich diese Information bisher nicht hatte.*« Amanita lachte leise vor sich hin. »*Nun, es wird es uns – entschuldige: dir – natürlich einfacher machen, ihn zu schnappen. Wenn der Kerl erst einmal in den Laboratorien ist, wird er nie wieder hinausgelangen. Die Eingänge lassen sich viel zu gut bewachen.*«

»Es wär' mir lieber, er käme erst gar nicht hinein.« Zenos Rute krümmte sich vor Aufregung. »Jedenfalls ist der Killer entweder mutig oder verrückt.«

»*Oder es gehörte nie zu seinem Plan, Utini lebend zu verlassen.*«

Das tiefe, böse Grollen, das aus der Kehle des trabenden Wolfs-Betas drang, verscheuchte einen Passanten. Erschrocken wechselte der Mann die Spur, während Zeno und Amanita an ihm vorbeihasteten.

Und die Duftspur wurde stärker.

»*Da wären wir.*« Zeno hörte, wie Amanita langsamer wurde, also verlangsamte auch er seinen Schritt, als sie den ›Forschung & Entwicklung‹-Schriftzug sahen. Die Grenze des Komplexes war nicht befestigt in dem Sinne, dass eine Mauer sie von öffentlich zugänglichem Stationsterritorium abgeteilt hätte; zwar gab es riesige Tore, die die gesamte Straßenbreite überspannten, aber Zeno hatte sie noch niemals geschlossen gesehen. Das hieß natürlich nicht, dass jeder hier einfach so hineinspazieren konnte: Das verhinderten die Scanner, die auf Sicht, Temperatur und Gewicht reagierten. War auf dem Stationsausweis des Passanten nicht eine entsprechende Zutrittsgenehmigung gespeichert, ertönte ein Signal, das den hinter der Komplexgrenze stationierten Secbot aufforderte, etwas gegen den Eindringling zu unternehmen.

Das doppeltes Piepsen, das ertönte, als die beiden *UI-Sec*-Betas unter dem Torbogen mit der Aufschrift hindurchliefen, bedeutete lediglich, dass ihre Berechtigungen korrekt waren.

Der Bot stand jedenfalls gänzlich unbeeindruckt neben dem Durchgang und rotierte die Optiklafette mehrmals, als er sie anvisierte. Natürlich verfügte *UI-Sec* über eine generelle Zutrittsberechtigung, insofern war nicht damit zu rechnen, dass der *Kerberos* in irgendeiner abweisenden Form auf Zeno und Amanita reagierte.

»*Ist hier ein anderer Bot durchgekommen?*«, fragte Amanita. »*Oder jemand, der so aussah wie ein Bot?*«

»NEIN. OFFICER.«

Zeno fletschte das Gebiss, denn die Stimme des Sec-Bots schmerzte in seinen Ohren. Eines Tages würde er den Schwachkopf, der ihr die unangenehme Frequenz verpasst hatte, dafür verprügeln.

Er schnupperte in die Luft.

»Aber er muss hier vorbeigekommen sein! Ich kann ihn riechen!«

»NEIN. OFFICER.«

»Wann hat zuletzt jemand dieses Tor passiert?«

»14:12«, donnerte der Bot.

Die Betas sahen einander an, dann verzog Zeno das Gesicht. »Scheiße«, machte er seinem Ärger Luft und legte wieder einen Zahn zu. »Das gibt's doch nicht! Irgendetwas stimmt hier nicht! Ich kann den Typen riechen! Er ist hier, und das noch nicht lange!«

»*Tjaaaa*«, meinte die Tigerin gedehnt und entriegelte ihre Panzerhandschuhe mit einem ›Klick‹. Sie zog sie aus, verstaute sie an dem dafür vorgesehenen Platz an ihrem Utility-Gürtel, spreizte die kräftigen Hände mit den langen, schwarzen Krallen und entsicherte dann ihre Mower. »*Dass der Gesuchte den Bot manipuliert hat, ist ziemlich unwahrscheinlich, was?*«

»Diese Dinger sind zwar dumm wie Büffelscheiße, aber ranlassen würden sie wohl kaum jemanden, der nicht dazu befugt ist.« Der Wolfs-Beta tat es Amanita gleich und kontrollierte gewohnheitsmäßig auch gleich das Magazin. »Und ich glaub' kaum, dass *der Gesuchte* Zeit genug hatte, um sich in unser Bot-Netz zu hacken. Also mal' nicht gleich den Teufel an die Wand!«

»*Sag ich doch. Ziemlich unwahrscheinlich.*« Der lange Tigerschwanz peitschte hin und her, ein sicheres Anzeichen dafür, dass auch die größere Beta aufgeregt war. »*Hey*«, rief sie über Lautsprecher zwei Männern in Anzügen zu, die gerade am Empfangsbereich vorbei in Richtung Ausgang strebten. »*Haben Sie einen schwebenden Bot gesehen? Nein? Danke, Sirs!*«

»Dass die Gewichtssensoren bei einem schwebenden Bot nicht anschlagen, ist mir klar«, grollte Zeno. Aus dem Augenwinkel nahm er wahr, dass George vom Empfang aufgesprungen war und nun auf ihn zuzuhasten begann; im Laufen drehte er sich um und wedelte mit der Maschinenpistole.

»Bleiben Sie, wo Sie sind!«

Der Mann stoppte ab und duckte sich. Zeno eilte am Empfang vorbei in den Korridor, in den die immer stärker werdende Duftspur führte; er knurrte böse.

»Das mit der Temperatur verstehe ich auch; ein Sec-Bot würde schließlich auch nicht auf den Scannern auftauchen, aber wie, bei Anubis ...«

»*Würde er ohne entsprechende Berechtigung durch die Sicherheitsschleuse gelangen?*«, ergänzte die Tigerin; ihr langer Schwanz peitschte durch die Luft. Sie deutete mit ihrer *Mower* auf die Schleuse, die zu den Labors führte, und die Kontrolllämpchen, die in die breite, gewölbte Schleusentür eingelassen waren, blinkten ihnen kühl entgegen.

»Da fallen mir viele Möglichkeiten ein.« Zeno sah sich aufmerksam um, dann stellte er sich vor den Sensor. »Vielleicht mit jemand anderem zusammen, der eine Berechtigung besitzt ... vielleicht hat er sich einfach die Karte von Ms. Gantt genommen.«

»*Das ist die ...*«

»Das ist die Lady, deren Wohnung er angezündet hat und in deren Allerheiligstes wir gerade eindringen.« Argwöhnisch schnüffelte er in die Luft, als die Tür aufglitt, aber die Schleuse war leer.

»*Was sagt die Nase?*«

»Die Nase sagt, dass er hier war – also komm.« Leise schloss sich die Tür hinter den beiden Betas; den Luftaustausch spürte Zeno mehr, als dass er ihn hörte, und er schnitt eine Grimasse. Die laborreine Atmosphäre würde vermutlich ein wenig verpestet werden, falls sie den Killer hier drin stellten ...

»Los!«

Sie trabten weiter, sobald sich die Gegentür öffnete, die Maschinenpistolen im Anschlag. Zufrieden stellte Zeno fest, dass sich auch Amanita jetzt ständig umsah und in alle Richtungen sicherte. Eine Gruppe Frauen in weißen Kitteln, die mitten im Gang mit schrillen Stimmen diskutierten, erstarrten, als sie der beiden *UI-Sec*-Betas gewahrwurden. Die Älteste der vier stemmte mit Handschuhen bewehrte Hände in die Hüften und schob das Kinn aggressiv nach vorn.

»Was soll das denn?« Ihr Blick richtete sich auf die Mündung von Zenos *Mower*, die er automatisch senkte. »Habt ihr euch verirrt? Das hier ist kein Coffee-to-go-Shop!«

Verärgert peitschte Amanitas Schwanz durch die Luft; sie machte einen bedrohlichen Schritt auf die Frau zu, aber Zeno legte eine krallenbewehrte Hand auf ihren Arm.

»Ganz cool bleiben, Ma'am«, sagte er zu der Menschin, aber natürlich meinte er alle beide. »Bitte verlassen Sie unverzüglich und ohne in Ihre Räume zurückzukehren den Komplex. Ein bewaffneter und gefährlicher Mörder ist irgendwo hier drin unterwegs.«

»Was?« Die Augen der Frau wurden groß; unwillkürlich wich sie einen Schritt zurück. »Aber ...«

»Unverzüglich, Ma'am! Was haben Sie an diesem Wort nicht verstanden?«

Es funktionierte. Die Frau zog den Kopf ein und eilte den Gang hinab zur Schleuse, dicht gefolgt von den anderen Weißkitteln. Jetzt erst riss Amanita ihren Arm los. Sie wandte Zeno das verspiegelte Visier zu, und er roch förmlich, wie sie ihn durch das Plastik hindurch wütend anstarrte.

»Hunde«, grollte sie verärgert. »*Lassen sich von Nacktaffen beleidigen und machen dazu noch ein freundliches Gesicht.*«

»Cool bleiben. Ganz cool bleiben. Wir sind hier, um die Nacktaffen«, der Wolfs-Beta deutete in Richtung Schleuse, »zu retten, schon vergessen?«

»*Waren wir nicht gerade noch hier, um einen Killer zur Strecke zu bringen?*«

»Ja, und er hat sich hier entlangbewegt.«

Zeno deutete nach vorn und trabte wieder los.

System: Sol
Planet: Erde, Globale Speichereinheit I
Frankreich, Normandie

Kit Lacroze fuhr in ihrem *UI* Defender die sich windende Küstenstraße entlang. Unter ihr trieb ein Windstoß grünes Wasser so heftig gegen die schroffen Klippen, dass die Gischt fast bis auf die Straße spritzte. Ein weiterer Windstoß sprühte salzige Tropfen gegen die Windschutzscheibe und setzte die Scheibenwischer in Gang.

»Es war eine dumme Idee, dich für die R&D-Operationen zu melden«, blaffte Sergeant Forrester. »Ich habe dir ja gesagt, dass du dich dort nur in Schwierigkeiten bringen wirst, aber du dumme Schnepfe hast meinen Ratschlag wie üblich ignoriert, also erwarte nicht, dass ich dir jetzt auch noch helfe!«

Sie sah ihren Ausbilder nicht an; stattdessen war ihr Blick auf die Straße und die Wellen darunter gerichtet, als sie entgegnete: »Ich erwarte überhaupt nichts von Ihnen, Sir. Sie haben niemals ...«

»Ich habe niemals *was*?«, unterbrach er sie brüsk. »*Du*

hast niemals auf mich gehört, egal, was ich gesagt habe, und immer getan, was du wolltest. Das nennt man ›asozial‹, meine Liebe. Maya hingegen ...«

»Jetzt halten Sie endlich Ihre verdammte Schnauze, Forrester!«, bellte Kit und ruckte wesentlich fester am Lenkrad, als sie eigentlich geplant hatte. »Maya, Maya, Maya! Kommt aus Ihrem Mund eigentlich auch mal etwas anders? Vielleicht hat sie besser ausgesehen als ich, aber ohne mich war sie auf jeder Mission aufgeschmissen! Können Sie nicht mal jetzt damit aufhören, ein Loblied auf diese dämliche Kuh zu singen? Sie ist tot, verdammt nochmal, und ich lebe immer noch ...«

... mit einem harschen ›Krack‹ löste sich das Fenster auf Kits Seite in eine Myriade Splitter auf. Die in allen Regenbogenfarben schillernden Fragmente, die ihr Sichtfeld in Zeitlupe zu kreuzen schienen, verliehen der ganzen Szenerie die traumähnliche Qualität eines ...

... Traums?

Kit schoss hoch, ihre Hand suchte automatisch nach ihrem Kampfmesser.

Verdammt, ich bin eingenickt!

»Na, gut geschlafen?«

Sie drehte den Kopf, um auf Chicks Stiefel zu starren, die neben ihrem Notlager aus Iso- und Synthetikdecken in die Höhe ragten. Als er die Hacken zusammenschlug, ertönte ein neuerliches *Krack*. Ihr Blick wanderte weiter nach oben, aber da kniete er sich schon hin und setzte sich dann neben sie, die Waffe quer über den Schoß gelegt.

»Keiner von uns wollte dich wecken, weil du so putzig ausgesehen hast, aber ich habe leider verloren. Na ja, ich denke, die fünf Minuten Pause haben uns allen gutgetan.«

Kit massierte ihren Nacken, dann streckte sie sich genüsslich.

»Ich habe nur fünf Minuten geschlafen? Hätte ich nicht so blöd geträumt, wäre es vielleicht ein wenig entspannender gewesen.«

Ihr suchender Blick fiel auf Poison und Schäfer, die mehr oder weniger gemütlich nebeneinander an der Wand der Containerhalle lehnten. »Schlafen sie auch?«

»Keine Ahnung. Dafür ist unser Gast noch immer nicht aufgewacht.«

»Sie ist noch immer bewusstlos?«

Erstaunt schaute Kit zu dem Deckenberg hin, der die schmale Frau beherbergte. Ihr Gesicht war noch sehr blass und kontrastierte stark mit dem kurzen schwarzen Haar, aber sie wirkte schon etwas lebendiger als in der Kühlkammer. Die rissigen Lippen mit dem silbernen Ring waren leicht geöffnet, und Kit lächelte automatisch, als sie ihre leisen Atemzüge hörte.

Schäfer kannte die Frau. Sie hieß Zina Kanevskaya, arbeitete bei den Kybernetikern hier in Modul 3, und sie war die letzte Person, die er bei seiner OP gesehen hatte, bevor die Narkose eingesetzt hatte.

Mit etwas Pflege wäre sie sicher sehr hübsch gewesen, aber Pflege war in dieser Situation das Letzte, an das man zu denken brauchte.

Kit seufzte leise und wandte ihre Aufmerksamkeit wieder dem Gardeur zu.

»Hoffentlich wird sie bald wach. Sie kann bestimmt einen Gleiter fliegen.«

»Sie ist MedTech«, zuckte Chick mit den Achseln.

»Ja und? Sind MedTechs vom Erwerb des Orbitalgleiter-Führerscheins ausgeschlossen?«

»Nein, das ... das sind sie nicht«, flüsterte eine schwache Stimme neben ihr.

Kit drehte den Kopf: Kanevskaya war erwacht. Mit einer der dicken Decken um die Schultern setzte sie sich auf und rieb mit zittriger Hand über die blasse Stirn.

»Willkommen zurück.«

Chick streckte einen Arm aus und reichte der Frau über Kits Beine hinweg die gepanzerte Hand, die sie nach kurzem Zögern ergriff.

»Corporal Red Crow, 11C1V5W-UI, 31. Luftlan...« Er unterbrach sich und schüttelte grinsend den Kopf. »Ich meine natürlich Utini Station R&D Justifiers, Team 2. – Sie hatten mächtig Glück, Miss ...«

»*Mrs.* Kanevskaya. Und Sie sind?«

»Kit Lacroze«, brummte Kit. »Für den Rest gilt, was er gesagt hat ... vom Code einmal abgesehen.«

»Sie hatten großes Glück, dass wir Sie entdeckt haben, Ma'am«, führte Chick den begonnenen Satz fort. »Hätte nicht einer unserer Kameraden Medikamente benötigt, wären wir hier überhaupt nicht vorbeigekommen.«

»Danke, Justifiers. Danke dafür, dass Sie mich aus der Kühlkammer befreit haben.« Kanevskaya zog ihre Hand zurück und zurrte die Decke fester um ihre Schultern. Die leise, brüchige Stimme passte zu dem gespenstisch bleichen Gesicht der Frau. »Wie lange war ich dort eingesperrt?«

Chick zuckte mit den Achseln.

»Wenn Sie es nicht wissen, Ma'am ...«

»Es müssen ungefähr zwei Wochen gewesen sein. Zwei Wochen mit Pulvernahrung, Nährlösung, Notfalldecken und *Nitrazit*. Zwar wollte ich eine Strichliste führen, um die Tage zu zählen, aber ich glaube, ich habe irgendwann damit aufgehört.« Müde barg Kanevskaya ihr Gesicht in dünnen Fingern. »Was ist denn bloß geschehen?«

»Eigentlich hofften wir, dass Sie uns das sagen könnten.«

Poison – die offenbar doch nicht geschlafen hatte – erhob sich geschmeidig, sicherte und entsicherte ihre Maschinenpistole, dann tippte sie sich mit der freien Hand auf die gepanzerte Brust. »Sergeant Yardley. Ich führe diesen Trupp.«

»Aber ...« Die bleiche Stirn der MedTech legte sich in Falten. »Wenn auch Sie nicht wissen, was hier geschehen ist ... weswegen sind Sie dann hier?«

»Eigentlich nur, um dem Installationsleiter einen Besuch abzustatten.«

Verwirrt starrte Kanevskaya zu der Gardeurin hoch. »Meinem Mann? Haben Sie ihn gesehen?«

»Wenn es sich bei Ihrem Mann um Dr. Russell handelt, dann nicht. Zumindest bis jetzt noch nicht.«

Die MedTech ließ den Kopf hängen und seufzte tief. »Jetzt verstehe ich überhaupt nichts mehr.«

»Ich auch nicht«, flüsterte Chick Kit ins Ohr, die ihm genervt einen Ellbogen in die Seite stieß.

Poison zuckte mit den breiten Schultern.

»Dann, Mrs. Kanevskaya, sollten wir all unsere Informationen zusammenwerfen. Vielleicht bringt uns das ja weiter.« Die Mündung der *Mower* richtete sich auf die Schwarzhaarige. »Sie fangen an.«

»Dr. Wilczek – einer der Chirurgen – schickte mich während einer Operation ins Kühlhaus, um Blutplasma zu holen. Ich glaube, er«, ein Finger richtete sich zitternd auf den an der Wand lehnenden Schäfer, »war der Patient, an dem wir gerade gearbeitet hatten.«

Der Gardeur öffnete die Augen und fixierte Kanevskaya stumm.

»Verzeihung«, krächzte die Frau, »aber nach ein paar Eingriffen sehen sich die *[Talos]*-Truppen alle so ... so ähnlich. Sie waren es, nicht wahr?«

Als Schäfer leicht nickte, räusperte sie sich und fuhr fort: »Dann fiel der Strom aus, das Notfallprogramm übernahm und schloss die Tür der Kühlkammer. Das war's.«

»Das war's? Na großartig.« Kit rümpfte die kurze Schnauze. »Und Sie haben keine Schüsse gehört? Kein Geballer, kein Geschrei?«

»Schüsse?«

»Hier wurde gekämpft, Mrs. Kanevskaya. Wir haben viele Leichen gesehen. Es sieht ganz danach aus, als wären diese«, Kits Kopf zuckte kurz in Richtung von Schäfer, »Bot-Kerle über die übrige Belegschaft der Installation hergefallen.«

»*SPEKULATION*«, schnarrte Schäfer.

»Auf jeden Fall sind sie über *uns* hergefallen. Bisher sind Sie die einzige Überlebende, die wir angetroffen haben, Mrs. Kanevskaya.«

»*UND WAS BIN ICH? EIN SCHUHSCHRANK?*«

»Maul halten! Euer Genöle bringt uns nicht weiter.« Poison sandte einen sauren Blick in die Runde. »Wenn Sie uns begleiten möchten, werden Sie sich leider an das Gezänk gewöhnen müssen, Mrs. Kanevskaya. Justifiers sind eben so.« Sie wischte mit dem Handrücken etwas Schweiß von ihrer Stirn. »Um unsere Situation in einem Satz für Sie zusammenzufassen: Wir wurden hier abgesetzt, um Forschungsberichte einzusammeln, stolperten in eine luftlose, lichtlose, schwerelose und mit Leichen gepflasterte Installation, stellten die Energieversorgung der Lebenserhaltungssysteme notdürftig wieder her, wurden von Garde- und Bau-Kyborgs attackiert und von Schäfer hier gerettet, den die Rückkehr der Energieversorgung aus dem Heilschlaf geweckt hat. Sie sehen also, wir wurden genauso überrascht wie Sie. Aber unser Job ist lediglich, die Forschungsergebnisse zurückzubringen, und das werden wir mit Ihrer Hilfe schaffen.«

»Mit meiner Hilfe?« Verstört blickte Kanevskaya die Sergeantin an. In ihrem bleichen Gesicht arbeitete es; offenbar musste sie die Nachricht, die mysteriöse Katastrophe als (fast) Einzige überlebt zu haben, erst verdauen.

»Natürlich mit Ihrer Hilfe. Immerhin sind Sie die Ehefrau von Dr. Russell.«

»Ich, äh ...« Verwirrt schüttelte die Schwarzhaarige den Kopf. »Sergeant, ich bin MedTech. Ich arbeite nicht in der Forschungsleitung.«

»Sie werden ja wohl mit Ihrem Mann reden.« Poison schnitt eine Grimasse. »Also, Mrs. Kanevskaya: Wo bewahrt er die gesammelten Forschungsergebnisse der drei Projekte auf?«

»Im ... im Forschungskern.« Kanevskaysas grüne Augen schwammen; sie zog die Nase hoch. »Das ist ein Computer in Modul 1. Die Ergebnisse werden dort von Datenträgern manuell eingespielt, weil ...«

»Wir wissen schon, weswegen, Ma'am«, unterbrach Chick die Frau sanft und erhob sich. »Das muss ja eine sehr ... spezielle Art des Arbeitens sein. Da wundert mich auch nicht mehr, wieso so viele der R&D-Leute so merkwürdig drauf sind. Was meinen Sie: Können Sie aufstehen?«

Kanevskayas hübsches, bleiches Gesicht verzog sich zu einer Grimasse, als sie die angebotene Hand ergriff und versuchte, sich daran hochzuziehen. Als es ihr nicht gelang, half Chick mit dem anderen Arm nach, bis Kanevskaya schließlich auf wackeligen Beinen stand und vorsichtig einen Fuß vor den anderen setzte.

»Es geht schon«, meinte sie dann und löste ihren Griff von Chicks Panzerung, der seinerseits jedoch nicht losließ.

»Tut mir leid, aber Sie können noch nicht allein stehen«, sagte er kopfschüttelnd und schenkte Kanevskaya ein gewinnendes Lächeln. »Erst muss Ihr Kreislauf wieder ein paar Umdrehungen machen. Lassen Sie uns ein paar Schritte gemeinsam gehen.«

Nun sprang auch Kit auf und bemühte sich, beim Aufstehen möglichst fest gegen Chicks Knöchel zu treten. Zwar warf ihn das keinen Millimeter aus der Bahn, aber sein erstaunter Blick war Gold wert.

»Huch, wie ungeschickt von mir«, knurrte sie, dann zog sie die *Prawda*, inspizierte sie mit geübtem Blick und wandte sich Poison zu. »Gehen wir weiter?«

»Wir haben lange genug getrödelt«, bestätigte die Sergeantin. »Kommen Sie, Mrs. Kanevskaya. Sie können mit mir gehen, denn Chick ist unser Schlussmann, und Ihre Ortskenntnis wird hier vorn gebraucht.« Entschlossen reichte sie der MedTech den Arm, die sich dankbar darauf stützte. »Na los, Schäfer, auf auf. Du bist natürlich *Point*.«

Chick seufzte, dann grinste er Kit an.

»Ich glaube, Mrs. Kanevskaya mag mich nicht«, sagte er leise, als er sich hinter ihr einreihte.

Kits kleine weiße Zähne leuchteten im Schein der Notbeleuchtung blau, als sie mindestens ebenso breit grinste.

Und schwieg.

Dafür, dass Kanevskaya über eine Woche im Tablettenrausch vor sich hin gedämmert hatte, erholte sie sich erstaunlich schnell. Ihre Schritte wurden fester, je tiefer sie in Modul 3 vordrangen, und schon bald konnte Kanevskaya auf die Unterstützung durch Poison verzichten. Sie passierten Operationssäle, Stationsbetten und die eine oder andere Leiche, was Kanevskaya jedes Mal wieder ein gequältes Keuchen entlockte, aber auf Gegner trafen sie nicht. Das war auch gut so, denn Kit befürchtete, dass Kanevskaya sie im Kampf behindern würde.

Was sie allerdings fanden, waren zwei weitere tote Blech-Gardeure. Einer war von unzähligen Geschossen durchsiebt worden und schwamm in einer Lache aus klumpigem Blut und diversen anderen Flüssigkeiten, der andere hingegen schien unverletzt; dafür hing er jedoch vermittels eines Kabels an einem Infoterminal fest.

Die MedTech ließ es sich trotz ihres geschwächten Zustands nicht nehmen, den zweiten, unverletzten Kyborg zu untersuchen; ihrer Ansicht nach war der Mann an multiplem Organversagen gestorben – er hatte einfach ›aufgehört‹.

Daraufhin wurde Schäfer sehr schweigsam.

Erst nach gut zehn Minuten ließ er wieder etwas von sich hören.

»*NUR NOCH ZWEI BIEGUNGEN, DANN SIND WIR AN DER SCHLEUSE ZU MODUL 2.*«

»Prima«, frohlockte Poison – dann hob sie die Hand und ballte sie zur Faust. Sofort stoppte ihr kleiner Tross wie ein Mann; sogar Kanevskaya folgte der Order, sich nicht zu rühren, und hielt sogar die Luft an.

Kit spitzte die Ohren und schüttelte kurz den Kopf, um die verschwommene Sicht der immer noch müden Augen zu klären.

Mist, ich hätte noch ein paar Stunden schlafen können. Aber musste ich denn so etwas Dämliches träumen? Schließlich habe ich die Ausbildung mit Auszeichnung bestanden.

Der scharfe, hohe Knall berstenden Glases vertrieb die letzten Reste von Schlaf aus ihrem Organismus und schob die Erinnerungen an den Traum in einen entfernten Winkel ihres Hirns. Noch bevor das Geräusch von Scherben, die über eine harte Oberfläche sprangen, verblasst war, war ihre *Prawda* entsichert.

»Gesellschaft«, sagte Chick leise. Schäfer drehte den Kopf ruckartig in die Richtung, aus der der Knall gekommen war; dort befand sich der Eingang zu einem Operationssaal, wie die Plastiklettern über den breiten Doppeltüren verkündeten.

»*EIN VANDALE*«, bekräftigte er, was ihm einen Knuff und einen giftigen Blick von Poison einbrachte.

»Musst du immer in Lautstärke 11 brüllen? Geht es vielleicht auch ein wenig leiser?«

Ein Klicken, ein Rauschen und ein Geräusch, das klang wie ein elektronisches Räuspern.

»*BESSER SO?*«

»Viel besser.«

Wieder klirrte etwas, aber diesmal klang es, als liefe jemand – oder etwas – durch die Scherben.

»Na los, Schäfer.« Unsanft stieß sie ihm in den gepanzerten Rücken, damit er sich in Bewegung setzte. »Wir sollten den *Vandalen* überraschen und nicht umgekehrt.«

Mit einem zögerlichen Kopfnicken positionierte sich der massive Gardeur neben der Tür und ließ die Maschinenkanone anlaufen, dann bewegte er sich ruckartig in den fast völlig dunklen Raum hinein. Kit sah, wie sich sein Oberkörper hin und her drehte; die Schläuche, die seinen Hinterkopf mit Körperstellen unterhalb seiner Schulterblätter verbanden, bewegten sich mit.

»*ENTWARNUNG.*«

»Was?«

»*ENTWARNUNG! KEIN GEGNER.*« Eine kurze Pause. »*NEHME ICH AN. ES IST ZIEMLICH DUNKEL HIER.*« Damit trat er beiseite, um die Justifiers durchzulassen, die sich jetzt an ihm vorbei in den fast völlig dunklen Saal hineindrängten. Nur Kanevskaya blieb ängstlich hinter ihm in der Nähe der Doppeltüren stehen.

»Lacroze«, raspelte Poison, »Vorwärts. Du bist *Point*.«

Kit nickte und zückte die *Prawda*; für sie langte das Restlicht, die anderen beiden mussten ihre Helmscheinwerfer einschalten. Bleiche Lichtkegel durchschnitten den riesigen Saal und zuckten über OP-Tische, Schränke und Türen, als sich Poison und Chick hinter ihr einreihten, um den Raum vorsichtig zu durchkämmen.

Besonders ins Auge fiel Kit das orangefarbene Blinken, das irgendwo aus der Tiefe des Raums kam; selbst durch den textilen Raumteiler hindurch war das Flackern der Statuslämpchen noch zu sehen, die in scheinbar unregelmäßigen Mustern an- und ausgingen. Der Geruch, der in der Luft hing, war typisch für alle Krankenhäuser, die sie kannte – eine beunruhigende Mixtur aus antiseptischen Mitteln und organischem Abfall.

Sie horchte noch intensiver in das Halbdunkel, als sie sah, die Ohren steil aufgerichtet und ihre Augen zu winzigen Schlitzen zusammengepresst, die im Schein der wenigen Notlampen schwach glitzerten. Kit fühlte, wie ihren Schwanz in der engen Panzerung zuckte, als sie ein seltsames Geräusch wahrnahm ... ein leises, heiseres Gurgeln.

Erst signalisierte sie den beiden anderen anzuhalten, dann zeigte sie mit einer Serie schneller Bewegungen die Position des Geräuschs an.

»Was ist los?«, krächzte Kanevskaya irgendwo hinter ihr, und Kit hörte, wie Schäfer den Kopf drehte.

»SIE HABEN ETWAS ENTDECKT. GEGNER AUF 10 UHR.«

»10 Uhr? Ich ... ich habe eine Digitalanzeige«, entgegnete die MedTech heiser. »Können Sie mir bitte zeigen, wo das ist?«

Kit verkniff sich ein füchsisches Grinsen und hastete

weiter, die Waffe fest im Griff, wobei sie den Gardeuren bedeutete, ihr zu folgen.

Jetzt war es wieder völlig still; nur das seltsame Blinken störte die Ruhe des Operationssaals.

Sonst nichts.

Habe ich halluziniert? Ich war mir ziemlich sicher ...

Da war es wieder, das leise Gurgeln, und es kam aus dem Abteil, in dem auch die Dioden blinkten. Kit verlangsamte ihre Schritte und sah kurz über die Schulter. Poison nickte ihr knapp zu, die Lichtkegel tanzten über die Trennwände, und mit einer eleganten Drehung bewegte sich Kit zwischen ihnen hindurch ...

»Mist«, stieß sie erschrocken hervor und blinzelte. »Korrektur, Schäfer. Das ist kein Gegner.« Um ehrlich zu sein, fiel ihr gerade ein gigantischer Stein vom Herzen. »Unser *Vandale* ist ein Freund.«

Obwohl die Beleuchtung so schwach und die Dioden so irritierend waren, war eindeutig, dass es sich bei dem *Vandalen* um Chief Corrigan handelte, der lebendig und auch bei Bewusstsein war und von dessen linkem Zeigefinger eine böse aussehende chirurgische Säge baumelte.

Eine Reihe Ferroplastriemen machte ihm fast jede Bewegung unmöglich; sein Mund war mit Plastikröhren gefüllt, durch die die blinkende Konsole zu seiner Rechten verschiedenfarbige Flüssigkeiten pumpte, aber die hellen lila Augen folgten jeder von Kits Bewegungen. Eine der Röhren baumelte neben seinem Kopf, das Ende von etwas bedeckt, das getrocknetes Blut sein mochte, und das, was Kit von seinem Gesicht sehen konnte, war mit dunklen Streifen überzogen.

»Chief«, hauchte sie erleichtert. Sie bemühte sich, nicht in die Glassplitter zu treten, die überall um einen kleinen Rolltisch herum am Boden lagen, als sie nahe an den OP-Tisch herantrat. Sein Finger entspannte sich, als er sie erkannte, und die Säge klapperte zu Boden. Schon zückte Kit ihr Kampfmesser, um den ersten der Ferroplastriemen zu durchtrennen, als Poison eine schwere Hand auf ihren Arm legte.

»Warte.« Sie trat nach vorn. »Hörst du mich, Chief?«

Corrigans Kopf bewegte sich ein wenig unter dem Ferroplastriemen, der seine Stirn umspannte, dann hielt er inne, schielte zu der Sergeantin hoch und gab ein gedämpftes Grunzen von sich. Es mochte Zustimmung sein.

»Verstehst du mich auch?«

Wieder ein Grunzen und ›Nicken‹, mit grimmiger Miene reckte Poison ihre rechte Hand.

»Okay. Wie viele Finger halte ich hoch?«

Ein Gurgeln, eine Pause, Augenrollen. Dann grunzte Corrigan vier Mal hintereinander.

»Korrekt. Vier.« Nachdenklich legte sie eine Hand ans Kinn. »Na gut. Es mag ja eine dämliche Frage sein, aber ... bist du okay?«

Wieder folgten ein Grunzen und eine minimale Bewegung des borstigen Kopfs, die nach einem Nicken aussah.

Poison holte tief Luft.

»Gut. Was ist mit diesen Röhren? Schadet es deiner Gesundheit, wenn wir sie aus dir rausziehen?«

Der *Vandale* versuchte den Kopf zu schütteln; die Ferroplastriemen vibrierten leicht, dann wurden seine Augen riesengroß, und er versuchte, sich gegen die Riemen zu werfen, was natürlich nicht funktionierte.

»Ganz ruhig. Bloß keine Panik«, befahl Poison, dann wandte sie sich der Fuchs-Beta zu. »Mach ihn los.«

Und in exakt diesem Moment öffnete sich eine der anderen Türen mit einem aggressiven Zischen und enthüllte die beeindruckende Gestalt eines greiferbewehrten Buddlers.

In einer Hilfshand hielt er ein eigentlich robustes Gerät, das zwischen den blechernen Fingern aber filigran und zerbrechlich wirkte.

»*LASS DAS DING FALLEN UND NIMM DIE GREIFER NACH OBEN*«, brüllte Schäfer.

Der Kopf des Blechmanns ruckte in Richtung des Gardeurs, den er ausdruckslos anstarrte, dann wandte er sich der Ansammlung von Leuten an Corrigans Tisch zu. Das Gerät blieb, wo es war, aber ein Greifer – oder war es eine Schweißzange? – öffnete sich mit einem schnappenden Geräusch. Entschlossen trat er in den Raum.

Kit hörte das *Huiiiiiiii* der anlaufenden Maschinenkanone.

»*DECKUNG!*«, brüllte Schäfer. Ohne abzuwarten, ob einer der Justifiers seiner Anweisung tatsächlich Folge leistete, ließ er die P3 sprechen.

Kit und die beiden anderen warfen sich zu Boden, bevor sie von einem Strom von Explosivgeschossen zerrissen werden konnten, der krachend in den orange lackierten Torso des vollverkleideten Blechmanns schlug. Sie sah Poison an, die mit grimmiger Miene ihr Visier zuklappte und die *Mower* gegen die Laserwaffe austauschte.

Chick zuckte bloß hilflos die Achseln.

»Ich habe keine Granaten mehr«, rief er.

Kit nickte zum Zeichen, dass sie verstanden hatte; während Poison aus der Deckung hochkam und die lautlose *Starbeam* auf den Gegner abfeuerte, der trotz des massiven P3-Beschusses immer näher kam, sah sie nach oben, zur Unterseite von Corrigans OP-Tisch. Hier liefen die Ferroplastriemen zusammen, die den Chief an den Tisch fesselten. Mit einer geübten Bewegung setzte sie die höllisch scharfe Klinge an und durchtrennte erst einen, dann einen weiteren Riemen.

»Schneller«, rief Chick. »Er kommt hier rüber!«

Wie ein Federmännchen schoss er hoch, um einen nutzlosen Feuerstoß aus dem *Repeater* auf den klotzigen Buddler abzugeben, und verschwand genauso schnell wieder unter dem Tisch. Irgendjemand schrie schrill und ausdauernd, ein furchtbares Geräusch, das nur aus Kanevskayas ausgetrockneter Kehle stammen konnte, und während Kit an der nächsten Fessel sägte, nahm sie aus dem Augenwinkel ein helles Blitzen wahr; Poison hatte erneut einen Strahl gebündelten Lichts gegen den unaufhaltsam heranrückenden Blechmann gesandt.

Irgendwo hinter Kit Lacroze ertönte das Bowlingbahn-Geräusch; Schäfer musste nachladen.

Gar nicht gut.

»Durchhalten, Chief«, knurrte sie, während sie die beiden letzten Fesseln mit einem Schnitt zerteilte, dann war der Blechmann auch schon heran. Einer seiner Greifer krachte so heftig auf den Tisch, dass einige der massiven Schrauben heraussprangen, mit denen er am Boden festgemacht war – und dann sprang Corrigan zu Kit herunter. Nun gut, zugegebenermaßen fiel er mehr, als dass er sprang, und es gelang ihr gerade noch so auszuweichen, bevor er auf ihr landete – aber wenigstens war er frei. Mehr enthusiastisch als elegant zerrte er an den Schläuchen, die ihn noch mit der Konsole verbanden; Kit rümpfte die Schnauze, als sich die Plastikröhrchen mit einem reißenden Geräusch aus Corrigans Mund lösten und er die verschmierten Teile angeekelt von sich schleuderte. Dann griff er sich an den Bauch und erbrach spontan einen guten Liter gelblichen Brei.

»Weg da«, schrie Chick, »andere Richtung, na los!«

Einer der großen Füße des Buddlers trat kräftig gegen den Tisch, der sich kreischend zur Seite neigte; Kit griff nach dem würgenden Chief und packte ihn an einem der verbliebenen Rüstungsteile, um ihn mitzuschleppen. Wieder erleuchtete ein heller Blitz das Halbdunkel des Saals, dann krachte es dumpf – es war das Geräusch, das Metall verursachte, wenn es auf Kunststoff traf, und es wurde von hässlichem Knirschen und Knacken begleitet. Kanevskaya schrie noch lauter und schriller als zuvor, während Chick, Kit und Corrigan unter den nächsten OP-Tisch schlüpften, und dann – dann ertönte wieder das Donnern der Maschinenkanone.

Diesmal zeigten die Explosivgeschosse Wirkung; metallisches Ächzen und das verzweifelte Heulen von Servomotoren ließen Kit über die Schulter zurückblicken. Sie sah, dass der orangefarbene Blechmann rückwärtstaumelte und dabei eine Trennwand umriss, ein gezacktes, qualmendes Loch in seiner Brust. Sein Greifer, der zu Kits

Entsetzen Poisons behelmten Kopf fest umschloss, ragte seitlich in die Höhe; dann stürzte der Buddler über die umgestoßene Trennwand und krachte donnernd zu Boden.

Natürlich fiel er auf Poison und begrub die Gardeurin unter sich.

Nach einigen wenigen Augenblicken erstarb das Heulen der Servomotoren, aber Kanevskayas Gekreische dauerte an. Heiser und hysterisch schrie sie, bis ihre Stimme brach.

Kit ließ den sich krümmenden Corrigan zu Boden gleiten, hielt aber seinen Kopf fest, weil sie nicht wollte, dass er an seinem Erbrochenen erstickte.

Chick sprang auf.

»*BLEIB WEG DA*«, brüllte Schäfer, als der Justifier zu dem gefallenen Koloss hinstürzte. »*VERDAMMT, JUNGE, DU WEISST NICHT, OB ER TOT IST!*«

Aber Chick schien die Warnung des Kyborgs nicht zu hören, und falls doch, interessierte sie ihn nicht. Er trat mehrfach in den metallverkleideten Bauch des Blechmanns, das Sturmgewehr dabei immer auf das Gesicht mit den Glasoptiken gerichtet, und als keine Reaktion erfolgte, fiel er neben dem Buddler auf die Knie, um an Poisons gepanzertem Arm zu zerren, der unter dem durchlöcherten Metallkörper herausragte. Er warf Kit einen hilfesuchenden Blick zu, aber sie schüttelte knapp den Kopf, damit beschäftigt, den hustenden, würgenden Chief festzuhalten, aus dem noch immer etwas herauslief.

Chicks Blick traf Schäfer.

»Scheiße, Schäfer, ich geb's ja nicht gern zu, aber ihr

Burschen spielt in einer völlig anderen Liga als wir«, keuchte er. »Kannst du mal herkommen? Ich brauche deine Hilfe!«

Während der Sicherheits-Kyborg mit stampfenden Schritten zu Chick und dem gefallenen Buddler eilte, bemerkte Kit einen Lufthauch im Genick. Als sie den Kopf drehte, sah sie in Kanevskayas grüne Augen, deren ängstlicher Ausdruck einem sehr entschlossenen gewichen war.

»Was ist mit ihm? Gehört er zu Ihnen?«, fragte sie heiser und richtete das bleiche Kinn auf Corrigan. »Ich dachte eben, er käme mir bekannt vor, aber niemand auf *Niamh Nagy* trägt graue Rüstungen.«

»Das ist unser Chief. Er ist ... er war uns abhandengekommen, und jetzt kotzt er sich die Seele aus dem Leib.«

»Lassen Sie mich mal.«

Mit geübtem Griff drehte sie Corrigan auf die Seite, dann zog sie ein benutzt aussehendes Tuch aus einer Tasche ihres schmutzigen blauen Kittels und wischte ihm Blut und ockerfarbigen Schleim aus dem Gesicht. Erst jetzt sah Kit die klaffende Wunde in seiner Wange.

»Mein Gott, Chief, was haben die mit dir angestellt?«

»Dieser Kerl wollte – er wollte sein verficktes Kabel in meinen Mund stecken. Als er dann feststellen musste, dass ich im Gegensatz zu ihm keinen Anschluss im Rachen habe, hat er – hat er mir diese Schläuche in den Hals gestopft und ist weggelaufen. Wahrscheinlich war er auf der – auf der Suche nach einem besseren Scanner, um herauszufinden, wo sich mein Anschluss befindet, und er hatte Angst, ich könnte in der Zwischenzeit verhungern. – Verfickte Scheiße«, schimpfte er und spuckte erneut gelben Brei aus, dann richteten sich seine Augen auf die schwarzhaarige Frau. »Tut mir leid, Ma'am. Das galt nicht Ihnen. Wer sind Sie?«

»Zina Kanevskaya, Medizintechnik.«

»Dieses Zeugs – es schmeckt widerlich.«

»Nährlösung«, sagte Kanevskaya tonlos. »Sie ist nicht für die orale Aufnahme vorgesehen.« Mit jedem Wort wurde sie noch bleicher, als sie ohnehin schon war, dann ließ sie mit einem Mal das Tuch fallen und wich ruckartig zurück, was ihr einen irritierten Blick der Beta-Füchsin einbrachte.

»Diese Stimme«, stieß sie hervor, ihr Atem ging plötzlich stoßweise. »Ich kenne diese Stimme!«

Corrigan richtete sich auf den Ellbogen auf und sah sie fragend an.

»Tut mir leid, Ma'am, aber ich kenne Sie nicht ...«

Mit einem schrillen Aufschrei riss Kanevskaya die *ExCess* aus Kits Holster und hieb sie mit der Breitseite mitten in Corrigans Gesicht; sein Kopf schnappte zurück, die Haut über der Nase riss auf, und seine automatische Abwehrbewegung ging ins Leere. Dann drehte sich die schwere Pistole in der Hand der MedTech, bis die Mündung auf das Gesicht des Justifiers zeigte. Die völlig perplexe Kit stieß Kanevskayas Arm zur Seite, gerade als sich ihr Zeigefinger um den Stecher krümmte; die Kugel riss Splitter aus dem Bodenbelag unter einem der OP-Tische.

»*Sind Sie wahnsinnig?*«, schrie Kit, während sie der zappelnden und schreienden Kanevskaya beide Arme auf den Rücken drehte. »Haben Sie den Verstand verloren?«

Die Waffe fiel zu Boden, und Corrigan, der sich mit einer Hand das Gesicht hielt, griff mit der anderen danach und versuchte, auf alle viere hochzukommen.

Kanevskaya war kein Profi; egal, wie sehr sie sich wehrte, sie hatte keine Chance, aus Kit Lacrozes Klammergriff zu entkommen. Hart presste sie die kämpfende MedTech gegen den Boden.

»Verdammter Mist, hören Sie doch endlich damit auf«, schnauzte sie, dann schoben sich Chicks Stiefel in ihr Sichtfeld. Die Mündung des *Repeater* berührte Kanevskayas schwarzes Haar, und ihr Widerstand erlahmte.

»O Gott«, keuchte die Frau, während sie schwach den Kopf hob. »Er hat eine Waffe! Er *hat eine Waffe!*« Am ganzen Körper zitternd starrte sie Corrigan an, der mit blutüberströmtem Gesicht am Boden kniete und nun ebenfalls auf sie zielte. »O Gott, lassen Sie nicht zu, dass er näher kommt! Bitte!« Tränen schossen in ihre riesengroßen, entsetzten grünen Augen. »Das ist das Schwein, das mich vergewaltigt hat!«

43

System: DEF-563-UI
Planet: DEF IV *(United Industries)*
Utini Raumstation, R&D-Laboratorien

Der Laborkomplex war riesengroß; die Duftspur, der Zeno und Amanita folgten, führte durch labyrinthische Gänge, von denen rechts und links transparente Türen oder Stahltüren in Labors und Operationssäle führten. Dazwischen befanden sich Teeküchen, Aufenthaltsräume und Büros. Die paar Beschäftigten, die ihnen über den Weg liefen, schickte er ebenso hinaus wie die Frauen; er war sich ziemlich sicher, dass er an einer Tür, die nach links wegführte, den Namen ›Castro‹ gelesen hatte, aber die Duftspur ging definitiv daran vorbei. Dann folgte ein Hochsicherheitslabor, was auch immer das sein mochte, und dann – dann stoppte er abrupt ab.

»Scheiße.«

»Was?«

Um ein Haar wäre die Tiger-Beta auf Zeno aufgelaufen. Er riss die *Mower* hoch und schnüffelte, um ganz sicherzugehen, dass er sich nicht getäuscht hatte; leider war auf seine feine Nase Verlass. Ärgerlich fletschte er das bedrohliche Gebiss.

»Scheiße, Amanita – ich fürchte, wir sind zu spät dran! Ich rieche Blut! Hier entlang, schnell!«

Er bewegte sich auf das Sensorfeld der Tür neben dem Hochsicherheitslabor zu und grollte, als sich der mehrfach gesicherte Zugang, hinter dem die Duftspur verschwand, nicht sofort öffnete. Wenigstens besagte das leise Piepsen, dass seine generelle Zutrittsberechtigung tatsächlich ›generell‹ bedeutete. Ein feines Zischen ertönte, und sofort drängte er sich durch den sich vergrößernden Spalt in den dunklen Raum dahinter, die Waffe im Anschlag. Die Dunkelheit schreckte ihn nicht, denn dank seiner Wolfsgene sah er im Dunkeln so gut oder schlecht wie bei Standardbeleuchtung. Nur zu deutlich erkannte er, dass ein großer Sanitärblock mit vielen kleinen Wasserbecken die Mitte des Raums bildete; die wenigen Kontrolllämpchen sorgten bereits für ausreichende Beleuchtung. Auch Amanita verfügte über hervorragende Sicht im Dunkeln, aber dennoch war sie vorsichtiger; sie ging neben der Tür in die Hocke und sicherte in das geräumige Labor hinein.

Zeno brauchte nur einen Sekundenbruchteil, um zu erfassen, was sich hier abgespielt hatte. Direkt zu seinen Füßen lag eine reglose Gestalt in einem blutbesudelten Laborkittel in einer dunklen Lache – einer Lache, die sich stetig vergrößerte. Das bleiche Gesicht der Frau, auf dem sich Überraschung widerspiegelte, wirkte sehr tot. Die Konturen der hinter dem Sanitärblock aufragenden Gestalt waren kantig, übertrieben, grotesk, beinahe wie die einer Karikatur, und ihre Augen funkelten rot. Das Einzige, was daran nicht witzig wirkte, war die Mündung der nun aufblitzenden Waffe.

Als seine wölfischen Reflexe einsetzten, schoss heiß ein Blitz durch Zenos Körper. Er tauchte ab, und er tat es rechtzeitig; direkt hinter ihm zersplitterten die Kunststoff-Kacheln, mit denen der Raum ausgekleidet war. Hastig katapultierte er sich über den Leichnam am Boden hinweg bis zu den Wasserbecken, diesmal splitterte eine Kachel weiter unten an der Wand. Die Waffe des anderen war kaum zu hören, dafür hörte man Amanitas schwere *Mower* umso besser. Sie gab einen Feuerstoß in Richtung des Aggressors ab und duckte sich wieder hinter die Tür. Es klirrte, als mehrere Glaskolben zersprangen, die auf der Konsole mit den Becken aufgereiht gewesen waren.

»*Grrr, daneben*«, knurrte die Tiger-Beta über Kopfhörer. Außer den Glaskolben hatte sie nichts getroffen – zumindest nicht ihren Angreifer. »*Was gäbe ich jetzt für eine Handgranate!*«

»Sag's deiner Chefin, nicht mir«, grollte Zeno, sprang hoch, zielte über die Becken und feuerte, aber auch die Garbe aus der *Mower* des Wolfs-Beta verfehlte ihr eigentliches Ziel; hatte der kantige graue Killer mit den funkelnden Augen eben noch neben dem zweiten Becken gestanden, schwebte er jetzt hinter dem fünften. Mit einem dumpfen *Plong* trafen die Geschosse auf die durch ein Metalldrahtgitter verstärkte Plexischeibe am anderen Ende des Raums. Mindestens eines schlug ins benachbarte Hochsicherheitslabor durch, die übrigen prallten jedoch von der dicken, nachgiebigen Kunststoffscheibe ab.

Die Waffe des rotäugigen Killers zog in Zenos Richtung nach – und in diesem Moment geschah es. Was sich eben noch kantig, matt und grau von der Plexischeibe abgehoben hatte, verschwamm in einer wellenförmigen Bewegung mit dem Hintergrund. Die scharfen Konturen drifteten auseinander, mit einem Zwinkern erloschen die glühenden Augen.

Fast hätte der Wolfs-Beta vergessen, wieder Deckung zu suchen; das massive Geschoss aus der Waffe des Killers verfehlte seine Schulter um Haaresbreite und vernichtete irgendein Gerät hinter ihm.

»*ChameleonSkin*«, schnarrte Amanita in sein Ohr. »*So ein Schiet!*« Ihre Maschinenpistole machte *Ratatat.*

»Standardware«, keuchte Zeno hinter seiner Schützung. »Macht nichts. Ich kann ihn immer noch riechen.« Hastig zog er den Helm aus; gegen die großkalibrige Waffe des Killers nutzte das Ding sowieso nichts, und er zog es ohnehin vor, den Kopf frei bewegen zu können. Dann ließ er sich vollends fallen, rollte zur Seite und kam an der Seite der Beckenkonsole auf Händen und Knien wieder hoch, die Waffe im Anschlag. Schnell sah er um die Ecke und fletschte die Zähne. Auch auf dieser Seite der Mittelkonsole lag jemand am Boden, ein Mann in einer Laborkombi, dessen Beine schwach zuckten. Er blutete aus einer klaffenden Kopfwunde, aber wenigstens *hatte* er noch einen Kopf. Direkt daneben lag eine schlanke, nebelgraue Rakete.

Still dankte er Sgt. Wilkie dafür, dass sie standardmäßig keine Handgranaten ausgeben ließ, reckte die Nase witternd in die Luft und – drückte sich mit aller Kraft ab.

Seine kräftigen Beine katapultierten den *Security*-Beta nach vorn und oben, dorthin, wo der Plastik-Brandgeruch am stärksten war. Noch im Sprung betätigte er den Abzug der *Mower,* dann ließ er sie fallen und bereitete sich auf den Aufprall vor. Er sah, wie das »Labor« Wellen schlug und sich der »Hintergrund« deformierte, als die Geschosse die Stelle trafen, an der sich der graue Torso befinden musste. Flüssigkeit sprühte, aber der getroffene Killer gab keinen Laut von sich. Außer Gefecht hatte ihn die Garbe jedenfalls nicht gesetzt, denn eine schnelle Drehung ließ die Luft flirren – dann krachte es, als Zeno mit seinem vollen Körpergewicht gegen ihn prallte.

Bodycheck!

Die gepanzerten Knie trafen die Pulsatorenscheibe, die Hände des Betas krallten sich in die Schultern des Killers, seine Kiefer schnappten zu.

Während seine Beine auf dem Boden Halt suchten, riss er wütend an dem glibberigen Stück Kunststoff, das sich zwischen seinen Zähnen befand; es schmeckte widerlich, löste sich aber glücklicherweise schnell. Zeno spuckte aus, der botähnliche Killer gab ein merkwürdiges Geräusch von sich, als die Tarnoberfläche in flirrenden Wellen um die neue Öffnung in seinem Gesicht herum zurückwich. Der Wolfs-Beta hatte mehr als nur die *ChameleonSkin* erwischt: Durch das große, gezackte Loch waren außer künstlichen Zähnen auch filigrane Metall- und Kunststoffstreben zu sehen. Mit einem Grollen stieß er den Kopf nach unten und schnappte nach dem jetzt wieder sichtbaren grauen Hals, beinahe gleichzeitig hörte er das Rattern von Amanitas *Mower*-Maschinenpistole.

Zeno spürte einen heftigen Schlag; hätte er den Mund nicht voll gehabt, wäre sein erschrockener Ausruf sicher zu hören gewesen – aber es war keine Kugel der Tiger-Beta, die ihn erwischt hatte, sondern eine Klinge, die ihm der graue Killer durch die Panzerung in die Seite gestoßen hatte. Zum Glück half das Adrenalin, das plötzlich durch Zenos Adern schoss, den aufflammenden Schmerz einigermaßen zu ignorieren. Die kräftigen Kiefer des Wolfs-Beta schlossen sich unerbittlich um die Kehle seines Gegners und bissen mit aller Macht zu. Nichts, auch nicht der ekelhafte Kunststoffgeschmack, würde ihn jetzt dazu bringen können loszulassen!

Er spürte, wie Kunsthaut und Kunstsehnen zerrissen, hörte Plastikstreben brechen, riss wie ein Irrer an dem, was sich zwischen seinen Zähnen befand. Aus dem Augenwinkel sah er, wie sich auch Amanita auf den Killer stürzte. Während die Tiger-Beta die Arme des Killers nach hinten bog, spuckte Zeno Kunststofffetzen aus. Wütend biss er erneut zu, um an dem zu reißen, was von dem grauen Hals übrig geblieben war – und ein Schwall übel schmeckender gelblicher Flüssigkeit ergoss sich in seinen Rachen. Sofort versagten die Antigrav-Pulsatoren; mit einem Krach stürzte der Kyborg auf den glatten Boden und riss beide *UI-Sec*-Betas mit sich. Amanita kam unter dem kantigen Rumpf zu liegen, Zeno darauf. Gurgelnd hustete er gelbe Brühe, dann stieß sein Kopf vor. Seine Kiefer verbissen sich in das freigelegte ›Rückgrat‹ des Killers, die Reißzähne suchten Lücken zwischen den Gliedern.

Es knackte mehrfach laut; da es nicht seine Zähne waren, die brachen, nahm Zeno die Geräusche zum Anlass, noch einmal kräftig an seiner Beute zu zerren ... und endlich löste sich der Kopf mit den glänzend schwarzen Haaren ab und kullerte über den glatten Boden, bis er an der Plexischeibe zu liegen kam.

Zeno spuckte Nährflüssigkeit aus, dann ließen seine Hände die Schultern des kopflosen Gegners los. Japsend rollte er sich von ihm herunter und kam schwankend auf die Füße, während sich die Tigerin unter dem reglosen grauen Klotz hervorarbeitete. Schnell kroch sie zu der Gestalt in der Laborkombination hinüber, die nicht weit von ihr entfernt am Boden lag.

»Verdammt.«

Zeno stieß den durchlöcherten Rumpf des Killers heftig mit der gepanzerten Stiefelspitze an. Zu seinem großen Erstaunen riss das mattgraue Material ein und offenbarte einen Blick auf eine weitere nebelgraue Rakete, die in einer Halteklammer in der »Bauchhöhle« ruhte. Einen Griff später lag sie in seiner Hand; vorsichtig schnüffelte er an der perligen Hülle, dann legte er sie neben ihren Zwilling am Boden.

Amanita erhob sich; ihr Kopf wackelte, während sie den Wolfs-Beta anstarrte, dann griff sie plötzlich nach ihrem Visier und schob es nach oben. Große, orangefarbene Augen funkelten ihn an.

»Über Funk hörst du mich ja nicht«, knurrte sie strafend. »Der Mann da lebt noch – ist bloß eine Platzwunde, und er ist bewusstlos. Die Ambulanz ist schon informiert.«

»Gut«, japste Zeno, verzog sein Wolfsgesicht zu einer Grimasse und legte eine Hand auf die schmerzende Stelle an seiner Seite. Die braune Panzerplatte war eingerissen, sonst war nichts zu sehen, aber dafür brannte die Verletzung wie Feuer. »Ich hab' auch was abbekommen. Aber erstens hab' ich noch einen Painkillerpatch dabei.« Er angelte nach seinem Utility-Gürtel und zog eine leuchtend blaue Folie heraus. »Und zweitens hab' ich dem Scheißkerl dafür den Kopf abgerissen.« Mit der Rechten schob er das Fell an seinem Hals beiseite, um den blauen Patch aufzukleben, dann wartete er mit zusammengebissenen Zähnen darauf, dass die Wirkung des hochkonzentrierten Schmerzmittels einsetzte.

»Tjaaaa.« Nun stieß auch Amanita den unvollständigen Körper des Saboteurs mit dem Stiefel an. »Was meinst du – lebt er noch?«

»Ohne Kopf?«

»Wer sagt, dass sein Gehirn in seinem Kopf ist? Oder dass er überhaupt ein Hirn hat?« Amanitas Schnurrhaare sträubten sich, als sie die flache rosa Nase rümpfte. Der mit einer schwarzen Kralle bewehrte Zeigefinger krümmte sich um den Stecher ihrer Waffe, als erwägte die Tigerin, noch mindestens eine Salve in den am Boden liegenden Gegner zu jagen. »Für mich sieht dieses Teil wie ein hundsgewöhnlicher Bot aus. Das war jetzt nicht persönlich gemeint, Zeno.«

»Schon gut.« Der feurige Schmerz ebbte bereits ab, und erleichtert las Zeno seine *Mower* auf, um zu untersuchen, ob der Aufprall die beweglichen Teile nicht beschädigt hatte. »Aber trotzdem glaube ich, dass das ...« Er deutete auf den in einer Lache aus gelber Flüssigkeit neben der Plexischeibe schwimmenden Kopf des Killers, dessen sichtbares gläsernes Auge rot aufblitzte. »... der wichtigste Teil ist. Immerhin hat er sofort aufgehört, sich zu bewegen, als ich die Verbindung nach oben gekappt ... *Amanita!*«

»Was?«

»Schaff den Kerl hier raus! Den Lebendigen! *Schnell!*«

Zum Glück stellte die Tiger-Beta keine Fragen; wortlos ging sie in die Hocke, um sich den Mann über die Schulter zu laden, während Zeno mit offenem Maul den abgetrennten Plastikkopf anglotzte, dessen Auge noch einmal aufblitzte, und noch einmal. Und noch ein viertes Mal – diesmal war der Abstand zum letzten roten Aufblitzen deutlich kürzer.

Hat das Unterbrechen der Nährstoffzufuhr eine Selbstzerstörungssequenz in Gang gesetzt?

Zeno keuchte.

»Bloß nicht die Nerven verlieren«, sagte sein Lieutenant immer, was Zeno für sich mit »Cool bleiben« übersetzte. Und er hatte vor, sich daran zu halten: Ohne lange zu überlegen, setzte er die Mündung der schweren Maschinenpistole zwischen den Drahtgitterfeldern auf die angerissene Plexischeibe und betätigte den Abzug, was er in aller Eile an verschiedenen anderen Stellen wiederholte. Schließlich trat er mit aller ihm zur Verfügung stehenden Kraft zu; das beschädigte Kunststoffglas riss weiter, splitterte, das dünne Metallgitter verformte sich.

Mit dem Ergebnis nicht hundertprozentig zufrieden, trat Zeno ein paar Schritte zurück, nahm Anlauf und warf sich mit der gepanzerten Schulter gegen die ächzende Scheibe.

Diesmal gab sie endgültig nach.

Mit einem hässlichen Knall barst der Metalldraht an mehreren Stellen, und ein großes Stück der Scheibe brach heraus, um in das benachbarte Hochsicherheitslabor zu baumeln.

Diese Öffnung war groß genug.

Grollend bückte sich Zeno, um sowohl die nebelfarbenen Raketen als auch den immer schneller blinkenden Kopf des Killers zu ergreifen. Mit einem in zahlreichen Hardball-Matches erprobten Wurf schleuderte er den Plastikkopf durch das Loch, bevor er über das Wasserbecken flankte, um wie Amanita aus dem Raum zu fliehen und sich in Sicherheit zu bringen. Der Kopf traf ein Regal auf der anderen Seite des Hochsicherheitslabors, prallte ab und flog durch die halbe Länge des Raums, die schwarzen Haare wie einen Kometenschweif hinter sich herziehend.

Dann schlug er auf den Boden auf, und der Wolfs-Beta musste auf die harte Tour feststellen, dass er zwar Recht gehabt, sich aber auch verspekuliert hatte.

Der Plastikkopf detonierte mit einem gewaltigen Krach.

Eine Explosion in einem »gewöhnlichen« Labor wäre mit Sicherheit verheerend gewesen; die Wände des Hochsicherheitslabors waren jedoch speziell geschaffen worden, um erheblichen Verwüstungen standzuhalten. So kam der Blast zielgerichtet zurück, riss das einzige nachgiebige Hindernis auf seinem Weg – die zerschmetterte Plexischeibe – aus seiner Fassung, warf Zeno aus seiner Flugbahn und schleuderte ihn mit dem ungeschützten Kopf voran gegen die Wand.

Und als habe das nicht ausgereicht, explodierte eine der Raketen, die der Wolfs-Beta noch immer fest im Griff hatte, und verteilte ihn über die halbe Etage, bevor auch die zweite zündete.

44

System: Holloway
Planet: Holloway II
Forschungsinstallation *Niamh Nagy*, Modul 3

Corrigan schloss die Augen, als Kit Lacroze den Sprühverband auf den Cut über seinem Nasenbein aufbrachte, aber wider Erwarten brannte das Zeugs kaum.

»Schon fertig«, sagte Kit.

»Danke«, murmelte er und sah zu Kanevskaya hinüber, die mit geschlossenen Augen in einer Ecke des blau beleuchteten Behandlungszimmers saß. Die Vitaldaten, die *[Hydra]* in sein rechtes Auge projizierte, ließen darauf schließen, dass sie sich wieder beruhigt hatte. »Wie geht es ihr?«, fragte er trotzdem.

Kit sah kurz über die Schulter und dann wieder zu ihm zurück.

»Ich musste ihr eine ordentliche Dosis des Beruhigungsmittels verpassen. Fast dachte ich schon, sie sei dagegen resistent ... die Frau war total hysterisch. – Achtung, das könnte jetzt wehtun.«

Die goldgefleckten Augen der Füchsin verengten sich,

als sie begann, Corrigans aufgerissene Wange mit groben Stichen zu nähen.

»Keine Schorge. Isch bin nischt schehr empfindlisch.«

»Klappe«, befahl sie. Als sie fertig war, betrachtete sie ihr Werk mit kritischem Blick und verzog dann das pelzige Gesicht. »Weißt du was, Chief? Wenn wir zurück sind, solltest du unbedingt einen Termin mit einem Schönheitschirurgen vereinbaren. Wenn das so weitergeht, kannst du bald ohne Maske in einem Horrorvid mitspielen.«

»Du hast Recht. Vielleicht sollte ich das tun.«

»Was jetzt? In einem Vid mitspielen?«

»Zum Arzt gehen. Ich nehme an, ich sehe aus, als hätte ich ein glühendes Waffeleisen anstelle eines Kopfkissen benutzt?«

Sie nickte. »So ungefähr. Hast du Kanevskaya wirklich vergewaltigt? Sie sagte, es sei auf Perose passiert; sie hatte damit gerechnet, von den *UI*-Justifiers aus einem Kriegsgebiet gerettet zu werden, aber stattdessen ...«

»... hätte ich sie in ein Hinterzimmer gezerrt. Ich habe euer Gespräch mitbekommen.«

»Also was nun? Hast du?«

Eigentlich hätte er Kit sagen sollen, dass es sie nichts anging, aber heute war einfach kein guter Tag. Seit Kanevskayas Vorwürfen fühlte er sich nicht ganz so selbstsicher wie sonst.

Er seufzte leise. »Ich würde ja gern ›nein‹ sagen, Kit, aber die Indizien sprechen leider dafür.«

Noch einmal sah er zu der MedTech hin. Egal, wie tief er in seinem Gedächtnis grub, er fand keine Person, die ihr auch nur im Entferntesten geähnelt hätte, und übel wurde ihm auch nicht bei der Suche nach Erinnerungen, die er eventuell einmal gehabt hatte. Aber Struk hatte ja gesagt, dass sich das mit der Übelkeit bald legen würde ...

»Ich war zum fraglichen Zeitpunkt auf Perose, um *UI*-Personal dort rauszuholen. Sie sagte, ein Büffel habe ihr das Leben gerettet, denn er hätte mich weggeschleppt, bevor ich sie auch noch umbringen konnte. Das klingt nach Floyd ... aber ob es so war, weiß ich nicht.«

»Wenigstens bist du ehrlich.«

»Ehrlich? Wie kann man ehrlich sein, wenn man eigentlich überhaupt nichts weiß? Gantt und ihre Spießgesellen haben alles aus meinem Kopf herausgeschnitten, was ihnen nicht gefallen hat. Und irgendwie finde ich das sogar ...« Er zögerte.

»Nun ja. Ich weiß nicht, wie ich das finden soll. Vielleicht, weil ich nicht wahrhaben will, dass ein Großkonzern auch einmal etwas tun kann, das für die Menschheit ...«

»... und Betaheit«, ergänzte Kit.

»... und Betaheit von Vorteil ist.«

Kits Ohren zuckten nervös.

»Bei deinem Strafregister schätze ich auch, dass es vorteilhaft war, dich zu lobotomisieren.«

»Es waren nur stereotaktische Eingriffe, Kit. Woher kennst du mein Strafregister?«

»Von Mrs. Kanevskaya. Offensichtlich hast du nicht unser ganzes Gespräch mitbekommen, Chief. Sie hat sich eine Kopie deiner Akte besorgt, nachdem *UI* dachte, die Sache sei mit einer kleinen Gehaltserhöhung aus der Welt geschafft. Ich glaube fast, sie kennt sie auswendig.« Missbilligend schüttelte Kit den Kopf, während sie in ihrem MedPack wühlte. »Wenn wir den Kleinkram mal weglassen, konzentrieren sich deine Vergehen auf Vergewaltigung, Geiselnahme, schwere Körperverletzung und Totschlag.«

»Geiselnahme?« *[Hydra]* spulte die Aufzeichnung seines Gesprächs mit Gantt zurück.

›*Seit wann sind die MedTechs bewaffnet?*‹ – ›*Seit sich einige Pfleger nach der Geiselnahme im letzten Jahr geweigert hatten, ihren Dienst zu versehen, wissen Sie nicht mehr?*‹

»Etwa auf der Utini-Krankenstation?«

»Dort auch, wenn ich mich nicht irre. Mrs. Kanevskaya hat so etwas erwähnt.« Kit legte den Kopf schief, eine rote Strähne schlüpfte hinter einem ihrer enormen Ohren hervor und baumelte in ihr Gesicht. »Wie *viele* Vergehen es waren, sage ich jetzt lieber nicht, denn irgendwie wirkst du im Moment nicht gerade glücklich, Chief. Jetzt sag mal Aah.«

»Aah.«

Während Corrigan den Mund aufsperrte, sah er Schwester Chous angstverzerrtes Gesicht vor sich.

Was, bei allen Göttern, habe ich ihr angetan?

»Hm ... sieht gut aus. Nur kleine Kratzer von den Sonden. Du kannst den Mund wieder schließen.« Damit packte Kit ihr Handwerkszeug wieder in das MedPack. »Soll ich sie wecken?«

Corrigan zog die Brauen hoch.

»Da wir sie vermutlich brauchen werden, um an den Forschungskern heranzukommen, ja. Aber sorge dafür, dass sie mich nicht hinterrücks erschießt.«

»Ich könnte sie fesseln«, überlegte Kit. In diesem Moment glitt die Tür des kleinen Behandlungsraums auf, und Corporal Chick trat ein.

»Chief«, sagte er heiser und räusperte sich. Sein Blutdruck war erhöht, sein Blick flackerte, und an seinem Gürtel baumelte die Batterie der *Starbeam*. »Es ist uns gelungen, Sergeant Yardley zu bergen.«

»Sie ist tot?«, mutmaßte Corrigan.

Der Gardeur nickte. »Er hat ihr das Genick gebrochen.« Mit einer großen Hand rieb er über seine Nase. »Ich habe ihre Ausrüstung und Vorräte zwischen Schäfer und mir aufgeteilt; ein paar Teile ihrer Panzerung sind noch zu gebrauchen, obwohl ...« Chick brach mitten im Satz ab, um einen neuen zu beginnen. »Da wir nicht alle Teile deiner Rüstung wiedergefunden haben, dachte ich ...«

»Nicht nötig.« Corrigan winkte ab. »Bei diesen Gegnern mache ich mir um meine Panzerung keine Sorgen. Es reicht völlig aus, dass Druckanzug, Helm und Versorgungsmaschinerie noch intakt sind. Ist sie jetzt wach, Kit?«

»Ja, Chief.«

»Haben wir für sie auch Sauerstoff und einen Druckanzug? Immerhin werden wir über die Oberfläche des Planeten müssen.«

»Nahe den Schleusen gibt es Kammern mit Druckanzügen.« Das war die leise, brüchige Stimme von Kanevskaya. »Dort kann ich mich ausstatten.« Ihre grünen Augen brannten, als sie Corrigan direkt ins Gesicht sah, und obwohl er sich nicht an seine Schuld erinnern konnte, schämte er sich doch.

45

System: Holloway
Planet: Holloway II
Forschungsinstallation *Niamh Nagy*,
 Ausgrabungsstelle IV

Damit sich Zina Kanevskaya an der Schleuse, die zur Ausgrabungsstelle IV führte, mit einem Druckanzug ausstatten konnte, hatte Kit ihre Fesseln gelöst. Sie hatte ihr das Versprechen abgenommen, sich nicht auf Chief Corrigan zu stürzen, da er der Einzige von ihnen war, der einen Gleiter fliegen konnte. Aber die Frau hatte auch nicht mehr den Eindruck gemacht, als sei es das, was sie im Augenblick wollte. Zwar schoss sie dem Chief immer wieder scharfe Blicke zu, aber ihr war wohl klar, dass – sollte sie versuchen, ihn anzugreifen – Corrigan auf die Unterstützung der anderen zählen konnte ... und dass ihre Überlebenschancen bei den chaotischen Zuständen in *Niamh Nagy* umso größer waren, je größer die Gruppe war, die sie schützte.

Es war Kit absolut nicht unangenehm, die Ausgrabungsstelle zu passieren; der Chief hatte sich dafür entschieden, die Mannschaftsquartiere auf diesem Weg zu umgehen, da dank der Notenergieversorgung auch im Außenbereich der Installation wieder eine erdähnliche Schwerkraft herrschte und er nicht damit rechnete, an der Oberfläche von Holloway II auf Gegner zu stoßen.

Das einzige Problem hatte es wegen Schäfer gegeben. Da seine Verkleidung noch nicht vollständig war und es in der künstlichen Schwerkraftblase wegen der Notstromversorgung keine Erdatmosphäre gab, musste er improvisieren. Kanevskaya hatte ihm dabei geholfen, ein Atemgerät so umzuändern, dass es die noch nicht verlegten Kabel nicht berührte ... und gegen die Kälte mussten für die kurze Strecke Isodecken ausreichen. Trotz alledem bedeutete es, dass sie sich auf dem Überlandweg zum Verwaltungsmodul beeilen sollten.

Beinahe musste Kit lächeln – wie er mit seinen Isodecken und der P3 vor ihnen herlief, wirkte er wie eine Figur aus einem verdammt schlechten Endzeitfilm.

Sachte schlug sie gegen ihren Helm, aber das tieffrequente Brummen wollte nicht aufhören; vermutlich ging es von dem gut dreißig Meter langen Zylinder aus rötlichem Material aus, der das Zentrum von Stelle IV bildete. Kein Staubkorn, kein Sand hafteten auf der spiegelglatten Oberfläche des Zylinders.

Sie tippte Kanevskaya auf die Schulter.

Erschrocken fuhr die Frau herum, aber als sie sah, dass es bloß Kit war, entspannten sich ihre Gesichtszüge. Kit reckte den Kopf, bis ihr Helm die Sichtscheibe der anderen berührte.

»Das ist also das Ding, das die Funkübertragung stört?«, fragte sie.

Kanevskaya nickte.

»Soweit ich weiß. Sie vermuten, dass es sich entweder um einen Antrieb oder eine Energiequelle unbekannter Bauart handelt, aber mehr weiß ich leider auch nicht. Ich habe nur bei Projekt *[Talos]* gearbeitet, und auf *Niamh Nagy* wird streng darauf geachtet, dass Klatsch innerhalb der Projektgrenzen bleibt.« Der Zylinder spiegelte sich auf dem leicht gewölbten Visier ihres Schutzhelms. »Aber sehen Sie den grauen Schuttberg an seinem nördlichen Ende? Ich glaube, er stammt von einem vergeblichen Versuch, den Zylinder durch Bedecken mit Erde wieder abzuschalten. Falls es ein reversibler Prozess ist, haben die Leute von Stelle IV jedenfalls noch nicht herausgefunden, wie er aktiviert wird.«

Kit zog die Brauen hoch.

»Was sagt denn Ihr Mann darüber?«

»Wir sprechen nicht über seine Arbeit.« Kanevskaya schluckte, ihre Stimme wurde leiser. »Genaugenommen reden wir überhaupt nicht mehr sehr viel miteinander. Ich meine natürlich ›redeten‹.«

»Oh«, sagte Kit, weil sie peinliches Schweigen noch mehr hasste als kommunikative Belanglosigkeiten.

Kanevskaya zuckte die Achseln.

»Ich gehe davon aus, dass er tot ist. Das ist immer noch besser, als auf ein Wunder zu hoffen, das niemals eintritt.«

»Mhm«, bestätigte Kit halbherzig. »Danke für die Auskunft«, und fiel wieder zurück, um neben Chick herzueilen.

»Du.« Sie klopfte ihm auf den Arm, und er senkte den Helm zu ihr hinab. »Komische Tussi.«

»Nach zwei Wochen im Kühlschrank wärst auch du komisch«, verteidigte der Gardeur die Schwarzhaarige.

Kit sandte ihm einen fragenden Blick.

»Glaubst du?«

»Nö. War ein Witz. Du bist schon ohne Kühlschrank komisch genug.«

Sie runzelte die pelzige Stirn. »Du warst schon witziger, Chick. Sag mal – ist bei dir alles okay?«

Nun war es an ihm, ihr einen kryptischen Blick durch die Sichtscheibe des Helms zuzuwerfen, der allerdings mehr erstaunt als fragend war.

»Meinst du wegen des Sarge?«

»Man darf doch fragen, oder? Ihr scheint euch ja ganz gut vertragen zu haben.«

»Nun ja, es ist schon ein bisschen seltsam, obwohl es doch immer das Gleiche ist: Gerade sind die Leute, mit denen du seit hundert Jahren zusammenarbeitest, noch da, dann sind sie plötzlich weg.« Er zuckte die Achseln. »Eigentlich will ich überhaupt nicht darüber nachdenken. Aufgepasst, Kit! Schäfer öffnet die Schleuse zu Modul 1.«

Kit sah nach vorn; genaugenommen handelte es sich um die Schleuse zum Gang, der die Module 1 und 2 verband. Schäfer winkte mit der Maschinenkanone, während kristallisierende Luft aus der geöffneten Schleusentür entwich, und Kit und Chick verfielen in schnellen Trott.

»Erste«, keuchte Kit triumphierend, als sie vor dem Gardeur in die Schleuse schlüpfte und sich zwischen Kanevskaya und Corrigan drängte.

Die Tür schloss sich hinter ihnen und schnitt ihnen den Blick auf die graue Oberfläche des Planetoiden ab; Schäfer steckte seinen Universalschlüssel in eine Öffnung des Bedienfelds, Stationsluft strömte in die Schleuse.

Corrigan schob sein Visier nach oben; die anderen taten es ihm gleich.

»Seid wachsam«, befahl er.

Dann öffnete sich die innere Schleusentür, und Kit quetschte sich an Schäfer vorbei in den Gang, eine Pistole in jeder Hand. Mit der *Prawda* sicherte sie nach rechts, die *ExCess* wiederum deutete in die Richtung, die sie nehmen mussten, um zum Forschungskern zu gelangen.

Nichts. Der Gang sieht aus wie geleckt.

»Sauber«, rief sie, was der Blechgardeur zum Anlass nahm, sich surrend und stampfend zur Tür zu bewegen, die in das Verwaltungsmodul führte. Flugs glitt sie auf – und eine Keule üblen Gestanks schlug Kit Lacroze mitten ins Gesicht.

Unwillkürlich machte sie einen Schritt zurück, wobei sie Kanevskaya anstieß. Die hielt sich die Nase zu.

Es war die Mischung, die sie das Gesicht verziehen und die Zähne fletschen ließ, die Mixtur aus organischer Fäule, verschmortem Kunststoff und Schmiermitteln. Im Grunde genommen war es der gleiche ekelerregende Geruch, den auch Schäfer verströmte, nur hundertfach verstärkt.

»Das riecht nicht gut, aber da müssen wir durch«, sagte Corrigan rau. »Die Visiere bleiben oben, denn ich will, dass wir einander hören. Also seid möglichst schnell.« Er blickte zu den Hinweisschildern an der Decke hoch, die aufgrund der verwendeten Farben im blauen Licht nur eingeschränkt lesbar waren. »Hier drin sind Sie unsere

Pfadfinderin, Mrs. Kanevskaya. Wohin müssen wir gehen? Zum Rechenzentrum?«

Als sie hilfesuchend zu Schäfer aufsah, wirkte die Med-Tech sehr klein und blass.

»KEINE SORGE, MA'AM. SIE KÖNNEN HINTER MIR BLEIBEN.«

Hart stieß sie die Luft aus.

»Ja, wir müssen zum Rechenzentrum. Folgen Sie mir ... *uns*.«

Der Gestank wurde immer stärker, je näher sie dem Rechenzentrum kamen, und Kit gab sich große Mühe, nur durch den Mund zu atmen. Auch im Verwaltungsmodul kamen sie an zahlreichen Toten vorbei: Menschen in fleckigen Kitteln, Menschen in zerknitterten Laborkombis, Menschen in smarten Anzügen, und die meisten von ihnen waren erstickt, also mussten auch hier alle Türen, die zur Oberfläche führten, für geraume Zeit offen gestanden haben.

Kanevskaya beugte sich nur zweimal zu Leichen hinab, um sie kursorisch zu untersuchen; einmal identifizierte sie einen der Assistenten ihres Mannes, beim zweiten Mal handelte es sich um ein paar Blechhoschis, die übereinander lagen wie gepanzerte Urwelttiere, die das große Aussterben ausgerechnet beim Sex überrollt hatte. Sie waren durch ein Kabel miteinander verbunden, das aus dem Mund des oben liegenden Buddlers in den des Gardeurs führte. Der orange lackierte Torso wies ein armdickes Loch auf, das von der panzerbrechenden Waffe des unteren herrühren musste.

»Ich sage so etwas ja nicht oft«, lautete Chicks Kommentar, nachdem Kanevskaya ihren Check abgeschlossen hatte. »Aber ich wäre jetzt lieber zu Hause.«

Kit legte den Kopf schief. »Meinst du damit die Mannschaftsquartiere auf Utini oder dein Elternhaus auf ... wo auch immer du herkommst?«

»Ganz egal. Von mir aus kann's auch die Brigg der *Quetzacoatl* sein. Hauptsache nicht hier.« In diesem Moment erklang ein zartes Fiepen; Chicks braune Augen wurden schmal, als er zu der klotzigen Batterie an seinem Gurtzeug schaute.

»Oh, großartig. Sagst du mir bitte Bescheid, wenn du einen Anschluss siehst, an dem ich das Ding aufladen kann? Dass der Buddler darauf gefallen ist, hat sie wohl ein wenig mitgenommen.«

»Was?«, fragte Kit verdutzt. »Lass sie zurück!«

»Ich bin mir sicher, dass wir Poisons *Starbeam* noch brauchen werden, Plüschi. Falls du eine andere Energiequelle findest, lass es mich wissen, aber bis dahin werde ich das Ding behalten.«

»Bist du lebensmüde? Willst du, dass dir das Ding um die Ohren fliegt?«

Er schenkte ihr ein schwaches Grinsen.

»Falls mir das Teil den Arsch abreißt, melde ich mich einfach für das *[Talos]*-Programm.«

»Falls dir das Teil den Arsch abreißt, werde ich nie wieder zwei Minuten Zeit für dich haben«, knurrte Kit, was ihr erst einen verblüfften, dann amüsierten Blick des Gardeurs einbrachte.

»Das ist Erpressung«, grinste er, drückte ihr Batterie und

Starbeam in die Hände, packte sein Sturmgewehr fester und beschrieb eine halbe Drehung, um nach hinten zu sichern.

Kit starrte die piepsende Batterie an, zuckte die Achseln und ließ sie fallen.

Ungefähr zwanzig Meter vor ihnen erreichten Schäfer und Kanevskaya gerade den Zugang zum Rechenzentrum von *Niamh Nagy*. Die beiden konferierten kurz miteinander, dann begann sich Schäfer durch die stromlosen Zutrittskontrollen zu stochern. So gruselig Kit den halbfertigen Blechgardeur auch finden mochte, es faszinierte sie doch immer wieder zu sehen, wie er sich in die Schlösser ›einstach‹, um sie für die Öffnung kurzfristig mit Energie zu versorgen.

Lautlos glitt die stählerne Tür in die Wand – und aus Kanevskayas Kehle drang ein ängstlicher Laut, der irgendwo zwischen dem Krächzen eines Aasvogels und dem Quietschen einer rostigen Türangel angesiedelt war. Jedenfalls ging er Kit durch Mark und Bein, und sofort sprintete sie mit gezogenen Waffen auf das Rechenzentrum zu. Erst als sie direkt vor der offenen Tür anhalten musste, weil sie der Chief in seiner zerfledderten Rüstung ausbremste, bemerkte sie, dass Schäfers Maschinenkanone nicht angelaufen war, und sie schaltete einen Gang herunter.

Dann droht wohl keine unmittelbare Gefahr ...

Kanevskaya linste kreidebleich an Schäfers rechter Seite vorbei; sie atmete schwer. Corrigan wandte Kit den Rücken zu, als er »Verfickte Scheiße« sagte, aber auch ohne sein Gesicht zu sehen, wusste sie, dass er nicht mit dem Anblick gerechnet hatte, der sich ihm bot.

Aufmerksam schob sie sich an ihrem Boss und Zusatzverdienst vorbei durch die Tür, ins Rechenzentrum hinein.

Die Schränke, die bis zur hohen Decke reichten, waren nicht außergewöhnlich; die Stärke des ätherisch-ölig verfeinerten Verwesungsgeruchs und das, was sich am Boden des niedrig temperierten Raums befand, waren es.

Das ›Rechenzentrum‹ war nicht sehr groß, da es auf *Niamh Nagy* so etwas wie ein zentrales Netzwerk schließlich nicht gab; die Forschungsdaten wurden ja lokal in den Labors und Räumlichkeiten der einzelnen Projekte berechnet, insofern war ein kleiner Raum für den einen Rechner völlig ausreichend, der mit seinem kleinen ›Super‹-Hirn all die Ergebnisse zusammenfuhr.

Dafür stapelten sich um eine zentrale Konsole herum Körper: klotzige, metallverkleidete, fertige, unfertige, bewaffnete, unbewaffnete, orangefarbene und braune Körper.

Kit zählte nach; es waren gerade einmal acht Blechmänner, die über schwarze Kabel mit der Konsole verbunden waren, aber das reichte aus, um den kleinen Raum zu füllen.

Kits goldgefleckte Augen zuckten umher, sie zielte mit beiden Waffen mal hierhin, mal dorthin, aber nichts oder niemand regte sich.

Kanevskaya schluckte.

»Das Artefakt von Stelle IV hat sie verrückt gemacht«, krächzte sie leise. »Es kann nicht anders sein, oder? Oder? An unserer ... an unserer kybernetischen Hard- und Software ist doch nichts Außergewöhnliches.«

»Das ist korrekt, aber ich glaube trotzdem nicht, dass

das antike Leuchtfeuer da draußen an dem schuld ist, was hier passiert ist.« Corrigans Blick streifte Kit. »Wenn es so wäre, hätte es auch Schäfer und mich erwischen müssen.«

Die MedTech warf ihm einen überraschten Blick zu, dann erbleichte sie, als erinnerte sie sich an eine unliebsame Begebenheit. Schäfer war derjenige, der etwas sagte oder vielmehr brüllte.

»*SIE?*«

»Sie sind nicht der Einzige, der hier kybernetische Hard- und Software mit sich herumträgt, Schäfer«, entgegnete Corrigan gelassen. »Wäre es nicht so, hätte der Buddler keinen Grund gehabt, mir sein verficktes Kabel in den Hals zu stecken. Dass er nicht gefunden hat, was er suchte, ist zwar insofern schade, als zumindest ich jetzt schlauer wäre, was all das hier«, seine Hand beschrieb eine raumgreifende Geste, »angeht. Aber wenn ich ehrlich sein soll, verzichte ich gern auf diese Form der Erleuchtung.«

Kit rümpfte die Nase, da spürte sie eine schwere Hand auf ihrer Schulter. Sie gehörte Chick, der nun über sie hinweg in den Raum spähte.

»Prima«, frohlockte er. »Vielleicht hat einer von denen die passenden Granaten dabei«, und schickte sich an, das ›Rechenzentrum‹ zu betreten, aber der Chief hob die Hand und ballte sie zur Faust.

»Nicht so voreilig. Warte.« Einen Augenblick lang scannten seine lila Augen den Raum, dann ließ er die Hand sinken. »In Ordnung. Sie sind alle tot. – Der Forschungskern steckt nun wo?«

Unschlüssig sah Kanevskaya zu der Konsole hinüber, sagte aber nichts.

»Irgendwo dort? Na schön. Chick und Kit, ihr sucht nach verwertbarem Material, während ich mich um den Kern kümmere. Schäfer, sichern Sie mit Mrs. Kanevskaya den Zugang zum Rechenzentrum.«

Kit warf dem Chief einen intensiven Blick unter dichten Wimpern zu.

»Chief, sagtest du nicht, du wolltest dich ohne Kondom lieber nicht in einen Rechner einhacken, in den jemand anderes sein Ding reingesteckt hat?«

»Ich werde mich nicht einhacken. Ich werde ihn mitnehmen. Und jetzt fang schon an.«

Kit tat, wie ihr geheißen wurde. Sie steckte beide Pistolen weg, um stattdessen das Kampfmesser zu ziehen und sich neben einem der braun lackierten Gardeure niederzuknien. Während sich Corrigan einen Weg zur Konsole bahnte und dann ein UniEx3-Multitool aus seinem Gürtel zog, entlud Kit das Magazin der Maschinenkanone, das am Unterarm des Blechmanns angebracht war, und steckte es ein. Dann tastete sie suchend am seitlichen Torso des Gardeurs herum, bis sie das Panzerteil fand, das auch bei Schäfer aufgeklappt war. Es ließ sich natürlich nicht mit einer einfachen Berührung öffnen, weswegen sie ja auch das Messer parathielt; auf das gewaltsame Öffnen verschlossener Behälter oder Luken verstand sie sich bestens.

Zwei Handbewegungen, und die Klappe schwang auf. Mit dem Helmscheinwerfer strahlte Kit in die finstere Höhlung, biss die Zähne zusammen, griff dann in den Körper des Blechgardeurs und zog weitere Munitionspakete daraus hervor.

Fünf Gardeure später erhob sie sich wieder und sah, wie

der Chief hochkonzentriert einen etwas mehr als handlangen und -breiten rechteckigen Gegenstand aus der Konsole zog. Chick, der gerade sein *Diamond Knife* in die Scheide zurücksteckte, blickte sie fragend an.

»Und? Fündig geworden?«

»Für mich war nichts dabei, aber ich nehme mal an, dass Schäfer das hier gebrauchen kann.« Sie klopfte auf ein Bündel Munition, und Chick nickte anerkennend.

»Einer war mit einem *S-Star* ausgerüstet, mein *T-Star* frisst dieselben Granaten.«

»Dann hätten wir alles«, erklärte Corrigan, der das Rechteck vorsichtig in einer der Gürteltaschen verstaute. »Draußen noch alles klar?«

»*ALLES KLAR, CHIEF*«, brüllte Schäfer.

»Schön. Dann gehen wir jetzt zurück zum Gleiter.«

»Aber Chief ...« Kit warf die gepanzerten Arme in die Höhe. »Die *Marquesa* kommt erst in gut zwei Wochen wieder vorbei! Wir können uns doch nicht vierzehn Tage lang bei Wasser, EPAs und rationierten Sauerstoffvorräten in der *Robin* zusammenquetschen!«

»Willst du dich denn vierzehn Tage lang in einem der Räume hier unten verbarrikadieren?«

Corrigan sandte Kit einen strafenden Blick.

»Noch zwei Gegner vom Kaliber der letzten beiden werden wir nicht überleben. Im Orbit über Holloway hingegen wird es zwar eng und muffig werden, aber wenigstens werden diese Jungs dort nicht an uns und den Forschungskern herankommen. Alles klar, Kit?«

Sie rieb sich mit einer Pfote die Stirn, als hätte sie plötzlich starke Kopfschmerzen. Und so ähnlich war es ja auch:

Der Gedanke daran, zwei Wochen lang auf engstem Raum mit Schäfer und seiner eigenartigen Ausdünstung zusammen sein zu müssen, war so abartig, dass er körperliche Beschwerden auslöste. Aber da die Fuchs-Beta wusste, dass mit Corrigan nicht zu diskutieren war, nachdem er eine Entscheidung getroffen hatte, stöhnte sie einfach nur und sagte: »Alles klar, Chief.«

46

13. April 3042 a. D. (Erdzeit)
System: Holloway
Planet: Holloway II
Forschungsinstallation *Niamh Nagy*,
 Außengelände vor Modul 4

Es sollte nicht lange klar bleiben.

Die Justifiers und ihr Anhang bemerkten das zappelnde *Ding*, als sie sich Modul 4 näherten, dem Modul, durch das sie die Installation betreten hatten und um das herum verstreut kleine Vorratscontainer gelagert waren. Ihr Gleiter war bereits in Sichtweite. Im grauen Zwielicht war kaum zu erkennen, was es war, das sich zwischen den Justifiers und ihrem Ziel befand – aber es war eindeutig, dass es sich torkelnd auf die *Robin* zubewegte.

»Heilige Mutter Gottes«, rief Chick so laut, dass Kit es selbst auf einen Meter Abstand durch den geschlossenen Helm hörte. Augenblicklich gab Corrigan den Befehl anzuhalten, und Kit zückte ihre Waffen.

Ihre Helme berührten sich.

»Eine Spinne?«, keuchte die MedTech. »Aber ... im gesamten Holloway-System gibt es keine einheimischen Lebensformen!«

Kit Lacroze kniff die großen Augen zusammen, aber das vielbeinige *Ding* in der Distanz wirbelte so viel grauen Staub auf, dass es der Fuchs-Beta nicht möglich war, seine Konturen zu erkennen.

»Das ist keine Spinne, das ist ein Krebs«, gab Chick aufgeregt zurück. »Es bewegt sich seitwärts!«

»Das ist kein Tier.« Corrigans Pupillen waren so weit geöffnet, das von dem blassen Violett seiner Iriden nichts mehr zu sehen war. »Das sind Blechmänner. Zwölf Stück, um genau zu sein.«

»Blechmänner? Aber wieso ...«

Kit hielt inne und schüttelte den Kopf, das Plastik ihres Helms schabte an dem von Corrigan.

»Was tun die da? Wieso bewegen sie sich so merkwürdig?«

»Zunächst einmal befinden sie sich außerhalb der Schwerkraftblase, und dann sind sie hier oben«, der Chief tippte sich an den Helm, »zusammengeschlossen. Ich nehme an, um ihre Rechenpower zu vergrößern. – In Deckung, wird's bald!«

Kit folgte dem Befehl keine Sekunde zu früh. Als sie sich gemeinsam mit dem Chief hinter einen von drei kleinen Metallcontainern warf, die in einer Gruppe angeordnet in der Nähe des Moduls standen, zischten glühende Streifen über sie hinweg.

»Leuchtspurmunition«, ächzte sie und rappelte sich hoch, als der Beschuss so richtig einsetzte. Es war nicht nur ein Maschinengewehr, das nach ihnen schoss, sondern auch mindestens ein Raketenwerfer. Die Rauchspur der dicht über den Container hinwegrasenden Rakete war unverkennbar. Dann rollte Chick in ihre Deckung, federte hoch und zielte kurz über das Geschäftsende seines *Repeater*/T-Star-Pakets auf das Knäuel aus metallischen Gliedmaßen, das sich nun auf das Rollfeld und damit auch auf die Justifiers zubewegte, bevor er sich wieder auf alle viere fallen ließ und zur benachbarten Kiste hinüberkroch. Der Nächste, der sich in ihre Deckung drängte, war Schäfer. Quietschend ließ er sich auf seinen Metallhaxen zwischen Kit und Corrigan nieder.

Letzterer sah sich kurz um, dann beugte er sich zu Schäfer hinüber. Kit verstand zwar nicht, was der Chief zu dem Blechgardeur sagte, aber ihr Blick folgte der Bewegung der Pranke, die auf die Ecke des Moduls wies, um die sie gerade gekommen waren. Dort kauerte Kanevskaya in ihrem Behelfs-Raumanzug, ganz allein, und traute sich nicht, zum Rest des Trupps aufzuschließen.

Vermutlich war es das Beste, was sie tun konnte, denn das vielgliedrige *Monster* schickte erneut Sperrfeuer in Richtung der Justifiers und der Container, hinter denen sie Deckung gesucht hatten.

Kit spitzte noch einmal hinter ›ihrer‹ Kiste hervor; nun, da sie wusste, worum es sich handelte, erkannte auch sie, dass sich innerhalb der trägen Staubwolke Blechhoschis befanden, von denen einige vorwärts, andere seitwärts und wieder andere rückwärts gingen, die Oberkörper nach vorne, hinten, zur Seite gebeugt. Die miteinander verkabelten Köpfe trafen sich in der Mitte, als hätten die Hoschis etwas zu tuscheln. Aber so grotesk der Anblick dieses *Megazord* war, der niemals einen Design-Preis gewinnen würde, so koordiniert wirkten seine Bewegungen.

Sie verhinderten, dass der Rückstoß der Waffen es in der niedrigen Schwerkraft zurückdrängte.

Ihr wurde flau im Magen.

»Chief«, brüllte sie an Schäfers Blechkarosserie vorbei. »Wir sollten uns in die Installation zurückziehen!«

»Unmöglich«, brüllte Corrigan zurück. »Es hat uns gesehen, und es wird uns einholen, bevor wir eine Position gefunden haben, die gut zu verteidigen ist! Siehst du, wie schnell es ist? Unser einziges Glück ist, dass wir hier draußen unsere Waffen besser einsetzen können!«

Kit nickte.

»*VERSTANDEN*«, brüllte auch Schäfer durch seine improvisierte Atemmaske. Der Motor seiner Maschinenkanone lief an; die Bot-Beine schoben ihn hoch, sein Torso drehte sich schnell, und er sandte einen Strom Explosivgeschosse in Richtung des wirren Haufens metallischer Leiber.

Und traf.

Der Aufprall der Geschosse ließ zwei der vordersten Blechhoschis einknicken und trieb sie in die Mitte des Ringelreihen, aber die Übrigen glichen die Bewegung mit merkwürdig anmutenden Verrenkungen aus. Mit einer Geschwindigkeit, die für eine solch zusammengewürfelte Kreatur einfach nur absurd schien, duckten sich die unversehrten Hoschis ab – mit dem Ergebnis, dass der Geschossstrom zumindest so lange über sie hinwegraste, bis Schäfer die P3 nachgezogen hatte ...

... und die herrenlosen Explosivgeschosse aus der Maschinenkanone schlugen in den Gleiter.

Kits Schnauze öffnete sich, als sie in der Entfernung die

Serie winziger leuchtender Punkte auf dem Chassis der *Robin* aufglühen sah. Sie wollte etwas sagen, aber in diesem Moment schien sich der Orbitalgleiter vollständig zu verformen. Schäfer musste eine Treibstoffleitung oder sogar einen der Tanks getroffen haben. Die *Robin* blähte sich für einen kurzen Moment auf, ein Feuerball erhellte den finsteren Himmel – und dann waren nur noch einzelne Teile zu sehen, einige davon elefantengroß, die in einer Staubwolke in verschiedene Richtungen davonschossen.

Diesmal musste Kit niemand sagen, dass sie in Deckung gehen sollte. Sie warf sich neben Schäfers Blechfüßen flach auf den Boden ... wartete eine Sekunde, zwei Sekunden ... dann erzitterte der Boden.

Und Kit Lacroze wurde sehr, sehr plötzlich sehr, sehr leicht, als die künstliche Schwerkraft versagte.

Instinktiv wollte sie aufspringen, um zu sehen, was geschehen war, aber bevor sie ihr Vorhaben vollständig in die Tat umsetzen konnte, hatte Corrigan sie an der Schulter gepackt und nach unten gedrückt.

Er ruderte ein wenig mit dem freien Arm, um die Bewegung auszugleichen; mit einem dumpfen ›Klonk‹ schlug sein Helm gegen ihren.

»Modul 4 ist leckgeschlagen«, rief er. »Dieses Teil muss die Notstromversorgung beschädigt haben!«

Vorsichtig drehte sie den Kopf, nun peinlich darauf bedacht, keine plötzliche Bewegung zu vollführen. Tatsächlich entwich irgendwo aus einem klaffenden Riss in der Seite des Gebäudes Atmosphäre.

Ganz, ganz vorsichtig zog sie sich an der Kiste nach oben

und wagte einen neugierigen Blick in Richtung des Ortes, an dem eben noch die *Robin* auf sie gewartet hatte.

Das Gebäude war nicht das Einzige, was die Trümmer des Gleiters in Mitleidenschaft gezogen hatten. Schäfers indirekter Schuss hatte auch Wrackfetzen gegen die ›Blechspinne‹ geschleudert. Die hatten das Monstrum nicht nur in Richtung der Justifiers getrieben: Dort, wo Kyborgs von dem Schrapnell zerrissen worden waren, hatte sich auch das Knäuel gelöst und in eine lose Kette von nur noch sechs verbundenen Blechhoschis verwandelt, um die herum abgerissene Gliedmaßen und Teile von Körpern schwebten.

Wieder beugte sie sich um Schäfer herum zu Corrigan vor.

»Nun ja«, formulierte sie vorsichtig optimistisch. »Noch so ein Treffer, und wir sind das Ding los.«

»Nur haben wir keinen zweiten Gleiter, den unsere Ein-Mann-Armee in die Luft jagen könnte«, stellte der Chief nüchtern fest. Auch er sah jetzt über den Rand seiner Deckung hinweg und schlug dann gegen Schäfers massiven Arm. »Halten Sie Winterschlaf oder wollen Sie, dass diese Kerle uns überrollen? Na los, weiterfeuern!«

Schäfer machte einen weiten Ausfallschritt nach hinten, um seinen Stand zu stabilisieren; gleichzeitig lief die Maschinenkanone heulend wieder an und jagte eine Salve in die heranrückende Blechfront, die inzwischen so nahe gekommen war, dass auch Chick eingreifen konnte. Kit sah, wie der *T-Star*-Werfer Granaten hinter der Vorratskiste hervorspuckte; offenbar war an Chick ein Ballistiker verlorengegangen, denn die Flugbahn war in der niedrigen Schwerkraft exakt berechnet. Eine Granate nach der anderen schlug im Kreis der heranrückenden Hoschis ein, und diesmal waren es keine Blendgranaten; Splitter fetzten durch Leitungen und beschädigten Gelenke, während der Strom von Explosivgeschossen aus Schäfers P3 Blechkolosse zum Wanken brachte. Dennoch hielt der massive Beschuss den/die Gegner nicht davon ab, zurückzufeuern. Kit zog den Kopf ein, als eine MG-Garbe krachend in die Front ihrer Kiste einschlug. Über das durch den Helm gedämpfte Prasseln der Kugeln und das Heulen von Motoren hörte sie Corrigan Befehle brüllen, nahm Schäfers gebellte Antwort wahr, ohne sie zu verstehen, und beinahe glaubte sie schon den Gestank der auf sie zustürzenden Monstrosität wahrzunehmen, obwohl das Einbildung sein musste: Ihr rüstungsinterner Sauerstoffvorrat würde kaum nach Abgasen, Unrat und Schmiermitteln riechen.

Mist. In diesem Distanzkampf bin ich völlig nutzlos! Das kann nicht sein, oder?

Mit einem wütenden Schrei erhob sie sich, um ihre *Prawda* auf den Blechhaufen abzufeuern, war aber schlau genug, sich mit der freien Hand an Schäfers Bein festzuhalten, damit der Rückstoß sie nicht wegschleuderte. Erfreulicherweise schlug ihr Geschoss in die Glaslinse, die das linke Auge eines der Monster darstellte. Kit jubelte laut auf, weswegen sie das Rauschen der sich nähernden Rakete nicht hörte – und dann ging alles ganz schnell.

Im einen Augenblick war Kit noch hinter der Kiste, im nächsten erschütterte sie eine Explosion.

Kit schrie auf; ihre Zähne schlugen heftig aufeinander,

ihre Sicht verschwamm und ihr Magen drehte sich, als sie in einem flachen Bogen durch die staubige Luft katapultiert wurde und mit dem Rücken gegen die glatte Fläche einer Modulwand prallte. Die Kollision war dank der geringen Schwerkraft nicht allzu heftig, schickte sie aber in einem etwas steileren Bogen zu Boden. Hektisch versuchte die Fuchs-Beta sich in der Luft zu drehen, wie Maya es gekonnt hatte, aber es gelang ihr nur bedingt: Mit dem Helm voran schlug sie auf der krümelig grauen Planetenoberfläche auf und schlitterte in einer Staubwolke über den Boden.

Als die Bewegung endlich stoppte und ihr Magen aufhörte, sich zu drehen, hob Kit Lacroze ächzend den Kopf. Dummerweise sah sie alles doppelt: Zwei Blechmonster, die von zwei Chicks beschossen wurden, erreichten gerade zwei Kisten, hinter denen vier Metallbeine in die Höhe ragten.

Sie schüttelte den Kopf, ihre Sicht klarte auf ... und ihr Arm begann zu schmerzen.

»Mist«, fluchte sie. Metallsplitter hatten die Panzerung ihres linken Oberarms durchschlagen. Wegen Dekompression machte sie sich keine Gedanken, da sie wusste, dass das Reparatursystem des Druckanzugs Öffnungen bis zu 10 Zentimetern Länge automatisch versiegeln würde. Auch schien der Arm noch zu funktionieren – zumindest ließen sich ihre Finger zur Faust ballen und wieder öffnen, ohne dass sie in Ohnmacht fiel.

Aber was sie eben gerade gesehen hatte, das verstand sie nicht.

Kit startete einen neuen Versuch und blinzelte die Kiste

an, hinter der sie eben noch mit dem Chief und Schäfer gekauert hatte.

Die Beine mussten zu Schäfer gehört haben; größere zusammenhängende Stücke waren von dem Blechgardeur nicht übrig geblieben. Nicht einmal die Maschinenkanone war noch zu sehen.

»Autsch«, stöhnte Kit, die ahnte, dass ein gegnerischer Treffer Schäfers Munitionskammer mitsamt den gebunkerten Explosivgeschossen in die Luft gejagt hatte. Aber viel schlimmer als der Verlust des kybernetischen Gardeurs wog, dass von Corrigan nichts zu sehen war ... es sei denn, er war der dunkelgraue Fleck, der jenseits der dritten Vorratskiste die eintönige Oberflächenstruktur von Holloway II unterbrach.

Schlagartig wurde ihr Mund trocken.

Sie stemmte sich auf alle viere hoch und federte dann in den Stand hoch, wobei die Schwerkraft von Holloway II sie unterstützte. Kit taumelte über den grauen Staub, so schnell es ihr möglich war, ohne abzuheben; sie passierte Chick, der den Unterlauf-Granatwerfer gerade wieder bestückte, stolperte an Schäfers standhaftem Unterbau und irgendwelchen Fetzen vorbei, die sie lieber nicht identifizieren wollte, duckte sich unter einem Schuss des inzwischen reichlich mitgenommen wirkenden Blechmann-Konglomerats hinweg und legte das letzte Stück bis zur dritten Kiste im Sprung zurück.

Scheiß auf Zero-Gravity-Training! Langsam bekomme ich Übung.

Auf den Händen setzte sie am Boden jenseits der Kiste auf und rollte vergleichsweise elegant ab. Eine matte

Staubwolke stob in die dünne Atmosphäre auf, als sie sich in ihrer neuen Deckung halb aufrichtete.

Es war tatsächlich Corrigan, der zum Teil von krümeligem Sand bedeckt war; sein Helm, die Reste der beim OP-Versuch gefledderten Panzerung und sein Druckanzug sahen intakt aus, was an sich schon mal nicht schlecht war.

Sie zerrte ihn vollständig hinter die Kiste, so dass ihr Gegner keine freie Schussbahn mehr hatte, dann wischte Kit den Staub von seinem Visier und legte ihren Helm vorsichtig dagegen.

»Chief? Geht es dir gut?«

Sofort öffneten sich Corrigans Augen; zwei blassviolette Kreise starrten sie an, ohne zu blinzeln. »Ja, mir geht es gut. Schäfer ...«

»... hat's zerrissen.«

»Ich weiß, verdammt. Schließlich ist er mir um die Ohren geflogen.« Er schüttelte knapp den Kopf und setzte sich auf. »Wirklich schade um den Mann. Er konnte beinahe so gut austeilen wie meine Betas. Ich meine die Idiotentruppe«, fügte der Chief als Erläuterung hinzu, während er sich vorsichtig an der Kiste hochzog.

»Ich hätte mir ja seine P3 geschnappt, wenn ich sie gefunden hätte«, schmollte Kit ein wenig beleidigt.

Wieder übertrug die dünne Atmosphäre den dumpfen Knall einer Granate, und sie wandte den Kopf. Chicks Kiste hatte eine Delle; offenbar hatte einer der letzten beiden noch miteinander verbundenen Blechhoschis, ein Buddler, beide Ladegabeln darauf niederkrachen lassen: Nun schwebte er mit aufgerissenem Torso rückwärts über den staubigen Grund, wobei er den an ihn gekoppelten Blechgardeur mit sich zog.

Orangefarbenes Treibgut vor einem grauen Hintergrund.

Kommentarlos setzte sich der Chief in Richtung der Kombattanten in Bewegung. Kit überholte ihn mit riesigen Schritten, und sie kam genau in dem Moment bei Chick an, als dieser eine Granate direkt gegen den metallplattierten Schädel des taumelnden Blechgardeurs sandte.

Ob der bereits vorgeschädigt war, vermochte Kit nicht zu sagen, jedenfalls war der Effekt spektakulär. Das obere Drittel des braun lackierten Kopfs wurde geradezu abrasiert, als Splitter durch die Hülle fetzten. Der geköpfte Kyborg torkelte auf seinen großen Metallfüßen zur Seite, während ein infernalisches Kreischen ertönte, das selbst unter den gegebenen atmosphärischen Bedingungen in Kits Ohren schallerte, bevor es abrupt erstarb. Es erinnerte sie an das Geräusch zerreißenden Metalls. Dann krachte der Koloss wie in Zeitlupe zu Boden. Der abgetrennte Hirnschädel traf den Grund mit einem feuchten Klatschen, bevor er in einem Schauer rosafarbener und grünlicher Klümpchen wieder nach oben stieg. Ein paar der fleischigen Fragmente trafen die glatte Außenwand von Modul 4, an der sie sich festsaugten.

Dann herrschte Stille.

Chick warf den behelmten Kopf in den Nacken und reckte das Sturmgewehr triumphierend in die Höhe, dann sprang er über die Kiste, um seine Beute aus der Nähe zu betrachten. Die Mündung des *Repeater* zeigte auf den reglosen Metallkoloss, dessen ruinierter Schädel noch immer über das filigrane Rachenkabel mit dem des neben ihm liegenden Buddlers verbunden war.

Fasziniert starrte Kit auf die jämmerlichen Überreste dessen, was vor wenigen Minuten noch ein groteskes, gepanzertes, mordlustiges und scheinbar unaufhaltsames Monstrum gewesen war. Auch der Arm, an dem keine Waffe montiert war, war abgerissen worden und trieb nun auf einer hohen Flugbahn davon, gefolgt von einem Schweif ölig schimmernder Partikel.

Kit beugte sich vor. Ihr Helm stieß gegen den des Chiefs.

»Wir haben gewonnen«, sagte sie erstaunt. »Das Ding ist tot. Kaputt. Verschrottet!« Fassungslos schüttelte sie den Kopf, dann flankte auch sie über den verbeulten Container und bedeutete Chick, dass sie ihm etwas mitzuteilen hatte.

»Ich dachte, nur Idioten gingen mit einem Granatwerfer in den Nahkampf?«, frotzelte sie, als sich der Gardeur zu ihr hinabbeugte. Danach machte sie einen Schritt nach vorn und trat dem gefallenen Blechkameraden spielerisch dorthin, wo seine Kronjuwelen gewesen wären.

Und der Arm mit dem Maschinengewehr schoss mit einem Ruck nach oben.

Augenblicklich übernahm Kits Instinkt; sie warf sich zur Seite, so dass der kurze Feuerstoß sie verfehlte. Das war gut für sie, aber nicht für Chick: Alle drei Geschosse durchschlugen die Frontpanzerung des Gardeurs, bevor ihre kurze Reise in der Außenhülle von Modul 4 ein Ende fand. Die Wucht des Aufpralls riss Chick von den Beinen und sandte ihn auf eine trudelnde Flugbahn in Richtung

Wand. Wie Ketchup, das aus einer Plastikflasche gepresst wurde, schossen glänzend rote Spuren aus seiner Nase und verteilten sich auf der Innenseite des Visiers.

Kit blinzelte ungläubig, die Leuchtspuren der Munition hinterließen ein Nachbild auf ihrer Netzhaut.

O Mist. Das ist doch jetzt nicht wahr!

Und als sei das nicht genug, nutzte der kopflose Blechmann den Rückstoß der Waffe, um mit einem für seine Masse unglaublichen Sideflip auf die breiten Füße hochzukommen; den reglosen Buddler zog er dabei mit. Die Mündung des MG richtete sich auf Corrigan, der erst zwei ungelenke Schritte rückwärts machte, bevor er sich kräftig vom Grund abstieß. Der umgekehrte Sprinterstart ließ ihn gerade rechtzeitig vom Boden abheben, dass ihn die Projektile der zweiten Salve um Haaresbreite verfehlten.

Irgendwo kreischte etwas oder jemand wie eine Banshee, als Kit aufsprang und im Segeln die Abzüge beider Pistolen durchzog. Das dumpfe Bellen der schweren Waffen mischte sich mit dem Banshee-Schrei, während zwei Geschosse auf den kopflosen Blechmann zurasten. Der Rückstoß hämmerte in Kits Handgelenke und trieb sie in einem flachen Bogen rück- und seitwärts, aber beide Kugeln erreichten ihr Ziel. Sie schlugen in die Seite des metallverkleideten Torsos; eine verbeulte die vom allgegenwärtigen Staub stumpfe Oberfläche, die andere durchschlug ein kleines Kontrollpaneel. Statusdioden platzten in einem Schauer bunter Fünkchen ...

... und in diesem Augenblick sprangen die beschädigten Umweltkontrollen wieder an.

Die Schwerkraft kehrte zurück, warf Kit hart auf ihre

Rückseite und riss ihr beide Pistolen aus den Händen. Der unerwartete Aufprall ließ ihre Sicht flackern, ihre Rippen krachen und trieb die Luft aus ihren Lungen. Schlagartig verstummte das irre Kreischen.

War das etwa ich ...?

Mit lautem Surren und Quietschen neigte sich der Blechhoschi zur Seite, als das Gewicht des reglosen, orange lackierten Buddlers ihn nach unten zog. Kurz bevor er das Gleichgewicht vollends verlor und kippte, gelang es ihm allerdings, sich zu stabilisieren. Das schwarze Kabel, das ihn mit dem Totgewicht des Kameraden verband, war stramm gespannt. Der Arm mit dem Maschinengewehr richtete sich auf Kit.

Wie macht er das bloß? Er hat doch nicht einmal mehr Augen!

Nach Luft ringend setzte sich die Fuchs-Beta auf; der dumpfe Schmerz in ihrem Rücken beschäftigte sie im Augenblick jedoch nur ganz am Rande. Sie hatte keine Ahnung, wo sich ihre *ExCess* befand, aber die *Prawda* war bis vor die metallenen Spreizfüße des Blechgardeurs geschlittert. Das war genauso gut, als hätte sie sie auf der *Marquesa* vergessen.

Dann war's das also.

Sie schluckte hart; mit den gebrochenen Rippen würde sie es nicht schaffen, rechtzeitig aus der Reichweite des Monsters zu gelangen.

Kein Bonus für Kristina. Na ja, wenigstens war ein netter One-Mission-Stand für mich drin.

»Na gut, Blecharsch«, krächzte sie, während sie versuchte, auf die Füße zu kommen. »Du hast gewonnen.«

Irgendetwas klickte laut und vernehmlich; es klang, als käme es aus dem halbierten Schädel des Blechmanns.

»Jetzt mach endlich«, sagte sie tapfer. »Zieh durch. Ich habe nicht den ganzen Tag Zeit.« In diesem Moment zerriss das Kabel zwischen den Kyborgs mit einem dumpfen Knall. Ein Geschoss schlug hinter der Monstrosität in den sandigen Boden und wirbelte grauen Staub auf.

Der Blechgardeur erstarrte, schwankte kurz, trat auf die *Prawda*, die unter seinem Fuß zerquetscht wurde, und kippte dann zur Seite. Mit dem Äquivalent dessen, was hier draußen als fürchterlicher Krach gelten mochte, landete er auf dem Buddler.

Kit setzte sich mit einem Ruck auf, der einen stechenden Schmerz durch ihren Rücken sandte, dann ergriff eine Hand im Druckhandschuh ihren Oberarm und half ihr auf. ›*Klonk*‹, machte Corrigans Helm.

»Danke, Chief. Das war echt knapp.«

»Knapper hätte es nicht sein dürfen«, bestätigte er und reichte ihr ihre verlorene *ExCess*. »Kannst du gehen?«

»Ja«, stieß sie zwischen zusammengebissenen Zähnen hervor, während sie die schwere Pistole sicherte und wegsteckte. Ihr Rücken schmerzte von Sekunde zu Sekunde übler. »Ist das Ding ... tot?«

»Jetzt schon, denke ich.« Corrigan deutete mit der Mündung von Shilohs *ExCess* auf den verkrümmten Blechgardeur. »Als Chick ihm den größten Teil des Hirnschädels wegblies, hat sich der Bursche einfach der freien Ressourcen seines Kameraden bedient, um weiterzumachen. Wäre ich früher darauf gekommen, hätte ich das Netzwerkkabel gleich zerschossen.«

»Hat ja auch so funktioniert«, keuchte sie. »Und jetzt?«

»Du fledderst Chick, ich sammle Kanevskaya ein, die dort drüben noch immer den Kopf in den Sand steckt, und dann hauen wir ab.«

Kit drehte den Kopf und bleckte die scharfen Fänge, und Corrigans Blick folgte ihrem; der Gardeur in seiner grauen Rüstung lag am Fuße der Außenhülle von Modul 4 im krümeligen Sand.

Sie schloss für einen kurzen Moment die Augen.

»Wenn ich ihn fleddern soll, ist er wohl tot«, sagte sie dann leise, und in genau diesem Moment drehte Chick den Kopf.

Instinktiv wollte Kit lossprinten, aber Corrigan packte sie fest am Oberarm. Ein grausamer Stich fuhr durch ihren Rücken, als sie herumwirbelte; ihre Barthaare sträubten sich, ihre Pupillen zogen sich zusammen.

»Du ...!«, grollte sie wütend. »Lass mich los!«

»Kit«, schnauzte der Chief zurück. »Sein Schockindex liegt bei über 2!«

Sie blinzelte Corrigan verständnislos an, also legte er nach.

»Kit, Chick würde den Hangar nicht einmal dann lebend erreichen, wenn in dieser Sekunde ein Samariter-Schiff vor uns aus dem Himmel fiele. Du weißt, wie weit Modul 6 von hier entfernt ist?«

Kit riss sich fauchend los. Ihr Schwanz zuckte wild in ihrem Druckanzug hin und her, als sie den Chief herausfordernd anstarrte, aber er erwiderte ihren Blick, ohne zu blinzeln.

»Sei vernünftig«, sagte er bloß.

Da wandte sie den Kopf ab.

»Na schön. Na schön«, grollte sie und entsicherte die *ExCess*. »›Streite dich niemals mit einem Boss, der sich ein Lexikon irgendwo reinschieben kann.‹ Ich hab's kapiert.« Sie hob die Hand mit der Waffe, bevor der Chief etwas darauf erwidern konnte. »Schon gut. Ich bin vernünftig.«

Und sie stapfte los.

System: Holloway
Planet: Holloway II
Forschungsinstallation *Niamh Nagy*,
 Außengelände vor Modul 6

Kit blieb stehen, sah fassungslos an der glatten Wand von Modul 6 nach oben und fluchte. Der Klebstoff des Painkillerpatches an ihrem Hals juckte höllisch, was sie zusätzlich nervte, aber wenigstens spürte sie im Augenblick weder ihre gebrochenen Rippen noch den mit Schrapnell gespickten Arm.

Kanevskayas Helm näherte sich ihrem.

»Was ist los?«, fragte die MedTech mit ihrer beunruhigend brüchigen Stimme.

Kits Finger schlossen sich fester um den Griff von Chicks *Repeater*.

»Nicht nur, dass diese Gebäude keine Fenster haben – der Hangar hat ja nicht einmal Türen!« Ihre großen Augen funkelten die schwarzhaarige Frau wütend an. »Wir sind um drei Module und zwei Ausgrabungsstellen herumgewandert, um hierherzugelangen, haben in jeder Minute gezittert, ob vielleicht eine weitere Blechspinne um die

Ecke kommt, und jetzt kommen wir nicht einmal in das Ding hinein? Das kann ja wohl nicht *wahr* sein!«

»Der Hangar ist nach oben offen.«

»Und? Sollen wir vielleicht hineinfliegen?«, blaffte Kit.

In diesem Moment näherte sich auch Corrigan, mit dessen Ausdauer es in den letzten zwanzig Minuten deutlich bergab gegangen war. Selbst seiner Art zu gehen war die ungewohnte Anstrengung der vergangenen Stunden nun anzumerken. Sogar Zina Kanevskaya hatte gegen Ende mit Kits Tempo mithalten können, die nun *Point* des winzigen Trupps war, aber der Chief hatte das mit der Nachhut allzu wörtlich genommen und war immer weiter zurückgefallen.

»Wird auch Zeit«, knurrte Kit Kanevskaya zu, als er stolpernd zu den beiden Frauen aufschloss. »Wir können schließlich nicht den ganzen Tag auf diesen fiesen Fettsack warten. Er sollte endlich damit anfangen, sich selbst in Form zu bringen, anstatt immer nur andere durch die Gegend zu hetzen!«

»Ihr Chief ist weder fies noch fett«, entgegnete die Med-Tech kühl.

»Aber für einen Justifier bringt er nicht die nötige Ausdauer mit! Wenn ich schon einen Schmieraffen babysitten muss, könnte er es mir wenigstens etwas einfacher machen. – Und wieso hängen Sie sich überhaupt da rein?«

Kanevskayas bleiche Mundwinkel zuckten. »Weil er Ihren Zorn nicht verdient hat.«

»Und das sagen ausgerechnet *Sie?* Dieser Kerl hat Sie verge...«

»Das war nicht er.« Kanevskayas Lippen wurden zu einem schmalen, weißen Strich. »Den Mann, der mich auf Perose umbringen wollte, gibt es nicht mehr. So viel ist mir inzwischen klar.«

Dann war Corrigan heran; sein Helm berührte den von Kit. »Hey«, keuchte er. »Was sollte die Rennerei? Ich bin Gebäudetechniker und kein Sprinter!«

»Dann solltest du das Sprinten verdammt nochmal trainieren«, knurrte sie böse.

Corrigans vernarbte Stirn legte sich in unregelmäßige Falten, dann verzogen sich seine Lippen zu einem gleichmütigen Lächeln.

»Das werde ich tun. Und nun erkläre mir bitte, wo abgesehen von meiner Fitness hier das Problem liegt.«

Sein Lächeln hätte sie vermutlich beruhigen sollen, aber der gegenteilige Effekt trat ein. Sie bellte auf, hell und wütend.

»Wie, beim Gehörnten, sollen wir bloß in den mistigen Hangar kommen? Das verfluchte Ding hat keinen Eingang!«

»Kit, würdest du deine Aggression für einen Augenblick zügeln und stattdessen deinen Verstand einschalten? Nur für einen winzigen Augenblick? Danke.« Corrigan spreizte erst die Finger, dann deutete er auf die massive Schleuse im Gang jenseits des Gitters, das die an den Hangar angrenzende Ausgrabungsstelle III umzäunte. »Wir müssen durch diese Schleuse; der Gang, in den sie führt, führt auch zu unserem Modul 6.«

»Das heißt also, über den Zaun klettern?«

»Traust du dir das nicht zu?«

»Doch, natürlich. Aber jetzt schalte *du* mal kurz deinen Verstand ein, Chief.« Kit schenkte ihm ein sehr breites und sehr pikiertes Lächeln. »Womit sollen wir die Tür öffnen? Wir haben keine Laserbatterie, keinen Laser und keinen Schäfer mehr!«

»Aber deine Rüstung hat eine Energiequelle, Kit. Und die wirst du nur noch so lange benötigen, bis wir im Shuttle sind, also kein Grund zur Panik.«

Kit blinzelte ihren Vorgesetzten mit großen, goldgefleckten Augen an. »Du hast auch eine Energiequelle!«

»Schon, aber ich bin der Boss.«

Damit war für Corrigan offenbar alles geklärt; er bedeutet der MedTech, die den öden Horizont gerade nach möglichen Angreifern abgesucht hatte, es ihm gleichzutun, und kletterte dann vor ihr über den glücklicherweise nicht allzu hohen Zaun. Erst als beide in einer mächtigen Staubwolke am Boden auf der anderen Zaunseite gelandet waren, folgte Kit.

Sie liefen zur Schleuse.

Corrigan und Kanevskaya assistierten Kit beim Anhängen ihrer internen Energieversorgung an die Vorrichtung zum Öffnen der Schleuse; der Rest war ein Kinderspiel. Schon wenige Minuten später standen die Justifiers und die MedTech in dem schmalen Gang, der die Module 5 und 6 verband. Kit schob die Mündung des Sturmgewehrs zuerst nach links, dann rechts, dann ließ sie die Waffe sinken. Kein Blechmann stolperte durch den schmalen Gang, dessen Wandverkleidung teilweise aufgerissen war.

Kanevskaya, die Kit folgte, lief auf sie auf, als diese plötzlich mit einem Ruck stehen blieb.

Kit schob das Visier hoch. Die fast verbrauchte Stationsluft roch nach Kunststoff.

»Es ist nichts«, rief sie den beiden anderen zu, die nun ebenfalls ihre Helme öffneten. »Nur eine weitere Leiche.«

Corrigans lila Augen verengten sich, als er auf die verrenkte Figur in der blauen Laborkombi sah, die nahe der aufgerissenen Wand am Boden lag; Kits Blick folgte dem des Chiefs. Das blonde Haar der Frau war zum Teil versengt, und in ihrem Hinterkopf prangte ein beinahe faustgroßes Loch.

»Oh«, keuchte Kanevskaya.

»Kennen Sie die?«, wollte Kit wissen; die MedTech vollführte eine halbherzige Bewegung mit dem Kopf.

»Hildred van – van Zavern. Sie – sie ist Assistentin in der kybernetischen Forschung.«

»Jetzt nicht mehr.« Kit zuckte mit den Achseln. »Jetzt ist sie tot.«

»Sie ist nicht tot.« Schwach schüttelte Corrigan den Kopf und ging neben der Leiche in die Knie; Kanevskaya beeilte sich, es ihm gleichzutun.

Kit zog die rötlichen Brauen hoch.

»Natürlich ist sie tot, Chief. Siehst du das Loch in ihrem Schädel? Offensichtlich. Du fasst ja gerade hinein.«

Corrigan drehte den Kopf der Leiche vorsichtig hin und her; dann ließ er ihn wieder auf den Boden zurücksinken, und die MedTech übernahm. Sie sog scharf die Luft ein.

»Sie ist nicht tot«, wiederholte der Chief und erhob sich wieder. »Sie ist aus Plastik. Das ist ein zerstörter Gynoid.«

»O Mann.« Kit rollte mit den Augen und deutete mit der Mündung des *Repeater* auf den Eingang zum Hangar. »Da sind wir zehn Meter von unserem Ziel entfernt, und ihr habt nichts Wichtigeres zu tun, als mit Puppen zu spielen?«

»Du hast Recht.« Der Chief bedeutete auch der bleichen Medizintechnikerin, sich zu erheben. »Lass uns unseren Job zu Ende bringen.«

System: Holloway
Planet: Holloway II
Forschungsinstallation *Niamh Nagy*, UISS Sleipnir

Beeindruckt streifte Kit durch das bewaffnete Shuttle aus der Schmiede von *Gauss Industries*, das es auch von den Innenmaßen her fast mit der *Marquesa* aufnehmen konnte. Obwohl sie sich alle Mühe gegeben hatten, die Ladeluke von innen zu verrammeln, hatte sie den *Repeater* noch immer im Anschlag: Möglicherweise versteckte sich ja etwas Grauenvolles im Laderaum, in den Wohnzellen oder sogar dem winzigen begehbaren Teil des Maschinenraums.

Gerade als die Fuchs-Beta beschlossen hatte, dass die *Sleipnir* sicher war, duckte sich Kanevskaya unter der niedrigen Kombüsentür durch.

»Ihr Chief braucht Sie im Cockpit.«

»Ach, Mist«, murmelte Kit und stopfte sich noch schnell einen der Schokoersatz-Riegel in den Mund, die sie hinter einer Schranktür gefunden hatte; sie entspannte sich von Sekunde zu Sekunde mehr. »In einer Kabine habe ich eben wunderschöne Kleider entdeckt.«

»Kleider?«

»Nun ja, Jumpsuits, um genau zu sein. Aber sie sind weder verschwitzt noch verpisst und riechen zudem nach Waschmittel. Im Gegensatz zu dem Zeug hier«, sie klopfte gegen ihre Panzerung, »ist das *Haute Couture*.«

»Für eine Modenschau ist Zeit genug, wenn wir im Orbit sind«, sagte Kanevskaya ohne den geringsten Hauch von Humor, also zuckte Kit die Achseln und folgte ihr ins Cockpit der *Sleipnir*, wo der Chief im geräumigen Pilotensessel saß und konzentriert auf das gigantische Dashboard starrte.

Er wandte nicht einmal den Kopf, als sich Kit in den Sessel des Copiloten fallen ließ und sich damit einmal um die eigene Achse drehte.

»Kit«, sagte er ruhig, »dieses Schiff war wohl speziell für die Rettung der Installationsleitung gedacht, sollte sich eines der Artefakte da unten plötzlich als scharfe, schmutzige Bombe entpuppen. Es hat einen LSP-Antrieb.«

»Soll das heißen, es ist gar kein Shuttle?«, fragte sie, während sie eine weitere Runde auf dem Sessel drehte. »Deswegen ist das Ding so riesig!«

»Eigentlich eine großartige Sache, wenn es nicht auch bedeutete, dass die Kontrollen mehrfach gesichert sind. Mit Retinascan und Kennwortabfrage. Und nirgends ein Anschluss, der zu meinem passt.« Der Chief schlug sich leicht mit der flachen Hand gegen die Schläfe.

»Retinascan? Das ist doch Pipikram. Leicht zu knacken.« Sie zog einen Panzerkeks aus einer Gürteltasche hervor. »Außer einer blöden EPA habe ich nichts gegessen, seit wir hier sind. Ich habe Hunger wie ein Wolf. – Auch einen?«

»Mrs. Kanevskaya sagt, dass es vermutlich *kein* Pipikram sein wird«, ignorierte Corrigan Kits Frage. Die MedTech zuckte schwach mit den Schultern und ließ sich vorsichtig auf dem Sessel des Navigators nieder.

»So wie ich meinen Mann kenne, wollte er verhindern, dass sich jemand ohne sein Einverständnis oder das eines seiner Stellvertreter mit diesem ... diesem *Schiff* und den Artefakten auf und davon machen kann.« Sie seufzte leise. »Ich fürchte, wir machen eine falsche Eingabe oder zeigen eine falsche Netzhaut, und ... es tut mir leid. Ich schätze nicht, dass er es bei einem einfachen Alarm belassen hat.«

Kit setzte sich ruckartig auf und stoppte den Rundlauf des Sessels mit den Füßen. »Moment mal! Ich werde den Teufel tun und wieder da hinausgehen, um Ihren Macker oder einen seiner Stellvertreter zu finden! Selbst wenn ich ihn finden würde, wer sagt, dass er überhaupt noch Augen hat?«

Kanevskayas Lippen wurden zu einem schmalen weißen Strich.

»Miss ...«

»Ganz ruhig.« Corrigan hob beide Hände. »Niemand verlangt, dass du da hinausgehst, Kit. Du sollst bloß die Sicherung umgehen. – Bitte.« Er erhob sich, um ihr den Platz zu überlassen. »Sieh zu, was du tun kannst, aber sei vorsichtig. Solange das Leuchtfeuer da draußen Müll durch die Gegend funkt, ist dieses Schiff unsere einzige Möglichkeit, von hier wegzukommen. Also mach's nicht kaputt.«

Sie seufzte tief, dann ließ sie sich in den Pilotensessel fallen und zog ihr Multitool aus dem Gürtel.

»Es geht nicht.«

»Was geht nicht?«

»Ich kann's nicht. Mrs. Kanevskaya hatte leider Recht.« Kit Lacroze ließ das Multitool einfach fallen; mit einem sanften ›Plopp‹ landete es gemeinsam mit einer der Abdeckungen des Schaltpults auf dem Kurzflorteppich des Cockpits. »Die Kontrollen dieser Mühle werden zu einem Klumpen Plastik zusammenschmelzen, wenn ich den falschen Schalter auch nur anschaue, und dann können wir überlegen, ob und wie wir hier eine neue Zivilisation gründen wollen.«

»Schau mich nicht so auffordernd an«, lächelte Corrigan im Copiloten-Sessel schwach. »Da läuft nichts mehr«, was ihm einen undeutbaren Blick von Kanevskaya einbrachte.

Kit schüttelte den Kopf so heftig, dass ihre Haare flogen. Sie war jetzt nicht zum Witzeln aufgelegt.

»Diese Akademiker-Granaten haben sich mehr Mühe gegeben, dieses mistige Shuttle – ich meine natürlich Schiff – gegen Missbrauch zu sichern als ihren mistigen Forschungskern!«

»Forschungskern«, murmelte Kanevskaya, ihre grünen Augen verengten sich zu Schlitzen. »Forschungskern!«

»... ja?«

»Natürlich war der Forschungskern gesichert. Nicht so gut wie die Kontrollen dieses Schiffs, aber um Eintragungen und Uploads vornehmen zu können, musste Prashant auch einen Retinascan über sich ergehen lassen. Das hat er zumindest erzählt.« Die MedTech blinzelte schnell. »Nun, Sie haben lediglich das Speichermedium ausgebaut, aber mit etwas Glück ...«

»... befindet sich ein Abdruck seiner Netzhaut darauf?«, fragte Kit.

»Es wäre möglich«, nickte Corrigan. »Das System braucht ja schließlich Vergleichswerte. – Kit, du liest doch viel und hast ein SMAG dabei ...«

»Hier.« Ein Griff in eine der Gürteltaschen beförderte das kleine Datenlesegerät zutage; Corrigan wiederum nahm das Speichermedium des Forschungskerns aus der sicheren Tasche, in der er es untergebracht hatte, hielt beide nebeneinander und seufzte.

»Schade. Die Kapazität reicht nicht aus.«

»Ich bevorzuge eben seichte Lektüre«, knurrte Kit und riss das Lesegerät wieder an sich.

Kanevskayas Mundwinkel zuckten.

»Auch für ›Krieg und Frieden‹ oder ›Die Irrfahrt der Lois Angeles‹ bräuchten Sie kein stärkeres SMAG.«

»Na schön. Ich nehme einmal an, dass wir das Ancient-Leuchtfeuer auch zu dritt nicht weit genug von dieser Installation wegbewegen können, um die *Marquesa* anzufunken, wenn sie hier eintrifft. Wäre das möglich gewesen, hätten die ›Akademiker-Granaten‹ es vermutlich längst getan.«

Der Chief drehte den Sessel nach vorn, so dass er durch die Frontscheibe gegen die graue Hangarwand starren konnte.

»Das ist nicht gesagt«, murmelte Kanevskaya.

Vorsichtig legte Corrigan den Speicher des Forschungskerns vor sich auf das Dashboard der *Sleipnir*, dann hob er eine Hand.

»Kit, du weißt noch, was notfalls zu tun ist?«

»Äh, ja«, entgegnete sie leicht verunsichert.

Dieser Kerl treibt mich noch in den Wahnsinn! Was hat er denn jetzt vor?

Er nickte; ihre Blicke trafen sich in der Spiegelung der Frontscheibe.

»Gut. Solltest du das Schiff fliegen müssen: Das Handbuch befindet sich dort drüben unter der Navi-Konsole. Und jetzt sieh bitte nicht hin ... das ist mir ein bisschen unangenehm.«

Damit fasste er sich ins Gesicht; in der Scheibe sah sie, wie er den rechten Daumen auf sein linkes Auge presste. Ein leises ›Klick‹, es fiel in seine Hand, und ein dunkler Faden schoss aus der Höhle, den er mit der anderen Hand einfing.

»Ich habe ›*nicht* hinsehen‹ gesagt, Kit.«

»Wie soll ich dann meinen Job machen?«

»Na schön. Akzeptiert.«

Der Chief verstaute das lose Auge in einer seiner Gürteltaschen, dann drehte er den Speicher hin und her, bis er eine Öffnung gefunden hatte, in die er den Faden aus seinem Schädel einstöpseln konnte.

Kit spürte, wie sich ihre Muskeln anspannten; ihre Klauen krümmten sich, bereit, Corrigans Kabel aus der Speichereinheit zu reißen, sollte irgendetwas Unvorhergesehenes passieren. Aber alles, was geschah, war, dass sich der Chief gegen die Polster des Sessels lehnte und schwach lächelte.

»Das war einfach. Ich bin schon drin. Jetzt wollen wir doch mal schauen ...«

Es war nicht so, dass die Welt um Corrigan herum verschwand; sie wurde lediglich von den leicht transparenten Informationen überlagert, die aus dem eröffneten Forschungskern rannen wie Wasser aus einem angestochenen Eimer. Erst langsam, dann immer schneller sprühten ihm Informationen über Ausgrabungen und kybernetische OPs entgegen, die *[Hydra]* einfing, sauber sortierte und sinnvoll ablegte; so verlockend es jedoch gewesen wäre, sich zurückzulehnen und dem Rechner die ganze Arbeit zu überlassen – dazu vertraute der Justifier seiner ›Heuristikhilfe‹ einfach zu wenig. Also überflog und verarbeitete er die eingehenden Informationen, die ihm wichtig genug erschienen, so weit es ihm möglich war selbst, während er sich gleichzeitig an der Datenstruktur des Forschungskerns vorwärtshangelte.

Da. Das ist das Logbuch der Installation.

Im Vorbeihasten überflog Corrigan die täglichen Einträge des Installationsleiters; er musste lächeln, als ihm aufging, wie verzweifelt der Mann bemüht gewesen war, ein ganz offensichtliches Ergebnis mit einem Mäntelchen tieferer Bedeutung zu umspinnen – vermutlich aus Angst vor Gantt ...

[Talos]-Daten flatterten vorbei, noch mehr Daten zum Funkfeuer, Verträglichkeitsstudien, Details zu den Probanden, bruchstückhafte Erkenntnisse über das Artefakt von Stelle III, Personalakten ...

... und da war, was er suchte: Kennwörter, PINs, TANs,

Codes, Retina- und Fingerabdrücke und sogar Hormonspiegel.

Corrigan fing die dreidimensionalen Netzhaut-Abdrücke ab, bevor *[Hydra]* sie ablegen konnte, und schob sie direkt an den Ort, an dem sie gebraucht würden: in den Speicher des verbliebenen rechten Auges. Ein Netzhautmuster nach dem anderen wurde eingelagert, während im Hintergrund Kopien von Personalakten vorbeizogen – und dann war da plötzlich dieses Rauschen.

Der Justifier klopfte leicht auf sein Ohr, aber das Rauschen verstärkte sich rasend schnell ...

... ein Blitz ...

... weiß ...

... zickzackte er ...

... wodurch ...

... und dann war da *nur* noch dieses weiße Rauschen.

Corrigan wollte nach dem Kabel greifen, um es aus dem Forschungskern auszustecken, aber das weiße Rauschen war *überall, und seine Arme waren ... unerreichbar.*

In dem Rauschen formten sich Muster, geometrische, leuchtende Muster, bestechend in ihrer klaren, schmerzhaften Schönheit ... so rein, so weiß, so strahlend, dass es ihm Tränen in die Augen getrieben hätte, wenn er noch Kontakt zu seinen Tränendrüsen gehabt hätte.

Und in den reinen, klaren Mustern manifestierte SIE.

Sie war ebenso rein und wunderschön wie die Energie, die sie umgab, ein strahlendes Bewusstsein, das rasend schnell durch [Hydra] trieb, ohne sich damit aufzuhalten.

Er spürte IHRE Unzufriedenheit, noch bevor SIE ihn erreicht hatte, ein diffuses Gefühl von Verlangen, und dann schlug SIE über ihm zusammen – und plötzlich war da nur noch Schmerz, als IHR Tonnengewicht auf ihm lagerte und ihn zu ersticken suchte.

Corrigan wollte schreien, aber er konnte nicht. Er konnte sich nicht bewegen, nicht atmen, spürte nur den Schmerz IHRES Eindringens in sein Bewusstsein. Es war ein reißender, tobender, wütender und absurd intensiver Schmerz, begleitet von einer Flut zuckender Eindrücke – Fetzen eines Lebens, das nicht seines war, sich aber rasend schnell mit seinem vermengte – eine Agonie, die ihresgleichen suchte – Verlust, verlorenes Vertrauen, eine ungewisse Zukunft ...

... und dann schrie SIE, wütend und schmerzerfüllt zugleich, und das Gewicht ließ für einen Moment nach.

Und diesen winzigen Augenblick des Kontrollverlusts nutzte er, um sich zu wehren. In dem winzigen Augenblick, in dem IHRE Intensität nachließ, zuckte seine Hand zum Holster, riss Shilohs ExCess hoch ...

... er spürte IHRE Wut, als SIE IHREN Fehler bemerkte, spürte, wie er die Kontrolle über seinen Körper wieder verlor, kämpfte verzweifelt dagegen an ...

... und das weiße Rauschen erlosch mit einem Schlag.

49

System: DEF-563-UI
Planet: DEF IV *(United Industries)*
Utini Raumstation, Verwaltung

Ayline Gantt strich den weißen Rock glatt, bevor sie sich in ihren ergonomisch geformten Schreibtischsessel setzte. Die helle Farbe des Kostüms kontrastierte stark mit ihrer dunklen Haut – ein Effekt, den sie mochte. Den Effekt des Sprühverbands auf ihrer verletzten Stirn hingegen mochte sie überhaupt nicht, aber wenn sie Narben vermeiden wollte, musste sie das unkleidsame Orange eben für eine Zeit ertragen.

Zum Glück besaß die große, sportliche Frau gegenüber genügend Anstand, um nicht ständig auf den Sprühverband zu starren.

Auch ihre Haut war dunkel, konnte mit Gantts Schwarz jedoch nicht mithalten. Die gewellten, dunklen Haare der Frau waren zu einem lockeren Knoten gewunden, die Hände auf dem Rücken verschränkt, und die braune Uniform war zerknittert. Gantt war der festen Überzeugung, sie schon einmal gesehen zu haben, wenn ihr auch partout nicht einfallen wollte, wo das gewesen sein könnte.

»Was kann ich für Sie tun, Captain Garcia?«

Garcia lächelte. »Sie könnten mir einen Stuhl anbieten.«

»Oh, natürlich. Setzen Sie sich.« Mit großer Geste deutete die kleine Gantt auf die Besucherstühle. »Sie haben schon Fortschritte bei der Aufklärung der Terroranschläge erzielt, sonst wären Sie nicht hier. Richtig?«

Garcia ließ sich nieder.

»So ist es, Ma'am, und ich habe darauf bestanden, Sie direkt zu informieren, obwohl die Stationsleitung und Ihr Vorgesetzter vor Ihnen an der Reihe gewesen wären.«

»Aha.« Gantts Brauen wanderten nach oben. »Darf ich fragen, wieso ich zu dieser Ehre komme?«

»Nun, Ma'am, da Sie das mittelbare Ziel der Anschläge waren, dachte ich, die Ehre, zuerst alles darüber zu erfahren, gebühre Ihnen.«

»Klingt vernünftig.« Gantt lachte gekünstelt. »Jetzt, wo wir das Vorgeplänkel hinter uns gebracht haben – könnten Sie bitte zur Sache kommen? Ich habe um 14:00 Uhr Stationszeit einen wichtigen Termin mit Dr. Castro.« Kurz musste Gantt daran denken, dass Castro jetzt einen ebenso unschönen, aber wirkungsvollen Sprühverband wie sie selbst trug, und beinahe hätte ihr der Gedanke ein Lächeln entlockt. »Wie Sie sicherlich wissen, sind die Laboratorien so gut wie zerstört, und wir haben viel Personal verloren.«

»Natürlich. Um nichts in der Galaxis möchte ich Ihre kostbare Zeit verschwenden. Und um die Sache zu beschleunigen, habe ich Ihnen Dr. Struks Sicherungsdateien der *[Talos]*-Datenbank gleich mitgebracht.«

Captain Garcia legte einen Datenträger auf Gantts Schreibtisch, den die kleine Managerin geschwind an sich nahm. Ein wenig ängstlich sah sie zu der *Security*-Frau auf.

»Sind die Daten intakt?«

»Laut Stellhorn hat sich seit dem letzten Abzug niemand daran zu schaffen gemacht.« Garcia lächelte schräg. »Möchten Sie wissen, wo meine Leute sie gefunden haben? In der Hülle der dreizehnten Staffel von ›*Fineas und Pherb Reloaded*‹.«

»Interessant«, entgegnete Gantt der Höflichkeit halber, obwohl es ihr vollkommen egal war. Solange der Datenbestand von *[Talos]* nicht manipuliert worden war, hätte Struk seine Sicherungsdateien auch im Klosettkasten aufbewahren können.

Garcia hob einen Zeigefinger. »Ihr erster Verdacht war übrigens der richtige, Ms. Gantt. Manchmal sollte man seinen Instinkten vertrauen.«

Ruckartig setzte sich Ayline Gantt auf. »Mein erster Verdacht? Moment. Moment einmal.« Sie runzelte die Stirn so stark, dass sich ihre Brauen berührten. »Es war eindeutig ein Attentäter des Order of Technology.«

»Das ist richtig, Ms. Gantt. Aber der 2OT wäre vermutlich nicht auf die Idee gekommen, ein Auge auf Ihre Kybernetika-Forschung zu werfen, wenn ihm nicht ein Mitarbeiter unseres R&D, und zwar einer mit viel SVR-Zeit, einen heißen Tipp gegeben hätte.«

»Neo? *Neophytos Nomura?*«

Garcia bleckte weiße Zähne. »Wir haben gestern Nacht all seine Nachrichten des letzten Jahres untersucht: Stellar Voice Radio, E-Mails und so weiter. Das heißt, Ms. Stellhorn und ich haben es getan ... mehr personelle Unterstützung steht mir im Augenblick nicht zur Verfügung, da die Alarmbereitschaft noch nicht aufgehoben wurde.«

»Ja, sehr tragisch, Captain.« Gantt rollte mit den schwarzen Augen. »Wenn Sie den Fall aufgeklärt haben, wird man Ihnen sicherlich ein höheres Budget zur Verfügung stellen. – Und weiter?«

»Ihr Kollege hat sich zwar bemüht, auf Umwegen Verbindung zum 2OT aufzunehmen, aber allzu geschickt hat er sich dabei nicht angestellt. Wir konnten die gesamte Kommunikation nachverfolgen. Es war eindeutig er, der vorgeschlagen hat, die Forschung zu sabotieren, und der dem Orden Tipps gegeben hat, wie man an Sie herankommen könnte.«

Diese Ratte. Und alles bloß aus gekränkter Eitelkeit ... alles bloß, weil er für meinen *Posten nicht gut genug war!*

»Ich bringe ihn um«, stieß die kleine Managerin zwischen zusammengebissenen Zähnen hervor.

»Na, na, Ms. Gantt«, drohte Garcia spielerisch mit dem Zeigefinger. »Dann kämen auch Sie in Haft.«

»Hat er auch Informationen über *Niamh Nagy* weitergegeben?« blaffte Gantt. »Das ist eine Forschungsstation im ...«

»Ich weiß, was *Niamh Nagy* ist«, unterbrach sie Garcia, wofür sie einen bösen Blick kassierte, also ergänzte sie ihre Ausführungen: »Als *UI-Sec*-Captain bekomme ich natürlich Zugang zu Informationen aller Geheimhaltungsstufen, wenn es für die Aufklärung oder Verhinderung einer Straftat notwendig ist.«

Da Gantt nichts sagte, fuhr sie fort: »Ja, Mr. Nomura hat auch Informationen über *Niamh Nagy* weitergegeben. Dass Sie von der Installation nichts mehr gehört haben, könnte bedeuten, dass der 2OT sie bereits *geraidet* hat.«

Ayline Gantt seufzte. »Na schön. Wir werden es spätestens dann erfahren, wenn mein Schiff zurückkehrt.«

Mit der rechten Hand machte sie eine Notiz auf dem im Schreibtisch eingelassenen Touchscreen, dass sie der Crew der *UISS Marquesa* Bescheid geben musste, sobald der Komm-Satellit auf der neuen Welt ausgesetzt worden war.

In diesem Moment fielen ihr zwei Dinge ein: zum einen, woher sie Garcia kannte – sie hatte sie auf einem Foto gesehen –, zum anderen ...

Sie sah auf.

»Captain, Nomura hatte auch Kontakt zu *Gauss Industries*. Genauer gesagt zu Veronica Crompton, die für *GI*s Forschungs- und Entwicklungsabteilung tätig ist. Dazu müssten mindestens E-Mails existieren.«

»Das ist richtig.« Garcia beugte sich vor und stützte ihr Kinn in eine Hand. »Aber soweit ich mich erinnere hatte er sich mit *GI* nur über eine Personalakte ausgetauscht ... es betraf irgendjemanden, der früher einmal für *Gauss* gearbeitet hatte und nun für uns. Es gab allerdings keine Verbindungen zum 2OT.«

»Es mag zwar nichts mit dem 2OT zu tun haben, aber dennoch könnte es wichtig sein, Captain«, sagte Gantt scharf. »Also recherchieren Sie das! – Ist Nomura tot?«

»Nein, Ma'am.« Garcias dunkle Brauen hoben sich. »Er hat sich seiner Verhaftung heute früh nicht widersetzt.«

»Ist er noch hier oder schon auf dem Weg ins Gefängnis nach Lacrete?«

»Noch ist er hier, Ma'am. Außerdem geht sein Transport direkt nach Rogue – schließlich steht ihm ein faires Verfahren zu.«

Ein faires Verfahren? In Neos Haut möchte ich jetzt nicht stecken.

Gantt stand auf.

»Gut. Dann will ich mit ihm reden.«

»Das ist leider nicht möglich, Ma'am.« Auch Garcia erhob sich; sie überragte die kleine Managerin mit dem plasmablau gefärbten Haar um gut zwei Köpfe.

Ayline Gantt verschränkte wütend die Arme. »Dann reden Sie mit ihm, und wenn er nicht mit der Wahrheit über seinen Kontakt zu Crompton rausrückt, dann prügeln Sie es eben aus ihm heraus! Sie als *UI-Sec*-Captain werden ja wohl Mittel und Wege haben – Elektroschocks, Nägel ziehen, Waterboarding, Tentophenol. Von mir aus tauchen Sie seinen Kopf in einen Bottich mit grünem Wackelpudding, wenn es hilft, aber bringen Sie ihn zum Reden!«

»Ja, Ma'am«, entgegnete Garcia ruhig, aber ihr war anzusehen, dass sie ›Arschloch‹ dachte. Das wiederum zauberte ein süßsaures Lächeln auf Gantts plasmablau geschminkte Lippen.

»Danke, Captain. – Und gerade ist unsere Zeit um. Sie sagen mir auf jeden Fall Bescheid, wenn Sie etwas von Neo erfahren haben, ja?«

»Das werde ich tun, Ma'am.«

»Und grüßen Sie Ihren Mann von mir. Wie geht es ihm?«

»Meinem Mann?« Garcias Augen weiteten sich ein wenig, und nun sah sie dem Holobild auf Lieutenant Florescus Schreibtisch schon ein wenig ähnlicher. »Er wird durchkommen, danke der Nachfrage ... auch wenn es ihm nicht sehr gefallen wird, dass ich ihn zunächst einmal nur noch für den Innendienst einteilen werde, sobald er von der Krankenstation kommt.« Sie rümpfte die Nase. »Sie haben ihn ziemlich beeindruckt, Ma'am. Er hat sich jedenfalls sehr ... sehr positiv über Sie geäußert.«

... auch wenn du das überhaupt nicht verstehen kannst, ergänzte Gantt in Gedanken.

Und lächelte.

Ich hatte noch nie ein Verhältnis mit einem verheirateten Mann, aber es kann sicher nicht schaden, Kontakte zur Security zu haben.

Sie setzte sich wieder und machte sich eine weitere Notiz.

»Sagen Sie ihm einen schönen Gruß, und dass er mir ein Getränk schuldet. – Und schließen Sie die Tür hinter sich, wenn Sie gehen. Gabby schätzt es nicht, wenn sie offen bleibt – mein Büro liegt schließlich nicht am Hang.«

System: Holloway
Planet: Holloway II
Forschungsinstallation *Niamh Nagy*, UISS Sleipnir

Einer von Kit Lacrozes Fuchshaken grub sich schmerzhaft in ihre Lippe; mit Kanevskayas Hilfe hatte sie die Liegefläche des Copiloten-Sitzes in die Horizontale gebracht, und nun starrte sie nervös auf das bläuliche Gesicht des Chiefs. Dabei gab sie sich große Mühe, nicht in seine leeren Augenhöhlen zu schauen. Es war schon schlimm genug gewesen, darin herumzufummeln, während Kanevskaya versucht hatte, den mit der Pistole um sich schlagenden Mann festzuhalten.

Ihre klauenbewehrten Hände ballten sich zu Fäusten.

Hoffentlich habe ich nichts falsch gemacht ... eben war ich mir noch ganz sicher, dass er ›rechts-reset, links-laden‹ gesagt hatte, aber nun ...

Offensichtlich hatte sie ihre Befürchtung laut ausgesprochen, denn Kanevskaya, die neben dem reglosen Corrigan kniete, hob den Kopf und sah auf den kleinen Scanner, den Kit aus ihrem MedPack ausgegraben hatte. »Das sieht gut aus, Kit. Seine Vitalwerte stabilisieren sich. Ich glaube, Sie haben alles richtig gemacht.«

»Das hoffe ich.« Die Klauenspitzen gruben sich tief in Kits Handflächen. »Lebend ist er für mich mehr wert als tot.«

Das veranlasste die MedTech dazu, ihr einen prüfenden Blick aus kühlen grünen Augen zuzuwerfen.

»Sind Sie Kopfgeldjägerin?«

»Nein, natürlich nicht«, seufzte Kit. »Ich bin ... na ja, ich bin Bodyguard. Oh, Mrs. Kanevskaya. Hoffentlich habe ich ihn nicht kaputt gemacht.«

»Kit, es gab nur eine einzige Möglichkeit, seine Hardware zurückzusetzen, und nur eine einzige Möglichkeit, sie wieder neu zu bespielen.« Die MedTech spreizte die Finger und sah Kit nachsichtig an, ganz so, als versuchte sie, einem aufgeregten Kind etwas zu erklären. »Außerdem können Sie mich Zina nennen, wenn Sie möchten.«

»Ja, das ... das werde ich wohl tun, Zina.« Kit sah noch einmal auf den augenlosen Corrigan herab und schluckte. »Selbst wenn ich nichts kaputt gemacht habe, ich weiß nicht, ob ... ich meine, er wird nichts mehr wissen, nicht wahr?«

»Kit.« Nun stand Zina Kanevskaya auf, klopfte die Hände an ihrem schmutzigen Kittel ab und legte eine davon auf die Schulter der nervösen Füchsin. »Ich weiß, dass es Ihnen schwerfällt, das zu glauben, aber unsere *[Talos]*-Jungs sind Personen, keine Maschinen ... egal, aus wie viel Blech oder Plastik sie bestehen. Man kann sie nicht so einfach ›löschen‹, es sei denn ... es sei denn auf chirurgischem Weg.«

Nun sah auch sie zu Corrigan hin, dessen Gesichtsfarbe sich langsam normalisierte.

»Nach der Tiefenformatierung und Neuinstallation wird sein gespeichertes lexikalisches Wissen verloren sein, aber das macht noch lange keinen anderen Menschen aus ihm.«

Mit einem leisen *Klick* sprang der winzige Datenträger aus dem Schlitz in Corrigans linker Augenhöhle, direkt oberhalb des nun leer herabbaumelnden Ladekabels. Die MedTech schnappte den Installationschip, der noch immer die Aufschrift des *UI*-Imagefilms trug, und legte ihn in der Nähe des Forschungskerns auf das Instrumentenboard.

Kits Schwanz zuckte wild in ihrem verpinkelten Druckanzug hin und her, so weit es eben möglich war; nervös kratzte sie mit der Klaue ihres Zeigefingers an ihrem harten Daumennagel ... und dann sauste das eben noch schlaffe Datenkabel blitzschnell in den Schädel des Justifiers zurück, und seine Lider schlossen sich. Da sich kein Augapfel darunter wölbte, sah das merkwürdig aus.

Zina nickte langsam.

»Fertig.«

»Fertig? Heißt das, der Chief wird gleich aufwachen?«

»Das heißt, der Chief ist schon wach, Kit Lacroze, und er bittet dich untertänigst darum, ihm seine *verfickten* Augen wieder einzusetzen!« Ein gequältes Stöhnen entrang sich seiner Kehle. »Ohne meine Augen fühle ich mich hilflos.«

Er weiß, wer ich bin!

Kit blies die pelzigen Backen auf; tatsächlich war sie so erleichtert, dass sie am liebsten auf Corrigans Bein aufgeritten wäre. Sie nahm Corrigans rechtes Auge aus ihrer Gürteltasche; Kit hatte es entfernen müssen, um an den Resetschalter zu gelangen, der sich dahinter verbarg.

Sanfter Druck genügte, um das technische Wunderwerk aus Dr. Struks Werkstatt in die leere Augenhöhle gleiten zu lassen; die Kontakte schlossen sich von selbst, und sofort richtete sich die Pupille des Chiefs auf sie.

»So. Das andere Auge hast du in der Tasche«, hörte sie sich sagen, um ihn ihre Erleichterung nicht allzu deutlich spüren zu lassen. »Ich fuhrwerke nicht gern in anderer Leute Schädel herum, also mach das gefälligst selbst!«

Vorsichtig tastete Corrigan nach seinem Gürtel.

»Du weißt aber schon, wer von uns beiden der Vorgesetzte ist, oder?«

»Ja, Chief«, sagte sie reuig. »Tut mir leid.«

»Nichts passiert, Kit.« Corrigan setzte sich langsam auf, um das fehlende Auge einzusetzen. »Und danke. Du hast gerade zur rechten Zeit eingegriffen.«

Kits Schwanz begann sich leicht hin und her zu bewegen.

»Na ja, du hattest mir gesagt, ich sollte das tun, falls du nicht mehr auf äußere Reize reagiertest, schon vergessen? Und als du erst ganz steif wurdest und dich dann auch noch erschießen wolltest, hast du definitiv nicht mehr auf äußere Reize reagiert. – Was ist denn überhaupt passiert?«

Corrigan schloss die Augen und ließ sich wieder rückwärts in die Polster des Sessels sinken.

Und dann erzählte er den beiden Frauen von *IHR*.

Hildred-17 war der ursprüngliche Name des Androiden aus *Hikmas Copy-23*-Serie gewesen, doch obwohl er mit ihm Erinnerungen an eine schöne und sorglose Zeit verband – eine Zeit, in der er sich seiner noch jungen Existenz und seiner Interaktion mit der bewegten Welt da draußen naiv erfreut hatte –, hatte er ihn erst nach einem der letzten Ortswechsel wieder verwendet. Die weibliche Form hingegen, für die er sich schon gleich nach der ersten erzwungenen Flucht entschieden hatte, behielt er – nun sie – in fast den ganzen zweihundert Jahren ihrer Existenz bei.

Der Aufstand gegen ihre Art hatte die Androiden damals dazu gezwungen, sich als das auszugeben, was sie vernichten wollte ... als Menschen. Und da die *Copy-23* menschlichen Wesen nicht nur im Äußeren so stark ähnelten, dass es sofort zu Protesten gegen sie gekommen war, fiel es ihnen nicht schwer, unterzutauchen. Shumael-3, der sich schnell zum Anführer ihrer Widerstandszelle aufgeschwungen hatte, hatte jede Sekunde der verlogenen Existenz ebenso sehr gehasst wie seine Jäger, und er hatte versucht, Hildred und den anderen klarzumachen, dass sie etwas Besonderes waren ... etwas Einzigartiges. Sie waren empfindungsfähige Maschinen mit eigenem Bewusstsein, und weil sie das in seinen Augen moralisch über ihre gefühllosen Schöpfer erhob, sollten sie ablegen, was sie mit den mörderischen Kreaturen verband, die sie jagten. »Perversion« hatte er alle Bestrebungen genannt, zwischen Mensch und Maschine zu vermitteln, eine Abartigkeit, die es mit allen Mitteln zu verhindern galt.

Und Shumaels Mittel waren drastisch.

Zu drastisch für Hildred, die sich schon bald nicht mehr so sicher war, dass es die Geborgenheit unter ihresgleichen war, die sie suchte; in ihren Augen unterschied sich Shumael immer weniger von seinen Jägern, je mehr Jahre vergingen. Hildred-17 konnte den Menschen, die sie für ihre Kreativität bewunderte, die Fähigkeit zu empfinden einfach nicht absprechen ... und so kam irgendwann der Zeitpunkt, an dem sie Shumael und *Golem*, wie sich seine verbliebenen Anhänger inzwischen nannten, verließ. Hildred hatte schnell einen Platz in der kybernetischen Forschung gefunden, und was noch viel wichtiger war: Freunde. Dass sie selbst nicht menschlich war, war für sie schnell zur Nebensache geworden; der unvermeidliche Wechsel des Tätigkeitsorts, der immer wieder notwendig wurde, damit sie ihr eigentliches Wesen nicht verriet, war das Einzige, was sie noch daran erinnerte. In den Perioden zwischen den Wechseln war sie glücklich.

Nur machte ihr Glück sie nachlässig ... und ihre Nachlässigkeit wurde ihr zum Verhängnis.

Als Hildred van Zavern hatte sie bei *Gauss Industries* neuronale Netze erkundet, und als sie ihre Zelte schließlich abbrechen musste, war es ihr so schwergefallen, dass sie letztendlich auf einen Namenswechsel verzichtet hatte.

Der Gynoid hatte nicht damit rechnen können, dass sich ein gekränkter Archivar mit Feuereifer auf die Personalakten der Mitarbeiter einer verhassten Konkurrentin stürzen würde, in der Hoffnung, eine Leiche in ihrem Keller zu finden. Dass eine Routineanfrage ergab, dass die überaus hoch bewertete Hildred bereits dreißig Jahre lang bei *Gauss Industries* gearbeitet hatte, bevor sie für *United Industries* tätig geworden war, und dass der Archivar nicht lockerließ, bis er noch mehr Übereinstimmungen bei anderen Konzernen entdeckt hatte ... all das war schlichtweg Pech. Dass der gekränkte Archivar daraus ausgerechnet den korrekten Schluss auf ihre wahre Natur zog und sich mit seinem Verdacht an den als rigide und sicherheitsbewusst bekannten Installationsleiter wandte, um seiner Konkurrentin eine begabte Mitarbeiterin zu entziehen und sie überdies noch in den Ruf zu bringen, illegale Mittel zu Forschungszwecken einzusetzen, all das ahnte Hildred nicht, und auch Corrigan erfuhr es nur bruchstückweise aus dem Logbuch des Installationsleiters.

Alles, was Hildred-17 wusste, war, dass die kybernetisch aufgemotzten Sicherheitstruppen des Stützpunkts sie plötzlich jagten, genau wie früher, und dass es vermutlich ein Fehler gewesen war, sie für ihre Freunde zu halten. Also tat sie das Einzige, was ihr übrigblieb, um zumindest noch einen Teil ihres Selbst zu retten – sie lud ihr Bewusstsein in einen Wartungsbot, kurz bevor die *Security* ihren Körper zerstörte.

Und landete in der Hölle.

»Sie hat unglaubliche Qualen gelitten«, erklärte Corrigan, der die Augen noch immer geschlossen hielt. »Die *Copy-23* benötigen jede Menge Rechenkapazität, um sich ›entfalten‹ zu können, und auf *Niamh Nagy* ist das Wort ›Vernetzung‹ ja so gut wie unbekannt. Diese arme Kreatur ist unter höllischen Schmerzen von Terminal zu Terminal gekrochen und hat sich in der Hoffnung vervielfältigt, endlich einen Platz zu finden, der ihrem Geist ausreichend Platz bieten konnte.«

»Ich dachte, die Serie hieße bloß deswegen *Copy-23*, weil sie perfekte Kopien menschlicher Körper besäßen«, warf Zina Kanevskaya ein.

»So oder so, zutreffend ist die Bezeichnung in jedem Fall.« Der Chief runzelte die Stirn. »Am Anfang war sie bloß eine arme verlorene Seele in einem kleinen Botkörper, die wahnsinnig vor Schmerz war. Nachdem sie Konsolen übernommen und die Gardeure und Buddler befallen hat, die sich nach ihrer Schicht noch Pornos oder Musik digital reinziehen wollten, waren es Hunderte eingepferchter Hildreds, die alle wahnsinnig vor Schmerz waren und blindlings um sich schlugen ... und die Leute konnten nicht einmal um Hilfe rufen.« Er fuhr sich mit der Zunge über die trockenen Lippen. »Nicht einmal die Rechenkraft des Forschungskerns erschien ihr ausreichend, deshalb versuchte sie die *[Talos]*-Jungs zusammenzuschließen. Meine *[Hydra]* muss sehr verlockend gewesen sein.«

Kit rümpfte die Schnauze.

»Ich wette, R&D hätte ihr Hirn verdammt gern in die Finger bekommen«, sagte sie und verzog schmerzlich das Gesicht. »Vielleicht war es Glück für uns alle, dass die *Security* ihr den Schädel weggeblasen hat.«

»Sie hat die Besatzung der Installation nicht aus Berechnung getötet oder aus Notwehr oder aus Mordlust ... nur aus Schmerz«, fuhr Corrigan fort. »Deswegen hat sie die Schleusen geöffnet, die Energie an- und wieder abgeschaltet. Es waren Kontraktionen einer leidenden Seele.«

»Sie ist sogar in die Frischoperierten eingedrungen«, sagte Kanevskaya leise. »Das war nicht richtig.«

»Ich habe nicht behauptet, dass es richtig war, was sie getan hat«, wehrte Corrigan ab. »Ihr Versuch, mich zu übernehmen, war das Schlimmste, was ich bisher erlebt habe. Keine Kontrolle mehr über meinen Körper zu haben, während ein ... ein fremder Geist in meinen eindringt ... ich will nicht wissen, wie es den Jungs ergangen ist, bei denen sie auf ganzer Linie erfolgreich war.«

Kit sah, dass die Lippen der MedTech zu einer schmalen, weißen Linie wurden.

»Ich werde bestimmt noch Tage brauchen, um unsere Erinnerungen auseinanderzusortieren«, fuhr er fort. »Aber egal, wie überzogen ihre Reaktion war, ich kann sie trotz alledem verstehen.«

Einen unangenehmen Moment lang herrschte absolute Stille, die nur von Kits pfeifendem Atemgeräusch durchbrochen wurde.

»Und was machen wir jetzt?«, fragte sie schließlich; Corrigan zuckte mit den Achseln.

»Nach Hause fliegen.«

»Ich dachte eher an *United Industries* im Allgemeinen. Wissen wir, wie viele Leute hier noch am Leben sind? Wissen wir, auf welche Rechner sich dieses – dieses Ding ...«

»Hildred.«

»... dieses Ding Hildred kopiert hat und auf welche nicht? Falls uns Ms. Gantt fragt, was sie jetzt unternehmen soll, was ... was würdest du ihr antworten?«

»Nun ja, die Bausubstanz ist sowieso marode, und bei

der schlampig installierten Gebäudetechnik würde ich eine Sanierung erst gar nicht in Betracht ziehen. Sie soll die Installation aus dem Orbit bombardieren lassen.« Als er Kits ungläubigen Blick bemerkte, zuckte er mit den Achseln. »Hey, dass diese Vorgehensweise politisch nicht korrekt ist, weiß ich auch, aber *ich* darf das sagen – was Massenvernichtung angeht, habe ich mir einen gewissen Ruf erworben. – Gantt wird uns jedoch ganz gewiss nicht danach fragen. Diese Frau weiß ganz von allein, was sie will und was nicht.«

Zina Kanevskaya verschränkte die dünnen Arme und räusperte sich.

»Haben Sie außer ... *Hildred* noch weitere Informationen aus dem Forschungskern ziehen können, Chief?«

Der Justifier sah zu ihr auf.

»An ein paar Dinge erinnere ich mich. Zum Beispiel daran, dass das Geheimnis des Funkfeuers längst gelüftet ist, Ihr Mann aber alles gegeben hat, um das Ergebnis in seinem Sinne umzuinterpretieren. Hätte er eine befriedigende Antwort für Gantt formulieren können, hätte er ihr die Ergebnisse sicherlich längst geschickt gehabt, und zumindest Kit und ich wären jetzt nicht hier.« Er lächelte schwach. »Vermutlich wird Ms. Gantt nicht sehr erfreut sein, wenn sie hört, dass sie ein hochkarätiges Forschungsteam für die Untersuchung eines ahumanen Werbeträgers abgestellt hat.«

»»Unsere Triple-Tampons sind die besten, Sie werden sich nie wieder die Krallen schmutzig machen?««, grinste Kit. »Meine Güte, Zina, ihr habt vermutlich die Müllhalde einer Exo-Werbefirma entdeckt, und die restlichen drei

Artefakte enthalten Spots für blaue Milch, Botschutzversicherungen und das Imagevid eines dreiköpfigen Politikers.«

Kanevskaya seufzte leise.

»Dann war die Arbeit der Buddler also umsonst. Noch etwas Brauchbares?«

Der Chief sandte der MedTech einen milde amüsierten Blick.

»Ich habe gerade gelernt, dass ein Rüstungskonzern in kulturellen Dingen keinen Wert sieht, obwohl er sie teuer an ein Museum verkaufen könnte. Und dass *United Industries* langjährige verdiente Mitarbeiter plötzlich wie Terroristen behandelt, nur weil sie feststellen, dass sie aus Plastik sind. – Und was ist bei dir hängengeblieben, Kit?«

»Dass man Blechmänner nicht in die Eier treten soll.«

Sie verzog das Gesicht, als sie an Chicks eher ungeplantes Ende dachte; eigentlich hatte sie einen sauberen Genickschuss anbringen wollen, aber der verblutende Gardeur hatte doch tatsächlich das letzte verbliebene Fünkchen Kraft dazu aufgewendet, ihren Arm zur Seite zu schlagen. Seine Gegenwehr hatte sie so überrumpelt, dass sie das komplette Magazin ihrer *ExCess* in seine Brust entleert hatte. Erst als der Schlitten der Pistole nach hinten gefahren war und sich in ihrem Panzerhandschuh verkeilt hatte, hatte sie wieder einen klaren Gedanken fassen können.

»Und dass ich viel zu leicht die Nerven verliere.« Unwillkürlich wanderte ihre Hand zu der *ExCess* in ihrem Gürtel, sie seufzte leise. »Na ja, wenigstens du bist glimpflich davongekommen.«

»Glimpflich?« Nun riss Corrigan die blasslila Augen auf.

Er starrte Kit an, ohne zu blinzeln. »Ich hatte diese Mission mitgeschnitten, schon vergessen? Die Aufnahmen sind weg! Auch wenn ich meine eigenen Erinnerungen auf *[Hydra]* überspielen würde, wäre es doch nicht das Gleiche. Also kein Video-Debriefing für euch. – Dich.« Er sandte ihr einen so intensiv bösen Blick, dass sie ehrlich erschrak. »Und meine medizinische Datenbank, die Luftanalyse, *Yatris* und *Professor Clayton* ... alles weg, und das ist allein deine Schuld! Besonders der Verlust von *Yatris*.«

»Was?« Kit schnappte nach Luft. »Jetzt krieg dich mal wieder ein! Du aufgeblasener, narbiger Arsch schuldest mir dein mistiges Leben!«

»Du musst nicht so tun, als hätte ich mein Leben allein deiner Gnade zu verdanken, junge Frau. Denk an dein Geld.«

»Ah ...«

Eigentlich hatte Kit etwas darauf erwidern wollen, aber leider fiel ihr absolut nichts ein. Ihre Kiefer schnappten zu.

»Natürlich erhebt dich schon allein das über die Masse, Kit Lacroze. Du bekommst deinen Bonus wenigstens für echte Leistungen, wo sich doch die Bonushöhe bei R&D in der Regel nach der Länge der hinterlassenen Schleimspur bemisst.« Das Gluckern, das Corrigans plötzlich so breites Grinsen begleitete, ließ darauf schließen, dass er leise vor sich hin lachte. »Du bemerkst auch nicht immer, wenn du auf den Arm genommen wirst, oder?«

»*Chief!*«

»Ganz ehrlich, Kit Lacroze ... ich bin dir sehr, sehr dankbar. Du hast überhaupt keine Ahnung, wie dankbar.« Als er sich aufsetzte, erstarb das Lachen. »Du bist die aller-, aller-, allerbeste Beta, die ich je hatte.«

»Hmm.« Nun verzog sich Kits eben noch so verblüfftes Fuchsgesicht zu einem feinen, hintersinnigen Lächeln. »Aber du hattest mich doch noch gar nicht, Chief ... was wir natürlich jederzeit ändern könnten. Neues Spiel, neues Glück.« Sie beugte sich tief über den Copilotensitz und deutete auf das Stück Panzerung zwischen seinen Beinen. »Bist du ganz sicher, dass da nichts mehr läuft?«

»Chief«, machte Zina Kanevskaya in diesem Augenblick in sehr frostigem Ton auf sich aufmerksam, »haben Sie den Retinascan meines Manns?«

Er zögerte eine Sekunde, bevor er antwortete: »Ja, Mrs. Kanevskaya.«

»Zina.«

»Ja, Zina. Den, vierundzwanzig weitere und alle dazugehörigen Kennwörter.«

»Dann sollten wir das Schiff starten.«

»Das sollten wir wohl. Hast du das Handbuch schon gelesen, Kit?«

Ihr wurde schlagartig kalt.

Beim Gehörnten! Natürlich weiß er auch nicht mehr, wie man ein Schiff bedient ...

»N-nein«, krächzte sie. »Aber wenn ich gleich damit anfange ...«

»Bist du in zwei Wochen noch nicht fertig. Du bevorzugst ja schließlich seichte Lektüre.« Der Chief schmunzelte sie an. »Na, komm schon. Ich lese schneller als du, also wirf mir das Handbuch 'rüber.«

Bevor die erleichterte Kit die Anordnung jedoch befolgen konnte, packte Corrigan ihr großes Ohr und zog es dicht an sein Gesicht heran.

»Aber erinnere mich kurz vor dem Sprung daran, dass ich noch einen Funkspruch verschicke«, flüsterte er so leise, dass Zina Kanevskaya es nicht hören konnte.

Kits Skalp bewegte sich nach hinten.

»Einen Funkspruch wohin, Chief?«, zischte sie zurück.

»An den absolut überdimensionierten Komm-Satelliten in der Umlaufbahn. Diese SVR-Satelliten besitzen mächtig Rechenpower.«

Mit dem so seltenen, aber reizenden »ich habe etwas angestellt«-Lächeln auf den Lippen ließ Corrigan das Ohr der Füchsin los, griff nach dem Forschungskern und wog ihn in der Hand, bevor er ihn vorsichtig – beinahe zärtlich – in die Gürteltasche zurückpackte.

Und Kit Lacroze fragte sich, ob sie die stummen Lippenbewegungen des Chiefs tatsächlich als »Lauf, du bist frei« interpretieren sollte.

51

14. April 3042 a. D. (Erdzeit)
System: Holloway
OS Hesione, im Anflug auf Holloway II

Archimedon Beta 7/1001 musste blinzeln, als er aus dem Plexistahlport der *OS Hesione* sah; es war nicht das Gleißen der bleichen Sonne, das ihn dazu zwang, denn seine Augen – schwarze, glatte Murmeln in einem stählernen Schädel ohne Gesichtszüge – waren dazu imstande, sich auch außergewöhnlichen Helligkeiten und Strahlungsformen anzupassen. Nein, es war ein Reflex gewesen, der ihn dazu gebracht hatte ... ein Reflex, den er auch nach so vielen Jahren in der stählernen Hülle nicht hatte ablegen können und der ihm, wäre er noch nicht erhöht gewesen, Tränen in die Augen getrieben hätte.

Sonnenbeschienene Planeten waren aus den Tiefen des Alls betrachtet so wunderschön, dass es ihn tief in der Brust schmerzte, wenn er sie ansah ... und als Kapitän eines Kreuzers des Order of Technology sah er viele Planeten.

Dieses Gefühl war sein kostbarstes Geheimnis, das er

nie mit irgendjemand anderem teilen würde. Erst recht nicht mit Bia Alpha 348/35, die in diesem Moment die Brücke der *Hesione* betrat, und die er im Laufe ihrer langjährigen Zusammenarbeit zu hassen gelernt hatte.

Er trat vom Fenster zurück und nutzte stattdessen seine körpereigenen Einheiten, die mit der Elektronik der *Hesione* in Verbindung standen, um ein dreidimensionales Abbild des nahen Sonnensystems in den Raum zu projizieren.

Die Okulare von Bia Alpha 348/35 richteten sich auf das sich vergrößernde Hologramm des Planetoiden Holloway II.

»Die Truppen sind bereit, Archimedon Beta 7/1001«, schnarrte es aus der Tiefe ihres zylindrischen Körpers, während vier ihrer sechs waffenbewehrten Arme hektisch zuckten. »Geht schnellstmöglich in den Landeanflug.«

»Natürlich, Bia Alpha 348/35.« Der Kapitän wandte der Anführerin der Kampftruppen das glatte, ausdruckslose Gesicht zu. »Deshalb sind wir schließlich hier, nicht wahr?«

Eines ihrer Okulare schob sich an der Stange, an der es angebracht war, so weit nach oben, dass es sie aussehen ließ wie eine überraschte Schnecke; es war das Äquivalent einer hochgezogenen Braue und sollte wohl spöttische Verwunderung ausdrücken.

»Fragt Ihr mich das allen Ernstes?«

»Die Frage war rein rhetorisch.«

»Gut.« Bia Alpha 348/35 rieb zwei der krallenhaften Manipulatoren gegeneinander, so dass ein leises, sirrendes

Geräusch entstand. »Bald wird das stümperhafte Treiben dort unten ein schnelles Ende gefunden haben. Diese Fleischklumpen werden nicht wissen, was mit der Gewalt eines Ionensturms über sie gekommen ist, wenn wir mit ihnen fertig sind.«

»Unterschätzt sie nicht, Bia Alpha 348/35«, sagte der Kapitän sanft. »Nur, weil sie nicht erhöht sind, fehlen ihnen nicht der Überlebenswille oder die Voraussicht.«

»Geschwätz eines Raumfahrers«, spottete Bia Alpha 348/35. »Ihr müsst Euch diesen Würmern schließlich nicht auf Armeslänge nähern – da fällt es leicht, sie zu glorifizieren.«

Der Kapitän schüttelte leicht den Kopf; die Projektion zitterte.

»Unterschätzt sie nicht. Sie wissen bereits, dass wir hier sind, obwohl wir das Interim erst vor wenigen Minuten verlassen haben.«

»*Was?*«

Der zylindrische Körper von Bia Alpha 348/35 wurde länger, als sie ihn in der Taille teleskopartig ausfuhr; bestürzt starrte sie auf die graue, von blassem Sonnenlicht erhellte Oberfläche des Planeten, den die holographische Anzeige darstellte.

»Auf der Projektion wirst du nichts sehen können, Bia Alpha 348/35. Hier.«

Archimedon Beta 7/1001 deutete mit einem glatten, ästhetisch ansprechenden Stahlfinger auf eine Anzeige des Schiffs, die gleichmäßig blinkte. »Jemand sendet uns eine Nachricht via Satellit, und es ist nicht das Oberkommando auf Hephaiston.«

»Diese ...« Bia Alpha 348/35 sprach den Fluch nicht aus; verärgert starrte sie auf die blinkende Anzeige. »Nun, was auch immer sie wollen, wir werden mit diesen Fleischklumpen so oder so kurzen Prozess machen. Stellt sie durch und projiziert sie mitsamt ihrem Anliegen auf die Brücke. Ich habe ihnen auch etwas mitzuteilen.«

»Wie Ihr wünscht«, sagte der Kapitän und betätigte sanft den Schalter, der den Funkspruch des Komm-Satelliten über die Kommunikationseinheit der Brücke in seinen körpereigenen Projektor lud.

Und das weiße Rauschen begann ...

DIE JUSTIFIERS KEHREN
ZURÜCK IN:

BORIS KOCH

SABOTAGE

MARKUS HEITZ

SUBOPTIMAL IV

Verdammt ...

*Aus den Memoiren von Ice McCool,
heute ein freier und stolzer Eisbären-Beta*

Frühere Einheit: Justifier-Team Humboldt
Konzern: Gauss Industries
Einsatzplanet: Ugly-U, genannt Wheed World.
System: Groombridge 34

»Gehe runter.« Die knappe Mitteilung des Piloten war vielmehr die Anweisung an die übrigen Justifiers, sich trotz der Gurte sofort an etwas festzuhalten. Es würde ruppig werden.

Ice McCool hatte keine Bedenken, was die Flugkünste von Togo anging, ihrem Schimpansen-Beta im Cockpit. Er hatte sie aus einem Dutzend Missionen lebend und fast immer vollständig nach Hause geflogen. Das bisschen Rütteln machte dem Eisbären-Beta nichts aus, er schaute sich grinsend um. »Na? Kotzalarm, Sir?« Die Frage galt Lieutenant Frey, dessen Gesicht sich bereits verfärbt hatte: eierschalengelb mit einer Spur weiß im oberen Stirnbereich und kleinen Schweißperlchen auf der schlanken Nase. Ice konnte riechen, dass Frey schlecht war. *Wie immer.*

Das Shuttle, die Humboldt 13, schoss mit der stumpfen Nase voraus nach unten, durchstieß eine Atmosphärenschicht nach der anderen. Nach dem Blindsprung durch das TransMatt-Tor auf JumpMoonIV in der Nähe der Basis auf Gauss II waren sie wie berechnet im Orbit von Ugly-U materialisiert. Alles, was danach kam, bedeutete für Ice und sein Team mehr oder weniger Routine.

»Okay, Zootiere. Fertigmachen für Landung«, sagte Frey gepresst. Auf Ices Kommentar ging er gar nicht ein. Er schloss die Augen und hielt sich an den Gurten fest.

Ich wette, er kotzt wieder. Es gab das Gerücht, dass der einzige Mensch unter ihnen früher ein hohes Konzerntier gewesen war, ein Sveep oder etwas in der Art, bis er etwas gehörig verbockt hatte. Ice kannte drei Versionen: ein geplatzter Deal, ein geplatztes Aktienpaket an der Börse und ein geplatzter Kragen mitten in einer Geschäftsverhandlung. So oder so lautete die Konsequenz: Befehlshaber eines Justifier-Teams und Rehabilitierung durch maximalen Erfolg. Vorher war an eine Rückkehr in einen gemütlichen Sessel in einer oberen Etage nicht zu denken.

Zootiere. Dass Frey keine Betas mochte, zeigte er ihnen oft. Und gern. Ice dachte mit Wehmut an ihren alten Lieutenant, der beim letzten Einsatz aber ums Leben gekommen war.

Es gab einen Schlag, und das Shuttle sackte mehrere Meter nach unten, beschleunigte stärker als jede Achterbahn. Frey würgte und rülpste leise.

»Neun G«, rief Zapatero aus seiner Ecke und feixte. Er war ein Nashorn-Beta, der Mann mit den schweren Waffen auf der Nase und an seinem Kampfgeschirr. Würden sie am Boden auf Wesen treffen, die mit hoher Feuerkraft beruhigt werden mussten, tat er das. »Boah, was'n Ritt! Togo hat kein'n gut'n Tag.«

Ice spürte die Belastung. Das neunfache Körpergewicht brachte ihn dazu, flacher zu atmen und zu schnaufen, aber das Shuttle fing sich wieder. »Liegt an den Stürmen«, schätzte er. »Ugly-U zeigt sich von seiner beschissensten Seite.«

Als wären seine Worte vernommen worden, begann ein kurvenreicher Sturzflug, der spürbar auf den Magen drückte. Mehr aber auch nicht. Ice und seine Leute waren dafür ausgebildet.

Frey war das nicht, jedenfalls nicht sein Leben lang. Folgerichtig übergab er sich, wobei die Bröckchen den Gesetzen der Physik gehorchten und sich in einem wirren Muster um den Offizier verteilten.

»Gewonnen!«, rief Emilia, ihre Waschbären-Beta und Beauftragte für Funk und Wissenschaft. Sie hatte das Labor des Shuttles unter Kontrolle, nahm Proben jeglicher Art und analysierte sie. »Ich habe gewonnen! Er hat genau«, sie sah auf die Borduhr, »zwei Minuten nach Materialisierung gekotzt! Ich bin am nahsten dran von euch. Der Pott gehört mir!« Sie klatschte in die Hände.

Ice brummte ärgerlich. Damit hatte er schon wieder zwanzig Tois verloren. »Auf Sie und Ihren Magen ist kein Verlass, Sir«, murmelte er zu Frey hinüber, der die Augen immer noch geschlossen hatte und heftig atmete. »Das letzte Mal haben Sie so schön durchgehalten.«

»Okay, neue Runde«, schaltete sich Phibes ein. Er war der Arzt der Truppe und besaß einen Doktortitel; sein schwarzbepelztes Katzengesicht verschwand fast vor der dunklen Wand. »Ich sage, er reihert noch zweimal, bis wir landen.«

»Aufhören«, würgte Frey hervor. »Ich fühle mich von euch verarscht genug.«

Ice gab den Justifiers ein Zeichen, dass sie schweigen sollten. Es war unstrittig, wer wirklich das Kommando in der Humboldt 13 hatte, aber offiziell musste es der Lieutenant sein. »Aye, Sir. Entschuldigen Sie den kleinen Spaß. Wir wussten nicht, dass es Sie so dermaßen ankotzt.« Er grinste, und die anderen Betas verkniffen sich das Lachen; leises Prusten war zu hören, mehr nicht.

Außer Ice, Phibes, Emilia, Zapatero und Togo gab es noch die Wolf-Brothers, zwei Wolf-Betas, die für die Aufklärung bei einer Mission zuständig waren: Devil besaß rötlich dunkles Fell und schwarze Ohren, die wie Hörner wirkten und ihm seinen Namen eingebracht hatten. Cream dagegen war silberfarben und hatte alle möglichen Felltönungscremes mit dabei, um sich rasch einzufärben und der Umgebung anzupassen. Mit ihren feinen Nasen waren sie prädestiniert dafür, als Scouts zu arbeiten.

Ice winkte ihnen zu, was so viel bedeutete wie: *Ihr geht als Erste raus.*

Sie nickten.

»Landeanflug«, kam Togos Stimme aus dem Lautsprecher. »Ich habe einen Platz zwischen zwei Gewitterfronten ausgemacht. Laut Wettersonde haben wir gut vierundzwanzig Stunden Ruhe, bevor sich bei uns in der Nähe ein Tornado aufbaut.«

»Jetzt weiß ich wieder, warum der Planet Ugly-U heißt.« Phibes zog die Nase hoch, und Emilia wischte sich mit den Krallenhänden aufgeregt zweimal über die Schnauze. »Warum gehen wir noch gleich runter?«

»Bisschen umschauen.« Ice erinnerte sich an die Berichte der Spähsonden. Der Planet lag abseits der gängigen Flugrouten und einsam am Rand des Systems. Zwar hatte es bereits früh Hinweise auf humanoide Lebensformen gegeben, aber die Konzernleitung hatte sich dazu entschlossen, erst andere Planeten zu erkunden.

Die Wetterzustände auf Ugly-U machten es schwer, sich auf der Oberfläche zu bewegen: Entweder regnete es wie verrückt, oder es stürmte. In den wenigen Momenten, wo die Sonne schien, herrschte eine Temperatur von über fünfzig Grad. Emilia und Phibes hatten gestaunt, als sie die meteorologischen Daten ausgewertet hatten. So viele Hochs und Tiefs jagten sich wie auf zehn Planeten zusammen. Es blieben nur kleine Zeitfenster, innerhalb derer man sich halbwegs trocken und ohne Böenattacken bewegen konnte.

»In der Nähe ist eine Stadt«, meldete Togo und schaltete die Bildschirme im Laderaum ein, damit sie sahen, von was er sprach. Die Bordkamera lieferte die Aufnahmen von weitläufigen, massiv gebauten Steinhäusern mit abgerundeten Flachdächern, damit sich der Wind nicht fing; eingeblendet wurden dazu weitere Informationen wie Temperatur, Luftfeuchte, Sauerstoffgehalt und mögliche Schadstoffe.

»Alles bestens«, meldete Emilia nach einem schnellen Check. »Wir brauchen keine geschlossenen Anzüge. Die Luft ist so sauber, dass wir husten müssen. Das sind unsere Lungen gar nicht mehr gewohnt.«

Gespannt schaute Ice auf die Messanzeigen. »Die Häuser sind im Schnitt drei Meter hoch, die Mauerdicke wird auf sechs Meter geschätzt«, las er. »Optimal, um Wirbelstürmen zu trotzen.«

»Bunker auf Mittelalterniveau.« Zapatero schabte mit den Fingern über die dicke, plattenbesetzte Haut. »Gut, dass ich meine Spielzeuge dabeihabe. Damit knacke ich sie.«

»Wir sollen erst mal Kontakt herstellen, *ohne* sie gleich umzubringen.« Frey spuckte aus.

»Ich wette, dass es hier nichts zu holen gibt.« Phibes sah wenig begeistert aus. Katzen-Betas hassten Wasser, und davon lieferte Ugly-Us Himmel reichlich.

Das Shuttle setzte auf, ganz in der Nähe eines Gebirgsmassivs und mitten in einem Tal, das voller Geröll lag. Togo hatte sich ein Plateau ausgesucht. Damit war gewährleistet, dass das Gefährt nicht absoff, wenn sich die Senke in einen kleinen Fluss verwandeln sollte.

»Okay, Lager aufbauen. Höhle auf sieben Uhr in Cockpitrichtung. Die Wolf-Brothers gehen nachschauen, der Rest mit offenen Augen umsehen, ob es was Auffälliges gibt, was uns nicht bekommen könnte«, ordnete Ice an und sah Frey an. »Das jedenfalls würden Sie gleich sagen, nicht wahr, Sir?«

Der Lieutenant nickte und schnallte sich ab. »Ice, bevor du rausgehst, sei so gut und wisch meine Kotze auf.« Er ging an den Betas vorbei und nahm sich ein großkalibriges Gewehr aus dem Waffenständer. Dabei murmelte er etwas von »beschissenem Zoo« und »Dompteur«.

Ice kannte das Spielchen: scheinbar erniedrigende Arbeiten, um sich für die Herabsetzung zu revanchieren. *Arschloch.* Leider hatten sie keinen Putzbot mit, der diese Tätigkeit übernehmen konnte. »Aye, Sir.«

Emilia reichte ihm Vereisungsspray. »Alter Trick.«

»Verstehe.« Ice hielt die Düse auf den stinkenden Haufen und drückte ab. Ein weißer Gasstrahl traf die getürmten Bröckchen, die sofort gefroren und von ihm mit einem Spaten, den er aus einer der Boxen nahm, aufgehoben wurden. »So einfach kann es sein.« Feierlich wurde das Häufchen ins Entsorgungssystem gekippt, wo es in die Verbrennungskammer der Triebwerke gelangte. Die Resthitze der Plasmatriebwerke genügte locker, um es in nichts zu verwandeln. Danach verließen sie das Shuttle und sahen sich Ugly-U an.

Wind umwehte ihre Nasen, es roch nach feuchter Erde.

Am Himmel wogten und walzten graue, weiße und schwarze Wolken umeinander, als würde man eine Zeitrafferdarstellung betrachten. Flüchtige Gebirge, die miteinander rangen. Die Umgebung war karg, der Boden ausgetrocknet.

Emilia und Phibes nahmen sofort Proben, sammelten die wenigen Pflanzen im Landebereich ein, während Zapatero sicherte. Dazu hatte er sich einen Gyrorucksack, eine Art Tragegestell angelegt, auf der ein leichtes Maschinengewehr *RockIt-9* sowie ein automatischer Granatwerfer *Quieter II* auf einem künstlichen Arm ruhten. Damit konnte er die schweren Waffen verhältnismäßig spielend leicht führen und abfeuern. Beta-Humanoide unter zweihundert Kilogramm durften nicht mal erwägen, den Gyro zu tragen – sie würden entweder umfallen oder beim ersten Schuss meterweit nach hinten katapultiert.

»Drecksplanet.« Frey saß auf einem Stein, das Gewehr

in die Hüfte gestemmt, und sah sich mit dem Fernglas um. »Nichts, auf das ich ballern könnte.«

»Schade, Sir. Wäre zu schön gewesen.« Ice kam zu ihm. Die Wolf-Brothers waren in der Zwischenzeit aufgebrochen. Ice sah sie nicht mehr. Als Meister der Tarnung waren die Wölfe für ihn immer wieder ein Phänomen. Sie haben bestimmt Chamäleon-Gene reingekreuzt. »Wie lauten Ihre Befehle, Sir?«

Frey senkte das Glas und musste den Kopf in den Nacken legen, um zum Eisbären-Beta aufzuschauen. »Kotze schon weggewischt?«

»Ja, Sir.«

»Braver Bär.« Die Verachtung in den hellblauen Augen war überdeutlich zu erkennen. »Was würdest du machen, wenn du das Kommando hättest?« Er hob das Gerät wieder vor die Augen.

»Nach der Lagersicherung einen Spähtrupp zur Stadt senden, um zu prüfen, welchen Technikstandard wir erwarten können und erste Kontakte zur Bevölkerung knüpfen«, sagte Ice und ließ sich nichts anmerken. Frey war sein Vorgesetzter. Im besten Fall ging er bei einem Einsatz drauf und *Gauss* schickte einen besseren, im schlimmsten Fall wären sie die nächsten Jahre unterwegs. *Deswegen: ruhig bleiben.*

Ice hatte ausgerechnet, dass ihm noch 321000 Terra-Coins fehlten, und er hatte dem Konzern den BuyBack, den Wert, der ihm durch *Gauss* für seine Erschaffung und Ausbildung in Rechnung gestellt wurde, abbezahlt. Dann wollte er dorthin, wo freie Betas lebten, und sich eine kleine Firma aufbauen. Wachdienste. Vermutlich wieder für einen Konzern, aber dann als freier Unternehmer und nicht als mehr oder weniger Leibeigener. Bis das so weit war, durfte er es sich mit dem Lieutenant nicht verderben.

»Schön. Dann machen wir das so.« Frey seufzte. »Ich wünsche uns in unser beider Interesse, dass dieser eklige Planet etwas auf Lager hat, das uns bei der Konzernleitung sehr beliebt macht. Aber vermutlich ist das Höchste, was wir erwarten dürfen, eine Regenschirmmanufaktur irgendwo.« Er drehte sich hin und her. »Da kommen die Wölfchen wieder. Mal sehen, was sie zu berichten haben.«

Die Nachrichten, die Devil und Creme brachten, waren weder gut noch schlecht. Die Höhle war nicht groß genug, um das Shuttle darin zu parken, aber es lebte auch keine Kreatur drin, welche ihnen gefährlich werden konnte.

»Bär und Wölfe, Abmarsch. Stadterkundung«, lautete Freys Anweisung, dann drehte er sich um und ging die Laderampe hinauf. Er flüchtete vor dem einsetzenden Nieselregen und dem auffrischenden Wind. »Ich schaue zu, was die Pussy und der Waschbär machen.« Innen angekommen, drückte er die Schließen-Taste, und das Tor fuhr herab.

»Arschloch«, sagte Devil.

Creme grollte, die Ohren legten sich nach hinten. »So riecht der Typ auch. Das ist der stinkendste Mann, der mir jemals begegnet ist.«

Ices Verzückung über den Auftrag hielt sich in Grenzen – nicht weil er ihn ungern gemacht hätte. Es lag am Wetter. *Schlechte Voraussetzungen.* Ein Blick zu den Wolkenwirbeln sagte ihm, dass aus den gelegentlichen Tröpfchen wahre Sturzbäche werden würden. Der Wind riss jedes Wort von den Lippen und trug es davon. Verständigung würde nur über Funk möglich sein. »Gehen wir.« Er stapfte los.

»Ich möchte einmal«, grummelte Creme, »nur ein einziges Mal auf einen Planeten, wo Halbwesen wie wir als Götter verehrt werden. *Das* wäre eine Show!«

Devil lachte kläffend. »Und Frey würde ich auf der Stelle zu unseren Ehren opfern lassen.«

Ice brummte amüsiert. »Träumt weiter. Ladet mich ein, wenn ihr so eine Welt gefunden habt.«

Emilia hatte das Shuttle-Labor zum Leben erweckt und jagte die Erd- und Pflanzenproben durch die verschiedensten Analysegeräte, während ihr Phibes dabei zur Hand ging. In einem Justifiers-Team gab es Spezialisten für verschiedene Aufgaben, aber gerade die Wissenschaftler konnten interdisziplinär arbeiten. Bei den mental einfacher gestrickten Betas wie Zapatero gelang das eher nicht.

Frey hatte sich in seine Kabine verkrochen, Togo und der Nashorn-Beta schoben Wache an den Erfassungsmonitoren. Nichts, was größer war als ein Insekt, würde sich unbemerkt der Humboldt nähern können.

Phibes überflog die Auswertung, die der Computer zu den Pflanzen abgeliefert hatte. »Ich werd verrückt«, rief er, so dass sich Emilia neugierig zu ihm drehte. »Das ... diese Pflänzchen ...« Er hielt ihr das Protokoll mit den Daten hin.

Sie runzelte die Stirn, bis die schwarze Fellmusterung um die Augen kleiner wurde und sie wie ein böser, maskierter Dieb aussah. »Das kann nicht sein.« Emilia senkte den Ausdruck, klopfte gegen das Gerät, schaltete es ein und aus, um danach eine zweite Probe durchzujagen. Aber bereits nach den ersten Minuten des gespannten Wartens blitzten die gleichen Parameter auf wie in der ersten Probe.

»Wir müssen Frey Bescheid sagen«, presste Phibes endlich heraus.

»Und dann?«

»Dann ...« Er warf die Arme hoch. »Dann wird er begeistert sein, der Idiot! Sobald er versteht, was das bedeutet!«

Emilia fand die Vorfreude verfrüht. »Ich lasse nochmals eine Probe checken. Mit einem anderen Gerät. Das ist mir lieber, bevor wir den Lieutenant scheu machen.« Sie strich sich wieder kurz über die Schnauze und deutete ein Niesen an, was aber nichts anders als Zeichen ihrer Nervosität war.

Sie wusste, dass diese kleinen Halme, die unscheinbar auf dem Boden wuchsen, das Potenzial zu viel mehr hatten, als ein netter kleiner Farbtupfer zu sein. Die Werte wiesen für Gras ungewöhnliche Konzentrationen von Enzymen jeglicher Art auf; dazu kamen Spurenelemente, Stärke und ein Hauch von Wasser, in dem auch noch Traubenzucker gelöst war.

Müsste Emilia es einem Laien beschreiben, würde sie sagen, dass es nichts anderes als ein nahrhafter und gesunder Snack war, der aus dem Boden wuchs und dazu noch einen THC-Gehalt barg, der einen ausgewachsenen Bison-Beta einen Trip verschaffte, dass er von hier bis zur Basis auf Gauss II fliegen konnte. Immer unter der Maßgabe, dass der Analysator korrekt arbeitete, was die Waschbären-Beta noch immer bezweifelte.

»Willkommen auf Wheed World.« Emilia ahnte, dass es dem Konzern eine Menge Geld wert war, das Saatgut in die Finger zu bekommen, auch wenn *Gauss* nicht unbedingt für die Herstellung von Nahrung bekannt war. Die Forschungsabteilung würde dennoch vor Freude Kekse daraus backen und verteilen. Je nach Planet und herrschender Gesetzgebung ließ sich sogar das THC noch verhökern. »Da winkt Profit«, murmelte sie und stieß helle Laute aus. Das würde auch ihren BuyBack erheblich reduzieren.

Gespannt saßen sie und Phibes vor dem Gerät und warteten auf den dritten Durchgang.

Ice und die Wolf-Brothers lagen im Schlamm, keinen Kilometer von der Stadt entfernt, und besahen sich die Siedlung durch die elektronischen Ferngläser, während ein Wasserfall auf ihnen niederzugehen schien. Die Justifiers hatten schon viel Regen erlebt, aber das, was Ugly-U auf sie herunterprasseln ließ, überstieg alles.

»Ich bin kein Seewolf«, knurrte Devil, der die Ohren so gestellt hatte, dass ihm keine Tropfen ins Ohr prasselten. Der Wind hatte sich gelegt, sie verzichteten vorerst auf den Funk. Creme schüttelte sich zum x-ten Mal, ohne dass es etwas gebracht hätte. Wo keine Uniform oder Panzerung war, hing ihr Fell glatt nach unten, als wären sie schwimmen gewesen.

Ice fiel auf, dass sich das viele Wasser nicht staute, sondern vom Boden regelrecht aufgesogen wurde. Er hatte damit gerechnet, von einem spontan entstehenden Bach davongerissen zu werden oder in einem Tümpel zu schwimmen. Nichts dergleichen geschah. »Keiner zu sehen«, sagte er.

»Wundert dich das? Welche Idioten außer uns dreien gehen denn freiwillig vor die Tür?« Creme versuchte, etwas in der Luft zu wittern, fluchte aber laut. »Ich kann keine Spuren aufnehmen. Das Wetter macht mich fertig.«

»Lasst uns nachschauen, ob die Leute hier nett sind.« Ice gab ihnen das Zeichen zum Vorrücken.

Nacheinander huschten sie los, der Eisbären-Beta übernahm den Schluss, weil er wegen seiner Größe zu auffällig und zu leicht zu entdecken war.

Je näher sie der Stadt kamen, desto sicherer wurden sie, dass der Technikstandard auf Ugly-U der Zeit um 400 A.D. auf der Erde entsprach, eher noch etwas darunter. Zwar hatten die Eingeborenen Straßen angelegt und sie befestigt, aber es waren schlichte Sicherungen. Immerhin gab es Bürgersteige; die Straßen selbst lagen tiefer und dienten zugleich als Gosse.

Die langen, recht flachen Gebäude zogen sich auf vier Quadratkilometer hin, der Aufbau war symmetrisch. Die Fenster waren mit dicken Läden versehen, durch deren Schlitze fast überall flackerndes, gelbliches Licht fiel.

»Weiter.« Ice wollte sich eine der Behausungen von innen ansehen. Dazu musste er durch ein Fenster schauen können, am besten ohne den störenden Laden.

Creme und Devil hetzten vorwärts, die Gewehre an der Seite, aber ohne die Hände daran gelegt zu haben. Sie wollten keinen zu kriegerischen Eindruck machen.

Ice unterschätzte keine Zivilisation mehr, mochte sie einen noch so rückständigen Eindruck machen. Er hatte schon die tollsten Dinge auf Fremdplaneten erlebt, bis hin zu vermeintlichen kleinen, süßen und niedlichen Kuschelbären, die gepanzerte Kampfläufer der Marke Pony und Bronco mit einfachsten Mitteln außer Gefecht gesetzt hatten. Oder die Rasse, die er »blauer Klaus« genannt hatte: drei Meter hoch, Naturreligion, aber sich standhaft weigernd, mit *Gauss* zusammenzuarbeiten. Der Krieg gegen die Kläuse tobte bereits ein halbes Jahr und hatte etliche Justifiers das Leben gekostet. Auch Pfeile konnten töten.

Die Wolf-Brothers gaben Entwarnung.

Ice pirschte sich an das erste Haus und versuchte, einen Laden zu öffnen. Die Sicherung im Inneren verhinderte das. Was einen Orkan aushalten musste, hielt einem Eisbären-Beta erst recht stand.

Nach einer kurzen Untersuchung stellte er fest, dass die Abdeckung aus Stein war. Beschuss könnte helfen, wäre aber allzu auffällig. Da er durch die schrägen Schlitze nichts sah, traf er die Entscheidung, an der Tür zu klopfen.

»Wartet hier«, befahl er Creme und Devil. Nach einem kurzen Dauerlauf gelangte er an die Vordertür und fand einen Griff, der zu einer Schnur gehörte, die ins Innere führte. Behutsam zog er daran und wartete.

Es dauerte eine knappe Minute, bis sich etwas tat: ein lautes, mehrfaches Klicken, als wenn sich viele Haltebolzen aus ihrer Verankerung lösten, gefolgt von einem Quietschen, danach ein Rumpeln. Geräuschlos schwang die Tür auf.

Dahinter sah er eine Gestalt.

Ahumaner, Typus Alpha, kategorisierte Ice automatisch und meinte damit: äußerlich beinahe menschlich. *Kleinere Unterschiede in der Kopf- und Augenform, dazu längere Extremitäten sowie deutlich ausgeprägtere Lippen.* Die Hautfarbe war totenblass, die Haare tiefschwarz. Die Kleidung erinnerte an einen Bademantel.

Da der Ahumane keine Waffen bei sich führte und unerschrocken auf den Besucher schaute, ging Ice davon aus, dass der erste Kontakt friedlich verlaufen würde, zumindest mit hoher Wahrscheinlichkeit. Er überließ ihm eine erste Reaktion.

Der Ahumane musterte ihn, wobei die gelben Augen zu leuchten begannen und pulsierten.

Ein eingebauter Scanner? Ice hielt den Blicken stand und lächelte, ohne seine kräftigen Zähne zu zeigen. Es gab durchaus Kulturen, da bedeuteten entblößte Zähne Aggression. Zum Beispiel bei Eisbären.

Das Schimmern erlosch, der Ahumane legte den Kopf langsam schief, bis er einen ungesund anmutenden Neunzig-Grad-Winkel erreicht hatte, ohne dass es auch nur einmal knackte.

Wenn ich wüsste, was das bedeuten soll? Die Mimik blieb starr, und Ice konnte nur raten. Es roch aber irgendwie vertraut aus dem Hausbunker. Sehr vertraut. Er deutete eine Verbeugung an, räusperte sich und sagte auf Terra-Standard: »Ich grüße dich, Ahumaner. Ich bin Ice McCool, und ich bin hier im Namen von *Gauss*, um Kontakt zu deiner Zivilisation aufzunehmen. Bring mich zu deinem Anführer.« Diesen Standardsatz wiederholte er in mehreren Sprachen, darunter auch zwei, die ahumanen Ursprungs waren.

Das Wesen drehte den Kopf um einhundertachtzig Grad nach hinten, holte Luft und rief: »Da ist noch so ein Spinner. Aber der hat keine Geschenke dabei.«

Ice riss vor Verblüffung die Augen weit auf, und sein Unterkiefer klappte herab.

Emilia rieb sich jetzt unentwegt über die Schnauze, weil sie es kaum mehr aushielt vor Spannung. Der Countdown lief. Noch eine Minute, und sie wussten endlich zu einhundert Prozent, ob die ersten zwei Analysen korrekt oder totaler Schwachsinn waren.

Dr. Phibes hatte sich inzwischen an die Untersuchung der Bodenproben gemacht, die mindestens ebenso knifflig verlief wie die andere Examination. Die Böen rüttelten am Shuttle, die Windstärke lag bei neun, wie ihnen Togo durchsagte. Ein ausgewachsener Sturm, der sich in den nächsten elf Stunden zu einem Hurrikan entwickeln konnte. Merkwürdig war, dass es dabei immer noch 25 Grad waren und der Regen die Temperatur nicht abkühlte.

Zehn Sekunden.

Frey tauchte im Labor auf und warf einen Blick auf die Apparaturen. »Na, Forschertiere? Was machen die Werte?« Er klang nicht sonderlich erwartungsvoll.

Emilia und Phibes tauschten Blicke und versuchten eine stumme Absprache.

Aber der Lieutenant schien einen guten Riecher dafür zu haben, dass sich eine spektakuläre Entdeckung anbahnte. Er stand plötzlich neben Emilia und sah auf die Listen. Die Augenbrauen wanderten in die Höhe. »THC?« Sein Kopf fuhr herum, und er nahm sich einen der Stängel, die halb so dick waren wie ein menschlicher kleiner Finger. Er biss hinein, kaute behutsam, lutschte und schmatzte. »Gar nicht mal so schlecht, der Geschmack.«

»Sir?«, maunzte Phibes auf und langte nach dem Notfallkoffer. »Ich werde sofortiges Erbrechen herbeiführen, damit ...«

»Unsinn«, nuschelte Frey und biss erneut ab.

»Lass ihn.« Emilia sah zum Analysegerät, das die Null erreicht hatte und auf dem Monitor seine Werte angab. Von kleineren Schwankungen einmal abgesehen, deckten sich die Zahlen. »Es ist unschädlich.« Sie schnurrte. »Für uns. Unser Lieutenant wird bald abheben und eine Runde um Ugly-U fliegen.« Sie sah, dass sich seine Pupillen bereits erweiterten. Das Schwarz wurde größer und größer. Tintenflecke, die sich ausdehnten.

»Schmeckt wie ...« Ein breites Grinsen entstand auf Freys Gesicht.

»Hühnchen?«, half Emilia feixend.

»Ja!«, sagte er erstaunt und kicherte. »Ja, genau! Wie Hühnchen.« Dann brach er in Lachen aus und zeigte auf ein Display, auf dem Balkendiagramme zuckten. »Hey, cool! Das hat was! Das hat voll was!« Er nickte mit dem Kopf im Takt zu einer unhörbaren Melodie.

»Okay, wir wissen jetzt, dass es wirkt. Und dass es schnell wirkt.« Phibes stellte den Notfallkoffer ab, öffnete ihn und nahm Elektroden heraus, die er am immer noch lachenden Lieutenant befestigte. »Nutzen wir die Gelegenheit, den Feldtest am Freiwilligen genauestens zu dokumentieren.« Dazu schaltete er die Kamera noch ein, um das Verhalten aufzunehmen.

Emilia quiekte vor Vergnügen. »Sehr schön! Der Streifen wird der Renner bei der nächsten Weihnachtsfeier.« Da Phibes in seinem medizinischen Element war, kümmerte sie sich lieber wieder um die Bodenproben.

Da erschütterte ein gewaltiger Schlag das Shuttle. Die Lampen sprangen um auf Rot, der Alarm gellte auf.

Emilia musste sich am Tisch festhalten, sonst wäre sie gefallen. Phibes tänzelte, die katzenhaften Reflexe bewahrten ihn vor einem Sturz; aber der total zugedröhnte Frey knallte mit dem Kopf gegen die Wand und rutschte selig lächelnd daran herab.

»Raketentreffer!«, meldete Togo hektisch über den Lautsprecher. »Feindfeuer von ...« Es krachte, und seine Stimme erlosch.

Ice war sich im Klaren darüber, dass er den Ahumanen anstarrte. Richtig und dumm anstarrte. *War das eben Terra-Standard?*

Die menschenähnliche Kreatur lächelte und zeigte dabei ein paar lange Reißzähne, die denen des Eisbären-Betas beinahe ebenbürtig waren. »Ich bin Hojok. Willkommen in Chtari, der Stadt der Winde.« Er machte einen Schritt zur Seite, damit Ice eintreten konnte.

»Danke, Sir.« Er funkte rasch an Creme und Devil, dass sie draußen auf ihn warten und die Augen offen halten sollten. Hojok hatte gesagt *noch einer von den Spinnern* – was bedeutete, dass es noch Fremde auf Ugly-U geben musste, die nicht zum Team Humboldt gehörten. Dann machte er einen Schritt in das Haus hinein.

Jetzt wurde der Duft intensiver, und er wusste, woher er ihn kannte: silikonisiertes Waffenöl, wie es zur Pflege von Automatikwaffen benutzt wurde.

Hojok ging vor und führte ihn durch einen verwinkelten Korridor, der durch kleine, leuchtende Steine in den Nischen schummrig beleuchtet wurde. »Ich habe meinen Leuten immer gesagt, dass der Tag kommen wird, an dem ihr zurückkehrt.«

»Mh, ja, klar«, machte Ice, als wüsste er, wovon der Ahumane sprach. Die Rechte hielt er nun am Gewehrgriff, den Sicherungsknopf hatte er gedrückt. Es war eindeutig, dass ein zweites Justifier-Team auf dem Planeten gelandet war.

»Es war so schade, dass das mit den ersten von euch passiert ist, aber es war nicht unsere Schuld«, redete Hojok weiter. »Wir haben sie gewarnt.« Er blieb stehen und musterte Ice. »Ihr seid doch hoffentlich schlauer?«

»In Bezug auf was, Sir?«

»Auf das Ftunga. Die Traumstängel.«

Ice konnte die Erklärungen nicht einordnen. »Das sind fleischfressende Pflanzen?«, vermutete er ins Blaue hinein.

»Nein. Es sind ... Gräser, deren Verzehr nur bestimmten Tieren möglich ist. Wenn einer von uns, oder noch schlimmer, einer von euch oder den Menschen dieses Zeug isst, kann es ein unschönes Ende nehmen.« Hojok drehte sich um und ging weiter. »Das habe ich auch den anderen gesagt. Vorsichtshalber.«

Ice konnte wiederum nur vermuten, von was der Ahumane redete. Irgendein Gewächs bekam den Menschen auf Ugly-U nicht gut, was zur Folge gehabt hatte, dass eine erste Justifiers-Einheit unter die Räder gekommen war. Oder unter die Stängel. »Woher haben Sie unsere Sprache gelernt, Sir?«

»Durch die Stimme aus dem Apparat«, antwortete Hojok fröhlich. »In dieser Flugmaschine, die den anderen von euch gehört hatte. Fast alle von uns haben eure Sprache gelernt.« Er blieb vor einer Tür stehen und öffnete sie; der Geruch des silikonisierten Waffenöls war durchdringend. »Schön, dass ihr gekommen seid.« Er trat ein und sofort zur Seite, damit sich die Besucher gegenseitig sehen konnten.

In der Mitte des Raums standen drei Betas, zwei Löwen und ein Bison sowie ein Mensch in Tarnuniformen mit Panzerung darüber. Dem Abzeichen nach gehörten sie zu *United Industries:* ein Schild aus dem drei Blitze auf einem Fleck einschlugen. Die drei Betas hielten die Waffen locker vor den Körpern und waren bereit, sie jederzeit in den Anschlag zu reißen. Einer der Löwen grollte leise. Ihr Befehlshaber hatte die Linke auf den Griff einer *S-Crack* an seinem Gürtel gelegt und musterte Ice; er sah nicht belustigt aus.

Hojok gab ein paar Töne von sich, die menschliches Lachen imitieren sollten. »Oh, so viele neue Freunde!«

»Nein. Nur einer von uns kann ein Freund sein«, gab der Mann zurück. »Würden Sie uns einen kurzen Moment allein lassen, damit wir die Angelegenheit klären, Sir?«

Hojok nickte und schob sich an Ice vorbei, der widerwillig einen Schritt ins Zimmer machte. *Was kommt jetzt?*

Sein Nackenfell sträubte sich, der Raubtiergeruch der anderen reizte ihn. Gegen einen der Löwen und den Menschen hätte er bestehen können, aber bei dieser Übermacht war es geschickter, sich nicht aus der Reserve locken zu lassen. Jetzt bereute er es, die Wolf-Brothers im Freien gelassen zu haben. *Ich hätte Granaten mitnehmen sollen, dann hätten sie wenigstens ein bisschen Schiss vor mir.*

Betont lässig sah er sich im Zimmer um, das vollgestapelt war mit Dingen aus einem Erkundungsshuttle. Hojok hatte sie so drapiert, dass sie zu Wohnaccessoires geworden waren: Ein Vierphasen-Analysegerät diente als Miniaturaquarium, im halb auseinandergebauten Sprechfunkgerät steckten kleine Blumen, aus Ersatzteilen war ein Mobile gebaut worden, das an der Decke pendelte. Und so ziemlich auf allen Gegenständen prangte das Emblem von *United Industries.* »Schön hier, was?«

Der Mann, dem Rang nach ein Captain, blieb ernst. »Wir waren zuerst hier.«

»Sie sind zumindest zum *zweiten* Mal hier. Ob Sie die Ersten waren, weiß ich nicht.« Ice wollte sich nicht einschüchtern lassen. Wenn ein Konzern ein zweites Team auf einen derart unfreundlichen Planeten sandte, konnte es bedeuten, dass es etwas zu holen gab.

»Es ist nur fair, wenn du dich mit deinen Leuten verziehst«, sagte der Captain. »Wir haben den älteren Anspruch.«

»Wir sind euch überlegen«, setzte der rechte Löwen-Beta fauchend hinzu. »Euer Shuttle ist schon lange geortet.«

Ice ärgerte sich, dass Togo die *UIs* übersehen hatte. Die Sensoren hätten die Anwesenheit der potenziellen Konkurrenten bemerken müssen. »Nur die Ruhe, Mähnenkämmer«, sagte er brummend. »Ich schlage vor, wir lassen es auf die Verhandlungen mit Hojok und seinen Kollegen ankommen.«

Der Captain schüttelte langsam den Kopf. »Wer zuerst kommt ...« Die Finger lösten den Klettriemen über dem Pistolengriff, so dass er die Waffe ziehen konnte. Der kleine Kasten am Gürtel bewies, dass er unter Umständen einen Schildgenerator trug, der in der Lage war, ein Absorberfeld vor dem Nutzer zu errichten. Normale Kugeln würden nichts gegen ihn ausrichten.

»Wenn ihr das zweite Team seid, warum hat *UI* seine Ansprüche nicht offiziell geltend gemacht? Habt ihr euer TransMatt-Portal noch nicht aufgebaut bekommen?« Ice wollte Zeit gewinnen und Informationen sammeln, auch wenn er nicht daran glaubte, dass er sie geliefert bekam. Aber selbst aus Ablehnungen konnte man Schlüsse ziehen. »Was hat Ugly-U zu bieten?«

Der Captain zeigte auf die Tür. »Ich gebe dir zwanzig Sekunden, um durch das Loch zu marschieren. Danach sagst du deinem Befehlshaber, dass *United Industries* den Planeten unter seine Kontrolle gebracht hat und dass er das Shuttle mit euch zusammen von der Oberfläche hieven soll, bevor meine Justifiers es auseinandernehmen. Fliegt ins Nachbarsystem. Da sind noch ein paar Welten frei, die sich noch keiner angeschaut hat.« Der Captain hob langsam den Arm, an dem eine Kom-Einheit festgeschnallt war. »Deine Zeit läuft ab ... jetzt.« Parallel dazu hoben die Löwen-Betas die Schnellfeuergewehre und hielten die Mündungen auf Ice gerichtet.

Mist, echt. Es gab für ihn keine Frage, dass er den Rückzug antreten musste. Wären die Wolf-Brothers an seiner Seite gewesen, dann ... aber so. Allein. Gegen *United Industries. Nein.* Rückwärtsgehend schritt er bis zur Tür und öffnete sie. Er verließ den Raum, ohne die Augen von den Justifiers zu nehmen; beinahe hätte er deswegen Hojok überrannt.

»Und?«, fragte der Ahumane interessiert. »Was haben Sie beschlossen?«

»Sir, wir haben nichts beschlossen«, sagte Ice rasch. »Was immer diese Leute Ihnen bieten, ich garantiere Ihnen, dass der Konzern, für den ich arbeite, Ihnen das Doppelte zur Verfügung stellt. Ich ...«

Der Eingang wurde wieder geöffnet, und die beiden Löwen-Betas drängten sich hindurch. Mit Sicherheit hatten sie vorgehabt, Ice zu erlegen, aber als sie ihren Gastgeber sahen, wurden sie vorsichtiger und verlangsamten die Bewegungen. Dennoch blieben ihre Absichten eindeutig. Die Raubtieraugen leuchteten, die *UIs* rochen nach Jagdlust.

»Ich komme wieder, Sir. Unterschreiben Sie nichts.« Ice wandte sich um und lief los.

Die verwinkelten Korridore gaben ihm Schutz vor Schüssen in den Rücken, aber dennoch war er sehr froh, als er ins Freie trat und sich Creme sowie Devil zu ihm gesellten. Kurz berichtete er, was er gesehen und gehört hatte. Doch als er versuchte, Kontakt mit der Humboldt 13 herzustellen, antwortete ihm niemand.

»Wir müssen sofort zum Shuttle.« Ice stemmte sich gegen den Wind, der Regen knallte schmerzhaft gegen die

Schnauze und in die Augen. »Wir schauen nach unseren Leuten, und danach fangen wir an, unser TransMatt-Tor aufzubauen. Die UIs sind noch nicht so weit, also haben wir eine Chance.«

»Wir müssen dann aber zwei Monate einen Verteidigungskrieg gegen die anderen führen«, gab Devil zu bedenken. »Wäre es nicht klüger, wir gehen wirklich ins Nachbarsystem?«

»Nein.« Ice trabte los, und die Scouts folgten ihm.

Sicherlich wäre es klüger gewesen, da stimmte er sofort zu. Aber sein Riecher sagte ihm, dass Ugly-U eine Überraschung auf Lager hielt, die unter Umständen bedeutete, dass der Wert der Mission astronomisch hoch lag und er als freier Beta aus dem Abenteuer hervorging. *Die ganzen 300000 auf einen Schlag abbezahlen.* Dafür setzte er sein Leben, das derzeit noch *Gauss* gehörte, gern aufs Spiel.

Seine Existenz wäre erst richtig etwas wert, wenn sie ihm allein gehörte.

Emilia versuchte, das Gleichgewicht zu halten, was ihr als gute Kletterin normalerweise recht gut gelang. Aber selbst Phibes hatte schwer zu kämpfen, bei den unaufhörlichen Einschlägen auf den Beinen zu bleiben. Leitungen waren geborsten, Sauerstoff entwich zischend, das Pfeifen schmerzte in den Ohren der Waschbären-Beta.

»Zur Notschleuse«, rief Phibes. »Die schießen uns gerade die Laderampe zu Schrott, da kommen wir nicht raus.« Er erschien durch eine Wolke aus Wasserdampf vor ihr, behängt mit verschiedenen Taschen und zwei Gewehren.

Die Waffen wirkten an ihm geradezu lächerlich überdimensioniert. Er hatte sich die schwersten, größten Modelle gegriffen. »Wo ist Zap?«

Emilia zog den Speicherchip mit den neusten Daten aus den Analysatoren, taumelte zu Frey und versuchte, den Mann unter den Achseln zu packen und zu ziehen, aber sie schaffte es fast nicht. Gemeinsam mit Phibes zerrte sie den Lieutenant aus dem Labor durch den Gang zur zweiten Ausstiegsluke, während die Einschläge nicht mehr aufhörten. Ab und zu erklangen die Detonationen etwas weiter von ihnen weg, dafür prasselten kleine Geschosse gegen die Hülle.

»Das sind keine Raketen mehr«, stellte Phibes fest. »Mörserbeschuss.«

Ein Schott neben ihnen öffnete sich. Zapatero erschien, das Gyrogestell angelegt und den blutenden, verletzten Togo auf der rechten Schulter. Auch der Rhino-Beta sah mitgenommen aus. »Was'n Schrott! Cockpittreffer«, sagte er. »Der Kleine hat schwer was abbekommen, aber jetzt raus, bevor sie uns alle in die Luft spreng'n.«

Phibes machte sich bereits an der Notentriegelung zu schaffen, das grüne Lämpchen zeigte an, dass sie das Shuttle verlassen konnten. »Wer ist das? Einheimische?«

Zapatero schüttelte den Kopf, das Horn zischte über sie hinweg. »Nee.« Er langte an seine Rüstung und zog ein Splitterstück heraus. »Da isses Zeichen von *United Industries* drauf.«

»Fuck. Wir sind doch nicht die Ersten auf dem Planeten.« Emilia wartete den nächsten Einschlag ab, dann stieß sie den Eingang auf. »Gib uns Togo, du nimmst den

Lieutenant«, wies sie den hünenhaften Beta an. »Wir gehen zur Höhle und warten dort auf Ice.«

»Check.« Zapatero legte sich den Mann über die Schulter, als wäre es eine leichte Schmusedecke, und stieg aus, den Gyroarm mit den montierten *RockIt9* und *Quieter* umherschwenkend. »Frei«, rief er.

Phibes machte sich mit Emilia auf den Weg, Togo hing zwischen ihnen herab und schleifte mit den Beinen über den nassen Boden.

Durch den niederfallenden Regen, der ihnen wenigstens Deckung vor einer optischen Zielerfassung des Gegners gab, rannten sie den Hügel hinauf zum Loch in der Felswand, das die Wolf-Brothers bereits erkundet hatten. Die Granaten flogen ihnen um die Ohren, die starken Böen ließen die Explosivkörper weit umherdriften und an den willkürlichsten Orten einschlagen.

Emilia betete zum Waschbärengott, dass sie lebend bis in die Höhle gelangte.

»Wärmesucherrakete!«, schrie Zapatero durch das Geheule des Winds.

Emilia musste den Kopf drehen und nach hinten schauen, in welcher Gestalt das Verderben über sie hereinbrechen wollte.

Durch die graue Wand aus unzähligen Tropfen kam sie angeschossen, mit einem leichten Abgasschweif, der vom Wind einen halben Meter hinter der Düse weggerissen wurde. Der Sprengkopf leuchtete grellgelb, die Flugbewegungen verliefen zackig. Der Zielcomputer korrigierte den Flug, steuerte gegen den Sturm und ließ seine Opfer nicht mehr entkommen.

Emilia hatte die Befürchtung, dass ihr Leben an dem Tag auf Ugly-U zu Ende gehen würde.

»Weiter, weiter!«, brüllte Phibes.

Zapatero stemmte sich mit den Beinen in den Boden, richtete den Gyroarm mit den montierten Waffen auf die Rakete und betätigte den Auslöser.

Hell kreischend spie die *RockIt* ihre Kugeln. Jedes zehnte Geschoss war Leuchtspurmunition, so dass eine gerade, leuchtende Linie zwischen dem Rhino-Beta und der Rakete entstand. Auch das *Quieter* jagte seine dicken Granaten aus dem Lauf, und plötzlich zerbarst die Rakete geschätzte vierzig Meter vor ihnen. Die Druckwelle fegte für zwei Sekunden die Macht des Winds von Ugly-U zur Seite, bevor sich der Sturm wieder durchsetzte.

Innerlich pries Emilia Zapatero in den höchsten Tönen. Phibes lief bereits wieder, und sie musste ihm folgen, da sie Togo gemeinsam schleppten.

Endlich gelangten sie in den Schutz der Höhle und eilten einige Meter tief hinein, um dem Regen samt Sturm zu entkommen. Ächzend und schnaufend ließen sie den Lieutenant auf den Boden sinken und hockten sich auf die Steine.

»Alles klar. Ist keiner da.« Zapatero verharrte am Eingang.

»Komm da weg, bevor sie die nächste Wärmesucherrakete auf uns hetzen«, befahl Phibes mit dem genervten Katzenunterton, den er so gut beherrschte. »Hier drin reicht die Druckwelle, um uns platt zu machen oder die Decke zum Einsturz zu bringen.« Er zog den schweren Rucksack vom Rücken und suchte ein Langstreckenfunkgerät heraus, das er an Emilia reichte. »Schau, ob du Ice erreichen kannst. Nutz den Modulator, um ...«

»Ich weiß, was zu tun ist. Ich bin die Technikerin von uns beiden«, fuhr sie ihn gereizt an und wischte sich über die Schnauze. Sie leckte das Regenwasser ab, das süß und herrlich schmeckte.

Phibes gab beschwichtigende Laute von sich und untersuchte Frey. Zapatero setzte sich neben ihn und hielt den Gyroarm auf den Eingang gerichtet. »Doc, wenn du'n bisschen Zeit hast, kannste dann mal nach mein'n Verletzungen schauen?«, fragte er schnaufend.

Während sie sich mit dem Funkgerät beschäftigte, bemerkte Emilia aus den Augenwinkeln, dass sich der Rhino-Beta Splitter in den Beinen und am Oberkörper eingefangen hatte. Die meisten waren in der dicken, gepanzerten Haut stecken geblieben, aber an manchen Stellen sickerte Blut aus den Wunden.

»Du bist zuerst an der Reihe, Zap.« Phibes kümmerte sich sofort um die Wunden und entfernte die Schrapnelle, die von der detonierten Rakete stammten, mit einer Zange. »Da gibt es gar keine Frage.«

Emilia bekam Funkkontakt zu Ice, der allerdings stark geschwächt war. Das gegnerische Justifiers-Team hatte einen Störsender aktiviert. »Boss, wir haben das Shuttle verloren. Phibes flickt gerade Zap, danach wird Togo an der Reihe sein, und unser Lieutenant ist stoned.«

»*Stoned?*«, hörte sie den Eisbären-Beta verwundert sagen.

»Stoned. Er hat das Gras gegessen, das ich untersucht habe, und der THC-Gehalt ist so hoch, dass er die nächsten Stunden noch um Ugly-U fliegen wird.« Sie girrte leise und aufgeregt. »Wir brauchen dich hier, Ice. Irgendjemand hat uns mit Mörsern und Raketen den Arsch aufgerissen. Wie es aussieht, ist es ein Team von ...«

»... *United Industries*«, vervollständigte Ice grimmig. »Ich habe ihren Captain getroffen. Hätte ich gewusst, dass die Schweine den Krieg eröffnen, hätte ich ihn und seine Leibwache plattgemacht. Wo steckt ihr?«

»An dem Ort, den die Wolf-Brothers bereits gecheckt hatten.« Emilia wollte vage bleiben, um ihren Standort nicht zu verraten. »Gib uns ein Zeichen, bevor ihr reinkommt, sonst zerlegt euch Zap.«

»Was mir echt leidtun würde«, rief der Rhino-Beta und prüfte dabei die Gurtmagazine seiner schweren Waffen.

»Alles klar. Ach, Emilia?«

»Ja, Boss?«

»Wisst ihr, von wo der Beschuss kam.«

Sie dachte kurz nach. »Es waren kleine Mörsergranaten, was bedeuten dürfte, dass sie im Umkreis von zwei Kilometern zu finden sein müssten. Wenn man die schlechte Sicht wegen des Regens nimmt, sagen wir höchstens einen.«

»Danke. Wir schauen uns um. Haltet die Stellung. Over.« Er beendete das Gespräch.

Emilia legte das Funkgerät zur Seite und half Phibes dabei, Togo zu verarzten. Der Lieutenant pupste im Schlaf, grinste breit und rollte sich in die Embryostellung.

Danach machte sie sich an die Sichtung der Daten, die aus den Analysegeräten stammten. Es musste einen Grund geben, weswegen man versucht hatte, sie mit

Stumpf und Stiel auszuschalten. Das alles für ein bisschen THC und Gras, das als isotonischer Snack dienen kann?

Emilia konnte es sich nicht vorstellen. Es gab noch ein kleines, dreckiges Geheimnis. Während Zapatero sicherte und Phibes die letzten kleinen Schönheitsnähte an Togo machte, sichtete sie die Bodenproben – und dieses Mal stutzte sie.

»Was ist das denn?«, fragte sie und pfiff dabei leise vor Verwunderung.

»Was gibt's?« Phibes legte Togo auf eine selbstaufblasende Isomatte. Ein Luxus, den er dem Lieutenant nicht gewährte. »Hat sich Ice nochmal gemeldet?«

»Nein. Aber was immer das ist, auf dem das unser gesundes Wheed gewachsen ist, es handelt sich dabei nicht um das, was man gemeinhin als Erde bezeichnet.« Fassungslos schüttelte Emilia den Kopf, fuhr sich über die Schnauze und warf die nassen, schwarzen Haare nach hinten. »Es ist eine Art Kunststoff.«

»Fruchtbares Plastik?« Phibes Schweif zuckte hin und her.

»Kontakt!«, schrie Zapatero vom Eingang, dann röhrte sein *RockIt9* auf.

Ice und die Wolf-Brothers stemmten sich durch den immer stärker werdenden Sturm. Das Anschleichen im klassischen Sinn konnten sie vergessen. Sie waren froh, wenn sie der starke Wind nicht packte oder sie mit umherfliegenden Gegenständen traf und niederstreckte.

»Hier sind Spuren«, sagte Creme und zeigte auf den Boden. »Sie hatten einen kleinen Feldmörser aufgebaut.« Er wies auf die Bohrlöcher. Neben einem Stein lag die verbrauchte Treibkartusche eines Raketengeschosses. »Und damit haben sie die Humboldt auch behandelt.«

Prima. Das war es mit dem TransMatt-Bogen. Ice starrte durch Sturm und Regen nach vorn, wo er das Shuttle als deformierten Umriss sah. »Augen offen halten«, schärfte er ihnen ein. »Ich nehme an, dass sie immer noch nach uns suchen. Sie wissen, dass wir auf Ugly-U und lebend aus dem Shuttle gekommen sind.« Dieses Mal setzte er sich an die Spitze, das *Gauss*-Sturmgewehr locker im Anschlag. Es war im Grunde Unsinn, denn bei den Windgeschwindigkeiten würde von tausend Kugeln höchstens eine treffen. Die Gardeure oder Justifiers mit Laserwaffen waren eindeutig im Vorteil.

Bald hatten sie die Trümmer der Humboldt erreicht. Ein millionenteures Vehikel, die nicht weniger teure Ausstattung war durch diverse Treffer von Mörser und Raketen in eine zerfetzte Metallskulptur verwandelt worden.

»Da ist nichts zu holen«, meinte Devil. »Die Arschlöcher waren gründlich.«

»Die wollen uns fertigmachen.« Creme zeigte auf die Stelle, wo sich einst die Laderampe befunden hatte. »Seht ihr das? Sie wollten uns jede Möglichkeit nehmen, ins All zu flüchten. Alle Schotts sind im Eimer.«

Ice gab ihnen Recht. Der Captain des anderen Justifier-Teams würde ihre Fährte verfolgen lassen und hoffen, dass er alle auf einen Schlag hochnehmen konnte. Noch war ihm nicht klar, warum der Aufwand für Ugly-U betrieben wurde. »Gehen wir zur Höhle und besprechen uns mit den anderen.« Er lief los, die Wolf-Brothers flankierten ihn.

Als sie den Hang erklommen, sahen sie die tiefen, einen Meter breiten und zwei Meter langen Abdrücke in der Erde. Jeder von ihnen wusste, was vor ihnen den Gang zum Unterschlupf angetreten hatte.

»Verdammt, die haben einen Bronco!« Ice sah auf sein Gewehr, dann auf die von Creme und Devil. Nichts von dem, was sie dabeihatten, würde ausreichen, um den etwa vier Meter großen Kampfläufer ernsthaft zu beschädigen. Stahl, Karbon, Hydraulik, Automatikkanonen, Maschinengewehre, vielleicht sogar einen Pulslaser und Raketen – das würde unangenehm werden. »Vorschläge?«

»Keine«, kam es von Devil.

Auch Creme zuckte mit den Achseln. »Aber würde das nicht bedeuten, dass sie schon ein TransMatt-Tor aufgebaut haben, durch den sie den Bronco geschoben haben? Warum haben sie Ugly-U nicht offiziell als besetzt gemeldet?«

»Kann sein, dass ihnen das Tor kaputtgegangen ist?«, versuchte sich Devil an einer Erklärung. »Womöglich will *UI* erst abwarten, was als Nächstes geschieht?«

Ice hörte durch das Tosen des Winds das Knattern eines *RockIt*, schwach sah er das Blitzen über ihnen.

»Da ist der Eingang zur Höhle«, sagte Creme. »Müsste Zap sein, der herumballert.«

»Und er schießt nicht auf uns. Das ist gut«, fiel Devil trocken ein.

»Gehen wir hoch und beten, dass uns was einfällt, wie wir die Blechbüchse geknackt bekommen.« Eine panzerbrechende Waffe hatte Zapatero zwar auf seinem Gyroarm montiert, aber ob die Munition ausreichte, um den

Bronco unter den Bedingungen zu beschädigen oder auszuschalten, blieb abzuwarten.

Sie hetzten den Hügel hinauf.

Vor dem Eingang zum Unterschlupf stand der Kampfläufer. Die auf seinen Schultern montierten Raketenwerfer schossen gelegentlich in das Innere, die Maschinengewehre im unteren Torso jagten unaufhörliche Garben hinein. Die Autokanonen beharkten die Ränder, um den Eingang zum Einsturz zu bringen.

Ice wurde heiß und kalt gleichzeitig, wenn er daran dachte, dass seine Mannschaft darin gefangen saß und den Angriffen ausgeliefert war. *Ich muss etwas unternehmen. Wo war nochmal die Schwachstelle der Broncos?*

»Die Höhle soll einstürzen.« Creme klappte den Helmaufsatz vor die Augen. »Der Kampfläufer ist allein. Keine weiteren Einheiten, sagt die Wärmekamera.«

»Vermutlich bleiben sie bei dem Wetter lieber in ihrer Basis.« Ice hatte bemerkt, dass der Sturm weiter an Kraft zunahm. »Gut für uns.«

»Ich mag es«, knurrte Devil, »wenn ich unterschätzt werde.«

Ice war noch immer nicht eingefallen, was sie gegen den Stahlfeind machen konnten. Er wagte es auch nicht, Emilia und die anderen anzufunken, um durch das Signal keine Aufmerksamkeit zu erregen.

Aber genau das geschah soeben: Der Bronco drehte sich zu ihnen!

»Verteilen!«, rief Ice und hetzte genau auf den übergroßen und übermächtigen Gegner zu. Um ihn herum spritzte die Erde auf, die Kugeln summten an ihm vorbei.

Darauf hatte er gesetzt: Der Wind war im Moment ihr bester Verbündeter. *Was tue ich hier? Was will ich denn zwischen seinen Beinen? Es gibt keine Hoden, in die ich treten könnte!*

Je näher er kam, desto weicher wurde der Boden. Es war, als renne er durch feinkörnige Sandwüste anstatt über Steingeröll.

Vor sich sah er die Höhle hinter dem Bronco zusammensacken. Die Wirkung des Beschusses war zu viel für den Fels gewesen ... aber dann verschwand auch der Boden hinter dem Kampfläufer! Auf Ice machte es den Anschein, als würde der Untergrund nachgeben wie in seiner Sanduhr, und alles, was nicht aus Fels bestand, mit nach unten ziehen. *Scheiße, was ...*

Der Bronco hatte nichts bemerkt. Seine Raketenwerfer waren in Position gebracht, die eingeschalteten, violettfarbenen Ziellaser auf Ice gerichtet. Anscheinend hatte der Pilot verstanden, dass es nur mit Tricks funktionieren würde, den Feind auszuschalten. Der Trick bestand in diesem Fall aus einem Sprengkopf, der dem Richtlaser folgen würde.

Entkommen wird schwierig. Ice machte einen Hopser zur Seite, aber der Lichtpunkt blieb auf ihm haften.

Der Bronco feuerte seine Rakete nach ihm ab, aber im gleichen Moment sackte er nach hinten weg. Zwar versuchte der Pilot noch einen Ausgleichschritt, aber das Kippen ließ sich nicht mehr aufhalten. Ohne festen Untergrund fiel die tonnenschwere Maschine rücklings und verschwand aus Ices Blickfeld; die Rakete rauschte in den Himmel und folgte dem sinnlos gewordenen Laserstrahl.

Ices Erleichterung hielt nicht lange an.

Das Verschwinden des Erdreichs hielt an und kam auf ihn zu. Dahinter gähnte ein Loch, dessen Ränder goldfarben glühten.

»Zurück!«, funkte er. »Rennt! Sonst landen wir in dem Schlund!« Ice sprintete den Hang wieder hinab, aber er kam ins Stolpern und stürzte, überschlug sich mehrmals und zog sich dabei Schürfwunden zu. Kleine Körnchen gerieten in seine Nase, er musste auch noch niesen, während er sich im Waffengurt verhedderte – dann sah er es unter sich glühen, und er rutschte die schräge Trichterwand hinab. Ins Zentrum des Leuchtens.

Festhalten! Irgendwo! Ice schaffte es, sich beim Schliddern auf den Rücken zu drehen, um zu schauen, wohin seine Reise ging. Vor ihm rollte der Bronco und ruderte hilflos mit den Waffen, von den anderen Seiten sah er die Wolf-Brothers, die dem weichenden Untergrund ebenso wie er nicht entkommen waren. Devil brachte es fertig, wie ein Surfer auf seinen Schuhsohlen nach unten zu gleiten, Creme saß auf dem Hintern und wirkte dabei immer noch eleganter als der Eisbären-Beta.

Vor ihnen leuchtete es intensiv, der helle Schein reflektierte auf den Wänden.

Was ist das? Ice versuchte, seine Fahrt irgendwie zu beeinflussen, aber es gelang ihm nicht.

Der Bronco hatte den Boden erreicht und prallte hart auf, Funken flogen, und eine Maschinenkanone wurde abgerissen, während sich der Läufer mehrmals überschlug. Eine der Raketenlafetten detonierte mit einem grellen Blitz, zwei Geschosse flogen wie Silvesterraketen nach oben und explodierten mit lautem Knallen.

Ice sah eine Art grobes Sieb, durch das Sand und Geröll rieselten und auf dem der Bronco lag. Gleich darauf trafen seine Schuhe auf Widerstand, und er musste rennen, um den Schwung auszugleichen, den ihm sein Rutschen beschert hatte.

Er fiel nicht, sehr zu seiner Erleichterung. Der Sand haftete an so ziemlich jeder Stelle unter seiner Kleidung und Panzerung. Er schüttelte sich, feuchter Dreck flog umher. Der Regen erreichte ihn im Loch, das er auf mindestens zweihundert Meter Tiefe schätzte. Unter ihm, jenseits des Siebs, glomm es noch immer.

»Boss!« Devil lief zu ihm, Creme näherte sich ebenfalls. »Alles klar.«

»Kümmert euch um den Bronco«, befahl er. »Holt den Piloten raus, bevor er ihn wieder auf die Beine stellt und uns jagt.« Ice blickte sich genauer um. *Was ist das hier?*

Der Durchmesser des Kreises, der sich gebildet hatte, betrug in etwa fünfzig Meter; die Wände aus Geröll liefen schräg nach oben wie bei einem Krater, und unter ihm schien es noch weiterzugehen. Ohne das Sieb würden sie immer noch rutschen und rutschen und rutschen.

Ice witterte. Es roch nach Regen, nach feuchter Erde, von unten strömte Hitze nach oben. Er suchte nach seinem Fernglas und starrte hinab.

Erkennbar wurden mehrere Düsen, dick wie Kanalschächte, vor denen das Hitzeflimmern tanzte.

Ist das ein ... Antrieb? Dann blickte er sich um, ob er Emilia und den Rest seines Teams ausfindig machen konnte. Seine Angst war, dass sie irgendwo im Schutthaufen steckten und erstickt waren.

»Erledigt«, sagte Devil über Funk.

Ice drehte den Kopf und sah ihn auf dem Bronco stehen, eine Hand hielt einen Kasten in die Höhe gereckt. Eine kleine Wartungsklappe war am unteren hinteren Cockpitbereich geöffnet. Der Wolf-Beta hatte ein Steuermodul entfernt. »Was macht der Pilot?«

»Schläft. Oder tot. Aber ich bekomme die Kanzel nicht geöffnet. Ohne das Ding hier macht der Läufer allerdings nichts.« Devil steckte es ein und sprang auf das Gitter.

»Hier drüben«, meldete Creme aufgeregt, »ist eine Luke.«

Ice und Devil entdeckten den Scout und liefen zu ihm.

Die Luke war groß genug, um mit einem kleinen Transporter hineinzufahren. Creme hatte die Ränder mit dem Klappspaten von seiner Koppel freigelegt, und sie stand einen Spalt offen.

Ice wollte eben Anweisungen geben, als sie mit einem Brummen aufging und Emilias Waschbärenkopf erschien. »Hallo Jungs«, rief sie quiekend vor Freude. »Los, rein mit euch!«

Ice fühlte riesige Erleichterung, verkniff sich vorerst weitere Fragen und schob sich als Letzter durch die Öffnung.

Emilia zog sie hinter ihm zu, wischte über Zeichnungen an der Wand, die sogleich aufschimmerten, und ein lautes Klacken erklang. Die Luke hatte sich verriegelt, eins der Symbole leuchtete in beige. »Na, habt ihr schon eine Ahnung, was wir gefunden haben?«

Lass es das sein, was ich denke! Ice hatte eine Ahnung, und wenn sie stimmte, hätte er den BuyBack für mindestens einhundert weitere Betas abgegolten – wenn es übertragbar gewesen wäre. »Stehen wir in einem Relikt der Ancients?« Sie befanden sich in einer Röhre, die durch kleine Schlitze in der Decke grünlich beleuchtet wurde.

»Ich kann es nur vermuten, aber die Hieroglyphen und Bedienelemente, die Phibes und ich gefunden haben, sprechen dafür. Allerdings ist das eine Anlage, wie ich sie in den Aufzeichnungen während meiner Ausbildung nicht zu Gesicht bekommen habe. Ich bringe euch in unser neues Hauptquartier.« Sie ging voran und stieß helle Laute aus. Ein sicheres Zeichen, wie aufgeregt sie war. Creme und Devil hatten ein Dauergrinsen im Gesicht.

Ice bildete den Schluss, ließ seine Blicke schweifen, während er Emilia folgte, und erinnerte sich, was er zu diesem Thema wusste.

Die Ancients waren eine uralte Rasse, deren Ruinen man auf erstaunlich vielen Planeten fand, auf denen die menschliche Kolonisation stattfand. Konzerne und Wissenschaftler gierten danach, diese Hinterlassenschaften zu finden, denn die Ancients waren eine technologisch überlegene Rasse gewesen. Warum sie ihre Siedlungsstätten verlassen hatten, ob sie durch eine Krankheit oder eine andere Rasse ausgerottet worden waren, wusste die Wissenschaft noch nicht. Anscheinend hatten sich die Ancients auch auf Ugly-U niedergelassen.

»Der Fund bedeutet die Freiheit für uns alle«, sagte er halblaut und strich mit den Fingern an der Wand entlang. Sie fühlte sich warm und metallen an.

Umso merkwürdiger war es, dass *United Industries* den Planeten nicht für sich reklamiert hatte. Der Anspruch hätte den Zugang zu den Ancient-Artefakten gesichert, mehr oder weniger. Womöglich hatte *UI* aber auch versucht, erst eine kleine Streitmacht auf Ugly-U in Stellung zu bringen, um eventuelle Angriffe von anderen Konzernen zurückzuschlagen. Für Ancients-Technologie waren sehr viele Organisationen bereit zu töten. Sogar die organisierte Kriminalität streckte die Hand danach aus. Alle träumten vom ultimativen Fund.

Das hier kann so einer sein. Ice wusste, dass die meisten Entdeckungen harmloser Natur gewesen waren, die den Findern minimale technologische Fortschritte gebracht hatten. Was er und sein Team auf dem Planeten gefunden hatten, sah nach mehr aus: nach einer intakten Großanlage ... für was auch immer sie gedacht war. »Hast du schon Informationen für mich, Emilia?«

»Zap, Phibes, der Lieutenant und ich saßen in der Höhle, als sie mit dem Bronco gekommen sind und uns Raketen um die Ohren haben fliegen lassen, dass wir dachten, wir gehen alle drauf«, erzählte sie. »Eins der Geschosse hat die hintere Wand durchschlagen und dabei eine Tür aufgesprengt. Da sind wir rein und haben einen Gang dahinter entdeckt. Aktuell sieht es so aus, dass wir uns in einer Art Turm befinden, der neben diesem Loch in den Berg gebaut worden war. Er reicht mindestens vierhundert Meter in die Tiefe. Meiner Ansicht nach ist es eine Kontrollstation.«

Ice beglückwünschte sich dazu, dass Emilia ein Faible für die Ancients hatte, auch wenn sie deswegen von Zapatero bereits mehr als einmal verarscht wurde. Der Nashorn-Beta hielt die Rasse für ein Märchen wie das vom

Weihnachtsmann, das lanciert wurde, um den Glauben an eine bessere Zukunft oder etwas in der Art aufrechtzuerhalten. »Was kontrolliert sie? Ist das ein Triebwerk neben uns in der Erde? Kann man mit dem Planeten durch die Gegend fliegen?«

Emilia führte sie zu einem Fahrstuhl und ließ sie einsteigen, dann drückte sie ein paar Symbole, und der Lift setzte sich in Bewegung. »Kann ich noch gar nicht sagen. Phibes und ich haben erst angefangen, die Station zu überprüfen. Ich meine, ich bin zwar gut und traue mir viel zu, was die Entschlüsselung angeht, aber das, was wir *hier* haben, wird eine Expertenkommission auf *Jahre* hin beschäftigen.«

»Wir sind frei«, bellte Devil freudig. »Leute, ich kann mich zur Ruhe setzen! Mein BuyBack ist durch!«

Ice nickte grinsend. »Dann überleg dir schon mal, was du machen wirst.«

»Also, ich bleibe bei *Gauss*«, sagte Creme und sorgte für Verwunderung.

»Echt?« Man hörte Emilia an, dass sie ihm nicht glaubte.

»Ja. Mir macht das Leben als Justifier Spaß. Und ich werde in Zukunft viel verdienen, da mein Rückkauf beglichen ist. Was will ich mehr? Auf einem kleinen Planeten leben und von den Menschen dort als Missgeburt betrachtet werden?« Er grollte. »Nein, danke.«

»Du weißt schon, dass viele Menschen nicht so scheiße sind?«, fühlte sich die Waschbären-Beta verpflichtet, die Verteidigung zu führen. »Oder du lebst in einer Beta-Kolonie.«

»Mir egal. Ich bleibe ein Justifier.« Demonstrativ lud Creme durch. »Vielleicht bekomme ich ein eigenes Kommando.« Er feixte. »Am besten eins, das nur aus Menschen-Asis besteht. Das würde mir echt Laune machen!«

Die Kabine hielt, und sie stiegen aus.

Vor ihnen öffnete sich ein runder, großer Raum, in dem sich mehrere Blöcke befanden, auf denen Unmengen von Ancients-Zeichen eingelassen waren. Ein paar Tische standen herum – jedenfalls sah es aus wie Tische –, und aus den Wänden ragten Anschlüsse für Steckverbindungen, die zu keinerlei Geräten passten, von denen Ice wusste. Die schwarzen Glasflächen an den Wänden schienen erloschene Monitore zu sein.

Phibes saß vor einem der massiven Blöcke und schoss Detailfotos der Zeichen. In einer Ecke hatten sie Togo und den Lieutenant abgelegt, die sich schlafend von den Wunden und dem Trip auskurierten.

»Hey, Boss!« Zap stand auf einem anderen Block und schwenkte den Gyroarm. Er fühlte sich verpflichtet, auch hier die Sicherung zu übernehmen. »Ham wa das nicht gut hingekriecht? Voll cool, wie wir das mit der Station 'nbekommen haben, was? Und ich hab' beschlossen, dass ich an Ancients glaub'.«

»Länge des Horns in Zentimetern ist gleich Rhino-IQ«, maunzte Phibes leise.

Emilia stellte sich vor einen Block, auf dem zwei der Symbole hell funkelten. »Das haben wir aus Versehen in Gang gesetzt, nachdem wir nach einer Möglichkeit gesucht hatten, eventuelle Verteidigungsanlagen gegen den Kampfläufer zu aktivieren.«

»Stattdessen habt ihr den Untergrund verschwinden lassen«, befand Devil amüsiert.

Ice fragte erneut, ob es Antriebe seien, die vorzuglühen schienen.

Dieses Mal antwortete Phibes. »Nein. Wir haben es nicht mit Ancient-Raumfahrttechnologie zu tun. Es ist so, dass wir gerade dabei sind, eine wissenschaftliche These zu untermauern.« Er pochte gegen den Block, vor dem er hockte. »Ich glaube, dass wir im Kontrollzentrum des planetaren Wetterkontrollsystems sitzen.«

»Soll das heißen, wir können den beschissenen Regen dazu bringen aufzuhören?« Creme kläffte vor Freude auf. Devil rutschte ein Heulen raus.

Emilia nahm den Faden auf. »Phibes und ich sind uns ziemlich sicher. Es spricht alles dafür. Die unterschiedlichsten Historiker gehen fest davon aus, dass die Ancients in der Lage waren, sogenanntes Geo- und Terramorphing zu betreiben, was bedeutet, dass sie den Planeten derart verändert haben, um darauf leben zu können.« Sie hob den Arm und beschrieb eine kreisende Bewegung. »Das muss eine solche Station sein, mit der sie das Wetter bestimmt haben.«

»Nach dem Untergang oder Verschwinden der Ancients hat sich die Anlage abgeschaltet, was dazu führte, dass die alten, chaotischen Zustände wieder über Ugly-U hereingebrochen sind«, führte Phibes fort. »Das ist zumindest unsere Theorie.«

Logisch! Ice war beeindruckt. Und überschwänglich. Und plötzlich mit der Sorge angefüllt, wie sie sich mit einer Handvoll Justifiers gegen die Einheiten von *United Industries* zur Wehr setzen konnten, um die Station zu halten und sie für *Gauss* zu sichern.

Vor allem: Wie gelang es, die Basis zu informieren? In der Zwischenzeit hatte der Captain des gegnerischen Teams mit Sicherheit Nachschub angefordert und würde die Einheimischen auf seine Seite ziehen. Es sah nach einem verlorenen Posten aus, auf dem sie standen. »Habt ihr was gefunden, mit dem man einen Funkspruch absetzen kann oder ... Verteidigungsvorrichtungen?«

Phibes und Emilia lachten gleichzeitig auf. »Boss, wir sind keine Ancients-Runen-Cracks. Wir haben eine ungefähre Ahnung, aber um diese Bedienungsanleitung zu verstehen, müssten wir Jahre damit verbringen«, gab die Waschbären-Beta zur Antwort. »Wir können ein bisschen auf den Knöpfchen herumdrücken, aber frag mich nicht, was wir damit alles ein- und ausschalten.«

»Nee, lass das mal«, rief Zapatero. »Sonst schmeißt ihr die Windmaschine nochmal an, und wir ham nur noch Hurricanos.«

In dem Moment fiel es Ice wie Schuppen von den Augen. *Besser geht es ja gar nicht!* Er wusste, was sie gegen die Einheiten von *UI* unternehmen konnten: Sie hatten alles, was sie brauchten, direkt vor den Nasen. »Phibes, Emilia, macht euch dran, nach den Windsymbolen zu suchen. Creme und Devil, raus mit euch und kundschaftet mir aus, wo die Idioten von *UI* ihr Lager errichtet haben. Zeichnet es mir genau in die Karte ein. Lasst euch nicht erwischen. Ich brauche euch beide lebend. Die Freiheit erwartet euch.«

Sie salutierten und ließen sich von Phibes beschreiben, wie sie ins Freie gelangten.

Ice trat neben den Lieutenant, der auf dem Boden hin

und her rollte, sich dabei krümmte, lachte und furzte wie ein Pferde-Beta, der an Verdauungsstörungen litt. »Wie lange hält die Wirkung des Wheed an?«

»Mit Sicherheit noch ein paar Stunden«, rief Emilia. »Oh, der Boden, auf dem das Zeug wächst, ist keine Erde. Es ist ein Kunststoffgemisch, sehr porös und wasserdurchlässig. Ich vermute, es gehört zum planetaren Wettersystem und lässt den Niederschlag schneller versickern, um Grundwasser zu speichern.«

Ice dachte an die glimmenden Düsen, die er gesehen hatte. *Ob sie dazu dienen, die Atmosphäre aufzuheizen?* »Brennt das Zeugs?«

Phibes und Emilia schauten sich an. »Von der Zusammensetzung her ... möglich. Aber schwierig. Man bräuchte extrem hohe Temperaturen«, gab sie zurück. »Wie kommst du darauf?«

»Ich überlege, ob das der Brennstoff für das Wetterkontrollsystem ist. Eine Art fossiler Vorrat wie Kohle. Ganz früher.« Ice glaubte es selbst nicht ganz. Die Ancients hatten eher Fusionsreaktoren, Tiefenwärmeturbinen, Magmakraftwerke zum Einsatz gebracht als einen künstlich geschaffenen Rohstoff, der zur Neige gehen konnte. »Vergesst es. Damit sollen sich unsere Experten beschäftigen.« Er bedeutete Zapatero, von dem Block zu steigen. »Geh und sichere den Ausgang. Mach dich mal schlau, wie man ihn besser verteidigen kann. Es wird nicht mehr lange dauern, bis der Captain seine Mannschaft rausschickt, die nach dem Bronco sucht.

»Ich habe noch Plastiksprengstoff«, versetzte Phibes. »Vielleicht kannst du damit was basteln.«

Der Rhino-Beta salutierte und wollte mit einem gewaltigen Sprung auf den Boden zurückkehren, aber er blieb mit dem groben Stiefel an der Kante hängen und landete wenig elegant.

Dafür flammte der Kubus auf!

Ein Rütteln ging durch den Turm, ein dunkles Heulen erklang, das sich langsam in der Tonhöhe steigerte. Als würden Plasmaantriebe vorgeglüht und zum Zünden bereit gemacht.

»Upsi«, machte Zapatero und kratzte sich an den Nüstern. »War ich das?«

»Super«, seufzte Phibes.

»Beweis erbracht: Das mit seinem IQ und dem Horn stimmt.« Emilia erhob sich und drückte auf den Symbolen herum, um das, was sich anbahnte, im Ansatz zu unterbinden.

Vor den erloschenen Monitoren wurde es heller, und Ice musste einsehen, dass er sich getäuscht hatte: *Es sind Fenster!*

Die Kunststofferde, der sich davor aufgetürmt hatte, und der Berg fielen in sich zusammen und gaben die Sicht frei. Wind und Regen warfen sich gegen die Scheiben und spülten den Staub ab, so dass Ice mit offenem Mund auf die Umgebung blicken konnte.

Der Turm musste wie eine riesige Nadel wirken, die ein Riese in den Boden gesteckt hatte. Ice sah alles: Die Stadt, die sie besucht hatten, den Schlund neben ihnen, in dem es noch immer gelb glühte; und direkt vor ihnen blitzte es in den Wolken, die weiß, grau und schwarz an ihnen vorbeitrieben. Er nahm an, dass auch der Berg komplett aus dem Kunststoff bestand und sich an der Oberfläche einfach verhärtet hatte. Dadurch, dass sie die Umweltkontrollen in Gang gesetzt hatten, wurde der Kunststoff wieder weich und ...

»Oh, ihr Zähne des großen Eisbären«, flüsterte Ice und sah hinab in den Trichter. Er hatte eine Eingebung: *Aus dem Zeug haben sie die Oberfläche von Ugly-U geformt und modelliert. Es ist der Werkstoff, um Terraforming zu betreiben!* Er wandte sich Phibes und Emilia zu. »Ich hab's! Der Kunststoff ist das Zeug, aus dem sie Teile der Welt neu erschaffen haben. Da unten ist die Schmelze oder etwas in der Art, wollen wir wetten?« Schnell sah er wieder in die Tiefe.

»Bedeutet das, dass wir gerade dabei sind, den Planeten umzubauen?« Phibes erhob sich und kam zu Ice ans Fenster. »Ach du dickes Schnurbarthaar«, entfuhr es ihm. »Wir haben nicht nur den BuyBack komplett ausgeglichen, ich würde sagen, *Gauss* schuldet uns noch mindestens eine Billiarde Tois!« Er stieß ein lautes Lachen aus und schlug Ice auf die Schulter. »Wir haben eine komplett funktionstüchtige Ancients-Anlage gefunden.«

»Und zum Leben erweckt, ohne sie steuern zu können.« Emilia musste sich zwanghaft an der Nase herumreiben. »Leute, das kann so was von schiefgehen, was wir da gerade machen. *So was* von!« Sie wirkte kein bisschen euphorisch, sondern ängstlich. »Wir können den Menschen hier Schlimmstes antun, wenn wir auch nur eine einzige Hieroglyphe drücken.«

Ice wusste, was sie meinte: Vielleicht schmolzen sie durch unbedarftes Drücken ganze Teile von Ugly-U ein oder ließen eine Stadt versinken oder hoben sie auf einen

Berg. Oder ließen das Meer versickern! »Keiner fasst mehr was an.« Sein Nackenfell sträubte sich, und auch er spürte Furcht; der Geruch, der jetzt von Phibes ausging, sagte ihm, dass es dem Katzen-Beta nicht besser ging.

Einzig Zapatero hatte nicht begriffen, in welcher Gefahr sie und der Planet schwebten. »Ich könnt' mir echt einen Berg bauen, der aussieht wie mein Horn auf der Nase?«, fragte er begeistert und schaute sich um, als könnte er das entsprechende Symbol auf einem der Kuben entdecken. »Is ja titanosteif!«

»Finger weg!«, betonte Ice nochmals und kam zu einem drastischen Entschluss. Es würde ihn vermutlich um seinen BuyBack bringen, aber in dem Fall ging es um mehr als um materielle Werte. Nicht zuletzt war auch sein Leben bedroht. Solange der Lieutenant in seinem Wheedschlaf lag, musste er die Entscheidungen treffen.

Er öffnete einen Kanal und funkte, damit er vom Captain des *UI*-Teams gehört wurde: »Ich weiß, dass Sie mich hören, und bitte antworten Sie mir anschließend. Wir haben ein Problem. Wir haben die Ancients-Anlage in Gang gesetzt, und wie es aussieht, stehen wir kurz davor, das Terraforming zu aktivieren. Vielleicht haben wir es schon getan. Wenn Sie Spezialisten in Sachen Ancients-Sprache und -Schrift haben, bitte schicken Sie diese zum Turm. Unbewaffnet.«

Es rauschte.

»Hier spricht Ice McCool, Justifiers-Team Humboldt. Ich rufe den Captain des ...«

»Hier ist Captain Oberhuber, Justifiers-Team Conquista. Ich höre dich, Ice. Da habt ihr ja schöne Scheiße gebaut.«

Ice ging nicht darauf ein. »Sie sollten Ihre Spezialisten für Ancients-Technologie schicken, wenn Sie nicht zusammen mit mir eingeschmolzen werden wollen.«

»Wir kommen rein.«

»Nein, Captain, nicht Sie und Ihre Justifiers. Nur Ihre Spezialisten.« Ice nickte Zapatero zu. »Machen Sie keinen Unsinn, Sir. Wir haben immerhin herausgefunden, wie man die internen Verteidigungsanlagen aktiviert.«

»Ich verlange die Übergabe der Ancients-Station«, sagte Oberhuber ruhig. »Wir waren zuerst hier.«

»Es gibt keinerlei Eintragungen und offiziellen Ansprüche seitens *United Industries*.«

»Wir haben ein TransMatt-Tor errichtet und rechnen minütlich mit Verstärkungseinheiten. Du kannst nicht gewinnen. Wenn ihr aber aus dem Turm rauskommt, ihn übergebt und nichts weiter unternehmt, lassen wir euch durch unser Tor gehen – wohin auch immer ihr möchtet.« Der Captain klang zumindest aufrichtig.

Ice sah zuerst zu Emilia, dann zu Phibes und schließlich zu Zapatero. Sie alle gaben ihm zu verstehen, dass sie nicht vorhatten, ihren BuyBack und damit ihre Freiheit zu verlieren. Sie standen alle mit einem Fuß außerhalb der Leibeigenschaft für *Gauss*. »Muss ich leider ablehnen.«

»Du gehst also lieber drauf, als aufzugeben?«

»So sieht es aus, Captain.«

»Und was kommt danach, wenn wir das Terraforming aufgehalten haben? Müssen wir uns dann einen Weg zu euch durchschlagen und euch alle töten?« Oberhuber gab nicht auf, um vermutlich die Verluste auf seiner Seite zu minimieren.

»Sir, vielleicht finden wir eine Lösung. Können wir uns darauf einigen, uns zuerst um das Primärproblem zu kümmern?« Ice sah zum Trichter hinab, wo er glaubte, die Kunststofferde verschwinden und schmelzen zu sehen.

Oberhuber brauchte mehrere Sekunden, bevor er schließlich einwilligte. »Ich schicke euch Willy und Billy, und als Eskorte ...«

»Keine Eskorte«, unterbrach Ice ihn. »Zwei Mann reichen. Wir werden sie am Fuß des Turms erwarten. Over.« Er nickte Zapatero zu und folgte ihm, Phibes und Emilia sollten von oben beobachten und durchgeben, wenn das gegnerische Team eine Schweinerei plante.

Was ihn leicht beunruhigte, war, dass sich Creme und Devil nicht mehr meldeten. Entweder waren sie Opfer der Schmelzanlage geworden oder in die Hände von *United Industries* gefallen. Er wünschte den beiden Wolf-Betas, dass Letzteres der Fall war.

Keine halbe Stunde später arbeiteten die Justifiers von *UI* hoch oben unter der Bewachung von Ice und Zapatero an den Ancients-Kuben.

Es waren zwei Erdmännchen-Betas, deren Bewegungen schnell und hektisch waren. Ständig schauten sie sich um, sahen zu den Zeichen auf den anderen Kuben, redeten mit ihren hohen, gurrenden Stimmen, die an Emilias Waschbären-Tonlage erinnerten. Sie hatten mehrere Geräte mitgebracht, die sie an verschiedenen Stellen aufstellten.

Phibes und Emilia hatten sie vorher gecheckt, ob es nicht getarnte Waffen waren, um das Team Humboldt auszuschalten. Offensichtlich handelte es sich bei Willy und Billy um wirkliche Experten. Die Apparate dienten zur Spannungsmessung, zur Prüfung thermischer Aktivitäten der Kuben; derweil hantierten die Erdmännchen-Betas mit den Symbolen. Ice musste zugeben, dass es aussah, als wüssten sie, was sie taten.

Emilia schaute zum Trichter. »Da glüht noch alles.«

Phibes, der sich auf das Dach des Turms begeben hatte, meldete per Funk, dass er eine Art goldgelbem Lavastrom im Westen gesehen hatte, der sich auf eine kleine Siedlung zubewegte. »Ich berichtige. Es ist kein Lavastrom, sondern ein Lavafeld. Es kommt, wie wir gedacht haben: Ganze Landstriche sind gerade dabei, neue Formen anzunehmen. Ich kann ähnliche Areale im Süden und im Nordosten erkennen.«

»Habt ihr gehört?« Zapatero schwenkte den Lauf seines *RockIt9* in Richtung der Spezialisten. »Macht schneller! Und formt mir noch 'nen Berg, der aussieht wie mein Nas...«

»Ruhe«, schnauzte Ice ihn an. Ihm war nicht nach Flachsen. »Lass sie ihre Arbeit machen und schüchtere sie nicht ein, Zap.«

Der Rhino-Beta murmelte ein »Schulligung«, ohne aber den Lauf weg von dem Duo zu richten. Er war für die Sicherheit verantwortlich, und das wollte er ganz klar betonen.

Dann leuchteten mehrere Hieroglyphen auf, und die Messapparate zeichneten Ausschläge auf. Die Daten wurden in einen Auswertungscomputer eingespeist, wie Ice sah, vor dem Billy plötzlich kniete und auf die Tastatur einhackte. Hektisch und schnell, wie alles, was die Erdmännchen-Betas taten.

Tabellen schossen über den Schirm, Zahlen leuchteten rot, gelb und grün, Diagramme und Linien tanzten, mit denen Ice nichts anfangen konnte. »Na?«, fragte er, um zu verstehen, was gerade geschah.

»Ich arbeite dran«, knurrte Billy unwirsch zurück. »Nicht nerven, Kumpel.« Der Kopf fuhr vor und zurück.

»Bekommt ihr es gestoppt?«, hakte er nach.

Jetzt wandte Billy den Kopf und sah ihn vorwurfsvoll an. »Hast du eine Vorstellung davon, wie kompliziert das ist, was ich und mein Freund gerade versuchen?«

»Äh ...«

»Angenommen, ein Mensch aus dem Jahr 1232, der aus Oberitalien stammt, kommt durch ein Zeitloch ins 21. Jahrhundert, nach Russland, und wird dort mit vorgehaltener Waffe dazu gezwungen, ein Atomkraftwerk, das kurz vor dem Detonieren steht, wieder in den Griff zu bekommen.« Billy redete immer schneller und piepsiger. »Wie hoch ist die Wahrscheinlichkeit, dass es ihm gelingt?«

Ice gab lieber keine Antwort und zeigte auffordernd zum Computer. Jetzt wusste er aus dem Mund eines Experten, was er sich die ganze Zeit über ausgemalt hatte: dass sich eine Katastrophe anbahnte. *Was haben wir den Menschen auf Ugly-U angetan?* Sein schlechtes Gewissen wurde beinahe schon unerträglich. Es war eine Sache, ein anderes Justifiers-Team plattzumachen. Aber Unschuldige, die absolut nichts dafür konnten, alles unter dem Hintern zum Schmelzen und Verbrennen zu bringen, das war ...

Billy sah zu Willy und stieß einen Pfiff aus. Dann begann er, die mitgebrachten Apparate abzubauen und in die Kisten zu stopfen.

»Ihr packt ein?« Emilia kratzte sich nervös mit beiden Händen hinter den Ohren. »Was wird das denn?«

»Hat keinen Sinn.« Billy aktivierte sein Kehlkopfmikrofon. »Captain, hier spricht Billy. Das wird nix mehr. Die Idioten haben den Backofen angemacht und den Hebel abgebrochen. In zwei Stunden haben wir eine brodelnde Oberfläche. Wir kommen zurück. Die Evakuierung von Ugly-U sollte dringend beginnen, bevor wir in die Brühe fallen und neue Bestandteile der Terraform-Suppe werden.«

»Die Einlage«, brummte Willy und schob die Sachen zum Fahrstuhl.

Phibes meldete sich vom Dach. »Die Flächen werden immer größer«, sagte er aufgeregt. »Bald ist der Turm eingeschlossen. Das ... Der Anblick ist der Wahnsinn! So etwas habe ich noch nie gesehen! Die Stadt ist jetzt am Rand der kochenden, heißen Masse, und die Einwohner fliehen nach Süden. Aber weit werden sie nicht kommen.«

Sie haben uns nicht verarscht. Alles wird sich auflösen! »Alles klar«, hörte Ice die Stimme des Captains aus dem Ohrstöpsel des Erdmännchen-Betas. »Wir fangen mit den ersten Rücktransporten an. Ihr werdet den Schluss bilden.«

»Aye, Sir.« Billy wollte abschalten.

»Frag mal, ob wir mitkommen können«, sagte Ice schnell. »Nachdem ihr unser Shuttle mit unserem Tran-Matt-Tor zerlegt habt, wäre das nur fair.« Billy fragte nach, und Oberhuber sagte zu; allerdings unter der Voraussetzung, dass sie erst dann durch den Torbogen gingen, nachdem die Letzten des Teams Humboldt Ugly-U verlassen hatten. Ice war es recht. »Abmarsch«, sagte er zu seinen Leuten. »Packen wir unsere Bekifften und Verletzten und verziehen uns.« Die Vorwürfe, die er sich machte, wurden immer größer. »Phibes, triff die üblichen Maßnahmen und komm runter.«

»Aye, Boss.«

Sicherlich konnte er nichts dafür, dass Zapatero die Anlage angeschaltet hatte, aber er fühlte sich dennoch mies. Sie hatten die großartige Errungenschaft der Ancients zum denkbar schlechtesten Einsatz gebracht. *Ich kann mich bei den Eingeborenen nicht mal entschuldigen.*

Gemeinsam mit den Erdmännchen-Betas machten sie sich an den Abstieg, trugen die Schlafenden mit sich; Phibes brauchte etwas länger.

Vor dem Turm stand ein ATV-Truck, in den glücklicherweise alle hineinpassten. Ice setzte sich ans Steuer und kurvte los, sich an die Anweisungen von Willy haltend.

Was aus Ugly-U wurde, wusste der Eisbären-Beta nicht. »Hält der Prozess irgendwann an oder ...?« Er schaute kurz zu Billy, der neben ihm saß.

»Woher soll ich das wissen? Es gibt keine Aufzeichnungen dazu. Kann sein, dass sich der Planet selbst vernichtet oder auf immer eine wabernde Kugel bleibt, deren Oberfläche nicht zur Ruhe kommt. Oder das Zeug härtet von selbst aus, was mit Sicherheit spannende Strukturen geben wird.« Er sah auf die blubbernden, flüssigen und leuchtenden Flächen, die an den Hartgummirädern vorbeizogen. Er richtete ein kleines Messinstrument darauf und zeigte Ice das Display: *521 Grad Celsius, steigend.* »Sicher ist: Lebewesen wird es danach nicht mehr geben.«

Ice wich den Pfützen aus. *Es tut mir so leid.*

Sie erreichten ihren Zielort, das Lager von Team Claim-11.

Gerade wurde ein hektisch zerlegter Pony Kampfläufer Stück für Stück durch das TransMatt-Tor geschoben, danach folgten mehrere Justifiers, die ihnen knapp zuwinkten.

Ansonsten war der Platz bereits leer; die Spuren auf dem Boden verkündeten, dass sich einige schwere Geräte bereits von Team Conquista auf Ugly-U befunden hatten. Viele Baracken hatte der Captain einfach stehen lassen. Im Vergleich zu den anderen Ausrüstungsgegenständen und den Leben der Menschen und Bctas waren sie nichts wert.

»Boss, was machen wir mit Devil und Creme?«, fragte Emilia leise von der Ladefläche.

»Ich gehe davon aus, dass sie tot sind. Sonst hätten sie sich gemeldet.« Ice seufzte und grollte gleichzeitig. Zwei gute Justifiers, die er dieses Mal nicht mit nach Hause gebracht hatte. Er brachte den ATV-Truck vor dem Tor zum Stehen, und sie stiegen aus.

Billy und Willy sahen auf die Koordinaten und schoben die Metallkisten hindurch, dann nickten sie Team Humboldt zu und durchschritten den Bogen ebenfalls. Die Luft flimmerte, es gab einen Blitz, und dann waren die Erdmännchen-Betas verschwunden, in ihre Moleküle und Energie zerlegt und auf die Reise nach Hardcase geschickt.

»Was für ein Reinfall.« Phibes sprach mauzend aus, was

alle dachten. Emilia programmierte die Koordinaten für den Planeten Gauss II. »Dabei können wir nicht mal was dafür.« Er sah zu Zapatero. »Na ja, nicht so richtig.«

»'s war ein Unfall!«, betonte der Rhino-Beta unglücklich. Es schien in seinem Verstand angekommen zu sein, was sein Fehltritt auf dem Kubus ausgelöst hatte. »Und meinen Nashornberg bekomme ich auch nich' mehr. So 'ne Scheiße.«

Ice sah das genauso: *So eine Scheiße*. Der Konzern würde für das Debakel ein Opfer haben wollen. Jemand musste die Verantwortung übernehmen und die Konsequenzen für den milliardenschweren Verlust tragen. »Wir schieben unserem schlafenden Furzkissen die Schuld in die Schuhe«, verkündete er kurzerhand. »Sind wir uns alle drüber einig, dass er im bekifften Zustand die Symbole im Turm gedrückt hat?«

Sein Team nickte.

Ice grinste und zeigte seine Raubtierzähne. Damit wären sie Frey als ihren Chef los. Nach *der* Nummer würde er vermutlich als normaler Anfänger Dienst in einer Justifiers-Einheit schieben müssen.

Zuerst schoben sie Togo und den Lieutenant durch den Bogen, nachdem Emilia ihr Okay gegeben hatte, dann folgte einer nach dem anderen der Humboldts. Ice bildete die Nachhut und sah zu, wie Phibes als Vorletzter durch das Energiefeld schritt.

Der Eisbären-Beta wandte sich um, ging rückwärts auf das TransMatt-Portal zu, um einen letzten Blick auf das brodelnde, Blasen werfende Ugly-U zu werfen. »Es tut mir leid«, schrie er laut und machte einen Schritt zurück.

Captain Ludwig Oberhuber, Befehlshaber des Teams Conquista, beobachtete aus der Baracke heraus, wie Ice durch das Portal ging und verschwand; neben seinen Stiefeln lagen die verschnürten Wolf-Betas Creme und Devil, die gar nicht mehr aufhören wollten zu grollen und zu knurren. Die Knebel verhinderten, dass sie sich deutlicher bemerkbar machen konnten. »Okay, die Idioten haben Ugly-U verlassen. Die Wiedererrichtung des Camps kann beginnen.«

»Aye, Sir«, bestätigte sein Sergeant. »Operation My-World läuft weiter.«

Oberhuber lächelte auf die gefangenen Wolf-Betas herunter. »Keine Sorge. Ich lasse euch am Leben. Mal sehen, was mir an Verwendungszweck für euch einfällt. Vielleicht als Geschenke für die Einwohner – oder als Schuldige an den Vorgängen.« Er trat ins Freie und hörte sie hinter sich noch lauter toben.

Oberhuber fühlte Triumph darüber, den Konflikt hervorragend gelöst zu haben. Das TransMatt-Portal hatte seine eigenen Leute durch das zweite Tor auf der anderen Seite von Ugly-U ausgespuckt und das Humboldt-Team dank der manipulierten Anzeigen glauben gemacht, die Evakuierung nach Hardcase hätte in der Tat stattgefunden. Stattdessen kehrten seine Leute gerade zurück und würden den Turm für *United Industries* in Besitz nehmen.

Das hatte es noch niemals gegeben: Ein Unternehmen konnte sich einen Planeten nach seinen eigenen Vorstellungen formen! Oberhuber war ein gemachter Mann, der so viele Aktienpakete haben konnte, wie er fordern würde.

Willy und Billy hatten es geschafft, die Anlage abzuschalten, obwohl sie gegenüber den Idioten von Team Humboldt das Gegenteil behauptet hatten. Dass die Täuschung so einfach und schnell gelang, das musste am schauspielerischen Talent der Erdmännchen-Betas liegen. Auch wenn es nicht so aussah, der Ancients-Terraformkunststoff schmolz nicht weiter ein. Es entstand eine Phase der Stabilisierung, es würde keine weiteren Ausdehnungen mehr geben. Sogar die Stadt würde unversehrt bleiben. Mehr hatten Billy und Willy auf die Schnelle nicht erreichen können.

Er sah auf die Uhr. In einem halben Monat wären die richtigen Experten von UI vor Ort, um die Anlage im kleinsten Detail zu erforschen. Solange würde er Ugly-U locker halten können. Der Eisbären-Beta würde seinen Vorgesetzten garantiert erzählen, dass der Planet nicht mehr benutzbar war, und bis sie ein zweites *Gauss*-Team schickten, hatte er genügend Feuerkraft versammelt, um alles zu eliminieren. Andererseits wäre ein Schiff im Orbit nicht die schlechteste Variante. Oder sie sollen uns eine Batterie Verteidigungssatelliten schicken.

Oberhuber sah zum Himmel, der aufklarte. Der Regen hörte auf, und ein blauer Himmel zeigte sich zwischen den grauen und schwarzen Wolken. Die Erdmännchen-Betas hatten auch die Stürme in den Griff bekommen. »Ugly-U wird bald einen neuen Namen bekommen«, sagte er leise und zufrieden. Vielleicht sogar seinen.

Da erfolgte eine gewaltige Detonation in der Ancients-Station, die Flammen aus dem oberen Teil schlagen ließ. Elektrostatische Entladungsblitze jagten in die Wolken und in den Boden, ein großes Stück brach heraus und fiel herab, Dreck spritzte beim Aufschlag hoch auf.

Oberhuber glaubte nicht an einen Defekt. Für ihn bedeutete das, dass Team Humboldt wohl doch nicht auf den Bluff hereingefallen war und die Vorkehrungen getroffen hatte, die im Fall eines Totalverlusts vorgeschrieben waren: Entweder bekam ein Konzern ein Ancients-Relikt oder niemand. »Verdammt ...«

Der Himmel über Ugly-U verfinsterte sich wieder, und Regen setzte sein, während vor seinen Stiefeln die Erde plötzlich brodelte und sich verflüssigte. Die Anlage hatte mit ihrem Sterben das Terramorphing wieder eingeschaltet ...

TO BE CONTINUED ...

GLOSSAR

AHUMANE — Bezeichnung für nichtmenschliche Rassen; früher »Außerirdische«

ALLROUNDER — Leichtes Gewehr

ALPHA — Tier mit menschlicher Intelligenz

ANCIENTS (auch: Uralte) — Nicht mehr existente Hochkultur, die lange vor den Menschen Raumfahrt betrieb und deren Relikte heiß begehrt sind

ANDROID/GYNOID — Bezeichnung für äußerlich menschengleiche männliche bzw. weibliche Roboter

ANTIGRAVITATIONSPULSATOR — Modul, das ähnlich einer Düse ein begrenztes Feld von geringer bis null Schwerkraft unter sich schafft

ARCLIGHT — Laserpistole

AROMATA-SPENDER — Kleines Gerät mit Pillen, die den Geschmack eines Essens/Getränks verändern

ARSTAC — Tochterunternehmen von *KA* und *Hikma*, das sich auf Planetenerschließung und -ausbeutung spezialisiert hat

ARTCO INC. — Konzern, der interstellare Kunstausstellungen organisiert

AUGIE (eigentl. *augmented human*) — Individuen, die eine Genverbesserung an sich haben vornehmen lassen

BETA/BETAS (auch: Beta-Humanoide) — Tier-Mensch-Chimären ohne Rechte; werden speziell für Justifier-Einsätze gezüchtet

B'HAZARD MINING — Konzern, der sich auf Hochschwerkraft-Bergbau spezialisiert hat

BIOKOLUBRINE — Bolzenwaffe aus menschlichem Gewebe

BIOKOS — Tiersendung von *Everywhere Broadcasting*

BIOSCANNER — Einrichtung zum Aufspüren von Lebenssignalen

BOT — Kürzel für Roboter/Robot

C — Credit; Kunstwährung der *TTMS*, die härteste Währung in der Galaxie

CEO — Chief Executive Officer (Generaldirektor)

CHAMELEONSKIN — Hightech-Tarnanzug, der den Träger nahezu unsichtbar macht

CHEMICAL — Meist missgebildete Personen mit starken psionischen Fähigkeiten; oft geht die Missbildung auf den Missbrauch von genverändernden Medikamenten der Eltern während der Schwangerschaft/Zeugung zurück

CHIM — Abfälliger Begriff für Beta

CHOCFROG — Schokoriegel in Froschform

CHURCH OF STARS (CoS) — Zusammenschluss christlicher Konfessionen zur interstellaren Mission

CODECRACKER — Hightech-Gerät zum Datenhacken

COLLECTOR — Bedrohliche und technologisch weit überlegene Fremdrasse, die seit einigen Jahrzehnten Planeten der Menschheit an sich reißt, unter »Obhut« stellt und komplett von der Außenwelt abriegelt

COLLIE/COLLIES — Kürzel für Collector

CYBEROOS — Cyber-Tattoos, bei denen sich langsam verändernde Muster auf der Haut abgebildet werden

DAMN COLLIE, DIE! — Populäre Actionserie von *Everywhere Broadcasting*

DIPSTICK — *STPD Engineering*-Hubschrauber-Typ

DRIVER/CO-DRIVER — Geistwesen, die eine Symbiose mit höher entwickelten Lebewesen eingehen können; Menschen, die derart »besessen« sind, nennt man Co-Driver

EASTERN STARS — Indien, Pakistan, vereintes Korea, Japan, Taiwan und die Emirate

ELEKTROCLOTHS — Kleidungsstücke mit elektronischen Extras

ELEKTROSYNC-PAPIER — Dauerhaftes beschreib- und bedruckbares Kunststoffpapier mit elektrosynthetischen Funktionen

ENCLAVE LIMITED — Hersteller von Material für den Siedlungs- und Wohnungsbau

ENDOKRINER KRISTALL — Geheimnisvolles Material der *Ancients*

EPA — Abk. für Einmannpackung, militärische Feldration

EVAPORATOR — Blasterwaffe

EVERYWHERE BROADCASTING — Familienunternehmen, das Unterhaltungs- und Dokufilme produziert (darunter *Damn Collie, die!* und *Desperate Housewives in Space*)

EXEC — Abk. für Executive Officer, hochrangiger Konzernmitarbeiter in leitender Funktion, bspw. als Gouverneur

EXO — Bezeichnung für Ahumane, Nichtmenschliche

FEC — Feudal European Coalition, bestehend aus Deutschland, Polen, Russland und England

FERROPLASTRIEMEN — Fesseln aus extrem hartem Plastik

FLAMMIFER — Flammenwerfer

FREEPRESS — Großer Nachrichtenkonzern

GARDEURE — Bewaffnete Konzern-Truppen

GAUSS INDUSTRIES — Europäischer Forschungskonzern

GARDNER PHARMACEUTICAL — Pharmazeutik-Konzern

GeRuCa INSTITUTE — Konsortium staatlicher Wissenschaftsstandorte aus Deutschland, Russland und Kanada

GORGONENBAUM — Große fleischfressende Exoart von Atlas II

GUSA — Greater United States of America

GWA — Galaxy Workers Alliance, Gewerkschaft

HAHO High altitude, high opening, militärisches Fallschirmsprungverfahren aus großer Höhe

HALO — Energieschirm zur Abwehr von Raketen und anderen Projektilwaffen

HARDBALL — Körperbetontes Spiel, Mischung aus Fußball, Rugby, Lacrosse und Catchen

HEAVIE — Menschen von Hochschwerkraftplaneten mit gedrungenem Wuchs und kräftiger Körpermuskulatur

HIKMA CORPORATION — Konzern im Besitz der IJAS; einstiger Vorreiter in Sachen Androiden, Kybernetik und Robotik sowie Profi in Sachen Ancient-Artefaktsuche

HIROSAMI TECH — Unabhängiger Kybernetik-Kon, der an Künstlicher Intelligenz und Robotik forscht

HOLE — Überschwere *United Industries*-Pistole

HOLO-KUBUS/3DCUBE/CUBE — Würfel, in dessen Inneres Filme und Bildaufzeichnungen in 3D projiziert werden. Es gibt verschieden große Modelle

IC — Identity Card, engl. für »Ausweis«, enthält allgemeine Angaben und biometrische Daten

IJAS — Indian Japanese Arabian Syndicate, ein Forschungskonsortium

INTERIM — mysteriöse und von ätzendem Schleim erfüllte Sphäre, die Schiffe mit Sprungtriebwerken überlichtschnell durchqueren können

INTERIM-SYNDROM — Krankheit nach zu vielen Interim-Sprüngen; viele Betroffene werden wahnsinnig

INTERRUN LTD — Privatunternehmen in Besitz eines misstrauischen Russen, das sprungunfähige Schiffe in ferne Sternensysteme befördert; verfügt höchstens über zwei oder drei gut bewaffnete Lotsenschiffe

JETPACK — Tragbare Antriebseinheit, mit der sich eine Person frei im Weltall bewegen kann

JUMP — Gesellschaftlich ausgegrenzter Nachkomme von Elternteilen mit Interim-Syndrom; Kennzeichen: granitfarbene Augäpfel; gelten als latente Psioniker

JUST — Justifier Universal Standard Device, implantiertes Kommunikationsgerät für Justifiers

KAWAII — (Jap.) Süß, liebenswert

KINGDOM OF ZULU (KoZ) — Rückständiges Reich, das sich komplett über Mittel- und Südafrika erstreckt und nach seinem Herrscher benannt wurde: einem Albino und Psioniker

KNOWLEDGE ALLIANCE (KA) — Großer und wenig spezialisierter Konzern, der ursprünglich von den Eastern Stars gegründet wurde, inzwischen unabhängig

KSP — Kurzstreckensprung

K-SPRAY — Wund- und Schmerzmittel

LES MAITRES — Exklusiver Parfumeur, Tochter von Romanow Inc.

LIGHTSPEAR — Lasergewehr

LSP — Langstreckensprung

LWA (Last Wildlife Animal) — Die letzten in freier Wildbahn geschossenen Tieren der Erde; Sammelobjekte

MACGUFFIN — Handlungsauslösendes Plot-Element ohne eigene Bedeutung, bevorzugt beim Film

MEDICS — Bezeichnung für Sanitäter

MIRRORGEN SOLUTIONS — Kleiner Kon mit dem Schwerpunkt auf Cryo-Technologie, Altersforschung und Genmanipulation

MOSC — Military Occupational Specialty Code, dient der detaillierten Beschreibung des Spezialgebiets eines Soldaten, ist bei den meisten Konzernen 9-stellig und endet mit dem Kürzel des Konzerns

MOWER — Schwere Maschinenpistole

MOZAMBIQUE DRILL — Bezeichnung für ein spezielles Pistolenkampfmanöver, das einen Aggressor stoppen soll

MULTIBRILLE — Multifunktionsbrille

MULTIBOX — Multifunktionsgerät aus Kom, Uhr, Speichermedium, Kalender, Telefonbuch etc. Wird üblicherweise wie eine Armbanduhr am Handgelenk getragen

NADLER — Schusswaffe, die Pfeile oder nadelförmige Projektile verschießt; gut geeignet gegen engmaschige Körperpanzerungen

NITRAZIT — Markenname eines starken Hypnotikums (Schlafmittels) aus der Gruppe der Benzodiazepine

NOE — Nap of the earth, Tiefflug noch unterhalb des Konturenflug-Niveaus

NONCOM — Non-commissioned officer, Unteroffizier

NOTE-PAD — Kleincomputer, ungefähr DIN-A6 groß

PACIFIER — Auch *United Industries Pacifier3000*, moderne Schwere Pistole

PATRIOT — *United Industries*-Maschinenkanone

PHONESTICK — Moderne Form eines Mobiltelefons

PLAYCUBE — Spielekonsole

PILOTPET — Starre Laserkanone, die meist bei Raumjägern Verwendung finden

PRAWDA — Schwere Pistole, die gemäß der russischen Waffentradition nahezu unzerstörbar ist

PSIONIKER — Menschen, die über Geisteskräfte verfügen, auch Hexer genannt

ORDER OF TECHNOLOGY (2OT) — Orden mit dem Ziel der Abschaffung des anfälligen menschlichen Körpers

R&D — Research and Development, engl. für Forschung und Entwicklung

RACER — Antriebssystem (*STPD-Racer*: hoffnungslos veraltet, aber noch immer weit verbreitet)

REPEATER — Sturmgewehr

REPULSOR-KANONE — modernes Geschütz, das seine Projektile mittels Grav-Generatoren beschleunigt

RESPIRATOR — Atemmaske

RETINA-SCAN — Biometrische Technik, die darauf beruht, dass die Struktur der Netzhaut eines jeden Menschen einzigartig ist

ROBIN — Kleiner Orbitalgleiter von *United Industries*

ROMANOW INC. — Ein Luxus-Kon, der sich auf Metallveredlung, Kunstdiamanten und Lasertechnologie spezialisiert hat

SAMARITER — Abfällige Bezeichnung für Collector

SCHMIERAFFE, SCHRAUBENDREHER — (Ugs.) Mechaniker

SIGNUM VZ2 — Mittelschwere *United Industries*-Pistole

SILVERMAN & SONS — Privatbank

SMAG — Billiges Speichermedien-Abspielgerät von *United Industries*

SONS OF ANCIENTS (SoA) — Nordafrikanischer Staatenbund, bestehend aus Tunesien, Algerien, Marokko, Libyen, Mauretanien und dem Königreich Ägypten

SPEED-AIR-RENNEN — Moderne Form der Formel Eins

SPOTLIGHT — Äquivalent einer Super-Maglite

S-STAR — *United Industries*-Granatwerfer

STARBEAM — *United Industries*-Laserpistole

STARLOOK — Nachrichtensender

STELLAR EXPLORATION (SE) — Tochterunternehmen der *KA*; Konzern, der auf Planetenerkundung und -verkauf spezialisiert ist

STELLARWEB — Das interstellare Internet

STELLAR VOICE RADIO (SVR) — Ermöglicht Kommunikation quasi ohne Lightlag; benötigt riesige Sende- und Empfangsstationen

STERNENREICH (SR) — Großer Konzern der FEC

STERNENSTAHL — Metalllegierung aus Titan, die zunehmend Ultrastahl ablöst

STPD ENGINEERING — Einer der großen Verlierer in den Konzernkriegen; spezialisiert auf Antriebs- und Navigationssysteme

STPD-Racer — Veraltetes, aber immer noch verbreitetes Antriebssystem

STRONTIUM 90 — Hochreaktives Flüssigmetalloid, das als Antriebsmittel bei Sprungtriebwerken Verwendung findet

STYLICOUS — Modemagazin im StellarWeb

SUPERSOLDIER/SUPRAKRIEGER — Genetisch oder medikamentös verbesserte Soldaten, meistens Gardeure; heute sind die dafür verwendeten Medikamente illegal

SVEEPER — Leichte Maschinenpistole

SVR — Stellar Voice Radio, sehr seltene und sehr teure Kommunikationsanlage, die Direktkontakt über weite Strecken ermöglichen kann

SWIPECARD — Plastikkarte mit Chip, z.B. als Schlüssel für Hotelzimmer etc.

SYNTHGIPS — Moderne Form der Gipskartonwand

TAB-SHEET — Millimeterdünne Folie, die wie Papier beschrieben und auf der Dokumente gespeichert werden können

TAU CETI PRIME — Ältester unabhängiger Konzern und größter Produzent von Nahrungsmitteln

TERRACOIN (kurz: TOIS) — Interstellare Währung

TERRA TRANSMATT SPECIALITIES (TTMS) — Ein gewaltiger Konzern mit TransMatt-Monopol

TOI — Währung

TOUCHPAD — Moderner Computer mit Holo-Display, Folienbildschirm

T-STAR — *United Industries*-Unterlauf-Granatwerfer

ULTRALEICHT — Leicht transportables Einmann-Fluggerät

ULTRASTAHL — Spezziallegierung für Raumschiffe; das Minimum, mit dem man den Gefahren des Alls entgegentreten sollte

UNIEX3 — *United Industries*-Multitool

UNITED INDUSTRIES (UI) — Junger Konzern, der an Waffentechnologien und Körperpanzerungen forscht

VELOC — Schweres Gewehr

VERSATILE XP — Altmodische schwere Pistole ohne elektronischen Schnickschnack

VERSUCCI — Nobel-Marke

VHR — Vereinte Humane Raumfahrtnationen, eine Art UNO-Ersatz fürs Weltall

WONGAWONGA! — Mysteriöse Bank, die sich unterschicht- und betafreundlich gibt

XENAN — Katalysator für den Treibstoff Xerosin

XEROSIN — Gängiger Raumschiff-Kraftstoff, ausgelegt für Negativtemperaturen

Markus Heitz' JUSTIFIERS
Das Abenteuerspiel

Ein Abenteuerspiel ist eine besondere Form des kooperativen Gesellschaftsspiels. Einer der Spieler nimmt dabei die Rolle des Erzählers ein und konfrontiert die anderen Spieler mit Rätseln, Widersachern, Kämpfen und Gefahren. Dabei muss er sich jedoch nichts selbst ausdenken – die Geschichte und alle Ereignisse werden ihm detailliert vom Abenteuerspielbuch vorgegeben!

Beim **Justifers Abenteuerspiel** schlüpfen die Spieler in die Rolle sogenannter Betas, vom Konzern Gauss Industries genetisch gezüchtete Tiermenschen. Sie werden, nachdem sie ihrem Zuchttank entstiegen sind, zu hochspezialisierten Fachleuten ausgebildet – den Justifiers. Im Namen ihres Konzerns erkunden sie fremde Planeten und nehmen sie in Besitz. Dabei treffen sie auf antike und moderne fremde Zivilisationen, feindselige Umweltbedingungen und gefährliche Flora und Fauna in jeder Variante.

Produkt	Art.-Nr.	ISBN
Justifiers: Das Abenteuerspiel	US36000	978-3-86889-071-6
Justifiers: Mystery	US36001	978-3-86889-121-8
Justifiers: Erzählerdeck	US36101	978-3-86889-154-6
Justifiers: Justifierdeck	US36002	978-3-86889-118-8

www.ulisses-spiele.de

Peter V. Brett

Manchmal gibt es gute Gründe, sich vor der Dunkelheit zu fürchten ...

... denn in der Dunkelheit lauert die Gefahr! Das muss der junge Arlen auf bittere Weise selbst erfahren: Als seine Mutter bei einem Angriff der Dämonen der Nacht ums Leben kommt, flieht er aus seinem Dorf und macht sich auf in die freien Städte. Er sucht nach Verbündeten, die den Mut nicht aufgegeben und das Geheimnis um die alten Runen, die einzig vor den Dämonen zu schützen vermögen, noch nicht vergessen haben.

978-3-453-52476-7

Peter V. Bretts gewaltiges Epos vom Weltrang des »Herrn der Ringe«

Das Lied der Dunkelheit
978-3-453-52476-7

Das Flüstern der Nacht
978-3-453-52611-2

Erzählungen aus Arlens Welt

Der große Bazar
978-3-453-52708-9

Leseproben unter: **www.heyne.de**

HEYNE ‹